C000075691

Theodor Fontane

Von Zwanzig bis Dreißig

Autobiographisches

Theodor Fontane: Von Zwanzig bis Dreißig. Autobiographisches

Entstanden 1894/1896. Erstdruck: Berlin (F. Fontane) 1908, davor verschiedene Teildrucke in Zeitungen und Zeitschriften.

Vollständige Neuausgabe mit einer Biographie des Autors
Herausgegeben von Karl-Maria Guth
Berlin 2016

Der Text dieser Ausgabe folgt:
Theodor Fontane: Sämtliche Werke. Herausgegeben von Edgar Groß, Kurt Schreinert, Rainer Bachmann, Charlotte Jolles, Jutta Neuendorff-Fürstenau, Bd. 1–25, Band 15, München: Nymphenburger Verlagshandlung, 1959–1975.

Die Paginierung obiger Ausgabe wird hier als Marginalie zeilengenau mitgeführt.

Umschlaggestaltung von Thomas Schultz-Overhage unter Verwendung des Bildes: Friedrich Georg Kersting, Theodor Fontane, 1843

Gesetzt aus der Minion Pro, 11 pt

Die Sammlung Hofenberg erscheint im
Verlag der Contumax GmbH & Co. KG, Berlin
Herstellung: BoD - Books on Demand, Norderstedt

Die Ausgaben der Sammlung Hofenberg basieren auf zuverlässigen Textgrundlagen. Die Seitenkonkordanz zu anerkannten Studienausgaben machen Hofenbergtexte auch in wissenschaftlichem Zusammenhang zitierfähig.

ISBN 978-3-8430-5155-2

Bibliografische Information der Deutschen Nationalbibliothek

Die Deutsche Nationalbibliothek verzeichnet diese Publikation in der Deutschen Nationalbibliografie; detaillierte bibliografische Daten sind im Internet über www.dnb.de abrufbar.

Inhalt

Vorwort

Von »Zwanzig bis Dreißig« – unter diesem Titel gebe ich hier Autobiographisches, und zwar im Anschluß an schon früher veröffentlichte Mitteilungen, die, mit meinem zwölften Lebensjahre abschließend, sich »Meine Kinderjahre« betitelten.

Es könnte danach beinahe scheinen, als ob ich, gewollt oder nicht gewollt, eine Lücke gelassen und einen Sprung über acht Jahre fort gemacht hätte. Dies ist aber nicht der Fall, weil ich vielfach auf die zwischenliegende Zeit von Zwölf bis Zwanzig *zurück*gegriffen habe. Noch häufiger freilich weit darüber *hinaus,* was denn auch schließlich diesem Buche seinen etwas unstatthaften Umfang gegeben hat. Ich sehe darin einen Übelstand und empfinde denselben um so stärker, als ich wohl weiß, wie mißlich es ist, mit seinem Ich zu dauernd und zugleich zu weit und breit vor sein Publikum hinzutreten. Aber ich werde möglicherweise pardoniert, wenn ich an dieser Stelle schon verrate, daß ich, um ein bestimmtes Zuviel einigermaßen auszugleichen, von einer ursprünglich geplanten Weiterführung dieser meiner Erinnerungen Abstand genommen und vor mir selber diesen zweiten Teil auch zugleich als letzten proklamiert habe.

So blickt denn der momentan umdrängte Leser wenigstens in eine wolkenlose Zukunft und läßt diesen Blick ins Freie vielleicht mir und meinem Buche zugute kommen.

Berlin

Im Mai 1898

Th. F. 7

Berlin 1840

Erstes Kapitel

In der Wilhelm Roseschen Apotheke (Spandauer Straße)

Ostern 1836 war ich in die Rosesche Apotheke – Spandauer Straße, nahe der Garnisonkirche – eingetreten. Die Lehrzeit war wie herkömmlich auf vier Jahre festgesetzt, so daß ich Ostern 40 damit zu Ende gewesen wäre. Der alte Wilhelm Rose aber, mein Lehrprinzipal, erließ mir ein Vierteljahr, so daß ich schon Weihnachten 1839 aus der Stellung eines »jungen Herrn«, wie wir von den »Kohlenprovisors« genannt wurden, in die Stellung eines »Herrn« avancierte. Der bloße Prinzipalswille reichte jedoch für solch Avancement nicht aus, es war auch noch ein Examen nötig, das ich vor einer Behörde, dem Stadt- oder Kreisphysikat, zu bestehen hatte, und bei diesem vorausgehenden Akte möchte ich hier einen Augenblick verweilen.

Etwa um die Mitte Dezember teilte mir Wilhelm Rose mit, daß ich »angemeldet« sei und demgemäß am 19. selbigen Monats um halb vier Uhr nachmittags bei dem Kreisphysikus Dr. Natorp, Alte Jakobstraße, zu erscheinen hätte. Mir wurde dabei nicht gut zumut, weil ich wußte, daß Natorp wegen seiner Grobheit ebenso berühmt wie gefürchtet war. Aber was half es. Ich brach also an genanntem Tage rechtzeitig auf und ging auf die Alte Jakobstraße zu, die damals noch nicht ihre Verlängerung unter dem merkwürdigen, übrigens echt berlinischen Namen »Neue Alte Jakobstraße« hatte. Das noch aus der friderizianischen Zeit stammende, in einem dünnen Rokokostil gehaltene Häuschen, drin Natorp residierte, glich eher einer Prediger- als einer Stadtphysikuswohnung, Blumenbretter zogen sich herum, und ich fühlte deutlich, wie die Vorstellung, daß ich nunmehr einem Oger gegenüberzutreten hätte, wenigstens auf Augenblicke hinschwand. Oben freilich, wo, auf mein Klingeln, die Gittertür wie durch einen heftigen Schlag, der mich beinah wie mit traf, aufsprang, kehrte mir mein Angstgefühl zurück und wuchs stark, als ich gleich danach dem Gefürchteten in seiner mehr nach Tabak als nach Gelehrsamkeit aussehenden Stube gegenüberstand. Denn ich sah deutlich, daß er von seiner Nachmittagsruhe kam, also zu Grausamkeiten geneigt sein mußte; sein Bulldoggenkopf, mit den stark mit Blut unterlaufenen Augen, verriet in der Tat wenig Gutes. Aber wie das so geht, aus mir unbekannt gebliebenen Gründen war er sehr nett, ja geradezu gemütlich. Er nahm zunächst aus einem großen Wandschrank ein Herbarium und ein paar Kästchen mit Steinen heraus und stellte, während er die Herbariumblätter aufschlug, seine Fragen. Eine jede klang, wie wenn er sagen wollte: »Sehe schon, du weißt nichts; ich weiß aber auch nichts, und es ist auch ganz gleichgültig.« Kurzum, nach kaum zwanzig Minuten war ich in Gnaden entlassen und erhielt nur noch kurz die Weisung, mir am andern Tage mein Zeugnis abzuholen. Damit schieden wir.

Als ich wieder unten war, atmete ich auf und sah nach der Uhr. Es war erst vier. Das war mir viel zu früh, um schon wieder direkt nach Hause zu gehn, und da mich der von mir einzuschlagende Weg an dem Hause der d'Heureuseschen Konditorei vorbeiführte, drin – was ich aber damals noch nicht wußte – hundertundfünfzig Jahre früher der Alte Derfflinger gewohnt hatte, so beschloß ich, bei d'Heureuse einzutreten und den »Berliner Figaro«, mein Leib- und Magenblatt, zu lesen, darin ich als Lyriker und Balladier schon verschiedentlich aufgetreten war. Eine spezielle Hoffnung kam an diesem denkwürdigen Tage noch hinzu. Keine vierzehn Tage, daß ich wieder etwas eingeschickt hatte, noch dazu was Großes – wenn das nun vielleicht drin stünde! Gedanke, kaum gedacht zu werden. Ich trat also ein und setzte mich in die Nähe des Fensters, denn es dunkelte schon. Aber im selben Augenblicke, wo ich das Blatt in die Hand nahm, wurden auch schon die Gaslampen angesteckt, was mich veranlaßte, vom Fenster her an den Mitteltisch zu rücken. In mir war wohl die Vorahnung eines großen Ereignisses, und so kam es, daß ich eine kleine Weile zögerte, einen Blick in das schon aufgeschlagene Blatt zu tun. Indessen dem Mutigen gehört die Welt; ich ließ also schließlich mein Auge darüber hingleiten, und siehe da, da stand es: »Geschwisterliebe, Novelle von Th. Fontane.« Das Erscheinen der bis dahin in mal längeren, mal kürzeren Pausen von mir abgedruckten Gedichte hatte nicht annähernd solchen Eindruck auf mich gemacht, vielleicht weil sie immer kurz waren; aber hier diese vier Spalten mit »Fortsetzung folgt«, das war großartig. Ich war von allem, was dieser Nachmittag mir gebracht hatte, wie benommen und mußte es sein; vor wenig mehr als einer halben Stunde war ich bei Natorp zum »Herrn« und nun hier bei d'Heureuse zum Novellisten erhoben worden. Zu Hause angekommen, berichtete ich nur von meinem glücklich bestandenen Examen, über meinen zweiten Triumph schwieg ich, weil mir die Sache zu hoch stand, um sie vor ganz unqualifizierten Ohren auszukramen. Auch mocht' ich denken, es wird sich schon 'rumsprechen, und dann ist es besser, du hast nichts davon gemacht und dich vor Renommisterei zu bewahren gewußt.

Mit diesen Ereignissen schloß 1839 für mich ab, und das neue Jahr 40 brach an. Ich wechselte nicht, wie das gewöhnlich geschieht, meine Stellung, sondern blieb noch fast ein Jahr lang als Avancierter in meiner alten Position. Hatte dies auch nicht zu bedauern. Es war ein sehr angenehmes Jahr für mich, was in sehr verschiedenen Dingen und, so sonderbar es klingt, auch in der frischen politischen Brise, die damals gerade ging, seinen Grund hatte. Denn mit dem Sommer 1840 oder, was dasselbe sagen will, mit dem am 7. Juni erfolgten Tode Friedrich Wilhelms III. brach für Preußen eine neue Zeit an, und ich meinerseits stimmte nicht bloß in den überall um mich her auf Kosten des heimgegangenen Königs laut werdenden Enthusiasmus ein, sondern fand diese ziemlich illoyale Begeisterung auch berechtigt, ja pflichtmäßig und jedenfalls im hohen Maße gesinnungstüchtig. Jetzt denk' ich freilich anders darüber und bekenne mich mit Stolz und Freude zu einer beinah schwärmerischen Liebe zu diesem lange nicht genug gewürdigten und verehrten Könige.
11 Während meiner märkischen Arbeiten, die mich später, durch viele Jahre hin, mit allen Volksschichten in Dorf und Stadt in Berührung brachten, bin ich der Eigenart dieses Königs in von Mund zu Mund gehenden Geschichten und Anekdoten viele hundert Male begegnet, und in immer wachsendem Grade habe ich dabei den Eindruck gehabt: Welch ein herrlicher Mann! Wie mustergültig in seiner wundervollen Einfachheit und wieviel echte wirkliche Weisheit in jedem seiner, vom bloßen Espritstandpunkt aus angesehen, freilich oft prosaisch und nüchtern wirkenden Aussprüche. Wenn überhaupt noch absolut regiert werden soll, was ich freilich weder wünsche noch für möglich halte, so muß es *so* sein. Ganz Patriarch. Man hat ihm den Beinamen des »Gerechten« gegeben und dann, nach Berliner Art, darüber gewitzelt; aber dies Wort »der Gerechte« drückt es doch aus, und weil es keine Phrase, sondern eine Wahrheit war, war es eine große Sache. Dazu kam noch eines: für mich hat das hohe Ansehen, das der so oft als unbedeutend erklärte König in seiner eignen Familie genoß, immer eine besondre Bedeutung gehabt, wenigstens nach der moralischen Seite hin. Der kluge Kronprinz, sosehr er dem

Vater überlegen war, war doch voll Verehrung und rührendster Liebe für ihn. Und so jedes Mitglied des Hauses, die Kinder wie die Schwiegerkinder. Selbst der eiserne Nikolaus konnte dem Zauber dieses schlichten Mannes, der trotzdem ein König war, nicht widerstehn. Er dachte nicht daran, wie's damals hieß, einen »Knäs« oder »Unterknäs« aus ihm machen zu wollen, sondern hatte nur, wie wahrscheinlich für keinen andern Sterblichen, ein Hochmaß von respektvoller und zugleich herzlicher Zuneigung für ihn. Das bewies er noch in des Scheidenden letzter Stunde.

So denn noch einmal: ein König, der, wie wenige, die Liebe seines Volkes verdiente, war an jenem 7. Juni 1840 heimgegangen, aber andrerseits war zuzugestehn – und darin lag die Rechtfertigung für vieles, was geschah und nicht geschah –, daß es *politisch* nicht so weiter ging; die Stürme von 89 und 13 hatten nicht umsonst geweht, und so war es denn begreiflich, daß das altfranzösische »Der König ist tot, *es lebe der König*« in vielen Herzen mit vielleicht zu freudiger Betonung der Schlußworte gesprochen wurde. Knüpften sich doch die freiheitlichsten und zunächst auch berechtigtsten Hoffnungen an den Thronfolger. Die Menschen 12
fühlten etwas, wie wenn nach kalten Maientagen, die das Knospen unnatürlich zurückgehalten haben, die Welt plötzlich wie in Blüten steht. Auf allen Gesichtern lag etwas von freudiger Verklärung und gab dem Leben jener Zeit einen hohen Reiz. »Es muß doch Frühling werden.« Alle die, die den Sommer 40 noch miterlebt haben, werden sich dieser Stimmung gern erinnern.

Ich zählte, so jung und unerfahren ich war, doch ganz zu denen, die das Anbrechen einer neuen Zeit begrüßten, und fühlte mich unendlich beglückt, an dem erwachenden politischen Leben teilnehmen zu können. Allwöchentlich hatte ich, neben sonstigen Freistunden, auch einen freien Nachmittag, und mit der Feierlichkeit eines Kirchgängers, ja sogar in der sonntäglichen Aufgeputztheit eines solchen, begab ich mich, wenn dieser freie Nachmittag da war, regelmäßig zu Stehely, um hier allerlei Zeitungen: die Kölnische, die Augsburger, die Leipziger Allgemeine etc. zu lesen. Dieser Wunsch wurde mir freilich immer nur sehr unvollkommen erfüllt, denn es war die Zeit der sogenannten »Zeitungstiger«, die sich unersättlich auf die Gesamtheit aller guten Zeitungen stürzten und diese, grausam erfinderisch, entweder auf dem Stuhl, auf dem sie saßen, oder unterm Arm – oder auch vorn in den Rock geschoben – unterzubringen wußten. Ein Einschreiten dagegen war nicht möglich, denn die betreffenden Herren waren nicht nur Stehelysche Habitués, sondern zugleich auch Leute von gesellschaftlicher Stellung. Es hieß also sich in Geduld fassen, und manchmal wurde man auch belohnt. Aber selbst wenn alles ausblieb, so verließ ich trotzdem das Lokal mit dem Gefühl, mich, eine Stunde lang, an einer geweihten Stätte befunden zu haben.

In gehobener Stimmung nahm ich dann andern Tages meine Arbeit wieder auf und fand es in dieser Stimmung jedesmal leichter, mit meiner Umgebung zu verkehren.

Von dieser nun zunächst ein Wort.

Da war in erster Linie der alte *Wilhelm Rose* selbst. Dieser – übrigens erst ein Mann in der ersten Hälfte der Vierzig – war, auf Gesellschaftlichkeit hin angesehn, nichts weniger als interessant, aber doch ein
13 dankbarer Stoff für eine Charakterstudie. Hätte man ihn einen Bourgeois genannt – ich weiß nicht, ob das Wort damals schon im Schwange war –, so hätte er sich einfach entsetzt; er war aber doch einer. Denn der Bourgeois, wie ich ihn auffasse, wurzelt nicht eigentlich oder wenigstens nicht ausschließlich im Geldsack; viele Leute, darunter Geheimräte, Professoren und Geistliche, Leute, die gar keinen Geldsack haben oder einen sehr kleinen, haben trotzdem eine *Geldsackgesinnung* und sehen sich dadurch in der beneidenswerten oder auch nicht beneidenswerten Lage, mit dem schönsten Bourgeois jederzeit wetteifern zu können. Alle geben sie vor, Ideale zu haben; in einem fort quasseln sie vom »Schönen, Guten, Wahren« und knicksen doch nur vor dem Goldnen Kalb, entweder indem sie tatsächlich alles, was Geld und Besitz heißt, umcouren oder sich doch heimlich in Sehnsucht danach verzehren. Diese Geheimbourgeois, diese Bourgeois ohne Arnheim, sind die weitaus schrecklicheren, weil ihr Leben als eine einzige große Lüge verläuft. Daß der liebe Gott sie schuf, um sich selber eine Freude zu machen, steht ihnen zunächst fest; alle sind durchaus »zweifelsohne«, jeder erscheint sich als ein Ausbund von Güte, während in Wahrheit ihr Tun nur durch ihren Vorteil bestimmt wird, was auch alle Welt einsieht, nur sie selber nicht. Sie legen sich vielmehr alles aufs Edle hin zurecht und beweisen sich und andern in einem fort ihre gänzliche Selbstsuchtslosigkeit. Und jedesmal, wenn sie diesen Beweis führen, haben sie etwas Strahlendes.

In diese Gruppe gehörte nun auch unser Wilhelm Rose, der, während er glaubte, mit der längsten Elle gemessen werden zu können, doch schon bei gewöhnlichster Zollmessung zu kurz gekommen wäre. Vierundeinhalbes Jahr lang hab' ich ihm in die Karten sehen können. Er war der Mann der ewigen sittlichen Entrüstung, und doch, wenn beispielsweise *feinere,* also kostspieligere Drogen, an deren Beschaffenheit etwas hing, zu Kauf standen – ich mag hier keine Details geben –, so wurde daran nicht selten gespart, gespart also an Dingen, an denen schlechterdings nicht gespart werden durfte. Dann war er freilich auf zwölf Stunden hin in einer kleinen Verlegenheit. Aber es war nicht die richtige. Er genierte sich bloß, weil er an die Möglichkeit, ja Wahrscheinlichkeit eines Kontrolliertseins dachte. 14

Daß unser Wilhelm Rose nebenher auch den *zweiten* großen Bourgeoiszug hatte: *den,* alles, was von ihm ausging oder ihm zugehörte, gründlich zu bewundern, versteht sich von selbst; *seine* Apotheke war die berühmteste, *sein* Laboratorium war das schönste, *seine* Gehülfen und Lehrlinge waren die besten oder doch wenigstens durch sein Verdienst am besten untergebracht, und *seine* Kerbelsuppe (die wir jeden Mittwoch kriegten – eine furchtbare Semmelpampe) war die frühlingsgrünste, die gesündeste, die schmackhafteste. Jegliches, was seine Hand berührte, nahm schon dadurch einen Höhenstandpunkt ein, in Wahrheit aber war alles nur knappzu mittelmäßig. Entschuldigt wurde diese tief in Komik getauchte Hochschätzung freilich durch zweierlei. Zunächst dadurch, daß die *ganze Zeit so war:* die Scheidung in echt und unecht, in reell und unreell, in anständig und unanständig hatte damals noch nicht stattgefunden; alles, mit verschwindenden Ausnahmen, war angefleckt und angekränkelt. Es ist denn auch ein barer Unsinn, immer von der »guten alten Zeit« oder wohl gar von ihrer »Tugend« zu sprechen; umgekehrt, alles ist um vieles besser geworden, und in der schärferen Trennung von gut und bös, in dem entschiedneren Abschwenken (namentlich auch auf moralischem Gebiete) nach rechts und links hin erkenne ich den *eigentlichsten Kulturfortschritt,* den wir seitdem gemacht haben. Ich bin sicher, jeder, der sich auf solche Fragen und Dinge nur einigermaßen versteht, wird mir hierin beistimmen.

Aber der alte Rose, wie schon angedeutet, wurde nicht bloß durch die Zeitläufte, nicht bloß durch den allgemeinen Gesellschaftszustand entschuldigt, sondern ebensosehr oder vielleicht mehr noch durch seinen speziellen Lebensgang, will sagen durch das Milieu, darin er stand, auch, von Kindheit an, immer gestanden hatte. Sein Vater war ein ausgezeichneter Mann gewesen, und seine beiden Brüder, Heinrich und Gustav Rose, waren es noch. Unter diesen beiden Berühmtheiten bewegte er

sich als ein Unberühmter, immer beinah krampfhaft bemüht, sich durch irgendwas Apartes als ein Ebenbürtiger neben ihnen einzureihn. Das führte denn natürlich zu lauter Halbheiten, unter denen sein Geschäft, sein guter Verstand und zuletzt auch sein Charakter zu leiden hatten.
15 Er wurde mehr und mehr eine Zwittergestalt, ein Mann, der Apotheker hieß, während er doch eigentlich keiner war, weil er sich eben zu gut dafür hielt, und der nun allerlei Plänen und Aufgaben nachging, zu deren Bewältigung er weder die äußeren noch die inneren Mittel besaß. Obenan stand hier das Reisen. Er ging darin so weit, daß er sich ganz ernsthaft einbildete, etwas wie ein Entdecker oder Forschungsreisender zu sein, eine Gruppe von Personen, zu der er sich in Wirklichkeit doch nur verhielt wie ein Schlachtenbummler zu Moltke. Natürlich war er in Italien, Frankreich und England gewesen und hatte von London her – ganz charakteristisch für ihn und leider auch für unsre damaligen Gesamtzustände – die große Nachricht mitgebracht, »daß das Annähen eines Knopfes einen Schilling koste«. Da hatte man den Weltreisenden, der über einen Sechser nicht fortkonnte. Paris, London, Italien! Sein eigentlichstes Tummelfeld aber war die Schweiz. Hier bestieg er Berge bis zu 6000 Fuß und kam davon mit einer Siegermiene zurück, als habe sich etwas Ungeheuerliches zugetragen. Zu dieser Einbildung war er nun freilich bis zu einem gewissen Grade berechtigt; er litt nämlich, weil er kurzhalsig und ein Asthmatiker war, unter »Rigi« und »Schyniger Platte« ganz so, wie wenn er den Popokatepetl erstiegen hätte, und unterzog sich dieser Unbequemlichkeit auch nur deshalb, weil er nur so seine zweite, größere und weit über die Reiserei hinausgehende Leidenschaft zu befriedigen vermochte, die: vor einem aus jungen und zum Teil recht hübschen Professorenfrauen zusammengesetzten Kreise seine Reisevorträge halten zu können. Er war dann, den ganzen Tag über, in einer höchsten Aufregung, schnaufte durchs ganze Haus hin – wie denn Schnaufen überhaupt eine Haupteigenschaft von ihm war – und schleppte dabei Reliefkarten und illustrierte Werke vier Treppen hoch auf einen kleinen achteckigen Turm hinauf, der, ganz oben, mit einem mit vielen bunten Aussichtsglasscheiben reich ornamentierten Zimmer abschloß. Stieg man dann, und zwar durch eine aufzuklappende Lukentür, noch etwas höher hinauf, so hatte man, von einer umgitterten Plattform aus, einen wundervollen Überblick über Alt-Berlin. In diesem Turmzimmer, das nach Alchimie und Astrologie, nach Faust und Seni schmeckte,
16 versammelten sich die zur Vorlesung geladenen Damen, und ich sage

schwerlich zuviel, wenn ich ausspreche, daß der alte Rose in diesem Allerheiligsten die glücklichsten Stunden seines Daseins verbracht habe. Daß die Damen von einem gleichen Glücksgefühl erfüllt gewesen wären, möchte ich bezweifeln, weil der Vortragende, in Verkennung seiner Gaben, auch allerlei Witziges und Humoristisches einzustreuen liebte, will also sagen grade *das,* was ihm, neben Grazie, die Natur am meisten versagt hatte.

Dies alles klingt nun ein wenig lieblos und ist insoweit auch unverdient, als mein Lehrherr, gemessen an der Mehrzahl seiner Kollegen, immer noch von einer gewissen Überlegenheit war; in einem allerwichtigsten Punkt aber war er doch wirklich um ein erkleckliches schlimmer als diese. Das war, wie schon angedeutet, die tief eingewurzelte Vorstellung von seiner sittlichen Potenz, eine Vorstellung, deren ungewöhnliches Höhenmaß nur noch von ihrer Unberechtigtheit übertroffen wurde.

Soviel über König Artus selbst, woran ich zunächst nur noch ein Wort über seine Tafelrunde, will sagen seine Gehülfen und Lehrlinge, zu knüpfen habe. Diese letztren, die Lehrlinge also, waren – was sich auch später, in andren Offizinen, immer wiederholte – allerliebste junge Leute, frisch, gescheit, talentvoll, aus denen, ausnahmslos, auch was geworden ist. Daß dem so sein konnte, lag daran, daß sie sämtlich aus guten Häusern stammten, also die berühmte »gute Kinderstube« gehabt hatten. Die Bedeutung davon ist meist entscheidend fürs Leben und gar nicht hoch genug zu veranschlagen. Die altpreußische Redensart »Je ärmer, je besser« ist eine Torheit. Gäbe es eine einfache Armut, eine Armut an sich, so ließe sich über den Wert des bloßen Entbehrenlernens streiten; aber den von der landesüblichen Armut unzertrennlichen Druck, diesen und seine Wirkung – ein paar Kraftnaturen natürlich abgerechnet – werden die Durchschnittmenschen nicht wieder los. Und deshalb waren denn auch die Gehülfen ein vorwiegend minderwertiges Material, weil sie meist aus kleinen elenden Verhältnissen herkamen. Sie katzbuckelten und setzten sich dann zur Entschädigung aufs hohe Pferd, wo sie's irgendwie glaubten riskieren zu können. Scheiterten sie auch damit, so blieb ihnen immer noch das Intrigieren. Die besten waren deshalb in
der Regel die, die sich schon der Karikatur näherten, und wenn sie nicht 17
die besten waren, so waren sie doch jedenfalls die interessantesten. Unter diesen stand mein Freund *Martin Döring* obenan. Er war, eh er Apotheker wurde, mehrere Jahre lang in Wiesbaden oder Biebrich Soldat gewesen, weshalb wir ihn »unsren Nassau-Usinger« nannten. Er hatte ganz

die Haltung eines kleinstaatlichen Unteroffiziers aus dem vorigen Jahrhundert, gradlinig und steif wie ein Ladestock, langer Rock, schwefelgelbe Weste und eine hohe schwarze Militärbinde. Martin Döring, ein guter Kerl, war wohl schon über vierzig. Unvergeßlich ist er mir durch ein besondres Malheur geworden, das eines Tages über ihn hereinbrach. Er war eigentlich sehr tugendhaft; einmal aber litt er doch Schiffbruch und kam dadurch in die Lage, sich eines Arztes versichern zu müssen. Er wählte dazu, höchst unklugerweise, den Roseschen Hausarzt, Geheimrat Dr. Bartels – Großvater des gegenwärtigen Sanitätsrats –, der ihn einfach an die Luft setzte, nachdem er ihm vorher eine Rede gehalten, in der das Wort »ungehörig« in allen möglichen und zum Teil sehr starken Schattierungen wiederkehrte. Der arme Mensch wollte sich denn auch das Leben nehmen, beruhigte sich aber wieder, nachdem er sich, in einer beneidenswert würdigen Haltung, über »Humanität« und »christliche Gesinnung«, die beide durch Bartels schwer geschädigt worden seien, gegen mich ausgesprochen hatte.

Zur selben Zeit, als wir uns dieses guten »Nassau-Usingers« erfreuten, hatten wir auch einen viven kleinen Sachsen in unsrer Mitte, der ein Bruder des damals noch unberühmten und seinen städtischen Beinamen noch nicht führenden Schulze-Delitzsch war. Dieser letztre, zu jener Zeit noch Assessor, sprach öfter bei uns vor und brachte mir seine nun wohl schon längst in Vergessenheit geratenen Dichtungen mit, an denen ich mich aufrichtig erbaute. Besonders an einem Liede, das glaub' ich »Der Verbannte« oder »Der Geächtete« hieß und mit den Worten schloß:

Frei allein sind im Walde die Vögel,
Und ich, ich bin vogelfrei …

18 Das erschien mir großartig, und ich war ganz hingerissen davon.

Ich habe bis hierher von den Personen im Hause gesprochen und möchte nun auch erzählen, wie das Leben darin war. Dies hatte manches Eigentümliche, was zum Teil an der lokalen Umgebung lag, zu der, wie schon eingangs erwähnt, auch die Garnisonkirche gehörte. Diese griff mannigfach in unser Leben ein. Meist um Ostern und Pfingsten herum gab es in dieser Kirche große Musikaufführungen, Oratorien von Graun, Händel, Mendelssohn, und an solchem Oratoriumstage verwandelte sich dann unsre Apotheke in eine Art Tempelvorhalle, drin die Billets verkauft wurden. Ich war jedesmal der »Mann am Schalter« und hatte dabei das

Vergnügen – statt der üblichen Sommersprossenschönheiten mit krausem roten Haar, die Kurellasches Brustpulver oder Lippenpomade kauften –, ein gut Teil der vornehmen Berliner Welt an meinem Schiebefenster erscheinen zu sehn. Zum Schluß dann, wenn an weitren Billetverkauf nicht mehr zu denken war, ging ich auch wohl selber in die Kirche, blieb aber nie lange. Der erste Eindruck, wenn die Tone mächtig einsetzten, war immer groß, und ich fühlte mich wie gen Himmel gezogen; aber nach zehn Minuten schon kam eine gewisse Schläfrigkeit über mich, und ich machte dann, daß ich wieder fortkam. So ist es mir, bei großen Musikaufführungen, mein Lebelang ergangen. Man muß etwas davon verstehn, muß folgen können; kann man das nicht – und die meisten bilden sich wohl nur ein, daß sie's können –, so wird das »angenehme Geräusch« sehr bald langweilig. Ich bin überzeugt, daß gerade wirkliche Musiker mir hierin recht geben werden; es ist eben nicht für jeden. Der berühmte Satz »Kunst sei für alle« ist grundfalsch; Kunst ist umgekehrt für sehr wenige, und mitunter ist es mir, als ob es immer weniger würden. Nur das Beefsteak, dem sich leicht folgen läßt, ist in einer steten Machtsteigerung begriffen.

Unsre Apotheke war aber nicht bloß eine Verkaufsvorhalle für die Garnisonkirchenkonzerte, der alte Rose suchte auch was darin, sein Haus selbst auf eine gewisse Kunsthöhe zu heben. Ohne was von diesen Dingen zu verstehn, fand er es doch fein und seines Namens würdig, sich um alles Dahingehörige zu kümmern und innerhalb eng gezogener Grenzen sogar den Mäzen zu spielen. Er verstieg sich dabei bis zu Bilderankäufen 19 – kleine italienische Landschaften –, und allerlei höhere Kunstleute gingen ein und aus, darunter Schinkel, der durch seine Frau ein ziemlich naher Verwandter des Hauses war. Trotz all dieser Allüren aber stand Kunst erst in zweiter Reihe; weit darüber hinaus wurde, wenigstens dem Anscheine nach, das Literarische gepflegt. W. Rose war Mitbegründer eines eine bestimmte Zahl von Professorenfamilien umschließenden Lesezirkels, und jeden dritten oder fünften Tag erschienen moderne Bücher in merkwürdig guten Einbänden, die von mir in Empfang genommen und an eine für sie bestimmte Stelle niedergelegt wurden. Aber damit war auch eigentlich alles getan. Alle diese Bücher blieben an der erwähnten Stelle liegen und wanderten nur sehr ausnahmsweise die Treppe hinauf, in die Wohn- und Familienräume. Der einzige, der wirklichen Nutzen davon zog, war ich. Mit besondrer Regelmäßigkeit erschien zu meiner großen Freude Gutzkows »Telegraph«, wahrscheinlich jedesmal ein

Sammelband, der aus einer bestimmten Anzahl von Nummern bestehen mochte. Beinah alles, was ich vom »Jungen Deutschland« weiß, weiß ich aus *der* Zeit her, und Mundt, Kühne, Laube, Wienbarg – Gutzkows selbst ganz zu geschweigen – waren damals Haushaltworte für mich. Von Wienbarg las ich eine mich ganz hinreißende Geschichte, die den Titel führte: »Byrons erste Liebe«. Wenn dann der alte Rose spät nach Mitternacht aus einer Gesellschaft heimkam und mich über der sonderbaren Lektüre betraf, so war er damit freilich nicht recht einverstanden, unter anderm auch schon deshalb nicht, weil ich immer alle Flammen brennen ließ, also sehr viel Gas konsumierte. Daneben aber klang es in seiner glücklicherweise nicht bloß von Sparsamkeitsrücksichten, sondern auch von Eitelkeit erfüllten Seele: »Nun ja, ja, für gewöhnlich ginge das nicht, für gewöhnlich ist eben darauf zu halten, daß die jungen Leute ›den alten Hagen‹ – ein berühmtes altes Apothekerbuch – lesen. Dieser hier liest statt dessen Gutzkow. Zunächst durchaus ungehörig. Aber in der *Roseschen* Apotheke darf so was am Ende vorkommen: das ist eben *das,* wodurch wir uns von dem Gros der übrigen unterscheiden. Das Rosesche muß mit einer andern Elle gemessen werden.« Und so blieben mir die Kränkungen erspart, die sich sonst nur zu häufig an solche Dinge knüpfen.

So waren die Personen, so war das Leben im Hause, Schilderungen, bei denen ich bereits an mehr als einer Stelle mit einklingen ließ, wie mein eignes Tun verlief. Aber über diesen letztern Punkt möcht' ich mich doch noch etwas ausführlicher auslassen dürfen.

Die beste Zeit im Hause war immer der Sommer, wo wir, weil die Prinzipalität dann auf ganze Monate hin ausflog, uns selbst überlassen blieben und einem Vizekönige unterstellt wurden. Solche Vizekönige sind oft strenger als die eigentlichen Herrscher, aber man nimmt den Kampf mit ihnen doch leichter auf; man sieht ihre Autorität nicht für voll an oder geht davon aus: »Ach, diese armen Teufel müssen eine Ernsthaftigkeitskomödie bloß spielen; eigentlich wären sie gern so ausgelassen wie ihr selbst.« Im ganzen lag es so, daß wir, während dieser herrenlosen Zeit, ordentlich und ehrlich unsre Schuldigkeit taten, aber in den Freistunden um vieles ungebundner auftraten. Ich nun schon gewiß. Solange ich Lehrling war, waren dieser Ungebundenheit immer bestimmte Grenzen gezogen, aber vom Sommer 1840 ab benutzte ich mein inzwischen eingetretenes Avancement zu allerhand Tollheiten, und eines Tages gab ich sogar ein Fest, ein reines Bacchanal, wenn ich die

Dürftigkeit der Mittel erwäge, die mir zur Verfügung standen. Mein im
Hinterhause gelegenes Zimmer war ausgeräumt worden, um eine lange
Tafel decken zu können, an der nun, bunt untereinandergemischt, meine
ganze Kollegenschaft und meine literarischen Freunde saßen, unter diesen
auch ein junger Offizier von der Garde, der aber wohlweislich seinen
Offiziersrock mit einem Durchschnittszivil vertauscht hatte. Das Fest
selbst galt meinem eben damals Berlin verlassenden Freunde Egbert
Hanisch, den ich in einem spätren Kapitel ausführlicher zu schildern
haben werde. Waldmeisterbowlen wurden in immer neuer Zahl und
Menge gebraut, den ganzen Tisch entlang standen Vergißmeinnichtkränze
in Schüsseln, Toaste drängten sich an Toaste, und so sangen wir bis in
die Nacht hinein. Mir ist nachträglich immer das hohe Maß von Freiheit
erstaunlich, das sich die Jugend unter allen Umständen zu verschaffen
weiß. Dabei muß ich noch hinzusetzen, daß das, was ich damals pekzier-
te, nur ein schwacher Ausläufer dessen war, was, Mitte der dreißiger 21
Jahre, meine Lehrlingsvorgänger geleistet hatten. Einer dieser letztern
war ein junger Falkenberg, entzückender Kerl, angehender oder auch
schon etablierter Don Juan und dabei Sohn eines richtigen, in seiner
Sphäre sogar berühmt gewordenen Polizeirats. Dieser junge Falkenberg
nun – er besaß später die Viktoria-Apotheke, Friedrichstraße, dicht am
Belle-Alliance-Platz – war ein Ausbund von Keckheit und Ausgelassen-
heit, worin er nur noch von seinem ältren Kollegen, einem Roseschen
Neffen, übertroffen wurde. Mit diesem zusammen hatte Falkenberg, in
Tagen und Wochen, wo sie gemeinschaftlich den Nachtdienst hatten,
die ganze Spandauer-Straßen-Gegend devastiert und auf den Kopf gestellt,
und zwar dadurch, daß sie, der eine mit einer kleinen festen Leiter, der
andre mit allerlei Handwerkszeug ausgerüstet, überall die Geschäftsbilder
abbrachen und diese *vertauschten, so* daß, wo beispielsweise »Pastor
Berduscheck« wohnte, den Tag darauf »Hebamme Mittermeier« zu lesen
war und umgekehrt. Wie sich denken läßt, kam es ihnen bei diesem
Treiben darauf an, sich in Anzüglichkeiten zu überbieten. Mitunter aber
scheiterten sie, wenn sie vor einem plötzlich sichtbar werdenden
Nachtwächter die Flucht ergreifen mußten; in solchem Falle nahmen sie
dann die bereits abgerissenen, aber noch nicht umgetauschten Schilder
einfach als gute Prise mit nach Hause. Diese Prisenstücke hatten sich,
wie sich denken läßt, im Laufe zweier Jahre zu einem förmlichen, in einem Kohlenkeller untergebrachten Museum erweitert. Da standen und
lagen sie, verstaubt und vergessen, bis der endliche Abgang des vorge-

nannten Roseschen Neffen ihnen noch einmal zu einer fröhlichen Auferstehung verhalf. Falkenberg, dem Scheidenden ein Fest gebend, wandelte das gemeinschaftlich von ihnen bewohnte Zimmer in eine Art Ruhmeshalle um, drin all die geraubten Gegenstände – darunter namentlich Doktorklingeln mit der Aufschrift »Nachtglocke« sowie auch von Weißbier- und Budikerkellern abgebrochene »Genrestücke« – hoch aufgespeichert waren. Alle diese Spolia opima standen, lagen oder hingen umher, Tannengirlanden dazwischen, und, unter Absingung wehmutsvoller Lieder, gedachte man der schönen Räuberzeit, um auf immer
22 Abschied von ihr zu nehmen.

Neben diesem Übermute verschwand natürlich *mein* Zauberfest, das, wenn ich nicht irre, in den Juli des Sommers vierzig fiel. Anfang September kam dann der alte Rose zurück. Ich seh' ihn noch, wie er mit einem Male vor uns stand: der auf kurzem Halse sitzende Kopf in einer Schnurenkapuze – wie man ihnen auf alten Schweizer- oder Hussitenbildern begegnet –, dazu ganz verbrannt im Gesicht vom ewigen Bergklettern und die Augen leuchtend von Entdecker- und Erobererglück. Denn er hatte mal wieder an einer vor ihm noch unbetretenen Stelle gestanden oder bildete sich's wenigstens ein.

Armer Enthusiast, dein Glück sollte nicht lange dauern! Gleich am andern Morgen durchschritt er sein Gewese, zog sich dann, als er den Rundgang beendet, in sein nur durch einen schmalen Flur von der Apotheke selbst getrenntes Zimmer zurück und wollte hier sehr wahrscheinlich gleich mit Aufzeichnung all der erlebten Herrlichkeiten beginnen. Aber das Schicksal hatte, für diesen Tag wenigstens, anders über ihn beschlossen. In seiner Abwesenheit nämlich war es, unter den Gehülfen, zu Bildung zweier feindlicher Parteien gekommen, die sich nun gegenseitig verklagten und mich mitschleppten, um ihnen nötigenfalls als Zeuge dienen zu können. Jede Partei trug denn auch ihre Sache vor, und der alte Rose hörte eine Weile ruhig zu, wenn man ein dampfmaschinenartiges Prusten und Schnauben ein ruhiges Zuhören nennen kann. Endlich aber unterbrach er die Zänkerei, weil er seinen Unmut nicht länger bezwingen konnte: »Meine Herren … ich bitte Sie … haben Sie Mitleid mit einem alten Manne. Haben Sie denn kein Gefühl für meine Lage …? Da war ich dritthalb Monat in einer großen Natur, ja, meine Herren, in einer *sehr* großen Natur, und nun komme ich zurück, erhoben in meinem Gemüt, erhoben und glücklich, und das erste, was ich hier hören muß, sind Ihre Nichtigkeiten, Ihre Kleinheiten, Ihre

Jämmerlichkeiten. Oh, oh … Ich dächte, Sie hätten mehr Rücksicht auf mich nehmen können.«

Und so ging es noch eine Weile weiter.

Er hatte mit seiner »sittlichen Empörung« aber mal wieder total unrecht und erwies sich nur aufs neue als jener Bourgeois, als den ich ihn schon eingangs zu schildern versucht habe. Wie's *uns* in den dritthalb
Monaten ergangen war – gut genug, aber es konnte doch auch schlecht 23
gewesen sein –, war ihm vollkommen gleichgültig; er fand es »kleinlich« und »elendiglich«, daß sich zwei Menschen gezankt hatten, nicht weil sie sich überhaupt gezankt, denn er konnte sich auch zanken, sondern lediglich, weil ihm dieser Zank unbequem war und ihn hinderte, seine Reisebeschreibung frischweg zu beginnen. Er hatte bloß einen Schein des Rechts auf seiner Seite. Daß es Interessen neben den seinigen gab, leuchtete ihm nicht ein; wir waren einfach Spielverderber. Er gehörte ganz in die Klasse der naiven Egoisten.

In ebendiesem Sommer vierzig war ich sehr fleißig. Wie dies möglich war, ist mir in diesem Augenblick ziemlich unfaßlich. Den Tag über treppauf, treppab, so daß von Muße für Nebendinge keine Rede sein konnte, dazu nachts wenig Schlaf, weil nur allzuhäufig geklopft und geklingelt und ellenlange Rezepte durch eine kleine Kuckluke hineingereicht wurden. Ich weiß also wirklich nicht, wo die Zeit für mich herkam. Aber sie fand sich trotzdem. Ich kann es mir nur so erklären, daß meine geschäftliche Tätigkeit in zwei sehr verschiedene Hälften zerfiel und daß auf vier Wochen »Frontdienst« immer vier Wochen in der »Reserve« folgten. Der Frontdienst nahm mich jedesmal völlig in Anspruch, kam ich dann aber in die Reserve, das heißt ins Laboratorium, wo jede Berührung mit dem Publikum aufhörte, so besserte sich die Situation sehr wesentlich. Hier paßte mir alles vorzüglich, und schon der hohe gewölbte Raum heimelte mich an; was mir aber ganz besonders zustatten kam, das war eine für mich wie geschaffene Beschäftigung, die meiner, durch einen glücklichen Zufall, hier harrte.

Dieser Zufall war der folgende.

Der alte Wilhelm Rose hatte geschäftliche Beziehungen nach England hin, und diese Beziehungen trugen ihm – immer natürlich mit der Elle von damals gemessen – enorme Bestellungen auf einen ganz bestimmten Artikel ein. Dieser Artikel hieß Queckenextrakt oder Extractum Graminis. Jeder Eingeweihte wird nun lachen, weil er eben als Eingeweihter weiß,

daß es keinen gleichgültigeren und beinah auch keinen obsoleteren Artikel gibt als Extractum graminis. In England aber muß es damals Mode
24 gewesen sein, statt unsrer uns nach Marienbad und ähnlichen Plätzen führenden Brunnenkuren eine Queckenextraktkur durchzumachen – nur so läßt es sich erklären, daß wir große Fässer davon nach London, ganz besonders aber nach Brighton hin zu liefern hatten. Alles drehte sich um diesen Exportartikel. Mir fiel die Herstellung desselben zu, und so saß ich denn, tagaus tagein, mit einem kleinen Ruder in der Hand, an einem großen eingemauerten Zinnkessel, in dem ich, unter beständigem Umherpätscheln, die Queckensuppe kochte. Schönere Gelegenheit zum Dichten ist mir nie wieder geboten worden; die nebenherlaufende, durchaus mechanische Beschäftigung, die Stille und dann wieder das Auffahren, wenn ich von der Eintönigkeit eben schläfrig zu werden anfing – alles war geradezu ideal, so daß, wenn zwölf Uhr herankam, wo wir unser Räuberzivil abzulegen und uns für »zu Tisch« zurechtzumachen hatten, ich die mir dadurch gebotene Freistunde jedesmal zum Niederschreiben all dessen benutzte, was ich mir an meinem Braukessel ausgedacht hatte. Bevor der Herbst da war, hatte ich denn auch zwei größere Arbeiten vollendet: eine Dichtung, die sich »Heinrichs IV. erste Liebe« nannte, und einen Roman unter dem schon das Sensationelle streifenden Titel: »Du hast recht getan«.

Der Stoff zu der erstgenannten epischen Dichtung war einer Zschokkeschen Novelle, der Roman einem Ereignis entnommen, das sich eben damals in einem abgelegenen Teile von Mark Brandenburg zugetragen hatte. Folgendes war der Verlauf: Eine schöne Amtsratstochter, an einen Oberförster verheiratet, lebte seit ein paar Jahren in einer sehr glücklichen Ehe. Da mit einem Male stellte sich ein mauvais sujet bei ihr ein, ein Mann von kaum dreißig, der früher als Gärtner oder Jäger in ihres Vaters Diensten gestanden und mit dem sie damals ein Liebesverhältnis unterhalten hatte. Der forderte jetzt Geld, überhaupt Unterstützung von ihr, weil er arm und elend sei. Sie gab ihm denn auch, was sie hatte. Dies wiederholte sich mehrere Male, und weil ihre Mittel zuletzt erschöpft waren und sie nicht mehr aus noch ein wußte, der Strolch aber immer zudringlicher wurde, so beschloß sie, der Sache ein Ende zu machen. Sie lud ihn in den Wald zu einer neuen Begegnung ein, zu der er auch
25 kam, und zwar bewaffnet, weil er der Sache nicht recht mehr trauen mochte. Ganz zuletzt aber, als er sich wieder in der Liebhaberrolle zu versuchen trachtete, war er unvorsichtig genug, das Gewehr beiseite zu

stellen. Im selben Augenblicke griff sie danach und schoß ihn über den Haufen. Dann ging sie zurück, um ihrem Manne zu sagen, wie's stünde. Dieser war mit allem einverstanden und sagte ruhig: »*Du hast recht getan.*« Der Spruch der Gerichte, vor die die Sache kam, lautete auf etliche Jahre Gefängnis, ein Urteil, das der König in kurze Festungshaft in Glatz oder Kosel umwandelte. Nachdem die junge Frau hier Gegenstand allgemeiner Huldigung gewesen war, kehrte sie in die Oberförsterei zurück, von ihrem Manne im Triumph eingeholt. – So die Geschichte, die mich begeistert hatte; der Naturalist steckte mir schon im Geblüt. Was ich geschrieben, schickte ich an ein zu jener Zeit vielgelesenes Blatt, das, glaub' ich, der »Volksfreund« hieß, erhielt es aber mit dem Bemerken zurück, »es ginge nicht; es sei zu anzüglich.« Ich beruhigte mich dabei und deponierte das Manuskript, weil ich bald danach Berlin verließ, in die Hände eines Bekannten von mir. Wie mir berichtet worden, ist dann alles viele Jahre später, während ich im Auslande war, irgendwo gedruckt worden, eine Sache, die mir mit einem andern Romane noch ein zweites Mal passiert ist. Es war diese zweite Arbeit die Übersetzung einer sehr guten Erzählung der Mrs. Gore. Titel: »The money-lender«. Ein armer Anfänger kann seine Sachen, sie seien gut oder schlecht, nie recht anbringen, weil er nicht Bescheid weiß; hat dann aber ein Geschäftskundiger, der mitunter in ziemlich sonderbarer Weise zu solchem Manuskripte gekommen ist, die Sache in Händen, so ist es für *den* wie bar Geld; kriegt er nicht viel, so kriegt er wenig.

»*Du hast recht getan*« hatte für mich noch ein Nachspiel oder dergleichen, um dessentwillen ich überhaupt in solcher Ausführlichkeit bei der Geschichte verweilt habe.

Sommer zweiundneunzig, also *zweiundfünfzig Jahre* nach Niederschreibung jener Jugendarbeit, saß ich in einer Sommerwohnung in Schlesien, den schönen Zug des Riesengebirges als Panorama vor mir. Eines Morgens traf »eingeschrieben« ein ziemlich umfangreiches Briefpaket ein, augenscheinlich ein Manuskript. Absender war ein alter Herr, der, zur
Zeit als Pensionär in Görlitz lebend, in seinen besten Mannesjahren 26
Bürgermeister in jener Stadt gewesen war, in deren Nähe die vorerzählte Tragödie gespielt und in deren Mauern die Prozeßverhandlung stattgefunden hatte. Während seiner Amtsführung war ihm die Lust gekommen, sich eingehender mit jener Cause célèbre zu beschäftigen, und was er mir da schickte, war das den Akten entnommene Material zu einem, wie er mit Recht meinte, »märkischen Roman«. In den Begleitzeilen hieß

es: »Ich schicke *Ihnen* das alles; denn Sie sind der Mann dafür, und ich würde mich freun, den Stoff, der mir ein sehr guter zu sein scheint, durch Sie behandelt zu sehn.«

Man stelle sich vor, wie das auf mich wirkte. Die Beantwortung des Briefes war nicht leicht, und ich schrieb ihm ausweichend, »ich sei zu alt dafür.« Wenn aber dem liebenswürdigen Herrn diese »Mitteilungen aus meinem Leben« in Blatt oder Buch zu Gesicht kommen sollten, so wird er aus ihnen den eigentlichen Grund meiner Ablehnung ersehn. Ihm diesen eigentlichsten Grund zu schreiben, war *damals* unmöglich; es hätte auf ihn wirken müssen, wie wenn man einen freundlichen Anekdotenerzähler undankbar mit dem Zurufe: »Kenn' ich schon« unterbricht.

Zweites Kapitel

Literarische Vereine. Der Lenau-Verein: Fritz Esselbach, Hermann Maron, Julius Faucher

Am Schluß des vorigen Kapitels sprach ich von ein paar Arbeiten, einem kleinen Epos und einem längeren Roman, an denen ich während des Sommers 1840 arbeitete. Das leitet mich zu dem *literarischen Verkehr* hinüber, den ich damals hatte. Dieser war, auf meine bescheidenen Lebensverhältnisse hin angesehn, ein sehr guter zu nennen und machte mich ziemlich gleichzeitig zum Mitgliede zweier Dichtergesellschaften, deren eine sich nach *Lenau,* die andere nach *Platen* benannte. Den beiden Dichtern, die die Paten und Namensgeber dieser Vereine waren, bin ich
27 bis diesen Tag treu geblieben.

Ich beginne mit dem *Lenau-Verein,* in den ich mich durch meinen Freund Fritz Esselbach eingeführt sah. Zunächst ein Wort über diesen meinen Freund.

Meine Bekanntschaft mit ihm – *Fritz Esselbach* – datierte schon von der Schule her und hatte sich so plötzlich und beinah so leidenschaftlich eingeleitet, wie sonst nur eine Liebe, nicht aber eine Freundschaft zu beginnen pflegt. Ich war auf einem märkischen Gut zu Besuch gewesen und machte von dorther die Rückreise nach Berlin mit einer jener immer nach Juchtenleder riechenden alten Fahrposten. Gleich nach Mitternacht kamen wir in Oranienburg an, in dessen Passagierstube mir ein schlank

aufgeschossener junger Mann von etwa fünfzehn Jahren auffiel, der für nichts andres Augen zu haben schien als für seine drei jüngeren Geschwister. Ich wurde sofort von einem Gefühl stärkster Zuneigung erfaßt und sagte mir: »Ja, *so* möchtest du sein! Ja, wenn du solchen Freund je haben könntest!« Aber wer beschreibt mein Staunen und Entzücken, als ich denselben jungen Menschen am andern Morgen in meiner Schulklasse vorfand. Er hatte bis dahin dem »Joachimsthal« angehört und sich erst ganz vor kurzem entschlossen, das Gymnasium mit der Gewerbeschule zu vertauschen, weil ihm alte Sprachen zu schwer wurden. Er war überhaupt von sehr mäßigen Anlagen, aber von einem ganz ausgezeichneten Charakter, fein, vornehm, treu, gütig. Leider auch ein wenig sentimental und dabei ganz Idealist, was verhängnisvoll für ihn wurde. Ziemlich spät, als er schon Mitte der Zwanzig sein mochte, begann er, sich der Landwirtschaft zu widmen, und ging zu diesem Behufe nach Schlesien, allwo er denn auch, nachdem er sich in höherem Mannesalter glücklich verheiratet hatte, gestorben ist. In den Jahren aber, die seiner Verheiratung weit vorausgingen, ging er durch schwere Prüfungen. Er hatte sich auf dem Gut, auf dem er die Landwirtschaft zu lernen begann, in ein Hofemädchen verliebt, so leidenschaftlich, so bis zum Sterben, daß er sie zu heiraten beschloß. Ihr ganz ungewöhnlicher Liebreiz, mit natürlicher Klugheit gepaart, ließ diesen Entschluß auch als verständig erscheinen. Er gab sie, nach Breslau hin, in Pension, um sie hier heranbilden zu lassen, und ersehnte den Tag ihrer Vereinigung. In den Sternen 28
aber war es anders beschlossen; seine halb väterliche pädagogische Fürsorge, die es mit Bildung und Erziehung ganz ernst nahm, erschien dem reizenden Geschöpf alsbald nur langweilig und komisch, und so wandte sie sich andern Göttern zu. Das Verlöbnis mußte wieder gelöst werden, nachdem es ihm ein Stück seines besten Herzens gekostet hatte.

Sommer 1840 aber, um die Zeit, von der ich hier erzähle, standen diese schmerzlichen Ereignisse noch weit aus, und Fritz Esselbach erfreute sich froher, glücklicher Tage, die die natürliche Folge seiner großen Beliebtheit waren. Er war in mehr als einem Kreise heimisch und bewegte sich innerhalb der Finanz- und Beamtenwelt mit derselben Leichtigkeit wie innerhalb der Bourgeoisie. Gelegentlich nahm er mich in diese Kreise mit, und so kam es meinerseits zu Gastrollen.

Von einer dieser Gastrollen, und zwar einer innerhalb der Bourgeoisie gegebenen, spreche ich hier zuerst.

»Weißt du«, so hieß es eines Tages seinerseits, »du könntest mir eigentlich eine Polterabendrolle schreiben, und wenn du's noch besser mit mir vorhast, so schreibst du dir selber auch eine und begleitest mich.«

»Wo ist es denn?«

»Es ist bei einem Hofschlächtermeister in der Klosterstraße. Dicht neben dem ›Grünen Baum‹.«

»O, das ist ja meine Gegend. Von da fahren ja immer unsre Ruppiner Hauderer ab. Ich bin nämlich mit Permission ein Ruppiner.«

»Nun gut; nimm das als einen Fingerzeig.«

Und wirklich, ich schrieb nicht bloß *ihm,* sondern auch *mir* eine Polterabendrolle. Von der seinigen weiß ich nichts mehr, die meinige aber war die eines ruppigen, den linken Fuß etwas nachziehenden und als Hochzeitsgeschenk eine Amor-und-Psyche-Gruppe bringenden Gipsfigurenhändlers. Der Triumph war vollständig und größer, als ich ihn je wieder in meinem Leben erlebt habe. Daran denkt man gern zurück. Aber auch sonst noch war der Abend von großem Interesse für mich, denn ich habe mich damals zum ersten und zum letzten Male in
29 einem wirklich reichen Alt-Berliner Bürgerhause bewegt. Ich empfing davon in jedem Anbetracht den allergünstigsten Eindruck. Daß es hoch herging, daß die Festräume von Lichtern und Gold und Silber glänzten, versteht sich von selbst, aber es ging zugleich auch ein völlig aristokratischer Zug durch das Ganze, der sich neben anderm ganz besonders darin aussprach, daß, bei freundlichstem Entgegenkommen, alles von einer gewissen Reserviertheit begleitet war. Wie's innerhalb derselben Sphäre heutzutage steht, kann ich mit Sicherheit nicht angeben, aber ich möchte, nach Beobachtungen auf einigermaßen angrenzendem Gebiet, beinah glauben, daß wir seitdem keine sonderlichen Fortschritte gemacht haben. Vielleicht war es auch ein ganz besonders gutes Haus.

Das zweitemal, wo sich Fritz Esselbach, und zwar unter Assistenz einer ringellöckigen Dame, meiner bemächtigte, stand wieder ein Polterabend in Sicht, aber diesmal in einem ganz andern Kreise. Der bis vor kurzem noch unter uns lebende, längst zu einer Zelebrität gewordene Professor *Kummer* verheiratete sich mit einer Mendelssohnschen Tochter, und der Polterabend wurde Neue Kommandantenstraße gefeiert, im Hause der Brauteltern. Ich traf etwas verspätet ein, als man eben schon die Plätze vor der im Saal aufgeschlagenen Bühne verlassen wollte. Voll großer Güte gegen mich aber machte man kehrt, nahm die Plätze wieder ein und ließ sich eine Gärtnerburschenrolle, will also sagen das denkbar

Trivialste, ruhig und selbst unter Beifallsbezeigungen gefallen. Trotzdem war es, gemessen an meinem als Gipsfigurenhändler eingeheimsten Erfolge, kaum ein Succès d'estime, worüber mich auch die große Liebenswürdigkeit der Wirte wie der Gäste nicht täuschen konnte. Vorn, im Zuschauerraum, stand ein Militär, Stabsoffizier, der sich, als ich von der Bühne herab in den Saal trat und da umherirrte, mit mir armen verlegenen Jungen entgegenkommend unterhielt. Anderthalb Jahrzehnte später verging kaum ein Gesellschaftsabend im Franz Kuglerschen Hause, wo mir nicht Gelegenheit gegeben worden wäre, die Bekanntschaft von damals zu erneuern. Er, der sich meiner an jenem Polterabende so freundlich angenommen hatte, war ein Schwager Franz Kuglers, der Major – spätere General – *Baeyer,* der berühmte Geodätiker, Schöpfer seiner Wissenschaft. 30

Fritz Esselbach, überall mein Introdukteur, führte mich auch, wie schon eingangs hervorgehoben, in den *Lenau-Klub* ein. Den Anstoß dazu gab aber nicht meine Dichterei, sondern eine ganz zufällige Begegnung, ohne welche meine Bekanntschaft mit diesem Dichterverein vielleicht nie stattgefunden hätte. Von dieser Begegnung zunächst ein Wort.

Wir, Fritz Esselbach und ich, kamen vom Tiergarten her und schlenderten über den Karlsplatz fort, auf die Oranienburger Straße zu, an deren entgegengesetztem, also ganz in der Nähe des Haakschen Marktes gelegenen Ende Fritz Esselbach wohnte. Als wir bis an die Ecke der Auguststraße gekommen waren, sah ich, daß hier, eine Treppe hoch, gerad über der Tür eines Materialwarenladens, ein junger Mann im Fenster lag und seine Pfeife rauchte. Fritz Esselbach grüßte hinauf. Der junge Mann, dem dieser Gruß galt – ein Mädchenkopf, mit einer in die Stirn gezogenen gelben Studentenkappe – , wirkte stark renommistisch; noch viel renommistischer aber wirkte seine Pfeife. Diese hatte die Länge eines Pendels an einer Turm- oder Kirchenuhr und hing, über die Ladentür fort, fast bis auf das Straßenpflaster nieder. Vor der Ladentür, weil gerade »Ölstunde« war, war ein reger Verkehr, so daß die Pfeife beständig Pendelbewegungen nach links oder rechts machen mußte, um den Eingang für die Kunden, die kamen, freizugeben. Natürlich wär' es für den Ladeninhaber, der zugleich Hausbesitzer war, ein kleines gewesen, sich dies zu verbitten, er ließ den Studenten da oben aber gern gewähren, weil dieser seltsame Schlagbaum ein Gegenstand stärkster Anziehung, eine Freude für die Dienstmädchen der ganzen Umgegend war; alle wollten an der Studentenpfeife vorbei.

»Wer ist denn das?« fragte ich. »Du grüßtest ja hinauf.«

»Das ist *Hermann Maron.*«

»Kenn' ihn nicht.«

»Dann mußt du ihn kennenlernen. Er macht auch Verse, ja, ich glaube, bessere als du. Nächsten Sonnabend ist Sitzung unsres Lenau-Vereins. Ich bin selber erst seit kurzem Mitglied, aber das tut nichts; ich werde dich einführen.«

Und so geschah es. Zu festgesetzter Stunde stieg ich mit meinem
31 Freunde die schmale stockdunkle Stiege hinauf und wurde, nachdem wir uns ins Helle durchgetappt hatten, einem in einem kleinen und niedrigen Zimmer versammelten Kreise junger Männer vorgestellt. Es waren ihrer nicht viele, sechs oder acht, und nur zwei davon haben später von sich reden gemacht. Der eine war der von jener flüchtigen Begegnung her mir schon bekannte *Hermann Maron* selbst, der andre war *Julius Faucher.* Beide vollkommene Typen jener Tage.

Hermann Maron, unser Herbergsvater, gab den Ton an. Er war aus einem sehr guten Hause, Sohn eines Oberforstmeisters in Posen, und hatte sich, von Jugend an maßlos verwöhnt, in völlige Prinzenmanieren eingelebt. Selbst der skeptische und an Klugheit ihm unendlich überlegene Faucher unterwarf sich ihm, vielleicht weil er, wie wir alle, in den bildhübschen Jungen verliebt war. Dazu kam Marons offenbare dichterische Überlegenheit. Eins seiner Gedichte führte den Titel: »Ich mach' ein schwarzes Kreuz dabei«, Worte, die zugleich den viermal wiederkehrenden Refrain des vierstrophigen Liedes bildeten. Mutter, Freund, Geliebte sind vor ihm hingestorben, und die Frage tritt jetzt an ihn heran, was seiner wohl noch harre in Leben, Liebe, Glück. Und: »Ich mach' ein schwarzes Kreuz dabei« lautet auch hier wieder, vorahnend, die Antwort. Sein Leben war ein verfehltes, und jäh schloß es ab.

Meine Bekanntschaft mit ihm war damals, Sommer 1840, nur von kurzer Dauer, auch kamen wir uns nicht recht näher, weil ich, trotz des glatten Gesichts, ja, ich möchte fast sagen, um desselben willen, etwas Unheimliches an ihm herausfühlte. Vier, fünf Jahre später sah ich ihn flüchtig wieder. Er war in manchem verändert, nur nicht darin, daß er durchaus Sensation machen mußte. Sonderbarerweise verfuhr er dabei ganz nach seinen früheren Inszenierungsprinzipien. Er wohnte zu jener Zeit zwei Treppen hoch in der Kronenstraße und gefiel sich, ganz ähnlich wie früher, darin, sich zur Erbauung der Vorübergehenden derart ins offne Fenster zu setzen, daß seine Beine links und rechts neben dem

Fensterkreuz herunterhingen. So saß er da, lesend, rauchend, während drüben das Abendrot über den Dächern hing.

Dann – aber erst geraume Zeit später – ersah ich aus den Zeitungen,
daß er sich einer nach Ostasien (Japan) bestimmten staatlichen Expedi- 32
tion angeschlossen habe, deren Chef Graf Fritz Eulenburg, der spätere Minister des Innern, war. Marons Stellung zu Graf Fritz Eulenburg, der wohl eine Vorliebe für derartig aparte Persönlichkeiten haben mochte, war die denkbar beste, so daß sich ihm, dem sichtlich Bevorzugten, eine glänzende Zukunft zu bieten schien. Er gab auch ein Buch über Japan heraus, das sehr gerühmt wurde. Trotzdem wollte es nichts Rechtes mit ihm werden, so daß er es schließlich als ein großes Glück ansehen mußte, daß sich eine reiche, nicht mehr junge schlesische Dame in ihn verliebte. Die Vermählung fand statt, und es folgten halbwegs glückliche Jahre, wenn das Gefühl, aus den Schulden und Verlegenheiten heraus zu sein, ausreicht, einen Menschen glücklich zu machen. In diesen Jahren sah ich ihn wieder, als einen Sechziger oder doch nicht viel jünger. Es war in einem großen Zirkel bei Wilhelm Gentz, dem Afrikamaler, Hildebrandstraße 5.

»Alle Wetter, Fontane, daß ich Sie hier wiedersehe. Wie geht es Ihnen?«

»La la.«

»Ja, la la. Gott, wenn ich an die Auguststraße zurückdenke und unsre Verse. Viel ist nicht dabei 'rausgekommen. Ich müßte Sie denn ausnehmen.«

Das Verbindliche, das in der Schlußwendung zu liegen schien, bedeutete nicht viel, denn der Spott überwog.

Ich versuchte nun von Japan und Graf Eulenburg zu sprechen. Aber er unterbrach mich und sagte: »Ach, lassen wir doch das. Ich will Sie lieber mit meiner Frau bekannt machen. Ich bin nämlich verheiratet.« Und dabei wies er, während er übermütig lachte, auf eine ein paar Schritt zurückstehende Dame.

Die alte Dame selbst hatte ein unbedeutendes, aber sehr gutes und freundliches Gesicht, und man sah deutlich, daß sie, trotzdem seine Haltung nur Überheblichkeit und keine Spur von Respekt ausdrückte, doch nur für ihn lebte. Wir tauschten unsre Karten aus und wollten uns besuchen und von alten Zeiten sprechen.

Es kam aber nicht dazu, denn nicht sehr viel später schied er aus dem Leben. Es verlief so. Das Vermögen der Frau war aufgezehrt, und er

33 bezog eine Wohnung, wenn ich nicht irre, ganz in Nähe des Oranienburger Tores, nur wenig hundert Schritt von jener Auguststraßenecke entfernt, wo ich ihn vierzig Jahre früher kennengelernt hatte. Die Verlegenheiten wurden immer größer, und er beschloß seinen Tod. Sein Verfahren dabei war Maron vom Wirbel bis zur Zeh. Er zeigte sich übrigens, als die Stunde da war, nicht ohne eine gewisse, wenn auch nur von Dankbarkeit und vielleicht mehr noch von Charakterkenntnis diktierte Liebe zu seiner Frau, und so kam es denn, daß er sich die Frage stellte: »Ja, wenn du nun fort bist, was wird alsdann aus dieser Armen, die nie für sich denken und handeln konnte? Das beste ist, sie stirbt mit.« Und so saßen sie denn auf dem Sofa der immer öder gewordenen Wohnung und nahmen ein allereinfachstes Frühstück ein. Die Frau, ahnungslos, ließ es sich schmecken, und noch den Bissen im Munde, traf sie die tödliche Kugel. Im nächsten Augenblick schoß er sich selbst durch die Schläfe.

Charakteristisch war auch der an den Hauswirt gerichtete Brief, der sich auf seinem Schreibtisch vorfand. Er entschuldigte sich darin, daß er nicht bloß die Miete nicht gezahlt, sondern durch sein Tun auch das Weitervermieten erschwert habe. Das war sein Letztes. »Ich mach' ein schwarzes Kreuz dabei.«

Viel bedeutender als Maron und überhaupt der weitaus Bedeutendste des ganzen Kreises war *Julius Faucher*. Nur sehr wenige sind mir in meinem langen Leben begegnet, die reicher beanlagt gewesen wären, und keinen habe ich kennengelernt, an dem man das, was man damals ein »Genie« nannte, so wundervoll hätte demonstrieren können wie an ihm. Ich sage mit Vorbedacht »damals«; jetzt denkt man Gott sei Dank anders darüber. Man weiß jetzt, daß ein Philister ersten Ranges ein großes Genie sein kann, ja, erst recht, während man sich ein solches, in den dreißiger und vierziger Jahren, ohne bestimmte moralische Defekte nicht gut vorstellen konnte. Jedes richtige Genie war auch zugleich ein Pump- und Bummelgenie. Von dieser Regel gab es nur wenig Ausnahmen.

Faucher erschien in den Sonnabendsitzungen, die, wie schon kurz erwähnt, bei Maron stattfanden, mit großer Pünktlichkeit, sprach aber
34 wenig, weil ihn unser lyrisches Treiben eigentlich langweilte, nicht aus Mangel an literarischem Verständnis, sondern umgekehrt, weil er von künstlerischem Sinn mehr besaß als wir. Er hatte die feinere Zunge und

zeigte sich vor allem als der kritisch Überlegene. Die Hauptsache waren ihm die Kneipereien, die sich an die »Sitzungen« anschlossen. An mir nahm er ein gewisses Interesse, was halb schmeichelhaft, halb unschmeichelhaft war. Er sah mich aus seinen klugen Augen an und schien dabei sagen zu wollen: »Es ist doch unglaublich, was noch für Menschen vorkommen.« Einmal lud er mich ein, ihn zu besuchen. Seine Wohnung war Unter den Linden, die Nachbarecke von Kranzler. Wenn ich nicht irre, führten breite Außentreppen, wie man sie in Schweizer Häusern sieht, zu seinem in einem Hofflügel gelegenen Zimmer hinauf. Man sah, wenn man eintrat, sofort, daß er aus einem guten Hause stammte; von der herkömmlichen Ödheit einer Berliner Chambre garnie zeigte sich nichts, alles war eigentümlich und anheimelnd zugleich, und statt der »Philöse« erschien ein hübsches Mädchen, das den Tee brachte.

»Nun, lieber Fontane, es ist nett, daß Sie gekommen sind. Ich habe Sie gebeten, um Sie heute abend mit einem Dichter bekannt zu machen.«

Er sah wohl an meinen Augen, daß ich, nach diesen seinen Einleitungsworten, einen zweiten Besucher erwartete.

»Nein«, lachte er, »nicht so. Der Dichter, mit dem ich Sie bekannt machen will, liegt hier schon auf dem Tisch. Und es ist niemand anders als unser Schutzpatron *Lenau.* Sie kennen ihn nicht, das haben Sie mir letzten Sonnabend freimütig gestanden; aber die andern, die sich alle für Lenau-Enthusiasten halten, kennen ihn eigentlich auch nicht. Maron kennt die ›Schilflieder‹, damit schließt so ziemlich seine ganze Weisheit ab.«

»Die ›Schilflieder‹?«

»Ja. Und ich freue mich, daß *Sie* sie noch nicht kennen, denn ich komme dadurch zu dem Vergnügen, Ihnen diese wundervollen Sachen vorlesen zu können.«

Und nun begann er. Ich war hingerissen, was ihn sichtlich freute. »Ja, Freund«, nahm er wieder das Wort, »da kommt nun freilich unser Maron
nicht gegen an, trotzdem er sich's beinah einbildet. Aber diese ›Schilflie- 35
der‹, das ist doch gar nichts; hören Sie weiter.«

Und nun las er mir aus der ersten Abteilung – nur etwa dreißig Seiten, die aber das Beste enthalten, was Lenau geschrieben hat – noch etliche Sachen vor: »Nach Süden«, »Dein Bild«, »Das Mondlicht«, »Nächtliche Wandrung«, »Bitte«, »Das Posthorn«.

Der Eindruck auf mich war ein großer, überwältigender. Drei Tage später hatte ich die Gedichte. Das damals erstandene Exemplar hat mich durchs Leben hin begleitet, und ich lese noch darin. Ich würde das noch öfter tun, wenn ich die vorgenannten Stücke nicht auswendig wüßte. Sie sind meine Lieblinge geblieben. Der Mehrzahl haftet etwas Schmerzrenommistisches an, aber trotzdem finde ich sie schön bis diesen Tag.

Im Herbst 1840 verließ ich Berlin und kam, wie von dem ganzen Kreise, so auch von Faucher ab. Erst fünf Jahre später sah ich ihn wieder. Ich war damals in der Schachtschen Apotheke, Ecke der Friedrichs- und Mittelstraße. Eines Abends, auf dem Heimwege, sah ich mich, keine dreißig Schritt mehr von meiner Wohnung entfernt, von sechs, acht Strolchen, die sofort einen Kreis um mich schlossen, angebettelt. Alle hatten die Rockkragen in die Höhe geklappt und die Mützen und Hüte tief 'runtergezogen; ein paar humpelten, einer schien bucklig oder wenigstens mit sehr hoher Schulter. Dieser trat an mich heran, streckte mit gemachter Ängstlichkeit seine hohle Hand gegen mich aus und sagte: »Herr Jraf, bloß Zweigroschen.« Es war Faucher. Ich hätte nun sagen können: »Faucher, seien Sie nicht verrückt.« Aber das wäre Spielverderberei gewesen und hätte vielleicht auch zu sonderbaren Auseinandersetzungen geführt. Ich suchte also nach dem geforderten Geldstück, und weil ich ein solches leider nicht finden konnte, mußte ich mich mit einem Viergroschenstück loslösen, wofür ich unter devoten Bücklingen und heitrem Gejohle im Hintergrunde belobt wurde. Bald darauf erfuhr ich, daß die Raubzüge dieser Bande mit einer Art Regelmäßigkeit unternommen würden, immer in nächster Nähe der Linden, und daß sie's dabei bis auf mehrere Taler brächten, die dann sofort im Kap-Keller – zweites
36 Haus in der Friedrichsstraße – verkneipt wurden.

Aus welchen Elementen sich die Bande zusammensetzte, hab' ich nie sicher in Erfahrung gebracht. Wahrscheinlich fanden sie sich zufällig zusammen, vielleicht aber waren es auch einige der berühmten »Sieben Weisen aus dem Hippelschen Keller«, die den damaligen eigentlichen Umgang Fauchers bildeten. Alle Sieben haben eine Rolle gespielt. Es waren, wenn ich recht berichtet bin, die folgenden: Bruno Bauer, Edgar Bauer, Ludwig Buhl, Max Stirner, Leutnant St. Paul und Leutnant Techow. Der siebente war eben Faucher selbst.

Zu diesen hier Genannten, mit Ausnahme von Buhl und Stirner, bin ich zu verschiedenen Zeiten in wenigstens lose Beziehungen getreten. *Bruno Bauer* sah ich, zwanzig Jahre später, als er das Wagenersche Konversationslexikon schrieb, allwöchentlich einmal auf der Kreuzzei-

tungs-Druckerei, wenn er in seinen Schmierstiefeln, mit Knotenstock
und Schirmmütze, von Rixdorf nach Berlin hereinkam. In einem späteren
Kapitel erzähl' ich davon. Seine Bedeutung steht fest; mein Geschmack
aber war er offen gestanden *nicht*. Mit seinem Bruder *Edgar* war ich in
den fünfziger Jahren in England oft zusammen. Er stand wohl, in der
Hauptsache, dem älteren Bruder um ein erhebliches nach, war ihm aber
an Witz und glücklichen Einfällen überlegen. Nur *ein* Beispiel stehe hier
für viele. Gleich nach dem Regierungsantritt König Wilhelms war auch
Edgar Bauer, wie so viele Flüchtlinge, von London nach Berlin zurückgekehrt, sah sich aber hier alsbald in Preßprozesse verwickelt und wurde
durch den Landgerichtsrat *Pielchen* verurteilt. Er verkündete dies seinen
Lesern in einem Leitartikel, der, wie folgt, anhob: »Wie den Individuen,
so werden auch den Völkern alle Gnadengeschenke nach einer besonderen Skala zugemessen – England hatte vordem seinen Peel, Preußen hat
jetzt sein Pielchen.« Über meine Begegnung mit *Saint Paul* habe ich in
meinem Scherenberg-Buche ziemlich ausführlich berichtet, und Leutnant
Techow lernte ich im Herbst achtundvierzig kennen, als er als Festungs-
gefangener oder vielleicht auch erst in Untersuchungshaft in den Kase-
matten von Spandau saß. Der Tag ist mir unvergeßlich. Ein Verwandter
von mir, ein in der Pépinière lebender Bataillonsarzt, forderte mich zu
dieser Techow-Expedition auf, deren eigentlicher Unternehmer Du Bois-
Reymond war. Dieser hat sich auch späterhin, als er längst eine Weltbe- 37
rühmtheit geworden, in einer schönen und mich erschütternden Weise
als Freund Techows bekannt und seinen Fürsprecher gemacht. Leider
ohne Erfolg. Ich sage »leider«, aber nur aus menschlicher Mitempfindung
heraus, während ich im übrigen der kriegsministeriellen Entscheidung,
die Techow für immer vom vaterländischen Boden ausschloß, zustimme.
Es gibt eben Dinge, Gott sei Dank nicht oft, bei denen nicht gespaßt
werden darf und wo der ausnahmsweise *wirkliche* Ernst der Sache – das
meiste ist bloß Larifari – das Gemütlichsein verbietet … Wir trafen also
nachmittag bei Techow ein. Die Kasematte, drin er saß, glich einem in
einen Eisenbahndamm eingeschnittenen Kellerraum, hatte aber nichts
sonderlich Bedrückliches. Techow war lebhaft, quick, elastisch. Was gesprochen wurde, weiß ich nicht mehr, trotzdem ich sonst immer bei
unalltäglichen Gelegenheiten gut aufzupassen verstand. Über Techows
weitres Leben zu berichten, über seine Flucht, seinen Aufenthalt erst in
London und dann in Melbourne – wo er Droschkenkutscher war – und
endlich über seine Rückkehr an die Heimatstür, um an dieser abgewiesen

zu werden – dazu ist hier nicht der Ort. Ich erzähle deshalb lieber ein
paar Einzelnheiten aus dem Leben, das die »Sieben Weisen des Hippelschen Kellers« damals führten, gleich hinzusetzend: relata refero.

Einige Mitglieder des Kreises verheirateten sich. Der erste, der es
wagte, war der seitdem so berühmt gewordene Stirner. Seine Frau hatte
etwas Geld, das, der Weisheit der »Sieben Weisen« entsprechend, sofort
in einem großen Gesamtunternehmen angelegt werden sollte. Man beschloß, eine »Milchwirtschaft« einzurichten, und zwar nach demselben
Prinzip, das viele Jahre später von dem praktisch klugen Bolle zu seinem
und der ganzen Stadt Segen glorreich durchgeführt wurde. Die »Sieben«
unternahmen Reisen auf die umliegenden Dörfer – ich hätte dabeisein
mögen, wenn zum Beispiel St. Paul mit einer jungen Melkerin im Kuh-
stall verhandelte – und schlossen mit zahllosen Pächtern und Bauernguts-
besitzern Kontrakte über Milchzufuhr ab. Von einem bestimmten Tage
an hatte jeder soundso viele Quart zu liefern. Das Bureau und die Kel-
38 lerräume, alles ganz großartig, befanden sich in der Bernburger Straße.
Die Milch kam denn auch, aber die Käufer blieben aus, und nachdem
schließlich mehrere Tage lang ein gewisser saurer Milchton die ganze
Bernburger-Straßen-Luft durchzogen hatte, sah man sich genötigt, eines
Nachts den ganzen Vorrat in die damals noch in Blüte stehenden Berliner
Rinnen ablaufen zu lassen.

Das Vermögen der Frau Stirner war hin.

Aber die »Sieben« waren nicht die Leute, sich solche Bagatellen zu
Gemüte zu nehmen. Ihre gute Laune blieb dieselbe, vor allem ihr Übermut, der nur in Form und Gegenstand beständig wechselte. Sie trieben
dergleichen sportsmäßig, und Schraubereien standen ihnen obenan. In
Stehelys Konditorei hatten sich damals ein paar Korrespondenten einge-
nistet, die mehrere süddeutsche Blätter von Klang und Namen mit politischen Neuigkeiten aus der ministeriellen Obersphäre zu versorgen
hatten. Über einen dieser Korrespondenten hatten sich die »Sieben« aus
einem vielleicht stichhaltigen, aber noch wahrscheinlicher *nicht* stichhaltigen Grunde geärgert und beschlossen deshalb, ihn »hineinzulegen«.
Jeden Tag, solange diese Verschwörung anhielt, erschienen Faucher,
Saint Paul und Edgar Bauer an einem bestimmten Tische der Stehely-
schen Konditorei, vorgeblich um zu lesen, in Wahrheit aber, um eine
gefälschte politische Debatte zu führen und grotesk erfundene Nachrichten in Kurs zu setzen. »Heinrich Arnim ist seit kurzem fest entschlossen
...«, und nun kam etwas so Stupendes, daß der am Nachbartisch sitzende

Korrespondent notwendig die Ohren spitzen mußte. Drei Tage später hatten die Verschworenen den Hochgenuß, den ganzen Galimathias in der einen oder andern Zeitung wiederzufinden.

Ein andres Opfer der »Sieben Hippelschen« war der Schriftsteller Saß, der sogenannte »lange Saß«. Er maß sechs Fuß und befleißigte sich einer dieser Größe fast gleichkommenden Feierlichkeit, woraufhin er sich natürlich als komische Figur behandelt sah. Immer neue Späße variierten das alte Thema vom Gulliver, das aber erst Anfang der fünfziger Jahre, wo die Hippelschen schon nicht mehr existierten oder doch nach allen Seiten hin zerstoben und verflogen waren, in einem illustrierten Witzblatte seinen glorreichen Abschluß fand. Der lange Saß war damals po- 39
litischer Korrespondent in Paris, und das Blatt, ich glaube der Kladderadatsch, das sich mit ihm beschäftigte, zeigte zunächst, hochaufragend, die beiden Türme von Notre-Dame. Auf einem dieser Türme aber stand niemand Geringeres als Louis Napoleon selbst, unwirsch und halb verlegen, weil ihm die Zigarre ausgegangen war. Indessen Hülfe war nah. Der mit seinem Kopf gerade bis an die Balustrade reichende Saß kam rauchend vorüber und wurde denn auch von Louis Napoleon herangerufen und kameradschaftlich um Feuer angesprochen.

In diesem Bilde, das bei Saß' Popularität sein Publikum fand, lebte – sozusagen von der »milderen Observanz« – ganz schon jene moderne Form des Witzes, wie sie im wesentlichen noch jetzt in Gültigkeit ist; der vormärzliche Witz aber war viel, viel boshafter, persönlich beleidigender, vor allem unendlich überheblicher. Er lief darauf hinaus, alle Welt außer der eigenen werten Person als dumm hinzustellen und Freund und Feind zu düpieren. Die Lust daran beherrschte die damalige höher potenzierte Menschheit oder doch die, die sich dafür hielten, mit einer geradezu diabolischen Gewalt. Es war eine Geisteskrankheit der höheren Stände, letzter Rest jener schrecklichen Ironie, die zur Tieck-Schlegel-Zeit den ganzen Ton bestimmt hatte. Mir persönlich fehlt jedes Organ dafür. Ich find' es einfach albern. Es ist nichts, als Personen in den April schicken, Leute, die meist klüger sind als die, die sich über sie erheben möchten.

In diesem Düpierungsfanatismus waren die »Sieben« groß, wobei sie sich übrigens selber beständig beschummelten und ihre Niederlage, wenn sie sich ertappt sahen, mit Falstaff-Humor ertrugen. Einmal war Faucher sechs Wochen lang fortgewesen. Als er wiederkam, erzählte er von seinen Reiseabenteuern in Spanien und Südfrankreich und gab die glänzendsten

Schilderungen. Das ging so eine ganze Weile. Dann aber unterbrach ihn Ludwig Buhl und sagte: »Du Vater der Lüge! Ich habe das Buch, draus du das alles genommen hast, zufällig auch gelesen. Du warst in Ahlbeck, aber nicht in Pau. Such dir ein dummres Publikum.«[1]

Bald nach den Märztagen oder vielleicht auch schon vorher verlor ich Faucher auf lange Zeit aus dem Gesicht und sah ihn erst ungefähr zehn Jahre später in London wieder. Aber auch da nicht gleich. Ich war schon Jahr und Tag da, als ich ihn eines Tages bei dem eben erwähnten Heinrich Beta – vergleiche die Anmerkung – traf, der im Norden der Stadt, in Pratt-Street wohnte. Betas Haus war ein Rendezvous für alles, was damals von deutschen Politikern und Schriftstellern in London lebte. Seine Mittel waren nicht groß, aber seine Herzensgüte desto größer; er wurde nicht müde zu geben, und was er mit seinen gichtischen Fingern sich schwer verdiente, das gab er leichter Hand wieder fort. Er war auch in *diesem* Punkt, wie in allem, kritiklos. Aber eine gute, treue Seele, was niemand besser wußte als Faucher. Daraus wolle man aber nicht schließen, daß Faucher diese Güte mißbraucht hätte. Das konnte nicht gut sein. Faucher sah sich seine Leute sehr scharf an und modelte danach sein Benehmen; so gewiß er, aufs Ganze hin angesehn, ein Pumpgenie war, so war er doch voll Respekt vor dem Scherflein der Witwe. Dies Scherflein nahm er nicht. Vielleicht auch bloß deshalb nicht, weil es ihm zu wenig war. Er hatte, wie mancher andre, das Prinzip, sich nicht mit Kleinigkeiten abzugeben. Was ihn trotz dieses Prinzips immer wieder zu Beta führte, war einfach Anhänglichkeit aus gemeinschaftlich verlebten Berliner Tagen her und mehr noch ein Respekt vor dem eigenartigen Betaschen Talent. »O, diese Gartenlaube!« pflegte er auszurufen. »Wenn

1 Alle diese vorstehend erzählten Geschichten der »Sieben Hippelschen« aus der Mitte der vierziger Jahre verdanke ich meinem seit nun fast zwanzig Jahren verstorbenen Freunde *Heinrich Beta,* auf den ich noch in Kürze zurückkomme. Wenn einzelnes nicht ganz stimmen sollte – ich persönlich glaube, daß im wesentlichen alles wahr ist –, so findet sich vielleicht wer, der die Fehler richtigstellt. Allerdings existiert wohl nur *einer* noch, der dazu fähig ist: *Ludwig Pietsch.* Und diesen einen möcht' ich bei der Gelegenheit nicht bloß zu Richtigstellungen, sondern vor allem auch zu Mitteilungen über die »Sieben« überhaupt dringendst aufgefordert haben. Denn Berlin hat kaum jemals – natürlich den *einen* Großen abgerechnet, der um jene Zeit noch die Elbe-Deiche revidierte – interessantere Leute gesehn als diese »Sieben«.

dieser Ernst Keil, dieser Barbarossa von Leipzig, nur einen Schimmer von Dankbarkeit hätte, so hätte er den Beta längst in Gold gefaßt. Alles, was er ist, ist er durch diesen. Das einzige, was man lesen kann, stammt aus Betas Feder. Und was tut er? Ich glaube er zahlt ihm ein Jahrgehalt. 41
Aber was heißt das? Was ist das? Es ist ein Hungerpfennig.« So ging es weiter. Beta saß dabei und freute sich natürlich, denn welcher Schriftsteller freute sich nicht, wenn in diesem Stil auf Redakteur und Verleger gewettert wird – er hielt es aber doch jedesmal für angebracht, den »Barbarossa von Leipzig« zu verteidigen. Dies war auch nur in der Ordnung. Keil, was sonst immer ihm fehlen mochte, war alles in allem sehr splendid gegen Beta, und was Faucher zu des letztren Verherrlichung sagte, steckte stark in Übertreibung. Betas Verdienste um die Gartenlaube waren nicht gering, jegliches, was er schrieb, las sich gut und entbehrte nicht eines gewissen, ja mitunter großen Interesses. Aber es war doch meistens entlehnt, und seine Gabe bestand lediglich darin, alles, was er in den englischen Blättern fand, in eine Betasche Form umzugießen. Durch diese Form gewann es mitunter, aber doch nur sehr ausnahmsweise, und Fauchers Fehler war, daß er diese Ausnahmen zur Regel erhob.

Eines Tages, als wir das Betasche Haus in Pratt-Street verließen, sagte Faucher zu mir: »Kennen Sie London?«

»Ja, was heißt kennen! Ich könnte vielleicht sagen ›ja‹, denn ich flaniere viel umher. Aber es ist doch wohl richtiger, wenn ich sage ›nein‹.«

»Nun, präzisieren wir die Frage. Kennen Sie die Matrosenkneipen in Old-Wapping?«

»Nein.«

»Oder die Werbekneipen in Westminster?«

»Nein.«

»Oder Punch und Judy?«

»Nein.«

»Nun, dann weiß ich, wie's steht und daß Sie sich noch im Stande der Unschuld befinden. Ich bin übrigens, wenn es Ihnen paßt, jeden Augenblick bereit, Ihren Führer zu machen. Können Sie morgen abend? Man muß doch mal anfangen.«

Ich sagte ihm, daß mir nichts Lieberes passieren könne, und nun begann ein völliger Kursus, der sich über einen ganzen Winter hin ausdehnte. Wir wechselten dabei mit »hoch oben« und »tief unten«. Wenn wir uns an einem Tag bis zum Ship-Hotel in Greenwich oder gar bis zu Star und Garter in Richmond verstiegen hatten, waren wir am andern Tag 42 in den tollsten Spelunken, wohin uns dann ein Polizeibeamter von mittlerem Rang, ein Bekannter Fauchers, zu begleiten pflegte. Den Verkehr zu sehen zwischen diesem Faucherschen Bekannten und den Verbrechern, die seine geliebte Herde bildeten, war immer ein Hochgenuß. Ein noch größerer bestand darin, die – verglichen mit unsren Berliner Radaubrüdern – oft feinen und dabei humoristischen Formen zu beobachten, die in dieser Verbrecherwelt anzutreffen waren. Eigentlicher Knotismus ist nur bei uns zu studieren.

Diese Fahrten durch die sehr unoffizielle Welt von London währten eine geraume Zeit. Als wir schließlich Schicht damit machten, kamen Landpartien an die Reihe, richtiger vielleicht weite Spaziergänge in die Londoner Umgegend. Eines Tages, nachdem wir den Vormittag in einer Werbekneipe dicht bei Downing-Street – Straße, darin die sehr unscheinbaren Baulichkeiten des Auswärtigen Amtes gelegen sind – zugebracht hatten, nahmen wir unsren Weg über die Westminsterbrücke nach Süden und schritten auf Kennington-Common und dann auf Norwood und jene reizenden Wald- und Wiesengründe zu, die den Crystal-Palace einfassen. Leise, durchsichtige Nebel lagen über der Landschaft, zugleich aber war es frühlingsfrisch, so daß uns die Luft beinah trug und das Marschieren keine Mühe machte. Faucher hatte seinen besten Tag und sprudelte nur so, wobei mir, nebenherlaufend, die Bemerkung gestattet sein mag, daß ich, mit Ausnahme von Bismarck – von diesem dann freilich in einem guten Abstand –, keinen Menschen zu nennen wüßte, der die Gabe geistreichen und unerschöpflichen Plauderns über *jeden* Gegenstand in einem so eminenten Grade gehabt hätte wie Faucher. Er schwatzte nie bloß darauflos, jeder Hieb saß. Ein paar Sätze sind mir noch von jenem Spaziergange her in Erinnerung geblieben. Wir sprachen von Berlin, und ich erzählte grade von einem neuen »volkstümlichen Unternehmen«, von dem ich den Tag vorher in der Vossischen Zeitung gelesen hatte. »Das kann nichts werden«, replizierte Faucher, »*in Berlin glücken immer nur Sachen, die 'n Groschen kosten.*« Ein Satz von stupender Weisheit, der au fond auch heute noch richtig ist. – Im weitren Lauf
43 unsres Gesprächs vom Hundertsten aufs Tausendste kommend, kamen wir auch auf das Thema: Kunstdichtung und Volkslied. Faucher, ganz seiner Natur entsprechend, schwärmte selbstverständlich für alles Volksliedhafte, besonders auf dem Gebiete des Kriegs- und Soldatenliedes, und plötzlich seinen Schritt anhaltend und sich in Positur setzend, hob er mit Aplomb und ganz strahlend vor Vergnügen an:

»Und wenn der große Friedrich kommt
Und klopft bloß auf die Hosen,
Reißt aus die ganze Reichsarmee,
Panduren und Franzosen, – –

sehen Sie, Fontane, das ist was, das hätte selbst unser großer Maron nicht gekonnt! Und wenn ich dann gar erst an Vater Gleim denke! Gott, was würde der alte Halberstädter Kanonikus für'n Gesicht gemacht haben, wenn man ihm vor hundert Jahren gesagt hätte, dieser eben von mir zitierte Gassenhauer würde seine sämtlichen Grenadierlieder um etliche Menschenalter überdauern. Und doch ist es so. Gleim ist vergessen. Volk, Volk; alles andre ist Unsinn.«

Unsre Spaziergänge bis weit in Surrey hinein dauerten durch das ganze Frühjahr siebenundfünfzig hin, und als wir endlich auch damit abschlossen, wandten wir uns *dem* zu, was Fauchers recht eigentlichste Domäne war, den über die ganze City hin verbreiteten »Debating Clubs«. Die meisten befanden sich in Fleet-Street und ein paar engen Nachbarstraßen, also in dem verhältnismäßig kleinen Quartier zwischen Temple-Bar und Ludgate Hill – ein paar andre waren in Grays Inn Lane. Wie's da herging, das war überall dasselbe. Tisch' und Stühle sehr primitiv; man bestellte sich Stout oder pale ale oder Whisky und dazu einen Mutton-chop oder welsh rabbit – walisisches Kaninchen –. Dieses »walisische Kaninchen« entsprach unserm »falschen Hasen«. Denn von Kaninchen stand nichts drin, vielmehr war es eine mit Chesterkäse belegte Weißbrotschnitte, die aber derart gebacken war, daß Käse und Weißbrot eine höhere Einheit bildeten. Es schmeckte sehr gut, war aber ungesund. Und während man sich's schmecken ließ, erschien in Front der Gesell- 44
schaft der Kneipenredner von Metier, um die Debatte des Abends einzuleiten. Ich bin diesen Rednern immer sehr aufmerksam und sehr teilnahmsvoll gefolgt, denn es waren immer gescheiterte Existenzen, die sich durch diese ihre stets mit Würde, ja manchmal sogar mit »sittlicher Empörung« vorgetragenen Reden ihren Lebensunterhalt verdienen mußten. Manchem sah man an, daß er, der vielleicht drauf und dran gewesen war, ein berühmter Advokat oder ein Parlamentarier zu werden, nun sich dazu hergeben mußte, bloßen Durchschnittsphilistern ein Stücklein ihm selber lächerlich erscheinender politischer Weisheit vorzutragen. Wie sich denken läßt, modelte sich der Vortrag dieser Leute sehr nach dem Publikum, das sie vor sich sahen. War ich beispielsweise mit

ein paar Spießbürgern aus der Nachbarschaft ganz allein da, so war ich Zeuge, wie leicht der Redner es nahm; von dem Moment an aber, wo Faucher erschien und sich neben mich setzte, belebte sich das Gesicht des »Debaters«, und es war sichtlich, daß er sein Lied »auf einen höheren Ton« zu stimmen begann. Nur sehr ausnahmsweise war Faucher in der Laune, das zur Debatte stehende Thema seinerseits aufzunehmen und weiterzuspinnen, wenn es aber geschah, so war es jedesmal ein Triumph für ihn, und der mehr oder weniger in die Enge getriebene Fachredner war klug genug, sich dem Enthusiasmus der Versammlung anzuschließen. Faucher sprach bei diesen Gelegenheiten immer sehr gut und witzig, aber *das* war es doch nicht, was ihm den Sieg in diesem Kreise sicherte; was man am meisten an ihm bewunderte, war sein großes Wissen. Er wußte das auch und fuhr deshalb gern das schwere Geschütz auf. Einen kleinen Shopkeeper, der mir einmal bewundernd zuflüsterte: »He knows everything«, seh' ich noch deutlich vor mir.

Ich hielt in diesen Debating Clubs einen ganzen Winter lang aus, dann wurde es mir aber langweilig, was mir Faucher so wenig übelnahm, daß er mir umgekehrt, zur Belohnung für meine bis dahin bewiesene Ausdauer, etwas »Höheres« versprach. »Einige Fremde haben da neulich einen internationalen Verein gegründet, auch ein paar Engländer sind mit dabei; da werde ich Sie einführen. Ich denke mir, es muß Ihnen Spaß
45 machen.«

»Wie heißt denn der Klub?«

»Es ist kein Klub; wir haben das Wort absichtlich vermieden. Es ist, wie ich schon sagte, eine internationale Gesellschaft, Menschen aus aller Herren Länder; Sprachwirrwarr. Und danach haben wir denn auch den Namen gewählt. Die Gesellschaft heißt ›*Babel*‹.«

Ich fand das sehr hübsch, ließ mich einführen und habe, was mir in *deutscher* Sprache nie passiert ist, auch einmal, englisch, einen Vortrag in ebendieser Gesellschaft gehalten. Worüber, weiß ich nicht mehr, ist auch gleichgültig. Aber das weiß ich, daß die Gesellschaft überhaupt sehr interessant war, vielleicht weil das Hamlet-Wort »Thou comest in such a questionable shape« auf jeden einzelnen in dieser Gesellschaft wundervoll paßte. Manche weiß ich noch mit Namen zu nennen, und ihr Bild steht mir noch deutlich vor der Seele. Da war Mr. Heymann, der »Schlesien, sein Heimatland«, ganz vergessend, zum Engländer geworden war oder sich wenigstens daraufhin ausspielte; da war Mr. Dühring, Perpetuum mobile-Sucher und Tiftelgenie; da war Mr. Bernard

– Franzose –, der, wie man sich erzählte, dem Orsini die Bomben angefertigt hatte; da war ein Mr. Blythe, der Leitartikel für M. Herald oder M. Advertiser schrieb; da war Mr. Mosabini, ein bildhübscher griechischer Jude; da war schließlich ein blasser, harmloser, zwischen Wener- und Wettersee geborener Schwede namens Dalgreen, seines Zeichens ein Gärtner, der sich, gleich mir, in diese zum Teil sehr kühne Gesellschaft nur verirrt hatte.

Ich will ein paar Details aus der Babel-Gesellschaft mit ihm (Dalgreen) beginnen. Es wurde von einem in Italien vorgekommenen, aber ergebnislos verlaufenen politischen Verbrechen gesprochen. Dalgreen sagte: »Schändlich, dieses ewige Bombenwerfen; ich ließe den Kerl mit Zangen kneifen.« Der Orsini-Mann, Mr. Bernard, der ihm gegenübersaß, sah ihn eine Weile an. Dann sagte er: »Merkwürdig. Immer wieder dieselbe Erscheinung. Alle harmlosen Menschen sind für Köpfen und Rädern, während wir, von Fach, uns die Sache doch jedesmal sehr überlegen.« Es machte auf uns alle einen großen Eindruck, denn mit Mr. Bernard, so fromm und mild er aussah, war, seiner ganzen Vergangenheit nach, nicht zu spaßen. 46

Von Mr. Blythe (Engländer) lebt mir ein andres Wort in der Seele fort, ein noch viel wahreres. Einer von den vielen Deutschen, die zugegen waren, stritt sich mit Blythe in sehr rechthaberischer Weise über die Aussprache eines englischen Wortes und wurde dabei immer heftiger. Zuletzt sagte Blythe: »Wenn ich Sie so streiten sehe, bestätigt sich mir der oft gehörte Satz, daß die Deutschen das eingebildetste Volk sind.« – »The Germans are the most conceited people of the world.« Ich halte diesen Satz für richtig und stelle die kleine Geschichte nur deshalb hierher, weil die Deutschen das nie glauben. Sie halten sich ganz aufrichtig für kolossal bescheiden. Dies ist aber grundfalsch. Die Bescheidensten, ja lächerlicherweise die einzig Bescheidenen, sind die Engländer. Sie haben freilich einen ungeheuren nationalen Dünkel, aber in dem, was sie *persönlich* leisten, ordnen sie sich gern unter. Bei den Deutschen ist es umgekehrt, war wenigstens so, eh man »Deutschland, Deutschland über alles« sang. Und *seit* man es singt, ist es in dieser Beziehung wohl nicht viel besser geworden.

Am meisten Vergnügen habe ich von Mr. *Heymann* und Mr. *Dühring* gehabt. Ich nenne sie immer noch »Mister«, weil ich sie mir unter einem einfachen »Herr« gar nicht vorstellen kann. Heymann war ein kleiner Citykaufmann, immer in Geschäften und immer in Schulden. In diesen

noch tiefer als in jenen. Er hatte eine Breslauer Majorstochter zur Frau, wodurch es einigermaßen gerechtfertigt wird, daß er seinen ältesten Sohn auf den Namen »Percy« hin hatte taufen lassen. Also Percy Heymann. Es war mir diese Namenszusammenstellung eine Quelle beständiger Erheitrung, was ich dem genialen Erfinder auch offen aussprach. Während meiner Londoner Tage ward übrigens, worauf ich später kurz zurückkomme, dem »Percy« noch ein Brüderchen geboren. Ob er »Douglas« getauft wurde, weiß ich nicht mehr. Ich muß es übrigens Heymann lassen, daß er ein gescheites Kerlchen war, und kann ihm nur vorwerfen, daß er von seiner Gescheitheit einen etwas weitgehenden Gebrauch machte, sowohl in den Künsten der Debatte wie in seinen Spekulationen. Beide waren von einer seltenen Unverfrorenheit getragen. Am größten aber erwies er sich in der Zeit, wo Mr. *Dühring,* unser Tif-
47 telgenie, den ganzen Babel-Kreis durch eine von ihm gemachte »großartige« Erfindung in Aufregung und Staunen versetzt hatte. Diese Erfindung bestand in den seitdem allerdings mehr oder weniger berühmt gewordenen Kohlenfiltern. Die Herstellung erfolgte, wenn ich nicht irre, so, daß er faustgroße, aus Sägemehl und Teer oder Pech gemischte Kugeln formte und diese Kugeln bis zur Verkohlung glühte. Für den Hausgebrauch haben sich diese Kugeln, soviel ich weiß, auch leidlich bewährt. Aber solch ein Erfolg im kleinen war nicht, wonach ein Mann wie Dühring, der die Welt aus den Angeln heben und dabei vor allem viel Geld verdienen wollte, dürstete, weshalb er auf den ungeheuerlichen Gedanken kam, die *Desinfizierung der Themse* mit Hülfe seiner porösen Kohlenkugeln durchzusetzen. Wie man hundertfünfzig Jahre früher vor Gibraltar flache schwimmende Batterien errichtet hatte, so sollte jetzt, am Themse-Kai hin, eine ganze Flotte von Filterflößen aufgefahren werden, und zwar immer an den Mündungsstellen des großen Kanalisationsnetzes. Auf die Weise, so hieß es, komme nur ein wasserklarer Zustrom – einige Begeisterte sprachen sogar von der Möglichkeit des Trinkens – in den Fluß, und alle Lästigkeiten und Fährlichkeiten bei Cholera und ähnlichen Epidemien wären ein für allemal beseitigt. Heymann, ganz aus dem Häuschen, sah auch für sich persönlich endlich die Zeit gekommen, durch einen großen Coup die Citywelt in Erstaunen zu setzen, und übernahm die geschäftliche Seite des Unternehmens. Das nächste war, das »Government« von der epochemachenden Wichtigkeit der Sache zu überzeugen, und Beta, wie immer, wurde heranbeordert, um den nötigen Begeisterungsartikel in die Presse zu lancieren. Er tat

es auch mit der ihm eignen Begeisterungsfähigkeit. Ich sah kopfschüttelnd dem allem zu, und als es mir zu arg wurde, raffte ich mich zu dem Satze zusammen, »daß ich dies alles für einen großen Unsinn hielte«. Aber da kam ich schön an, alles drang heftig auf mich ein, am meisten natürlich Heymann, der werdende Massenmillionär, der dann auch auf dem Punkte stand, alle Beziehungen zu mir abzubrechen. Indessen er besann sich wieder, alles klang wieder ein, und als der schon erwähnte zweite »junge Heymann« – seine Geburt war gerade in die »allergrößte Zeit« gefallen – getauft werden sollte, wurden meine Frau und ich, desgleichen 48
Faucher und Frau und, wenn ich nicht irre, auch Mr. Blythe zur Taufe geladen. Diese fand in Savoy-Street – dicht am Strand – , wo sich die deutsche Kapelle befand, statt, und nach dort vollzogenem feierlichen Akt fuhren wir nach einem reizenden Square in Camden-Town, wo Heymann seine Wohnung hatte. Das Mahl war glänzend, und es erschienen Delikatessen, wie sie mir nie wieder vor Augen gekommen sind; ich ließ es mir gut schmecken und war in glänzendster Stimmung. Die ganze Gesellschaft nicht minder. Nach Tisch aber – es dämmerte schon –, als wir uns eben in einen vorgebauten Erker, von dem aus man über den ganzen Square sah, zurückgezogen hatten, zeigte Faucher auf ein paar Gestalten, die mit ernsten Gesichtern vor dem Hause auf und ab schritten. »Das sind Beadles«, sagte er leise zu mir. Denn er hatte, wie fast auf jedem Gebiet, so auch auf *diesem,* eine feine Sachkenntnis. »Beadle?« fragte ich, stutzig geworden, »ein Beadle ist doch soviel wie ein Exekutor.« »Allerdings«, antwortete Faucher und lachte. »Ja, gilt das *uns?*« … »Nein, *uns* nicht, wenigstens nicht Ihnen und mir. Aber unsrem Freunde Heymann. Der arme Kerl ist eingeschlossen; er hat heute nur den einen Trost: ›My home is my castle‹, *heraus* aber darf er nicht.« Es dauerte denn auch nicht lange mehr, so war alles, was um uns her vorging, in der kleinen Taufgesellschaft ruchbar geworden, und meine Frau kam in ein leises Zittern. Bleiben wollte sie nicht länger, und gehen – ja, dessen getraute sie sich erst recht nicht; sie konnte ja aus Versehen mit verhaftet werden. Schließlich indessen, was half es! Und so durchbrachen wir denn, halb in Schreck und halb in Heiterkeit, den um unsren Freund Heymann gezogenen Kordon.

Dieser Vorgang und fast nicht minder der trotz seiner Verrücktheit eifrig weitergesponnene Plan der »Desinfizierung der Themse« machte es, daß ich mich von der Babel-Gesellschaft etwas zurückzog und eine Zeitlang keines ihrer Mitglieder mehr sah. Auch die befreundeteren

nicht. Das wurde denn auch Grund, daß ich einer Festlichkeit nicht
beiwohnte, die Freund Faucher gerade damals gab und die seinen ohnehin vorhandenen Ruf als »decidedly clever fellow« in der ganzen deut-
49 schen Kolonie noch erheblich steigerte. Diese damals vielbeprochene
Festlichkeit, die halb – und noch über halb hinaus – ein politischer Akt
war, entsprang der mehr und mehr bei Faucher heranreifenden Vorstellung, daß seine Redakteurschaft – er war Redakteur am Morning Star –
etwas zu Kleines für ihn sei und daß irgend etwas geschehn müsse, seine
gesellschaftliche Position zu verbessern. Nach einigem Nachsinnen darüber, was sich da wohl tun lasse, kam er zu dem Resultat, daß nur der
Bischof von Oxford, ein Sohn oder Enkel des berühmten Wilberforce,
ihm diesen Dienst gesellschaftlicher Erhebung leisten könne, weshalb all
sein Trachten danach ging, ebendiesen Bischof – der in einer Weise, wie
wir uns das hierlandes kaum vorstellen können, als ein gesellschaftliches
Non plus ultra galt – in sein Haus einzuladen, um ihn hier an einer zu
gebenden Soiree teilnehmen zu sehn. Um diese Sache drehte sich nun
mehrere Wochen lang Fauchers Hoffen und Bangen. Allem vorauf stand
ihm fest, daß eine Soiree, wie die von ihm geplante, in dem mehr als
bescheidenen Hause, das er zu jener Zeit bewohnte, nicht gegeben werden
könne, weshalb sich als erstes Erfordernis das Mieten einer neuen, in
einem möglichst fashionablen Stadtteil gelegenen Wohnung herausstellte.
Das Gewünschte fand sich denn auch. Er mietete auf vier Wochen eine
glänzend eingerichtete Flucht von Zimmern in Westbourne-Terrace und
schritt nun zur Einladung des Bischofs. Und richtig, der Bischof sagte
zu. Galonierte Diener wurden engagiert, eine deutsche Sängerin fand
sich wie immer, und ein »Confectioner« – Konditor und Traiteur – in
Regent-Street übernahm die Versorgung mit Speis und Trank. Um neun
brannten alle Kronen, Cabs fuhren vor, Frau Faucher stand im ersten
Stock auf dem Vorflur zwischen Treppenmündung und Salon und
empfing ihre Gäste, das Gesicht etwas ängstlich verzerrt, denn *der,* um
den das alles inszeniert wurde, war noch immer nicht da. Da, wer beschreibt das Glück, erschien der Bischof von Oxford mit dem ihm eignen
wohlwollenden Lächeln, begrüßte die Dame des Hauses, verneigte sich
kurz, sowohl gegen Faucher wie gegen die zunächst Stehenden, und
schritt dann langsam durch die drei Festräume, die er, nach Ablehnung
einer Erfrischung und unter erneuten Verneigungen gegen die Versamm-
50 lung, in langsamem Tempo wieder verließ. Seine Anwesenheit hatte
keine fünf Minuten gedauert, der Zweck aber war erreicht, denn am

andern Morgen stand in allen Zeitungen: »Yesterday took place a splendid evening party at Mr. and Mrs. Faucher, Westbourne Terrace; the Bishop of Oxford was present.« Nach diesem Tage wurde Faucher, erdrückt von Verbindlichkeiten, nicht mehr im Bereich seiner von ihm auf vier Wochen gemieteten Prachtwohnung gesehn; er zog vielmehr weit, weit fort, in eine ganz andre Himmelsgegend. Das war im Januar achtundfünfzig.

Um diese Zeit kamen wir uns wieder näher, denn es rückten jetzt die Tage der Vermählung zwischen Kronprinz Friedrich Wilhelm und Prinzeß Victoria heran. Ich hatte darüber für eine Berliner Zeitung zu berichten, und da Faucher vorhatte, sich ebenfalls als »own correspondent« – ich weiß nicht mehr, für welch deutsches oder französisches Blatt oder vielleicht auch bloß für seinen Morning Star – zu installieren, so kam er täglich auf die Gesandtschaft, wo wir uns trafen und unsre Hoffnungen oder Befürchtungen austauschten. Alles drehte sich darum, ob es möglich sein würde, Plätze für uns zu beschaffen. Graf Bernstorff, wie immer die Güte selbst, drang schließlich bei dem Hofmarschallamte durch, und so bekamen wir unsere »Tickets«. Aber hinsichtlich dieser Tickets selbst waltete doch ein großer Unterschied; Fauchers Ticket war, glaub' ich, viel vornehmer, aber meines viel bequemer. So hatte der Zufall uns beiden geholfen, denn so gewiß ich jederzeit für Bequemlichkeit war, so gewiß war Faucher jederzeit für grande représentation, und wenn er zu diesem Zweck auch in spanische Stiefel geschnallt worden wäre. Ein wenig davon war nun wirklich der Fall, denn die ihm gewordne Eintrittskarte legte ihm die Verpflichtung auf, in Hofkostüm zu erscheinen: schwarzseidne Strümpfe und Schnallenschuhe, Frack Louis quinze, Dreimaster und Galanteriedegen. Mich hätte das finanziell ruiniert, für Faucher aber, den Mann von Westbourne-Terrace, war das alles Bagatellkram, und auf einer Schauprobe sah ich ihn denn auch in pontificalibus. Er machte sich sehr gut und wußt' es auch. Tags darauf war die Trauung in St. James; ich saß, Gott weiß durch welches Glück oder welchen Irrtum, dicht hinter der pompösen Herzogin von Sutherland 51
und ihren zwei Töchtern, alle drei durch ihre Schönheit berühmt, und vergaß darüber meinen Faucher, den ich dann auch während der ganzen Festlichkeit nicht wieder zu sehen bekam. Den andern Nachmittag aber, ich hatte eben meinen Festbericht beendet, kam er von seiner Redaktion aus zu mir herausgefahren, und meine Frau ließ sich verleiten, ihm das, was ich über die Vermählungsfeier geschrieben hatte, vorzulesen. Er

wiegte den Kopf dabei hin und her und sagte: »Ja, ja, man kann es auch *so* machen; ganz gut.« Es war aber ersichtlich, daß es ihm wenig gefallen hatte, was ich ihm zwar nicht übelnahm, aber in seiner vollen Berechtigung doch nicht ganz erkannte, ja, nach meiner damaligen Stellungnahme zu solchen Dingen auch nicht einmal erkennen *konnte.* Denn mir steckte zu jener Zeit der unter Glaßbrenner und Beckmann und unter beständiger Lektüre schrecklicher Wortwitze herangewachsene Spree-Athener noch viel zu stark im Geblüt, um solchen Bericht überhaupt schreiben zu können. Alles war vermutlich ohne rechte Manier. Ich ging davon aus, daß es darauf ankäme, die patriotischen und loyalen Wendungen mit soviel »Geist« wie möglich aufzuputzen, wozu mir die Hervorhebung kleiner scherzhafter Zwischenfälle ganz besonders geeignet erschien. Das ist nun aber, wie ich jetzt weiß, grundfalsch. Nicht feierlich sein, was aufs Ganze hin angesehn vielleicht ein Vorzug ist, kann auch zum Verbrechen werden, jedenfalls zur Unpassendheit, und der kluge und feine Faucher, der trotz all seiner Zynismen, Tollheiten und Eitelkeiten immer wußte, wo diese Dinge hingehörten und wo nicht, hatte bei Anhörung meines Festberichts diesen Kardinalfehler gleich herausgefunden.

Die Wochen, die der kronprinzlichen Vermählung voraufgingen und folgten, hatten Faucher und mich wieder näher geführt, so nahe, daß von jener Zeit ab, durch fast dreiviertel Jahr hin, eine Art Haus- und Familienverkehr entstand. Ich verdanke dem einige ganz besonders interessante Tage, trotzdem es an Schwierigkeiten und Sonderbarkeiten nicht fehlte.

Zunächst ein Wort über die Schwierigkeiten. Diese hatten ihren Grund schon in der räumlichen Entfernung, die so groß war wie nur möglich.
52 Unsere Wohnung, mit dem Blick auf Hampstead und Highgate, lag im äußersten Norden, während sich Faucher umgekehrt am äußersten Südrande der Stadt niedergelassen hatte, noch über Camberwell hinaus, in einem schon ganz ländlichen Vorort, der Denmark Hill hieß. Bis dorthin war ungefähr so weit wie von Berlin bis Spandau. Die Blackfriarsbrücke bildete genau die Hälfte, und mit zwei Omnibussen konnten wir jedesmal den Heimweg zwingen, wenn wir nicht bei Fauchers die richtige Abfahrtszeit versäumten.

Denmark Hill, eine Art Faubourg des Blanchisseuses, wo beständig Wäsche flatterte, war in seiner Ländlichkeit sehr reizend, und ebenso reizend präsentierte sich die kleine Villa, die Fauchers bewohnten. Frau

Faucher, in vielen Stücken eine kluge Frau, war ein wenig zu sehr aufs Große hin angelegt, was, einem Ondit zufolge, damit zusammenhing, daß ihr in der achtundvierziger Zeit eingeredet worden war, »sie würde als Frau Präsidentin des Reichs durchs Brandenburger Tor ihren Einzug halten«. Hätte sie gewußt, daß mir wenigstens drei, vier Damen bekannt geworden sind, die sich alle mit demselben »Einzug« schmeichlerisch beschäftigt haben, so hätte sie vielleicht manches von der grande dame fallen lassen. Sie spielte übrigens diese Rolle gut genug, trotzdem ihr Faucher und die häuslichen Verhältnisse dies nicht gerade erleichterten. Einmal erschienen wir, um gleich in den ersten fünf Minuten mit der Mitteilung überrascht zu werden, daß in der Nacht vorher bei ihnen eingebrochen und beinah sämtliches Silberzeug weggeräubert sei. Wir möchten also entschuldigen. Dann gingen wir zu Tisch und behalfen uns mit zwei Papplöffeln und ein paar neusilbernen Bestecken, die die »Diebe« wegen Minderwertigkeit zurückgelassen hatten. An allem ließ sich erkennen, daß ein schweres Gewölk, sehr ähnlich dem, das bei Gelegenheit der Heymannschen Taufe heraufgezogen war, unmittelbar vorher zu Häupten der Familie gestanden haben müsse, ja vielleicht noch stehe; beide Eheleute aber hatten ein seltenes Talent, solche Fatalitäten unter Lächeln und Freundlichkeiten verschwinden zu lassen.

Der Sonnenschein des Hauses, der einzige wohl ganz echte, war die schöne Lucie, ein reizendes Kind an der Backfischgrenze. Sie wußte, was
um sie her vorging, und wußt' es auch wieder nicht. Elfenartig, dem 53
Wirklichen halb entrückt, bewegte sie sich unbefangen in einer Welt von Widersprüchen und Wunderlichkeiten, von Zank und Streit, von schönen Kleidern und silbernen Löffeln, gleichviel, ob diese noch existierten oder über Nacht in etwas rätselvoller Weise verlorengegangen waren. Alles war ihr dasselbe, traumhaft zog der bunte Reigen an ihr vorüber. Vieles im Faucherschen Hause war nur plattiert, aber die Liebe zu dieser reizenden Tochter, in der sich alles Gute der beiden Eltern vereinigt fand, war echt und aufrichtig, und der Zauber, der ihr eignete, war es denn auch, der sie schon früh ihr Lebensglück finden ließ. Sie wurde die Gattin eines ausgezeichneten Mannes und hat, wenn ich recht berichtet bin, im Südosten, in den großen See- und Handelsstädten des Mittelmeeres, ihre jungen Tage verbracht.

Der letzte Besuch, den wir, meine Frau und ich, in Denmark Hill machten, schloß für uns mit einem kleinen Abenteuer ab. Es hatte den Tag über geregnet, und erst zu später Stunde, weil wir das Wetter abwarten wollten, brachen wir, so gut es ging und die Wasserlachen es zuließen, in Geschwindschritt auf, um noch den letzten Camberwell-Omnibus zu fassen. Aber wir kamen trotzdem zu spät, er war schon fort, und so stapften wir denn aufs neue durch die Tümpel hin, eine ganze deutsche Meile weit, bis wir die Blackfriarsbrücke glücklich erreicht hatten. Da standen Cabs.

»Wir sind nun doch mal naß«, sagte ich. »Ich glaube, es ist das beste, wir marschieren weiter.«

»Ich kann nicht mehr; ich bin todmüde.«

So winkte ich denn einen Cab heran – Cabs, im Gegensatz zu Berlin, *kommen,* wenn man winkt –, und wir stiegen ein. Und ehe wir noch über die Brücke waren, schlief meine Frau schon.

Es ging nun in grader Linie nördlich auf Holborn Hill zu, wo wir links einbiegen und dann, in abermaliger Biegung, durch Grays Inn Lane hin, auf unsre Wohnung in Camden-Town zufahren mußten. Aber dies links Einbiegen bei Hollborn Hill wurde versäumt, und unser Cabkutscher zog es statt dessen vor, in grader Linie zu bleiben. Nun wußt' ich sehr wohl – denn ich kannte London besser, als ich Berlin kenne –, daß
54 man auf diesem Wege gradesogut nach Norden kam wie durch Grays Inn Lane, aber ebensogut wußt' ich auch, daß die Cabkutscher nie so fuhren, denn dieser gradlinige Weg führte durch eins der schlechtberufensten und zugleich engsten und winkligsten Quartiere von London, durch Clerkenwell. Wie oft, wenn wir, auf unserm täglichen Wege zur Post, Holborn Hill passierten, hatten wir nach diesem übelberufnen Stadtteile scheu hinübergeblickt; denn man konnte nicht leicht etwas Trostloseres und Beängstigenderes sehn als dies Clerkenwell. Daß es aus halbverfallenen elenden Häusern bestand, hatte nicht viel zu sagen, solche heruntergekommenen Quartiere gab und gibt es in London überall, aber *das* war das Schlimme, daß man vor etwa zwanzig oder dreißig Jahren den Versuch gemacht hatte, das Alte hier niederzureißen und Neues an seine Stelle zu setzen, in welchem Versuche man, weil die Baugelder ausgingen, steckengeblieben war. Als Folge davon ergab sich nun ein furchtbares Mixtum compositum von Spelunken und unfertigen Neubauten, von welch letztren man nichts sah als zehn oder fünfzehn Fuß hohe Mauern mit halbfertigen Fensteröffnungen. Denn auch diese schnitten wieder in der Mitte ab. Ich wußte, daß dieser Stadtteil meiner Frau jedesmal ein ganz besondres Grauen einflößte, was aber, weit darüber hinaus, die Lage ganz besonders heikel machte, war der Umstand, daß

wir kaum acht Tage vorher von einem Cabkutscher gelesen hatten, der, in seiner Eigenschaft als Mitglied einer Diebs- und Mörderbande, sich durch prompte Fahrgastablieferung in Quartieren à la Clerkenwell nützlich gemacht hatte. Mir selbst war, dem allem gegenüber, auch ziemlich ängstlich zu Sinn, aber dies Angstgefühl verschwand doch neben der Schreckensfrage: »Wenn deine arme Frau jetzt gerade aufwacht!« Und natürlich keine halbe Minute mehr, so gab es einen Stoß, und aus ihrem Schlaf in die Höh' fahrend, sah sie jetzt durch das herabgelassene Fenster auf die ihr nur zu wohlbekannten, aus hellgelben Ziegelsteinen aufgeführten Ruinen.

»Um Gottes willen, er fährt ja …«

»Ja, ja Kind. Aber beruhige dich nur; es wird schon wieder besser; wir sind ja gleich heraus …«

»Nein, nein. Laß halten.« 55

»Ich bitte dich. Um alles in der Welt, mach' hier keine Szene. Wir blamieren uns unsterblich … Unter allen Umständen, wir können nichts ändern. Außerdem, sieh nur, er jagt ja wie toll, es ist, als ob er sich selber graule.«

Wirklich, eine halbe Minute später, so lag Clerkenwell hinter uns; das mußte Somers-Town sein und das der Eisenbahnbogen. Und eine kleine Weile noch, so hielten wir vor unsrem Haus, und Betty, die sich schon geängstigt hatte, leuchtete uns, den Blaker in der Hand, die kleine Treppe hinauf.

Nach diesem Abend sah ich Faucher erst wieder, als wir, nach Berlin zurückgekehrt, uns daselbst längst wieder heimisch gemacht hatten. Es war eine Begegnung im Zoologischen Garten, Sommer zweiundsiebzig. Ein reiches, durch zwölf Jahre hin in der deutschen Heimat geführtes politisches Leben lag hinter meinem alten Londoner Kneipkameraden, und da saß er nun, sorglich abgetrennt von den Alltagsbesuchern, auf einer etwas erhöhten, beinah altanartigen Stelle, drauf sich ein primitiver Tisch und eine noch primitivere Bank befand. Augenscheinlich ein letztes Refugium für sonntägliche Gäste, wenn alle anderen Plätze besetzt waren. Einen Tintenstecher, der ihn, von seinen Studententagen her, durchs Leben begleitet haben mochte, schräg in den Tisch gebohrt und einen kleinen Briefbogen vor sich, sah er, abwechselnd, wie was suchend, in den Himmel hinauf und dann wieder auf den Bogen nieder, um ein paar Zeilen zu kritzeln. Ich beobachtete ihn schon von fern und trat dann an ihn heran.

»Guten Tag, Faucher. Daß ich Sie mal wiedersehe. Und immer fleißig.«

Er lachte. »Sie überschätzen mich. Muß ist eine harte Nuß. Geld, Freund, Geld …«

»Ja, ich weiß. Ich erinnere mich recht gut. ›Jetzt muß Geld und Weltgeschichte gemacht werden‹ – das war immer Ihr Lieblingswort, schon damals, als wir in London die Vermählungstage mitfeierten.«

Er nickte. »Kann mir denken, daß ich so was gesagt habe; hab's auch mit beiden versucht. Nur leider mit entschiedenem Mißerfolge. Der
56 Mißerfolg mit der ›Weltgeschichte‹, na, das möchte gehn; aber das mit dem Geld, das ist mir schmerzlich. Und nun sitz' ich hier im Zoologischen und kritzle eine Korrespondenz zusammen und weiß nicht recht, was ich schreiben soll.«

»Und was macht denn Lucie? Noch immer so reizend?«

»Na ob!« Und sein ganzes Gesicht strahlte.

Wir sprachen dann noch von Bismarck, von Eugenie – für die er natürlich eine Vorliebe hatte – und von den fünf Milliarden. Auf *die* aber war er schlecht zu sprechen. »Ja«, sagte er, »wenn ich sie hätte, das ginge, das könnte mich damit versöhnen. Aber Deutschland hat nichts davon. Für Deutschland sind sie nichts Gutes; sie ruinieren uns.«

Und damit schieden wir.

Ich hörte noch dann und wann von ihm und von seinen Fahrten an den Küsten des Mittelmeeres: Italien, griechische Inseln, Konstantinopel. Er war fast immer unterwegs. Zuletzt kam die Nachricht von seinem Tode.

Am 12. Juni 1878 war er in Rom gestorben.

Drittes Kapitel

Der Platen-Verein: Egbert Hanisch

Zur selben Zeit, wo ich der vorgeschilderten *Lenau*-Gesellschaft angehörte, war ich, wie schon hervorgehoben, auch Mitglied eines *Platen*-Klubs.

Es war gleich in den ersten Tagen des Januars 40, daß ich mich hier eingeführt sah. Und das kam so. Der Silvesterabend hatte mich, einer gesellschaftlichen Abmachung zuliebe, nach der »Hennigschen Ressource« verschlagen, und hier war ich einem jungen Maler namens Flans begeg-

net, der, weil er im ›Figaro‹ verschiedenes von mir gelesen, mich aufforderte, doch einem literarischen Verein, dem er angehöre, beizutreten.
Dies war der *Platen*-Klub. Ich sagte mit tausend Freuden »ja« und
wohnte schon der nächsten Sitzung bei. Viele frohe Stunden – mehr als
in dem Lenau-Klub, mit dem der Zusammenhang, trotz intimer Bezie- 57
hungen zu einzelnen, ein loser blieb – habe ich in diesem Verein verbracht.

Maler Flans war eine ziemlich fragwürdige Gestalt, und das vielzitierte Wort: »Was gemacht werden kann, wird gemacht« war wie für ihn erfunden. Als Maler kaum mittelmäßig, war er im übrigen, und zwar immer mit einem Anfluge von Komik, nur noch bemerkenswert als Don Juan kleineren Stils, als Festarrangeur, Jeubruder und Sonntagsreiter und brachte es zuwege, daß er am Ende seiner Tage nicht als Flans, sondern unter seinem *mütterlichen* Namen irgendwo nobilitiert wurde. Zum Glück ist er kinderlos verstorben.

Es braucht nicht gesagt zu werden, daß ein Mann wie Flans, der außerdem um ein gut Teil älter war als der Rest unsrer »Plateniden«, den ganzen Klub in der Tasche hatte. Keiner traute ihm, aber jeder gehorchte, wobei der Verein übrigens nicht schlecht fuhr, denn seine Gewandtheit war groß. Dazu bon garçon, immer auf bestem Fuß mit den Kameraden, die den verschiedensten Berufen angehörten. Die meisten waren Studenten, unter denen wieder die Theologen überwogen. Einer, der schon Doktor war, hielt es mit der Philosophie. Dies war Werner Hahn, der sich später in dem entzückenden Sakrow, wohin er sich zurückgezogen, mit Mühe und Fleiß zu einem vielgelesenen Schriftsteller heraufarbeitete. Man hat von ihm eine Bearbeitung der Edda, desgleichen eine in vielen Auflagen erschienene »Geschichte der poetischen Literatur der Deutschen«. Sein Bestes aber sind doch wohl seine volkstümlichen Darstellungen preußischer Geschichtsstoffe: Königin Luise, der Alte Zieten, König Friedrich I., Kunersdorf etc. Er hatte, ganz wie Heinrich Beta, von dem ich im vorigen Kapitel gesprochen, ein bewährtes Rezept, nach dem er verfuhr. Übersichtliche Stoffeinteilung war seine Spezialität und zugleich sein Hauptvorzug. Er vermied auch die Phrase, was bei patriotischen Stoffen immer schwer, aber deshalb auch wichtig ist.

Ich wurde seitens der Vereinsmitglieder sehr freundlich aufgenommen und behauptete mich ein gutes Vierteljahr lang unter ihnen, vielleicht, weil ich wohlassortiert, will sagen mit einem Lager, dessen Bestände kein Ende nehmen wollten, in ihren Kreis eingetreten war. So kam es denn

58 auch, daß ich eines Tages mit der Erklärung überrascht wurde, »jetzt sei die Zeit da, wo mir die höchsten Ehren, über die der Verein Verfügung habe, erwiesen werden müßten. Die nächste Sitzung sei zu diesem feierlichen Akte bestimmt.« Ich erhielt denn auch wirklich die vorgeschriebenen Auszeichnungen: Diplom und Orden. Flans hatte sich mit Ruhm bedeckt und das mit Arabesken und Initialen reich ausgestattete Diplom auch noch selbst geschrieben. Eine Stelle daraus ist mir noch gegenwärtig. In fast jedem meiner damaligen Gedichte schien der Mond unentwegt, und so hieß es denn gleich zu Anfang: »Unser Lieber und Getreuer, geboren zu Neuruppin bei *Mondschein* etc.« Hinsichtlich des Ordens aber wurde mir in feierlicher Ansprache geraten, ihn heimlich zu tragen, da sich der Verein, trotz seines weitreichenden Einflusses, außerstand sehe, den damit öffentlich Auftretenden vor Unannehmlichkeiten zu schützen. Dieser Orden war natürlich ein Kotillonorden, in dessen Mitte sich ein auf seinem Wagen stehender Apoll befand. Man war an dem Überreichungsabend sehr liebenswürdig gegen mich, ließ mich aber doch fühlen, daß ich meine Siege mehr meinem Massenaufgebot als dem Wert meiner Dichtungen zu verdanken hätte.

Dies alles war leider absolut richtig und wurde mir einige Wochen später nicht mehr bloß andeutungsweise, sondern in aller Deutlichkeit gesagt, was bei der Gutgeartetheit der meisten unter uns vielleicht unterblieben wäre, wenn nicht inzwischen das Hauptmitglied des Vereins, das den Winter über in der Schweiz und in Frankreich gewesen war, sich im Monat April in Berlin wieder eingefunden hätte.

Dies Hauptmitglied hieß *Egbert Hanisch*. Egbert Hanisch mochte damals zweiundzwanzig Jahr alt sein, eher mehr als weniger. Er war in einer kleinen märkischen Stadt, halben Wegs zwischen Trebbin und Jüterbog, geboren. Auf den ersten Blick eine ziemlich prosaische Gegend. Und doch ist es dieselbe, der wir auch unsren Gottfried Schadow verdanken. Einen gleichen Ruhm einzuheimsen, ist nun freilich unsrem Egbert Hanisch versagt geblieben, aber an Klugheit, Gesundheit, Selbstbewußtsein und eiserner Willenskraft war er dem berühmten Schneiderssohn aus
59 Saalow durchaus ebenbürtig. Sein Vater war ein kleiner Buchbindermeister, handelte mit Fibeln und Schreibheften und hatte nebenher auch eine Leihbibliothek. Auf diese stürzte sich Egbert von frühester Jugend an. Er war aber auch, was sich selten mit solcher Lesewut vereinigt, ein glänzender Schüler, ebenso fleißig wie von raschester Auffassung, und so kam es denn, daß er, nachdem er irgendwo das Gymnasium besucht

hatte, mit kaum achtzehn auf die Berliner Universität rückte. Hier sah er sich durch Hengstenberg ausgezeichnet und hatte, nach aller Zeugnis, die Gewißheit einer glänzenden Laufbahn vor sich, als ihn plötzlich ein Wirbelwind ergriff und auf den steinigen Boden des Unglaubens niedersetzte. Jedenfalls war in seinem Gemüt alles ins Schwanken gekommen, und diese Zweifel hatten ihn nicht bloß aus seinem theologischen Studium heraus-, sondern auch in die weite Welt hineingeführt, niemand wußte recht, von wem geleitet. In den Sitzungen war oft die Rede von ihm gewesen; jetzt mit einem Male hieß es: »Er hat geschrieben; er kommt.«

Und wirklich, er kam. Die lebhafteste Freude zeigte sich, denn er war nicht bloß der Stolz, sondern auch der Liebling aller. Er begrüßte mich als neu aufgenommenes Mitglied durchaus freundlich, aber doch mit einem starken Beisatz von Herablassung und setzte sich dann auf seinen Ehrenplatz, um über seine Reise zu berichten. Von Ziel und Zweck derselben aber sprach er *nicht,* immer nur von kleinen Erlebnissen, unter denen er die komischen bevorzugte.

Wie jeder, so war auch ich ganz Ohr, noch mehr aber war ich Auge. Denn viel, viel mehr noch als das, was ich hörte, interessierte mich das, was ich sah. Seine Erscheinung hatte was ungemein Fesselndes. Er war mittelgroß, schlank, beinah mager, was einem dadurch besonders auffiel, daß auf seinen Schultern ein unverhältnismäßig großer Kopf saß. Gesundeste Farbe, leuchtende Augen, dazu wolliges, halb mohrenhaftes Haar – all das wäre genug gewesen, um Aufmerksamkeit zu wecken. Aber mehr noch wirkte sein Kostüm! Er trug Nankingbeinkleider, einen zeisiggrünen Frack mit altem Sammetkragen und eine Rose im Knopfloch. Wäsche sehr sauber.

Allmählich lebten wir uns ein und wurden gute Freunde. Was er sagte, war immer kurz und apart, mitunter mehr als nötig, denn von 60
der Eitelkeit, immer etwas Bedeutendes sagen zu wollen, war er nicht freizusprechen. Aber da das Überlegene seiner Natur und seines Wissens klar zutage lag, so ließ man sich dies allerseits gern gefallen und ich nun schon ganz gewiß. Er war zu dem Ton, den er anschlug, nach aller Meinung voll berechtigt. In der Ironie war er ein Meister, so sehr, daß ich auch *daran* nicht Anstoß nahm, wiewohl mir – wie schon an andrer Stelle hervorgehoben – diese hochmütige Gesprächsform von Jugend auf zuwider war. Er hörte meine Gedichte ruhig mit an, und ich meinerseits lauschte mit einer Art Andacht dem Vortrag der seinigen. Sie

konnten für sehr gut oder doch wenigstens für sehr talentvoll gelten, und was Maron im Lenau-Klub war, war Hanisch im Platen-Klub. Wir hielten beide viel von weiten Spaziergängen, und in der Regel kam er zu mir, um seinerseits mich abzuholen. Dies schien er vorzuziehen. Einmal aber drang ich doch bis in seine Wohnung vor, weil ich nicht ahnte, daß ihn das genieren könne. Große Geister haben auch ihre Schwächen. Er hatte sich im Seitenflügel eines alten Hauses bei einer armen Waschfrau eingemietet und bewohnte von den zwei Zimmern, aus denen die Gesamtwohnung bestand, das vordere, hart an der Hintertreppe gelegen, dessen eines Fenster, mit einem kleinen Blumenkasten davor, auf den etwas schmuddligen Berliner Hof hinuntersah. Dicht am Fenster befand sich ein als Arbeitstisch dienendes Klappbrett; ein Binsenstuhl stand davor, und auf einem alten Koffer von Seehundsfell lagen etliche Bücher, aber nicht mehr als ein halbes Dutzend. Was er von Büchern brauchte, fand er auf der Bibliothek, wo er meistens die Vormittage zubrachte. Zwei gegenübergelegene Türen, von denen die eine nach dem Flur hinaus-, die andere zur Waschfrau hineinführte, teilten, wenn man durch die Mitte hin eine Querlinie zog, den kleinen Raum in eine Vorder- und Hinterhälfte. In dieser Hinterhälfte stand das Bett, dem ein am Fußende aufgerichteter ovaler Waschzuber als Bettschirm diente. »Etwas primitiv«, sagte er, mit erzwungener guter Laune darauf hinweisend, und ich setzte hinzu: »Ja, aber doch eigentlich mein Ideal.«

Trotz dieser Versicherung hatte die ganz ungewöhnliche Wohnungs-
61 schlichtheit einen etwas betrüblichen Eindruck auf mich gemacht, und als ich bald darauf Werner Hahn traf, fragte ich diesen, wie das alles zusammenhänge. Ich sei wohl auch für Einfachheit und fände leicht einen Reiz und einen Vorzug darin; aber das ginge mir doch beinahe zu weit.

»Ja, lieber Freund«, sagte Hahn, »er lebt eben, wie er leben kann. Und schon dies geht eigentlich über seine Mittel. Er hat gar nichts.«

»Aber so klug, wie er ist, müßt' es ihm doch ein leichtes sein ...«

»... Stunden zu geben«, unterbrach mich Hahn, »zu schulmeistern und so sich durchzuschlagen. Gewiß. Aber das mag er nicht, und ich kann's ihm kaum übelnehmen. Ein elendes Dasein blieb' es doch. Und da ist diese Lebensform vielleicht besser. Er bleibt bei Kraft, vertut sich nicht und vor allem gähnt er sich nicht selber an, wie so viele leider tun müssen. Er hat eine hohe Meinung von sich, andre, wie Sie wohl gesehen haben, bestärken ihn darin, und so darf er sich's schließlich erlauben.

Er lebt eigentlich von den Freunden, und sie sind stolz und glücklich, daß er sich ihre Guttat gefallen läßt.«

»Ich wußte nichts von dem, was Sie da sagen. Wie wird denn das eingerichtet? Da müßte man doch auch eigentlich mit dabeisein.«

»Ist nicht nötig ... Und dann, Sie sind nicht Student und gehören überhaupt nicht mit dazu. Pardon. Aber es ist so. Hanisch braucht nicht für sich selbst zu sorgen, andre sorgen für ihn. Allmonatlich schicken wir ihm dreißig Speisemarken, und wenn Sie mittags zu Rosch gehen, so sind Sie sicher, ihn da zu finden. Das andre berechnen wir mit seiner Wirtin; immer bloß ein Minimum. Er lebt zu Hause von Wasser und Weißbrot, aber gut muß beides sein. Denn so wenig verwöhnt seine Zunge ist, so fein ist sie doch auch wieder, vielleicht, weil sie so wenig verwöhnt ist.«

Ich hörte dem allen wie beschämt zu.

Bald nachdem ich dies Gespräch mit Werner Hahn geführt hatte, brach Freund Hanisch wieder auf. Wohin, erfuhr ich nicht. Ich war in der angenehmen Lage, dem Scheidenden ein kleines Abschiedsfest geben zu können, dasselbe, das ich, mit einigen Details, in einem früheren Kapitel beschrieben habe. 62

Das war Spätsommer 40. Ich war dann jahrelang von Berlin fern und hörte nur aus Briefen, daß Hanisch sein Wanderleben in Genf und Paris fortsetze. Was dies alles bedeutete, hab' ich nicht erfahren können. Ich glaube, daß er irgendeinem mit einer »Einheit« sich beschäftigenden Volksbund angehörte, wobei mir nur zweifelhaft bleibt, ob es nationale Einheit oder Zoll- und Handelseinheit oder Religionseinheit war. Oder vielleicht war es auch alles drei. Sehr schlimm indessen kann es mit all diesen »Verschwörungen« nicht gewesen sein, sonst hätten ihm die fast sämtlich zu Hengstenberg haltenden Theologen des Kreises nicht ihre Liebe und Treue bewahrt. Ich glaube, sie sahen alle diese befremdlichen Dinge wie Blasen an, die aus einem Geist, der beständig gärte, mit Notwendigkeit aufsteigen mußten, hielten sich aber überzeugt, daß alles Durchgangsphase sei, der über kurz oder lang Rückkehr zum Glauben und damit Klärung und Friede folgen werde.

So kam es denn auch. Er kehrte ganz zu den alten Göttern zurück. Mitteilungen in diesem Sinne vernahm ich durch viele Jahre hindurch nur gerüchtweise, bis der Sommer 90 mir die Bestätigung brachte. Dies war ein acht Seiten langer, in wundervoll klarer und fester Handschrift geschriebener Brief aus einem weit westlich der Elbe gelegenen Pfarrdorfe,

worin mir Hanisch, in lapidarem Stil, die zweite Hälfte seines Lebens
abschilderte, Schilderungen, denen er gleichzeitig eine kleine Zahl seiner
aus neuerer Zeit stammenden Gedichte beigefügt hatte. Das Ganze
freute mich, und ich sah mal wieder in ganz wunderbare Fügungen.
Meine mit Herzlichkeit geschriebene Antwort gab dem, so hoff' ich,
auch Ausdruck, aber sosehr mich alles gefreut und gerührt hatte, so
hatte der Brief des alten Freundes doch auch wieder etwas Erkältendes
gehabt. »Fanchon bleibt sich immer gleich«, und wie der Mensch in die
Wiege gelegt wird, so ins Grab. Er war nun wohl gegen Mitte Siebzig
und doch ganz unverändert der alte: dieselbe Superiorität, derselbe
Glaube an sich, dieselbe Unfehlbarkeit und, schrecklich zu sagen, auch
dieselbe Ironie. Was aus mir geworden war, war ihm trotz des Lebens-
zeichens, das er freundlicherweise gab, doch eigentlich gleichgültig; er
nahm nur an – er hatte wohl irgendwo die Glocken läuten hören –, daß
63 ich auch ein »Moderner« oder wenigstens ein von Modernität Angekrän-
kelter sei, und sah nun von seinem auf Achim von Arnim und Clemens
Brentano – die übrigens auch von mir bis auf diesen Tag aufs herzlichste
verehrt werden – aufgebauten Hochstandpunkt aus lächelnd auf mich
und die andern im Moorgrund zappelnden Gründlinge hernieder, während *er*, die reine Luft um sich und den Himmel über sich, die guten
alten Lerchen ins Blaue steigen sah. Einige davon hatte er eingefangen.
Das waren die dem Briefe beigeschlossenen Lieder. Alle ganz gut, aber
64 ohne jedes entzückende Tirili.

»Mein Leipzig lob' ich mir«

Erstes Kapitel

Winter 1840 auf 1841. Drei Monate in Burg. Krank bei Fritz Esselbach. Ankunft in Leipzig.

Im Herbste 1840 verließ ich Berlin und ging zunächst nach Burg, einer ansehnlichen Stadt, von der trotzdem »niemand nichts weiß«. Oder doch nicht viel. Die Nähe Magdeburgs hat es von Anfang an in den Schatten gestellt. In einem alten weitschichtigen Eckhause, weißgetünchter Fachwerkbau, fand ich meine neue Heimstätte, die zunächst was Grusliges hatte. Dieses Gruselgefühl steigerte sich noch eine Zeitlang unter dem Eindruck, den das Renommee des Besitzers auf mich machen mußte. Von diesem hieß es nämlich, daß er sehr jähzornig sei, ja sogar infolge dieses seines Jähzornes ein Säbelduell mit einem der Burger Garnison angehörigen Artilleriehauptmann gehabt und diesen schwer verwundet habe, lauter Mitteilungen, die meine Sicherheit etwas gefährdet erscheinen ließen. Ich litt aber nicht lange darunter, was wohl damit zusammenhing, daß ich, von Natur ängstlich, sofort unängstlich werde, wenn Personen oder Verhältnisse mich ängstlich machen wollen. Also noch einmal, ich kam mit dem in der ganzen Stadt gefürchteten Manne sehr gut aus und hatte mich nur über eins zu beschweren, was mein Dr. Kannenberg – so hieß er – beim besten Willen nicht ändern konnte: grausame Langeweile. Daß Haus und Stadt ausschließlich daran schuld gewesen seien, darf ich nicht behaupten; es lag viel mehr an mir selbst, der ich nie die Kunst verstanden, mich an einer Skat- oder Kegelpartie zu beteiligen, trotzdem ich immer eine herzliche Vorliebe für natürliche Menschen gehabt, auch jederzeit auf dem denkbar besten Fuße mit ihnen gelebt habe, wenn nur erst das Eis gebrochen war. Dazu kam es aber nicht, 65
und bereits am 30. Dezember früh – es war mein Geburtstag, den ich dadurch feierte – verließ ich Burg in einer bis Genthin gehenden Fahrpost. Diese Postwagenstunden sind mir unvergeßlich geblieben; ich verbrachte sie nämlich mit zwei Schauspielerinnen, von denen die ältere, die wohl schon Ende Dreißig sein mochte, mich entzückte. Sie fühlte mit der solchen Damen eigenen Klugheit rasch eine gewisse Metierverwandtschaft heraus, nahm mich ganz als bon enfant und erheiterte sich

über die Maßen, als ich ihr aus einem in den zurückliegenden Wochen geschriebenen Epos »Burg an der Ihle« den ersten Gesang mit einem gewissen humoristischen Pathos vortrug. Ich schwärmte damals wie für Lenau so auch für Anastasius Grün, und in starker Anlehnung an die »Spaziergänge eines Wiener Poeten« hatte ich meinen Aufenthalt in Burg in den denkbar stattlichsten und zugleich von kleinen Nichtsnutzigkeiten strotzenden achtfüßigen Trochäen besungen. Unter meinen Manuskripten existieren diese Trochäen noch, hellgrün gebunden und mit einer breiten Goldborde eingefaßt; ich habe aber doch nicht den Mut gehabt, sie noch wieder durchzulesen.

In Berlin empfing mich mein alter Freund Fritz Esselbach, derselbe, von dem ich in Kapitel zwei des ersten Abschnittes erzählt habe, und führte mich in seine Wohnung, eine Chambre garnie in der Alten Jakobsstraße. Da wollte ich eine Woche lang sein Gast sein. Am dritten Januar früh saßen wir denn auch behaglich beim Frühstück und delektierten uns eben an jenem eigentümlichen Berliner Gebräu, dessen erste Bekanntschaft einem Fremden, seiner Wirtin gegenüber, die Bemerkung aufgedrängt haben soll: »Ja, liebe Frau, wenn das Kaffee war, so bitte ich morgen um Tee, wenn es aber Tee war, so bitte ich morgen um Kaffee.« Gegen neun kam die Zeitung, und ein Zufall wollte, daß mein erster Blick auf die Fremdenliste fiel. Da las ich gleich obenan: »Hotel de Saxe: Neubert und Frau, Apothekenbesitzer aus Leipzig«. Sofort war ich entschlossen, mich ihm vorzustellen und anzufragen, »ob er mich haben wolle«. Die ganze Sache hatte durchaus was von einem Überfall, aber gerade *das* kam mir zustatten. Denn Neubert, der mehr forscher Jäger als philiströser Apotheker war, war von einer großen Vorliebe für frank
66 und freies Wesen, für alles, was außerhalb der Schablone lag. Er war ein ungewöhnlich reizender Mann; jetzt, wo jeder in seinen Geschäften aufgeht, aufgehen muß, kann sich solche Figur kaum noch ausbilden. Ich fand das Paar in sehr verschiedenen Stadien der Toilette vor, die Dame bereits in Mantel und Muff, er noch weit zurück, in Hemdsärmeln, eine Zahnbürste in der Hand. Bei der freien Art beider aber verursachte dies nicht die geringste Störung, und ehe drei Minuten um waren, war ich auf Ostern hin engagiert, machte meinen Diener und empfahl mich strahlenden Gesichts; denn ich hatte wohlbemerkt, daß ihn mein Auftreten amüsiert und einen guten Eindruck auf ihn gemacht hatte. Diese wohlwollende Gesinnung hat er mir auch nachher immer betätigt,

trotzdem ich ihn in einem Jahr kein dutzendmal gesehn und vielleicht keine dreimal gesprochen habe.

Das alles war am dritten Januar früh. Aber bald sah es sehr anders aus. Am Abend desselben Tages noch, als ich von einem Spaziergang nach Hause kam und auf den Tisch zuschritt, um Licht zu machen, fiel ich ohnmächtig um und wurde so von der Wirtin vorgefunden. Als Freund Esselbach eintraf, fand er mich schon zu Bett, legte jedoch kein Gewicht darauf, sondern setzte sich ans Klavier und machte da seine Tippübungen. Das ging so bis Mitternacht, und diese Stunden hab' ich noch jetzt in schrecklicher Erinnerung. Jeder Tippton tat mir weh. Am andern Tage kam der Doktor und sagte: »Typhus.« Ja, ich war schwer krank, litt aber nicht sehr, war vielmehr durch einen eigentümlichen, nur dann und wann von Klarheit und selbst Heiterkeit unterbrochenen Duselzustand aller Schmerzen und Todesfurcht überhoben. Nebenan, Wand an Wand mit mir, lag der Mann unserer Wirtin am Delirium tremens danieder und starb auch während meiner Krankheit. In gesunden Tagen wäre mir diese Nachbarschaft unbequem gewesen, in dem benommenen Zustand aber, in dem ich mich befand, war es mir ziemlich gleichgültig, und als an einem Sonntagnachmittage die »schwarzen Männer« kamen und aus Versehen in *mein* Zimmer statt in das angrenzende traten, rief ich ihnen in guter Laune zu: »Noch nicht.« Ich mußte wohl ein Fiduzit zu mir haben.

So vergingen sieben Wochen; eine harte Nuß für meinen Freund Esselbach. Dann begab ich mich zu meinen Eltern aufs Land und war noch 67
ein ziemlich schmalbäckig aussehender Rekonvaleszent, als ich am 31. März in Leipzig eintraf. Zwei Drittel der Reise hatte ich per Bahn zurückgelegt; das letzte Drittel per Post. Nun hielten wir vor dem eben erst fertig gewordenen großen Postgebäude, den Platz mit Universität und Paulinum in voller Ausdehnung vor uns. Es mochte sechs Uhr sein; die Luft war weich, die Sträucher in den Anlagen hatten schon grüne Knospen. Über allem lag ein feiner Dämmer. Ich reckte und streckte mich, atmete hoch auf und hatte das Gefühl eines gewissen Geborgenseins. Es war auch so. Das mit den ersten Eindrücken hat doch was auf sich.

Das Neubertsche Haus lag in der Hainstraße, so daß ich, um dorthin zu gelangen, den echtesten und schönsten Teil von Leipzig, die Grimmasche Gasse und den Rathausplatz, zu passieren hatte. Mein Gepäckträger ging neben mir her und machte in gutem Sächsisch den Führer. Ich war

ganz benommen und möchte behaupten, daß, soweit Architektur und Stadtbild in Betracht kommen, nichts wieder in meinem Leben einen so großen, ja komisch zu sagen, einen so berauschenden Eindruck auf mich gemacht hat wie dieser in seiner Kunstbedeutung doch nur mäßig einzuschätzende Weg vom Post- und Universitätsplatz bis in die Hainstraße. Die Sache findet darin ihre Erklärung, daß ich, außer einer Anzahl märkischer und pommerscher Nester, in denen ich meine Kinderjahre verbracht hatte, bis zu jener Stunde nichts von der Welt kannte wie unser gutes Berlin, das mir von allen echten Berlinern immer als der Inbegriff städtischer Schönheit geschildert worden war. Und nun! Welcher Zusammenbruch! Es gereicht mir noch in diesem Augenblick zu einer gewissen Eitelkeitsbefriedigung, daß mein künstlerisches Gefühl angesichts des Neuen oder richtiger des Alten, was ich da sah, sofort gegen das Dogma vom »schönen Berlin« revoltierte und instinktmäßig weghatte, daß Städteschönheit was andres ist als grade Straßen und breite Plätze mit aus der Schachtel genommenen Häusern und Bäumen. Ein paar Ausnahmehäuser, hinter denen ein ausländischer Meister und ein königlicher Wille steckt, können das Ganze nicht retten. Seitdem hat sich freilich sehr vieles gebessert; aber eines fehlt auch jetzt noch: indivi-
68 duelles Leben. Wir ahmen nach. Nur die Schachtel, aus der genommen wird, ist etwas größer, reicher und bunter geworden. Originelles, wie selten!

Die Hainstraße lag schon im Halbdunkel, als ich in das Neubertsche Haus eintrat und alsbald nach dem mir von Berlin her bekannten Ehepaar fragte, das ich begrüßen wollte. Dies erregte halb Verwunderung, halb Verlegenheit, denn von solchen Intimitäten gab es in dem Hause nichts. Familie war eins, und Geschäft war eins. Beiläufig ein großer Vorteil. Diese falsche Familiarität, wo meist nur Gegensätze bestehen, ist immer vom Übel. Der ältere Herr, an den ich mich mit meiner Frage gewendet hatte, verfuhr durchaus diplomatisch und sagte, statt mir direkt zu antworten, daß er mir jemand mitgeben werde, der mich auf mein Zimmer führen solle.

»Auf mein Zimmer führen« war nun freilich ein sehr euphemistischer Ausdruck, denn über einen schmalen und rumplig verbauten Hof weg – der mich übrigens durch seine Giebel und Dächer und vor allem durch unzählige Dachrinnen, die bis in die fast überlaufenden Wasserkübel niederreichten, aufs äußerste interessierte – stiegen wir, drei Treppen hoch, in ein Hinterhaus hinauf, in dessen oberster Etage das Personal

in zwei Stuben untergebracht war. Eine der Stuben gehörte dem älteren Herrn, dem Geschäftsführer, den ich unten eben gesprochen hatte, für uns andre aber, und wir waren unsrer vier, existierte nur eine danebengelegene kleine Stube mit einem noch kleineren Alkovenanhängsel, in welch letzterem vier Betten standen, von denen zwei nur mit Hülfe von Überkletterung erreicht werden konnten. Dieser Alkoven, fensterlos, empfing sein Licht durch das vorgelegene Zimmer, das aber eigentlich auch kein Licht hatte. Wo sollte es auch herkommen? Der Hof war fast ganz dunkel, und das bißchen Helle, was er hatte, fiel durch ein elendes Mansardenfenster ein. Der durch die Dachschrägung gebildeten Vorderwand des Zimmers gegenüber standen an der Hinterwand entlang vier Bastarde von Schrank und Sekretär, in denen wir unsre Sachen unterzubringen hatten. Glücklicherweise hatte man nicht viel. Von sonstigen Möbeln war nichts vorhanden als vier Stühle mit Roßhaarüberzug und ein sogenanntes »Real«, auf dem vier blecherne Kaffeemaschinen und ebenso viele Spiritusflaschen standen. Diese Spiritusflaschen waren um 69
unsres zu kochenden Morgenkaffees willen sehr wichtig für uns, aber noch wichtiger für das alte Faktotum, das da jetzt neben mir stand und meinen Führer machte. Denn dies Faktotum, ein halb schon zum Kretin gewordener Süffel, lebte fast ausschließlich von dem Inhalt dieser vier Flaschen.

Als ich, nachdem mich mein Führer verlassen, den Inhalt meines Koffers in die verschiedenen Schubladen des mir zustehenden Schrankes eingepackt hatte, sah ich mich erst in dem Zimmer um und dann durch das offenstehende Mansardenfenster auf den Hof hinaus. Ich hätte guten Grund gehabt, alles sehr sonderbar und beinah schauderhaft zu finden, es lag aber in meiner Natur, mich von diesen Dingen mehr angeheimelt als abgestoßen zu fühlen. Alles modern Patente, was doch sehr was andres als Schönheit ist, ist mir von jeher unausstehlich oder mindestens sehr langweilig gewesen, während alles Krumme und Schiefe, alles Schmustrige, alles grotesk Durcheinandergeworfene von Jugend auf einen großen Reiz auf mich ausgeübt hat. Nur keine linealen Korrektheiten, nur nichts Symmetrisches oder Blankpoliertes oder gar Anti-Makassars. Ich habe eine grenzenlose Verachtung gegen das, was man so landläufig »hübsch« nennt, und eine womöglich noch größere gegen sogenannten »Komfort«, der jedesmal der höchste Diskomfort ist, den es gibt. Nun, hier war nichts hübsch und Komfort kaum dem Namen nach bekannt; aber die grauen, steilen, regenverwaschenen Dächer, auf die mein Auge fiel, der gekräuselte Rauch, der aus den Schornsteinen aufstieg, und das Plätschern des Wassers, das aus den Röhren in die Kübel fiel – alles gewann mir ein Interesse ab, und selbst der Blick in den Alkoven konnte mich nicht umstimmen.

Es stand mir aufs neue fest, daß es mir hier gut gehen würde.

70 Und es ging mir auch gut.

Zweites Kapitel

Der andere Morgen. Die Kollegenschaft und die Familie Neubert. Frühmorgens bei Kintschy. Die Doktorbörse. Dr. Adler und meine Freundschaft mit ihm. Herbsttage auf dem Leipziger Schlachtfeld

Am andern Morgen erschien ich unten in der Offizin, einer hohen, früher mutmaßlich gewölbt gewesenen Halle, die fast einem Refektorium glich. Der Raum erstreckte sich weit nach hinten zu, war in seiner zweiten Hälfte halb dunkel und machte, wie Haus und Hof überhaupt, einen mittelalterlichen Eindruck.

Durch die ganze Tiefe zog sich der sogenannte Rezeptiertisch mit seinen vier Plätzen. Den ersten Platz nahm der etwas dickliche ältere Herr ein, der mich am Tage vorher empfangen hatte; Platz Nummer zwei (für mich bestimmt) war leer, auf Nummer drei und vier aber standen zwei junge Herren meines Alters, ein schwarzer und ein blonder, beide, wie auch der Herr auf Nummer eins, ausgesprochene Sachsen. Man begegnete mir sehr artig, freilich auch mit Zurückhaltung, fast Soupçon, denn der jetzt Gott sei Dank leidlich hingeschwundene Gegensatz zwischen den beiden Nachbarstämmen stand damals noch in voller Blüte. Meine neuen Kollegen merkten indessen sehr bald, daß ich nicht zu den Schlimmen zählte, namentlich nicht besserwisserig und eingebildet war, und so kamen wir schließlich auf einen ganz guten Fuß. Das Jahr, währenddessen ich in Leipzig verblieb, ist ohne jede Ranküne verlaufen, und ich will hier gleich einschalten, daß ich, durch einen hübschen Zufall, grad als ich diese Leipziger Erinnerungen niederzuschreiben anfing, einen Brief mit photographischem Bildnis aus Dresden erhielt und der Widmung: »Seinem lieben Jugendfreunde Th. Fontane.« Den der Sendung beigeschlossenen, von »Platz Nummer vier« herrührenden Zeilen konnt' ich zu meiner besonderen Freude entnehmen, daß auch »Platz Nummer drei« noch am Leben und durchaus munter sei. Nicht leicht wird es vorkommen, daß drei junge Leute, die mit einundzwanzig an einem und demselben Tisch gestanden und gearbeitet haben, sich mit fünfundsiebzig noch freundlich und fidel begrüßen können. 71

Ich war noch kaum installiert, als ich von einem schon im Hofflügel gelegenen Hinterzimmer her meinen Gönner und nunmehrigen Prinzipal Neubert in unser »Refektorium« eintreten sah. Ich dachte, er käme mich zu begrüßen; aber er begnügte sich damit, mir freundlich zuzunicken und mir zweimal einen »guten Morgen« zu wünschen. Und dann war er auch schon durch die Fronttür wieder verschwunden. Der ganze Geschäftskram war ihm höchst langweilig, und nun gar erst Klagen oder Wünsche mit anhören! Er war der reine Mikado. Das Mühselige des Regierens überließ er seinem Taikun, dem dicklichen Herrn auf »Platz Nummer eins«.

Ich sah wohl, daß hier alles anders war, war aber doch noch zu sehr in den herkömmlichen Anschauungen befangen, um in meinem Tun gleich das Richtige zu treffen oder auch nur alles klug abzuwarten. Und so geschah es denn, daß ich mich gegen Mittag, unbekümmert um das verlegene Lächeln meiner Kollegen, eine Treppe hoch begab, um dort, wie ich's eigentlich schon am Tage vorher gewollt hatte, der Frau vom Hause meine Visite zu machen. Sie kam mir auch in ihrer ganzen Stattlichkeit vom Erkerfenster her entgegen und beantwortete meine Begrüßung in freundlichen Worten; aber damit war es auch getan, und so rasch, wie ich gekommen, so rasch verschwand ich wieder. Ich habe sie dann, in einem ganzen langen Jahre, wohl dann und wann gesehn, aber nie wieder gesprochen. Auch nicht beim Abschied. Jetzt nachträglich finde ich das alles nicht bloß ganz vernünftig, sondern betrachte es, wie schon angedeutet, als das einzig Richtige. Nur keine Gemütlichkeiten! Es gab aber doch auch davon, und daß sich das ermöglichte, war ein Verdienst der Kinder. Es war ein kinderreiches Haus, sechs oder sieben Töchter, von denen zwei (Zwillingsschwestern) damals fünfzehn Jahre sein mochten, die eine ganz brünett, die andere ganz blond. Die Blonde war sehr hübsch; die Brünette weniger, aber dafür sehr apart, sehr rassevoll und Liebling des Vaters, der sie seine »schwarze Jette« nannte. Mein eigentlicher Liebling indes war eine jüngere Tochter, erst zehn- oder elfjährig, von besonders liebenswürdigem Charakter. Eine gütige, ganz humoristisch gestimmte Seele sprach aus ihren klugen Kinderaugen. Sie übermittelte die jedesmaligen Wünsche der Schwestern und wandte sich 72
dabei zumeist an mich, nicht weil sie mich für den Bestimmbarsten ge-

halten hätte, sondern weil ich sie am meisten amüsierte, was wohl mit meinem damals noch ganz unverfälschten Berlinertum zusammenhang. Sie verstand es oft nicht; aber meine ganze Art zu sprechen, vielleicht auch der Klang der Stimme, war eine stete Erheiterung für sie. Hoffentlich ist sie glücklich geworden.

Ich will nun beschreiben, wie die Tage vergingen, und wähle dazu zunächst einen Sommertag.

Erst um acht oder auch wohl noch später brauchten wir – natürlich mit Ausnahme des einen, der die »Wache« hatte – an unsrem Geschäftstisch zu erscheinen, und so waren wir denn in der angenehmen Lage, wenn wir nur recht früh aufstanden, die schöne Morgenfrische zwei oder dritthalb Stunden lang genießen zu können. Davon machten wir denn auch redlich Gebrauch. Um sechs rüsteten wir uns, um in der Elster oder Pleiße – ich glaube, es war ziemlich genau die Stelle, wo Poniatowski ertrunken war – ein Schwimmbad zu nehmen, und eine Stunde später ging es in das »Rosental«, an dessen Eingang wir uns, weil jeder seine Lieblingsstelle hatte, zu trennen pflegten. Es gab damals zwei Hauptlokale, vielleicht existieren sie unter gleichem Namen noch: Bonorand und Kintschy. Ich hielt es mit Kintschy. Zu so früher Stunde waren noch kaum Gäste da, und der ganze reizende Platz gehörte mir. Ein auf Holzpfeilern ruhendes, weit vorspringendes Dach überdeckte eine Veranda mit einem vorgelegenen Kiesweg, den von der anderen Seite her die großen alten Bäume überschatteten. In allen Zweigen war ein Jubilieren, und kaum, daß mein Frühstück erschien, so hüpften auch schon die Spatzen auf meinem Tisch umher. Es war so reizend, daß ich selbst das Journallesen vergaß, womit ich damals meine Zeit nur allzugern vertrödelte. Doch nein, nicht vertrödelte. Die Journale paßten ganz genau zu mir, waren mir um einen Schritt voraus, und von einer derartigen Lektüre hat man viel viel mehr als von solcher, die einem über den Kopf geht. Es ist ein Unsinn, jungen Leuten immer mit dem »Besten« zu kommen. Man hat sich in das Beste hineinzuwachsen, und das dauert
73 oft recht lange. Schadet auch nichts. Vor allem ist es ganz unnatürlich, mit Goethe zu beginnen. Ich bin glücklich, mit Freiligrath begonnen zu haben.

Um acht oder halb neun war ich dann wieder zurück und an meinem Platz. In der ersten Stunde gab es noch wenig zu tun. Aber bald danach kamen die Doktoren und verschrieben ihre Rezepte. Freilich gab es auch solche, die wenig Praxis hatten und die sich nur einfanden, um sich an einem großen Lesepulte, das für sie hergerichtet war, in die verschiedenen Leipziger Zeitungen zu vertiefen. Für sie war die Apotheke bloß Lesehalle, Doktorbörse, Klublokal. Unter den Ärzten, die zu dieser Gruppe gehörten, interessierten mich besonders zwei, ein Dr. Reuter und ein Dr. Adler. Reuter, ein sehr hübscher, eleganter Herr, war ausgesprochener Sachse, liebte mich aber, weil ich ihm Tag für Tag Gelegenheit gab, seinen starken Preußen-Antagonismus in übrigens nie verletzender Weise gegen mich auszulassen. Er erkundigte sich regelmäßig bei mir nach den Schicksalen der »jroßen Nation« oder fragte mich, »ob es wahr sei, daß Kaiser Nikolaus wieder auf einer Inspektionsreise sei, um nachzusehen, ob sein ›Unterknäs Friedrich Wilhelm IV.‹ mittlerweile keine Dummheiten gemacht habe«.

Viel interessanter war Dr. Adler, überhaupt das Prachtstück unter denen, die die Doktorbörse besuchten. Er galt auch bei den eigenen Kollegen, was immer was sagen will, als der Klügste, vielleicht sogar als Arzt, sicherlich aber als Mensch. Nebenher stand er leider in den Anfängen des Delirium tremens. Natürlich war er auch Dichter – sogar ein sehr guter –, was meine nähere Bekanntschaft mit ihm herbeiführte. Er hatte damals Thomas Moores »Paradies und Peri« übersetzt und trug mir spät abends, wo wenig zu tun und ein Unterbrochenwerden von seiten des Publikums fast ausgeschlossen war, die ganze Dichtung vor. Er ging dabei, seine von Trunk und Begeisterung seltsam verglasten Augen nach oben gerichtet, beständig auf und ab, hingerissen vom Wohlklang der Strophen, und nur ich war womöglich noch hingerissener als er selbst. All dies führte bald dazu, daß ich ihn eines Tages bat, ihm einige meiner Arbeiten vorlegen zu dürfen. Er ging auch freundlich darauf ein, aber doch zugleich mit einer gewissen, nur zu berechtigten
Verlegenheit. Was konnt' es am Ende sein? Er hatte sich selbst zu lange 74
und zu ernsthaft mit derlei Dingen beschäftigt, um nicht zu wissen, daß von einem zwanzigjährigen, bei Radix Valerianae und Flores Chamomillae herangewachsenen Springinsfeld mutmaßlich nicht viel zu gewärtigen sei. So kam es denn auch. Es war eine tüchtige Niederlage, der ich zunächst entgegenging, aber sie verwandelte sich, was mich sehr glücklich machte, schließlich in einen kleinen Sieg. All dies, in seinen verschiedenen Stadien von Demütigung und Erhebung, verlief vorwiegend in einer in Versen geführten Korrespondenz, die, glaub' ich, von seiner Seite begon-

nen wurde. Dem Konvolut, drin ich vorerst meine Gedichte zurückerhielt, waren folgende Strophen beigegeben:

Zweies muß der Dichter haben:
Erst sei er sich selber klar;
Und die zweite seiner Gaben
Ist: er sei auch immer wahr ...

Mit der Sonne zu vergleichen
Ist die echte Poesie,
Alles Dunkel muß ihr weichen,
Keinen Nebel duldet sie.

Zwar aus dunklen Wolken weben
Läßt sie sich des Kleides Saum,
Aber frei darüber schweben
Muß sie hoch im lichten Raum.

Ich war etwas niedergedonnert, erholte mich indessen rasch wieder und suchte mich nun in einer natürlich auch in Versen gehaltenen Antwort, so gut es ging, zu verteidigen. Dann aber brach ich mit einem Male die Verteidigung ab, machte die bekannten drei Sternchen und schloß meine Replik mit folgender, anscheinend bescheidenen, in Wahrheit aber ziemlich kecken Anfrage:

Eine Frage noch, die lange
Schon auf meiner Lippe schwebt
Und vor einer Antwort bange
Ängstlich stets zurückgebebt.

Nun denn, schlechte Verse machen,
Die nicht einen Heller wert,
Die kaum wert, darob zu lachen,
Das ist nicht mein Steckenpferd.

Kann ich nicht ein Herz bewegen,
Sprechen nicht mit Geist zum Geist,

Will ich mir ein Handwerk legen,
Das mit Recht dann Handwerk heißt.

Fehlt von eines Dichters Wesen
Jede Spur mir und Idee,
Will ich, ohn' viel Federlesen,
Schaffen ein Autodafé.

Daß ein Lied, das nie erwärmte,
Mir doch noch die Hände wärmt,
Und wofür sonst niemand schwärmte,
Eine Motte noch umschwärmt.

Diese Strophen, die mir auch in diesem Augenblick noch ziemlich gelungen erscheinen, verfehlten nicht ihren Eindruck auf meinen guten Doktor, und er antwortete mir umgehend in sehr schmeichelhafter Weise:

Wackrer Jünger, brav gesungen,
Sieh, das schmeckt schon nach Idee,
Jetzt, wo du dich selbst bezwungen,
Spare dein Autodafé.

Noch zwei weitere Strophen folgten, und er war von jenem Tag an mein Gönner und Protektor. Wir blieben im besten Verhältnis bis zu meinem Fortgange von Leipzig. Dann brach der Verkehr ab, und erst viele Jahre später hörte ich von seinem Ausgang. In demselben Hospital, in dem er, glaub' ich, lange Zeit als Arzt gewirkt hatte, war er als Hospitalit gestorben. Aber der Respekt, den man seinen ungewöhnlichen Gaben,
seiner Klugheit und seinem lauteren Charakter schuldete, dieser Respekt 76
war ihm bis zu seinem traurigen Ende verblieben.

Während des Sommers hatten die Morgenspaziergänge mit ihrem Baden im Fluß und den Träumereien bei Kintschy viel zu meinem Vergnügen beigetragen, als dann aber der Herbst kam, kamen andere Freuden, unter denen für mich das Ausflügemachen auf das Leipziger Schlachtfeld hinaus obenan stand. Historischen Grund und Boden zu betreten, hatte zu jeder Zeit einen besonderen Zauber für mich, und Schlachtfelder werd' ich denn auch wohl in Westeuropa nicht viel weniger als hundert gesehen haben.

Das Völkerschlachtfeld war natürlich nicht auf einmal zu bewältigen, weshalb ich, von meinem Leipziger Mittelpunkt aus, Radien zog und an einem Tage Gohlis und Möckern, an einem andern Konnewitz und Stötteritz, an einem dritten Liebertwolkwitz, Markkleeberg und Wachau besuchte. Ob ich auf diese Weise den ganzen Kreis abgemacht habe, weiß ich nicht mehr, nur das weiß ich noch, daß der Wachau-Markkleeberger Tag den größten Eindruck auf mich machte, vielleicht weil es grade der Jahrestag der Schlacht, der 18. Oktober, war. Ich sehe noch den Luftton, den Abendhimmel und die Blätter, die der Westwind die lange Pappelallee hinauffegte, und weil mich damals, außer meiner Schlachtfeldbegeisterung, auch das in etwas kindlichen Formen auftretende Verlangen nach deutscher Freiheit erfüllte, so machte sich's ganz natürlich, daß ein an jenem Marschtage geborner Liederzyklus – den ich übrigens in einem aus jener Zeit her aufbewahrten belletristischen Journal mit dem sehr unbelletristischen Titel »Die Eisenbahn« noch besitze – den ganzen, in einem unausgesetzten Freiheitsruf erklingenden Nachmittag, über das bloß Beschreibende hinaus, auf eine »höhere Stufe« hob. In dem Liederzyklus aber hieß es:

Auf Leipzigs Schlachtgefilden
Ich heute gewandert bin,
Das fallende Laub der Bäume
77 Tanzte vor mich hin.

Der Herbst muß von den Bäumen
Die Blätter mähn und wehn,
Wenn wir den neuen Frühling
In Blüten wollen sehn.

Ein Herbst hat hier genommen
Des deutschen Laubes viel, –
Wann wird der Frühling kommen,
Für den es freudig fiel?

Ähnliche Fragen und Betrachtungen kehrten an jenem Nachmittage mit der wechselnden Szenerie beständig wieder. Ein großer Dorffriedhof wurde sichtbar, aber nur, um mich sofort behaupten zu lassen, »daß Deutschland ein größerer sei«, und als ich bald danach beim Eintritt in das Dorf Markkleeberg einem Hochzeitszuge begegnete, hieß es in meinem Liederzyklus ungesäumt:

> Durchglüht von heil'gem Feuer,
> O schöne, hehre Zeit,
> Hat Deutschland um die Freiheit
> Hier ritterlich gefreit.
>
> Doch hat sein Lieb gefunden,
> Nur wen der Tod getraut –
> Den Wunden und Gesunden
> Blieb fern wie je die Braut.

Die Schlachtfeldwanderungen im Oktober 41 waren wunderschöne Tage für mich. Daß die Freiheit noch nicht da war, machte mich weiter nicht tief unglücklich, ja vielleicht war es ein Glück für mich, ich hätte sonst nicht nach ihr rufen können.

Immer erst spät abends kam ich von solchen Ausflügen zurück und freute mich, je müder ich war. Mir war dann zu Sinn, als hätt' ich mitgesiegt.

So war mein Leben im Neubertschen Hause. Man wolle jedoch aus dieser Aufzählung von Morgenspaziergängen im Rosental, von Sperlingefüttern
bei Kintschy, von Doktorenbörse, von Verskorrespondenz mit Dr. Adler 78
und Schlachtfelderbesuch um die Stadt herum nicht etwa den Schluß ziehen, daß mein Leben eine Reihenfolge kleiner allerliebster Allotrias gewesen wäre. Ganz das Gegenteil, und ich würde traurig sein, wenn es anders läge. Natürlich kann ich hier, wenn ich all das Weitzurückliegende wieder heraufbeschwöre, mit geflissentlicher Umgehung dessen, was das Metier verlangte, nur von den Extras sprechen, die den Tag einleiteten und abschlossen, aber der Tag selbst gehörte mit verschwindenden Ausnahmen dem an, für das ich da war und für das ich bezahlt wurde. Ja mehr, ich setzte meine Ehre darein, alles Dahingehörige nach bestem Vermögen zu tun, und segnete die Tage, wo's so viel Arbeit gab, daß ich an andre Dinge gar nicht denken konnte. Je mehr, desto besser. Das war dann keine Qual, das war eine Lust, und wenn die Arbeitsstunden

hinter mir lagen, konnt' ich die Freistunden um so freier genießen, je mehr ich das Gefühl hatte, vorher meine Schuldigkeit getan zu haben. Das Bedrückliche liegt immer in der Halbheit, in dem »nicht hü und nicht hott«.

Ich kann dies Verfahren, alles, was man an Geschäftlichem zu betreiben hat, immer ganz zu betreiben, allen jungen Leuten, die sich in ähnlicher Lage befinden, nicht dringend genug empfehlen; es ist das einzige Mittel, sich vor Unliebsamkeiten und eignem Unmut zu bewahren, von dem ich denn auch in all jenen Tagen, wo mein Beruf und meine Neigung auseinandergingen, keine Spur empfunden habe.

Drittes Kapitel

Literarische Beziehungen. »Shakespeares Strumpf«. Im Rob. Binderschen Hause. Hermann Schauenburg und Hermann Kriege. Dr. Georg Günther

In dem Voraufgehenden hab' ich von einer in Versen geführten Korrespondenz und meiner sich daraus entwickelnden Dichterfreundschaft zu Dr. Adler gesprochen, aber diese Dinge, so sehr sie mich beglückten,
79 konnten mir doch *das,* was man »literarische Beziehungen« nennt, nicht ersetzen. *Die* fangen für einen jungen, draußenstehenden Mann immer erst an, wenn sich etwas von Geheimbund oder mindestens Clique mit einmischt, erst wenn man Fühlung mit der Gegenwart hat, noch besser Friktionen, die dann zu Streit und Kampf führen – *das* sind dann literarische Beziehungen. Sie sind ohne Gegnerschaft kaum denkbar. »Partei, Partei, wer sollte sie nicht nehmen«, so hieß es damals in einem berühmt gewordenen Herweghschen Gedicht. Später bin ich wieder davon abgekommen und kenne jetzt nichts Öderes als »Partei, Partei«. Aber damals war ich ganz in ihrem Zauber befangen.

Und diesen Zauber an Leib und Seele zu fühlen, dazu sollte mir, als der Sommer 1841 auf die Neige ging, Gelegenheit werden.

Ich hatte mir herausgerechnet, daß ich, um meinem auf »Partei« gerichteten Zwecke näherzukommen, in einem Leipziger Blatte mein Heil versuchen müsse, was mir denn auch gelang, und zwar als der »Leipziger Schillerverein« – etwas andres als der spätere Zweigverein der Schillerstiftung – eine Schiller-Weste erstanden und dem Schillermuseum einverleibt hatte. Man machte davon, worin ich aber unrecht haben mochte, mehr, als mir billig schien, und so schrieb ich denn unter dem Titel »Shakespeares Strumpf« ein kleines Spottgedicht nieder, das den Tag darauf in dem vielgelesenen »Leipziger Tageblatt« erschien. Es lautete:

Laut gesungen, hoch gesprungen,
Ob verschimmelt auch und dumpf,
Seht, wir haben ihn errungen,
William Shakespeares wollnen Strumpf.

Seht, wir haben jetzt die Strümpfe,
Haben jetzt das heil'ge Ding,
Drinnen er durch Moor und Sümpfe
Sicher vor Erkältung ging.

Und wir huldigen jetzt dem Strumpfe,
Der der Strümpfe Shakespeare ist, 80
Denn er reicht uns bis zum Rumpfe,
Weil er fast zwei Ellen mißt.

Seht, wir haben jetzt die Strümpfe,
Dran er putzte, wischte, rieb
Ungezählte Federstümpfe,
Als er seinen Hamlet schrieb.

Drum herbei, was Arm und Beine,
Eurer harret schon Triumph,
Und dem »Shakespeare-Strumpfvereine«
Helft vielleicht ihr auf den Strumpf.

Es war ziemlich gewagt, in einer Sache, die für ganz Leipzig etwas von einer Herzenssache hatte, diesen Ton anzuschlagen, aber es glückte trotzdem; wenn man es auch nicht guthieß, so ließ man es wenigstens gelten, und in den eigentlichen literarischen Kreisen wurde die Frage laut: »Wer ist das? Wer hat das geschrieben?« Das ist für einen armen Anfänger schon immer sehr viel. Aber es ging noch weiter, und ich erhielt tags darauf von dem Verlagsbuchhändler Robert Binder, der zwei Blätter erscheinen ließ, ein demokratisch-politisches und ein belletristisches, einen Brief, in dem ich zur Mitarbeiterschaft aufgefordert wurde. Großer

Triumph. Der Himmel hing mir voller Geigen. Ich sandte denn auch Verschiedenes ein, darunter ein längeres phantastisch-politisches Gedicht, das, glaube ich, »Mönch und Ritter« hieß, und wurde daraufhin zu einer kleinen Abendgesellschaft im Hause des Herrn Verlegers eingeladen.

Dieser Abend entschied über mein weiteres Leben in Leipzig, gab ihm, nach der literarischen Seite hin, den Stempel, weshalb ich etwas ausführlicher dabei verweile.

Robert Binder empfing mich in einem Vorzimmer seines in einer Vorstadt gelegenen, ganz modernen Hauses, mit kleinen Außentreppen und Balkonen. Er war ein ausgesprochener Sachse, fein und verbindlich, aber zugleich von weltmännischem Gepräge, so daß man deutlich empfand, er müsse längere Zeit im Auslande gelebt haben. Die zum Salon
81 führende Tür stand auf, hinter der ich die Gäste, nur wenige, bereits versammelt sah. Ich wurde der Frau vom Hause vorgestellt, einer beinahe schönen Dame, der man sofort abfühlte, daß sie das Heft in Händen hielt und die Geschicke des Hauses, also wahrscheinlich auch die der dort ins Leben tretenden Literatur lenkte. Grund genug, mich ihr von der denkbar besten Seite zu zeigen. Freilich nur mit mäßigem Erfolge. Sie war sehr liebenswürdig, aber doch noch mehr »mondaine«, was sie denn auch befähigte, mich vom ersten Augenblicke an richtig zu taxieren und ihre wirkliche Aufmerksamkeit lieber zwei jungen Männern zuzuwenden, die links und rechts neben ihr saßen. Diese zwei jungen Männer waren typische Westfalen, was ihre Superiorität von vornherein besiegelte. Der eine, mit seiner annähernd sechs Fuß hohen Gestalt, vertrat die westfälische Stattlichkeit, während der andre, wie zum Ersatz für die fehlende Stattlichkeit, einen Idealkopf – sehr ähnlich dem Adolf Wilbrandts – zwischen den Schultern trug. Beide, als richtige Cheruskersöhne, führten den Vornamen Hermann, der stattlichere: Hermann Schauenburg, der schönere: Hermann Kriege. Sie gehörten der Leipziger Burschenschaft an. Außer diesen zwei Studenten war noch ein dritter Herr anwesend, ein Herr von Mitte Dreißig, Dr. Georg Günther. Er musterte mich freundlich, etwa wie wenn er sagen wollte: »Grade so hab' ich ihn mir gedacht«, denn Dr. Günther war der Redakteur der schon erwähnten beiden Blätter, und die Zeilen, die mich zur Mitarbeiterschaft aufgefordert hatten, rührten von ihm her.

Zu all den hier Genannten, mit Ausnahme der schönen Frau, die ich leider nie wiedersah, trat ich von jenem Tage an in nähere Beziehungen, und über jeden einzelnen seien hier einige Worte gestattet.

Robert Binder, ein so feiner Herr er war, war leider unbedeutend; er
ging schärfer ins Zeug, als seine Mittel, die geistigen mit einbegriffen,
ihm gestatteten, und so kam es, daß er nicht lange regierte. Wenigstens
habe ich in kommenden Jahrzehnten nicht mehr von ihm gehört. 1843,
zwei Jahre nach der hier geschilderten Zeit, als ich zum erstenmal – es
kehrte dann später öfter wieder – von Umsattelungsgedanken erfüllt
war, war »Robert der Gute«, wie wir ihn nannten, willens, mich als Re- 82
dakteur des belletristischen Blattes anzustellen. Ein wahres Glück, daß
sich's zerschlug; aber schon, daß er's gewollt hatte, war Beweis, daß er
kein großer Menschenkenner war.

Hermann Schauenburg war Mediziner. Er machte das Dichten, das er damals ziemlich ernsthaft und eifrig betrieb, wie eine Kinderkrankheit mit durch, erholte sich aber bald von ihr und hatte nur noch einmal einen etwas abenteuerlichen, also wenn man will, auch poetischen Anfall. Anno vierundfünfzig, während des Krimkrieges, als die russische Regierung auch in Deutschland nach Ärzten für ihre Lazarette suchte, wollte Schauenburg dieser Aufforderung folgen und nach der Krim gehen. Er kam denn auch nach Berlin und erschien, wie der Zeitungsaufruf es vorschrieb, auf der russischen Gesandtschaft. Das hochfahrende Wesen aber, dem er da begegnete, ließ ihn dem mit ihm verhandelnden Gesandtschaftsattaché mit echt westfälischem Freimut sagen: »er – der Gesandtschaftsattaché – vergäße, daß er, Hermann Schauenburg, sich vorläufig, Gott sei Dank, noch auf deutschem Grund und Boden befände«. Die Sache kam also nicht zustande. Wohl ihm. Er ging nach Westfalen und Rheinland zurück und hat sich in Bonn, wo er auch Privatdozent an der Universität war, als Augenarzt hervorgetan. Leider geriet er, wohl nicht unverschuldet, in höchst unliebsame Streitigkeiten mit Professor C. O. Weber und mußte Bonn verlassen. In Düsseldorf trat er bald darauf an die Spitze einer lithographischen Anstalt, scheiterte aber und kehrte zu seiner ärztlichen Praxis zurück. Er wechselte beständig, war in Kastellaun im Hunsrück, in Zell an der Mosel, in Godesberg, in Quedlinburg und zuletzt in Mörs, Regierungsbezirk Düsseldorf. Dort starb er. Oppositionslust und zu hohe Meinung von sich hemmten ihn in Geltendmachung seiner geistigen Anlagen.

Hermann Kriege war frei von Dichtung und blieb auch »immun«, trotzdem die Gefahr der Ansteckung sowohl seinem Umgange wie den Zeitläuften nach – Herwegh-Zeit – sehr groß war. Er war dadurch gefeit, daß er ganz und gar in der politisch-freiheitlichen Bewegung stand, mit der er's ernsthaft nahm, und man wird ihm nachsagen müssen, daß er seine Sache mit seinem Leben bezahlt habe. Sein Wesen war immer von einer gewissen Feierlichkeit getragen. Einmal kamen die Hallenser und Leipziger Burschenschafter in Lützschena – halber Weg zwischen beiden Städten – zusammen, und ich durfte mit dabeisein. Kriege, ganz in pontificalibus, präsidierte. Sein schöner Kopf machte großen Eindruck auf mich, aber alles, was er sagte, desto weniger, trotzdem oder vielleicht auch, *weil* es nichts anderes war, als was aus meinen eigenen Freiheitsliedern schmetterte.

Bis Sommer 1842 war ich mit Kriege zusammen. Dann kam die Trennung, und nicht lange danach erfuhr ich, daß er, um sein Jahr abzudienen, in ein, wenn ich nicht irre, westfälisches Regiment eingetreten und dort durch Auflehnung oder vielleicht auch bloß durch Hervorkehrung seiner freiheitlichen Anschauungen in eine sehr üble Lage gekommen sei. Natürlich empörte mich das. Ich sah so etwas wie Märtyrertum in seinem Auftreten, das ich heute einfach als Dummheit bezeichnen würde, und gab meiner Empörung in forschen Reimzeilen Ausdruck. Überschrift: »An Hermann Kriege«. Dann hieß es:

Du kanntest nicht dies Institut der Stummen,
Die hohe Schule des Gendarmentroß,
Auf der ein freies Denken sich vermummen
Und unter Riegel halten muß und Schloß …

Und nun folgten vier Zeilen, in denen vom Apostel Paulus und sogar von Christus die Rede war, eine Stelle, die ich doch lieber weglasse. Zum Schluß aber hieß es dann weiter:

Sie haben dich dem Büttel übergeben,
Ja, deine Ehre schlug man an das Kreuz.
Feig, wie sie sind, blieb dir das nackte Leben,
Du schleppst es hin, doch keine Freude beut's;
Gestempelt, du, zum Schelm und zum Verbrecher,
Dess' Seele frei von jedem Makel ist,
Dein Bettgenoß ein Dieb vielleicht, ein Schächer,
Und alles nur, weil du kein Sklave bist.

Wie lange noch soll dieses Treiben währen,
Wie lange spielen wir »verkehrte Welt«? 84
Die Sklavenseele bettelt sich zu Ehren,
Und jede freie Männerseele fällt.
Trostlose Wüste streckt sich ohne Grenzen
Durch unser Land – und träumt an schatt'gem Ort
Je ein Oasenquell von künft'gen Lenzen,
So naht der Samum, und der Quell verdorrt.

Als Phrasengedicht ganz gut; ich komme weiterhin auf diesen heiklen Punkt zurück. Hier zunächst noch ein Wort über Kriege. Seine soldatischen Erlebnisse wurden wohl Grund und Ursache, daß er nach Absolvierung seiner Militärzeit den Staub von den Füßen schüttelte und nach Amerika ging. Ich weiß nicht mehr, in welcher Eigenschaft. Aber er war auch drüben kein vom Glück Begünstigter und ist, vom Fieber befallen, bald aus dieser Zeitlichkeit geschieden.

Dr. Georg Günther war an Wissen und Charakter der Bedeutendste. Wie Robert Binder, der geschäftlich sein Chef war, war er ein ausgesprochener Sachse, aber von der sehr entgegengesetzten Art; und wenn Robert Binder den Kaffeesachsen, also den *sentimentalen* sächsischen Typus vertrat, so Georg Günther den *energischen,* leidenschaftlichen, zornig verbitterten. In seinem, wenn ihn nichts reizte, klugen und freundlichen Auge funkelte was Unheimliches, und so verbindlich und selbst heiter er sein konnte, so merkte man doch gleich, daß er in jedem Augenblick bereit war, sich übers Schnupftuch zu schießen. Wer die Sachsen kennt, weiß, daß man sich zwischen diesen beiden gegensätzlichen Typen beständig hin und her bewegt. Doch ist die Günther-Type viel häufiger, was ein Glück ist. Daß die Sachsen sind, was sie sind, verdanken sie nicht ihrer »Gemütlichkeit«, sondern ihrer Energie. Dies Energische hat einen Beisatz von krankhafter Nervosität, ist aber trotzdem als Lebens- und Kraftäußerung größer als bei irgendeinem andern deutschen Stamm, selbst die Bayern nicht ausgenommen – die bayerische Energie ist nur derber. Die Sachsen sind überhaupt in ihrem ganzen Tun und Wesen noch lange nicht in der Art überholt, wie man sich's hierzulande so vielfach einbildet. Und das hat seinen guten Grund, daß von ihrem »Überholtsein« keine Rede sein kann. *Sie* sind die Überlegenen, und ihre
Kulturüberlegenheit wurzelt in ihrer Bildungsüberlegenheit, die nicht 85
vom neusten Datum, sondern fast vierhundert Jahre alt ist. Das gibt

dann, auch im erbittertsten Kampfe der Interessen und Ideen, immer einen Regulator. Der sächsische Großstadtsbürger ist sehr bourgeoishaft, der sächsische Adel sehr dünkelhaft – viel dünkelhafter als das Junkertum, das eigentlich einen flotten, fidelen Zug hat –, und der sächsische Hof ist katholisch, was doch immerhin eine Scheidewand zieht, aber alle drei sind durch ihr hohes Bildungsmaß vor Fehlern geschützt, wie sie sich in andern deutschen Landen, ganz besonders aber im Altpreußischen, sehr hochgradig vorfinden. Alles, was zur Oberschicht der sächsischen Gesellschaft gehört, auch *die,* die Fortschritt und Sozialdemokratie mit Feuer und Schwert bekämpfen möchten – viel rücksichtsloser, als es in Preußen geschieht –, alle haben, mitten im Kampf, die neue Zeit begriffen, während die tonangebenden Kreise der ostelbischen Provinzen die neue Zeit *nicht* begriffen haben. Anachronismen innerhalb der gesamten Anschauungswelt, Rückschraubungen, sind in Sachsen unmöglich, womit nicht gesagt sein soll, daß in praxi nicht Schrecklichkeiten vorkommen. *Die* kommen aber immer und überall vor und werden überhaupt nicht aus der Welt geschafft werden.

Aber nach dieser Sachsenhymne zurück zu meinem Dr. *Georg Günther.* Er hatte für künstlerische Dinge, speziell auch für Poetisches, ein sehr gutes Verständnis, wahrscheinlich ein viel besseres als wir Verseschmiede selbst, trotzdem war ihm der ganze poetische Krimskrams etwas Nebensächliches, auf das er nur insoweit Rücksicht nahm, als es sich seinen redaktionellen Zwecken dienstbar machte. Diese Rücksicht trug mir denn auch seine Gunst ein. Aber vielleicht war es auch noch ein andres, was ihn mir geneigt machte. Durch mein ganzes Leben hin habe ich gesehn, wie sich die Gegensätze anziehn und daß Raufbolde, Kraftmeier und mit Orsini-Bomben operierende Verschwörer eine Vorliebe für Harmlosigkeitsmenschen haben. Sie möchten nicht mit ihnen tauschen, das würd' ihnen einfach lächerlich vorkommen, aber oft überkommt sie die Vorstellung, als ob der andre doch vielleicht das bessere Teil erwählt habe. So war auch Günther. Besonders gern ging er an meinen freien
86 Tagen mit mir spazieren, meilenweite Wege bis nach Eilenburg hin, wo wir eine an einen sogenannten »Monteur« verheiratete Schwester von ihm besuchten. Auf diesen Spaziergängen hab' ich mancherlei gelernt, denn er war ein sehr gescheiter Mann und sprach dabei so harmlos wie ein Kind.

Eine andere Schwester von ihm war an *Robert Blum* verheiratet oder vielleicht auch, daß Günther eine Schwester von Robert Blum zur Frau hatte, jedenfalls waren Günther und Blum Schwäger. Sie zogen auch politisch denselben Strang. Trotzdem war ihre Freundschaft nicht allzu groß, was den, der beide kannte, nicht sehr überraschen konnte. Robert Blum war Volksredner comme il faut und hat einen politischen Einfluß geübt, der weit über den seines Schwagers hinausging; aber dieser war nicht nur der viel feinere Geist, sondern auch der viel gebildetere Mensch. Und als solcher mocht' er an Blums Auftreten gelegentlich Anstoß nehmen.[2]

Drei Jahre Später – 1844 –, als ich Soldat war, besuchte mich Günther in Berlin. Wir gingen ins Theater und kneipten bis in die Nacht hinein. Auf dem Heimwege redeten wir Welten und kamen vom Hundertsten 87
ins Tausendste. Mit einem Male blieb er stehen und sagte: »Schade, daß Sie so sehr *Nihilist* sind, nicht ein russischer, sondern ein recht eigentlicher, will also sagen einer, der gar nichts weiß.« Solche Sätze, wie die meisten, die einem nicht schmeicheln, bleiben einem im Gedächtnis.

2 In einem Büchelchen, das mir, während mir das im Text Gesagte schon im Korrekturbogen vorlag, von New York her zuging, bin ich, und zwar von einem Frankfurter achtundvierziger Parlamentsmitglied – Hugo Wesendonck – herrührend, einer andern, sehr interessanten und weitaus anerkennenderen Schilderung *Robert Blums* begegnet. Es heißt da: »Alles in allem halte ich auch jetzt noch *Blum für den besten Mann des damaligen deutschen Parlaments.* Ein Sokrates von Gesicht und Gestalt; aber breiter, stämmiger, mit hervortretenden Schultern und gewölbter Brust. Er hatte viel studiert und war von umfangreichem Wissen, namentlich in der Geschichte. Dazu besaß er eine klassische Ruhe und sprach nach einem festen und durchdachten Plan. Sein Organ war ein vollkommener Bariton, seine Haltung eine ernste, nie leichtfertig. Er war überall geachtet, und ich möchte hinzufügen: gefürchtet; die Frauen aber verehrten ihn trotz seiner Häßlichkeit. Als geborener Amerikaner hätte er es weit bringen können. Aus *solchem Stoffe macht man Präsidenten.* Lincoln war häßlicher, und Cleveland ist nicht viel hübscher. Wäre das Unmögliche damals in Deutschland möglich gewesen, es hätte sich nur um Blum oder Gagern handeln können. *Aber Blum hätte gesiegt,* denn er war der beste Ausdruck des liberalen, meinetwegen kleindeutschen Bürgertums.« So Wesendonck. Möglich ist alles. Aber nach dem Eindruck, den ich meinerseits von Blum empfangen habe, hätte er zu einem »Präsidenten von Deutschland« *nicht* ausgereicht, auch achtundvierzig nicht. Es hätte dazu der Reaktion nicht bedurft, er wäre schon am Professorentum gescheitert.

Das war Anno 1844. Wenn ich nicht irre, war er 1848 und 1849 noch in Deutschland und Mitglied des Frankfurter Parlaments. Aber bald danach – die Erschießung seines Schwagers Robert Blum in Wien und die Maikämpfe in Dresden mochten ihm den Boden unter den Füßen etwas zu heiß gemacht haben – verließ er Deutschland und ging nach Amerika. Dort, wie so viele Flüchtlinge, wurde er Mediziner und verrichtete homöopathische Wunderkuren. Es ging ihm äußerlich gut, aber die Sehnsucht blieb.

Etwa zwanzig Jahre später erhielt ich aus »Charlottenburg Westend« ein Postpaket, eigentlich bloß einen großen Brief, und als ich ihn öffnete, waren es drei, vier längere Gedichte, die ich Anno 1841 oder 42 an Günther zum Abdruck in einem seiner Blätter geschickt hatte. Zu diesem Abdruck war es nicht gekommen, und schließlich waren die Gedichte mit nach Amerika hinübergewandert. Da hatt' ich sie nun wieder. Daneben lag ein Kartenbillet, auf dem ich von meinem alten Freunde Günther begrüßt und nach Westend hinaus – wo er bei seinem Stiefsohn, einem wohlhabenden Kaufmann, wohnte – eingeladen wurde. Natürlich kam ich der Einladung nach und verbrachte draußen einen angenehmen und sehr interessanten Abend. Aber freilich, alles war wie verschleiert. Er suchte zu lächeln, ohne daß es ihm so recht gelang; er war ein gebrochener Mann. Und nicht allzu lange mehr, so wurde mir denn auch Mitteilung, daß er gestorben sei. Bei seiner Bestattung konnt' ich leider nicht zugegen sein.

Er, der innerlich und äußerlich viel Umhergeworfene, ruht nun auf
88 dem Charlottenburger Kirchhof.

Viertes Kapitel

Der Herwegh-Klub. Wilhelm Wolfsohn. Max Müller

Hermann Schauenburg, Hermann Kriege, Dr. Georg Günther, das waren die drei, mit denen mich der erste literarische Teeabend bei Robert Binder und Frau bekannt gemacht hatte. Diese drei waren aber nur ein Bruchteil eines literarischen Vereins, dessen geistiger Mittelpunkt *Georg Herwegh* war, weshalb ich denn auch diesen Leipziger Dichterverein als einen »*Herwegh-Klub*« bezeichnen möchte. In diesen Klub sah ich mich natürlich alsbald eingeführt und machte da die Bekanntschaft von einem Dutzend anderer Studenten, meistens Burschenschafter, einige schon von älterem Datum. Es waren folgende: Köhler (Ludwig), Prowe, Semisch oder Semig, Pritzel, Friedensburg, Dr. Cruziger, Dr. Wilhelm Wolfsohn, Max Müller. Alle haben in der kleinen oder großen Welt von sich reden gemacht. In der ganz großen Welt allerdings nur einer, der Letztgenannte. Ludwig Köhler war ein hübsches dichterisches Talent und beschloß seine Tage wohl in seiner thüringischen Heimat; Prowe wurde Gymnasialprofessor in Thorn und setzte sein Leben an die Beweisführung, daß Kopernikus kein Pole, sondern ein Deutscher gewesen sei; Dr. Pritzel – der Geistreichste und Witzigste des Kreises – war durch viele Jahre hin Bibliothekar an der Berliner Königlichen Bibliothek; Dr. Friedensburg, ein Bruder des späteren Oberbürgermeisters von Breslau, trat in den Staatsdienst über; Dr. Cruziger – in einem der reußischen oder Schwarzburger Fürstentümer zu Hause – brachte es in der stürmischen Zeit von 1848 bis zum Minister in seinem kleinen Heimatstaate. Verbleiben noch Wilhelm Wolfsohn und Max Müller, mit denen ich mich ausführlicher zu beschäftigen habe.

Wilhelm Wolfsohn war in bestimmter Richtung unter uns der Tonangebende. Georg Günther, der, um mehr als ein Dutzend Jahre älter, zugleich von allgemeinerer Bildung und größerer Welterfahrung war, wäre dazu der Berufenere gewesen, aber er war nicht direkt Klubmitglied und blieb, 89
als guter Redakteur uns nur für sein Blatt und seine Zwecke benutzend, wohlweislich ein Draußenstehender. So fiel die Führerrolle dem Nächstbesten zu, was unzweifelhaft Wolfsohn war. Er hatte Literaturgeschichte zu seinem Studium gemacht. Das allein schon würde zur Besieglung seines Übergewichts ausgereicht haben; es stand ihm aber auch noch andres zu Gebote. Wir andern waren samt und sonders junge Leute von Durchschnittsallüren, Wolfsohn dagegen ein »feiner Herr«. Hätte nicht sein kluger, interessanter Kopf die jüdische Deszendenz bekundet, so würde man ihn für einen jungen Abbé gehalten haben; er verfügte ganz über die verbindlichen Formen und das überlegene Lächeln eines solchen, vor allem aber über die Handbewegungen. Er hatte zudem, was uns natürlich ebenfalls imponierte, schon allerhand ediert, unter andern ein Taschenbuch, das, unglaublich, aber wahr, eine Art christlich-jüdische Religionsunion anstrebte. Jedenfalls entsprach das seinem Wesen. Ausgleich, Umkleidung, nur keine Kanten und Ecken. In unseren Klubsitzungen, im Gegensatz zu Gesellschaftlichkeit und Außenverkehr, trat er nicht sonderlich hervor, auch nicht als Dichter. Natürlich war er

wie wir alle für »Freiheit« – wie hätten wir sonst der Herwegh-Klub sein können –, aber er hielt Maß darin, wie in all und jedem. Seine Domäne war die Gesamtbelletristik der Deutschen, Franzosen und Russen. Rußland, wenn er uns Vortrag hielt, stand mir selbstverständlich jedesmal obenan, wobei ich mir sagte: »*Das* nimm mit; du kannst hundert Jahre warten, ehe dir russische Literatur wieder so auf dem Präsentierbrett entgegengebracht wird.« Ich ging in meinem Feuereifer so weit, daß ich sogar Russisch bei ihm lernen wollte. Doch schon in der zweiten Unterrichtsstunde war seine Geduld erschöpft, und er sagte mir: »Gib's nur wieder auf; du lernst es doch nicht.« So ist es mir mit einem halben Dutzend Sprachen ergangen: Italienisch, Dänisch, Flämisch, Wendisch – immer wenn ich mir ein Lexikon und eine Grammatik gekauft hatte, war es wieder vorbei. Was ich beklage. Denn es ist unglaublich, wieviel Vorteile man von jedem kleinsten Wissen hat, ganz besonders auch auf
90 diesem Gebiete.

Also mit der russischen Sprache war es nichts; in bezug auf russische Literatur jedoch ließ ich nicht wieder los, und vom alten Dershawin an, über Karamsin und Shukowski fort, zogen Puschkin, Lermontow, Pawlow, Gogol an mir vorüber. Ein ganz Teil von dem, was mir Wolfsohn damals vortrug, ist sitzengeblieben, am meisten von den drei Letztgenannten – Lermontow war mein besonderer Liebling –, und sosehr alles nur ein Kosthäppchen war, so bin ich doch auf meinem Lebenswege nur sehr wenigen begegnet, die mehr davon gewußt hätten.

Wolfsohn war mir sehr zugetan, über mein Verdienst hinaus, und hat mir diese Zuneigung vielfach bestätigt. Auch noch nachdem ich Leipzig verlassen hatte, blieb ich in persönlicher Verbindung mit ihm und später in einem zeitweilig ziemlich lebhaften Briefwechsel. Einige dieser Briefe, darin auch die Großfürstin Helene, ohne die damals in Rußland nichts Literarisches denkbar war, eine Rolle spielte, waren aus den beiden russischen Hauptstädten datiert, wohin Wolfsohn gern und oft ging, um den dortigen »deutschen Kolonien« samt einigen literaturbeflissenen Russen Vorlesungen über allerjüngste deutsche Dichter, zu denen Wolfsohn, etwas gewagt, auch mich rechnete, zu halten, woraus sich dann ergab, daß ich in Petersburg und Moskau bereits ein Gegenstand eines kleinen literarischen Interesses war, als mich in Deutschland noch niemand kannte, nicht einmal in Berlin.

1851, eben wieder von einer Petersburger Reise zurückgekehrt, trat Wolfsohn an die Spitze des »Deutschen Museums«, einer guten und

vielgelesenen Zeitschrift, die er eine Zeitlang mit Robert Prutz gemeinschaftlich redigierte. Sein Aufenthalt war damals Dresden, in dessen literarischen Kreisen er Otto Ludwig kennenlernte. Mit Auerbach um die
Wette ließ er sich das Zurgeltungbringen dieses eigenartigen, damals
noch wenig gewürdigten Talentes angelegen sein und unterließ nie, wenn
er, wie während der fünfziger Jahre oft geschah, als Vorleser seine
Tournee machte, dem großen Publikum den »Erbförster« und die
»Makkabäer« vorzuführen. Immer mehr sich einlebend in diese bedeutenden Schöpfungen, kam ihm begreiflicherweise die Lust, es auch seinerseits mit dramatischen Arbeiten zu versuchen, und er schrieb ein
Drama: ›Nur eine Seele‹, das als politisches Stück eine gewisse Notorität 91
erlangte. Dasselbe richtete sich, wie sein Titel andeutet, gegen die Leibeigenschaft und hielt sich eine Zeitlang. Als dann aber die Leibeigenschaft
aufgehoben wurde, war es gegenstandslos geworden.

Um ebendiese Zeit, oder schon etwas früher, war es, daß sich Wolfsohn mit einer Leipziger Dame verheiratete. Diese Verheiratung war mit Schwierigkeiten verknüpft, weil Eheschließungen zwischen Juden und Christen, die eine Zeitlang statthaft gewesen waren, mit Eintritt der »Reaktion« wieder auf kirchliche Hemmnisse stießen. Immer wenn unser Brautpaar aufs neue Schritte tat, traf sich's so, daß der Kleinstaat, auf den man gerade seine Hoffnung gesetzt, just wieder den freiheitlichen Gesetzesparagraphen aufgehoben hatte. Nummer auf Nummer fiel. So kam es, daß zuletzt nur noch »eine Säule von verschwundener Pracht zeugte«. Diese Säule war Dessau. Aber auch hier sollte, mit Beginn des neuen Jahres, der entsprechende Freiheitsparagraph wieder abgeschafft werden, und so mahnte denn alles zur Eile. Noch kurz vor Toresschluß erfolgte die Trauung des jungen Paares, und aus einer gewissen Dankbarkeit, so nehm' ich an, verblieb man in Dessau. Doch nicht auf lange. Dessau war kein Platz für Wolfsohn, und so ging er denn nach Dresden zurück. Hoftheater und höfische Sitte, schriftstellerisches und künstlerisches Leben, vor allem internationaler Verkehr – das war das, was für ihn paßte, worin er Befriedigung fand. Und diese neuen Dresdner Jahre wurden denn auch seine glücklichsten; er lebte hier ganz seinen Arbeiten, vor allem den wiederaufgenommenen dramatischen, und gründete die »Nordische Revue«, die bis zu seinem frühen Hinscheiden 1865 in gutem Ansehen stand. Er war kaum fünfundvierzig Jahre alt geworden. Einer seiner Söhne – Pseudonym: Wilhelm Wolters – hat des Vaters Laufbahn eingeschlagen und ist ein guter Novellist.

Die eigentlich große Nummer unsres Klubs, natürlich erst durch das, was aus ihm wurde, war *Max Müller.* Er hätte sehr gut mit Wolfsohn auf dessen eigenstem Gebiet, dem gesellschaftlichen, konkurrieren, ihn vielleicht sogar aus dem Felde schlagen können, aber er war dazu zu
92 jung, erst achtzehn Jahre alt. Dies einsehend, hielt er sich zurück und beschränkte sich im übrigen darauf, mit dem klugen glauen Gesicht eines Eichhörnchens unseren Freiheitsrodomontaden, beziehungsweise den Plänen »pour culbuter toute l'Europe« zu folgen. Nur dann und wann schoß er selber einen kleinen Pfeil ab. Als die »Zeitung für die elegante Welt«, die wir kurzweg »Die Elegante« nannten, ihre Redaktion gewechselt und Heinrich Laube an die Stelle von Gustav Kühne gesetzt hatte, sagte Müller in guter Laune:

> Was sich Kühne nicht erkühnt,
> Wird sich Laube nicht erlauben.

Im ganzen genommen ging er im kleinen und großen mehr seine eigenen Wege, was sich, neben anderem, auch darin zeigte, daß er nicht so recht zu Robert Binders ›Eisenbahn‹ hielt, sondern ein kleines, ziemlich verwegenes Blatt bevorzugte, das der später so famose, damals aber nur durch seinen roten Vollbart ausgezeichnete Gartenlauben-Keil herausgab. Müller war in unserem Kreise sehr beliebt und angesehen, aber doch nur, weil er, wie wir wußten, auf Schulen ein Musterschüler gewesen und, vor allem, weil er der Sohn seines berühmten Vaters war. Daß er diesen Vater an Weltansehen einst überholen würde, davon ahnten unsre Seelen natürlich nichts.

Ich war ihm von Anfang an herzlich zugetan, aber in ein näheres Verhältnis kamen wir erst drei Jahre später, als wir beide schon einige Zeit in Berlin waren, er bei seinen Sanskritstudien, ich als Kaiser-Franz-Grenadier. Er wohnte damals drei Treppen hoch in einem Eckhause der Oberwall- und Rosenstraße – dicht an der Werderschen Kirche –, wo er sich bei einem Schuhmacher, sehr zu seiner Zufriedenheit, eingemietet hatte. Wenn nur nicht die Werkstatt nebenan gewesen wäre! Da ging den ganzen Tag das Lederklopfen, und Müller hätte wohl die Geduld verloren, wenn nicht, neben manch andrem, die wundervolle Aussicht gewesen wäre. Der ganze Stadtteil lag wie ein Panorama um ihn her, besonders die königlichen Gebäude mit ihren mit den prächtigsten Bäumen besetzten Parkgärten, die sich im Rücken und zur Seite des

Prinzessinnen-Palais hinzogen. Da hinüberzublicken, das gab ihm wieder
Trost, und er hielt aus. Er war damals schon stark ein »Werdender« und 93
erfreute sich besonderer Auszeichnungen von seiten Friedrich Rückerts, der in jenen Jahren – wie bekannt, nur dem Wunsche des Königs nachgebend – an der Universität seine Vorlesungen hielt. In seinen – Rückerts – an die Spree gerichteten und hier nur aus dem Gedächtnis – also ungenau – wiedergegebenen Reimzeilen:

Als Schwan trittst in Berlin du ein,
Um auszutreten dann als Schw …

ergab sich sein eigentlichstes Empfinden. Er sehnte sich nach Neuses zurück, denn er war kein Mann für Residenz und Hof und vielleicht noch weniger für gefügige, dem Hofe zugeneigte Professoren.

Müller übersetzte damals neben andrem Kalidasas »Wolkenboten«, und wenn ich Wolfsohn alles verdanke, was ich von Vor-Turgenjewscher russischer Literatur weiß, so Müller alles, was ich von Sanskritdichtung weiß. Es ist ein Glück, daß man kluge Freunde hat und daß der Verkehr mit ihnen dafür sorgt, daß einem ein bißchen was anfliegt.

Sein nicht ironisches, aber liebenswürdig schelmisches Wesen, das er schon in Leipzig hatte, war ihm treu geblieben. Einmal kam ich in großer Aufregung zu ihm und sagte: »Müller, ich muß dir etwas vorlesen.« Er lachte ganz unheimlich, und als ich etwas verblüfft dreinsah, setzte er begütigend hinzu: »Du wunderst dich. Aber da ist nichts zu verwundern. Lenau, so hab' ich neulich gelesen, ist verrückt geworden. Und du hast natürlich gleich ein Gedicht darauf gemacht.« Es war wirklich so, und ich glaube, daß ich nicht mehr den Mut fand, ihm meine Dichtung vorzutragen. Bald danach verließ er Berlin und ging nach Paris und von da nach England. Dort war er viel im Bunsenschen Hause, wurde Vertrauensperson und kam, wohl durch Bunsens Einfluß, als Sanskrit-Professor nach Oxford. Da war er nun fast eingelebt, als ich ihn im Herbst 1855 in London wiedersah. Er nahm sich meiner gleich freundlich an, machte mich mit diesem und jenem bekannt und führte mich bei »Simpson« ein. Das war ein Dining-Room am Strand. Solch Eingeführt-
werden in ein Speisehaus wird nun manchem Kontinentalen als etwas 94
sehr Gleichgültiges erscheinen, für mich aber war es damals eine Sache von Bedeutung, eine Lebensfrage. Gehört man nicht einem Klub an, was sehr teuer und für einen nichtdistinguierten Fremden auch sehr

schwierig ist, so weiß man in London, wo's dann gleich sehr tief sinkt, wirklich nicht recht, wo man essen soll. Wenigstens war es damals so. Da dirigierte mich denn Müller, und ich war gerettet.

Er tat mir noch einen andren Liebesdienst. Davon ausgehend, daß englisches Leben viel Geld kostet und daß Deutsche nie viel Geld haben, bat er mich – diese Bitte war aber nur eine Verkleidung, eine Zartheit – , ihn bei einer Unterrichtskommission als Examinator im Deutschen vertreten zu wollen. Ich nahm es auch dankbar an, freilich zugleich zögernd, weil ich fühlte, daß ich als Examinator noch schwächer sein würde wie zeitlebens als Examinandus. Und so verlief es denn auch. Es war aber doch ein sehr interessanter Vormittag. In welchem Lokal sich alles abspielte, weiß ich nicht mehr, ich weiß nur noch, daß ich mit einem Male, nach Durchsicht zweier kleiner schriftlichen Arbeiten, einen jungen Herrn auf mich zukommen sah, der sich mir als Mr. Pennefather vorstellte. Sein Vater war General Pennefather, den ich aus den Zeitungen her sehr gut kannte, weil er vor Sebastopol eine Gardebrigade ruhmreich befehligt hatte. Der auf mich Zukommende hatte das reizendste Gesicht, aber eine etwas schiefe Schulter und einen allzu zarten Teint, der auf schwache Gesundheit schließen ließ. Er machte mir eine graziöse Handbewegung und sagte dann in deutscher Sprache: »Mein Herr; ich bitte … ich war *schon einmal hier*.« Das konnte nun alles mögliche heißen, aber seine freundlich verlegene Haltung gab den Kommentar, und ich stellte ihm, als wir ein paar Minuten deutsch gesprochen hatte, das denkbar glänzendste Zeugnis aus. Das vielleicht Unrichtige darin will ich gern verantworten. Ich verließ das Lokal mit dem Gefühl, ein gutes Werk getan zu haben, und empfing zwei Guineen, wenn es nicht mehr war; trotzdem war ich fest entschlossen, auf dieses heiße Eisen nicht wieder zu treten, und meine Begegnung mit Mr. Pennefather samt ausgestelltem Zeugnis ist das einzige gewesen, was ich zu Nutz und Frommen angehender englischer Kolonialbeamten getan habe.

Das Jahr darauf, Herbst 56, war ich auf Besuch bei Müller. Ich hatte vor, das »Herz von England«, jene Grafschaften, die die Midland-Counties heißen und in denen, neben so viel andrem Herrlichen, Kenilworth, Warwick, Stratford am Avon, Derby, Worcester, Fotheringhay, Newstead-Abbey, Chester etc. gelegen sind, kennenzulernen. Oxford sollte mir erste Station dazu sein. Ich war zwei Tage dort und zähle diese Tage zu meinen angenehmsten Erinnerungen. Um Müllers und dann auch um Oxfords willen. Von den Städten Westeuropas hab' ich

ein hübsches Häuflein gesehn, aber keine hat so mächtig, so bezaubernd auf mich eingewirkt. Selbstverständlich bin ich mir bewußt, daß dies nach den Naturen verschieden ist. Alle die, die den Sinn für den Süden haben, werden anders urteilen, ich für meine Person aber bin ausgesprochen *nicht*-südlich und kann das Wort, das A. W. Schlegel auf seinen Freund Fouqué anwandte, füglich auch auf mich anwenden. »Die Magnetnadel seiner Natur«, so sagte Schlegel von Fouqué, »zeigt nach Norden.« Worin das Übergewicht Oxfords liegt, ist schwer zu sagen. Es ist keineswegs bloß seine Architektur. Diese wird von der Gotik anderer mittelalterlicher Städte, sei's an erfinderischem Genius, sei's an innerlichem Reichtum, mannigfach übertroffen, und vielleicht ist überhaupt nichts da, was man, mit Ausnahme von All-Souls- und Maudlin-College, baulich als ersten Ranges bezeichnen könnte. Auch die Landschaft, so schön sie ist, hat mindestens ihresgleichen, und was endlich drittens das Imponderable des Historisch-Romantischen angeht, so gibt es viele Punkte, die davon mehr haben. Aber in einer eigenartigen Mischung, richtiger noch Durchdringung von schöner Architektur, schöner Landschaft und reicher Geschichte steht es einzig da, vielleicht auch darin, daß nichts stört, nichts aus dem Rahmen fällt, daß alle »fooschen« Stellen fehlen. Eine Vornehmheit, wie ich sie für mein Gefühl sonst nirgends gefunden habe, drückt dem Ganzen den Stempel auf. Von Oxford aus ging ich nach Woodstock, um mir die Liebes- und Leidensstätte der von mir in einem jugendlichen Romanzenzyklus besungenen »schönen Rosamunde« anzusehen, und habe dann von dem Tag an, wo ich Oxford
verließ, Müller in England nicht wiedergesehen. 96

Ein solches Wiedersehen fand erst viele Jahre später statt, und zwar Mitte der siebziger Jahre bei Georg Bunsen. Ich erhielt eine Einladung von diesem, in der glaub' ich nur angegeben war, daß ich einen alten Freund bei ihm finden würde. Dieser Freund war Müller. Es war um die Zeit, wo er, von Straßburg aus – wohin er sich, einem patriotischen Gefühle folgend, auf eine Reihe von Jahren als Universitätslehrer begeben hatte –, wieder nach seinem geliebten Oxford zurückkehrte. Mit ihm war seine Frau und ein reizender Junge, der nun schon seit Jahren – er war eine Zeitlang Gesandtschaftssekretär in Konstantinopel – im auswärtigen Dienst seiner Heimat steht. Die Mutter war Engländerin, und Müller selbst, trotz seines deutsch gebliebenen Herzens, politisch längst ein Engländer geworden. Übrigens sei bei dieser Gelegenheit nicht versäumt hervorzuheben, daß er, trotz dieser Zugehörigkeit zu seiner neuen

Heimat, mehr als einmal, wenn schwierige Zeiten kamen, an dem guten Einvernehmen zwischen Deutschland und England gearbeitet hat. Und zwar immer mit Erfolg. Mit Erfolg, weil sein persönliches Ansehen drüben ein sehr großes war, und zum zweiten, weil ihm für das, was er schrieb – und er schrieb ein wundervolles Englisch –, jederzeit die beste Stelle zur Verfügung stand: die ›Times‹.

Im Dezember 93 feierte er seinen siebzigsten Geburtstag, und aus aller Welt Enden drängten sich die Glückwünschenden heran. Es versteht sich, daß ich mit in der Queue war. Er antwortete mir durch Übersendung einer Festschrift, in der ich auch sein Bild fand. Seinem Konterfei bin ich seitdem noch zweimal begegnet, erst in einem Bilde von G. F. Watts, dann – auf einer der Schulteschen Ausstellungen – in einem anderen von Sauter; letzteres Bild ganz ausgezeichnet und dem Müller von 41 noch immer ähnlich.

Das waren meine »literarischen Beziehungen«; so war unser Herwegh-Klub. Dichterisch kam dabei nicht viel zutage, trotzdem von unserm Klub, wie von so vielen andern Stellen in Deutschland, drei stattliche Manuskriptpakete die Wanderung nach Zürich hin antraten, zu Froebel u. Co., wo Herweghs Gedichte erschienen waren. Eins dieser Manuskripte
97 rührte, wie kaum noch gesagt zu werden braucht, von mir her und war von einigen Einleitungsstrophen begleitet, die, nicht minder selbstverständlich, die Überschrift: »*An Georg Herwegh*« trugen.[3] Es hieß darin,

3 Ich möchte zur Vermeidung von Mißverständnissen an dieser Stelle noch anfügen dürfen, daß alles Spöttische, was ich hier gegen die Freiheitsphrasendichtung jener Zeit ausgesprochen habe, sich wohl gegen uns Herweghianer von damals, aber *nicht* gegen Herwegh selbst richtet. Ich will nicht bestreiten, daß auch das, was Herwegh in Person geschrieben hat, vielfach an Phrase leidet, aber es ist durch eine ganz ungewöhnliche Fülle von Geist und Talent auf eine solche Hochstufe gehoben, daß, für mich wenigstens, die Frage »Phrase oder nicht« daneben verschwindet. »Noch einen Fluch schlepp' ich herbei« – diese das berühmte Gedicht »Gegen Rom« einleitende Zeile mahnt mich immer an *den*, der übereifrig Scheite zum Hus-Scheiterhaufen herbeitrug, aber es sind doch Strophen drin, die ich bis diesen Tag mit dem größten Vergnügen, jedenfalls mit einer gewissen Metierbewunderung lese. Dasselbe gilt von den Terzinen an Friedrich Wilhelm IV.:
Zu scheu, der neuen Zeit ins Aug' zu sehn,
Zu beifallslüstern, um sie zu verachten,
Zu hochgeboren, um sie zu verstehn.

nach vor aufgehender Schilderung eines grenzenlosen politischen und beinah auch menschlichen Elends:

... Schon fühlt' ich meinen Blick umnachtet,
Da plötzlich zwang es mich empor,
Es schlug, wonach ich längst geschmachtet,
Wie Wellenrauschen an mein Ohr.
Und siehe, daß gestillet werde
Der Durst, woran ich fast verschied,
Durchzog ein Strom die Wüstenerde,
Und dieser Strom – es war *dein* Lied.
Ich habe nicht genippt, getrunken
Und seinen Wellenschlag belauscht,
Ich bin in seine Flut gesunken
Und habe drinnen mich berauscht etc.

Wir kriegten unsre Manuskripte zurück, ohne daß die Verlagsbuchhandlung auch nur einen Blick hinein getan hätte. Wie konnte sie auch! Es brach eben damals eine Hochflut über sie herein. Und alles waren Worte, Worte, Worte. 98

Trotzdem – und mit dieser vielleicht allweisen Betrachtung möcht' ich hier schließen – dürfen Regierungen über solche Zeiterscheinung nicht vornehm hinweggehn und all dergleichen mit der Bemerkung »elendes Phrasenwerk« abtun wollen. Es liegt den Regierungen vielmehr ob, sich die Frage vorzulegen, »ob dieser oft in ungewollte Komik verfallenden Phrasenfülle nicht *doch* vielleicht etwas sehr Beherzigenswertes zugrunde liegt?« Wie war damals die Situation? An das Hinscheiden Friedrich Wilhelms III. hatten sich Hoffnungen für die Zukunft geknüpft, und diese Hoffnungen erkannte man sehr bald als eitel. Die Sehnsucht nach anderen Zuständen und die tiefe, ganz aufrichtige Mißstimmung darüber, daß diese Zustände noch immer nicht kommen wollten, *das* war das durchaus Echte von der Sache, das war *das,* was Männer und Knaben gleichmäßig ergriff und durch die Phrasenhaftigkeit derer, die kindlich tapfer auf ihrer Weihnachtstrompete bliesen, nicht aus der Welt geschafft wurde.

Wie tief gefaßt ist hier alles, wie vollendet im Ausdruck.

Fünftes Kapitel

Krank. Aus der Hainstraße in die Poststraße. Mein Onkel August

Ich hatte, fast durch ein Jahr hin, in meiner Leipziger Hainstraße sehr glückliche Tage verlebt. Da mit einem Male war es vorbei damit. Ich wurde krank: Gelenkrheumatismus, der, in seiner bekannten nahen Verwandtschaft zum Nervenfieber, nichts andres war als ein Wiederaufflackern des Typhus, den ich, gerade ein Jahr vorher, bei meinem Freunde Fritz Esselbach durchgemacht hatte. Dies periodische Wiederaufleben einer nicht ganz überwundenen Krankheit ist etwas sehr Übles, und ich bin davon beinahe dreißig Jahre lang immer aufs neue heimgesucht worden. Immer wieder, gegen den Ausgang des Winters, verfiel ich in nervenfieberartige Zustände, was mir viel Leid und jedenfalls viel
99 Störung verursacht hat.

Also ich wurde krank, etwa Mitte Februar, und lag da, von Schmerzen gequält, sechs, sieben Wochen lang auf meinem elenden Lager, mir und andern zur Pein, und hätte das Elend davon noch tiefer empfunden, wenn nicht eine seit etlichen Jahren ebenfalls in Leipzig lebende nahe Verwandte sich meiner angenommen und für allerhand Aufmerksamkeiten und kleine Zerstreuungen gesorgt hätte. Diese nahe Verwandte hieß »Tante Pinchen«. Als sich erst herausgestellt hatte, daß die Sache nicht leicht zu nehmen sei, kam die mir so wohlgesinnte Dame beinahe täglich in meine mehr als kümmerliche Krankenstube, brachte mir Apfelsinen und Gläser mit Gelee und, was noch wichtiger war, befreite mich durch stundenlange Plauderei von der entsetzlichen Langenweile, von der ich fast noch mehr als von den Schmerzen litt. Aus dem Namen »Tante Pinchen« könnte man nun vielleicht schließen, daß die sich meiner so freundlich annehmende Dame eine alte Jungfer gewesen sei, mit grauen Löckchen, einem verschlissenen Kleid und einer Hornbrille. Tante Pinchen war aber ganz im Gegenteil eine junge Frau von wenig über Dreißig, die während ihrer frühsten Jahre – und ihre Jahre hatten sehr früh begonnen – ungewöhnlich hübsch gewesen sein sollte. Was auch wohl zutraf. Ich kannte sie schon an die zehn Jahre, und diese Leipziger Beziehungen waren weiter nichts als ein Wiederanknüpfen an lang zurückliegende Berliner Tage, von denen ich weiterhin erzählen werde. Tante Pinchen hatte mancherlei Tugenden, half gern und tat es auch wohl aus gutem Herzen; aber das eigentlich treibende Motiv ihres Tuns war doch

ein schauspielerischer Zug, ein unbezwingbarer Hang, sich als rettender Engel in Szene zu setzen. Sie gab sich auch dementsprechend, war immer einfach, aber äußerst sauber gekleidet und trug ein italienisches Spitzentuch, das ziemlich kokett über das aschblonde Haar gelegt und unter dem Kinn in einen zierlichen Knoten geschlungen war. Sie machte mir die Apfelsinen – immer Pontac-Apfelsinen, für die ich eine Vorliebe hatte – mit vieler Geschicklichkeit zurecht und unterhielt mich mit noch größerer Virtuosität, wiewohl sie nicht eigentlich interessant war und das, was sie davon hatte, durch eine gewisse Gespreiztheit jeden Augenblick wieder in Frage stellte. Lieblingsthema war ein auf ihrer Seite wenigstens diplomatisches Paralleleziehn zwischen den Berliner und Leip- 100
ziger Freunden, und weil ich die einen wie die andern gut kannte, so half ich ihr immer mit ziemlich deutlichen Worten nach, während sie selber absichtlich undeutlich sprach, um sich auf diese Weise jederzeit eine Rückzugslinie zu sichern. An meiner Deutlichkeit richtete sie sich aber ordentlich auf und nickte und schmunzelte dazu. Was ich zu jener Zeit gesagt, wird wohl auch heute noch einigermaßen Geltung haben, und so mag der Versuch gestattet sein, es hier aus dem Gedächtnis noch einmal auszusprechen. Alles, was ich damals aus mittleren Bürgerkreisen in Leipzig kennengelernt hatte, schien mir nicht nur an Umgangsformen und Politesse, sondern auch in jener gefälligen und herzgewinnenden Lebhaftigkeit, die die Person der Sache zuliebe zu vergessen weiß, unsrer entsprechenden Berliner Gesellschaftsschicht erheblich überlegen, wogegen die Berliner Bürgerkreise, so philiströs beengt sie zu jener Zeit waren, doch in dieser ihrer Philistrosität immer noch hinter dem, was die Leipziger auf *diesem* Gebiete leisteten, zurückblieben. Dem allen stimmte Tante Pinchen mehr oder weniger befriedigt zu, und wenn wir uns erst im Prinzip geeinigt hatten, gingen wir – das heißt ich – sofort tapfer weiter vor, um die befreundeten Einzelexemplare nach Herzenslust durchzuhecheln.

All das ging so durch Wochen. Als sich aber Ende März herausstellte, daß es mit meinem Zustande nicht besser werden wollte, machte mir meine gütige Pflegerin eines Tages den Vorschlag, mein wie eine Typhusbrutstätte wirkendes Zimmer in der Hainstraße zu verlassen und in ihre Wohnung in der Poststraße zu übersiedeln, wo trockne, helle Räume waren. Das leuchtete mir denn auch ein, und da man im Neubertschen Hause froh war, einen Kranken, der sich doch nicht erholen konnte, mit guter Manier loszuwerden, so zog ich in den ersten Apriltagen in die Poststraßen-Wohnung.

Aber eh' ich berichte, wie mir's da erging, muß ich, um eine ganze Reihe von Jahren zurückgreifend, zuvor noch ein Genaueres von meinem rettenden Engel »Tante Pinchen« erzählen und vor allem von ihrem
101 Manne, meinem »Onkel August«.

Mein »Onkel August«

Onkel August und Tante Pinchen waren ein sehr merkwürdiges Paar, dem ich mich, trotzdem ich nicht viel Rühmliches von ihnen zu vermelden habe, persönlich doch zu großem Danke verpflichtet fühle. Solche Gegensätze beziehungsweise Gefühlskonflikte sind nichts Seltenes. Als ich im Oktober 1870 als Kriegsgefangener nach der Insel Oléron gebracht wurde, begleitete mich dienstlich ein Gendarmeriebrigadier, mit dem ich mich in jener freien Weise, drauf sich die Franzosen und nun gar erst die französischen Soldaten so gut verstehen, über Louis Napoleon unterhielt. Ich hob alles hervor, was diesem im eigenen Lande vorgeworfen wurde, worauf mein Vis-à-vis mir antwortete: »Ja, das sagt man, und es wird wohl auch richtig sein; aber *gegen uns* war er gut.« Diese Worte drängen sich mir in dem Augenblick, in dem ich über Onkel August – der die Hauptperson in dem Drama ist – berichten will, wieder auf, und auch ich sage mit dem Gendarmeriebrigadier: »Gegen *mich* war er gut.«

Aber freilich daneben ...!

Onkel August war 1804 aus einer zweiten Ehe meines Großvaters – der immer sehr verständig heiratete und es schließlich bis auf drei Frauen brachte – geboren. Ebendieser Großvater, Pierre Barthélemy, von dem ich an andrer Stelle – in dem Buche »Meine Kinderjahre« – manches erzählt habe, war bei der Geburt dieses jüngsten Sohnes schon beinah fünfzig, Grund genug, diesen Jüngsten zu verziehen. Aber dieser Grund war doch nur der kleinere, der größere und verzeihlichere war, daß dieser Spätling ein überaus reizender Junge war, hübsch, heiter, gutmütig, talentvoll. Er hatte was, um dessentwegen ihm alle Welt gern zu Willen war, am meisten der eigene Vater, und nur in einem gab Pierre Barthélemy *nicht* nach, wenigstens nicht gleich. Das war, als es sich um den einzuschlagenden Beruf handelte. Der Sohn wollte Künstler werden, aber damit drang er bei dem Vater nicht durch, der aus eigner Erfahrung

wußte, wie wenig dabei herauskomme. Statt dessen also kam mein Onkel
August bei Quittel in die Lehre, bei Quittel, was damals ein großer Name 102
war, der Inbegriff alles Feinen, etwa wie heute Gerson oder Treu und
Nuglisch oder Lohse. Quittel besaß ein Putzgeschäft unter der Stechbahn,
wo Hof, Adel und vornehme Fremde ihre Einkäufe machten. Es war
keine Frage, daß Onkel August wundervoll dahin paßte, schon weil er
hübsch, flink und verbindlich und noch mehr, weil er im Französischen
fest und sicher war. Aber er seinerseits war nicht zufrieden, weil er den
Wunsch, ein freier Künstler zu werden, nie aufgegeben hatte. So kam
schließlich, was trotz aller vorausgehender Weigerung des Vaters kommen
mußte: Quittel wurde quittiert und mit Professor Wach vertauscht; an
die Stelle von Putzgeschäftkartons traten Atelierkartons. Das war nun
zunächst ein großes Glück, denn um Professor Wachs Haupt wob sich
ein kleiner Heiligenschein; Wach war ein schöner Mann, bester Porträt-
maler, Liebling des Hofes und der Damen und noch besonders geschätzt,
weil er die Befreiungskriege mitgemacht hatte. Alles ließ sich gut an,
und Onkel August malte verschiedenes, zuletzt auch ein Porträt seines
Vaters. Es war, ich hab' es oft vor Augen gehabt, ein ganz vorzügliches
Bildnis, aber Wach selbst hatte wohl die Hauptsache daran getan, und
niemand wußte dies besser als *der,* unter dessen Namen es ging: Onkel
August selbst, der übrigens inzwischen ein neues Talent in sich entdeckt
hatte. Natürlich das des Bühnenkünstlers, und zwar des Schauspielers
und Sängers zugleich. Er setzte seinen Professor von dieser Neuent-
deckung in Kenntnis, und Wach, der wohl nur darauf gewartet hatte,
gab sofort seinen Segen, der Vater, wohl oder übel, auch, und Onkel
August verließ Berlin, um in Magdeburg als Bonvivant und bei sich
darbietender Gelegenheit auch in der komischen Oper aufzutreten. Er
sang flottweg den Figaro in »Figaros Hochzeit«. Unzählige Male habe
ich ihn später allerhand Überbleibsel aus jener Sängerzeit her am Klavier
vortragen hören. Er sah dann immer ganz verklärt aus, Beweis, daß jene
Sängertage seine schönsten gewesen waren.

Es war 1826, daß er in Magdeburg eintraf, wo er sich bald danach für
eine junge, kaum siebzehnjährige Bühnendame zu interessieren begann.
Diese junge Dame, Philippine Sohm, das schon mehr genannte »Tante
Pinchen«, war die Tochter des ehemaligen Theaterdirektors Sohm, der
ein ziemlich merkwürdiges Leben hinter sich hatte. Sohm, etwa 1770 103
geboren, war Göttinger oder Hallenser Student gewesen und hatte, nach
allerhand Scheiterungen, schließlich seinen Unterschlupf beim Theater

gefunden. Er war ein guter Schauspieler. Dies und vielleicht mehr noch das Imponierende seiner Persönlichkeit eroberten ihm auf ein halbes Jahrzehnt hin eine glänzende Lebensstellung: Er wurde, gleich nach Ernennung Jérômes zum König von Westfalen, als Hoftheaterintendant oder vielleicht auch bloß als Direktor nach Kassel berufen. »Morgen wieder lustick sein« – an dieser Maxime hielt er geradeso wie sein königlicher Herr fest und nahm die guten Tage mit, solange der Mummenschanz dauerte. Während dieser Zeit, mutmaßlich 1809, verheiratete er sich auch. Er verfuhr dabei ganz in dem Stil, der am Jérômeschen Hofe herrschte. Nach einer Festaufführung, in der auch ein dreizehnjähriger Backfisch mitgewirkt und ihn durch Übermut entzückt hatte, nahm er dies junge Ding beim Schopf und sagte: »Du sollst meine Frau werden.« Es war ihm auch Ernst damit, und das kleine Fräulein wie ein Taufkind auf seine beiden Arme legend, trug er es vom Theater in seine Wohnung hinüber. Tags darauf war Trauung, und bald nachdem das junge Ding vierzehn Jahre geworden war, wurde eine Tochter geboren. Diese Tochter erhielt den Namen Philippine, Seraphine wäre vielleicht richtiger gewesen, denn man merkte, daß es eines Kindes Kind war. Philippine war so klein und zart, daß man die Lebensfähigkeit des Kindes bezweifelte und zu ganz ungewöhnlichen Prozeduren schritt. Man wickelte das kleine Wesen in Watte, tat dies Paket in ein großes Glas und stellte es in eine Ofenröhre. Die Wärme mußte für Nachreife sorgen. Das Kind gedieh auch. Aber es blieb doch sehr zart. Das alles war 1810. Drei Jahre später war es mit dem Königreich Westfalen vorbei, Jérôme wurde flüchtig, und auch sein Hoftheaterdirektor ging in die Welt, von Stadt zu Stadt ziehend. Es kamen nun die sieben magern Jahre, und als sie um waren, kamen neue. Die Sohmsche Familie war inzwischen angewachsen und bestand, außer dem Ehepaare, noch aus drei Kindern: älteste Tochter, ein Sohn und wieder eine Tochter. Da kam dem alten Sohm der geniale Gedanke, diese fünf Personen als eine »Truppe« anzusehen,
104 mit der es sich vielleicht verlohne, sein Glück selbständig zu versuchen. Er brauchte dann wenigstens keine Gagen zu zahlen. Alles kam darauf an, ein gutes Repertoire zusammenzustellen: einaktige Schwänke, Szenen aus größeren Schau- und Trauerspielen und kleinere Deklamationsstücke, deren Aufführung sich mit Hülfe dessen, was ihm an Requisiten zu Gebote stand, leicht ermöglichte. Sein Vertrautsein mit diesen Dingen ließ auch alles glücklich zustande kommen, und so zog er denn mit seiner Familie, die zugleich seine »Truppe« war, aufs neue durch die deutschen

Lande. Ganz kleine Städte, bis zu zweitausend Einwohnern, erwiesen sich als bestes Aktionsfeld, und seine Tochter Philippine, die mittlerweile zehn oder zwölf Jahr alt geworden war, war zugleich Wunderkind und Gegenstand der Teilnahme. Dichtungen, in denen das Rührsame vorherrschte, bildeten ihre Spezialität. Auf diese Tochter stellte sich schließlich alle Hoffnung, und als sie sechzehn Jahr alt war, rechnete sich der Alte heraus, daß ein Engagement dieses seines ältesten Kindes an irgendeinem Hof- oder Stadttheater doch wohl einträglicher sein würde als das Ziehen und Wandern von Ort zu Ort. Er faßte dies immer ernster ins Auge, und 1826 sah er seine Bemühungen in Erfüllung gehn: Philippine wurde seitens des Magdeburger Theaters engagiert, dessen gutmütiger Direktor den Rest der Familie – Vater Sohm war als »alter Moor« und ähnliches immer noch ganz gut zu verwenden – mit in den Kauf nahm.

Es war dies so ziemlich um dieselbe Zeit, wo sich auch mein Onkel August in Magdeburg eingefunden hatte. Die Sohmschen Damen, Mutter und Tochter – die Mutter selbst erst dreißig Jahre alt –, begriffen sofort die Situation und kamen den bald sich einstellenden Huldigungen des jungen Berliners freundlichst entgegen. Nur der Alte zeigte sich kühl; so herunter er auch war, so war er doch an Charakter und Klugheit der Überlegene und erkannte mit dem scharfen Blick eines Mannes, der gerade in seinen tollen Jahren viel gesehen und erlebt hatte, woran es dem Umwerber seiner Tochter gebrach. Er sah ganz deutlich, daß es ein Haselant war, ein Redensartenmensch, der alles haben mochte, nur nicht Charakter und Gesinnung. Andrerseits war Papa Sohm aber auch gescheit genug einzusehen, welche Vorteile solche äußerlich gute Partie nicht
bloß seiner Tochter, sondern der ganzen Familie bringen mußte. So gab 105
er denn schließlich, trotz aller Bedenken, nach und forderte nur das eine, daß es mit der Schauspielerei vorbei sein müsse. »Glaub Er mir, Er ist gar kein Schauspieler und dank' Er Gott, daß Er keiner zu sein braucht – Er war ja wohl mal Kaufmann; fang Er doch wieder so was an, dann will ich Ihm meine Tochter geben.« Etwas von der Richtigkeit dieser Worte dämmerte wohl auch in dem glücklich Unglücklichen, an den sie sich richteten, und die Liebe zu der seraphinischen Philippine, die klug genug war, sich sehr reserviert zu halten, tat das übrige. Der Liebhaber ging auf alles ein, was der Alte gefordert hatte, der Schauspielerei wurde Valet gesagt, an die Verlobung schloß sich bald die Hochzeit, und 1828 zog das neuvermählte Paar in seine mittlerweile gemietete Berliner

Wohnung ein. Diese Wohnung befand sich Burgstraße 18, in einem reizenden, neben der Kriegsakademie gelegenen kleinen Hause; zwei Treppen hoch waren die Wohnräume, parterre das *Geschäftslokal.* Onkel August war nämlich wirklich wieder Kaufmann geworden, und zwar in Ausführung eines an und für sich sehr glücklichen Gedankens. Sich seiner Malerzeit erinnernd und dabei klug in Rechnung stellend, daß die beim alten Wach verlebten Jahre ihn in Berührung mit der ganzen Berliner Künstlerwelt gebracht hatten, hatte er ein großes Malerutensiliengeschäft etabliert, wie Berlin damals nur ein einziges besaß – das Heylsche –, und seiner gewinnenden Persönlichkeit gelang es denn auch, dies unter glücklichen Auspizien ins Leben gerufene Geschäft auf drei, vier Jahre hin auf eine wirkliche Höhe zu heben. Vielleicht schien es aber auch bloß so, vielleicht ging alles von Anfang an schief, und er wußt' es nur geschickt und mit einer ihm eigenen Bonhommemiene zu verschleiern. Denn ein so schlechter Komödiant er gewesen war, im Leben war er ein sehr guter Schauspieler.

Alles bis hierher von meinem Onkel Erzählte spann sich in Jahren ab, in denen ich ihn noch gar nicht persönlich kannte; was ich aber des weiteren aus seinem damaligen Leben zu berichten habe, das hab' ich miterlebt, ja, direkt unter Augen gehabt. Ich erzähle davon in dem fol-
106 genden Kapitel.

Sechstes Kapitel

Mein Onkel August (Fortsetzung). Übersiedlung nach Dresden. Rückkehr von Dresden nach Leipzig

Etliche Jahre nach meines Onkels Geschäftsetablierung in der Burgstraße, womit ich das vorige Kapitel abschloß, kam ich nach Berlin, da mein Vater beschlossen hatte, mir statt einer Gymnasialbildung, in deren ersten Anfängen ich stand, eine Realschulbildung, und zwar auf der seit kurzem erst gegründeten Klödenschen Gewerbeschule, zu geben. Das Resultat dieses unterbrochenen Schulganges war, daß ich, anstatt *eine* Sache wirklich zu lernen, um alles richtige Lernen überhaupt kam und von links her die Gymnasialglocken, von rechts her die Realschule habe läuten hören, also mit minimen Bruchteilen einerseits von Latein und Griechisch, andrerseits von Optik, Statik, Hydraulik, von Anthropologie –

wir mußten die Knochen und Knöchelchen auswendig lernen –, von Metrik, Poetik und Kristallographie meinen Lebensweg antreten mußte.

Daß das mit dem Lernen so bis zum Lachen traurig verlaufen würde, davon hatte ich, als ich Herbst 33 in Berlin eintraf, natürlich keine Vorstellung. Ich freute mich nur, von meiner Ruppiner Pension aus, wo der alte hektische Superintendent immer – auch bei Tisch – ein großes Hustenglas neben sich stehen hatte, nach Berlin gekommen zu sein und noch dazu zu meinem »Onkel August«, der – soviel wußt' ich von gelegentlichen Ferienbesuchen her – immer so fidel war und immer so wundervolle Berliner Geschichten erzählte. Mitunter sogar unanständige. Das mußte nun ein reizendes Leben werden!

Und in gewisser Beziehung ging mir das auch in Erfüllung. Nur zeitweilig ergriff mich, in beinahe schwermütiger Stimmung, ein Hang nach Arbeit und solider Pflichterfüllung, mein bestes Erbstück von der Mutter her. Von dem allem aber existierte nichts in meines Onkel Augusts Hause. Da war alles auf Schein, Putz und Bummelei gestellt; medisieren und witzeln, einen Windbeutel oder einen Baiser essen, heute bei Josty und morgen bei Stehely, nichts tun und nachmittags nach Charlottenburg ins Türkische Zelt fahren – das war so Programm. Wo das Geld dazu 107
herkam, erworben oder nichterworben, war gleichgültig, wenn es nur da war.

Aber ich greife vor. All das hier Angedeutete kam mir erst viel, viel später zu bestimmtem Bewußtsein. Um die genannte Zeit, wo ich damals meinen Einzug hielt, lag noch Sonnenschein, echt oder unecht, über dem Hause. Mir tat dieser Sonnenschein wohl, und wie dies, bei all seinen Mängeln, mit viel Hübschem und Apartem ausgestattete Haus in seinen Einzelheiten war, davon will ich hier zunächst erzählen.

Das Haus, das nur drei Fenster Front hatte, gehörte dem Dr. Bietz, einem lebensklugen, nicht allzu beschäftigten Arzte, der sich mit der ersten Etage begnügte. Der zweite Stock aber, wie schon hervorgehoben, war unser, ebenso das Erdgeschoß, in dem sich die Geschäftsräume befanden: ein großer schöner Laden, dem sich allerhand Rumpelkammern anschlossen. Alles in dem Hause war winklig und verbaut, was ihm aber, verglichen mit den nichtssagenden Patentwohnungen unserer Tage, die wie aus der Schachtel genommenes Fabrikspielzeug wirken, einen großen Reiz verlieh. Alles prägte sich ein, und je sonderbarer es war, desto mehr.

An solchen Sonderbarkeiten war nun in unsrer Wohnung ein wahrer Überfluß. Nach vorn heraus lagen zwei reizende Räume, sowie man

diese Frontzimmer aber verließ, begannen die Kuriosa. Zwischen Front und Küche war ein Alkoven eingeklemmt, dem zwei portalartige Glastüren einen Lichtschimmer zuführten. Alles in einem verflachten Rokoko gehalten. Dies nahm sich sonderbar genug aus. Was aber dem Alkoven seinen eigentlichen Reiz lieh, hatte mit Architektur nichts zu schaffen. Die Hauptsache war an dieser Stelle die Bewohnerin Charlotte, Köchin und »Mädchen für alles«. Charlotte war eine zwerghafte Person mit Doppelbuckel und klugem, strengem Gesicht, welchem strengen Ausdruck es wohl auch zuzuschreiben war, daß sie trotz des vollkommensten Anspruchs auf eine Diminutivbezeichnung immer bei ihrem vollen Namen Charlotte genannt wurde. Nie Lottchen oder Lotte. Sie war, wie so oft Verwachsene, durch und durch Charakter, was Onkel August in einem schweren Momente seines Lebens, den ich weiterhin zu beschreiben
108 habe, bitter erfahren sollte.

Aus Charlottens Alkoven trat man in die Küche, von der aus eine etwa zehn Stufen zählende Treppe zu einem mir als Wohn- und Schlafzimmer angewiesenen Raume hinunterführte. Meine Lebensgänge, wie hier gleich vorweg bemerkt werden mag, sind nicht derart gewesen, um mich nach dieser Seite hin irgendwie zu verwöhnen, und wenn das Unglück – nach Shakespeare – sonderbare Schlafgesellen gibt, so kann ich vielleicht mit gleichem Rechte sagen, daß bescheidene Lebensverhältnisse sonderbare Schlafzimmer geben. Aber nicht leicht ein sonderbareres als das hier in Rede stehende. Wenn ich nicht irre, heißt es von Mohammeds Sarge, daß er durch vier Magnete, die von allen Seiten her auf ihn einwirken, in der Schwebe gehalten werde. Fast ebenso rätselhaft schwebte mein Schlafzimmer in unserm Treppenhause. Welche Konstruktionen es überhaupt hielten, weiß ich nicht recht. Halb war es wohl in festes Mauerwerk eingebaut, halb aber, so nehm' ich an, wurd' es lediglich durch Pfeiler und Eisenarme gehalten. Zwei Seiten, wodurch eine Art Laterne hergestellt wurde, waren Glaswände. Hier, in diesem sonderbaren Zimmer, hab' ich anderthalb Jahre lang meine Nächte zugebracht, mitunter, wenn auf lang oder kurz ein Logierbesuch kam, auch in Gesellschaft.

Dieser Logierbesuch bestand in der Regel aus Verwandten.

Einer war der Bruder meiner Tante, der, von Jugend auf zum Schauspieler gedrillt, auch Schauspieler geblieben war. Leider nicht zu seinem Heil. Ganz kurze Zeit, nachdem er das in Lüften schwebende Zimmer mit mir bewohnt hatte, hörte ich von seinem tragischen Ausgang. Er hatte sich irgendwo zum Gastspiel gemeldet und war in dem Lokalblatt der kleinen Stadt ridikülisiert worden. Er mochte sein Leben ohnehin satt haben. Diese Kritik gab den Ausschlag, und er erschoß sich.

Ein andrer, der mein Zimmer vorübergehend mit mir teilte, kam im Gegensatz zu diesem Unglücklichen zu hohen Jahren. Es war auch ein Verwandter, aber nicht von der Tante, sondern von des Onkels Seite her. Sein eigentümlicher Lebensgang hat ihn vielen Tausenden bekannt gemacht. Es war dies der Maler *Heinrich Gaetke.* Mit etwa 18 Jahren war er aus seiner Priegnitzer Heimat nach Berlin gekommen und in das Geschäft meines Onkels eingetreten. Er sollte Kaufmann werden. Aber im Verkehr mit den Malern kam ihm, der talentiert für alles war, alsbald 109
die Lust, auch Maler zu werden. Er wurde Schüler von Blechen – wenigstens lebte was von diesem in seinen Landschaften –, und um diese Zeit sah ich ihn häufiger auf Besuch in meines Onkels Hause. Bald danach ging er nach Helgoland, um, wie vorher Landschaften, so jetzt Seestücke zu malen. Kein Zweifel, daß auch das ihm glückte. Zugleich aber wandte sich sein Sinn einer jungen Helgoländerin zu, was er persönlich nicht sonderlich ernsthaft, die Helgoländer dagegen desto ernsthafter nahmen. Er sah sich denn auch, als er die Insel verlassen wollte, zurückgehalten, und kurze Zeit darauf wurde die junge Helgoländerin seine Frau. Darüber sind jetzt nahezu 60 Jahre vergangen. Anfangs blieb er noch in seiner Kunst; bald aber erwies sich die ihn umgebende große Natur mächtiger als alle Kunst, und er wurde ganz Helgoländer, zu seinem und der Insel Segen. In allen möglichen Ehrenämtern war er alsbald tätig und erfreute sich jeder denkbaren Auszeichnung, nicht zum wenigsten auch auf wissenschaftlichem Gebiet. Denn unter den vielen Wandlungen, die er durchzumachen hatte, war auch die, daß er sich zuletzt der Vogelkunde zuwandte. Sein scharfes Auge hatte bald erkannt, daß es dafür keinen besseren Platz gäbe als Helgoland, dieser Rastplatz der von Nord nach Süd und wieder umgekehrt ziehenden Vogelschwärme. So wurde der Maler von ehedem ein Ornitholog und der Schöpfer einer innerhalb eines bestimmten Zweiges vielleicht einzig dastehenden Sammlung. Er genoß bis zu seinem vor kurzem erfolgten Hinscheiden als Ornitholog eines großen Rufes und hat ein vorzügliches Buch herausgegeben, das den Titel führt: »Auf der Vogelwarte«. Sein Leben, das etwas von dem eines Inselkönigs hatte, ist ein Roman, und ausgezeichnete Schriftsteller haben Einzelheiten daraus auch verherrlicht.

Das waren so die gelegentlichen Besucher und Insassen der sonderbaren Laterne, darin ich wohnte. Was im übrigen nach vorne hinaus lag, war, wie schon angedeutet, von sehr entgegengesetzter Art. Es entbehrte der aparten Züge, war aber dafür sehr reizend. Das unter Umständen als Repräsentationsraum dienende größere Zimmer wurde wenig benutzt
110 und kam eigentlich nur als eine Art Belvedere für uns in Betracht. An Sommerabenden lagen wir hier im Fenster und sahen die Spree hinauf und hinunter. Es war mitunter ganz feenhaft, und wer dann von der »Prosa Berlins«, von seiner Trivialität und Häßlichkeit hätte sprechen wollen, der hätt' einem leid tun können. In dem leisen Abendnebel stieg nach links hin das Bild des Großen Kurfürsten auf und dahinter das Schleusenwerk des Mühlendamms, gegenüber aber lag das Schloß mit seinem »Grünen Hut« und seinen hier noch vorhandenen gotischen Giebeln, während in der Spree selbst sich zahllose Lichter spiegelten.

So war es in dem großen Gesellschaftszimmer. Aber viel reizender, weil anheimelnder, war das kleine Wohnzimmer daneben, drin sich unser Leben eigentlich abspielte. Die Fensterwand war so tief, daß sie fast eine Nische bildete, drin kleine Landschaften von Bönisch hingen, überhaupt Bilder und Skizzen, die befreundete Maler der jungen Frau zum Geschenk gemacht hatten. In ebendieser Nische saß sie auch selber an ihrem Nähtisch, den Kopf, wie eine Neapolitanerin, immer in ein mit goldnen Nadeln umstecktes Spitzentuch gehüllt. Am entgegengesetzten Ende des Zimmers aber stand das Klavier, und hier, in den vielen Freistunden, die mein Onkel sich gönnte, saß er tagaus, tagein und sang seine Figaro-Arien zum hundertsten Male, dann und wann eine Kußhand werfend oder sich unterbrechend, um einen reizenden Pudel – der natürlich auch Figaro hieß – durch den gekrümmten Arm springen zu lassen.

Ich hockte auf einem kleinen Stuhl zwischen Ofen und Sofa, sah nach dem Spitzentuch mit den goldnen Nadeln und nach »Figaro«, der eben wieder durchsprang, und glaubte an die beste der Welten.

Anderthalb Jahre ging es mir in meiner Onkel-August-Pension durchaus gut, zu gut, denn ich lebte da ganz nach meinem Belieben. Als aber Ostern fünfunddreißig heran war, verließen wir – und nun wurde manches anders – die reizende kleine Wohnung und übersiedelten, während das Geschäft noch eine Zeitlang in der Burgstraße verblieb, nach einem in der Großen Hamburger Straße gelegenen Neubau. Dieser

Neubau war ein Doppelhaus, dessen gemeinschaftlicher Hof durch eine traurig aussehende niedrige Mauer in zwei Längshälften geteilt wurde. 111
Trotzdem alles ganz neu war, war alles auch schon wieder wie halb verfallen, häßlich und gemein, und wie der Bau, so war auch – ein paar Ausnahmen abgerechnet – die gesamte Bewohnerschaft dieser elenden Mietskaserne. Lauter gescheiterte Leute hatten hier, als Trockenwohner, ein billiges Unterkommen gefunden: arme Künstler, noch ärmere Schriftsteller und bankrutte Kaufleute, namentlich aber Bürgermeister und Justizkommissarien aus kleinen Städten, die sich zur Kassenfrage freier als statthaft gestellt hatten. Eine Gesamtgesellschaft, in die, was mir damals glücklicherweise noch ein Geheimnis war, mein entzückender Onkel August – er war wirklich entzückend – durchaus hineingehörte. Wir wohnten Parterre. Das von mir bezogene Zimmer, das so feucht war, daß das Wasser in langen Rinnen die Wände hinunterlief, lag schon in einem uns von dem alten Judenkirchhof abtrennenden Seitenflügel, welch letzterer sich, nachdem man einen kleinen, sich einschiebenden Zwischenflur passiert hatte, weit nach hinten zu fortsetzte. Was in diesem letzten Ausläufer des Seitenflügels alles zu Hause war, war mehr interessant als schön. Da hauste zunächst Alma. Alma war eine kleine, sehr wohlgenährte Person mit roten Backen und großen, schwarzen Augen, die mit seltner Stupidität in die Welt blickten. Ihre Hauptschönheit und zugleich auch das Zeichen ihres Berufes war eine mit minuziöser Sorgfalt gepflegte Sechse, die sie, glatt angeklebt, zwischen Ohr und Schläfe trug. Als mein Vater mich einmal in dieser meiner Wohnung besuchte, war er auch dieser Alma begegnet. »Ihr habt ja da merkwürdige Besatzung auf eurem Flur«, sagte er in seiner herkömmlichen Bonhomie. »Das ist ja eine puella publica.« Ich hatte diesen Ausdruck noch nicht gehört, fand mich aber schnell zurecht und bestätigte alles.

Alma hatte Zimmer und Küche. Dahinter kam eine zweite Wohnung, ebenso primitiv, in der, wenn ich den Namen richtig behalten habe, ein Graf Brodczinski mit seinem Sohne wohnte. Der alte Graf – der übrigens vielleicht bloß Edelmann und nur durch das Sensationsbedürfnis Almas und ähnlicher Hausinsassen auf eine höhere Rangstufe gehoben war – war wahrscheinlich Militär gewesen, wenigstens sprach seine Haltung 112
dafür. Es war ein auffallend schöner alter Herr, der in seinem Bettlermantel mich immer an Almagro, der damals, ich war nicht wählerisch, mit unter meinen Lieblingshelden war, erinnerte. Besagter Almagro war eine Zeitlang so arm, daß er mit seinem Offizierkorps zusammen nur

einen Mantel hatte, weshalb immer nur einer von ihnen sich vor der Welt sehen lassen konnte. Trotzdem hing ich an ihm, dem richtigen alten Almagro, ja, seine Bettlerschaft steigerte für mich seinen Konquistadorenreiz. Ähnlich erging es mir mit dem alten Brodczinski, betreffs dessen mir feststand, daß er, eh er arm wurde, bei Grochow und Ostrolenka Wunder der Tapferkeit verrichtet haben müsse. Brodczinski, den ich mit allem möglichen Romantischen umkleidete, war übrigens auch Samariter, wobei der Umstand, daß seine Samariterdienste nur seinem Sohne galten, mich nicht störte. Dieser Sohn, ein schöner Mann wie der Vater, war ein Sterbender, in den letzten Stadien der Schwindsucht. Und doch mußte sein Leben, wenn möglich mit allen Mitteln, erhalten werden, denn an seiner Existenz hing auch die des Vaters. Er, der junge Graf, hatte, solange er noch körperlich und geistig bei Kräften war, eine doppelte Einnahmequelle gehabt, als Dichter und als Liebhaber, ein Fall, der öfter vorkommt, wenn Dichter und Liebhaber demselben Gegenstande dienen. Bei dem jungen Grafen aber war alles in einer scharfen Zweiteilung aufgetreten. Seine Liebe hatte sich einer reichen Witwe, seine Dichtung dagegen einer Anzahl älterer Prinzessinnen zugewandt, die, solange es irgendwie ging, mit Loyalitätssonetten überschwemmt worden waren. Es muß dabei übrigens gesagt werden, daß sich alle bei der Sache Beteiligten, also zunächst die Witwe, dann aber auch die Prinzessinnen, in einer gewissen schönen Menschlichkeit bewährten und ihren armen Grafen nicht fallenließen, als längst weder von Liebe noch von loyalen Huldigungen die Rede sein konnte. Verhältnismäßig häufig – und alle Hausbewohner liefen dann zusammen – erschienen königliche Lakaien, um einen Brief samt Geldgeschenk abzugeben, noch viel häufiger aber fuhr die reiche Witwe vor und ließ durch ihren Diener allerlei Speisen und Weine bei dem armen Kranken abgeben. Alles war dann gerührt,
113 am meisten Alma.

Wirklich, an Guttat und Pflege gebrach es nicht. Es war aber umsonst, und eines Tages hieß es, der junge Graf sei gestorben. Dem war auch so, und alles, was sich auf Hof und Flur traf, erörterte die Frage, ob wohl eine königliche Kutsche folgen würde. Die Mehrzahl war dafür. Aber es kam alles ganz anders und nach meinem Gefühl viel interessanter. Der alte Graf, der, seiner Heldenschaft unbeschadet, viel von einem Komödianten hatte, konnte sich im Feierlichen nicht genug tun und beschloß, seinen Toten öffentlich auszustellen, was die Polizei sonderbarerweise zuließ oder vielleicht auch erst zu spät erfuhr. Jedenfalls fand ich, als ich am zweiten Tage mittags aus der Schule kam, den jungen Grafen auf unsrem Hausflur parademäßig aufgebahrt. Auf zwei wackligen alten Kisten stand der offene Sarg, und jeder, der das Haus betrat, mußte hart an dem Toten vorüber. Ich erschrak nicht wenig und verzichtete den ganzen Tag über auf jede Mahlzeit. Es war mir aber eine noch größere Gemütsbewegung vorbehalten, und die Veranlassung dazu war das Folgende. Gegen Mitternacht kam ein oben in der Mansarde wohnender Einlieger, ein sogenannter Schlafstelleninhaber, in einem sehr angeheiterten Zustande nach Haus, und an den Toten nicht denkend, vielmehr lediglich mit der Frage beschäftigt: »Wie komm' ich die vier Treppen hinauf?«, war er im Halbdunkel ahnungslos gegen den wackligen Aufbau gerannt und hatte den Sarg zu Falle gebracht. Am andern Morgen war alles fort, die Polizei hatte dem Unfug, der es war, schließlich ein Ende gemacht; aber ich konnte das Grauen nicht loswerden, ohne doch geradezu Augenzeuge von dem Bilde gewesen zu sein.

Ich war Ostern in eine höhere Klasse versetzt worden und hatte den aufrichtigen Willen, fleißig und ordentlich zu sein. Aber es kam nicht dazu. Nach dieser Seite ging mir immer alles verquer, oft ohne jede Schuld von meiner Seite. So wenigstens war es diesmal. Onkel August kam um Pfingsten auf die Idee, ganz in Nähe von Berlin eine Sommerwohnung zu mieten, und wählte dazu das eine gute Viertelstunde vor dem Oranienburger Tor gelegene Liesensche Lokal oder, wie man damals sagte: »bei Liesens«. Der Weg von da bis in meine Schule dauerte gerad 114
eine Stunde. Das war nun wirklich keine Kleinigkeit. Aber was wollte diese Stunde besagen im Vergleich zu der Zumutung, die jeder Mittwoch und Sonnabend noch extra an mich stellte. Mittwoch und Sonnabend waren die Tage, wo wir mit unserm naturwissenschaftlichen Lehrer, dem Oberlehrer Ruthe, botanische Exkursionen zu machen hatten, die, weil Ruthe am Ausgange der Köpnicker Straße wohnte, regelmäßig nach Treptow und am liebsten nach Britz und der Rudower Wiese hin unternommen wurden. Ich war immer gern dabei, was ein klein wenig mit Ruthes Persönlichkeit zusammenhing. Wenn wir auf den Latten einer Dorfkegelbahn saßen und unsre Milch verzehrten, ließ Ruthe, der eine Art Naturmensch war, regelmäßig den Lehrer fallen und spielte sich auf den Rousseauschen Philanthropen und Jugenderzieher aus. Er berührte dann gern Sittlichkeitsfragen. »Ja, meine lieben jungen Freunde, Botanik ist gut, und Naturwissenschaften sind gut. Aber das wichtigste bleibt

doch der sittliche Mensch. Ich würde Ihnen gerne davon erzählen, hier jetzt gleich und auch in der Klasse. Sie würden davon mehr haben als von vielem andrem. Aber ich darf es nicht.« Dies richtete sich gegen den Direktor, den alten Klöden, der, glaub' ich, hinter Ruthes Sittlichkeitsanschauungen ein großes Fragezeichen machte. Nun also, Ruthe war ein prächtiger Mann, trotzdem er uns das »Rätsel des Lebens« immer schuldig blieb, aber wenn ich ihn auch noch mehr geliebt hätte: daß er von der Rudower Wiese nicht loskonnte, das war doch etwas Schreckliches für mich. Denn wenn er in seiner Köpnicker Straße war und der Rest meiner Kameraden es wenigstens nicht mehr allzuweit bis nach Hause hatte, dann fing für mich das Vergnügen erst an, dann mußt' ich mit nur zu oft wundgelaufenen Füßen – Stiefel, in die meine Hacken hineingepaßt hätten, hatte ich fast nie – von der Köpnicker Straße noch bis »zu Liesens« laufen, was wenigstens anderthalb Stunden dauerte. Zuletzt angekommen, hatte ich noch die Pflanzen in Löschblätter zu legen und fiel dann todmüde ins Bett. Man male sich aus, mit welcher Freudigkeit ich dann am Donnerstagmorgen in die Schule ging. Es ging einfach über meine Kräfte.

Die Folge dieser »Liesenschen Sommerfrische« war denn auch, daß
115 ich mehr und mehr in Bummelei verfiel und mich daran gewöhnte, die erste Stunde von acht bis neun zu schwänzen, was sehr gut ging, weil der französische Professor, der an wenigstens drei Schulen Unterricht gab, sich den Teufel darum kümmerte, wer da war und wer nicht. Und wie der Löwe, wenn er erst Blut geleckt, nicht säuberlich innehält, so war auch mir bald die Stunde von acht bis neun viel zuwenig, und binnen kurzem hatt' ich es dahin gebracht, mich halbe Wochen lang in und außerhalb der Stadt herumzutreiben. Es empfahl sich das auch dadurch, daß sich bei solchen Tagesschwänzungen leichter von »Krankheit« sprechen ließ. Und das Vierteljahr von Oktober bis Weihnachten war die schönste Zeit dazu.

Das Verwerfliche darin war mir ganz klar, aber man findet immer etwas, sein Gewissen zu beschwichtigen. Und in der Jugend natürlich erst recht. Ich redete mir also ein, es sei mein Beruf, binnen kurzem »Botaniker« zu werden, und für einen solchen sei ein regelmäßiges Abpatrouillieren von Grunewald und Jungfernheide viel, viel wichtiger als eine Stunde bei dem Deutschgrammatiker Philipp Wackernagel, der uns – ich glaube sogar zum Auswendiglernen – unzählige Beiwörter auf »ig« und »ich« in unser Heft diktierte. Noch jetzt blick' ich mit Schrecken

darauf zurück. Was er, Wackernagel, ein ausgezeichneter Mann und
Gelehrter von Ruf, sich eigentlich dabei gedacht hat, weiß ich bis diese
Stunde nicht. Also Grunewald und Jungfernheide nahmen mich auf,
und wenn ich es an dem einen Tage mit den Rehbergen oder mit
Schlachtensee versucht hatte, so war ich tags darauf in Tegel und lugte
nach dem Humboldtschen »Schlößchen« hinüber, von dem ich wußte,
daß es allerhand Schönes und Vornehmes beherberge. Nebenher war
ich aber auch wirklich auf der Suche nach Moosen und Flechten und
bildete mich auf diese Weise zu einem kleinen Kryptogamisten aus.
Nicht allzusehr zu verwundern; Moose sind nämlich, wenn sie blühen,
etwas tatsächlich ganz Wunderhübsches. Gegen ein Uhr war ich dann
meist wieder zu Haus, aß mit beneidenswertem, durch Gewissensbisse
nicht wesentlich gestörten Appetit und sah mich, wenn ich von Tisch
aufstand, nur noch der Frage gegenüber, wie die zwei verbleibenden
Nachmittagsstunden geschickt unterzubringen seien. Aber auch das ging.
An der Ecke der Schönhauser- und Weinmeisterstraße, will also sagen 116
an einer Stelle, wohin Direktor Klöden und die gesamte Lehrerschaft
nie kommen konnten, lag die Konditorei meines Freundes Anthieny,
der der Stehely jener von der Kultur noch unberührten Ostnordostgegen-
den war. Da trank ich dann, nachdem ich vorher einen Wall klassisch-
zeitgenössischer Literatur: den »Beobachter an der Spree«, den »Freimütigen«, den »Gesellschafter« und vor allem mein Leib- und Magenblatt,
den »Berliner Figaro«, um mich her aufgetürmt hatte, meinen Kaffee.
Selige Stunden. Ich vertiefte mich in die Theaterkritiken von Ludwig
Rellstab, las Novellen und Aufsätze von Gubitz und vor allem die Gedichte jener sechs oder sieben jungen Herren, die damals – vielleicht
ohne viel persönliche Fühlung untereinander – eine Berliner Dichterschu-
le bildeten. Unter ihnen waren Eduard Ferrand, Franz von Gaudy, Julius
Minding und August Kopisch die weitaus besten, Talente, die sich denn
auch, trotz allem Wandel der Zeiten, bis diese Stunde behauptet haben.
Der am ehesten Zurückgetretene – Ferrand; er starb sehr früh – war
vielleicht am hervorragendsten. Eins seiner schönsten Gedichte wurde
Vorbild zu Georg Herweghs berühmt gewordenem: »Ich möchte hingehn
wie das Abendrot«. Die Anlehnung ist in jedem Punkte unverkennbar.
Bei Ferrand heißt es: »Ich möchte sterben jener Wolke gleich«, eine
Wendung, die sich dann eingangs jeder neuen Strophe mit einer kleinen
Änderung immer wiederholt.

Überblick' ich noch einmal jene vormittags im Grunewald und nachmittags bei Anthieny verbrachten Tage, Tage, die nicht bloß Bummeltage, sondern auch Tage voll Lug und Trug waren, so schreck' ich bei diesem Rückblick einigermaßen zusammen, ähnlich jenem »Reiter über den Bodensee«, dem sein fährlicher Ritt erst klar wurde, nachdem alle Gefahr hinter ihm lag. Ich erschrecke davor, sag' ich, und bitte meine jungen Leser, es mir nicht nachmachen zu wollen. Eine Gefahr war es, und sie läuft nicht immer so gnädig ab. Aber, nachdem ich der Gefahr nun mal entronnen, sprech' ich, aller Unrechtserkenntnis zum Trotz, doch auch wieder meine Freude darüber aus, der Schule dies Schnippchen geschlagen und meine ›Wanderungen durch die Mark Brandenburg‹ lange vor ihrem legitimen Beginn schon damals begonnen zu haben. Ich habe
117 mich gesundheitlich sehr wohl dabei gefühlt und mich in den Nachmittagsstunden bei Freund Anthieny zu einem halben Literaturkundigen ausgebildet, derart, daß ich in der norddeutschen Lyrik jener dreißiger Jahre vielleicht besser beschlagen bin als irgendwer. Hätte ich statt dessen pflichtmäßig meine Schulstunden abgesessen, so wäre mein Gewissen zwar reiner geblieben, aber mein Wissen auch, und auf dem ohnehin wenig beschriebenen Blatte meiner Gesamtgelehrsamkeit würd' auch das wenige noch fehlen, was ich dem »Freimütigen«, dem »Gesellschafter« und dem »Figaro« von damals verdanke. Mein Vater, wenn ihm meine Mutter vorwarf, »er habe alles bloß aus dem Konversationslexikon«, antwortete regelmäßig: »Es ist ganz gleich, wo man's herhat.« Und dieser Ansicht möcht' ich mich anschließen.

Bei manchem meiner Leser wird sich nun wohl mittlerweile die Frage gemeldet haben: »Ja, wo war denn, als alles dies sich ereignete, der zur sittlichen Pflege für Sie bestellte Pensionsvater, wo war Onkel August?« Ach, der arme Onkel August! Der hatte seinen Kopf voll ganz andrer Dinge, denn das Gewitter, das wohl schon lange zu seinen Häupten gestanden haben mochte, ging, gerad als mein Bummeln auf der Höhe stand, mit Donner und Blitz auf ihn nieder. Ein Glück, daß das Hereinbrechen der Katastrophe fast mit meinem Abgang aus seinem Hause zusammenfiel. Der Tag steht mir noch deutlich vor der Seele.

Ich kam aus der Schule, diesmal wirklich aus der Schule, und freute mich, in Coopers »Spion«, der mir gerade kurz vorher in die Hände gefallen war, weiterlesen zu können. Aber die Situation, die meiner gleich beim Eintritt in die Vorderstube harrte, ließ mich schnell erkennen, daß hier an Romanlesen nicht zu denken sei, vielmehr ein lebendiges Roman-

kapitel sich vor mir abzuspielen beginne. Mein Onkel August, wie mir hier nachträglich einzuschalten bleibt, hatte sich, etwa fünf, sechs Monate zurück, in ziemlich rätselhafter Weise zum Vormund und Vermögensverwalter einiger Anverwandtenkinder ernannt gesehen, und an dem hier von mir zu schildernden Tage war ein mit höheren Vollmachten ausgerüsteter und wohl auch schon gut unterrichteter Freund des Anverwandtenhauses, ein Artilleriemajor, in pontificalibus erschienen, um zu
recherchieren, eventuell das Vermögen der Onkel Augustschen Mündel 118
wieder in Empfang zu nehmen. Aber wo nichts ist, hat auch der Kaiser sein Recht verloren. Nur die Tante war, als ich eintrat, zugegen. Ein Tisch war aufgeklappt, und auf der blanken Mahagoniplatte standen Schachteln und Sparbüchsen umher, auch einige Schmucketuis, während der Raum dazwischen mit minderwertigen, ganz gleichgültigen Geldstücken ausgefüllt war. Der Major überzählte rasch, was da lag, und seine sich wie im Unmut mit hin und her bewegenden Kantillen drückten nur zu deutlich aus, daß auch dies »letzte Aufgebot« kleiner Münze ganz außerstande war, die Rechnung zu begleichen. Die Tante ihrerseits suchte durch eine merkwürdige Mischung von Liebenswürdigkeit und Würde, worauf sie sich überhaupt gut verstand, für das Defizit aufzukommen, aber der unerbittliche Stabsoffizier wollte von diesen doch nur eine Hinausschiebung bezweckenden Mittelchen nichts wissen, und so wurde mir denn der Auftrag, den mutmaßlich nach allerhand letzten Hülfen ausschauenden Onkel herbeizurufen. Ich fand ihn auch in der nach hinten hinaus liegenden Küche, kam aber nicht dazu, meinen Auftrag an ihn auszurichten. Denn vor ihm stand *Charlotte,* die zwerghafte Person mit dem Vogelgesicht und dem Doppelbuckel. Und *wie* stand sie vor ihm! Als der Zwergin bei der sich in den Vorzimmern abspielenden Szene die Gesamtlage klargeworden war, war ihr auch sofort zum Bewußtsein gekommen, daß ihr eigenes, aus mehreren hundert Talern bestehendes Vermögen, das sie meinem Onkel, natürlich auf dessen Beschwatzungen, anvertraut hatte, mit verloren sei, und dies ihr Erspartes, um das sie gelebt und gearbeitet, jetzt mit vor Wut zitternder Stimme von ihm zurückfordernd, überschüttete sie ihn mit Verwünschungen und Flüchen.

Mir lief es kalt über den Rücken.

Alles nahm einen elenden Ausgang, und ich war froh, daß ich drei Tage später das Haus verlassen und in anständige, wohlgeordnete Lebensverhältnisse – meine Lehrjahre begannen – eintreten konnte. 119

Siebentes Kapitel

Wie das so geht. Rekonvaleszenz und vergnügte Tage. Dreivierteljahr in Dresden (bei Struve). Rückkehr nach Leipzig. Allerlei Pläne. Militärjahr in Sicht

All das in dem vorstehenden Kapitel Erzählte hatte sich um Ostern sechsunddreißig zugetragen; ich war damals sechzehn Jahr.

Jetzt – in Leipzig – schrieben wir Ostern zweiundvierzig, und wenn ich damals in Berlin deprimiert und wehleidig das Haus Onkel Augusts verlassen hatte, so zog ich jetzt in gehobener Stimmung und voll Hoffnung, meinen als Gelenkrheumatismus auftretenden Nervenfieberrest endlich rasch loszuwerden, aufs neue bei meinem ehemaligen Pensionsvater ein, bei meinem Onkel August also, der bald nach seiner Berliner Scheiterung, wie hier nachträglich zur Situationserklärung bemerkt werden mag, einen Unterschlupf in der bekannten Leipziger Kunsthandlung von Pietro del Vecchio gefunden hatte. »Voll Hoffnung und in gehobener Stimmung«, sag' ich, was nach allem, was ich vor gerade sechs Jahren in der Großen Hamburger Straße miterlebt hatte, vielleicht wundernehmen könnte. Davon war aber gar keine Rede. Daß damals in meiner Berliner Pension nicht alles gestimmt hatte, das hatte freilich an jenem denkwürdigen Tage, wo der Major mit den unmutig sich hin und her bewegenden Kantillen aufgetreten war, nur allzu deutlich zu mir gesprochen. Aber das war nun schon wieder so lange her.

Und dann, des weiteren, was stimmte damals?!

Ich war unter Verhältnissen großgezogen, in denen überhaupt nie was stimmte. Sonderbare Geschäftsführungen und dementsprechende Geldverhältnisse waren an der Tagesordnung. In der Stadt, in der ich meine Knabenjahre verbracht hatte – Swinemünde –, trank man fleißig Rotwein und fiel aus einem Bankrutt in den anderen, und in unsrem eignen Hause, wiewohl uns Katastrophen erspart blieben, wurde die Sache gemütlich mitgemacht, und mein Vater, um seinen eigenen Lieblingsausdruck zu gebrauchen, kam aus der »Bredouille« nicht heraus. Trotz alles
120 jetzt herrschenden Schwindels möcht' ich doch sagen dürfen: die Lebensweise des mittelguten Durchschnittsmenschen ist seitdem um ein gut Teil solider geworden. Reell und unreell hat sich strenger geschieden. Alles in allem hatte ich, wenn ich von meiner Mutter – die aber ganz als Ausnahme dastand – absehe, so wenig geordnete Zustände gesehn,

daß mir die Vorgänge mit Onkel August, sosehr sie mich momentan erschüttert hatten, unmöglich einen besonderen moralischen Degout, am wenigsten aber einen nachhaltigen, hätten einflößen können. Meine jetzt grenzenlose Verachtung solcher elenden Wirtschaft trägt leider ein ziemlich verspätetes Datum.

So zog ich denn um Ostern zweiundvierzig aufs neue bei meinem Onkel August ein und war kreuzvergnügt – man vergißt gern, was einem nicht paßt –, wieder so gute Tage leben und an soviel Heiterkeit teilnehmen zu können. Ganz so wie damals, wo Figaro durch die Armbeuge sprang. Onkel August, völlig unverändert, sammelte nach wie vor Witze, konnte gut sächsisch sprechen und saß bei Bonorand und Kintschy, wie er früher »bei Liesens« gesessen und sein Spielchen gemacht hatte. Wir gingen in den Großen und Kleinen Kuchengarten, aßen in einem reizenden, nach Lindenau hin gelegenen Vergnügungslokal allerliebste kleine Koteletts und ein Gemüsegericht dazu, das, glaub' ich, »Neunerlei« hieß und als eine Leipziger Spezialität galt, oder saßen auch wohl in Gohlis mit dem Schauspieler Baudius zusammen – wenn ich nicht irre: Adoptivvater der Frau Wilbrandt-Baudius –, einem trefflichen Künstler und geistvollen alten Herrn. Es waren sehr angenehme Wochen. Ich erholte mich bei diesem flotten Leben sehr rasch, konnte bald wieder laufen und springen, und so kam es denn, daß wir alle drei, der Onkel, die Tante und ich, eine Fahrt in die Sächsische Schweiz verabredeten und auch machten. Es war entzückend, kannt' ich doch nichts als Kreuzberg und Windmühlenberg und hatte deshalb von der Bastei mehr als später von Grindelwald und Rigi. Natürlich waren wir auch einen Tag in Dresden, aber ich sah mir von den dortigen Herrlichkeiten nichts an, weil es nach einer kurz vor Antritt dieser kleinen Reise geführten Korrespondenz für mich feststand, daß ich am ersten Juli nach Dresden gehn und in die dortige Struvesche Apotheke eintreten würde. 121

Dieser Eintritt erfolgte denn auch und wurde von mir wie Gewinn des Großen Loses angesehen. Nicht ganz mit Unrecht. Struve galt für absolute Nummer eins in Deutschland, ich möchte fast sagen in der Welt, und verdiente diesen Ruf auch. Ich verbrachte da ein glückliches Jahr, wenn auch nicht ganz so vergnüglich wie das in Leipzig. Es war alles vornehmer, aber zugleich auch steifer. In einzelnes mich hier einzulassen – ich habe diesen Dingen vielleicht schon zuviel Raum eingeräumt – verbietet sich, und nur von zwei Nebensächlichkeiten möcht' ich hier noch kurz erzählen dürfen.

Der Eingangstür gegenüber, im Hintergrunde der Apotheke, befand sich ein sogenannter Rezeptiertisch, auf den sich – zumal in Sommerzeiten, wenn alles weit aufstand – der Blick aller Vorübergehenden ganz unwillkürlich richtete. Das mußte so sein. Hier standen nämlich, wie Tempelwächter, zwei schöne, junge Männer, ein Lüneburger und ein Stuttgarter, also Welfe und Schwabe, weshalb wir den Tisch denn auch den »Guelfen- und Ghibellinentisch« nannten. Beide junge Leute vertrugen sich so gut miteinander, wie das zwischen Rivalen an Schönheit und Eleganz nur irgendwie möglich war. In Schönheit siegte der Welfe, ein typischer Niedersachse mit einem mächtigen rotblonden Sappeurbart, an Eleganz aber stand er hinter dem Ghibellinen erheblich zurück. Dieser war nämlich, ehe er nach Dresden kam, ein Jahr lang in Paris gewesen, eigentlich nur zu dem Zwecke, sich in allem, was Kleidung anging, auf eine wirkliche Situationshöhe zu heben. Das war ihm denn auch gelungen. Ich hörte nicht auf, ihn darüber zu necken, was er sich gutmütig gefallen ließ, aber doch auch mit einem nur zu berechtigten Schmunzeln der Superiorität, denn was umgekehrt *meine* Garderobe betraf, so stammte sie zu drei Vierteln aus dem damals von meinen Eltern bewohnten großen Oderbruchdorfe, darin es statt Dusantoyscher Leistungen nur lange, dunkelblaue Bauernröcke gab. Ich konnte mit meinem Aufzuge, selbst wenn ich bloß schneiderliche Durchschnittskollegen gehabt hätte, nur ganz notdürftig passieren und mußte nun, meine Minderwertigkeit zu steigern, auch just noch diesen mich totmachenden falschen Pariser in nächster Nähe haben. Übrigens hatten beide Kollegen, gute
122 Kerle, wie sie sonst waren, außer Sappeurbart und Rockschnitt herzlich wenig zu bedeuten, und wenn man an ihnen die damals noch ganz aufrichtig von mir geglaubte Stammesüberlegenheit der Niedersachsen und Schwaben hätte demonstrieren wollen, so wäre wohl auch der parteiischste Guelfen- und Ghibellinenbewunderer in einige Verlegenheit gekommen.

Und nun noch ein zweites Geschichtchen aus jenen Tagen.

Der Sommer 42 war sehr heiß, und weil Struve eben Struve war, so hatten wir natürlich so was wie freie Verfügung über die Struveschen Mineralwässer oder bildeten uns wenigstens ein, diese freie Verfügung zu haben. Selterser, Biliner usw. – alles mußte herhalten und wurde täglich vertilgt – unter reichlicher Zutat von Himbeer- und Erdbeer- oder gar von Berberitzensaft, den wir als eine besondere Delikatesse herausgeprobt hatten. Eines Tages beschlossen wir, so wenigstens in

Bausch und Bogen herauszurechnen, wie hoch sich wohl all das belaufen möchte, was von uns sechs Gehülfen und drei Lehrlingen im Laufe des Jahres an Fruchtsaft und Mineralwasser ausgetrunken würde. Die Summe war ein kleines Vermögen. Wir empfanden aber durchaus keine Reue darüber, lachten vielmehr bloß und sagten: »Ja, nach Apothekertaxe.«

Die vorgesetzte Zeit verging, die Dresdner Tage waren um, und wir
schrieben Sommer 43. Ich kehrte nach Leipzig zurück und machte daselbst, nicht bloß durch Dichterfreunde, sondern, was mehr sagen will,
auch durch einen zahlungskräftigen Verleger dazu bestimmt, einen ersten
ganz ernsthaften Versuch, mich als Schriftsteller zu etablieren. Ich hatte
nämlich verschiedene Skripta von Dresden her mitgebracht – war ich
doch in meinen Mußestunden daselbst sehr fleißig gewesen – und hoffte
nun, mit einer Auswahl der in Spenserstrophe geschriebenen Dichtungen
eines in den vierziger Jahren in England sehr gefeierten Anti-Cornlaw-
Rhymers – Mr. Nicolls – mich achtunggebietend in die Literatur einführen zu können. Der Verleger aber schien gerade diesen Spenserstrophen,
die mir so sauer geworden waren, ein besonderes Mißtrauen entgegenzubringen und sprang plötzlich wieder ab, so daß mir, nach Aufzehrung
meiner kleinen Ersparnisse, nichts anderes übrigblieb, als in das Haus 123
meiner Eltern zurückzukehren. Hier kam ich auf die tolle Idee, meine
Schulstudien wieder aufzunehmen, um nach absolviertem Examen irgendwas zu studieren. Am liebsten Geschichte. Voll Eifers ging ich dann auch
auf Latein und Griechisch aufs neue los, und wer weiß, wieviel Müh'
und Arbeit – denn es wäre schließlich doch nichts geworden – ich damit
vergeudet hätte, wenn ich nicht durch mein Militärjahr, das abzumachen
höchste Zeit war, davor bewahrt geblieben wäre. Schon im Oktober, als
ich von Leipzig nach Hause zurückreiste, hatte ich mich in Berlin beim
Franz-Regiment gemeldet, und Ostern 44 war zu meinem Eintritt bestimmt worden. Dieser Termin war jetzt vor der Tür. Ich warf also Horaz
und Livius, womit ich mich – nur dann und wann an Macbeth und
Hamlet mich aufrichtend – ein halbes Jahr lang gequält hatte, froh an
die Wand und machte mich nach Berlin hin auf den Weg, um bei dem
vorgenannten Regiment mein Dienstjahr zu absolvieren. 124

Bei »Kaiser Franz«

Erstes Kapitel

Eintritt ins Regiment. Auf Königswache. Urlaub nach England

Die drei Bataillone des Kaiser-Franz-Regiments lagen damals in drei verschiedenen Kasernen: das erste Bataillon unter Vogel von Falckenstein in der Kommandantenstraße, das Füsilier-Bataillon unter Major von Arnim in der Alexanderstraße, das zweite Bataillon unter Major von Wnuck in der Neuen Friedrichsstraße. Regimentskommandeur war Oberst von Hirschfeld, Sohn des noch aus der friderizianischen Zeit stammenden Generals *Karl Friedrich* von *Hirschfeld,* der am 27. August 1813 das als »Landwehrschlacht« berühmt gewordene Treffen bei *Hagelsberg* siegreich führte, und Bruder des Generals *Moritz von Hirschfeld,* der von 1809 bis 1815 in Spanien gegen Napoleon focht – später kommandierender General des achten Armeekorps – und über seine spanischen Erlebnisse sehr interessante Aufzeichnungen hinterlassen hat.

Ich war dem zweiten Bataillon, Neue Friedrichsstraße, zugeteilt worden und meldete mich bei Major von Wnuck, einem alten Kampagnesoldaten von Anno 13 her. Er nahm meine Meldung freundlich entgegen und kam dabei gleich auf die Unteroffiziere zu sprechen. »Und wenn einer sich einen Übergriff erlauben sollte«, so donnerte er, voll Wohlwollen, gegen mich los, »so will ich gleich Anzeige davon haben.« Er wiederholte das verschiedentlich, und ich erfuhr später, daß er das jedesmal zum besten gäbe, weil er, seit Jahren, einen Unteroffizierhaß ausgebildet habe, niemand wisse warum. – Das war Wnuck. Mein Hauptmann, sechste
125 Kompanie, war eine Seele von Mann. Er hatte, wiewohl immer noch Hauptmann, schon Ligny und Waterloo mitgemacht, damals kaum fünfzehnjährig. Bei Ligny schoß er auf einen französischen Lancier und fehlte, worauf der Franzose lachend an ihn heranritt und ihm mit der Lanze den Tschako vom Kopfe schlug. Solche Geschichten wurden viel erzählt. Außer dem Hauptmann hatten wir noch drei Offiziere bei der Kompanie, alle drei von beinah sechs Fuß Größe, die stattlichsten im ganzen Regiment: von Roeder, von Koschembahr, von Lepel. Roeder kommandierte zwanzig Jahre später die brandenburgische Brigade – Vierundzwanziger und Vierundsechziger –, die den Übergang nach Alsen

so glänzend ausführte; Koschembahr, soviel ich weiß, nahm noch in den vierziger Jahren seinen Abschied; Lepel war *Bernhard* von Lepel, zu dem ich schon seit fast vier Jahren in freundschaftlichen Beziehungen stand. Es tut das aber nicht gut, einen Freund und Dichtergenossen als Vorgesetzten zu haben. An ihm freilich lag es nicht; ich meinerseits dagegen machte Dummheiten über Dummheiten, worauf ich weiterhin zurückkomme.

Die Freiwilligen in meinem Bataillon, wie beim Regiment überhaupt, waren lauter reizende junge Leute; die militärische Geltung jedoch, deren sich die gesamte Freiwilligenschaft damals erfreute, war noch eine sehr geringe. Das änderte sich erst, als, viele Jahre später, ein mit Ausbildung der Freiwilligen betrauter Hauptmann vom Gardefüsilier-Regiment sich dahin äußerte: »Das Material ist vorzüglich; wir müssen nur richtig damit wirtschaften: gute Behandlung und zugleich scharf anfassen.« Das war das erlösende Wort. Ich glaube, man weiß jetzt allerorten, was man an den Freiwilligen hat[4], und sieht in ihnen keine Beschwerde mehr. Als
ich diente, hatte sich diese Anschauung noch nicht durchgerungen. Einer 126
unter uns war ein Rheinländer, Sohn eines reichen Industriellen, erst achtzehn Jahre alt, Bild der Unschuld. Von diesem will ich sprechen. Er wurde, wie wir alle, nach einer bestimmten Zeit Vizeunteroffizier und erhielt als solcher ein Wachkommando. Man gab ihm das am Potsdamer Tor, wo sich damals noch, wie an vielen anderen seitdem eingegangenen Stellen, eine Wache befand. Hier kam nun ein arges Versehen vor, an und für sich nichts Schlimmes, aber dadurch schlimm, daß es sich um etwas, das mit dem Hofe zusammenhing, um Honneurs vor Prinzlichkeiten, gehandelt hatte, hinsichtlich deren irgendwas versäumt worden war. Es war derart, daß der arme junge Mann verurteilt und in das Militärgefängnis abgeführt wurde. Daß wir andern Freiwilligen außer uns waren,

4 Nach meiner Erfahrung und meinem Geschmack kann man nicht leicht etwas Reizenderes sehen als die Freiwilligen unserer Garderegimenter, fast ohne Ausnahme. Sie beweisen mehr als irgendwas die Überlegenheit unserer Armee. Ausgezeichnete Offiziere gibt es überall, und selbst in mittelwertigen Staaten ist es in den Willen und die Macht eines soldatenliebenden Fürsten gelegt, ein ausgezeichnetes Offizierkorps heranzubilden. Aber dreihundert – oder mehr – solcher jungen Leute, wie sie jahraus jahrein als Freiwillige in der preußischen Garde dienen, kann der Betreffende nicht aufbringen, und wenn er sein ganzes Land umstülpt. Woran das liegt, ist leicht zu beweisen, aber hier ist nicht der Platz dazu.

versteht sich von selbst, am meisten aber die Hauptleute. »Solchen jungen Menschen auf solchen Posten zu stellen! Dummheit, Unsinn … der Feldwebel war ein Esel … dieser reizende junge Mensch!« So hieß es seitens der Vorgesetzten in einem fort, und es dauerte denn auch nur wenige Tage, so hatten wir unsren Liebling wieder. Aber er freute sich unsrer Freude doch nur halb; er hatte ein sehr feines Ehrgefühl, zu fein, und konnte die Sache nie ganz überwinden.

Die ersten Monate vergingen wie herkömmlich, und als wir einexerziert waren, begann der kleine Dienst. Eine bestimmte Zahl von Wachen war für jeden Freiwilligen vorgeschrieben, und eine davon ist mir in Erinnerung geblieben und wird es auch bleiben, und wenn ich hundert Jahre alt werden sollte.

Das war eine Wache im Juni, vielleicht auch Juli, denn die Garden waren schon ausgerückt, und, mit Ausnahme der auf der »Kommission« arbeitenden Schuster und Schneider, waren für den hauptstädtischen Wachdienst nur Freiwillige da, die man damals noch nicht mit in das Manöver hinausnahm.

An einem sehr heißen Tage zogen wir denn auch, wohl dreißig oder vierzig Mann stark, auf die Neue Wache, lauter Freiwillige von allen drei Bataillonen. Ein schneidiger älterer Offizier war auserwählt, uns in Ordnung zu halten.

Alles ging gut, und neue Bekanntschaften wurden angeknüpft, denn
127 es kannten sich bis dahin nur *die,* die demselben Bataillon angehörten. Unter den Freiwilligen des ersten Bataillons war ein junger Studiosus juris namens *Dortu,* Potsdamer Kind, derselbe, der, fünf Jahre später, wegen Beteiligung am badischen Aufstand in den Festungsgräben von Rastatt erschossen wurde. Der Prinzregent – unser spätrer Kaiser Wilhelm –, als er das Urteil unterzeichnen sollte, war voll rührender Teilnahme, trotzdem er wußte oder vielleicht auch *weil* er wußte, daß der junge Dortu das Wort »Kartätschenprinz« aufgebracht und ihn, den Prinzen, in Volksreden mannigfach so genannt hatte. Das Urteil umstoßen ging auch nicht, aber das tiefe Mißbehagen, in dem der Prinz sich befand, kleidete er in die Worte: »Dann mußte Kinkel auch erschossen werden.« Das war neunundvierzig. Damals aber – Juli Vierundvierzig – … »wie fern lag *dieser* Tag!«

Es war sehr heiß. Als indessen die Sonne eben unter war, kam eine erquickliche Kühle. Nicht lange mehr, so mußte ich wieder auf Posten, und zwar in der Oberwallstraße vor dem Gouvernementsgebäude, drin damals der alte Feldmarschall von Müffling wohnte. Bis dahin war noch eine halbe Stunde. Plaudernd stand ich mit ein paar Kameraden auf der Vordertreppe, dicht hinter den Gewehren, als ich vom Zeughaus her einen jungen Mann herankommen sah, der schon mit der Hand zu mir herübergrüßte. Kein Zweifel, es war mein Freund Hermann Scherz, alten Ruppiner Angedenkens, mit dem ich meine frühsten Kinderjahre und dann später auch meine Gymnasialzeit verlebt hatte. »Wo kommt denn *der* her? Was will denn *der?*«

Ich hatte nicht lange auf Antwort zu warten. Er trat an mich heran, begrüßte mich ganz kurz, beinah nüchtern und sagte dann mit jener Ruhe, drauf er sich als Märker wundervoll verstand: »Is mir lieb, daß ich dich noch treffe. Willst du mit nach England? Übermorgen früh.« Daß ich dabei sein Gast sein sollte, verschwieg er, doch verstand es sich von selbst, da niemand existierte, der in meine Geldverhältnisse besser eingeweiht gewesen wäre als er.

Ich war wie gelähmt. Denn je herrlicher mir das alles erschien, je schmerzlicher empfand ich auch: »Ja wie soll das alles zustande kommen? Es ist eben unmöglich. Morgen mittag Ablösung und übermorgen früh 128
nach England. Mir bleiben höchstens vier Stunden, um den nötigen Urlaub zu erbitten. Und wird man ihn mir gewähren?«

Ich war in diesen Betrachtungen fast noch unglücklicher, als ich einen Augenblick vorher glücklich gewesen war, und sprach dies meinem Freunde auch aus. »Ja, wie du's machen willst, das ist deine Sache. Übermorgen früh.«

Und damit trennten wir uns.

Der Mensch verzweifelt leicht, aber im Hoffen ist er doch noch größer, und als ich zehn Minuten später antreten mußte, um mit dem Ablösungstrupp nach der Oberwallstraße hin abzumarschieren, stand es für mich fest, daß ich übermorgen früh doch nach England aufbrechen würde.

Was mir zunächst bevorstand, entsprach freilich wenig diesem Hochflug meiner Seele. Denn ich war noch keine halbe Stunde auf Posten, als ich, von den in Front der Haustür gelegenen Sandsteinstufen her, einen alten spitznäsigen Diener auf mich zukommen sah, der mir augenscheinlich etwas sagen wollte. In unmittelbarer Nähe von mir aber kam er wieder in ein Schwanken, weil er mittlerweile die Achselschnur, das Abzeichen der Freiwilligen, erkannt hatte. Sehr wahrscheinlich war er ein Sachse, wie der alte Müffling selbst, und sah sich als solcher durch Artigkeitsrücksichten bedrängt, die der Märker – und nun gar erst der

Berliner – nie kennt oder wenigstens damals nicht kannte. Schließlich aber bezwang er sich und sagte, während er mir einen rostigen, zu einer kleinen Seitenpforte gehörigen Schlüssel einhändigte: »Bitte, Freiwilliger, dies ist der Schlüssel … der Schlüssel dazu … die Frauen kommen nämlich heute.« Nur Leute, die noch das Berlin der dreißiger und vierziger Jahre gekannt haben, werden sich in diesem für moderne Menschen etwas pythisch klingenden Ausspruch leicht zurechtfinden, Nachgeborne nicht; ich indessen, als Kind jener Zeit, wußte sofort Bescheid, schob den Schlüssel in meinen Rock und überließ mich, während der spitznäsige Mann wieder verschwand, meinen auf Augenblicke sehr herabgestimmten Betrachtungen. Aber doch auch wirklich nur auf Augenblicke. Nicht lange, so richtete ich mich an dem Gegensätzlichen, das in der
129 Sache lag, ordentlich auf und rechnete mir abergläubisch heraus, daß dieser Zwischenfall eine gute Vorbedeutung für mich sei. Große Dinge, so sagte ich mir, gewönnen nur durch solchen Witz des Zufalls, und ob ein derartiges Satyrspiel der eigentlichen Aufführung folge oder voraufgehe, sei am Ende gleichgültig. Ich wurde immer mobiler und übersprang alle Zweifel in immer kühneren Sätzen.

Die lange Nacht ging vorüber, auch der Vormittag, und zwischen eins und zwei war ich wieder in der Kaserne, wo ich nun zunächst vor dem Feldwebel mein Herz ausschüttete. »Ja«, sagte dieser, »dann nur schnell nach Haus und von da zum Hauptmann.« Und zwischen drei und vier trat ich dann auch bei diesem an.

»Nun, Freiwilliger, was bringen Sie …?«

»Herr Hauptmann, ich möchte gern nach England.«

»Um Gottes willen …«

»Ja, Herr Hauptmann, ein Freund will mich mitnehmen; also ganz ohne Kosten, alles umsonst. Und so was ist doch so selten …«

»Hm, hm«, sagte der liebenswürdige alte Herr, während ich deutlich die Wirkung meiner zuletzt gesprochenen Worte beobachten konnte. »Na, wie lange denn?«

»Vierzehn Tage.«

»Vierzehn Tage. Ja, wissen Sie, solchen langen Urlaub kann ich Ihnen gar nicht geben. Den muß der Oberst geben. Es ist jetzt dreiviertel, und bis vier ist er da. Machen Sie, daß Sie hinkommen.«

»Zu Befehl, Herr Hauptmann.«

Und ich machte kehrt, um gleich danach in der Tür zu verschwinden. Aber er rief mich nochmal zurück und sagte dann mit einer mir unvergeßlichen Miene, darin väterliche Güte mit einem merkwürdigen preußischen Geldernst sich mischte: »Hören Sie, Freiwilliger, der Oberst wird erst ›nein‹ sagen. Aber dann sagen Sie ihm nur *das,* was Sie mir eben gesagt haben, ›daß Sie's umsonst hätten und daß das doch selten sei …‹ Und dann wird er wahrscheinlich ›ja‹ sagen.«

Herrlicher Mann. Und auch der Oberst sei gesegnet! Denn als ich das schwere Geschütz auffuhr, zu dem mir der Hauptmann als ultima ratio geraten hatte, war auch das »Ja« da, und am andern Morgen um 7 Uhr 130
war ich auf dem Potsdamer Bahnhof, um meine erste Reise nach England – ein Weg, den ich nachher so oft gemacht habe – anzutreten.

Zweites Kapitel

Reise nach England. Unterwegs. Der rote Doppel-Louisdor. Ankunft. Verlegenheiten, Windsor. Hampton-Court. In der Kapelle von Eduard dem Bekenner. In den Dockskellern

Auf dem Bahnhofe traf ich meinen Freund Scherz. Er hatte seinen kleinen Reisekoffer mit ins Coupé genommen, ich mein Paket. Er lachte, als er es sah; ich meinerseits aber ließ mich nicht stören und sagte: »Ich denke, du wirst es ohne Mühe bei dir unterbringen können.« Dazu war er denn auch bereit und schloß, ein kleines Schlüsselbund hervorholend, seinen Koffer auf, während ich die zweimal zusammengeknotete Strippe von meinem in ein paar Zeitungsblätter eingeschlagenen Wäschevorrat entfernte. Die Umpackung ging schnell vor sich, und als der Koffer wieder an seinen Platz geschoben war, war das nächste, daß ich mich über unsre Reise doch einigermaßen orientiert zu sehen wünschte. Was er mir da vorgestern auf der Neuen Wache gesagt hatte, war ja so gut wie nichts gewesen.

Ich begann also: »Nun sage mir, Scherz, wie kommst du zur Reise? Du sprichst ja kein Wort englisch.«

»Dafür hab' ich *dich* eben. Gerade deshalb hab' ich dich aufgefordert.«

»Das wird dir aber auch nicht viel helfen. Mein Englisch reicht nicht weit. Und so gleich die Verdoppelung der Reisekosten …«

»Ist nicht so schlimm damit.«

Und nun erfuhr ich, daß unsre Reise eine Art Genossenschaftsreise sei, genau nach dem Prinzip, das, zwanzig Jahre später, durch die Gebrüder Stangen zu so großem Ansehen kam. Die von jedem Teilnehmer

131 einzuzahlende Summe war verhältnismäßig klein und sicherte demselben – aber erst von Magdeburg aus, das als Rendezvous oder starting point ausersehen war – zunächst freie Fahrt hin und zurück und daneben Wohnung und Verpflegung während eines zehntägigen Aufenthaltes in London. Ich freute mich, dies zu hören, weil es mir eine gewisse freie Bewegung sicherte. War erst das Billet in meinen Händen, so war damit die Hauptsache getan, und von einer weiteren Inanspruchnahme meines Freundes konnte nur noch sehr ausnahmsweise die Rede sein. Das erleichterte mir natürlich meine Lage.

Gegen Mittag – es ging damals noch sehr langsam – waren wir in Magdeburg, kuckten in den Dom hinein und begaben uns gleich danach an den Kai, wo der für uns gemietete, nach Hamburg bestimmte Flußdampfer lag. Hier, auf der Landungsbrücke, trafen wir unsere Reisegesellschaft bereits versammelt. Es mochten einige zwanzig Herren sein, vorwiegend Breslauer und Leipziger Kaufleute, dazu etliche Tuchfabrikanten aus der Lausitz und dem Sächsischen Vogtlande, zwei Studenten und ein Advokat. Diese drei Letztgenannten sind mir besonders im Gedächtnis geblieben, die Studenten, weil sie sich, drei Tage später, von den Dienstmädchen unseres Londoner Hotels mit echt englischer Unbefangenheit ausgiebig umcourt sahen, der Advokat, weil er uns, gleich auf der Fahrt von Magdeburg bis Hamburg, eine schreckliche Szene machte. Das kam so. Neben ihm, in der Kajüte, saß ein feiner alter jüdischer Herr, ein Mann von nah an Siebzig und beinah ehrwürdiger Haltung. Aber dies mußte seinem Nachbar, dem Advokaten, wohl als etwas sehr Gleichgültiges erscheinen, und nachdem er mit allerlei Schraubereien begonnen hatte, ging er, durch die berechtigten Zeichen von Ungeduld, die der alte Herr gab, nur immer zudringlicher und gereizter werdend, zu Verhöhnungen und Invektiven über. Freund Scherz und ich waren empört, zugleich aber auch verwundert, weil die größte Hälfte der Gesellschaft aus Juden bestand, die sich doch seiner in corpore hätten annehmen müssen. Im ganzen existierte damals von dem, was man jetzt Antisemitismus nennt, kaum eine Spur; aber freilich, Einzelfällen, wie beispielsweise dem hier geschilderten, bin ich doch auch in meiner Jugend
132 schon begegnet.

Die Elbfahrt von Magdeburg nach Hamburg ist langweilig; nur bei Tangermünde, wo Reste einer aus den Tagen Karls IV. herstammenden Burg aufragen, belebt sich das Bild ein wenig. Gegen Mitternacht trafen wir in Hamburg ein, begaben uns an Bord eines alten Dampfers, des

»Monarch«, wo wir uns auf den in den Kabinen umherliegenden Pferdehaarkissen ausstreckten und ermüdet einschliefen. Aber freilich nicht lange. Schon als es eben erst dämmerte, wurde es über uns lebendig, und kaum daß die Sonne da war, so setzte sich unser Dampfer auch schon in Bewegung und glitt den schönen Strom – denn von hier an wird er schön – hinunter. Wir Passagiere schritten derweilen auf Deck auf und ab. Der »Monarch«, ursprünglich ein schönes, feines Schiff, war schon seit einer ganzen Reihe von Jahren nur noch Transportdampfer für Hammel und hatte nur für dies eine Mal – ich weiß nicht, um sich oder uns zu ehren – seine Fracht wieder gewechselt. Als wir Cuxhaven zur Seite hatten, wurde das zweite Frühstück genommen; ich war rasch damit fertig und begab mich wieder auf Deck, um von der Szenerie nichts zu verlieren. Und hier auf Deck, auf einem Berg zusammengerollter Taue sitzend, sog ich jetzt die heranwehende Seeluft ein. Ein Gefühl hohen Glückes überkam mich, und ich erschien mir minutenlang unendlich bevorzugt und beneidenswert; aber freilich, inmitten meines Glückes, wurde ich mir doch auch plötzlich wieder der erdrückenden Kleinheit meiner Lage bewußt. Ich war in jedem Augenblicke nicht bloß abhängig von der Guttat eines anderen, ich war auch, außerdem noch, sehr sonderbar ausgerüstet für ein Auftreten in der ersten und reichsten Stadt der Welt. Gepäck existierte für mich nicht, nicht Plaid, nicht Reisedecke; mein Beinkleid war eine Militär-Kommißhose mit der roten Biese daran, und ein kleines braunes Röckchen, das ich trug, hatte mich nicht bloß gegen alle Witterungsunbilden zu schützen, sondern auch noch für meine Repräsentation in »Albion« zu sorgen. Und dazu nichts als das »Billet«! So froh ich war, es zu haben, so konnt' es doch am Ende nicht für alles aufkommen. Ich litt ernstlich unter meiner sehr prekären Geldlage. Was ich von Geld hatte, hatte ich in meinen zwei Hosentaschen untergebracht, rechts einen Taler und einige kleinere Silberstücke, links einen in ein Stückchen Papier gewickelten Doppellouisdor. Woher dieser 133
eigentlich stammte, weiß ich nicht mehr. Es war einer von jenen Halbkupferfarbnen, wie sie damals, etwas minderwertig, in einigen Kleinstaaten geprägt wurden, und ich sehe noch ganz deutlich das großgenaste Profil von Serenissimus vor mir, wiewohl ich nicht mehr angeben kann, welchem deutschen Landesteile, vielleicht seitdem schon verschwunden, er angehörte. Dieser feuerrötliche Doppellouisdor brannte mich ordentlich, und ich schämte mich seiner, weil ich ihn nicht für voll, ja beinah für falsch ansah. Aber, wie gleich hier bemerkt sein mag, alles sehr mit

Unrecht; er war vielmehr umgekehrt dazu bestimmt, mir in einem schweren Momente, wenn nicht geradezu Rettung – die Benötigung dazu trat Gott sei Dank nicht ein –, so doch in meinem Gefühl eine große moralische Stütze zu gewähren.

Ohne Zwischenfälle machten wir die Fahrt; schon am anderen Morgen wurde die englische Küste sichtbar, ich glaube Yarmouth, und um vier Uhr nachmittags, nachdem wir ein paar Stunden vorher Sheerneß passiert hatten, warfen wir Anker in Nähe der Londonbrücke. Boote kamen heran, und alles drängte der Falltreppe zu, um sich, gleich unter den ersten, einen Platz zu sichern. Unter diesen sich Vordrängenden war auch mein Freund Scherz. Ich, von Jugend an ein abgeschworener Feind aller Ellbogenmanöver, hielt mich, wie stets so auch hier, wieder zurück und war unter denen, die das letzte Boot bestiegen. Am Ufer sahen wir uns von einigen, sehr wahrscheinlich an dem ganzen Reiseversuchsunternehmen geschäftlich beteiligten Herren freundlich empfangen und in ein benachbartes großes Hotel geleitet. Dies Hotel hieß das »Adelaïde-Hotel« und ragte an einer freien Stelle, dicht neben der Londonbrücke, auf. Drei oder vier Treppen hoch sahen wir uns in einer Anzahl kleiner Zimmer untergebracht. Alles gefiel mir, und nur das *eine* gefiel mir nicht, daß mein Freund Scherz, samt der ganzen Besatzung des ersten Bootes, nicht aufzufinden war. »Sie werden wohl in einem anderen Hotel Wohnung genommen haben«, so hieß es, und niemand machte was davon. Es war auch durchaus gleichgültig für alle, nur für *mich* nicht. Wenn ich ihn nicht fand, so war ich zehn, zwölf Tage lang auf meinen
134 roten Doppellouisdor gestellt. Ich hatte jedoch nicht Zeit, mich meinen Besorgnissen darüber hinzugeben, denn kaum daß wir uns an den englischen Waschtischen, mit ihrem Wedgwoodgeschirr in Riesenformat, ajustiert hatten, so hieß es auch schon: »Nun aber nach Greenwich, meine Herren; heute nämlich ist ›Greenwich-Fair‹ und Sie können englisches Volksleben nicht besser kennenlernen als bei solchem Meß- und Jahrmarktstreiben.« Und ehe zehn Minuten um waren, waren wir auch schon auf dem Wege. Der Herr, der uns von »Greenwich-Fair« etwas englisch Eigenartiges versprochen hatte, hatte nicht zuviel gesagt. Kaum daß wir in die Jahrmarktsgasse mit ihren Spiel- und Schaubuden eingetreten waren, so waren wir auch schon inmitten eines Treibens, das, wenn man vergleichen will, halb an Schützenplatz und halb an rheinischen Karneval erinnerte. Man hatte sofort die Fremden in uns erkannt, und Männer und Frauen, die letzteren vorauf, machten uns zum Gegen-

stand ihrer Neckereien. Die Mädchen hatten sogenannte brushes in Händen, also wörtlich übersetzt »Bürsten«, die aber, ihrer Konstruktion nach, unseren Knarren gleichkamen und den entsprechenden schrillen Ton gaben, wenn man mit ihnen über Arm oder Rücken eines Vorübergehenden hinfuhr. Einige von uns ärgerten sich darüber, was mich wiederum ärgerte, weil es mir unendlich kümmerlich und kleinstädtisch vorkam, solchem reizend ausgelassenen Treiben gegenüber den sächsisch-preußischen Philister spielen zu wollen.

Erst zu später Stunde waren wir wieder in London zurück und trafen uns am andern Morgen beim Frühstück. Alle waren guter Dinge. Nur meine Stimmung war ein wenig belegt, denn von Freund Scherz und den übrigen Insassen des ersten Bootes war noch immer keine Nachricht da. Das mit den »übrigen Insassen« hatte für mich wenig Bedeutung, aber der fehlende Freund desto mehr, er, meine Rücklehne, die Säule, mit der ich stand und fiel! Die ganze Sorge vom Tage vorher war wieder da, nur noch gesteigert, und ich beschloß zunächst, auf die Suche nach ihm zu gehen. Um es kurz zu machen, ich fand ihn auch, und zwar gleich auf den ersten Griff; er hatte sich in dem benachbarten »London Coffee-House«, einem berühmten uralten City-Hotel, Ludgate-Hill, dicht bei St. Pauls, untergebracht, und in diesem Hotel blieb er auch. Die 135
Folge davon war, daß ich ihn während des ganzen Londoner Aufenthaltes wenig zu Gesicht bekam, weil wir uns, durch die Wohnungsverhältnisse bedingt, verschiedenen Parteien anschlossen. Eigentlich kamen wir erst wieder zusammen, als wir zehn Tage später auf dem »Monarch« unseren Rückweg antraten. Und was das Allerschönste war, ich war, all die Zeit über, ohne jeden Anspruch an ihn ganz gut durchgekommen, ja, merkwürdig zu sagen, auch ohne meinen Doppellouisdor als letztes Aufgebot in die Front zu ziehen. Alles machte sich wie von selbst; »sie säen nicht, sie ernten nicht, und ihr himmlischer Vater ernähret sie doch«.

So war es damals, und so ist es mir noch öfters gegangen.

Ich schloß mich, wie gleich am ersten Tage, *der* Gruppe meiner Reisegefährten an, die, gleich mir, das Adelaïde-Hotel bewohnte. Vormittags suchten wir die Stadt ab, nachmittags machten wir Partien in die Londoner Umgegend.

Es sei zunächst hier von unseren Nachmittagsausflügen erzählt.

Einer dieser Ausflüge ging über Kew, Richmond, Eton – wo wir einen Einblick in die »Schule« nehmen durften – nach *Windsor*. Der Zauber dieses imponierenden Schlosses, mit seinem noch aus der Zeit Wilhelms

des Eroberers herrührenden mächtigen Rundturm, verfehlte nicht eines großen Eindruckes auf mich. Ich kam aber nicht in die Lage, mich auf lange hin davon beherrschen zu lassen, weil ein zufälliges Ereignis, das der Tag gerade mit sich führte, meine Aufmerksamkeit von den baulichen Herrlichkeiten rasch wieder abzog. In verhältnismäßiger Nähe des Schlosses läuft eine großartige Avenue von alten Rüstern, neben der sich, flach wie eine Tenne, ein wohl mehrere Kilometer langes Blachfeld hinzieht. Unser Weg, ich weiß nicht mehr zu welchem Zweck und Ziel, führte uns durch die oben erwähnte Avenue, die zur Zeit ganz still und einsam war. Aber mit einem Male hörten wir in der Ferne Stimmen und Hurraruf, und neugierig auf das dicht neben uns laufende weite Blachfeld hinaustretend, sahen wir von fern her eine Kavalkade herankommen, allen vorauf drei Reiter, von denen zwei die helleuchtenden roten Röcke
136 der englischen Militärs trugen, während zwischen ihnen, in fremdländischer Uniform, eine mächtige, die beiden andern weit überragende Gestalt einhersprengte. Sie kamen von einer Revue, die weiter hinauf stattgefunden haben mochte. Jetzt aber waren sie heran, und auf ganz kurze Distanz sahen wir sie an uns vorüberstürmen. Die beiden links und rechts waren Prinz Albert und der Herzog von Cambridge, zwischen ihnen aber ragte Zar Nikolaus auf, in allem das Bild der Macht, der ungeheuren Überlegenheit, die großen Augen ernst und doch auch wieder nicht ohne Wohlwollen auf uns arme, ihm salutierende Kerle gerichtet. An der oberen Seite des Feldes aber, da, von wo die Reiter herkamen, wurden jetzt, in breiter Front, die Coldstream- und schottischen Füsilier-Garden sichtbar, dieselben Bataillone, die zehn Jahre später den »Redan« vor Sebastopol erstürmten und das ihre dazu beitrugen, das stolze Leben des damaligen europäischen Machthabers vor der Zeit zu brechen.

Das war in Windsor. An einem anderen Nachmittage war ich in *Hampton-Court.* Ich hatte auch da eine Begegnung, freilich nur mit einem Porträt, weiß aber nicht, ob nicht die von diesem Bildnis empfangene Wirkung vielleicht noch größer war als die, die Nikolaus auf mich ausgeübt hatte. Hampton-Court, Lieblingsaufenthalt Heinrichs VIII., ist – was Bilder angeht – das große historische Tudor-Museum des Landes, und alles, was man da sieht, stammt aus der Zeit des englischen Königs Blaubart und seiner Tochter Elisabeth. Holbein ist kaum irgendwo so reich vertreten wie gerade hier. Auch in Landschaften, Seestücken und Seeschlachten. Aber alles das war vergleichsweise nichts. Da, dicht neben einem alten Elisabethbilde – die »Virgin-Queen« in einem orientalischen

Phantasiekostüm –, hing ein kleines, nur etwa drei Hand breites Bildnis der *Maria Stuart.* Name des Malers unbekannt. Ein eigentümlich schwermütiger und, ohne schön zu sein, ungemein anziehender Nonnenkopf – ebenso Tracht und Kopfbekleidung ganz nach Art einer Konventualin. *Wenn* es ein Bildnis der Maria Stuart ist, kann es nur aus der Zeit stammen, wo sie, die Königin, vor ihrer Verheiratung mit Franz Valois, in einem französischen Kloster erzogen wurde. Dies allerlei Bedenken umschließende »Wenn« stammt aber, soweit meine Person
mitspricht, aus viel späterer Zeit. Damals drückten mich noch keine 137
derartigen Zweifel; ich nahm vielmehr umgekehrt in meiner Schwärmerei für die schöne Königin – eine Schwärmerei, von der ich übrigens, wie von mancher anderen, etwas zurückgekommen bin – alles begierig auf Treu und Glauben hin und war ganz wie benommen davon, diese »Holdselige« wenigstens im Bilde gesehen zu haben.

Ich will hier auch noch von einem dritten Nachmittagsausflug sprechen, der sich freilich in bescheidenerer Sphäre hielt und nichts von historischem Hintergrund hatte. Die Sache nahm folgenden Verlauf. Ich hatte mich, wie das mehr als einmal vorkam, von meinen Reisegefährten getrennt und aß, statt mich einer Partie nach Woolwich anzuschließen, in meinem Adelaïde-Hotel mit an der Table d'hôte. Table d'hôte ist aber nicht ganz das richtige Wort; es war vielmehr ein Stammtisch, höchstens zehn Personen, die beinah freundschaftlich miteinander verkehrten. Sie zogen mich mit ins Gespräch und amüsierten sich, ich muß das hier sagen, über die Geschicklichkeit, mit der ich mich, ohne recht englisch sprechen zu können, doch durchradebrechte. Besonders einer, ein stattlicher Herr von etwa fünfzig, nahm sichtlich ein Interesse daran, und ehe wir aufstanden, lud er mich ein, ihn auf seine Landvilla zu begleiten. »Sie sind morgen zu guter Zeit wieder hier.« Ich hatte denn auch keine Bedenken. Es war halber Weg nach Brighton – ich glaube, der Platz hieß Anerley-Station –, und in einer guten halben Stunde, es mochte mittlerweile sieben geworden sein, waren wir da. Von der Station bis zur Villa waren keine dreihundert Schritt. In dem drawing-room fand ich die Familie versammelt und wurde vorgestellt. Keine Spur von Verlegenheit war wahrzunehmen, nichts von Wirtschaftsschreck. In unserem guten Berlin, wenn solcher Überfall stattfindet, ist es, innerhalb der gesellschaftlichen Mittelsphäre, nur ganz wenigen gegeben, Kontenance zu bewahren. Man wolle dies nicht auf die beständig als Entschuldigung geltend gemachten »Verhältnisse« schieben – *so* schlimm liegen diese »Verhältnisse«

nicht mehr; wir sind nur einfach in bezug auf alles, was Repräsentation angeht, schlechter erzogen und haben nicht Lust, uns, um irgendeines
138 beliebigen Fremden willen, zu genieren. Das geschieht erst allenfalls, wenn es einen *Vorteil* mit sich bringt. Wir lassen nach *der* Seite hin viel zu wünschen übrig. Was immer die Fehler der Engländer sein mögen, in diesem Punkte, wozu sich noch manch andere gesellen, sind sie viel liebenswürdiger. Es ging in meines Gastfreundes Hause ganz einfach her; wir nahmen unseren Tee und musizierten, ich mußte sogar singen – der Gott sei Dank einzige Fall in meinem Leben –, und der älteste Sohn, der bald herausfühlte, daß ich mich für Literatur und Theater interessierte, fing dementsprechend an, berühmte Macbeth - und Hamlet-Stellen im Stile von Macready, des damals berühmtesten Shakespeare-Darstellers, zu zitieren. Er schnitt unglaubliche Gesichter dabei, machte es aber im übrigen ganz gut. Ich war sehr glücklich, so vieler Liebenswürdigkeit zu begegnen, und schlief, als wir uns im Familienzimmer getrennt hatten, oben im Fremdenzimmer ungewiegt. Als ich zum Frühstück kam, war der Vater schon fort; der Sohn brachte mich bis zur Station, und, wie verheißen, zu guter Stunde war ich wieder in meinem Hotel an der Londonbrücke.

So war das Leben an den Nachmittagen. Aber auch von den Vormittagen, wo wir London selbst absuchten, habe ich noch in Kürze zu berichten. Wir begannen mit dem Osten, weil uns dieser wie vor der Türe lag. Das erste war der *Tunnel.* Er bereitete mir eine große Enttäuschung. Ein so kühn gedachtes und auch ausgeführtes Unternehmen dieser unter das Flußbett getriebene Stollen war, so machte derselbe doch unmittelbar bloß den Eindruck, als schritte man durch einen etwas verlängerten Festungstorweg. Großen Eindruck macht immer nur *das,* was einem im Moment auf die Sinne fällt, man muß die Größe direkt *fühlen;* ist man aber gezwungen, sich diese Größe erst herauszurechnen, kommt man erst auf Umwegen und mit Hülfe von allerlei Vorstellungen zu der Erkenntnis: »Jawohl, das ist eigentlich was Großes«, so ist es um die Wirkung geschehen.

Der Tunnel versagte, desto mächtiger wirkte der *Tower.* Im allgemeinen geht es freilich auch bei historischen Punkten ohne Zuhülfenahme von Vorstellungen, ohne Heraufbeschwörung bestimmter Bilder nicht gut ab; es gibt aber doch Örtlichkeiten, denen man ihre historische Bedeutung auch ohne Kommentar sofort *abfühlt.* Und dazu gehört ganz
139 eminent der Tower, mehr als irgendein anderer Punkt, den ich kennen-

gelernt habe, selbst das Kapitol, das Forum und den Palatin nicht ausgenommen. Auch den, der nichts von englischer Geschichte weiß, überkommt angesichts dieser, ich weiß nicht, ob mehr pittoresken oder grotesken Steinmassen ein gewisses Gruseln. Wovon ich damals den größten Eindruck empfing, ob von Traitors Gate oder von der mit weißen Steinen ausgelegten Stelle, darauf das Schafott der Jane Gray stand, oder von dem Block, auf dem das Haupt Anna Bulens fiel, weiß ich nicht mehr sicher, glaube aber fast, daß ich einem sonderbaren Internierungsort in Gestalt eines etwas flachgedrückten Backofens den Preis zuerkennen mußte. Dieser unter einer Treppenbiegung angebrachte Backofen war, zwanzig oder dreißig Jahre lang, das Gefängnis eines unter Heinrich VIII. lebenden Höflings, des Lords Cholmondeley, der zu zweifacher Berühmtheit gelangt ist, erstens *historisch* durch seinen qualvollen Backofenaufenthalt, zweitens *linguistisch* durch die etwas verflixte Aussprache seines Namens. Cholmondeley wird nämlich »Dschumli« ausgesprochen und spielt dadurch in allen englischen Grammatiken eine Rolle.

Das war im Osten von London. Tags darauf waren wir im Westen, und zwar in Westminster. Von dem »Palast von Westminster« – den Parlamentshäusern – war, bis auf einen nach dem großen Feuer im Anfang der vierziger Jahre stehengebliebenen Rest, nichts mehr zu sehen, aber Westminster-Hall und Westminster-Abbey wurden andächtig besucht. Westminster-Hall mit seinen merkwürdigen Holzkonstruktionen ist weniger imposant für Laien als für Fachleute, während Westminster-Abbey auch den einfachen Menschen sofort gefangennimmt, und zwar mehr als irgendeine sonstige gotische Kirchenarchitektur, auch die berühmtesten französisch-belgischen Kathedralen – unter denen viel formvollendetere sein mögen – nicht ausgeschlossen. Es gilt von Westminster-Abbey dasselbe, was ich oben vom Tower gesagt habe: ganz unmittelbar wirkt der historische Zauber, der in diesen Steinen geheimnisvoll verkörpert ist. Die wundervollsten Farbentöne kommen hinzu; nirgends in der Welt ein tiefer wirkendes Blau. Die Kirche, daran fast ein Jahrtausend gebaut hat, ist in ihren Einzelteilen sehr verschiedenwertig; 140
das von Christopher Wren herrührende Langschiff ist vergleichsweise langweilig, und die der Elisabethzeit entstammende »Kapelle Heinrichs VII.« erscheint, trotz aller Kunst und Meisterschaft, in ihrer Trompenüberfülle doch immerhin von einer mehr oder weniger anfechtbaren Schönheit. Aber wunderschön ist das Querschiff, und wunderschön vor

allem sind die Kapellen, die den alten Chor umstehen. Unter diesen Kapellen ist die älteste *die* von »*Edward dem Bekenner*«. In ebendieser steht auch, etwa wie ein mittelalterlicher Gelehrtenstuhl aussehend, schlicht von Eichenholz und mit fester grauer Leinwand überzogen, der alte Königsstuhl von England, zwischen dessen vier Füßen, auf einem dem eigentlichen Sitz entsprechenden Unterbrett, ein großer Stein liegt: der aus Scone herbeigeschaffte Krönungsstein der Könige von Schottland. Ich war von dem allem wie benommen und tat Fragen über Fragen, die mir der Kirchendiener gern beantwortete, vielleicht weil er ein Interesse merkte, das nicht ganz alltäglich war. Und während wir so sprachen, hatten sich meine Blicke von dem Krönungsstuhle, dem unausgesetzt all meine Fragen galten, eine kleine Weile fortgewandt. Als ich aber wieder hinsah, hatte sich, wer beschreibt mein Entsetzen, einer meiner Reisegefährten, ein Leipziger Eisenkrämer, auf dem Throne von England niedergelassen und baumelte da ganz vergnüglich mit seinen zwei Beinen. Alles der Ausdruck eines ursächsischen »Sehr scheene«. Mir wurde nicht wohl dabei zumute, am wenigsten, als ich die Miene sah, mit der unser englisch steifleinener Führer diese Clownerie begleitete.

Der Tag vor unserer Abreise brachte uns noch etwas besonders Hübsches. Einem der mit zu dem Reisekomitee gehörenden englischen Herrn war es geglückt, uns eine Art »Permesso«, ein Ticket zum Eintritt in die Keller der East-India-Docks, zu verschaffen. Diese Keller sind Weinkeller von ungeheurer Ausdehnung, unterirdische Stadtteile mit langen, langen Straßen, an denen sich, statt der Häuser, mächtige, meist übereinandergetürmte Fässer hinziehen. In diese Keller stiegen wir hinab und sahen uns sofort mit jener Kulanz begrüßt, die dem englischen Geschäftsbetrieb
141 eigentümlich ist und jede Berührung mit ihm so wohltuend macht. Gewiß, die Engländer sind Egoisten, ja, sind es unter Umständen, und zwar namentlich da, wo sie unter der Frömmigkeitsflagge segeln, bis zum Entsetzlichen; aber sie haben doch auch jenen *forschen* Egoismus, der zu geben und zu opfern versteht. Und nun gar erst pfennigfuchsende Kleinlichkeiten – *die* sind als unwürdig ausgeschlossen. In unserem Falle war es eine uns zuliebe mit Courtoisie durchgeführte »gefällige Fiktion«, daß wir vorhätten, Einkäufe zu machen, während doch jeder wußte, daß dies *nicht* der Fall sei und daß wir nur gekommen seien, um eine Londoner Merkwürdigkeit zu sehen und zugleich einen Frühstückstrunk zu tun. Das taten wir denn auch redlich. Die ganze Szene hatte was von Auerbachs Keller; wie dort der Tisch, so wurden hier die Fässer ange-

bohrt. »Euch soll sogleich Tokaier fließen.« Uns aber floß Port und Sherry. Die Bohrer wurden ersichtlich derart eingesetzt, daß es ein schräges Bohrloch gab, durch das nun der rubin- oder topasfarbene Strahl in einem Bogen in die Weingläser fiel. Immer weiter stiegen wir in das Labyrinth der aufgetürmten Fässer hinein; die Küfer mit ihren Bergmannslampen unausgesetzt vor und um uns, und immer neue Strahlen sprangen und blitzten. Dabei war das Merkwürdige, daß wir – noch dazu ohne vorher eine solide Frühstücksgrundlage gelegt zu haben – anscheinend in guter Verfassung blieben und keine Spur von Rausch an uns wahrnahmen. Und so stiegen wir denn auch, immer noch fest auf den Füßen, die stiegenartige Treppe wieder hinauf. Aber nun kam es. Kaum draußen in frischer Luft, so waren wir unserem Schicksal verfallen und mußten froh sein, einen Cab zu finden, der uns in unserem Adelaïde-Hotel leidlich heil ablieferte.

Damit schlossen unsere Londoner Abenteuer ab. Schon am anderen Morgen stiegen wir zu Schiff und waren zwei Tage darauf in Berlin zurück. 142

Drittes Kapitel

Wieder in Berlin. Letztes halbes Jahr bei »Franz«. Auf Pulvermühlwache

Wir kamen mit einem Frühzug an. Wenige Stunden später meldete ich mich bereits bei meinem guten Hauptmann. Er ließ alle Dienstlichkeit fallen und sprach ganz menschlich zu mir, beinah väterlich.

»Nun, lieber F., wie war es?«

»Himmlisch, Herr Hauptmann.«

»Glaub' ich … Ja, London … Ich habe auch mal hingewollt.«

Er plauderte noch eine kleine Weile so weiter und sah mich dabei gütig und halb wehmütig an, mit einem Ausdruck, wie wenn er bei sich gedacht hätte: »Ja, der junge Mensch da … wenn dies Jahr nun hinter ihm liegt, so liegt das Leben wieder vor ihm. Und schon jetzt war er drüben und hat ein Stück Welt gesehen und sich die Brust ausgeweitet. Und ich! Ich bin nun fünfundvierzig und komme nicht vom Fleck. Immer Rekruten und Vorstellung und Manöver. Und dann wieder Rekruten.«

Er war loyal und preußisch und königstreu bis in die Fußspitzen. Aber solche Gedanken mochten ihm doch wohl öfter kommen, und er hatte

auch Grund dazu. Denn seine Stellung war eingeengt und gedrückt. Dessen war ich selber einmal Zeuge. Wir machten, das ganze Bataillon, eine große Felddienstübung, ich glaube nach Tegel zu. Seit kurzem war ich Unteroffizier geworden und hatte mit einer Patrouille von drei oder fünf Mann irgendwas zu rekognoszieren. Um uns her lag Wald, und wir verliefen uns gründlich. Als wir uns dann schließlich, vielleicht auf Signalrufe hin, die wir aus der Ferne hören mochten, wieder herangefunden hatten, war schon alles vorbei und das ganze Bataillon zum Abmarsch fertig. Vor der Front hielt der Kommandeur, Major von Ledebur, der an des alten Wnuck Stelle gekommen war, ein schöner Mann, Gardeoffizier comme il faut. Ich marschierte mit angefaßtem Gewehr auf ihn zu, um meine Meldung abzustatten. Er hatte wohl von der verlorenge-
143 gangenen Patrouille schon gehört und machte nicht viel davon, um so weniger, als er auf dem Punkte stand, über die stattgehabte Felddienstübung seine Schlußmeinung abzugeben. Im ganzen genommen hielt er sich in seiner Kritik innerhalb bestimmter Grenzen, als er aber der Führung der sechsten Kompanie gedachte, goß er, immer heftiger werdend, die Schalen seines Zornes über meinen unglücklichen Hauptmann aus. Nichts war gut, und es gereicht mir noch in diesem Augenblick zum Troste, daß wenigstens meiner in die Irre gegangenen Patrouille gar nicht dabei gedacht wurde; die Hauptfehler – *wenn* es Fehler waren, denn auch Bataillonskommandeure können irren – schienen nach ganz anderer Seite hin zu liegen. Armer Hauptmann! Da stand er nun am rechten Flügel, die Augen zur Erde gerichtet, mit einem Ausdruck von Bitterkeit und Sorge, ja auch von Sorge, weil er, neben dem Tadel, auch noch allerhand anderes Unliebsame mit herausgehört haben mochte. Das furchtbar Schwere dieses so beneideten und auch so beneidenswerten Berufes kam mir in jener Minute zu vollem Bewußtsein. Immer schweigen und sich höchstens an dem Satze »Heute mir, morgen dir« aufrichten zu müssen – das ist hart und nicht jedermanns Sache. Man muß es hinnehmen wie sein Schicksal oder jene berühmte »Wurschtigkeit« haben, die Lob und Tadel gleichmäßig als Ulk auffaßt – sonst geht es nicht.

Im Sommerhalbjahr, oder was dasselbe sagen will, solang ich noch kein »Avancierter« war, beschränkte sich mein Ehrgeiz, was den Wachdienst angeht, darauf, auf die »Schloßwache« zu kommen, und zwar, um hier vielleicht, auf einem wegen seiner Spukerei verrufenen Korridor, der »Weißen Frau« zu begegnen. Ich kam denn auch wirklich auf

»Schloßwache«, leider aber, statt auf den ersehnten Korridor, in das ar-
chitektonisch berühmte Eosandersche Portal, wo es, da es gerade ziemlich
windig war, furchtbar zog. Die Folge davon war, prosaischerweise, daß
ich statt mit der »Weißen Frau« mit einer drei Tage später sich einstellenden dicken Backe abschloß. So verlief der sommerliche Wachdienst.
Im Winterhalbjahr aber, ich war inzwischen mit den Tressen ausgerüstet,
fielen mir verschiedene Wachkommandos zu, zuletzt das »bei den Pul-
vermühlen«, die schon damals für unsicher galten. Von diesem Wach- 144
kommando, meiner militärischen Großtat, muß ich hier noch erzählen.
Ende gut, alles gut.

Ich erfuhr also eines Tages, daß ich für die Pulvermühlwache designiert sei – fatal genug. Was mir aber viel fataler war, war die Zubemerkung, »daß ich das Kommando nicht über Leute meiner eignen sechsten Kompanie, sondern über Mannschaften der fünften anzutreten hätte«. Das mag nun für einen altgedienten Unteroffizier nicht viel bedeuten, aber für einen jungen Freiwilligen, der, weil er ewig unsicher ist, auch nicht recht zu befehlen versteht, ist dies eine sehr wesentliche Beschwerung der Situation. Indessen, was half es? Vorwärts also! Bei gräßlichem Wetter tappten wir hinaus. Anfangs ging alles ganz leidlich; die Leute waren trätabel, und so kam der Abend heran. Ein rotblonder Westfale, Bulldoggenkopf, mit nicht allzu vielen, aber dafür desto größeren Sommersprossen im Gesicht, hatte draußen den Posten vorm Gewehr, und ich ließ mir, bei einer Blaklampe, von den Leuten allerhand aus ihrer Heimat erzählen, als plötzlich ein paar Zivilisten in größter Aufregung in die Wachstube kamen und um Hülfe baten: »In einer Schifferkneipe, hart am Kanal, gehe es drunter und drüber; ein Betrunkener sei da, mit ein paar Freunden, und drangsaliere den Wirt und seine Frau.« Das Lokal, um das sich's handelte, war ziemlich weit entfernt. Aber ich hatte keine Wahl und schickte also drei Mann ab, die denn auch nach einer halben Stunde wiederkamen und einen großen Kerl ablieferten, der übrigens kaum ein Kerl, sondern vielmehr ein brutaler Elegant war, gut gekleidet und sogar von einer Art Bildung. In seiner Trunkenheit entschlug er sich freilich aller Vorsicht, zu der, wie sich bald ergab, nur zu guter Grund für ihn vorlag. Im Wachtlokal war er nicht anders wie vorher in der Kneipe randalierte, schlug um sich und stellte sich schließlich vor mich hin, dabei mich anschreiend: »Himmelwetter, ich bin auch Soldat gewesen … so geht das nicht, Herr Fähnrich … Sie verstehen den Dienst nicht.« Alle solche Szenen sind mir immer gräßlich

gewesen. Aber wenn sie da sind, amüsieren sie mich eigentlich. So war es auch diesmal, und ich kam in ein Lachen, bis ein Zwischenfall mich mit einemmal in eine sehr schwierige Lage brachte. Der Posten draußen
145 vorm Gewehr, wahrscheinlich ein Gefreiter, also halbe Respektsperson, glaubte, – als das Toben da drinnen kein Ende nehmen wollte, daß er mir zur Hülfe kommen müßte, stürzte ohne weiteres in das Wachtlokal herein und stieß dem Randaleur den Kolben derart vor die Brust, daß er in die Ecke taumelte. Das war nun alles sehr gut gemeint, aber doch eigentlich ganz unverschämt; er hatte draußen Posten zu stehen, statt ungerufen hereinzustürzen und mir seine gar nicht gewollte Hülfe aufzudrängen. Es hieß doch nicht viel was anderes als wie: »Der Freiwillige weiß nicht mehr aus noch ein, da muß ich einspringen« – und so war ich denn in der unangenehmen Lage, daß ich meinen Hülfebringer andonnern und wieder an seinen Posten ’raus verweisen mußte. Glücklicherweise war er Soldat genug, um gleich zu gehorchen. Der Randaleur aber wurde bei Tagesanbruch nach der Stadtvogtei hin abgeliefert und wurde daselbst von den Beamten als »alter Bekannter« begrüßt, als Radaubruder, Händelsucher und ganz besonders als Falschspieler. Mir selbst gratulierte man zu dem Fange.

Wochen vergingen, und ich hatte die ganze sonderbare Szene schon wieder vergessen, als sie mir noch einmal in Erinnerung gebracht wurde. Draußen tanzten Schneeflocken, während es in meiner Mansardenwohnung in der Jüdenstraße schon dunkelte. Vor mir lag »Childe Harold«, in dem ich gerade gelesen, und ich schickte mich eben an, mich mehr ans Fenster zu setzen, um da für meine Lektüre noch einen letzten Rest von Licht aufzufangen, als draußen die Klingel ging. Ich stand auf, um nachzusehen, wer in dieser Dunkelstunde mich noch besuchen wolle, und sah auf dem kleinen Flur draußen drei kolossale Kerle stehen, die durch die Schafpelze, die sie trugen, womöglich noch größer wirkten.

»Sie sind der Herr Unteroffizier?«

Immer noch ahnungslos, um was es sich handle, sagte ich: »Ja, der bin ich. Aber kommen Sie ’rein; es ist kalt hier draußen.«

Und nun folgten sie mir in mein Zimmer zu weiterer Ansprache.

»Ja«, fuhr drinnen der Sprecher fort, »wenn Sie der Herr Unteroffizier
146 sind … wir sind nämlich so gut wie seine Bekannten, alte Bekannte von ihm, und wenn er nu vorkommt und Sie von ihm aussagen sollen …«

Jetzt dämmerte mir’s und, wie ich sagen muß, nicht gerade zu meiner Freude. Wenn die Kerle da kamen, um Rache an mir zu nehmen! …

Aber Courage! Ich berappelte mich also und sagte mit so viel Unbefangenheit, wie sich in der Eile auftreiben ließ: »Nun gut, ich verstehe; Sie sind also seine Freunde …«

»Ja, wir sind so seine Freunde, und das können wir sagen: er ist nich so schlimm. Und wenn er nun vorkommt un Sie gegen ihn aussagen sollen …«

»Ja, hören Sie, ich muß aber doch sagen, wie es ist.«

»Nu ja, nu ja … man bloß nich zuviel … Und wir würden Ihnen auch gerne …«

Diese Worte, so dunkel sie waren, waren von einer Bewegung begleitet, die mir keinen Zweifel darüber ließ, daß man mir einen Taler oder dergleichen in die Hand stecken wollte …

Das gab mir meine ganze Haltung wieder, und ich versprach in rasch wiederkehrender guter Laune, daß ich ihm nichts besonders Schlimmes einbrocken wolle.

Diese Zusicherung schien die Leute auch zu beruhigen, und unter Verbeugung gegen mich schickten sie sich an, in guter Ordnung ihren Rückzug anzutreten. Aber als sie schon beinah draußen waren, kehrte der eine noch einmal um, schudderte sich und rieb sich mit Ostentation die Hände, wie wenn ihn bitterlich fröre, was aber bei seinem dicken Pelz ganz unmöglich und in der Tat nichts als eine diplomatische Gesprächsüberleitung war, und sagte: »Herr Unteroffizier, en bisken kalt is et hier, en paar Kiepen Torf … wat meenen Sie? …«

»Nu, schon gut«, sagte ich. »Lassen wir's. Und wie ich Ihnen gesagt habe, ich werde nichts Schlimmes gegen ihn vorbringen.«

So verlief es denn auch.

Das Angebot von ein »paar Kiepen Torf« aber war der Schlußakt meines Dienstjahres bei »Kaiser Franz«.

Ostern 45 schloß dies Dienstjahr ab, währenddessen ich, außer meiner vorgeschilderten Reise nach England, noch manch anderes, das nicht gerad im Bereiche des dienstlich Soldatischen lag, erlebt hatte. Darunter
war vor allem mein Eintritt in die gerade damals in Blüte stehende 147
Dichtergesellschaft: »*Der Tunnel über der Spree*«.

Über diesen im nächsten Abschnitt. 148

Der Tunnel über der Spree

Aus dem Berliner literarischen Leben der vierziger und fünfziger Jahre

Erstes Kapitel

Der Tunnel, seine Mitglieder und seine Einrichtungen

Der Tunnel, oder mit seinem prosaischeren Namen der »Berliner Sonntagsverein«, war 1827 durch den damals in Berlin lebenden M. G. Saphir gegründet worden. Diesem erschien in seinen ewigen literarischen Fehden eine persönliche Leibwache dringend wünschenswert, ja nötig, welchen Dienst ihm, moralisch und beinahe auch physisch, der Tunnel leisten sollte. Zugleich war ihm in seiner Eigenschaft als Redakteur der »Schnellpost« an einem Stamm junger, unberühmter Mitarbeiter gelegen, die, weil unberühmt, an Honoraransprüche nicht dachten und froh waren, unter einer gefürchteten Flagge sich mitgefürchtet zu sehen. Also lauter »Werdende« waren es, die der Tunnel allsonntäglich in einem von Tabaksqualm durchzogenen Kaffeelokale versammelte: Studenten, Auskultatoren, junge Kaufleute, zu denen sich, unter Assistenz einerseits des Hofschauspielers Lemm (eines ganz ausgezeichneten Künstlers), andererseits des von Anfang an die Werbetrommel rührenden Louis Schneider, alsbald auch noch Schauspieler, Ärzte und Offiziere gesellten, junge Leutnants, die damals mit Vorliebe dilettierende Dichter waren, wie jetzt Musiker und Maler. Um die Zeit, als ich eintrat, siebzehn Jahre nach Gründung des Tunnels, hatte die, Gesellschaft ihren ursprünglichen Charakter bereits stark verändert und sich aus einem Vereine dichtender Dilettanten in einen wirklichen Dichterverein umgewandelt. Auch jetzt
149 noch, trotz dieser Umwandlung, herrschten »Amateurs« vor, gehörten aber doch meistens jener höheren Ordnung an, wo das Spielen mit der Kunst entweder in die wirkliche Kunst übergeht oder aber durch entgegenkommendes Verständnis ihr oft besser dient als der fachmäßige Betrieb.

Und so bestand denn ums Jahr 1844 und noch etwa fünfzehn Jahre darüber hinaus der Tunnel, seiner Hauptsache nach aus folgenden, hier nach Kategorien geordneten und zugleich mit ihrem Tunnel-Beinamen ausgerüsteten Personen:

Assessoren, Professoren, Doktoren

Assessor *Heinrich von Mühler* (Cocceji), der spätere Kultusminister.

Assessor Dr. *Heinrich Friedberg* (Canning), der spätere Justizminister.

Assessor Dr. *E. Streber* (Feuerbach), später – nachdem er durch Heranziehen des »E« seines Vornamens an seinen eigentlichen Namen den nun spanisch klingenden Namen Estrebér (Akzent auf der letzten Silbe) hergestellt hatte – Minister in Costarica.

Assessor *Wilhelm von Merckel* (Immermann), Schwager von H. Von Mühler, starb als Kammergerichtsrat.

Assessor *Ribbeck* (Matthisson), Bruder des Philologen Professor Ribbeck in Leipzig, starb als Vortragender Rat und Direktor im Ministerium des Innern.

Assessor Graf *Henckel von Donnersmarck* (Ulrich von Hutten), starb früh.

Assessor *von Bülow* (Tasso), später Generalkonsul in Smyrna.

Assessor Dr. *Erich* (Cujacius), später Regierungsrat und literarisch-politischer Berichterstatter Kaiser Wilhelms, namentlich über die Parlamentssitzungen.

Assessor *Müller* (Ernst Schulze), Rendant an der Charité.

Assessor *Hermann Kette* (Tiedge), später Präsident der Generalkommission, erst in Frankfurt a. d. O., dann in Kassel.

Assessor *Karl Kette*, später Justizrat und Rechtsanwalt am Kammergericht.

Kollegienassessor *Baron Budberg* (Puschkin), Kurländer und – wenn ich 150
nicht irre – der russischen Gesandtschaft attachiert.

Dr. *Franz Kugler* (Lessing), Professor, Geheimrat im Kultusministerium.

Dr. *Franz Kugler*, Neffe des vorigen, Redakteur an der »Nationalzeitung«.

Dr. *Karl Bormann* (Metastasio), Provinzialschulrat.

Dr. *Otto Gildemeister* (Camoëns), später Senator und Bürgermeister von Bremen.

Dr. *Adolf Widmann* (Macchiavell), später Professor in Jena. Von 1866 ab bis an seinen Tod Meister der St. Johannis-Loge zur Beständigkeit.

Dr. *Heinrich von Orelli* aus Zürich (Zschokke), Freund Widmanns und Scherenbergs, Philosoph und Kritiker, starb zu Berlin.

Dr. *Rudolf Löwenstein* (Spinoza), neben Kalisch und Ernst Dohm Redakteur des »Kladderadatsch«.

Dr. *Adolf Löwenstein* (Hufeland), Vetter Rudolf Löwensteins, als Geheimer Sanitätsrat gestorben.

Dr. *Friedrich Eggers* (Anakreon), Redakteur des »Deutschen Kunstblattes«, später Professor am Polytechnikum.

Dr. *Karl Eggers* (Barkhusen), Senator in Rostock.

Offiziere

Major *Blesson* (Carnot), Herausgeber einer militärischen Zeitschrift, während der Befreiungskriege oder in den unmittelbar folgenden Jahren Adjutant Blüchers. 1848 stand er, bis zum Zeughaussturm, an der Spitze der Berliner Bürgerwehr.

Hauptmann *von Glümer* (Archenholz), bei Ausbruch des siebziger Krieges Kommandierender der 13. (westfälischen), später, bei Nuits und an der Lisaine, Kommandierender der badischen Division.

Hauptmann *von Woyna,* bei Ausbruch des siebziger Krieges Generalmajor und Kommandierender der 38. (hannoverschen) Brigade.

Woldemar von Loos (Platen), Hauptmann im zweiten Garderegiment, später, gleich nach Etablierung des zweiten Kaiserreiches in Frankreich,
151 Militärattaché in Paris. Starb früh.

von Clausewitz (Cäsar), Hauptmann im zweiten Garderegiment.

Fritz von Gaudy (Zieten), Leutnant im Franz-Regiment, Halbbruder von Franz von Gaudy, fiel 1866 als Oberstleutnant im Franz-Regiment bei Alt-Rognitz.

Hermann von Etzel (Xenophon), Leutnant im Gardeschützenbataillon, Sohn des älteren (1813) und Bruder des jüngeren Generals von Etzel, Direktors der Kriegsakademie, welcher letztere 1866 bei Nechanitz (Königgrätz) die 16. Division kommandierte.

Fedor von Köppen (Wilamowitz), Leutnant, später Hauptmann im vierten Garderegiment.

Bernhard von Lepel (Schenkendorf), Leutnant im Kaiser-Franz-Regiment, später Major in der Garde-Landwehr.

Max Jähns, Leutnant in einem rheinischen Infanterieregiment, später Oberstleutnant. Militärschriftsteller.

Dichter, Berufsschriftsteller, Künstler

Moritz Graf Strachwitz (Götz von Berlichingen), gest. 1847 in Wien, auf der Rückreise von Italien. In einer Wiener Zeitung hieß es: »Er war erst 25 Jahre alt. Seiner Leiche folgte niemand als sein treuer Diener. Dichterlos.«

Emanuel Geibel (Bertran de Born).

Theodor Storm (Tannhäuser).

Christian Friedrich Scherenberg (Cook).

Paul Heyse (Hölty).

George Hesekiel (Claudius).

Baron Hugo von Blomberg (Maler Müller).

Heinrich Seidel (Frauenlob).

Felix Dahn.

Friedrich Drake.

Adolf Menzel (Rubens).

Richard Lucae (Schlüter).

Dr. *Alfred Woltmann* (Fernow).

Dr. *Bernhardi* (Leisewitz), ein Neffe Ludwig Tiecks und guter Literarhistoriker.

Dr. *Wollheim da Fonseca* (Byron), später nach Hamburg übersiedelt. 152

Dr. *Werner Hahn* (Cartesius), Literarhistoriker, später im Gegensatz zum »Bismarck-Hahn« (Geheimrat Ludwig Hahn) der Edda-Hahn geheißen, starb auf seinem kleinen Besitztum in Sakrow.

Heinrich Smidt (G. A. Bürger), Seenovellist, damals als »deutscher Marryat« gefeiert, starb als Bibliothekar im Kriegsministerium.

Louis Schneider (Campe, mit dem Zunamen der »Caraïbe«), Hofschauspieler, später Geheimer Hofrat und Vorleser König Friedrich Wilhelms IV.

Leo Goldammer (Hans Sachs), Bäckermeister und Dramatiker, später Magistratssekretär.

Wilhelm Taubert (Dittersdorf), Oberkapellmeister.

Hermann Weiß (Salvator Rosa), Geschichtsmaler, Professor der Kostümkunde, später Geheimer Regierungsrat und zweiter Vorstand in der Verwaltung des Zeughauses.

Arnold Ewald, Professor, Historienmaler.

Hermann Stilke, Professor, Historienmaler.

Theodor Hosemann (Hogarth), Genremaler.
Wilhelm Wolff (Peter Vischer), Bildhauer, der sogenannte »Tierwolf«.

Das waren während der vierziger und fünfziger Jahre die bemerkenswertesten Mitglieder des Vereins. Vielleicht fehlen einige, in welchem Fehlen sich keine Kritik aussprechen soll. Bei solchem Rückblick werden oft allerbeste vergessen. Aber auch, wie die Namen hier stehen, erweist der flüchtigste Blick, daß es eine sehr reputable Gesellschaft war, und nur wenige Dichtervereinigungen wird es in Deutschland gegeben haben, die Besseres zu bieten in der Lage waren. Über einzelne der vorstehend Aufgezählten werde ich eingehender zu sprechen haben. Ehe ich aber damit beginne, stehe hier noch einiges über den Tunnel als Ganzes, über seine Verfassung und seine »Statuten«, über seine Lokale, seine Sitzungen und seine Feste.

Zunächst die Verfassung. Diese war natürlich der ähnlicher Gesellschaften nachgebildet. Vorsitzender, Schriftführer, Kassierer, Bibliothekar und Archivar, alles war da, wie das herkömmlich ist, aber im einzelnen
153 zeigten sich Abweichungen; alles – wofür namentlich Saphir und Louis Schneider von Anfang an gesorgt hatten – war humoristisch zugeschnitten, vielleicht mit etwas zu gewolltem Humor. Denn diese genannten beiden waren zwar witzig, Saphir sogar *sehr,* aber der eine wie der andere war so wenig humoristisch wie möglich. Till Eulenspiegel bildete den Schutzpatron des Tunnels, eigentlich wohl mit Unrecht. Später sah man das auch ein, ließ es aber laufen, weil die Tradition es geheiligt hatte. Der Vorsitzende, der immer auf ein Jahr gewählt wurde, hieß nicht Vorsitzender oder Präsident, sondern das »Haupt«, noch genauer das »angebetete Haupt«. Sein Zepter war das Eulenzepter, ein etwas übermannshoher Stab, auf dessen oberem Ende eine vergoldete Eule thronte. Dieses Zepter war eine Art Heiligtum, aber ihm an Ansehen gleich oder fast noch überlegen war ein anderes Stück aus dem Tunnel-Krontresor: der »Stiefelknecht«, der, ich weiß nicht wie motiviert, die »unendliche Wehmut« oder den Weltschmerz symbolisieren sollte. Wie gesagt, so war es anfangs. Als man schließlich wahrnahm, daß die Tragkraft dieses Witzes nicht sehr bedeutend sei, kam der Stiefelknecht kaum noch zum Vorschein, ausgenommen bei ganz feierlichen Gelegenheiten, wo man der Ansicht sein mochte, daß er, wie ein alter Urgötze, gerade wegen seiner Unsinnigkeit anzurufen sei.

Natürlich waren auch »Statuten« da, deren Paragraphen mir übrigens nicht mehr gegenwärtig sind, zwei abgerechnet, beide gleich klug und weise. Der eine schrieb vor, daß jedes Tunnel-Mitglied einen Necknamen, einen Nom de guerre, haben müsse, der andere verbot jede politische Debatte. Beide Paragraphen haben sich durch volle fünfzig Jahre hin, von 1827 bis 1877 – von wo ab die Lebenskraft des Tunnels so gut wie verzehrt war – glänzend bewährt. Zunächst die besondere Namensgebung. *Ohne* diese wäre es überhaupt nicht gegangen, was sich aus der verschiedenen Lebensstellung der Mitglieder, von denen – wenigstens in den späteren Tunnel-Perioden – der eine General, der andere Fähnrich, der eine Minister, der andere Handlungsgehülfe war, leicht ergibt. Major Blesson, damals ein Sechziger, hieß Carnot, Leutnant von Etzel, damals zwanzig, hieß Xenophon. Als zwanzigjähriger Leutnant von Etzel war er dem sechzigjährigen Major Blesson gegenüber in einer höchst schwierigen Lage, als Xenophon aber konnte er Carnot, »dem Organisator 154
des Krieges«, sagen, was er wollte. – Mit dem Verbot der Politik lag es ebenso. Wie hätte sonst Minister von Mühler mit dem Kladderadatsch-Löwenstein auskommen wollen.

Der Tunnel, was nicht gleichgültig war und deshalb hier erwähnt werden mag, besaß auch ein nicht unbeträchtliches Vermögen, das sich aus den von jedem Mitgliede zu zahlenden Beiträgen angesammelt hatte. Louis Schneider, in allem ein Praktikus, legte der Existenz eines solchen Vermögens ein großes Gewicht bei und bezeichnete dasselbe als den »Reifen, der die Dauben des Fasses, wenn diese jemals Lust hätten, auseinanderzufallen, immer wieder zusammenhalten würde«. Das hat sich denn auch durch ein halbes Jahrhundert hin bewährt. Erst etwa vom Jahre 1880 an begann, trotz aller von Schneider getroffenen Vorkehrungen, ein Auseinanderfallen, und der Tunnel wurde Sage; dann verklang auch die. Was inzwischen aus dem ganzen Besitzstande, darunter auch Bibliothek und Archiv, geworden ist, weiß ich nicht. Dann und wann verlautet, »es gäbe noch einen ›Tunnel‹, der denn auch nach wie vor der Hüter all dieser Schätze sei«. Doch tritt er, wenn sein Dasein sich bestätigt, in vielleicht zu weitgehender Bescheidenheit, nie hervor.

Jede Sitzung wurde durch ein dreimaliges Aufstampfen mit dem Eulenzepter eröffnet, dann stellte das »Haupt« das Zeichen seiner Macht beiseite, und rechts den Schriftführer, links den Kassierer, bat er ersteren um Vorlesung des Protokolls der vorigen Sitzung. Diese Protokolle waren im richtigen Tunnel-Jargon abgefaßt und oft sehr witzig. Die weitaus besten waren die von Wilhelm von Merckel, weshalb dieser, mit kurzen Unterbrechungen, wohl durch länger als zwei Jahrzehnte hin immer wieder zum Schriftführer gewählt wurde. Merckel lebte ganz in diesen Dingen und blieb dadurch bis an seinen Tod eine Hauptstütze des Vereins. Dann und wann wurde das Protokoll auch beanstandet. Aber dies mußte durch einen Mann von Geist geschehen, nahm sich's ein anderer heraus, so ließ man ihn abfallen.

War das Protokoll erledigt, so stellte das Haupt die Frage: »Späne da?« Darunter verstand man die zum Vortrag bestimmten Beiträge – meist
155 Gedichte –, von denen jeder Beitrag schon vor Beginn der Sitzung entweder auf den Tisch des Hauses niedergelegt oder beim Schriftführer wenigstens angemeldet sein mußte. Wurde die Anfrage: »Sind Späne da?« bejaht, so stellte das Haupt die Reihenfolge für deren Vorlesung fest, und der Verfasser placierte sich nun an ein mit zwei Lichtern besetztes Tischchen, von dem aus der Vortrag stattzufinden hatte. Selten wurde gleich Beifall oder überhaupt ein Urteil laut. Das Gewöhnliche war, daß man in Schweigen verharrte. »Da sich niemand zum Wort meldet, so bitte ich Platen, seine Meinung sagen zu wollen.« Und nun sprach Platen (Hauptmann W. von Loos). Der auf diese Weise zur Meinungsäußerung Aufgeforderte war fast immer jemand, der als guter Kritiker galt, und nun folgte, wie dies überall der Fall, der bekannte Hammelsprung; alle sprangen nach, wenn nicht zufällig und meist sehr ausnahmsweise dieser oder jener den Mut hatte, der bestimmt abgegebenen Meinung ein bestimmtes anderes Urteil entgegenzusetzen. All das fand aber nur statt, wenn es sich um etwas »Reelles«, will also sagen um ein Gedicht von Scherenberg oder Lepel oder Eggers handelte; waren es »kleine Leute«, so wurden nicht viel Umstände gemacht und gleich ohne jede Motivierung zur Abstimmung geschritten. Die Tunnel-Schablone kannte nur vier Urteile: sehr gut, gut, schlecht und »verfehlt«. Letzteres war besonders beliebt. Von fünf Sachen waren immer vier verfehlt.

Der Tunnel-Jargon, wie hier gleich noch eingeschaltet werden mag, war von erheblicher Ausdehnung und jedenfalls weit davon entfernt, sich auf »Späne« – als Bezeichnung für Beiträge – zu beschränken. *Die* Mitglieder beispielsweise, die ganz unproduktiv waren, hießen »Klassiker«, die Produktiven dagegen »Makulaturen«. Die Gäste hießen »Runen«, womit wohl ausgedrückt sein sollte, daß sie was Geheimnisvolles hätten, daß man noch nicht recht Bescheid mit ihnen wisse. Die Sammelbüchse, die beim Schluß der Sitzung klingelbeutelartig umging, hieß »eiserner Fonds«.

Das Lokal für die Sitzungen wechselte ziemlich häufig, namentlich in den ersten Jahren. Später wurde man seßhafter, und drei dieser Lokale sind mir in Erinnerung geblieben: erst ein Hof- und Gartensalon in der Leipziger Straße, dann ein Vorderzimmer im »Englischen Hause«, zuletzt 156
– und durch viele Jahre hin – ein großer Saal im »Café Belvedere«, einem jetzt eingegangenen Etablissement neben Opernhaus und katholischer Kirche. Hier erhielten wir auch einen Bilderschmuck, ich weiß nicht mehr in welcher Veranlassung. Hugo von Blomberg und Professor Stilke malten ein ziemlich großes Wandbild, das dem Lokal, auch als der Tunnel sich nicht mehr darin versammelte, zur Erinnerung an alte Zeiten erhalten blieb. Ich habe es da noch öfter gesehen. Was inzwischen daraus geworden, vermag ich ebenfalls nicht mehr anzugeben, würde es aber beklagen, wenn es verlorengegangen sein sollte. Denn es veranschaulichte sehr gut ein Stück Alt-Berlin. Einiges steht mir noch deutlich vor der Seele. Blomberg selbst, bloß in Trikot und mit einer Schärpe darüber, stand als Jongleur auf zwei Pferden, wohl um seine Doppeltätigkeit als Maler und Dichter zu veranschaulichen. Rechts neben ihm saß ich, in einem Douglas- oder Percy-Kostüm auf einem Wiegenpferde, und hatte meine Lanze gegen einen anderen Ritter, wahrscheinlich einen Balladenkonkurrenten, eingelegt. Wer dieser andere war, weiß ich nicht mehr. Mir zur Seite stand Merckel. Der war damals »Haupt«, weshalb ihn Blomberg in pontificalibus dargestellt hatte: Frack, Eskarpins und ein breites Tunnel-Ordensband – en crachat – über die Brust. Es wirkte sehr gut, aber doch zugleich auch komisch und anzüglich, weil Merckel, von Natur schon klein, durch eine Laune des Malers noch spindeldürre Beinchen erhalten hatte. Glücklicherweise war Kugler seitens des Festkomitees zu nochmaliger Inspizierung des Bildes abbeordert worden und bestand auf Beseitigung der dünnen Beinchen. »Ja, wie das machen?« fragte Blomberg. – »Das ist *Ihre* Sache, *so* geht es nicht.« Und schließlich fand sich auch ein Ausweg. Blomberg malte ein Riesentintenfaß über die beanstandeten Beine weg, so daß nur die halbe Figur mit dem roten Crachat aus dem Tintenfaß herauswuchs.

Natürlich hatte der Tunnel auch seine Feste, die, gerade während der Zeit seiner Blüte, mit Regelmäßigkeit wiederkehrten: Faschingsfest, Stif-

tungsfest und ein Fest des Wettbewerbs oder der Preisdichtung. Letzteres
157 eine Art Sängerkrieg.

Das Faschingsfest bot meist nicht viel. An eines denke ich mit einer kleinen Verlegenheit zurück. Wir hatten in Gesellschaftsanzug zu erscheinen, aber uns zugleich mit einem Extrahemd auszurüsten, das, ich weiß nicht mehr auf welches Zeichen hin, plötzlich blusenartig angelegt und zum eigentlichen Kostüm des Abends werden sollte. Dieser Moment kam denn auch. Ich meinerseits mußte jedoch die ganze Sache nicht recht verstanden oder aber, durchaus irrtümlich, den Hauptzweck dieser Verkleidung in Anlegung eines büßerhaft »härenen Gewandes« erkannt haben; kurzum, ich hatte mich mit einem langen Nachthemd bewaffnet, das, weil kurz vorher erst aus der Truhe meiner Mutter hervorgegangen, noch ganz den Charakter frisch gewebter Alltagsleinewand und vor allem auch die damit verbundene Steifheit hatte. Dieser Zustand war mir nicht recht gegenwärtig, und als ich nun auf das gegebene Zeichen rasch und urkräftig mein Kommiß-Riesenhemd entfalten wollte, gab es einen dumpfen Knall, etwa wie wenn Dienstmädchen ein Tischtuch oder eine Bettdecke auseinanderschlagen, ein Knall, dem ein für mich etwas peinliches Lachen meiner Tunnel-Brüder auf dem Fuße folgte. Selbst die Artigsten stimmten mit ein. In Erwägung, daß sich's um eine Faschingssache handelte, konnte ich mich, wenn ich durchaus wollte, freilich als eine Art Sieger des Abends ansehen. Aber ich hätte diesen Sieg doch lieber nicht errungen.

Die Fastnachtsfeste verliefen meist mäßig, desto hübscher waren die *Stiftungsfeste*. Diese fielen, wenn ich nicht irre, auf den 3. Dezember. Dann waren nicht nur Gäste geladen, sondern auch die dem Tunnel längst untreu gewordenen »alten Herren« erschienen noch einmal wieder und waren jung mit den Jüngsten. Selbst Mühler, wie bereits erzählt, als er schon Jahr und Tag Minister war und die Zeiten von »Grad aus dem Wirtshaus« längst hinter sich hatte, fehlte dann selten und bezeugte die ihm durch allen Wandel der Zeiten treu gebliebene liebenswürdige Natur. In der das jedesmalige Stiftungsfest einleitenden Sitzung suchten alle durch »Späne« ihr Bestes zu tun, und bei Tische lösten sich neue und alte Lieder ab. Unter den alten stand das von Rudolf Löwenstein gedich-
158 tete Tunnel-Lied obenan, dessen erste Strophe lautet:

Zu London unter der Themse
Der mächtige Tunnel liegt,

Der Strom, scheu wie die Gemse,
Hin über die Tiefe fliegt …

Wir waren, wenn wir das sangen, immer in sehr gehobener Stimmung, beinahe gerührt, und noch in diesem Augenblick bezaubert mich ein gewisses Etwas in diesen vier Zeilen, trotzdem ich sie, nüchtern erwogen, sehr anfechtbar finde. Wer die Londoner Themse gesehen hat, wird ihr alles mögliche nachrühmen können, nur nicht den Gemsencharakter und die Scheuheit. Aber sonderbar, es gibt in der Poesie so viele Wendungen, die trotz ihrer Mängel, ja vielleicht um derselben willen, einen immer wieder lebhaft erfreuen und sozusagen »Jenseits von Gut und Böse« liegen.

Selbstverständlich, da der Tunnel auch Komponisten und Virtuosen zu seinen Mitgliedern zählte, kam es bei den Stiftungsfesten mehr als einmal zu musikalischen Aufführungen und Impromptus. Hierbei feierte vor allem Kapellmeister Taubert – Dittersdorf – seine Triumphe. Heinrich Seidel in seinem reizenden Buche »Von Perlin bis Berlin« hat über solche Klavierimprovisationen Wilhelm Tauberts berichtet. Es heißt da: »*Rothschild* und *Rossini* waren beinahe gleichzeitig gestorben, und ein Tunnelmitglied hatte ihnen bei der Festtafel einen witzigen Nachruf gehalten, indem er allerlei Parallelen zwischen diesen beiden großen ›R's‹ zog. Kaum war er damit fertig, so eilte Taubert an das Klavier, präludierte und begann eine entzückende Improvisation über die beiden Themen: ›Gold, ach Gold ist nur Schimäre‹ von Meyerbeer und Rossinis: ›Wünsche Ihnen wohl zu ruhen‹ aus dem Barbier von Sevilla. Es war entzückend, wie er die beiden Melodien durcheinanderflocht.«

Die Stiftungsfeste, wie gesagt, waren gut, aber unser Bestes waren doch die Preisausschreibungen, die *Wartburg-Sängerfeste,* trotzdem die Damen fehlten und die Kränze. Wir waren prosaischer und zahlten bar, nachdem eine kurze Zeitlang »Ehrenbecher« und dergleichen verliehen worden waren, was sich aber nicht als praktisch erwies. Ich meinerseits siegte
mehrere Male, bin dieser Siege jedoch, so sehr mich die Wettbewerbe 159
selbst interessierten, nie recht froh geworden. Einmal – die Forderung ging dahin, daß das zur Konkurrenz zuzulassende Gedicht einen »Gast« als Hauptfigur auftreten lassen müsse – gewann ich den Preis mit einer Ballade, die sich in meinen gesammelten Gedichten unter dem Titel »Lord Athol« vorfindet. Ich war aber über meine Siegesberechtigung selber so zweifelsvoll, daß ich, als am selben Tage noch für die gerade

damals in der Gründung begriffene Schiller-Stiftung gesammelt wurde, meinen ganzen Gewinn als erste Beisteuer einzahlte. Wieviel Renommisterei dabei mit im Spiele war, kann ich nachträglich nicht mehr feststellen.

Das war Anno 59, als schon die Geldpreise Sitte geworden waren. Aber auch schon vorher, als ich einen Ehrenbecher, ein wahres Monstrum von Häßlichkeit – ich besitze ihn noch – einheimste, mischten sich in meine Siegesfreude sehr widerstrebende Gefühle. Wer damals im Tunnel konkurrieren wollte, mußte seinen Beitrag anonym abliefern und hatte nur das Recht, auf einem beigelegten Zettel *den zu* verzeichnen, der sein Gedicht in öffentlicher Sitzung vorlesen sollte. Die besten Kräfte – wie sich später, nachdem die Namen bekanntgegeben wurden, herausstellte – hatten an dieser Konkurrenz teilgenommen: Eggers, Broemel (später in London), Kugler, Lepel, Heyse. Das Zünglein der Waage schwankte zwischen dem »Tag von Hemmingstedt« und dem »Tal des Espingo«, und »Hemmingstedt«, von mir herrührend, siegte schließlich. Das »Tal des Espingo« war von Heyse. Die Partei Heyse, zu der vor allem Kugler gehörte, verriet über diesen Ausgang keine Spur von Verstimmung, was ich schon damals bewunderte. Kontenance bewahren, wenn einen, wie dies bei jeder Lotterie der Fall ist, der blinde Zufall im Stich läßt, ist nicht allzu schwer; aber auch *da* nicht Empfindlichkeit zeigen, wo man seinen Anspruch auf Sieg beinahe beweisen kann, das vermag nicht jeder. Es steht mir jetzt fest, daß das »Tal des Espingo« das durchaus bessere Gedicht war, und auch damals schon regte sich etwas von dieser Erkennt-
160 nis in mir.

Zweites Kapitel

Mein Eintritt in den Tunnel. Graf Moritz Strachwitz

In diese vorgeschilderte Gesellschaft – Tunnel – trat ich, wie schon am Schluß des vorigen Abschnitts hervorgehoben, im Mai 1844 ein, wenige Wochen nach Beginn meiner Dienstzeit im Franz-Regiment. Bernhard von Lepel, schon längere Zeit Mitglied des Vereins, hatte mich in Vorschlag gebracht und die zur Aufnahme nötigen »Referenzen« gegeben. Ich wurde sehr freundlich begrüßt, erhielt meinen Tunnelnamen – *Lafontaine* – und hätte durchaus zufrieden sein können, wenn ich nur mit dem, was ich dichterisch zum besten gab, mehr oder doch wenigstens einen Erfolg gehabt hätte. Das wollte mir aber nicht gelingen. Meine ganze Lyrik, nicht viel anders wie während meiner voraufgegangenen Leipziger Tage, war, auch zu jener Zeit noch, auf Freiheit gestimmt oder streifte wenigstens das Freiheitliche, woran der Tunnel, der in solchen Dingen mit sich reden ließ, an und für sich nicht ernsten Anstoß nahm, aber doch mit Recht bemerkte, daß ich den Ton nicht recht träfe. »Sehen Sie«, hieß es eines Tages, »da ist der Rudolf Löwenstein; der schreibt auch dergleichen, aber doch wie ganz anders! « Das »Wie ganz anders« bezog sich besonders auf Löwensteins berühmt gewordenes Lied »Freifrau von Droste-Vischering«, das, als er es im Tunnel vorlas, einen ungeheuren Jubel hervorgerufen hatte, trotzdem, wie schon hervorgehoben, »Politisches« eigentlich verboten war.

Es ging mir also anfangs nicht allzu gut. Ganz allmählich aber fand ich mich zu Stoffen heran, die zum Tunnel sowohl wie zu mir selber besser paßten als das »Herweghsche«, für das ich bis dahin auf Kosten andrer Tendenzen und Ziele geschwärmt hatte. Dies für mich Bessere war der Geschichte, besonders der brandenburgischen, entlehnt, und eines Tages erschien ich mit einem Gedicht »Der Alte Derfflinger«, das nicht bloß einschlug, sondern mich für die Zukunft etablierte. Heinrich von Mühler, damals noch ein ziemlich regelmäßiger Besucher des Tunnels, sagte mir das denkbar Schmeichelhafteste, wiederholte sogar Stellen, die sich ihm gleich eingeprägt hatten, und blieb mir, von Stund' an, 161
durch alle Wandlungen hin zugetan. Ich ließ alsbald diesem »Alten Derfflinger« eine ganze Reihe verwandter patriotischer Dichtungen im Volksliedton folgen und erzielte mit einem derselben, dem »Alten Zieten«, eine Zustimmung – auch im Publikum –, die weit über die bis dahin gehabten Erfolge hinausging. Ich glaube aber doch, daß der »Alte Derfflinger«, der den Reigen eröffnete, gelungener ist als der »Alte Zieten« und all die übrigen. Der erste Wurf ist immer der beste.

Diese patriotischen Gedichte fielen in das Jahr 1846. Zwei Jahre später sorgten die Zeitereignisse, bei mir wenigstens, für einen kleinen Rückfall in das schon überwunden geglaubte »Freiheitliche«, doch war der dabei von mir angestimmte Ton ein sehr andrer geworden. Alles Bombastische war abgestreift und an die Stelle davon ein übermütiger Bummelton getreten. Eins dieser Gedichte, darin ich meine Braut zur Auswandrung nach Südamerika – natürlich nicht allzu ernsthaft gemeint – aufforderte, lass' ich als eine Stilprobe hier folgen:

Liebchen, komm, vor dieser Zeit, der schweren,
Schutz zu suchen in den Kordilleren,
Aus der Anden ew'gem Felsentor
Tritt vielleicht noch kein Konstabler vor.

Statt der Savignys und statt der Uhden
Üben dort Justiz die Botokuden,
Und durchs Nasenbein der goldne Ring
Trägt sich leichter als von Bodelschwingh.

Ohne Wühler dort und Agitator
Frißt uns höchstens mal ein Alligator,
Schlöffel Vater und selbst Schlöffel Sohn
Respektieren noch den Maranon.

Dort kein Pieper, dort kein Kiolbassa,
Statt der Darlehnsscheine Gold in Kassa,
Und in Quito oder Santa Fé
162 Nichts von volksbeglückender Idee.

Laß die Klänge Don Juans und Zampas,
Hufgestampfe lockt uns in die Pampas,
Und die Rosse dort, des Reiters wert,
Sichern dich vor Rellstabs Musenpferd.

Komm, o komm; den heimatlichen Bettel
Werfen wir vom Popokatepettel,
Und dem Kreischen nur des Kakadu
Hören wir am Titicaca zu.

Ein einziger Tunnelianer, Baron Wimpffen (Fouqué), wollte von diesem Übermut nichts wissen und wies sogar auf die Statuten hin, »die derlei Dinge verböten«; er fiel aber damit total ab, und zwar am meisten bei den Konservativen und Altministeriellen, bei Merckel, Lepel, Friedberg, die sich das Gedicht mitnahmen und es am selben Abend noch beim alten Minister von Mühler – dem Justizminister, Vater des Kultusministers – vorlasen.

Das war im Sommer 1848. In demselben Jahre noch, ich weiß nicht mehr in welcher Veranlassung, kamen mir Bischof Percys »Reliques of ancient English poetry« und bald danach auch Walter Scotts »Minstrelsy of the Scottish border« in die Hände, zwei Bücher, die auf Jahre hin meine Richtung und meinen Geschmack bestimmten. Aber mehr als der mir aus ihnen gewordene literarische und fast möchte ich sagen Lebensgewinn gilt mir der unmittelbare *Genuß,* den ich von ihnen gehabt habe. Sachen sind darunter, wie zum Beispiel »Der Aufstand in Northumberland« – zwei längere Balladen aus der Zeit der Königin Elisabeth –, die mich noch heute mit Entzücken erfüllen, worin sich freilich immer eine leise Mißstimmung darüber mischt, daß ich über diese, meiner Gedichtsammlung angefügten herrlichen Sachen niemals auch nur ein sie bloß kurz erwähnendes Wort gehöre habe, was sie doch am Ende verdienen. Über das, was man bloß übersetzt hat, kann man allenfalls so sprechen.

Ich gehörte dem Tunnel unausgesetzt ein Jahrzehnt lang an und war während dieser Zeit, neben Scherenberg, Hesekiel und Heinrich Smidt,
das wohl am meisten beisteuernde Mitglied des Vereins. Die große 163
Mehrzahl meiner aus der preußischen, aber mehr noch aus der englisch-schottischen Geschichte genommenen Balladen entstammt jener Zeit, und manche glückliche Stunde knüpft sich daran. Die glücklichste war, als ich – ich glaube bei Gelegenheit des Stiftungsfestes von 1853 oder 54 – meinen »Archibald Douglas« vortragen durfte. Der Jubel war groß. Nur einer ärgerte sich und sagte: »Ja, wer so vorlesen kann, der muß siegen.« Der betreffende Neidhammel versah es aber damit total, und statt mich zu deprimieren, hob er mich umgekehrt in meinem Glücke nur noch auf eine höhere Stufe. Für gewöhnlich nämlich hieß es, ich läse meine Sachen so furchtbar schlecht, so pathetisch und so monoton vor, daß ich mir alles immer selbst verdürbe. Und nun war ich mit einemmal auch als Vorleser proklamiert! Das tat mir ganz besonders wohl. Über das »andre« war ich immer weniger in Sorge.

Im Sommer 1855 verließ ich Berlin und war jahrelang fort. Als ich dann später wieder eintrat, war ich dem Tunnel entfremdet und nahm nur sehr selten noch an seinen Sitzungen teil. Zuletzt schlief es ganz ein. Ob *ich* mich oder ob sich der Tunnel verändert hatte – ich weiß es nicht; aber das letztere will mir das Wahrscheinlichere bedünken.

Ich wende mich nun in diesem und einer ganzen Reihe folgender Kapitel den einzelnen Mitgliedern des Tunnels zu, die nach Namen und Beruf

schon eingangs von mir aufgezählt wurden. Über einige, Scherenberg, Friedberg, Widmann, Orelli, Schramm, habe ich schon vor Jahren in meinem Buche: »Christian Friedrich Scherenberg« gesprochen, weshalb alle diese hier übergangen werden sollen. In betreff anderer, was ich hier auch vorauszuschicken habe, könnte es freilich auffallen, daß ich Berühmtheiten – fast mit alleiniger Ausnahme von Storm – verhältnismäßig kurz, Unberühmtere dagegen oder selbst völlig ungekannt Gebliebene mit einer gewissen Ausführlichkeit behandelt habe[5]. Manchem wird dies
164 als eine Willkürlichkeit erscheinen. Ich bin aber durchaus wohlüberlegt dabei verfahren, davon ausgehend, daß die Berühmtheiten, sei's in eignen Memoiren, sei's in Kunst- und Literaturgeschichten, unter allen Umständen auf ihre Rechnung kommen, während die mit geringeren Chancen Ausgerüsteten um ebendeshalb hier einen Voranspruch erheben dürfen.

Ich beginne mit einer Berühmtheit, mit

5 Der den verschiedenen Personen zugeteilte Raum ist also sehr verschieden bemessen; aber ob kurz oder lang, überall bin ich darauf aus gewesen, *mehr das Menschliche als das Literarische zu betonen.* Daher die vielen kleinen Anekdoten und Geschichten, die sich allerorten eingestreut finden. Ich mag darin an mehr als einer Stelle zu weit gegangen sein; aber auch wenn dies der Fall sein sollte, scheint mir ein solches Zuviel immer noch ein Vorzug gegen die bloße Kunstbetrachtung. Wer diese haben will, leistet sich dies am besten selbst, wenn er an die ja jedem zugänglichen Werke mit eigenem Auge und Urteil herantritt. Also, so sagte ich, ich habe das *Menschliche* betont, was andeuten soll, ich bin an *Schwächen,* Sonderbarkeiten und selbst Ridikülismen nicht vorbeigegangen. All dergleichen gehört nun einmal mit dazu. »Das protestantische Volk« – so schrieb ich an anderer Stelle – »verlangt eben keine Heiligen und Idealgestalten, eher das Gegenteil; es verlangt Menschen, und alle seine Lieblingsfiguren: Friedrich Wilhelm I., der große König, Seydlitz, Blücher, York, Wrangel, Prinz Friedrich Karl, Bismarck sind nach einer bestimmten Seite hin, und oft nach mehr als *einer* Seite hin, sehr angreifbar gewesen. Der Hinweis auf ihre schwachen Punkte hat aber noch keinem von ihnen geschadet. Gestalten wie Moltke bilden ganz und gar die Ausnahme, weshalb auch die Moltke-Begeisterung vorwiegend eine Moltke-Bewunderung ist und mehr aus dem Kopf als aus dem Herzen stammt.«

Graf Strachwitz

Graf *Moritz Strachwitz.* Strachwitz – Götz von Berlichingen – war, als ich in den Sonntagsverein eintrat, schon in seine Heimatprovinz Schlesien zurückgekehrt, aber er lebte noch unter den Tunnel-Leuten, und wo drei zusammen waren, da war er Gegenstand der Unterhaltung. Wie sich in den letzten dreißig Jahren innerhalb des Tunnels alles um Scherenberg drehte, so während der kurzen Epoche von etwa 1840 bis 1843 alles um Strachwitz. Er war zu genannter Zeit nicht bloß Mittelpunkt des Vereins, sondern zugleich auch aller Stolz und Liebling. Nach allem, was ich über ihn, namentlich aus Bernhard von Lepels Munde, gehört habe, lag zu dieser ihm eingeräumten Stellung auch die vollste Berechtigung vor, denn er zählte zu den immer nur dünn Gesäten, die nicht bloß Dichter *sind,* sondern auch so *wirken.* Er war wie seine Lieder: jung, frisch, gesund, ein wenig übermütig, aber der Übermut wieder gesänftigt durch Humor und Herzensgüte. So kam es, daß nicht bloß 165
ein engerer, sich aus Mühler, Friedberg, Merckel, Lepel, von Loos, Baron Budberg und Graf Henckel zusammensetzender Kreis dem in der Ferne Weilenden eine große Liebe bewahrte, sondern daß auch das Tunnel-Gros d'armée: Studenten und junge Kaufleute, von gleicher Anhänglichkeit erfüllt waren. Und von solcher Anhänglichkeit erfüllt erwies sich auch Strachwitz selbst, der seine Beziehungen nicht ohne weiteres abbrach, sondern brieflich im Verkehr mit dem Tunnel blieb. Er schickte Neues mit einer gewissen Regelmäßigkeit ein, und die Vorlesung davon nahm mehr als eine Sitzung in Anspruch. Dies setzte sich durch geraume Zeit hin fort, und wenn ich nicht irre, kamen auch die schönen Terzinen – sie bilden einen Zyklus –, die den Gesamttitel »*Venedig*« führen und das letzte sind, was er geschrieben hat, im Tunnel zum Vortrag.

Die fortdauernde Begeisterung für ihn äußerte sich auch darin, daß viel aus ihm zitiert wurde, was mir alsbald die Verpflichtung auferlegte, mich ebenfalls mit seinen mir bis dahin fremd gebliebenen Sachen bekanntzumachen. Ich lernte denn auch »Nun grüße dich Gott, Frau Minne«, den »Gefangenen Admiral«, die »Jagd des Moguls« etc. auswendig und war bald einer der Eifrigsten in der Strachwitz-Gemeinde. Daß ich – wie mir's sonst wohl mit meinen literarischen Jugendlieben geht – bei diesem Eifer ausgedauert hätte, kann ich freilich nicht sagen. Ich hielt etwa zwanzig Jahre lang enthusiastisch daran fest, aber seit etwa einem Menschenalter ist mir der Sinn für das Strachwitzische doch mehr oder weniger verlorengegangen. Es ist alles sehr talentvoll und besonders sehr klangvoll, aber zugleich tritt es doch zu pausbackig auf und hat viel weniger von Originalität, als es mir vordem erschien. Es ist alles virtuos Freiligrathisch gehalten, noch mehr aber darf man ihn einen auf die Kehrseite gefallenen Herwegh nennen. Was Herwegh demokratisch vorsang, sang Strachwitz aristokratisch nach. Der Grundton, natürlich nur auf das rein Dichterische hin angesehen, ist sehr verwandt.

Ich würde mit diesem Bekenntnis hier wahrscheinlich zurückgehalten haben, wenn ich nicht *einem* der Strachwitz'schen Gedichte meine Treue
166 bewahrt hätte, und zwar so ganz und so stark, daß dadurch alle meine Untreue gegen ihn wieder aufgewogen wird. Um *eines* Stückes willen geliebt werden, aber nun auch gründlich, ist das Schönste, was einem Dichter zuteil werden kann. Ich brauche bloß Bürger und seine »Lenore« zu nennen. Da kann nichts gegen an. Ähnlich liegt es mit Strachwitz und seinem »Herz von Douglas«. Es zählt zu dem Schönsten, was wir überhaupt haben, und wenn ich mir dann vergegenwärtige, daß der Tunnel *zwei* solcher Prachtgedichte hervorgebracht hat, erst den »Verlornen Sohn« von Scherenberg – ein Gedicht, das den ganzen übrigen Scherenberg aufwiegt – und dann das »Herz von Douglas«, so darf man sagen: »Dieser Tunnel hat nicht umsonst gelebt.«

Ich kann der Versuchung nicht widerstehen, hier bei dieser leider viel zuwenig bekannt gewordenen Strachwitz'schen Ballade noch einen Augenblick zu verweilen. König Robert Bruce liegt im Sterben, und weil er ein am Tage von Bannockburn von ihm geleistetes Gelübde, »gen Jerusalem zu ziehen«, nicht erfüllen konnte – »Es hat, wer Schottland bändigen will, Zum Pilgern wenig Zeit« –, so will er sich mit Gott dadurch versöhnen, daß sein *Herz* nach Jerusalem gebracht und dort bestattet werden solle, »damit es ruhig sei«. Zu diesem Zwecke läßt er denn auch durch einen seiner Boten den auf einem alten Douglas-Schlosse sitzenden Lord Douglas herbeirufen … Und nun reiten beide, der Lord und der Bote, durch die Nacht hin zu dem sterbenden König.

Sie ritten vierzig Meilen fast,
Und sprachen Worte nicht vier,
Und als sie kamen vor Königs Palast,
Da bluteten Sporn und Tier …

Und nun tut der sterbende König dem Douglas seinen letzten Willen,
»daß sein Herz nach Jerusalem gebracht werde«, kund, und der Lord,
als der König in selber Nacht noch hingeschieden, nimmt alsbald das
Herz des Königs und tut es »in roten Sammt und gelbes Gold« und
bricht auf. Aber ehe er Jerusalem und das heilige Grab erreichen kann,
sieht er sich in der Wüste von speerwerfendem und »Allah!« rufendem
Reitervolk angegriffen, und als ihm klar wird, daß sein Häuflein unter- 167
liegen und das Herz nicht die heilige Stätte finden werde, greift er zu
dem letzten Mittel und wirft das Herz des Königs mitten in die Feinde
hinein. Und nun beginnt ein Anstürmen, um das unter die Heiden ge-
worfene Herz ihres Königs wiederzugewinnen.

Von den Heiden allen, durch Gottes Huld,
Entrann nicht Mann noch Pferd,
Kurz ist die schottische Geduld
Und lang ein schottisches Schwert.

Doch wo am dicksten ringsumher
Die Feinde lagen im Sand,
Da hatte ein falscher Heidenspeer
Dem Douglas das Herz durchrannt.

Und er schlief mit klaffendem Kettenhemd,
Und aus war Stolz und Schmerz,
Doch unter dem Schilde festgeklemmt
Lag König Roberts Herz.

Ich habe das immer wunderschön gefunden und find' es noch so bis diesen Tag, und daß es trotzdem so wenig volkstümlich geworden, das hängt mit unserer Anthologie-Fabrikationsmethode zusammen. Ein paar Ausnahmen gern zugegeben, schnappt es in diesen Sammelwerken immer mit Uhland und Umgegend ab. Und das nicht etwa, weil nichts anderes da wäre, sondern bloß, weil mit einer bequemen Tradition nicht gebrochen werden soll.

Ich darf dies aussprechen, weil ich – ein besonderes Glück – persönlich
unter diesem Verfahren nicht zu leiden gehabt habe. 168

Drittes Kapitel

Franz Kugler. Paul Heyse. Friedrich Eggers. Richard Lucae. Wollheim da Fonseca

Franz Kugler, Paul Heyse, Friedrich Eggers, diese drei ruhten, auf den »Verein« hin angesehen, zur Zeit meines Eintrittes in den Tunnel noch in der »Zukunft Schoß«. Kugler wurde erst nach den Märztagen Mitglied, Eggers etwas früher. Heyse noch später als Kugler. Sie bildeten eine bestimmte Gruppe, die »Kugler-Gruppe«, die bis zu Heyses Abgang nach München – Herbst 1854 – eines großen Ansehens genoß, aber es trotzdem zu keinem rechten Wurzelschlagen im Tunnel-Herzen brachte, was übrigens auch kaum wundernehmen durfte. Sie hatten, vom Talent ganz abgesehen, viele Tugenden, aber gerade diese Tugenden erschwerten ein herzliches Einvernehmen; sie waren zu fein, zu professorlich, zu *sehr auf sich selbst gestellt.* Letzteres war wohl ausschlaggebend. Jede Gesellschaft verlangt vom einzelnen ein gewisses Aufgehen in den Ton, der eben herrscht, und wo dies Aufgehen ausbleibt, wo der berühmte – hier freilich nur drei Mitglieder zählende – »Staat im Staate« sich bildet, da kann von Einleben oder gar Intimität keine Rede sein. Ich komme darauf zurück.

Franz Kugler

Franz Kugler, geboren 1808, war in seinen Tunnel-Tagen erst ein angehender Vierziger. Warum wir ihn trotzdem den »alten Kugler« nannten, weiß ich nicht recht, denn stattlich, grad aufrecht, von blühender Gesichtsfarbe, war der Eindruck, den er machte, eher jugendlich. Vielleicht war sein Sokrateskopf schuld, daß wir ihn an Jahren ohne weiteres erhöhten. Er hatte sehr früh Karriere gemacht und war zu der Zeit, von der ich hier spreche, schon Vortragender Rat im Kultusministerium, wenn ich nicht irre als Nachfolger von Eichendorff. Immer artig, immer maßvoll, immer die Tragweite seiner Worte wägend, kam in seinem Wesen etwas spezifisch Geheimrätliches, etwas altfränkisches Goethisches zum Ausdruck, das dem Tunnel-Ton widersprach und um so mehr Be-
169 denken wachrief, als, der Altadligen ganz zu geschweigen, auch die verschiedentlich vorhandenen Minister- und Oberpräsidentensöhne – die dann später berufen waren, selber in hohe Stellungen einzurücken –

keine Spur davon an sich hatten. So kam es, daß Kugler immer Gegenstand eines ihm halb verdrießlich entgegengebrachten Respektes war, immer ein halber Fremdling. Er empfand dies auch und hätte, bei dem Freundschafts- und Liebesbedürfnis, das er hatte, gewiß viel darum gegeben, dies ändern zu können; aber das war ihm nicht möglich. So liebevoll und edlen Herzens er war, so steif und scheu war er, wenigstens da, wo's zu repräsentieren galt. Daß er andernorts auch anders sein konnte, davon erzähl' ich weiterhin.

Er war, durch Jahre hin, teils um seiner selbst, aber wohl mehr noch um Heyses willen, dessen Aufblühen er mit fast väterlicher Liebe verfolgte, ein ziemlich regelmäßiger Besucher des Tunnels, der ihm manche Beisteuer verdankte, Beisteuern, über die die verschiedenen Jahrgänge der »Argo«, eines Jahrbuches, das von 1854 bis 1857 erschien, wohl am besten Auskunft geben dürften. Ob all das in dem Jahrbuch Erschienene – das, von mehreren kunst- und literaturgeschichtlichen Untersuchungen abgesehen, die für die Kuglersche Produktion ganz charakteristischen Überschriften: »Kleopatra«, »Cyrus (ein Fragment)«, »Friede«, »Das Opfer«, »Götterjugend« etc. trug –, ob all diese Sachen im damaligen Tunnel zur Vorlesung gekommen sind, vermag ich nicht mehr mit Sicherheit festzustellen. Aber wenn es geschehen, wie höchst wahrscheinlich, so läßt sich aus den bloßen Titeln schon schließen, daß an eine große Wirkung nicht zu denken war. Strachwitz mit der »Jagd des Moguls« oder Scherenberg mit seinem »Zechlied der Fremdenlegion« oder Lepel mit der dänisch-schleswigschen Gruselballade von »König Erich und Herzog Abel« konnten den Tunnel packen; aber mit »Götterjugend« oder »Cyrus, ein Fragment«, war kein Erfolg einzuheimsen. Aus so feinen Leuten der Tunnel bestand, so waren sie doch nicht fein genug, vom Stoff absehen und eine Sache lediglich um ihrer Kunstform willen würdigen zu können. Vornehme Lyrik versagte deshalb überhaupt, und war sie nun gar »klassisch«, so schon mit Sicherheit.

Unter den mannigfachen Sachen, die Kugler während seiner zehnjäh- 170
rigen Mitgliedschaft zu Nutz und Frommen des Tunnels beisteuerte, waren aber, außer den vorgenannten kleineren Arbeiten, auch größere: Dramen und Novellen.

Von den Dramen, um zunächst von diesen zu sprechen, kamen: »Jacobäa«, »Die tatarische Gesandtschaft«, »Doge und Dogaressa«, szenenweise wohl auch »Pertinax« zur Vorlesung und begegneten dabei demselben nüchternen Respekt, der ihnen – ziemlich um dieselbe Zeit –

auch auf der Bühne zuteil wurde. Große Wirkungen hervorzurufen, war ihm überhaupt nicht vergönnt; über einen Succès d'estime kam er nie recht hinaus, und was ihn mehr noch als diese halben Erfolge, die doch zugleich auch halbe Mißerfolge waren, schmerzen mußte, das waren die beständigen Nadelstiche, die, solang er mit dem Theater zu tun hatte, nicht ausbleiben wollten. Einmal waren es die Schauspieler, einmal die Verwaltungen. Er mochte sich durch sein Ministerialamt, das ihm, in Kunst- und speziell auch Theaterangelegenheiten, eine Art offizieller Autorität gab, gegen Unliebsamkeiten geschützt glauben; aber da kannte er die Theaterleute schlecht, für die, ganz im Gegenteil, die Vorstellung, »das ist ein Kunst-Geheimrat«, nur etwas Herausforderndes hatte. Seine stets würdige Haltung verdarb es vollends. Eines Tages, als sein Trauerspiel »Doge und Dogaressa« einstudiert werden sollte, war er zugegen und ging gleich bei der ersten Probe von Wünschen zu Ratschlägen über, was die schon vorhandene flaue Stimmung nicht besserte. Zum Unglück traf es sich auch noch, daß mitten in einer wichtigen Szene dem berühmten schönen Hendrichs, der natürlich eine Hauptrolle hatte, sein Spazierstöckchen, mit dem er während des Spiels beständig umherfuchtelte, aus der Hand glitt und nicht bloß zu Boden, sondern durch einen ziemlich breiten Spalt im Podium auch noch in die Versenkung hinabfiel. Sofort geriet alles ins Stocken. Hendrichs erklärte rund heraus, daß er ohne das Stöckchen nicht weiterspielen könne, sah sich dabei – vielleicht aus Schändlichkeit gegen den Geheimrat und Dichter – von seinen Kollegen unterstützt, und so stieg man denn unter Hendrichs' persönlicher Führung in den Kellerorkus hinunter, um da die Badine zu suchen. Erst als
171 diese wieder da war, konnte das Spiel fortgesetzt werden.

Aber es kam noch schlimmer. An die Stelle des 1851 aus seinem Amt scheidenden Herrn von Küstner war Herr von Hülsen Theaterintendant geworden, der – vollkommener Kavalier, der er im übrigen sein mochte – doch vor allem in der Absicht, »wieder Ordnung zu schaffen«, ins Amt getreten war, unter welcher Vorgabe sich denn auch Kugler eines Tages benachrichtigt sah, »daß ihm, statt der bisher bewilligten zwei Parkettbillets, fernerhin nur *eins* zur Verfügung gestellt werden könne«. Vielleicht war der neue, mancherlei Mißbräuche vorfindende Generalintendant zu solcher Strenge berechtigt; aber daß er dies Einschränkungsprinzip auch auf einen Mann ausdehnte, der in seiner amtlichen Eigenschaft nicht nur über Theaterdinge Beschlüsse zu fassen, sondern auch vieles bereits in andere Wege geleitet hatte – *das* war einfach ein Affront, und zwar ein ganz überlegter. Die neue Generalintendanz hatte sich in ihrer Unabhängigkeit legitimieren und der bloß *ministeriellen Halb-Autorität* gegenüber ihren *hofamtlichen* Charakter betonen, vielleicht auch der Zumutung, es mit etwaigen neuen Kuglerschen Dramen zu versuchen, ein für allemal einen Riegel vorschieben wollen.

Ich sagte schon, daß außer den Dramen auch Kuglersche Novellen im Tunnel zum Vortrag kamen. Mit diesen war er etwas glücklicher. Das galt besonders von einer kulturhistorischen Novelle, die den Titel »*Chlodosinda*« führte. Schauplatz das westgotische Spanien ums Jahr 660. Kugler hat hier das Bild einer weit zurückliegenden Zeit in Briefen vor uns entrollt. Ob er daran recht tat, stehe dahin. Es hat Vorzüge, noch mehr Nachteile. »Dem allzeit hochgeliebten und seines apostolischen Sitzes höchst würdigen Herrn Nicasius entbietet Veranus, Archipresbyter der ruhmreichen Kathedralkirche zu Toletum, in demutvoller Freundschaft seinen Gruß.« So beginnt es. Veranus erzählt nun seinem in Narbona (Narbonne) residierenden Bischofe Nicasius die politischen und Liebesintrigen am Hofe von Toledo. Chintila ist König, aber todkrank; wenn er heimgeht, wird der junge Tulga König werden, was nur erwünscht sein kann, weil seine Mutter Ingundis, die dann regieren wird, der Kirche treu ergeben ist. Es kommt aber anders. Der junge Tulga, König geworden, emanzipiert sich von dem Einfluß seiner Mutter sowohl 172
wie von dem der gesamten Klerisei, weil er inzwischen eine große Leidenschaft zu *Chlodosinda* gefaßt hat, einer heidnischen Heroine, die der Kirche feindlich gegenübersteht. Wie selbstverständlich siegt die Kirche; die Schönheitsmacht Chlodosindas wird zu Hexerei gestempelt, und sie selbst, nachdem sie durch eine Feuer- und Wasserprobe gegangen, als Zauberweib verbrannt. Aber sie reißt nicht bloß Tulga, sondern die ganze Dynastie mit in ihr Verderben, ja, zuletzt auch noch den die Briefe nach Narbona schreibenden Archipresbyter Veranus, der, am Tode Chlodosindas schuld, zugleich von leidenschaftlicher Liebe zu ihr erfaßt, in einem ihm eine letzte Zuflucht gewährenden Bergkloster seinem Schicksal erliegt. Der Prior dieses Klosters, den Tod des Archipresbyters nach Narbona hin meldend, schreibt uns den letzten Bericht. All dies, trotz des mönchischen Kurialstils – an einzelnen Stellen sogar um desselben willen –, ist nicht ohne Wirkung und darf jedenfalls als ausgezeichnete künstlerische Arbeit gelten, trotzdem auch hier wieder, wie das immer Kuglers Schicksal war, von seiten des Publikums mehr die Schwächen als die Schönheiten empfunden wurden.

In unseren Tagen, wo Scheffel, Dahn, Ebers den Weg für ein Vorgehen auf diesem oder ähnlichem Gebiete geebnet haben, würde er einer lebhafteren Anerkennung begegnet sein. Damals lag es ungünstiger. Es blieb auch hier wieder im wesentlichen bei einem Halberfolge, was den Verfasser, der sich seines Wertes wohl bewußt war, mit einem schmerzlichen Gefühl erfüllte. Er hätte, glaub' ich, seinen Kunsthistorikerruhm gern hingegeben, wenn er einen großen Dichtererfolg dafür hätte eintauschen können.

Kuglers literarische Stellung im Tunnel, um eine schon eingangs gemachte Bemerkung zu wiederholen, war bei allem Respekt nicht hervorragend, und eine seinem ganzen Wesen anhaftende Steifheit ließ es auch im persönlichen Verkehr mit ihm zu keiner rechten Annäherung kommen. Aber das alles traf nur dem ganz- oder halboffiziellen Kugler gegenüber zu, in seiner Familie war er die Liebenswürdigkeit selbst, und zu meinen besten, damals in Berlin verlebten Stunden zählen die im
173 Kuglerschen Hause.

Dies Haus, das, wenn ich nicht irre, dem alten Kammergerichtsrat Hitzig, dem Freunde von E. T. A. Hoffmann gehört hatte, lag am Südende der Friedrichstraße, nahe dem Belle-Alliance-Platz, und umschloß, klein wie es war, nur drei Familien. Im Erdgeschosse wohnten zwei Fräulein Piaste, wahrscheinlich Muhmen aus alten Tagen her, im ersten Stock General Baeyer, im zweiten – Mansarde – Franz Kugler, der sich 1833 oder 1834 mit der jüngsten Hitzigschen Tochter, einer vielumworbenen und besungenen Schönheit, verheiratet hatte. Mehr als eins der Geibelschen Lieder ist an sie gerichtet. Ihrer Schönheit entsprach ihre Liebenswürdigkeit und ihrer Liebenswürdigkeit der feine Sinn und Geschmack, mit dem sie Räume von äußerster Einfachheit in etwas durchaus Eigenartiges umzugestalten gewußt hatte. Da, wo die weit vorspringenden Mansardenfenster ohnehin schon kleine lauschige Winkel schufen, waren Efeuwände aufgestellt, die, sich rechtwinklig bis mitten in die Stube schiebend, das große Zimmer in drei, vier Teile gliederten, was einen ungemein anheimelnden Eindruck machte. Man konnte sich, während man im Zusammenhang mit dem Ganzen blieb, immer zurückziehen und jedem was ins Ohr flüstern. An gesellschaftlichen Hochverrat dachte dabei keiner.

So sah es in dem »Kuglerschen Salon« aus, an den ich, wenn ich wegen meiner eigenen mehr als einfachen Wohnräume gelegentlich bespöttelt werde, zurückzudenken häufig Gelegenheit habe. »Was wollt Ihr?« frage ich dann wohl. »Ihr müßt mir diesen Zuschnitt schon lassen. Seht, da war mein väterlicher Freund Franz Kugler, der war ein Geheimrat und eine Kunstgröße und wohnte womöglich noch primitiver als ich. Und doch, ich habe da die schönsten Stunden verbracht, schöner als in manchem Schloß. Und nun gar erst als in mancher modernen Stuckbude. Laßt mich also ruhig. Es kommt wirklich auf was anderes an.«

Ja, auf was anderes kommt es an. Was einem Hause Wert leiht, das ist das Leben darin, der Geist, der alles adelt, schön macht, heiter verklärt. Und dieser Geist war in dem Kuglerschen Hause lebendig. Was steigt da nicht alles vor mir herauf, welche Fülle der Gesichte! Da war der alte Generalsuperintendent Ritschtl, evangelischer Bischof von Pommern, 174
Geheimrat von Quast, der »Konservator«, Geheimrat Hitzig – Bruder der Frau Kugler –, Professor Strack, der Architekt, Professor Drake, dazu junge Künstler, Dichter und Gelehrte: Storm, Otto Gildemeister, Jakob Burckhardt (Basel), Lucae, Roquette, Felix Dahn, Zöllner, Wilhelm Lübke.

Von den Abenden, wo Storm Gast war, erzähl' ich an anderer Stelle; Lübke, damals noch ganz jung, erschien, von Eggers und Zöllner eingeführt, in Papiervatermördern, die damals noch nicht elegant-fabrikmäßig hergestellt, sondern in jedem Einzelfall aus steifem Papier ausgeschnitten wurden. Der Unglückliche litt furchtbar, physisch und moralisch, weil ihn nicht nur die Papierspitzen stachen, sondern auch das minderwertige Aushülfematerial von dem scharfen Auge der Damen erkannt worden war. Einmal gab es auch eine kleine Gesellschaft, Eichendorff zu Ehren, und Paul Heyse, damals kaum zweiundzwanzig, hielt ihm eine improvisierte Toastansprache in Versen. Er war so erregt dabei, daß ich durch den zwischen uns befindlichen Tischfuß sein Zittern fühlte. – Jener Eichendorff-Abend verlief im engsten Zirkel. Aber auch wenn große Gesellschaft war, mußte der bescheidene Raum ausreichen, so beispielsweise, wenn an dem einen oder anderen Geburtstag Kuglersche Stücke gespielt oder, bei noch feierlicheren Gelegenheiten, Polterabendaufführungen inszeniert wurden. So vor allem bei Heyses Hochzeit im Herbst 1854.

Das waren die Feste, mal große, mal kleine, für die der »Salon« der Frau Clara den Schauplatz bot. Aber schöner als diese Feste waren die Stunden, die nichts vor einem erschlossen als ein alltägliches Leben, das doch wiederum kein alltägliches Leben war. Von der damals noch wenig belebten Straße drang kaum ein Laut herauf. Eine hohe Schirmlampe gab ein gedämpftes Licht, und um den Tisch herum saßen die Damen:

Frau Clara, die noch schöne Mutter, neben ihr die heranblühende Tochter – Heyse nannte sie seinen »Borsdorfer Apfel« – und abseits auf einer Fußbank der Liebling des Hauses, die zwölfjährige Jeanette Baeyer, Tochter des Generals, mit klugen großen Augen und vollem schwarzen Haar, der entzückendste Backfisch, den ich je gesehen, und dalberte mit
175 dem mal wieder in einer neuen Weste, türkisches Muster, erschienenen Eggers, der entweder, weil fröstelnd, auf einem Holzkorb in der Nähe des Ofens hockte oder sich mit einer halb an einen Clown und halb an einen Akrobaten erinnernden Geschicklichkeit über den Zimmerteppich hintrudelte. Denn er gehörte zu denen, die, graziös in ihrem Tun, auch das Gewagteste wagen können. Und dann schließlich, wenn die Teestunde da war, erschien Kugler selbst und setzte sich an das Klavier, über dem eine gute Kopie des Murilloschen Heiligen Franziskus hing, und nun, auf Zuruf der Seinen, von denen ein jeder sein Lieblingsstück hatte, die Vorträge rasch wechselnd, klangen in bunter Reihenfolge deutsche und dänische, venezianische und neapolitanische Lieder durch das Zimmer. Weder sein Spiel noch sein Gesang erhob Anspruch, etwas Vollkommenes zu sein; aber gerade das Unvirtuose gab allem einen besonderen Reiz. Er selbst spielte sich dabei den Aktenstaub von der Seele.

Noch einmal, mit Dank und Freude, denk' ich an jene Tage zurück, die bis in den Sommer 1855 hinein dauerten. Als ich vier Jahre später, nach langer Abwesenheit, wieder heimkehrte, war das Haus verwaist, Kugler tot, die schöne Frau Clara nach München hin übersiedelt, in das Haus ihres Schwiegersohnes Heyse. Dort sah ich sie wieder, gebrochen in Glück und Leben. Sie überdauerte jene Tage nur noch eine kurze Weile.

Paul Heyse

Paul Heyse, wie schon hervorgehoben, trat etwas später in den Tunnel als Kugler, etwa 1850. Kurze Zeit vorher hatte ich ihn in seinem elterlichen Hause, vertieft in ein Stormsches Manuskript – die »Sommergeschichten« –, das ihm Alexander Duncker zur Begutachtung übergeben hatte, kennengelernt. Vertieft und – entzückt.

Er war damals zwanzig Jahre alt und sah sich, bei seinem Eintritt in den Verein, von alt und jung freudig begrüßt, was er zunächst seiner glänzenden Persönlichkeit, in der sich die vollkommenste gesellschaftliche Sicherheit mit einer immer gleichen Heiterkeit paarte, zuzuschreiben

hatte. »Margherita Spoletina« – nur erst der »Jungbrunnen« war bis dahin von ihm erschienen –, »Urica«, »Franzeska von Rimini«, »Marion«, »Die 176
Brüder« kamen alsbald zum Vortrag und fanden, am meisten die letztgenannte Dichtung, allseitige Zustimmung; aber Heyses Auftreten im Tunnel war nur kurz bemessen und blieb Episode. Schon Frühling oder Herbst 1851 ging er nach Bonn, von Bonn, mit Ribbeck zusammen, nach Italien, und als er von dort, wo die reizende »L'Arrabbiata« entstanden war, nach Berlin zurückkehrte, rückte rasch die Zeit heran, die den mittlerweile mit Margarete Kugler glücklich Verlobten, bald auch Vermählten, nach München hinüberführte. Das war Herbst 1854. Man sah ihn im Tunnel ungern scheiden, trotzdem aber gebrach es an jener tieferen Teilnahme, die beispielsweise, zehn Jahre vorher, bei Strachwitz' Ausscheiden geherrscht hatte. Die Wärme, der Heyse bei seinem Eintritt begegnet war, hatte sich einigermaßen verloren und einer kühleren Temperatur Platz gemacht. Woran lag das? An allerlei. Sein großes Talent, nun, das war außer Frage, das ließ jeder gelten. Aber so gewiß man es gelten ließ, so gewiß empfand man auch: »Ja, dies Talent, so groß es sein mag, ist doch nicht *unser* Talent.« Im ganzen war der Tunnel, trotz seines gelegentlich stark hervortretenden Freisinns, doch von jener altpreußischen Art, darin der Konservatismus in erster Reihe mitspricht, und so hörte man denn bald wieder lieber von Hohenfriedberg und dem Zietenritt, von Ligny und Waterloo. Heyse hatte die Form, war glänzend, aber das eigentliche Tunnel-Talent, weil dem Wesen des Tunnels entsprechend, war und blieb doch Scherenberg. Und so kehrte man denn, nach kurzer Untreue, zu den alten Göttern zurück.

Diese rein literarische Stellungnahme hätte zur Herbeiführung einer kühleren Temperatur genügt, aber ein anderes, das ich schon andeutete, kam hinzu: die ganze Haltung der Kugler-Gruppe, zu deren Geschmack und ästhetisch verfeinerter Anschauungsweise weder der im Tunnel zahlreich vertretene Adel noch die Kaufmannschaft aller Arten und Grade so recht paßte. Kugler und Eggers waren weltmännisch genug, das, was sie von der Majorität schied, einigermaßen zu kaschieren; der ganz jugendliche Heyse aber, der, in übrigens entzückendster Weise, das Gefühl hatte: »*Mir* gehört die Welt, und ich habe nicht Lust, allen möglichen Mittelmäßigkeiten zuliebe mit meiner gescheiteren Ansicht 177
hinterm Berge zu halten« –, Heyse kümmerte sich wenig um die wunderlichen Heiligen, die gelegentlich, ohne jeden Beruf dazu, das große Wort führten und ihre Meinung durchsetzen wollten. Eine Sitzung hab'

ich noch gegenwärtig, in der es zwischen unserm Jüngsten – Heyse – und einem öden alten Professor zum Zusammenstoß kam. Dieser, der den Schulmonarchenton nicht ablegen mochte, hatte, zu vielen kleinen Schwächen, auch *die*, von seinem Blättchen – das er, weil er es las, für was Besonderes hielt – durchaus abhängig und außerdem ein ausgesprochener Erfolganbeter zu sein. Er schwamm, Tag um Tag, im Strom seiner Zeitung und machte, nach der Anweisung derselben, jede Mode mit. Nun war damals gerade Bogumil Goltz in der Mode, dessen »Kleinstädter in Ägypten« ziemlich allgemein bewundert wurde, und weil allgemein, so natürlich auch von dem alten Professor. Im ganzen Tunnel dachte niemand an Widerspruch. Warum auch? Goltz war am Ende wirklich espritvoll und witzig. Aber zum Unglück war in der von mir erwähnten Sitzung auch Heyse zugegen, der über alle diese Dinge – ob er recht hatte, stehe dahin – sehr sehr anders dachte und in dem hypergeistreichen Goltzschen Originalstil nur mehr oder weniger Geschmacklosigkeit sah. Er antwortete denn auch dementsprechend, und als der andere mit einem »Erlauben Sie« dazwischenfahren wollte, schlug der jugendliche Gegner einen Überlegenheitston an, zu dem er in jedem Anbetracht berechtigt war, nur nicht in Anbetracht seiner Jahre. Dieser Umstand, infolge dessen, wie das immer geschieht, all die Alten für den Alten Partei nahmen, entschied schließlich zuungunsten Heyses, und so war denn die vorgeschilderte Szene, die nicht alleinstehend blieb, nicht eben angetan, ihm die Tunnel-Herzen dauernd zu sichern. Personen, die bei derartigen Streitfragen ihre Parteinahme lediglich in den Dienst der *Sache* stellen, gibt es immer nur wenig.

Ich breche hier ab und erzähle nicht weiter von einem Leben, das, wie kein zweites, über das ich hier zu berichten habe, der Literaturgeschichte angehört. Es war ganz besonders im Hinblick auf *Heyse*, wenn ich schon im vorigen Kapitel hervorhob, daß ich über Unberühmtheiten verhältnismäßig viel und über Berühmtheiten – mit einer einzigen Aus-
178 nahme – nur wenig sagen würde.

Friedrich Eggers

Friedrich Eggers[6] wurde bald nach mir Mitglied: ich hatte das Verdienst, ihn einzuführen. Er blieb im Tunnel fast dreißig Jahre lang, und nur wenige haben dem Verein länger angehört.

Man hat in Eggers' Tunnel-Leben zwei Hälften voneinander zu scheiden. In der ersten Hälfte kam er nur zu halber Geltung; er nahm, weil zur Kugler-Gruppe gehörig, teil an den Ehren, die dieser Gruppe zuteil wurden, aber er sah sich durch ebendiese Zugehörigkeit doch auch gehemmt und benachteiligt. Das änderte sich erst, als er nach Heyses Übersiedlung nach München und nach Kuglers 1858 erfolgtem Tode von dem ehemaligen Triumvirat allein übrigblieb. Erst von diesem Augenblick an war er ganz und gar Tunnelianer und konnte dem Vereine seine ganz eigenartigen Talente widmen. Er war nämlich, weit über seine Kunst- und Literaturveranlagung hinaus, allem anderen vorauf ein *Gesellschaftsgenie,* das, in einem mir nicht zum zweiten Male begegneten Grade, die Gabe besaß, nicht bloß Vereine zu gründen, sondern auch durch Anwerbung neuer Mitglieder und Aufstellung neuer Programme den etwa matter werdenden Pulsschlag sofort wiederzubeleben. Er war ein großer Organisator im kleinen, eine Art Friedens-Carnot, unerschöpflich in Hülfsmitteln, und gab davon, noch kurz vor seinem Tode, die glänzendsten Beweise. Viele seiner jungen Freunde, zur Hälfte mecklenburgische Landsleute, zur andren Hälfte Schüler des Polytechnikums, an dem er Unterricht erteilte, waren mit in den Krieg gezogen, und diese jungen Leute durch Nachrichten in Verbindung mit der Heimat und durch Liebesgaben bei frischem Mut und fröhlichem Herzen zu erhalten, machte er sich durch den ganzen langen Winter 1870 auf 71 hin zur schönsten Lebensaufgabe. Damals hab' ich ihn lieben und bewundern gelernt. Er war um jene Zeit, halb wissenschaftlich, beständig mit 179
der Frage beschäftigt, wie sich Zeitungen und Zigarren wohl am besten nachsenden ließen, und hatte die Kunst, Pulswärmer, Socken, Leibbinden,

6 Außer *Friedrich* Eggers hatten wir noch seinen jüngeren Bruder *Karl* Eggers, Senator der Stadt Rostock, im Tunnel, welcher jüngerer Bruder ad latus des älteren war. Verschiedenes, darunter die »Tremsen« – plattdeutsche Gedichte –, haben sie gemeinschaftlich herausgegeben. Der ältere Bruder hatte mehr Elan und hat dadurch, namentlich als Lehrer, eindringlicher gewirkt, an poetischem Talent aber, und zwar besonders auf humoristischem Gebiete, war, glaub' ich, der jüngere Bruder dem älteren überlegen.

Jacken ohne Ärmel – und dann in einem andern Paket wieder die Ärmel dazu – postzulässig in die Welt zu schicken, bis zur Virtuosität ausgebildet. Er hat zahllose glückliche Stunden geschaffen. Am Polytechnikum schwärmt man noch für ihn und gedenkt seiner bei jeder Festlichkeit mit einer besonderen und wohlverdienten Liebe. Nichts wüßt' ich von ihm zu sagen, was ihn so sehr und so schön charakterisierte wie diese humane Haltung, und genauso, natürlich mutatis mutandis, war er auch während seiner zweiten Epoche im Tunnel, sowie sich's um ein Fest oder eine Aufführung handelte, die Seele der Sache und wußte jederzeit Rat.

Sein bester Freund im Tunnel war *Heinrich Seidel,* der in seinem schon an anderer Stelle zitierten reizenden Buche »Von Perlin bis Berlin« in liebevoller und zugleich fein und humoristisch charakterisierender Weise über Eggers geschrieben hat. Ich gebe hier einiges davon: »Friedrich Eggers wohnte damals in einem Hinterhause der Hirschel-, jetzt Königgrätzer Straße, drei Treppen hoch. Ich habe nie einen Mann gekannt, der in aller Welt so viele Freunde gehabt hätte wie er, darunter viele von Klang und Namen: Storm, Wilbrandt, Geibel, Heyse, Scheffel. Mit dem Letztgenannten, der ihm von der Studienzeit her befreundet war, stand er noch immer in Briefwechsel, der sich freilich auf die Schaltjahre beschränkte. Jeden 29. Februar setzten sich beide hin und schrieben einander über die Ereignisse der letzten *vier* Jahre. Das bringt mich auf die vielen drolligen und komischen Züge, die ihm anhafteten. Er haßte die Sperlinge, war überhaupt kein Tierfreund. Höchst merkwürdig war das ökonomische System, nach dem er seine Einnahmen und Ausgaben regelte. Er hatte einen Kasten mit vielen Fächern, die alle mit Überschriften versehen waren, wie zum Beispiel Miete, Kleider, Stiefel, Zigarren – kurz, alle möglichen Lebensbedürfnisse hatten jedes sein besonderes Fach. Im Laufe der Jahre hatte er sich nun vortreffliche Verhältniszahlen ausgebildet, in denen alle diese Bedürfnisse zueinander stehen
180 mußten, und nach diesen Zahlen wurde jede Einnahme in die Fächer verteilt. Betrug also eine Einnahme dreihundert Taler und irgendeine der Sonderkassen war auf fünf Prozent angewiesen, so bekam sie in diesem Falle fünfzehn Taler. Ich habe ihn öfter über diesen Kasten sitzen sehen, grübelnd und mit Geld klimpernd. Zuweilen kam es nun vor, daß beim Bezahlen einer größeren Rechnung der Bestand dieser Kassen nicht ausreichte. Dann pumpte er bei einer besser situierten und gab ihr einen Schuldschein, wie zum Beispiel: ›Die Kleiderkasse schuldet der

Stiefelkasse soundsoviel.‹ Die Schuldscheine mußten bei neu fließenden Einnahmen wieder eingelöst werden.

Er beklagte es oft, daß die Sitten der heutigen Zeit es dem Manne verbieten, farbige Stoffe zu tragen. Er selbst ließ es sich denn auch nicht nehmen, sein farbenfreudiges Auge wenigstens an bunten Westen von Seide, Sammet oder anderen Stoffen zu ergötzen, und besaß davon eine große Sammlung. Hatte einer seiner jüngeren Freunde sich irgendwie ausgezeichnet oder sonst sein Wohlgefallen erregt, so ging er wohl würdevoll an die Kommode, wo diese Sammlung aufbewahrt wurde, kramte ein wenig darin und schenkte ihm feierlichst eine Weste. Das war eine Art von Ordensauszeichnung.«

So weit H. Seidel. Auch W. Lübke hat in seinen »Erinnerungen« über ihn geschrieben; Wilbrandt hat ihn in seiner reizenden Geschichte »Fridolins heimliche Ehe« frei nach dem Leben gezeichnet.

Das bis hierher Erzählte beschäftigt sich ausschließlich mit dem Menschen Eggers; er war klug, gütig, liebenswürdig, schöner Mann – wie oft bin ich daraufhin interpelliert worden – und humoristisch angeflogener Sonderling, alles in allem eine durchaus interessante Figur. Was er im übrigen literarisch leistete, verschwand daneben. Und das mußte so sein. Wer sich ein bißchen auf Menschenkunde versteht, weiß, daß so geartete Charaktere wie zum Dilettantismus prädestiniert sind; sie haben so vielerlei zu tun, sind so ganz auf Zerstreuung ihrer Gaben gestellt, daß für das einzelne nicht jenes Maß von Kraft und Muße verbleibt, ohne das etwas Fix und Fertiges nicht entstehen kann. Nichts, was er schuf, war ausgereift, alles hatte den improvisatorischen Charakter. Eine Zeitlang waren wir Konkurrenten; ich erging mich in nordischen und
schottisch-englischen Balladen, und weil diese gefielen, erschien er auch 181
mit »Haralda«, mit »König Radgar« und ähnlichem. Ich mußte mich darüber ausschweigen, ärgerte mich aber, daß er mit solchen Reimereien überhaupt in die Schranken ritt und mitturnieren wollte. So leicht geht das nicht, und wer, wie Eggers das meistens tat, in zwölfter Stunde sich hinsetzt, um »für morgen« noch einen aus dem Vorratskästchen genommenen Balladenstoff in herkömmlicher Nibelungenstrophe zusammenzuleimen, der wird als Regel nicht weit damit kommen. Aber freilich – und das *ist* der Grund, warum ich mich hier überhaupt so freiweg ausgesprochen habe –, *wenn* es ausnahmsweise glückt, was unter tausend Fällen freilich nur einmal vorkommt, so wird der Betreffende mit seiner Improvisation den Vogel abschießen. Denn in solchen Ausnahmefällen

erhebt sich das Bummlige zum Natürlichen und stattet nun das bloß Hingeworfene mit einem naiven oder auch mit jenem Inspirationszauber aus, den das bloß Kunstvolle nie hat. Und zu solchem Ausnahmefalle brachte es Eggers, als er, auf eine kleine Zeitungsnotiz gestützt, in einer Winternacht 1871 sein Gedicht schrieb *»Die Fahne vom 61. Regiment«*.

Es lautet:

Wo ist die Fahne geblieben
Vom einundsechzigsten Regiment?
Im Kampf umhergetrieben,
Wo er am allerschwülsten brennt.
Kaum war der Streit entglommen,
Sie wehte straff, sie wehte hoch,
Die Wogen gehn und kommen,
Und immer steht sie noch.

Ihr habt sie sehen sinken,
Doch sich erheben bald darauf
Und immer wieder winken –
Zuletzt da stand sie nicht mehr auf.
»Wo ist sie hingekommen,
Barg sie der Feind in seinem Zelt?«
Er hat sie nicht *genommen,*
182 Er *fand* sie auf dem Feld.

Sie war zerfetzt, zerschossen,
Die Stange gebrochen und angebrannt,
So gaben sie die Genossen
Von sterbender Hand zu sterbender Hand.
Es deckt sie im Todesmute
Mit seinem Leibe Held auf Held –
So lag in *deutschem* Blute
Sie auf dem *Frankenfeld.*

Das ist ein schönes Gedicht, immer wieder ergreifend; je älter ich werde, je schöner finde ich es.

Wahrscheinlich war es, in gebundener Rede, mit unter dem Letzten, was Eggers schrieb. Das Jahr darauf, im Herbst 1872, starb er.

Richard Lucae

Richard Lucae – Tunnelname: Schlüter – gehörte mit zu der Kugler-Fraktion, aber doch nur halb und erst durch Eggers vermittelt, der ihn auf den Künstler- und Architektenfesten kennengelernt und dort von Anfang an ein besonderes Wohlgefallen an seiner Erscheinung und seinen glücklichen Einfällen gehabt hatte. Lucae war eminent geistreich im Gespräch, in Tischreden und Tischkarten, vor allem auch in seinem berufsmäßigen Tun als Architekt. Eine Fülle höchst bemerkenswerter Bauten rührt von ihm her: das Theater in Frankfurt a. M., das Polytechnikum in Charlottenburg, das Borsigsche Haus in der Wilhelmstraße – Ecke der Voßstraße –, das Soltmannsche Haus in der Hollmannstraße und das früher Professor Joachimsche Haus in der Zeltenstraße – Schöpfungen, die selbst von denen, die, nach der Seite strenger Kunst hin, vielleicht manches daran auszusetzen haben, um ihres Esprit willen anerkannt werden. Er gehörte zur Schinkelschen Schule, war aber späterhin beflissen, jene rigorose Schlichtheit und ängstliche Detailausbildung zu vermeiden, die gelegentlich zur Langenweile führt. »Ich habe mich früher zu sehr bei den ›Klinken‹ aufgehalten«, pflegte er zu sagen, »jetzt weiß ich, daß es aufs Ganze ankommt.« Diese freiere Behandlung der
Dinge, zu der er sich allmählich durchgerungen, ward ihm, je nach dem 183
Standpunkte des Beurteilers, hoch angerechnet oder auch verübelt. In einem Punkt aber stimmten alle Parteien überein: in der Anerkennung seiner großen Liebenswürdigkeit. Im Verkehr war er hinreißend, freilich immer vorausgesetzt, daß er sich von den ihn umgebenden Personen angeheimelt fühlte; war aber, und dies darf nicht verschwiegen werden, auch nur ein einziger da, der ihn durch Wichtigtuerei, Besserwissen oder irgendeine Sonderbarkeit anödete, so verfiel er sofort in demonstrative Gähnkrämpfe, gab Zeichen äußerster Ungeduld und verschwand. Ich habe sehr viele gute Gesellschafter kennengelernt: Faucher, W. Lübke, Roquette, Lepel, Zöllner – Sekretär der Akademie der Künste –, aber unter ihnen keinen, der an Lucae herangereicht hätte; Faucher war die weitaus genialere Natur, Lübke ließ seine Raketen höher steigen und prasselnder zerstieben, Lepel erreichte durch einen grotesken Humor unter Umständen größere Wirkungen, alles in allem jedoch blieb Lucae der Sanspareil und mußte es bleiben, weil Witz, erzählerische Begabung und Schauspielerkunst bei ihm zusammenwirkten und sich untereinander unterstützten. Was er erzählte, war immer eine dramatische Szene, darin

er die redenden Personen in ihrer Sprache einführte: Bildungsphilister, Berliner Madames, zimperliche alte Jungfern, übermütige Backfische, gelehrt und wichtig tuende Professoren und aus dem nächsten Familienanhang allerhand Onkels und Tanten. Unter den Tanten war eine ganz alte, von der er viel Rühmens machte, weil er ihr, neben allerhand komischen Zügen, auch den wirklichen Weisheitsspruch verdankte: »Man lebt sich selbst, man stirbt sich selbst.« Im Kreise der Onkels dagegen stand Hauptmann Unger obenan, gewöhnlich kurzweg »Onkel Unger« genannt, ein Bildersammler und guter Kunsthistoriker, den seine Kunstwissenschaft jedoch nicht hinderte, seine für minimale Preise gekauften »Niederländer« unter sehr maximalen Namen auszustellen. Dieser Onkel Unger hatte seinem Neffen – der übrigens nur sein Adoptivneffe war – von Jugend an die größte Zuneigung bewiesen, ja ihn halb erzogen, war aber doch nebenher von so heftiger und exzentrischer Eigenart, daß er, als Lucae mal einen Zweifel hinsichtlich der vielen »Te-
184 niers« geäußert hatte, seinen geliebten Richard ohne weiteres auf krumme Säbel fordern ließ. Es kostete viel Mühe, den alten Berserker, der schon zwischen fünfzig und sechzig war, davon abzubringen.

Alle diese, der mittleren bürgerlichen Sphäre zugehörigen Personen waren in ihrer künstlerischen Vorführung wahre Kabinettsstücke, Lucaes glänzendste Leistungen aber lagen doch mehr nach beiden *Flügeln* rechts und links hin und waren einerseits ungarische Mikosch-Magnaten, russische Generäle, die Deutschland auf Musik bereisten, imbezile Prinzen mit Kunstallüren – besonders wenn sie nebenher noch stotterten – und andererseits alte Polizeiwachtmeister, Frölens mit Mopsbegleitung und namentlich Pennbrüder. In solchen Gestalten aus dem Volksleben war er in der bunten Reihenfolge seiner Geschichten unerschöpflich. Eine dieser Geschichten habe ich viele Male von ihm gehört und womöglich mit immer sich steigerndem Genuß. Es war die Darstellung eines armen, angesäuselten Bummlers, der in einen Omnibus steigt, und als er zahlen will, seinen Groschen verliert und nun unter rührender Teilnahme des ganzen Publikums nach diesem Groschen zu suchen beginnt, bis er zuletzt, weil die Abfahrtszeit schon weit überschritten ist, doch wieder heraus und an die Luft muß. Ich war jedesmal, während ich Tränen lachte, doch auch wieder von einem tiefen Mitgefühl mit dem armen Kerl erfüllt, der bis zuletzt die Hoffnung nicht aufgeben wollte.

Solche, abwechselnd mit Karikaturen aus dem high life und dann wieder mit Bummlern und Rowdies sich beschäftigenden Geschichten

waren seine Spezialität, aber ebenbürtig daneben standen seine Kinder- und Schauspielergeschichten. Wenn ich sage Schauspielergeschichten, so ist das nicht ganz richtig, denn er erzählte nicht etwa die herkömmlichen Theateranekdoten; alles, was er gab, waren vielmehr nur ganz alltägliche Begegnungen mit zur Bühne gehörigen Personen. Mit Berndal war er jahrelang auf der Schule zusammen gewesen; immer auf derselben Bank, und so nahmen sie sich gegenseitig nichts übel. Jedesmal wenn sie sich trafen und eine Strecke miteinander gingen, sagte Lucae: »Berndal, ich weiß nicht, du sprichst immer noch so theatermäßig mit mir; sprich doch mal wie ein Mensch«, worauf dann Berndal mit derselben Regelmäßigkeit antwortete: »Lucae, du bist immer noch so 185
komisch wie damals.« Neben Berndal stand Dessoir, und die lugubren, immer gerade die schlimmsten Trivialitäten begleitenden Dessoirschen Töne durch Lucae nachgeahmt zu hören, war jedesmal ein Hochgenuß. Einmal traf es sich, daß Dessoir und Lucae gemeinschaftlich von Hamburg nach London fuhren. Sie schritten auf Deck auf und ab. »Kennen Sie London?« fragte Dessoir. – »Nein.« – »Nun, da gehen Sie dem Wunderbarsten entgegen. London, um nur eines zu nennen, hat dreitausend Omnibusse, *wir* haben deren fünfzig.« Außer Berndal und Dessoir zählte zu Lucaes Lieblingsfiguren ein Herr von Lavallade, den er nicht müde wurde, sich in einer im schnarrendsten Leutnantsjargon an eine Heldenschar gerichteten Ansprache dem Tode weihen zu lassen. Er wußte bei Vorführung solcher Szenen immer ganz wundervoll den *Ton zu* treffen, aber das, worauf es ihm eigentlich ankam, war doch noch mehr das Treffen der gesamten Schauspielerpersönlichkeit, und darin ruhte vor allem die frappante Wirkung.

Lucae war, auf seine Liebenswürdigkeit und mehr noch auf seine Talente gestützt, ein allgemeiner Gesellschaftsliebling und hatte Anspruch darauf wie wenige. Und doch bildete die »Gesellschaft«, dieser Schauplatz seiner Triumphe, zugleich den Schauplatz seiner Niederlagen. Er war der artigste Mensch von der Welt und verfiel trotzdem, ganz ohne Wissen und Schuld, beständig in Taktlosigkeiten; er war der friedliebendste Mensch und hatte jeden Tag kleine und mitunter auch große Streitigkeiten; er war der politisch vorsichtigste Mensch und stieß politisch immer an. Wohlerzogenheit, natürliche Klugheit, gute Sitte – nichts half. Wer das Leben beobachtet hat, wird wissen, daß das öfter vorkommt und daß über einzelnen, und zwar immer ganz harmlosen Menschen ein eigener derartiger Unstern steht; gehöre selber mit dazu, kann also

darüber mitsprechen und bin in zurückliegenden Jahren oft sehr unglücklich darüber gewesen, bis mir einmal ein alter Geheimrat unter resigniertem Achselzucken sagte: »Ja, lieber Freund, dagegen *ist* nichts zu machen. Wem das anhaftet, der muß sich drin finden. Ich bin um gute zwanzig Jahre älter als Sie, aber ich komme auch nicht draus heraus; es ist ein
186 tragikomisches Verhängnis.« Von dem Tage an wurde ich ergebener; aber was mich vielleicht noch mehr beruhigte, war doch die sich mir gerad um ebendiese Zeit aufdrängende Wahrnehmung, daß ich neben meinem Freunde Lucae nur ein Stümper war.

Ich greife zur Illustrierung hier ein paar Beispiele heraus.

Einmal war er in eine große Ministerialgesellschaft geladen, und unter den Geladenen befand sich auch ein hannoverscher Graf, reich, klug, hoch angesehen, der, im Gegensatz zu so vielen anderen seiner Landes- und Standesgenossen, allen Welfismus abgetan und sich zu Preußen und König Wilhelm bekehrt, ja sogar bald nach der Einverleibung Hannovers ein hohes Staatsamt übernommen hatte. Der Graf saß Lucae gegenüber, die Komtesse-Tochter neben ihm. Er plauderte lebhaft und unterhaltlich mit seiner liebenswürdigen Nachbarin, und als der Zufall es fügte, daß man auf Napoleon I. und den General Moreau zu sprechen kam, sagte Lucae: »Ja, dieser Moreau; die Kanonenkugel riß ihm beide Beine weg, und so schrecklich dies ist, so muß ich doch sagen, ich habe darin immer was von göttlicher Gerechtigkeit gefunden; – ich hasse jeden Rigorismus, aber sein Land aufgeben und in den Dienst einer anderen Sache treten, dagegen lehnt sich mein Gefühl auf.« Die Komtesse schwieg, der alte Graf, der alles gehört hatte, lächelte; Lucae selbst aber, Politik war nie seine Sache, kam erst um vieles später zum Bewußtsein dessen, was er da mal wieder angerichtet hatte.

Alle die bekannten, oft bis zum Schrecknis sich steigernden Verlegenheitssituationen, die durch unvorsichtiges Fragen in fremder Gesellschaft so leicht geboren werden – alle diese Situationen waren Lucaes eigentliche Domäne. Wenn man ihn acht Tage nicht gesehen hatte, war immer wieder etwas passiert. Auch mit seinen Berolinismen, in denen er sich nur allzugern bewegte, stieß er beständig an, weil er entweder ihre Tragweite nicht richtig erwog oder aber in seiner Erregtheit vergaß, vor *wem* er überhaupt sprach. Einmal war er ins Palais des alten Kaisers Wilhelm befohlen, um diesem einen Vortrag über irgendeine die Schloßfreiheit betreffende Bausache, vielleicht schon im Hinblick auf das siebziger Denkmal, zu halten, und unterzog sich dieser Aufgabe mit der ihm eigenen Lebendigkeit des Ausdrucks. »Ja, Majestät«, sagte er, 187 »wenn nur nicht das ›*Rote Schloß*‹ wäre.« Der Kaiser, der diese Bezeichnung nie gehört haben mochte, war einen Augenblick wie dekontenanciert und wiederholte fragend das ihm häßlich klingende Wort. »Ja, Majestät«, antwortete Lucae, »das ›Rote Schloß‹ – das ist nämlich die volkstümliche Bezeichnung für den Bau da drüben. Übrigens baulich unbedeutend und außerdem Sitz einer ›Schneiderakademie‹.« Der alte Wilhelm kam aber, trotz dieses Anlaufes, die Sache ins Heitere zu spielen, nicht wieder in gute Stimmung.

Nicht viel besser erging es dem armen Lucae mit der Kronprinzessin Friedrich. Auch im Gespräche mit dieser handelte sich's um eine Bausache. »Sehen Sie, lieber Geheimrat, da haben wir als bestes das Bibliotheksgebäude, – das einzige Stück Berliner Architektur, das mir gefällt.« Lucae seinerseits mochte dem nicht zustimmen und antwortete: »Die Berliner nennen es die ›Kommode‹.« – »So, so«, sagte die Kronprinzessin und nahm nicht wieder Veranlassung, seinen baulichen Beirat einzuziehen.

So ging es ihm, wenn er zu Hofe befohlen war; aber weit darüber hinaus erwies er sich auf Reisen als ein Pechvogel ersten Ranges. Friedfertig von Natur, wie schon angedeutet, und viel zu fein, um ein Krakeeler zu sein, sah er sich doch, sowie er aus Berlin heraus war, beständig in Streitigkeiten und Ärgernisse hineingezogen, oft recht unangenehmer Art. Einmal war er in einem Schweizer Hotel unter vielen Engländern und hatte sich in die Lesehalle begeben, um ein paar Berliner Zeitungen durchzusehen. Auf den Flur hinaus führte eine Glastür mit einer riesigen Spiegelscheibe; die Tür stand auf, die Fenster natürlich auch, und es zog kannibalisch. Lucae schloß die Tür. Ein alter Engländer mit Kotelettbart und rot unterlaufenen Augen erhob sich sofort und riß die Tür mit Ostentation wieder auf. Lucae schloß sie wieder. Als sich dies zum dritten Male wiederholte, nahm der Engländer einen am Kamin liegenden Poker und stieß die Spiegelscheibe ein. Nun konnte Lucae schließen, soviel er wollte, der Zug blieb doch, und der liebe Vetter von jenseits des Kanals hatte gesiegt.

Aber so schlimm dies Erlebnis war, Schlimmeres war ihm für den 188
Verlauf seiner Reise vorbehalten. Er kam nach München und besuchte hier natürlich auch die Schacksche Galerie. Niemand, es war noch sehr früh, war da, und nur der Diener des Grafen, eine stattliche Erscheinung und fast wie ein Gentleman wirkend, schritt auf und ab. Lucae wandte sich mit allerhand Fragen an ihn und kam alsbald in ein intimes Ge-

spräch, das erst die Bilder des Grafen, dann den Grafen selbst betraf. Schließlich war der Moment da, wo Lucae sich über die Zulässigkeit von »buona mano« schlüssig zu machen hatte. Sein Schwanken indessen konnte nicht von Dauer sein. Er hatte durchaus den Eindruck, daß ein »Trinkgeld« *diesem* Herrn gegenüber eine Unmöglichkeit sei, und so beschränkte er sich nach Eintragung seines Namens und Titels in das Fremdenbuch einfach darauf, seinen Dank auszusprechen. Aber das war durchaus nicht in der Ordnung, und als er gleich danach die Straße hinunter schritt, hörte er hinter sich her die von Lachsalven begleiteten Worte: »Geheimrat, haha ... Geheimrat aus *Berlin,* hahaha.« Lucae hatte wieder einmal fehlgeschossen.

Im allgemeinen liegt es ja – bei Gelegenheiten wie die hier geschilderten – Gott sei Dank so, daß das »Ja« gerade so richtig ist wie das »Nein«; aber Lucae gehörte nun einmal zu den Unglücklichen, deren Entscheidung immer in die falsche Schale fällt.

Er war ein ausgezeichneter Lehrer, besonders förderlich durch die allgemeinen Anregungen, die er gab; seine Schüler an der Bauakademie sind seine Freunde geblieben und sprechen mit ähnlicher Liebe von ihm wie die Polytechnikumschüler von Friedrich Eggers.

Wollheim da Fonseca

Chevalier Wollheim da Fonseca. – Wollheim, ich schicke einige trockene biographische Notizen vorauf, war 1810 in Hamburg als Sohn eines aus Breslau eingewanderten Lotteriekollekteurs geboren. Er studierte in Berlin Philosophie und Staatswissenschaften, ging 1831 nach Paris und kehrte – nach Abenteuern und Weltfahrten, die ihn zunächst nach Por-
189 tugal und Brasilien geführt, und im weiteren Verlauf unter Übertritt zum Katholizismus zum »Chevalier da Fonseca« gemacht hatten – Ende der dreißiger Jahre nach Hamburg zurück, um sich daselbst ausschließlich literarischen Arbeiten zu widmen. Er gründete die Zeitschrift »Kronos«, übertrug dänische Gedichte – das von ihm übersetzte »Moens Klint« gehörte zu den Lieblingsstücken meiner jungen Jahre –, war Kritiker und Dramatiker und schrieb verschiedene Schauspiele, darunter »Dom Sebastian«, in dessen Titelrolle sich der damals in erster Jugend stehende Hermann Hendrichs auszeichnete. In den vierziger Jahren übersiedelte Wollheim nach Berlin und lebte hier bis 1852 als Dozent der orientalischen und der neueren Sprachen.

Während dieser seiner Berliner Tage ward er auch Tunnel-Mitglied und war zeitweilig ein ziemlich regelmäßiger Besucher. Man ließ ihn gelten, verhielt sich jedoch mehr oder weniger ablehnend gegen ihn, was alles in allem auch nur in der Ordnung war. Er gehörte trotzdem aber, wie sich das schon aus den vorstehenden Notizen ergibt – nur Assessor Streber kam ihm im »Exotischen« gleich –, zu den interessanteren Figuren des Vereins. Bereits sein Doppelname »Wollheim da Fonseca« sorgte dafür. *Sah* man ihn, *so* war er ganz Wollheim, *hörte* man ihn, so war er ganz da Fonseca. Er spielte sich nämlich in allem, was er sagte, ganz besonders aber wenn sogenannte »große Fragen« berührt wurden, auf den scharfen *Katholiken* hin aus, was ausgangs der vierziger Jahre fast zu einem Tunnel-Duell geführt hätte.

Dies kam so. Wollheim bewohnte, während seines Berliner Aufenthaltes, ein bescheidenes kleines Zimmer in der Luisenstraße und hatte über dem Waschtisch, der dicht neben der Eingangstür in einer durch Wand und Kleiderschrank gebildeten Ecke stand, eine »Ewige Lampe« angebracht. Diese »Ewige Lampe« schockierte mehrere Vereinsmitglieder, besonders den Charité-Rendanten Müller, der im Tunnel natürlich »Ernst Schulze« hieß und sich – vielleicht um sich als solcher zu legitimieren – dann und wann in ursentimentalen Gedichten erging. Diese Sentimentalität hielt ihn aber nicht ab, mit vieler Malice darüber nachzusinnen, wie er dem da Fonsecaschen Erzkatholizismus, an den er natürlich nicht glaubte, einen Schabernack spielen könne. Die Gelegenheit dazu fand
sich bald. Müller erschien eines Sonntags bei Wollheim, um diesen zum 190
Tunnel abzuholen, und im selben Augenblicke, wo man das Zimmer gemeinschaftlich verlassen wollte, trat Müller an das kleine Binsennachtlicht heran, steckte sich die Zigarre an und pustete dann die »Ewige Lampe« aus. Daraus entstand eine sehr heftige Szene, und am nächsten Sonntag sollte die Sache im Grunewald, ganz in der Nähe von Pichelsberg, mit Pistolen ausgefochten werden. Zum Glück hatte Louis Schneider die Sache in die Hand genommen und hielt, als man sich in zwei großen Kremsern dem Pichelsberger Gasthause näherte, eine seiner berühmten Ansprachen, worin er ausführte, daß, laut Tunnel-Statut, konfessionelle Gegnerschaft als für beide Teile straffällig angesehen werde, daß das Duell außerdem ein Unsinn und unter allen Umständen ein mehrfacher Flaschenwechsel einem einfachen Kugelwechsel vorzuziehen sei. Damit waren schließlich beide Parteien einverstanden, und alle kamen bekneipt nach Hause.

Daß Wollheim ein schöner Mann gewesen wäre, wird sich nicht behaupten lassen, aber er besaß einen so echten und ausgesprochenen semitischen Rassenkopf, daß er jedem, der ein Auge für derlei Dinge hatte, notwendig auffallen mußte, was denn auch dahin führte, daß ihm, während einer Tunnel-Sitzung, sein Gesicht auf den Daumennagel eines unserer Maler wegstibitzt wurde, natürlich nur, um bald darauf auf einem berühmt gewordenen Kunstblatte weiterverwandt zu werden.

Wollheim war sehr klug und besaß vor allem ein hervorragendes Sprachtalent. Er hatte sich aber das »Fabulieren« so hochgradig angewöhnt, daß es von ihm hieß, »er spräche dreiunddreißig Sprachen und löge in vierunddreißig«. Dies sein beständiges Fabulieren und vielleicht mehr noch seine Haltung, in der ein gewisses schlaffes Sichgehenlassen hervortrat, ließ es geschehen, daß frisch eingetretene Mitglieder sich Schraubereien mit ihm erlauben zu dürfen glaubten, was dann aber jedesmal eine große Niederlage für die Betreffenden zur Folge hatte. Denn sein Wissen und sein Witz waren immer sehr überlegen. Er war jedem Scherz zugänglich; wer aber seinen *Spaß* mit ihm treiben wollte, dem gegenüber verstand er keinen Spaß. So schlaff er aussah, so energisch
191 war er.

1852, wie schon hervorgehoben, verließ er Berlin, um nach Hamburg zurückzukehren. Er blieb nun, durch viele Jahre hin, in seiner Geburtsstadt und wandte sich zunächst ganz dem Theater zu. 1858 bis 1861 war er Direktor des Stadttheaters, 1868 des Floratheaters in Sankt Georg. Der deutsch-französische Krieg rief ihn noch einmal in die Welt hinaus, und er wurde Redakteur des »Moniteur officiel du Gouvernement général à Reims«. In dieser Stellung war er mit so gutem Erfolg tätig, daß ihm das Eiserne Kreuz verliehen wurde.

Dies war aber auch der letzte Glücksschimmer, der ihn traf. Es ging rasch bergab, und was ihn schließlich vor dem Äußersten bewahrte, waren nicht seine Talente, sondern hochherzige Unterstützungen, die sein Vetter Cäsar Wollheim in Berlin ihm zuwandte. Diese Zuwendungen blieben ihm auch bis an sein Ende, trotzdem sein letztes Tun – eine von der Familie Cäsar Wollheim beanstandete Heirat – seine Situation ziemlich ernstlich gefährdete.

Seine letzten Lebensjahre scheint er in Einsamkeit, Krankheit und Sorge verbracht zu haben, und zwar außerhalb Hamburgs; wenigstens starb er im Sankt Hedwigs-Krankenhause zu *Berlin* im Oktober 1884.

Viertes Kapitel

Theodor Storm

Storm kam Weihnachten 1852 von Husum nach Berlin, um sich hier, behufs Eintritts in den preußischen Dienst, dem Justizminister vorzustellen. Er sah sich im Ministerium wohlwollend und entgegenkommend, in literarischen Kreisen aber mit einer Auszeichnung empfangen, die zunächst dem Dichter, aber beinahe mehr noch dem Patrioten galt. Denn alle anständigen Menschen in Preußen hatten damals jedem Schleswig-Holsteiner gegenüber ein gewisses Schuld- und Schamgefühl. In unserem Rütli-Kreise – »Rütli« war eine Abzweigung des Tunnels – wurden die Storm zuteil werdenden Huldigungen allerdings noch durch etwas 192
Egoistisches unterstützt. Wir gingen nämlich gerade damals mit dem Gedanken um, ein belletristisches Jahrbuch, die »Argo«, herauszugeben, und wünschten uns zu diesem Zwecke hervorragender Mitarbeiter zu versichern. Dazu paßte denn niemand besser als Storm, der auch wirklich ins Netz ging und uns eine Novelle zusagte. Wir sahen uns dadurch in der angenehmen Lage, zum Weihnachtsfeste 1853 Storms Erzählung »Ein grünes Blatt« – die neben der gleichzeitig in unserem Jahrbuche erscheinenden Heyseschen »L'Arrabbiata« kaum zurückstand – bringen zu können. Die Zusage zu diesem Beitrage hatten wir schon bei des Dichters Anwesenheit in Berlin empfangen, aber das Nähere war einer Korrespondenz vorbehalten worden, die sich dann auch bald nach seiner Rückkehr in sein heimatliches Husum entspann. Aus dieser Korrespondenz gebe ich hier einiges.

Husum, 23. März 1853

Herzlichen Dank für Ihren lieben Brief, für Ihre Mitteilungen und vor allem für den guten Glauben an mich. Ob ich ihn diesmal rechtfertigen werde, weiß ich nicht. Glauben Sie, daß das beifolgende »Grüne Blatt« eine Stelle in Ihrem Jahrbuch verdient, so stelle ich es zur Disposition. Ich war damit beschäftigt, es in Hexameter umzuschreiben, und habe bei diesem schließlich wieder aufgegebenen Umarbeitungsversuch alles Urteil über meine Arbeit verloren; gefällt sie Ihnen daher nicht, so lassen Sie mich nur den darüber gezogenen Strich getrost in seiner ganzen Dicke sehen. Überhaupt darf ich nach bündigster Erfahrung bemerken, daß ein Verwerfen einzelner Arbeiten mich auch nicht einmal unangenehm berührt; ich muß vielleicht dabei sagen, daß es mir mit Sachen, die mir wirklich am Herzen lagen, noch nicht passiert ist. Also lassen Sie der weißen und der schwarzen Kugel ihren ungenierten Lauf.

Klaus Groth kenne ich nicht; allein, da er mir sein Buch unbekannterweise geschickt und ich es in hiesigen Blättern empfohlen habe, so kann ich in Ihrer Angelegenheit sehr wohl an ihn schreiben, was denn allernächstens geschehen soll.

Ob ich bei Ihnen in Berlin meine Probezeit bestehen werde, ist sehr
193 fraglich; denn da meine demnächstige Anstellung doch wohl in einem kleinen Städtchen Neuvorpommerns – wegen der dortigen Geltung des gemeinen Rechts – sein wird, so wäre es am Ende nicht wohlgetan, meine Vorschule im Gebiete des preußischen Landrechts zu machen. Eine kurze Reise werde ich indessen jedenfalls nach Berlin zu machen haben.

Das Berliner Wesen in seinen unbequemen Eigenschaften habe ich bei meinem letzten Aufenthalte nicht empfinden können; man hat sich fast überall, und namentlich im Kreise Ihrer Bekannten, des Fremden mehr als gastfreundlich angenommen. Gleichwohl ist in der Berliner Luft etwas, was meinem Wesen widersteht und was ich auch bis zu einem gewissen Grade zu erkennen glaube. Es ist, meine ich, das, daß man auch in den gebildeten Kreisen Berlins den Schwerpunkt nicht in die Persönlichkeit, sondern in Rang, Titel, Orden und dergleichen Nipps legt, für deren auch nur verhältnismäßige Würdigung mir, wie wohl den meisten meiner Landsleute, jedes Organ ab geht. Es scheint mir im ganzen »die goldene Rücksichtslosigkeit« zu fehlen, die allein den Menschen innerlich frei macht und die nach meiner Ansicht das letzte und höchste Resultat jeder Bildung sein muß. Man scheint sich, nach den Eindrücken, die ich empfangen, in Berlin mit der *Geschmacksbildung* zu begnügen, mit der die Rücksichtnahme auf alle Faktoren eines bequemen Lebens ungestört bestehen kann, während die Vollendung der sittlichen, der Gemütsbildung in einer Zeit wie die unsere jeden Augenblick das Opfer aller Lebensverhältnisse und Güter verlangen kann.

Diesem ersten Briefe folgte sehr bald ein zweiter.

Husum, Ostermontag 1853

Ich will's dem erwarteten Frühling zuschreiben, daß das erste »Grüne Blatt« Ihnen so viel abgewonnen. Aber beim zweiten Lesen, beim Vorlesen, haben Sie schon gefühlt, es sei nicht so ganz richtig damit – es liegt

nämlich über dem Ganzen eine gar zu einförmige Stille, die einen beim Vorlesen fast ungeduldig machen kann; doch ich will Ihnen das Stück jetzt nicht durch meine eigenen Aussetzungen verleiden. Sie haben es auch, so wie es ist, für gut befunden, und so möge es denn auch so gedruckt werden ... Ihre Freunde haben recht, wenn sie davon ausgehen, 194
daß die Verantwortlichkeit des Redakteurs nicht so weit reiche, daß er en détail korrigieren müßte; dafür ist der Dichter, unter dessen Namen es erscheint, verantwortlich.

Augenblicklich bin ich bei Paul Heyses »*Franzeska von Rimini*«, und zwar im dritten Akt. Ich glaube indes auch hier, wie bei allen derartigen jetzigen Leistungen, trotz aller Feinheit des Geistes und aller Kraftanstrengung, einen Mangel an Frische, an notwendigem Zusammenhang des Dichters mit seinem Werke zu empfinden. Es scheint mir mehr ein Produkt der Bildung und der Wahl zu sein. Doch ich habe noch nicht ausgelesen. Viel Schönes, Poetisches, Interessantes ist darin.

Auf Roquettes Lustspiel bin ich recht begierig und werde ja auch wohl, wenn ich im Sommer nach Berlin komme, Gelegenheit finden, es zu hören oder noch lieber zu sehen. Ein so heiterer, jugendlicher Geist, wenn er den rechten Inhalt gewinnt, könnte vielleicht einmal ein wirklich erfreuliches Lustspiel liefern. Bis jetzt kenne ich noch keins. Denn Kleists »Zerbrochener Krug«, das einzige deutsche Lustspiel, was mir ganz gefällt, ist dessen ungeachtet doch nicht *heiter*.

Diese Korrespondenz setzte sich noch durch Juni und Juli hin fort. Ich gebe daraus das Folgende.

Husum, 5. Juni 1853

Wollen Sie vor allen Dingen einige Nachsicht mit mir haben, wo es sich um Dinge der Politik handelt – über welche ich nur dem Gefühle nach mitsprechen kann –, und das Pflanzenartige in meiner Natur nicht verkennen, für das ich im übrigen eben keine besondere Berechtigung in Anspruch nehmen darf.

Jene Äußerung meines Briefes über die Berliner Luft war, wofür ich sie auch nur ausgab, eine lediglich durch den augenblicklichen oberflächlichen Eindruck hervorgerufene – und durch den »Kladderadatsch«. Die eigentliche Karikatur, sofern sie nicht wieder ins Phantastische hinaufsteigt – zum Beispiel in der Poesie des »Kaliban« –, ist mir so zuwider, daß sie mir beinahe körperliches Unwohlsein erregt. Aber ad vocem

195 »Nivellement«! Fragen Sie Ihren Grafen Arnim doch einmal, ob er dem Professor Dove oder dem Maschinenbauer Borsig auch seine Tochter zur Ehe geben wolle! Ich verlange das keineswegs unbedingt von dem Grafen Arnim, aber es ist jedenfalls ein Probierstein für das »Nivellement«. Ich habe es mir oft selber vorgesprochen, und lassen Sie mich's hier – ich weiß gerade nicht, in welchem näheren Zusammenhange mit unserer Korrespondenz – einmal niederschreiben: ein junger Mann sollte zu stolz sein, in einem Hause zu verkehren, wovon er bestimmt weiß, daß man ihm die Tochter nicht zur Frau geben würde. (Ich weiche hier ganz und gar von Storm ab; ich finde solche Wichtigkeitsgefühle philiströs.) Am achten oder neunten Juli denke ich in Berlin zu sein, um womöglich von dort ohne weiteres an meinen demnächstigen Bestimmungsort zu gehen; werde mich aber doch wohl eine Woche oder länger in Berlin aufhalten müssen.

Husum, 25. Juli 1853

Meinem Versprechen gemäß schicke ich Ihnen in der Anlage noch ein paar Verse für die Argo, falls Sie sie der Aufnahme wert halten sollten. Gern hätte ich noch den etwas argen Hiatus in Strophe 1, Vers 2 – »die ich« – entfernt, doch hat es mir, ohne der Richtigkeit und Simplizität des Gedankens oder des Ausdruckes zu schaden, nicht gelingen wollen. So etwas will aus dem Vollen und nicht im einzelnen geändert werden. Freilich könnte ich den Singular setzen, aber ich will doch meinen zweiten Jungen nicht verleugnen. So muß ich denn mit Goethe sagen: »Lassen wir das Ungeheuer stehen!« Teilen Sie aber Ihren Mitredakteuren diese Bedenklichkeiten erst *nach* der Lektüre mit; es stört doch.

Es hat übrigens schwer genug gehalten, daß ich Ihnen überhaupt nur diese Kleinigkeit anzubieten vermochte; denn dieser Mittelzustand, in dem ich mich noch immer befinde, ist der Produktionsfähigkeit nicht eben zuträglich. Man hat mir nämlich noch immer nicht erlaubt, meine Probezeit anzutreten. Nach Privatmitteilung ist auch dazu erst eine Vorlage im Kabinett des Königs nötig, und die armen schleswig-holsteinischen Expeditionen sollen oft lange liegen. Daß mein Gesuch vom Kabinettssekretär dem Ministerium überreicht worden, scheint die Sache
196 nicht zu beschleunigen.

Es ist heute der Jahrestag der Idstedter Schlacht, der auch diesmal von Militär und Polizei wegen feierlich begangen wird; die dänische Regimentsmusik mit den »tappern Landsoldaten« zieht durch die Gassen,

Jungens und Gesindel hinterdrein; allen Gastwirten ist bei Strafe, daß sonst nicht länger als 6 Uhr geschenkt werden dürfe, geboten, Tanz zu halten. Viele finden sich dazu freilich nicht ein; aber man weiß, wie es geht; der eine fürchtet, die Kundschaft der flott lebenden dänischen Beamtenschaft zu verlieren, der andere hat die Furcht im allgemeinen, der dritte will den befreundeten Wirt nicht stecken lassen. Und zuletzt ist zuzugestehen, keine Bevölkerung im großen und ganzen hat auf die Dauer Lust, für ihre Überzeugung zum Märtyrer zu werden. So machen sie denn ihren Bückling und knirschen heimlich mit den Zähnen.

So dankbar man im Grunde der dänischen Regierung sein sollte, daß sie durch diese Brutalität das Gedächtnis *unserer* historischen Unglückstage so unauslöschlich den Herzen der besseren deutschen Bevölkerung einätzt, so ist es doch ein Gefühl zum Ersticken, ohnmächtig und stumm dies gegen die Bevölkerung angewandte Demoralisationssystem mit ansehen zu müssen.

Doch wie geht es Ihnen? Sie sind krank, nicht in Berlin. Hoffentlich werde ich, falls ich im August dorthin kommen sollte, Sie sehen! – Der Artikel in der »Preußischen Zeitung« ist mir durch den Drucker zugegangen, und ich sage Ihnen meinen aufrichtigen Dank, daß Sie sich die Mühe gemacht haben, das, was Sie über meine Sachen denken, auch einmal schriftlich und öffentlich auszusprechen. Mörike, dem ich seinerzeit meine »Sommergeschichten« geschickt hatte, erwiderte dies neulich durch Zusendung seines »Hutzelmännleins« und schrieb mir bei der Gelegenheit, das »Von den Katzen« habe er bald auswendig gewußt und schon manchen damit ergötzt. Neulich habe er jemand gefragt: »Von wem ist das?« und darauf, als verstünde es sich von selbst: »Nu, von Dir!« zur Antwort erhalten. Merkwürdigerweise erhielt ich diese Antwort um nur zwei Tage später als Ihren Artikel, worin Sie meine Muse aus Mörikes Pfarrhause kommen lassen. Gewiß haben Sie recht, wenn Sie mich – im übrigen sans comparaison mit diesen beiden großen Lyrikern 197
– *zwischen* Mörike und Heine stellen, denn wenn ich auch mit Mörike die Freude am Stilleben und Humor, mit beiden annäherungsweise die Simplizität des Ausdrucks gemein habe, so rückt mich doch die große Reizbarkeit meiner Empfindung wieder näher an Heine.

Dies war Storms letzter Brief aus Husum, kurz vor seiner Übersiedlung nach Preußen. Ehe er aufbrach, schrieb er noch eines seiner schönsten Gedichte »*Abschied*«:

Kein Wort, auch nicht das kleinste, kann ich sagen,
Wozu das Herz den vollen Schlag verwehrt;
Die Stunde drängt, gerüstet steht der Wagen,
Es ist die Fahrt der Heimat abgekehrt.

Er führt das weiter aus, wendet sich dem und jenem zu und schließt dann:

Wir scheiden jetzt, bis dieser Zeit Beschwerde
Ein andrer Tag, ein besserer, gesühnt,
Denn Raum ist auf der heimatlichen Erde
Für Fremde nur und was dem Fremden dient.

Und du, mein Kind, mein jüngstes, dessen Wiege
Auch noch auf diesem teuren Boden stand,
Hör mich, denn alles andere ist Lüge,
Kein Mann gedeihet ohne Vaterland.

Kannst du den Sinn, den diese Worte führen,
Mit deiner Kinderseele nicht verstehn,
So soll er wie ein Schauer dich berühren
Und wie ein Pulsschlag in dein Leben gehn.

Es steht das alles auf vollkommen dichterischer Höhe. Man hat sich daran gewöhnt, ihn immer nur als Erotiker anzusehen; aber seine vaterländischen Dichtungen stehen ganz ebenbürtig neben seiner Liebeslyrik, wenn nicht noch höher. Alles hat was zu Herzen Gehendes, überall das
198 Gegenteil von Phrase, jede Zeile voll Kraft und Nerv.

Storm, als er Husum schon verlassen, nahm – wie wenn er sich von seiner heimatlichen Erde nicht habe losreißen können – noch eine mehrmonatliche Rast in Altona, was veranlaßte, daß er erst im Spätherbst in Potsdam eintraf, wohin man ihn, statt nach Schwedisch-Pommern, installiert hatte. Hier in Potsdam fand er eine gute Wohnung und gute Beziehungen. Die Damen schwärmten ihn an, und die Männer, wie gewöhnlich, mußten mit. Er hätte zufrieden sein können, aber er war es nicht und zog es vor, obschon er ganz unpolitisch war, mehr oder weniger den politischen Ankläger zu machen. Mit seiner kleinen, feinen Stimme ließ er sich über das Inferiore preußischen Wesens ganz unbefangen aus und sah einen dabei halb gutmütig, halb listig an, immer, als ob er fragen wolle: »Hab' ich nicht recht?« – Was wir Altpreußen uns auf diesem Gebiete gefallen lassen müssen und tatsächlich beständig gefallen lassen, spottet jeder Beschreibung. Storm war einer der Schlimmsten. Er blieb, aller auch von ihm anerkannten Guttaten ungeachtet, antipreußisch, und eine Stelle, die sich in Dr. *Paul Schützes* hübschem Buche »Theodor Storm, sein Leben und seine Dichtung« vorfindet, wird wohl ziemlich richtig aussprechen, woran Storm damals krankte. »Nicht leicht«, so heißt es da, »war es für eine Natur wie die seine, sich fremden Verhältnissen anzupassen. Er hatte den altgermanischen Zug, das Leben in der Heimat als Glück, das Leben in der Fremde als ›Elend‹ anzusehen. Heimisch hat er sich in dem ›großen Militärkasino‹ Potsdam nie gefühlt, und so gastlich man ihn auch aufnahm, die Potsdamer Jahre waren eine trübe Zeit für ihn. In den geschniegelten, überall eine künstlich ordnende Menschenhand verratenden Parks empfand er ein Verlangen nach dem Anblick eines *›ehrlichen Kartoffelfeldes, das mit Menschenleben und -geschick in unmittelbarem Zusammenhange steht‹*.«

Diese gesperrt [hier: *kursiv*] und mit Anführungszeichen gedruckten Worte sind sehr wahrscheinlich ein Zitat aus einem Stormschen Briefe. Sie haben für einen Märker etwas wehmütig Komisches. Denn wenn es überhaupt eine Sehnsucht gibt, die hierlandes leicht befriedigt werden kann, so ist es die Sehnsucht nach einem *ehrlichen Kartoffelfelde.* Storm war aber nicht zufriedenzustellen, was nicht an den »geschniegelten Parks« – es gibt für jeden vernünftigen Menschen kaum etwas Entzücken- 199
deres als Sanssouci –, sondern einfach in seiner Abneigung gegen alles Preußische lag. Preußen wird von sehr vielen als ein Schrecknis empfunden, aber Storm empfand dieses Schrecknis ganz besonders stark. Ich habe zahllose Gespräche mit ihm über dies diffizile Thema gehabt und bin seinen Auseinandersetzungen, wie dann später den gleichlautenden Auslassungen seiner Gesinnungsgenossen, jederzeit mit sehr gemischten Gefühlen gefolgt, mit Zustimmung und mit Ungeduld. Mit Zustimmung, weil ich das, was man Preußen vorwirft, oft *so* gerechtfertigt finde, daß ich die Vorwürfe womöglich noch überbieten möchte; mit Ungeduld, weil sich in dieser ewigen Verkleinerung Preußens eine ganz unerträgliche Anmaßung und Überheblichkeit ausspricht, also genau das, was man uns vorwirft. In Selbstgerechtigkeit sind die deutschen Volksschaften untereinander dermaßen gleichartig und ebenbürtig, daß, wenn schließlich zwischen ihnen abgerechnet werden soll, kein anderer Maßstab

übrig bleibt als *der,* den uns ihre, das ganze Gebiet des Lebens umfassenden Taten an die Hand geben. Und wenn diese Taten zum Maßstab genommen werden sollen, wer will da so leichten Spieles mit uns fertig werden! Vieles in »Berlin und Potsdam« war immer sehr ledern und ist es noch; wenn's aber zum Letzten und Eigentlichsten kommt, was ist dann, um nur ein halbes Jahrhundert als Beispiel herauszugreifen, die ganze schleswig-holsteinische Geschichte neben der Geschichte des Alten Fritzen! Allen möglichen Balladenrespekt vor König Erich und Herzog Abel, vor Bornhöved und Hemmingstedt; aber neben Hochkirch und Kunersdorf – ich nehme mit Absicht Unglücksschlachten, weil wir uns diesen Luxus leisten können – geht doch dieser ganze Kleinkram in die Luft. Diesen Satz will ich vor Gott und den Menschen vertreten. Es liegt nun einmal so. Für alles das aber hatte der von mir als Mensch und Dichter, als Dichter nun schon ganz gewiß, so sehr geliebte Storm nicht das geringste Verständnis, und daß er dies Einsehen nicht hatte, lag nicht an »Potsdam und seinen geschniegelten Parks«, das lag an seiner das richtige Maß überschreitenden, lokalpatriotischen Husumerei, die sich durch seine ganze Produktion – auch selbst seine schönsten politi-
200 schen Gedichte nicht ausgeschlossen – hindurchzieht. Er hatte für die Dänen dieselbe Geringschätzung wie für die Preußen. Dies aber sich selber immer »Norm« sein ist ein Unsinn, abgesehen davon, daß es andre, das mindeste zu sagen, verdrießlich stimmt. Ich rufe Mommsen, einen echten Schleswig-Holsteiner und Freund Storms, der aber freilich in der angenehmen Situation ist, einen palatinischen Cäsar von einem eiderstädtischen Deichgrafen unterscheiden zu können, zum Zeugen auf, ob ich in dieser Frage recht habe oder nicht. Leider gibt es politisch immer noch viele Storme; Hannover, Hamburg und – horribile dictu – Mecklenburg stellen unentwegt ihr Kontingent.

Storm, gleich nach seinem Eintreffen in Potsdam, hatte sich natürlich mit den ihm schon früher in Berlin bekannt gewordenen literarischen Persönlichkeiten in Verbindung gesetzt und sah sich wenige Wochen später auch in den Tunnel eingeführt. Er wurde hier – zunächst als Gast – aufs freundlichste begrüßt und erhielt bei seiner bald darauf erfolgenden Aufnahme den Tunnel-Namen »Tannhäuser«. Als Liebesdichter hatte er einen gewissen Anspruch darauf, aber auch nur als solcher; im übrigen verknüpfen wir jetzt mit dem Namen »Tannhäuser« eine gewisse Nie-mann-Vorstellung, von der Storm so ziemlich das Gegenteil war, ein Mann wie ein Eichkätzchen, nur nicht so springelustig.

Wie mit mancher Berühmtheit, die dem Tunnel zugeführt wurde, wollte es auch mit Storm nicht recht gehen. Um so ohne weiteres an ihn zu glauben, dazu reichte das damalige Maß seiner Berühmtheit nicht aus, und um sich die Herzen im Fluge zu erobern, dazu war weder seine Persönlichkeit noch seine Dichtung noch das Tunnel-Publikum angetan. Der Tunnel, so viel ich ihm nachzurühmen habe, war doch an sehr vielen Sonntagen nichts weiter als ein Rauch- und Kaffeesalon, darin, während Kellner auf und ab gingen, etwas Beliebiges vorgelesen wurde. War es nun eine Schreckensballade, drin Darnley in die Luft flog oder Maria Stuart enthauptet wurde, so ging die Sache; setzte sich aber ein Liebeslieddichter hin, um mit seiner vielleicht pimprigen Stimme zwei kleine Strophen vorzulesen, so traf es sich nicht selten, daß der Vorlesende mit
seinem Liede schon wieder zu Ende war, ehe noch der Kaffeekellner auf 201
das ihm eingehändigte Viergroschenstück sein schlechtes Zweigroschenstück – mit dem Braunschweiger Pferde oben – herausgegeben hatte. Darunter hatte denn auch Storm zu leiden; er kam zu keiner Geltung, weil *er* sowohl wie das, was er vortrug, für Lokal und Menschen nicht kräftig genug gestimmt war. Er fühlte das auch und nahm einen Anlauf, sich à tout prix zur Geltung zu bringen, versah es aber damit gänzlich. Er hatte kein rechtes Glück bei uns. Irgendwer hatte ein Gedicht vorgelesen, in dem eine verbrecherische Liebe zwischen Bruder und Schwester behandelt wurde. Man fand es mit Recht verfehlt, am verfehltesten aber fand es der mitkritisierende Storm, der, als er sein Urteil abgeben sollte, des weiteren ausführte, daß vor allem »die schwüle Stimmung« darin fehle. »Nun, Tannhäuser«, so rief man ihm zu, »dann machen Sie's doch.« Und Storm war auch wirklich dazu bereit und erschien vierzehn Tage später mit dem von ihm zugesagten Gedicht »Geschwisterliebe«, aber nur, um einen totalen Abfall zu erleben. »Ja«, hieß es, »Ihr Gedicht ist freilich besser, aber zugleich auch viel schlechter; die ›schwüle Stimmung‹, von der Sie sprachen, die haben Sie herausgebracht; aber es wird einem ganz himmelangst dabei.« Dies Urteil war, glaub' ich, richtig; Storm selbst empfand auch etwas der Art und bastelte noch daran herum, suchte sich sogar in Gesprächen und Briefen zu verteidigen. Aber ohne rechten Erfolg. Einer dieser Briefe richtete sich an mich.

»Erschrecken Sie nicht«, so schrieb er mir, »daß ich noch einmal auf meine Ballada incestuosa zurückkomme.

Jede *Sitte,* worunter wir an sich nur ein äußerlich allgemein Geltendes und Beobachtetes verstehen, hat ein inneres, reelles *Fundament,* wodurch dieselbe ihre Berechtigung erhält. Die Sitte – denn mit den *rechtlichen* Verboten in dieser Beziehung haben wir es hier nicht zu tun –, daß Schwester und Bruder sich nicht vereinigen dürfen, beruht auf der damit übereinstimmenden Natureinrichtung, welche in der Regel diesen Trieb versagt hat. Wo nun aber, im einzelnen Falle, dieser Trieb vorhanden ist, da fehlt auch, eben für diesen einzelnen Fall, der Sitte das Fundament, und der einzelne kann sich der allgemeinen Sitte gegenüber, oder viel-
202 mehr ihr entgegen, zu einem Ausnahmefall berechtigt fühlen. Daß er nun sein natürliches Recht, nachdem er es vergebens mit der Sitte in Einklang zu bringen versucht hat, kühn gegen all das Verderben eintauscht, was der Brauch und das Allgemeingültige über ihn bringen muß, das ist *das,* was ich als den poetischen Schwerpunkt empfunden habe. Gleichwohl habe ich für Sie einen neuen Schluß zurechtgemacht, der freilich christlich ebensowenig passieren darf wie der andere. Hier ist er …«

Storm ließ diesen neuen Schluß nun folgen, und in dieser etwas veränderten Gestalt ist die Ballada incestuosa auch in seine Gedichte übergegangen. Es ist aber, trotz all dieser Mühen, eine vergleichsweise schwache Leistung geblieben, wie sich jeder, der die Gedichte zur Hand hat, leicht überzeugen kann.

Storm blieb Mitglied. Aber er kam nicht mehr oder sehr selten. Er mußte sich gesellschaftlich von vornherein geborgen fühlen, sonst schwenkte er ab.

Seine Tunnel-Schicksale hatten sich nicht sehr günstig gestaltet, freilich auch nicht schlimm. Schlimmer war es, daß es auch mit *Kugler* zu einer Verstimmung kam. Ohne rechte Schuld auf der einen und der anderen Seite. Wir saßen eines Tages zu vier oder fünf in einem Tiergartenlokal, in einem von Pfeifenkraut und Jelängerjelieber umrankten Pavillon, und da sich's fügte, daß kurz vorher ein neues Buch von Geibel erschienen war, so nahm Storm Veranlassung, über seinen Konkurrenten Geibel sein Herz auszuschütten. »Ja, Geibel. Das ist alles ganz gut. Aber was haben wir schließlich? Wohlklang, Geschmack, gefällige Reime – von eigentlicher Lyrik aber kann kaum die Rede sein und von Liebeslyrik nun schon ganz gewiß nicht. Liebeslyrik, da muß alles latente Leidenschaft sein, alles nur angedeutet und doch machtvoll, alles in einem Dunkel, und mit einemmal ein uns blendender Blitz, der uns, je nachdem,

erschreckt oder entzückt.« Kugler wurde unruhig. Zum Unglück fuhr Storm fort: »In zwei Strophen von mir ...« und nun wollte er an einem seiner eigenen Gedichte zeigen, wie echte Liebeslyrik beschaffen sein müsse. Aber er kam nicht dazu. »Nein, lieber Storm«, unterbrach Kugler, »nicht so. Geibel ist unser aller Freund, und wie ich bisher annahm,
auch der Ihrige, und einen anderen tadeln, bloß weil er's anders macht 203
als man selber, das geht nicht.« Wir kamen sämtlich in eine große Verlegenheit. Natürlich, soviel mußte man Kugler zugestehen, hatte Storm, wenn auch nicht direkt, so doch unmißverständlich ausgesprochen: »*Meine* Gedichte sind besser als Geibels.« Aber wenn dergleichen artig gesagt wird, so darf man um solches Ausspruches willen nicht reprimandiert werden, auch dann nicht, wenn man unrecht hat. Hier aber darf doch wohl gesagt werden, *Storm hatte recht.* Geibel war ein entzückender Mensch und dazu ein liebenswürdiger, ebenso dem Ohr wie den Anschauungen einer Publikumsmajorität sich einschmeichelnder Dichter. Aber als Liebeslieddichter steht Storm hoch über ihm.

Der ganze Zwischenfall, von dem ich damals einen starken Eindruck empfing, ist mir nie wieder aus dem Gedächtnis geschwunden und hat mich jederzeit zu vorsichtiger Haltung gemahnt. Aber freilich, dieser Mahnung immer zu gehorchen, ist nicht leicht. Oft liegt es so, daß man ein Lob, das gespendet wird, zwar nicht teilt, aber doch begreift. In solchem Falle zu schweigen, ist kein Kunststück. Aber überall da, wo man nicht bloß seine dichterische Überlegenheit über einen Mitbewerber, sondern viel, viel mehr noch seine *kritische* Überlegenheit über die mit Kennermiene sich gerierenden Urteilsabgeber fühlt – in solchen Momenten immer zurückzuhalten, ist mir oft recht schwer geworden. Wenn ich dann aber Storm und Kugler und die Jelängerjelieber-Laube vor mir aufsteigen sah, gelang es mir doch so leidlich.

Der über Geibels Wertschätzung als Liebeslieddichter entstandene Streit war für alle Teile sehr peinlich, es kam aber schließlich zum Friedensschluß, und man war allerseits bemüht, die Sache vergessen zu machen. Was denn auch glückte. Storm sah sich nicht bloß in das Kuglersche Haus eingeführt, sondern ebendaselbst auch mit Auszeichnungen überhäuft, und die damals miterlebten »Storm-Abende« zählen zu meinen liebsten Erinnerungen. Es mag übrigens schon hier erwähnt sein, daß Storm, nach Art so vieler lyrischer Dichter – und nun gar erst lyrischer
Dichter aus kleinen Städten – der Träger von allerhand gesellschaftlichen 204

Befremdlichkeiten war, die, je nach ihrer Art, einer lächelnden oder auch wohl halb entsetzten Aufnahme begegneten. Manches so grotesk, daß es sich hier der Möglichkeit des Erzähltwerdens entzieht. Aber seine mit dem Charme des Naiven ausgerüstete Persönlichkeit blieb am Ende doch immer siegreich, und selbst »Frau Clara«, so gut sie sonst die Geheimrätin zu betonen wußte, sah und hörte schließlich drüber hin.

Diese Storm-Abende waren, ehe man zu Tisch ging und der Fidelitas ihr Recht gönnte, meist Vorlesungsabende, bei denen man es zunächst mit Lyrik versuchte. Sehr bald aber zeigte sich's, wie vorher im Tunnel, daß Lyrik für einen größeren Kreis nicht passe, weshalb Storm, sein Programm rasch wechselnd, statt der kleinen »Erotika« Märchenhaftes und Phantastisches vorzulesen begann. Von der Märchendichtung, wie sie damals in Jugendschriften betrieben wurde, hielt er an und für sich sehr wenig. »Das Märchen hat seinen Kredit verloren; es ist die Werkstatt des Dilettantismus geworden, der nun mit seiner Pfuscherarbeit einen lebhaften Markt eröffnet.« So schrieb er einmal. Er war sich demgegenüber eines besonderen Berufes wohl bewußt, zugleich auch einer eigentümlichen Märchenvortragskunst, wobei kleine Mittel, die mitunter das Komische streiften, seinerseits nicht verschmäht wurden.

So entsinne ich mich eines Abends, wo er das Gedicht »In Bulemanns Haus« vorlas. Eine zierliche Kleine, die gern tanzt, geht bei Mondenschein in ein verfallenes Haus, darin nur die Mäuse heimisch sind. Und auch ein hoher Spiegel ist da zurückgeblieben. Vor den tritt sie hin, grüßt in ihm ihr Bild und das Bild grüßt wieder, und nun beginnen beide zu tanzen, sie und ihr Bild, bis der Tag anbricht und die »zierliche Kleine« niedersinkt und einschläft. Dieser phantastische Tanz im Mondenschein bildet den Hauptinhalt und ist ein Meisterstück in Form und Klang. Ich sehe noch, wie wir um den großen, runden Tisch, den ich schon in einem früheren Kapitel beschrieben, herum saßen, die Damen bei ihrer Handarbeit, wir »von Fach« die Blicke erwartungsvoll auf Storm selbst gerichtet. Aber statt anzufangen, erhob er sich erst, machte eine entschuldigende
205 Verbeugung gegen Frau Kugler und ging dann auf die Tür zu, um diese zuzuriegeln. Der Gedanke, daß der Diener mit den Teetassen kommen könne, war ihm unerträglich. Dann schraubte er die Lampe, die schon einen für Halbdunkel sorgenden grünen Schirm hatte, ganz erheblich herunter, und nun erst fing er an: »Es klippt auf den Gassen im Mondenschein, das ist die zierliche Kleine ...« Er war ganz bei der Sache, sang es mehr, als er es las, und während seine Augen wie die eines klei-

nen Hexenmeisters leuchteten, verfolgten sie uns doch zugleich, um in jedem Augenblicke das Maß und auch die Art der Wirkung bemessen zu können. Wir sollten von dem Halbgespenstischen gebannt, von dem Humoristischen erheitert, von dem Melodischen lächelnd eingewiegt werden – das alles wollte er auf unseren Gesichtern lesen, und ich glaube fast, daß ihm diese Genugtuung auch zuteil wurde.

Denselben Abend erzählte er auch Spukgeschichten, was er ganz vorzüglich verstand, weil es immer klang, als würde das, was er vortrug, aus der Ferne von einer leisen Violine begleitet. Die Geschichten an und für sich waren meist unbedeutend und unfertig, und wenn wir ihm das sagten, so wurde sein Gesicht nur noch spitzer, und mit schlauem Lächeln erwiderte er: »Ja, das ist das Wahre; daran können Sie die Echtheit erkennen; solche Geschichte muß immer ganz wenig sein und unbefriedigt lassen; aus dem Unbefriedigten ergibt sich zuletzt die höchste künstlerische Befriedigung.« Er hatte uns nämlich gerade von einem unbewohnten Spukhause erzählt, drin die Nachbarsleute nachts ein Tanzen gehört und durch das Schlüsselloch geguckt hatten. Und da hätten sie vier Paar zierliche Füße gesehen mit Schnürstiefelchen und nur gerade die Knöchel darüber, und die vier Paar Füße hätten getanzt und mit den Hacken zusammengeschlagen. Einige Damen lachten, aber er sah sie so an, daß sie zuletzt doch in einen Grusel kamen.

Storm war oft in Berlin, aber wir waren doch auch gelegentlich zu ihm
geladen und fuhren dann in corpore – meist Kugler, Merckel, Eggers,
Blomberg, ich – nach Potsdam hinüber, um unsere sogenannte »Rütli-
Sitzung« in Storms Wohnung abzuhalten. Rütli, wie schon an anderer
Stelle hervorgehoben, war eine Art Neben-Tunnel, eine Art Extrakt der
Sache. Storm war ein sehr liebenswürdiger Wirt, sehr gastlich, und seine 206
Frau, die schöne »Frau Constanze«, fast noch mehr. Wir blieben Nachmittag und Abend und fuhren erst spät zurück. Je kleiner der Kreis war,
je netter war es; er sprach dann, was er in größerer Gesellschaft vermied,
über dichterisches Schaffen überhaupt und speziell auch über sein eigenes.
Ich habe, bei Behandlung solcher Themata, keinen anderen so Wahres
und so Tiefes sagen hören. In neuester Zeit sind Tagebücher der Gebrüder Goncourt erschienen, die sich auch über derlei Dinge verbreiten und
mich mehr als einmal ausrufen ließen: »Ja, wenn wir doch die gleiche,
jedes Wort zur Rechenschaft ziehende Gewissenhaftigkeit hätten.« In
der Tat, wir haben nur ganz wenige Schriftsteller, die wie die Goncourts

verfahren, und unter diesen wenigen steht Storm obenan. Er ließ das zunächst schnell Geschriebene wochenlang ruhen, und nun erst begann – zumeist auf Spaziergängen auf seinem Husumer Deich – das Verbessern, Feilen und Glätten, auch wohl, wie Lindau einmal sehr witzig gesagt hat, das »Wiederdrübergehen mit der Raspel«, um dadurch die beim Feilen entstandene zu große Glätte wieder kräftig und natürlich zu machen.

Unter seinen kleinen Gedichten sind viele, daran er ein halbes Jahr und länger gearbeitet hat. Deshalb erfüllen sie denn auch den Kenner mit so hoher Befriedigung. Er hat viel Freunde gefunden, aber zu *voller* Würdigung ist er doch immer noch nicht gelangt. Denn seine höchste Vorzüglichkeit ruht nicht in seinen vergleichsweise viel gelesenen und bewunderten Novellen, sondern in seiner Lyrik.

Noch einmal, diese Reunions in unseres Storms Potsdamer Hause waren sehr angenehm, lehrreich und fördernd, weit über das hinaus, was man sonst wohl bei solchen Gelegenheiten einheimst; aber sie litten doch auch an jenen kleinen Sonderbarkeiten, die nun einmal alles Stormsche begleiteten und ein Resultat seines weltfremden Lebens und eines gewissen Jean Paulismus waren. Es wird von Jean Paul erzählt, daß er sich, einmal auf Besuch in Berlin, in einer größeren Gesellschaft ins »Kartoffelschälen auf Vorrat« vertieft habe, was dann schließlich bei dem inzwischen vorgerückten Souper zu einer Art Verzweiflungskampf zwi-
207 schen ihm und dem die Teller rasch wechseln wollenden Diener geführt hätte. Ganz dasselbe hätte Storm passieren können oder wenn nicht dasselbe, so doch sehr Ähnliches. Ich habe manches der Art mit ihm erlebt. Er hatte, wie so viele lyrische Poeten, eine Neigung, alles aufs Idyll zu stellen und sich statt mit der Frage: »Tut man das?« oder: »Ist das convenable?« nur mit der Frage zu beschäftigen: »Entspricht das Vossens ›Luise‹ oder dem redlichen Tamm oder irgendeiner Szene aus Mörikes ›Maler Nolten‹ oder aus Arnims ›Kronenwächtern‹?« Ja, ich fürchte, daß er noch einen Schritt weiterging und seine Lebensvorbilder in seinen eigenen, vielfach auf Tradition sich stützenden Schöpfungen suchte. Man kann dies nun sicherlich reizend finden, auch ich kann es, aber trotzdem bin ich der Ansicht, daß diesem Verfahren ein Hauptirrtum zugrunde liegt. Es soll sich die Dichtung nach dem Leben richten, an das Leben sich anschließen, aber umgekehrt eine der Zeit nach weit zurückliegende Dichtung als Norm für modernes Leben zu nehmen, erscheint mir durchaus falsch. In Storms Potsdamer Hause ging es her wie

in dem öfters von ihm beschriebenen Hause seiner Husumer Großmutter, und was das Schlimmste war, er war sehr stolz darauf und sah in dem, was er einem als Bild und Szene gab, etwas ein für allemal »poetisch Abgestempeltes«. Das Lämpchen, der Teekessel, dessen Deckel klapperte, die holländische Teekanne daneben, das alles waren Dinge, darauf nicht bloß sein Blick andächtig ruhte – das hätte man ihm gönnen können –, nein, es waren auch Dinge, die gleiche Würdigung von denen erwarteten, die, weil anders geartet, nicht viel davon machen konnten und durch das *Absichtliche* darin ein wenig verstimmt wurden. Wie mir einmal ein Hamburger erzählte: »Ja, da war ja nun letzten Sommer Ihr Kronprinz bei uns, und da wird er wohl mal gesehen haben, was ein richtiges Mittagessen ist« – so glaubte Storm ganz ernsthaft, daß eine wirkliche Tasse Tee nur aus seiner Husumer Kanne kommen könne. Die Provinzialsimpelei steigert sich mitunter bis zum Großartigen.

In einem gewissen Zusammenhange damit stand die Kindererziehung. Auch hier nahm Storm einen etwas abweichenden Standpunkt ein und sah mit überlegenem Lächeln auf Pedantismus und preußischen Drill hernieder. Er war eben für Individualität und Freiheit, beides »ungedeelt«. 208
Eines Abends saßen wir munter zu Tisch, und die Bowle, die den Schluß machen sollte, war eben aufgetragen, als ich mit einem Male wahrnahm, daß sich unser Freund Merckel nicht nur verfärbte, sondern auch ziemlich erregt unter dem Tisch recherchierte. Richtig, da hockte noch der Übeltäter: einer der kleineren Stormschen Söhne, der sich heimlich unter das Tischtuch verkrochen und hier unseren kleinen Kammergerichtsrat, vor dem wir alle einen heillosen Respekt hatten, in die Wade gebissen hatte. Storm mißbilligte diesen Akt, hielt seine Mißbilligung aber doch in ganz eigentümlich gemäßigten Grenzen, was dann, auf der Rückfahrt, einen unerschöpflichen Stoff für unsere Coupéunterhaltung abgab. Schließlich, so viel ist gewiß, werden die Menschen *das,* was sie werden sollen, und so darf man an derlei Dinge nicht allzu ernste Betrachtungen knüpfen; aber das hab' ich doch immer wieder und wieder gefunden, daß Lyriker, und ganz besonders Romantiker, durch erzieherische Gaben nur sehr ausnahmsweise glänzen.

Drei Jahre, bis Herbst 56, blieb Storm in Potsdam; dann ward er nach Heiligenstadt im Eichsfelde versetzt. »Hier in diesem mehr abseits gelegenen, von Waldbergen umkränzten thüringischen Städtchen, gewissermaßen einem Pendant zu seinem schleswigschen Husum, gestaltete sich ihm das Leben wieder innerlicher, traulicher, befriedigender.« So heißt es in Paul Schützes schon eingangs zitiertem Buche. Desgleichen hat L. Pietsch im zweiten Teile seiner »Lebenserinnerungen« sehr anziehend über diese Heiligenstädter Tage berichtet. Ein Kreis froher teilnehmender Menschen sammelte sich hier um Storm, unter ihnen in erster Reihe Landrat von Wussow und Staatsanwalt Delius.

Fast alljährlich unternahm Storm von Heiligenstadt aus Reisen in die Heimat, entweder nach Husum, wo ihm noch die Eltern lebten, oder nach Segeberg, dem Geburtsort seiner Frau. Mehrmals war er auch in Berlin, aber nur eines dieser Besuche – fast um dieselbe Zeit, wo Storm nach Heiligenstadt ging, ging ich nach London – erinnere ich mich. Das war bald nach meiner Rückkehr aus England, also wahrscheinlich im
209 Jahr 62. Alles, als er eintraf, freute sich, ihn wiederzusehen, aber dies »Alles« hatte sich, wenigstens soweit unser Kreis in Betracht kam, seit jenem Winter 52, wo wir miteinander bekannt wurden, sehr verändert. Kugler und Merckel waren tot, »Frau Clara« und Heyse nach München übersiedelt, Roquette in Dresden; so fand er nur noch Zöllner, Eggers und mich. Er blieb denn auch nicht lange. Mit Zöllner und Eggers, die ganz vorzüglich zu ihm paßten, war er sehr intim, während sich ein gleich herzliches Verhältnis, trotz beiderseitig besten Willens, zwischen ihm und mir nicht herstellen lassen wollte. Wir waren zu verschieden. Er war für den Husumer Deich, *ich* war für die Londonbrücke; sein Ideal war die schleswigsche Heide mit den roten Erikabüscheln, mein Ideal war die Heide von Culloden mit den Gräbern der Camerons und Mac Intosh. Er steckte mir zu tief in Literatur, Kunst und Gesang, und was ein Spötter mal von dem Kuglerschen Hause gesagt hatte, »man beurteile da die Menschen lediglich im Hinblick darauf, ob sie schon einen Band Gedichte herausgegeben hätten oder nicht« –, dieser Satz paßte sehr gut auch auf Storm. Aber was unserer Intimität, und zwar viel, viel mehr als das verschiedene *Maß* unseres Interesses an künstlerischen Dingen im Wege stand, das war *das,* daß wir auch den Dingen des alltäglichen Lebens gegenüber gar so sehr verschieden empfanden. Um's kurz zu machen, er hielt mich und meine Betrachtung der Dinge für »frivol«. Und das ärgerte mich ein bißchen, trotzdem es mir zugleich eine beständige Quelle der Erheiterung war. Man wolle mich hier nicht mißverstehen. Ich habe nichts dagegen, auch jetzt noch nicht, für frivol gehalten zu werden. Meinetwegen. Aber ich sehe mir die Leute, die mit solchem Urteil um sich werfen, einigermaßen ernsthaft an. Wenn Kleist-

Retzow oder noch besser der von mir hochverehrte Pastor Müllensiefen, der mir immer als das Ideal eines evangelischen Geistlichen erschienen ist – wenn mir der jemals gesagt hätte: »Lieber F., Sie sind frivol«, so hätt' ich mir das gesagt sein lassen, wenn auch ohne die geringste Lust, mich irgendwie zu ändern. Aber gerade von Personen, die vielleicht zu solchem Ausspruche berechtigt gewesen wären, sind mir derlei Dinge nie gesagt worden, sondern immer nur von solchen, die, meiner Meinung nach, in ihrer literarischen Produktion um vieles mehr auf der Kippe 210
standen als ich selbst. Und zwar waren es immer Erotiker, Generalpächter der großen Liebesweltdomäne. Diesen Zweig meiner Kollegenschaft auf ihrem vorgeblichen Unschulds- und Moralgebiet zu beobachten, ist mir immer ein besonderes Gaudium gewesen. Die hier in Frage Kommenden unterscheiden nämlich zwei Küsse: den Himmelskuß und den Höllenkuß, eine Scheidung, die ich gelten lassen will. Aber was ich *nicht* gelten lassen kann, ist der diesen Erotikern eigene Zug, den von ihnen applizierten Kuß, er sei wie er sei, immer als einen »Kuß von oben«, den Kuß ihrer lyrischen oder novellistischen Konkurrenten aber immer als einen Kuß aus der entgegengesetzten Richtung anzusehen. Sie schlagen mit ihrem »Bauer, dat's wat anners« selbst den vollwichtigsten Agrarier aus dem Felde. Zu dieser Gruppe der Weihekußmonopolisten gehörte nun Storm im höchsten Maße, trotzdem er Dinge geschrieben und Situationen geschildert hat, die mir viel bedenklicher erscheinen wollen als beispielsweise Heines berühmte Schilderung von einer dekolletiert auf einem Ball erscheinenden Embonpoint-Madame, hinsichtlich deren er versicherte, »nicht nur das Rote Meer, sondern auch noch ganz Arabien, Syrien und Mesopotamien« gesehen zu haben. Solche Verquickung von Übermut und Komik hebt Schilderungen der Art, in meinen Augen wenigstens, auf eine künstlerische Hochstufe, neben der die saubertuenden Wendungen der angeblichen Unschuldserotiker auch moralisch versinken.

Ich traf in jenen zweiundsechziger Tagen Storm meist im Zöllnerschen Hause, das, in bezug auf Gastlichkeit, die Kugler-Merckelsche Erbschaft angetreten hatte; noch öfter aber flanierten wir in der Stadt umher, und an einem mir lebhaft in Erinnerung gebliebenen Tage machten wir einen Spaziergang in den Tiergarten, natürlich immer im Gespräch über Rückert und Uhland, über Lenau und Mörike und »wie feine Lyrik eigentlich sein müsse«. Denn das war sein Lieblingsthema geblieben. Es mochte zwölf Uhr sein, als wir durchs Brandenburger Tor zurückkamen und beide das Verlangen nach einem Frühstück verspürten. Ich schlug

ihm meine Wohnung vor, die nicht allzuweit ablag; er entschied sich
211 aber für Kranzler. Ich bekenne, daß ich ein wenig erschrak. Storm war wie geschaffen für einen Tiergartenspaziergang an dichtbelaubten Stellen, aber für Kranzler war er nicht geschaffen. Ich seh' ihn noch deutlich vor mir. Er trug leinene Beinkleider und leinene Weste von jenem sonderbaren Stoff, der wie gelbe Seide glänzt und sehr leicht furchtbare Falten schlägt, darüber ein grünes Röckchen, Reisehut und einen Schal. Nun weiß ich sehr wohl, daß gerade ich vielleicht derjenige deutsche Schriftsteller bin, der in Sachen gestrickter Wolle zur höchsten Toleranz verpflichtet ist, denn ich trage selber dergleichen. Aber zu so viel Bescheidenheit ich auch verpflichtet sein mag, zwischen Schal und Schal ist doch immer noch ein Unterschied. Wer ein Mitleidender ist, weiß, daß im Leben eines solchen Produkts aus der Textilindustrie zwei Stadien zu beobachten sind: ein Jugendstadium, wo das Gewebe mehr in die Breite geht und noch Elastizität, ich möchte sagen, Leben hat, und ein Altersstadium, wo der Schal nur noch eine endlose Länge darstellt, ohne jede zurückschnellende Federkraft. So war der Stormsche. Storm trug ihn rund um den Hals herum, trotzdem hing er noch in zwei Strippen vorn herunter, in einer kurzen und einer ganz langen. An jeder befand sich eine Puschel, die hin und her pendelte. So marschierten wir die Linden herunter, bis an die berühmte Ecke. Vorne saßen gerade Gardekürassiere, die uns anlächelten, weil wir ihnen ein nicht gewöhnliches Straßenbild gewährten. Ich sah es und kam unter dem Eindruck davon noch einmal auf meinen Vorschlag zurück. »Könnten wir nicht lieber zu Schilling gehen; da sind wir allein, ganz stille Zimmer.« Aber mit der Ruhe des guten Gewissens bestand er auf Kranzler. En avant denn, wobei ich immer noch hoffte, durch gute Direktiven einiges ausrichten zu können. Aber Storm machte jede kleinste Hoffnung zuschanden. Er trat zu der brunhildenhaften Comptoirdame, die selber bei der Garde gedient haben konnte, sofort in ein lyrisches Verhältnis und erkundigte sich nach den Einzelnheiten des Büfets, alle reichlich gestellten Fragen bis ins Detail erschöpfend. Die Dame bewahrte gute Haltung. Aber Storm auch. Er pflanzte sich, dem Verkaufstisch gegenüber, an einem der Vorderfenster auf, in das zwei Stühle tief eingerückt waren. »Hier wird
212 er Platz nehmen«, an diesem Anker hielt ich mich. Aber nein, er wies auch hier wieder das sich ihm darbietende Refugium ab, und den schmalen Weg, der zwischen Fenster und Büfet lief, absperrend, nahm er unser Gespräch über Mörike wieder auf, und je lebhafter es wurde,

je mächtiger pendelte der Schal mit den zwei Puscheln hin und her. Ich war froh, als wir nach einer halben Stunde wieder heil heraus waren.

Täuscht mich nicht alles, so kann dergleichen heutzutage kaum noch vorkommen. Und das ist ein wahres Glück. Es hing das alles – weshalb ich es hier mit allem Vorbedacht erzählt habe – doch mit einer kolossal hohen Selbsteinschätzung (nur nicht im Geldpunkt) zusammen und einer gleichzeitigen Unterschätzung des Alltagsmenschen, des Philisters, des Nichtdichters oder Nichtkünstlers. Einer der herrlichsten und gefeiertsten Poeten der romantischen Schule hat ein Gedicht geschrieben unter dem Titel: »Engel und Bengel«, und wenn man solchen Schal trug und dabei dichtete, so war man eben ein »Engel«, und wenn man bloß Gardekürassier war, nun so war man eben das andere. Das ist nun Gott sei Dank überwunden, und gerade wir Leute von Fach dürfen uns gratulieren, solchen Wandel der Zeiten noch erlebt zu haben. Denn jene sonderbare »Engelschaft« hat unser ganzes Metier – ich denke dabei nicht weiter an Storm, dem es, wenn es zum Eigentlichsten kam, an einer *wirklichen* Legitimation nicht fehlte – doch schließlich nur lächerlich gemacht.

Im Sommer 64, kurz nach der Befreiung des Landes, kehrte Storm nach elfjähriger Abwesenheit in seine geliebte Heimat zurück. Er war nun wieder Landvogt in Husum. Aber im selben Augenblicke fast, wo seine Hand all das liebe Alte wieder in Besitz nahm, nahm eine wohlverständliche Schwermut von *ihm* Besitz. Er schrieb an einen Freund: »O, meine Muse, war das der Weg, den du mich führen wolltest! Die sommerlichen Heiden, deren heilige Einsamkeit ich sonst an Deiner Hand durchstreifte, bis durch den braunen Abendduft die Sterne schienen, sind sie denn alle, alle abgeblüht? Es ist ein melancholisches Lied, das Lied von der Heimkehr.« Wundervolle Worte, wie sie nur Storm schreiben konnte, voll jenes eigentümlichen Zaubers, den fast alles hat, das aus seiner Feder kam. In etwas spezifisch Poetischem steht er ganz einzig da. 213

»Wen von euch soll ich nun dafür hingeben?« so frug er, als er sich bald danach an der alten Stelle wieder eingerichtet hatte. Er hatte nicht lange auf Antwort zu warten. Ein Jahr nach der Rückkehr starb Frau Constanze, jene schöne, frische, anmutige Frau, an die er, als er ihr 1852 von Berlin aus den beschlossenen Eintritt in den preußischen Dienst meldete, die Worte gerichtet hatte:

So komm denn, was da kommen mag,
Solang du lebest, ist es Tag,

Und geht es in die Welt hinaus,
Wo du mir bist, bin ich zu Haus,

Ich seh dein liebes Angesicht,
Ich sehe die Schatten der Zukunft nicht –

Worte, wie sie kein Dichter je schöner geschrieben hat.

Storm, einer jener vielen Hülflosen, die, wie der Liebe, so der Dienste einer Frau nicht wohl entbehren können, verheiratete sich wieder, und zwar mit Dorothea Jensen, einer durch Klugheit, Charakter und Ordnungssinn ausgezeichneten Dame. Wie seine erste Ehe sehr glücklich gewesen war, so war es seine zweite. Die erste Frau hatte ganz ihm gelebt, die zweite – es war die schönste Aufgabe, die sie sich stellen konnte – lebte dem Haus und den Kindern.

1880 nahm er den Abschied aus seinem Amt und schuf sich ein neues Heim in dem zwischen Neumünster und Heide gelegenen Kirchdorfe Hademarschen. Während er hier im Sommer genannten Jahres den Hausbau überwachte, schrieb er an Erich Schmidt die für Storms Denk- und Gefühlsweise charakteristischen Zeilen: »Gestern in der einsamen Mittagsstunde ging ich nach meinem Grundstücke und konnte mich nicht enthalten, in meinem Bau herumzuklettern; auf langer Leiter nach oben, wo nur noch die etwas dünnen Verschalungsbretter lose zwischen den Balken liegen und wo die Luft frei durch die Fensterhöhlen zieht. Ich blieb lange in meiner Zukunftsstube und webte mir Zukunftsträume, indem ich in das sonnige, weithin unter mir ausgebreitete Land hinausschaute. Wie köstlich ist es zu leben! Wie schmerzlich, daß die Kräfte
214 rückwärts gehen und ans baldige Ende mahnen. Einmal dachte ich, wenn nun die Bretter brächen oder die Sicherheit deiner Hände oder Augen einen Augenblick versagte, und man fände den Bauherrn unten liegen als einen stillen Mann. Ich ging recht behutsam nur von einem festen Balken zu dem andern; und draußen flimmerte die Welt im mittagstillen Sonnenschein. Sehen Sie, so schön erscheint noch heute im dreiundsechzigsten Jahre trotz alledem mir Welt und Leben.«

In diesem seinem Hause zu Hademarschen verlebte Storm noch glückliche Tage; mehrere seiner glänzendsten Erzählungen: »Zur Chronik von Grieshuus« und »Ein Fest auf Haderslevhuus« sind hier entstanden.

Als er siebzig wurde, ward ihm von allen Seiten her gehuldigt, und auch Berlin, als er es im selben Jahre noch besuchte, veranstaltete ihm eine Feier. Die Besten nahmen teil, an ihrer Spitze sein Landsmann und Freund Theodor Mommsen. Man empfing von ihm einen reinen, schönen Poeteneindruck. In allem Guten war er der alte geblieben, und was von kleinen Schwächen ihm angehangen, das war abgefallen. Alt und jung hatten eine herzliche Freude an ihm und bezeugten ihm die Verehrung, auf die er so reichen Anspruch hatte. Als Lyriker ist er, das mindeste zu sagen, unter den drei, vier Besten, die nach Goethe kommen. Dem Menschen aber, trotz allem, was uns trennte, durch Jahre hin nahegestanden zu haben, zählt zu den glücklichsten Fügungen meines Lebens.

Fünftes Kapitel

Leo Goldammer. Heinrich Smidt. Hugo von Blomberg. Schulrat Methfessel

Leo Goldammer

Leo Goldammer (Hans Sachs) kam, wie so viele Vereinsgenossen, um
1848 in den Tunnel und fand dort schon einen Goldammer vor. Dieser
ältere Goldammer war ein Obertribunalsrat und hatte für den Neuhin- 215
zukommenden, der Bäcker war, nicht allzuviel übrig. Wäre dieser Neu-
hinzukommende bloß ein Namensvetter gewesen, so hätte sich über das
»heitere Spiel des Zufalls« lachen lassen, aber der neue Goldammer war
kein Namensvetter, sondern ein richtiger Vetter, Großvaters-Brudersohn.
Und das störte denn doch.[7]

7 Seitens der Familie des Obertribunalsrats ist diese Verwandtschaft in einem an mich gerichteten Briefe bestritten worden, was mich bestimmt hat, in dieser an und für sich gleichgültigen Sache, lediglich um eines gewissen *gesellschaftlichen und kulturhistorischen Interesses* willen, zu recherchieren. Nach diesen Recherchen bleibt es so, wie vorstehend im Text erzählt; mindestens steht *Meinung gegen Meinung*. Wenn ich eine davon, und zwar mit voller Überzeugung bevorzugt habe, so zwingen mich dazu die sich im Leben in ähnlicher Lage beständig wiederholenden Beobachtungen bzw. Empfindlichkeiten. Ein Beispiel nur. In meinem Romane »Effi Briest«

Namentlich unsrem Leo Goldammer waren die, wie sich denken läßt, nicht gut zu vermeidenden allsonntäglichen Begegnungen mit dem von Standesbewußtsein getragenen und von Natur etwas feierlichen Obertribunalsrat anfänglich ziemlich peinlich; der Verein indes, den die ganze Situation erheiterte, ließ es an einer dem Schwächeren zugute kommenden moralischen Unterstützung nicht fehlen und zeigte, daß er den Bäcker mehr oder weniger bevorzuge. Wieviel Recht dazu vorlag, mag ununtersucht bleiben, aber daß der von uns Bevorzugte, der sich besonders liebevoll an Scherenberg anschloß und von diesem wiedergeliebt wurde, von einer sehr gewinnenden Eigenart war, das stand fest. Er hatte manches, was an den Handwerksmeister erinnerte, ja, wenn man's erst wußte, konnte man sogar die Belege für sein spezielles Gewerbe herausfinden; aber das war in nichts ein Hindernis, im Gegenteil, es schien mir immer, als ob sein Auftreten dadurch nur gewonnen hätte. Seine dann und wann schelmisch aufblitzenden Augen hatten für gewöhnlich etwas Schwermütiges, und ein leiser Leidenszug war unverkennbar. Er besaß das eigentümlich Anziehende, das alle Menschen haben,
216 die durch viele Kämpfe gegangen sind. Und die hatten ihm denn auch wirklich nicht gefehlt. Er war weich und männlich zugleich, bescheiden und selbstbewußt, klug-nachgiebig und charaktervoll – und all das schuf dann ebenjenen Reiz, den er auf jedermann ausübte. Kugler war es, der ihn um die angegebene Zeit in den Tunnel brachte, seinen Arbeiten ein einführendes Lob lieh und überhaupt – auch draußen im Leben – für ihn sorgte. Dazu war nun freilich reichlich Gelegenheit gegeben, denn gerade die Jahre, die seinem Eintritt in unseren Kreis folgten, waren, auf seine bürgerlichen Verhältnisse hin angesehen, die denkbar traurigsten. Er hatte sich – ihn über das Dogma vom »goldenen Boden des Handwerks« (und speziell der Bäckerei) sprechen zu hören, war ein Hochgenuß – in seinem bürgerlichen Berufe nicht halten können und suchte sich nun durch einen kleinen, in einem losen Zusammenhange mit seinem Gewerbe stehenden Zwischenhandel durchzuschlagen. Aber es kam nicht viel dabei heraus und noch weniger bei dem, was er in seinen Mußestun-

spreche ich in einer halben Briefzeile von einem Tapezier *Madelung*, der, in Abwesenheit Effis, das Zimmer der jungen Frau neu tapeziert habe. Bald nach Erscheinen des Romans erhielt ich von einem in der Provinz lebenden Madelung eine Zuschrift, in der er mir mitteilte, »daß seines Wissens niemals ein Madelung Tapezier gewesen sei«. Schade. Tapezier ist etwas ganz Hübsches.

den an novellistischen und dramatischen Arbeiten entstehen ließ. Die Zeiten, wo sich davon leben ließ, waren noch nicht da. Sein höchstes Glück, und zeitweilig auch wohl sein einziges, war, daß seine Frau ihm eine von Anfang an entgegengebrachte schwärmerische Liebe durch alle Zeit hin treu bewahrte und – was vielleicht ebensoviel bedeutete – inmitten aller Trübsal unentwegt an bessere Tage glaubte.

Die kamen denn auch. Aber das war vorläufig noch weit im Felde. Was zunächst kam, war einfach ein Martyrium. Alle Versuche, sich durchzuschlagen, scheiterten, und es blieb ihm nichts anderes übrig, als die Stadtbehörden um irgendwelche Verwendung anzugehen. Auch das Kleinste sei gut genug. Und so wurde er denn einem Magistratsbureau zugewiesen, in dem er Steuerzettel zu schreiben hatte, deren im Laufe der Jahre viele Hunderttausende von seinem Schreibtisch aus in die Berliner Häuser wanderten. Als es ihm von dieser Schreiberei zuviel wurde, ward er statt Bureaugehülfe Stadtwachtmeister, eine Stellung, die seiner Art und seinem Wesen vielleicht noch weniger entsprach, aber an die Stelle der Stubenluft doch wenigstens eine frische Brise setzte. Das ging so wohl durch zwei Jahrzehnte, bis ganz zuletzt nicht sein dichterisches Talent – von dessen Heilswirkung seine liebenswürdige 217
Frau beständig geträumt hatte –, sondern eine ganz triviale, trotzdem aber freilich sehr angenehme Erbschaft einen Wechsel der Dinge herbeiführte. Eine für seine Verhältnisse nicht unbedeutende Summe kam ins Haus, und sorglosere Tage brachen an. Zu Scherenberg, der sein Ideal blieb, stand er ununterbrochen in freundschaftlichen Beziehungen, rechnete sich's nach wie vor zur Ehre, sich ihm, seinem Meister, durch kleine literarische Dienste nützlich machen zu können, und übersandte, wenn Geburtstag war, Blumen und Verse. Die Produktion seiner späteren Jahre, darunter eine »Schlacht bei Sadowa«, verlor mehr und mehr an Natürlichkeit und Eigenart, und der Hippogryph, den er noch sattelte, war das Scherenberg-Pferd von Hohenfriedberg und Ligny. Seines Meisters Tod überlebte er nicht lange; bald nach ihm starb er selbst und wurde auf dem Parochialkirchhof vor dem Landsbergertor, wo wahrscheinlich ein Erbbegräbnis der Familie seiner Frau war, begraben.

Seine Tunnel-Tage, wie schon hervorgehoben, waren seine sorgenvollsten, aber inmitten aller Sorge doch auch wohl seine schönsten. Er war seiner Natur nach in einer Idealwelt zu Hause, und was zu dieser paßte, fand er, wenn er unter uns erschien. Es ward ihm auch viel Anerkennung, im ganzen vielleicht zu viel, im einzelnen zu wenig. Er versuchte sich auf allen Gebieten, aber mit sehr ungleichem Erfolg. Als Lyriker war er Null, schwerfällig und unverständlich, und im Drama, worauf ihn seine Berater irrtümlich hin verwiesen, kam er über ein halbes Können nicht hinaus. In der Erzählung aber, wo sich's nicht um Geschultheit, sondern um Darstellung von allerhand Erlebnissen handelte, war er vortrefflich.

Sein Debüt im Tunnel war die Vorlesung seines vaterländischen Schauspiels »Der Große Kurfürst bei Fehrbellin«. Kugler machte viel davon, in und außerhalb des Tunnels, und setzte beim Minister – Raumer – sogar eine Pension, und wenn nicht das, so doch wenigstens eine einmalige Unterstützung durch. Ja, dies vaterländische Schauspiel kam sogar auf einem recht guten Vorstadts- oder Volkstheater zur Aufführung, welches Ereignis dann als leuchtender Stern über des Dichters fernerem
218 Leben stand. Denn nicht nur, daß er das große Publikum mit fortgerissen hatte, jener Abend mit seinem nicht wegzuleugnenden Siege gewann ihm auch die Herzen seiner Angehörigen wieder, die sich bis dahin, mit alleiniger Ausnahme seiner Frau, hart und unwirsch von dem »verdrehten Verseschmierer« abgewandt hatten. Unter diesen Angehörigen war auch ein älterer Bruder von ihm, der ihm bis dahin ganz besonders unliebsam begegnet war. An jenem Abend aber umarmte er den armen Dichter und bat ihn um Verzeihung, ihn durch Jahre hin verkannt und verletzt zu haben. Als er – Leo Goldammer – mir davon erzählte, strahlte er. Kuglers Eintreten für ihn, ganz besonders nach jener geglückten Aufführung, hatte zur Voraussetzung, daß Goldammer mit anderen patriotischen Stücken folgen würde. Das unterblieb aber, und ich muß hinzusetzen, ein Glück, daß es unterblieb. Ich glaube, Kugler stand damals noch auf dem Standpunkte, daß sich aus einem patriotischen Stoff *immer* was machen lasse, wenn nicht was Gutes, so doch was Mittelgutes, und unter allen Umständen ein Etwas, das, schon um des Stückchens vaterländischer Geschichte willen, vor im übrigen gleichwertigen Arbeiten den Vorzug verdiene. Woraus sich dann in weiterer Folge wie von selbst ergibt, daß auch der patriotische *Dichter* vor dem nichtpatriotischen immer einen Pas voraus habe. Durch den Stoff getragen, findet er von vornherein offenere Herzen. Diese weitverbreitete Meinung ist aber meiner Erfahrung nach grundfalsch. Von manch anderem, was sich gegen patriotische Stoffe sagen läßt, ganz abgesehen, ist auch vom persönlich-egoistischen Dichterstandpunkte aus nichts gefährlicher zu behandeln als das »Patriotische«. Glückt es, nun so gibt es einen großen Erfolg, gewiß; glückt es aber *nicht,* was doch immer die Mehrheit der Fälle bleibt, so ist der Sturz

auch gleich klaftertief. Denn der Unglückliche wird nun nicht bloß um seiner dichterischen Mängel, sondern recht eigentlich auch um seiner *patriotischen* Stoffwahl willen angeklagt, weil das Publikum, wenn's fehlschlägt, hinter all dergleichen immer nur Streberei, Liebedienerei, Servilismus, im günstigsten Falle Bequemlichkeit vermutet. Und unser guter Leo Goldammer, all sein Talent in Ehren, war nicht der Mann, dem der Sieg garantiert gewesen wäre.

Vortrefflich, um es zu wiederholen, war er als Erzähler. Ich erinnere 219
mich einer Novelle, deren Schauplatz das Kurische Haff und deren Ausgang ein in den Dünen der Kurischen Nehrung auftretender Sandwirbelsturm war, in dem die Helden der Erzählung untergehen. Wir waren alle von der Macht der Schilderung hingerissen. Eine zweite Novelle, die die 54er »Argo« unter dem Titel »Auf Wiedersehen« brachte, liegt mir vor, und ich habe sie, nach nun länger als vierzig Jahren, wieder durchgelesen. Ich war ganz überrascht. Es ist offenbar eine Herbergsgeschichte, die Leo Goldammer irgendwo mal gehört haben muß. Zwei Bäckergesellen, ein guter und ein schlimmer, ermorden 1812 einen alten Juden, der in einer kleinen polnischen Stadt ein Geschäft treibt; der eine – der gute – hilft bloß so nebenher mit, hat aber doch schließlich den ganzen Vorteil von der Sache. Und nun ist ein Menschenalter und mehr darüber vergangen, und der, der nur so »nebenher mit geholfen«, ist inzwischen ein reicher Berliner Bäcker geworden und hält 48er Volksreden. Da mit einem Male ist der andere auch da, ganz heruntergekommen, erkennt seinen Mitschuldigen von ehedem und weiß nun: »Jetzt ist dir geholfen.« Aber der andere weiß es auch, weiß, daß es jetzt heißt: »Er oder ich«, und in der klaren Erkenntnis davon stößt er den alten und morsch gewordenen Komplizen von der Brüstung eines hart an den Eisenbahnschienen gelegenen Gartenhauses hinunter, und zwar in demselben Augenblicke, wo der Zug heranbraust. All dies ist mit einer wirklichen Vehemenz geschildert und derartig packend, daß ich, als ich fertig war, ausrief: »Klein-Zola«. Viele Szenen hatten mich an »La bête humaine« erinnert.

Heinrich Smidt

Von sehr andrem Gepräge war *der,* von dem ich jetzt erzählen will, *Heinrich Smidt.* Er führte den Beinamen der »deutsche Marryat«, übrigens ohne von seinem Namenspaten – den Schauplatz seiner Erzählungen:

das Meer, abgerechnet – viel an sich zu haben. In Deutschland ruht man
nicht eher, als bis man einen Dichter oder Schriftsteller durch Aufklebung
solches Zettels, wohl oder übel, untergebracht hat. Es spricht sich, wenig
220 schmeichelhaft für uns, das Zugeständnis einer Untergeordnetheit und
Abhängigkeit darin aus, sonst hätte solcher Brauch nie Mode werden
können. Am meisten hat Jean Paul darunter zu leiden gehabt, dem gleich
eine Gesamtähnlichkeit mit der Gruppe der englischen Humoristen des
vorigen Jahrhunderts angeredet wurde. Dabei hat er fast gar keine
Ähnlichkeit mit ihnen und ist – je nachdem – teils weniger, teils mehr.

Heinrich Smidt war ein Holsteiner, in Altona 1798 geboren, und wurde Seemann. Als solcher führte er ein eigenes Schiff und war wohl schon über dreißig Jahre alt, als er Veranlassung nahm, das unsichere Meer da draußen aufzugeben, um es mit einem für die meisten Sterblichen noch unsicherern Aktionsfelde zu vertauschen. Ihm aber glückte es; er fuhr nicht schlecht dabei; seine Gaben und Nicht-Gaben – diese fast noch mehr als jene – halfen ihm.

Als ich in den Tunnel eintrat, war er wohl schon zehn Jahre Mitglied
und einer von denen, die mir sofort freundlich ihre Hand entgegenstreckten.
Da sich's aber um Heinrich Smidt handelt, muß ich, statt einfach
von »Hand«, eigentlich von einer »biederen Rechten« sprechen. Ich habe
wenig Menschen kennengelernt, die so ausgesprochen Inhaber einer
»biederen Rechten« gewesen wären. Alle gehörten selbstverständlich in
die Kategorie der faux bonhommes, und ein wahres Musterexemplar
dieser Gattung war auch Heinrich Smidt. Damals nahm ich übrigens
keinen Anstoß daran, strich vielmehr umgekehrt all die Vorteile ruhig
ein, die man von der Begegnung mit solchen Menschen hat, Menschen,
die zunächst ganz wundervoll gemütlich sind und ihre wahre Natur erst
offenbaren, wenn sie sich durch das, was man tut oder auch nicht tut,
in ihrem Interesse bedroht oder geschädigt glauben. Erst in meinen
späteren Jahren habe ich eine tiefe Abneigung gegen diese mehr oder
weniger gefährlichen Personen ausgebildet, und wenn derartige Gefühle
trotzdem *hier* schon zum Ausdruck kommen sollten, so sind es post
festum-Gefühle; damals war ich noch ganz im Bann der »biederen
Rechten«. Ich muß hinzusetzen, daß Heinrich Smidts ganze Erscheinung
dazu angetan war, ihm ein unbedingtes Vertrauen entgegenzubringen.
Er war der typische Schiffskapitän kleinen altmodischen Stils: mittelgroß,
221 dicker Bauch und kurze Beine, mit denen er, sei's aus Gewohnheit, sei's
aus Berechnung – ich halte letzteres für sehr wohl möglich – den bekann-

ten Seemannsgang, das Fallen vom rechten aufs linke Bein, virtuos ausführte. Dazu Treuherzigkeitsmienen und vor allem auch Treuherzigkeitssprache.

Der Tunnel, der sich sonst nicht gerade durch Scharfblick auszeichnete, hatte doch, mir weit voraus, längst weg, was es mit der Bonhommeschaft dieses deutschen Marryat eigentlich auf sich habe, und wies ihm genau die Stellung an, die ihm zukam. »Es lag nichts gegen ihn vor«, und danach wurde er behandelt, artig und schmunzelnd, aber doch immer reserviert. Man nahm ihn nicht für voll und konnte ihn nicht dafür nehmen, denn ich sage nicht zuviel, wenn ich behaupte, daß in den zehn Jahren unseres gesellschaftlichen Verkehrs auch nicht ein einziger selbständiger Gedanke über seine Lippen gekommen ist. Er war im höchsten Grade trivial, dabei seine Gemeinplätze, selbstverständlich, wie Offenbarungen vortragend. Witz absolut ausgeschlossen. Aber auch das, was er als Altonaer Kind, als dickbäuchiger Kapitän und Mann des steifen Grog eigentlich hätte haben müssen: einen gewissen Teerjackenhumor, auch von *diesem* keine Spur. Er vermochte sich nicht einmal zu einer Anekdote aufzuraffen, und wenn er es tat, verdarb er sie. Seine Produktion war stupend; er konnte in einem fort schreiben, ohne ein Wort auszustreichen; sein Schaffen, wenn man's überhaupt so nennen durfte, hatte was Ehernes, Unerbittliches. Immer waren Massen auf Lager, und so kam es, daß man ihn im Tunnel als ein »Füllsel« betrachtete, das, wenn alles andere fehlte, jederzeit eingestopft werden konnte. Das bedeutete nicht viel, aber umschloß doch immer noch eine gewisse Schätzung, und in dieser Schätzung, so klein sie war, blieb er auch, solang er ein freier Schriftsteller blieb. Als er aber in der sogenannten Reaktionszeit als ein ganz kleiner Beamter in die Kriegsministerialbibliothek einrückte – Scherenberg, der mit Grausen daran zurückdachte, war da sein Untergebener –, kam etwas zum Vorschein, was man bis dahin nicht an ihm gekannt hatte: Servilismus. Er sah nur noch nach dem Auge »hoher Vorgesetzter«. Keiner derselben, die eben Besseres zu tun hatten, kümmerte sich um ihn und seinen ganzen Kram, aber er setzte Mienen auf, als ob das Kriegsministerium ein Etwas sei, das mit der Kriegsministe- 222
rialbibliothek stehe und falle. Dem schloß er sich auch in seinen Redewendungen an und geriet in jene Sprache hinein, in der der »Drache der Revolution«, »Einstehn für die höchsten Güter der Menschheit«, »sichrer als auf den Schultern des Atlas« – herkömmliche Wendung für die preußische Armee – wie Alltagsworte herumflogen.

Ich habe so viel Grog in seinem Hause getrunken, daß es eigentlich schlecht ist, so viel Anzügliches hier von ihm zu sagen. Aber ich nehme es schließlich auf mich. Es war noch in den fünfziger Jahren, als ich mich in sein Haus eingeführt sah, und zwar durch Hesekiel, der im Hause Smidt der »Pascha von drei Roßschweifen« war, dabei den Küchenzettel schrieb und von Mutter und Tochter gleich abgöttisch verehrt wurde. Nicht zu verwundern! Wer an Heinrich Smidts Seite dreißig Jahre verlebt hatte, dem mußte jedesmal eine neue Welt aufgehn, wenn sich Hesekiel auf seine »goldnen Rücksichtslosigkeiten« stimmte. Starke Sachen liefen dabei freilich mit unter, aber nur desto besser; wo Langeweile durch ein Menschenalter hin grausam geherrscht hatte, waren Zynismen das erlösende Wort. Ich habe diesen Bacchanalen, die nach ihrem materiellen und geistigen Gehalt halb Bauernhochzeit, halb Kunst- und Literaturkneipe waren, manch liebes Mal beigewohnt und denke mit diabolischem Vergnügen daran zurück. Schauplatz war ein altes interessantes Haus in der Krausenstraße, dicht an der Mauerstraße; Wirt ein Bäcker, unten Laden und Backraum, darüber ein erster Stock, den Heinrich Smidt bewohnte. Dann kam ein hohes Dach mit einer unter einem Holzvorbau steckenden Winde, daran die feisten Mehlsäcke in die Höhe gewunden wurden. Mitunter hing solch ein Mehlsack schräg neben dem Fenster des Zimmers, drin wir unsere Feste feierten, und konnte halb als Symbol, halb als Verspottung unseres Tuns gelten. Denn wir standen recht eigentlich im Zeichen des Mehlsacks: ungeheuere Schüsseln voll Makkaroni – Hesekiels Lieblingsspeise – erdrückten fast die Tafeln. Indessen siegreich über alles blieben doch die zwei Punschbowlen, die sich untereinander ablösten. Alles lachte, strahlte. Denn Hesekiel hatte gerade das Wort, und mit jenen Redederbheiten, auf die er sich wie selten einer verstand, ging er nun vor, nicht etwa um politi-
223 sche oder literarische Feinde abzuschlachten, das hätten andere auch gekonnt, sondern um seine Schwadronshiebe gegen die Tunnel-Freunde, gegen den »aufgesteiften Kugler«, gegen den »überschätzten und politisch zweideutigen Scherenberg«, gegen den »großmäuligen Widmann und den noch großmäuligeren Orelli«, ganz zuletzt aber, wenn er mit dem Tunnel fertig war, seine Hauptkeulenschläge gegen seine Kollegen von der Kreuzzeitung zu führen, von denen ihm der eine zu ledern, der andere zu leisetretrig, ein dritter zu fromm und ein vierter zu schustrig war. Ich hörte beglückt zu und stieß mit ihm an, wobei sich jeder denken konnte, was er wollte.

Was war nun aber Heinrich Smidt als Schriftsteller? Hier muß ich schließlich doch Besseres von ihm sagen, als ich bis dahin konnte. So langweilig und unbedeutend er war, er war doch ein Talent, beinah ein großes. Natürlich auf seine Art, alles in allem ein wundervoller Fadenspinner. Zwischen Unbedeutendheit und altweiberhafter, rein äußerlicher Erzählergabe bestehen von alters her geheimnisvolle Zusammenhänge. Wer bloß am Rocken sitzt und den Faden näßt, ist als Mensch allemal langweilig; andererseits, wer mehr auf der Pfanne hat, läßt sich auf solch bloßes Fadenspinnen gar nicht ein. Heinrich Smidts Dramen und Gedichte sind weit unter Durchschnitt, aber wenn er sich seine Blätter zurechtschob und nun seine Feder in zierlicher Handschrift darüberhin gleiten ließ, so gab das gelegentlich doch unterhaltliche Dinge, deren man sich freuen konnte. Beachtung, ja freundlichste Zustimmung haben unter anderen seine Devrient-Novellen gefunden; aber diese waren weitaus nicht sein Eigentlichstes und Bestes, denn über Devrient zu schreiben, dazu war er schon deshalb nicht geeignet, weil ihm nichts so sehr fehlte wie das Devrientsche. Sein in bestimmter Richtung großes Talent zeigte sich, wenn er irgendeine Hansische Chronik unter Händen gehabt hatte, denn, in Wiedererzählung dessen, was er dem Buch entnommen, war er auf seiner Höhe. So hab' ich ihn mal die Erstürmung von Bergen durch die Lübischen vorlesen hören und war ganz bewältigt von der lebendig gestalteten Szene. Natürlich war die Sache, wie jeder historische Hergang, zu dessen Darstellung man schreitet, irgendeiner Überlieferung entnommen, aber es war doch in *seine* Sprache transpo- 224
niert, was immerhin etwas bedeutet, und jedenfalls verbleibt ihm das Verdienst, gerade *den* Stoff und keinen anderen gewählt zu haben. Das Wort Spielhagens: »Finden, nicht erfinden« enthält eine nicht genug zu beherzigende Wahrheit; in der Erzählungskunst bedeutet es beinah alles.

Gewiß, Heinrich Smidt war kein großer Schriftsteller, kaum ein Schriftsteller überhaupt; aber er war, ich muß das Wort noch einmal wiederholen, ein virtuoser »Fadenspinner«, und als solcher hat er vielen Tausenden viele frohe Stunden verschafft.

Als, kurz vor Weihnachten 1853, jedes der Kinder im Kuglerschen Hause seinen Weihnachtszettel zu schreiben hatte, schrieb der jüngere Sohn, Hans Kugler, auf seinen Wunschzettel: »Wünsche mir ein Buch von Heinrich Smidt«, und des weiteren gefragt: »Welches Buch?« antwortete er beinah unwirsch: »Ach was; von Herrn Smidten ist alles schön.«

Hugo von Blomberg

Hugo von Blomberg, etwa ums Jahr so als »Maler Müller« in den Tunnel eingetreten, war nie sehr beliebt. Unter den Baronen Maler und Dichter, unter den Malern und Dichtern Baron. Man weiß, was dabei herauskommt. Also er war nicht sehr beliebt; aber er war außerordentlich geachtet, worauf er denn auch, wie selten einer, Anspruch hatte. Das mit den »Edelsten der Nation« ist nur zu oft angetan, Widerspruch zu wecken; aber er – Blomberg – durfte wirklich als ein solcher »Edelster« gelten. Er war ganz Idealist, nicht in Redensarten, sondern in Wirklichkeit. Nebenher sei bemerkt, daß er ein Neffe oder Großneffe jenes Alexander von Blomberg war, der 1813, beim Erscheinen der russischen Vorhut, sich dieser als Führer anschloß und beim Eindringen in Berlin, in Nähe des Königstors, durch eine französische Kugel seinen Tod fand. Ein Denkstein zeigt bis diesen Tag die Stelle, wo der erste Preuße der Befreiungskriege fiel.

Unser Blomberg war unbemittelt. Daß er es war, war, wenn ich recht
225 berichtet bin, eine Folge seiner ihn auszeichnenden Großherzigkeit. Es existierte noch ein Familienbesitz in Kurland, und der Nächstberechtigte dazu war eben unser *Hugo* von Blomberg. Dieser aber, als es sich um Übernahme des Erbes handelte, fand, daß ein Bruder oder ein andrer naher Verwandter in noch minder glücklicher Lage sei als er selbst, und so trat er diesem, seinerseits nur einen ganz bescheidenen Gewinnanteil fordernd, das Gut ab. Auch mit diesem Gewinnanteil, wenn er ausblieb, nahm er's nicht genau. »Er zahlt nicht, weil er nicht kann.« Damit war die Sache erledigt. Nun hätte dies, unter Verhältnissen, wie sie gewöhnlich bei jungen Adligen liegen, immer noch nicht allzuviel bedeutet – eine Stellung in der Verwaltung, in der Armee kann helfen und nötigenfalls eine gute Partie. Aber Blomberg setzte die Pflege seines Idealismus mit ungeschwächten Kräften fort, nichts von Verwaltung, nichts von Armee, nichts von »guter Partie«, er wurde vielmehr Maler und Dichter und nahm eine arme Frau. Diese war eine ganz entzückende Dame, Potsdamerin, Tochter des alten Generals von Eberhardt, der in der Schlacht bei Jena, damals dreizehnjährig, als alles schon wankte, sich an die Spitze einer Grenadierkompagnie gestellt und, im Vorgehen gegen eine Batterie, das Bein durch eine Kanonenkugel verloren hatte. Er erhielt den Pour le mérite, die einzige Ordensauszeichnung, die für den Tag

von Jena erteilt wurde, und stand, bis an sein Lebensende, beim ganzen Hause Hohenzollern in hohem Ansehen.

In Hugo von Blomberg und dem Fräulein von Eberhardt waren zwei musterhafte Menschen zusammengekommen, und musterhaft wie die Menschen waren, war auch ihre Ehe. Sie liebten sich aufs innigste, und außer seiner Kunst existierte für Blomberg nur Frau und Kind. Gesellschaften mied er, und als wir, seine näheren Freunde, dies mal tadelten, dabei von seiner »Hausunkenschaft« sprachen und ihn zu überzeugen suchten, daß er seiner Frau denn doch zu große Opfer bringe, lächelte er und sagte: »Sie irren. Ich bringe meiner Frau keine Opfer; ich *liebe* meine Frau.« Wir machten lange Gesichter und schwiegen.

Daß wir, er und ich, so was wie Freundschaft schlossen, das datierte
von einem bestimmten Vorfall her. Es war eine jener geschäftlichen 226
Tunnel-Sitzungen, in denen über neu aufzunehmende Mitglieder verhandelt wurde. Blomberg empfahl einen jungen kurischen Edelmann, der den Wunsch ausgesprochen hatte, Mitglied zu werden. Ich sagte, das würde nicht gut gehn. Er verfärbte sich, bezwang sich aber und fragte ruhig: »Warum nicht?« – »Ich kann es hier in öffentlicher Sitzung nicht sagen; aber ich werde es Ihnen im Privatgespräch nachher mitteilen.« Dies geschah. Er nickte zu meinen Mitteilungen, war aber nicht voll überzeugt und wollte sich in Dresden – wo die Dinge gespielt hatten – erst nach dem Sachverhalt erkundigen. Dies tat er denn auch, und die Angelegenheit kam nicht weiter zur Sprache. So fatal ihm der Zwischenfall war, so wußt' er mir doch schließlich Dank, ihn vor einer Unannehmlichkeit bewahrt zu haben. Denn er war, wie in allem korrekt, so auch sehr sittenstreng.

Im Tunnel waren wir allerspeziellste Nebenbuhler, weil die Ballade sowohl seine wie meine Domäne war. Ja, wir hatten sogar die Spezialgebiete gemein und behandelten beide mit besonderer Vorliebe: das Schottische, vor allem Maria Stuart, und das Friderizianisch-Preußische. Perfekter Kavalier, der er war, konnte von Eifersüchteleien bei ihm keine Rede sein, und wie's – hier im guten – in den Wald hineinschallte, so schallte es auch wieder heraus. Ich war stets seines Lobes voll, auch ganz aufrichtig, aber in meinem letzten Herzenswinkel doch immer mit einer kleineren oder größeren Einschränkung. Er merkte das auch und fragte mich mal danach. Es brachte mich nicht in Verlegenheit, im Gegenteil, es war mir lieb, und ich sagte: »Ja, Sie haben ganz recht. Es fehlt mir etwas in Ihren Balladen; wenn sie ein *klein bißchen anders* wären, so

wären sie ausgezeichnet.« Er lachte. »Nun gut. Aber was ist das ›kleine bißchen‹, das Sie wohl anders wünschten?« Ich habe nicht mehr gegenwärtig, was ich ihm geantwortet habe; wahrscheinlich war es allerlei, was tastend und vermutend um die Sache herum ging. Jetzt nachträglich weiß ich ganz genau, was dies meiner Meinung nach Fehlende war, denn im Älterwerden beschäftigt man sich, durchaus ungesucht, auch mit der Theorie der Dinge. Blomberg las allerhand alte Bücher, fand einen ge-
227 schichtlichen und anekdotischen Hergang, der ihm gefiel, und brachte diesen Hergang in Verse. Er verfuhr dabei mit großer äußerlicher Kunst, alles war vorzüglich aufgebaut, knapp und klar im Ausdruck, aber trotzdem blieb es eine gereimte Geschichte. Das ist, wie mir jetzt feststeht, ein Mangel. Es muß durchaus noch was Persönliches hinzukommen, vor allem ein *eigener Stil,* an dem man sofort erkennt: »Ah, das ist *der.*« Man denke nur an Heine. So lag es aber bei Blomberg nicht. Die Sachen waren sehr gut, aber sie konnten auch von zehn anderen sein; sie hatten kein Eigenleben. Einige seiner Balladen können freilich als Ausnahmen gelten, so »Die Dame von Faverne« – zuerst in der »Argo« von 1858 erschienen –, ein sehr schönes Gedicht.

Ich glaube, daß sich Blomberg zu einem sehr guten Schriftsteller, namentlich Kunstschriftsteller – deren es damals nur erst wenige gab – hätte entwickeln können, aber die Malerei war seine unglückliche Liebe. Er mochte schon über vierzig sein, als er sich entschloß, »noch mal von vorn anzufangen«, und in Ausführung dieses Entschlusses nach Weimar ging, um bei Preller oder einem anderen Meister was »Reelles« zu lernen. Ob es was geworden wäre, weiß ich nicht, möcht' es aber fast bezweifeln; es ist damit wie mit der Akrobatik oder dem Klavierspielen, alle Gelenke müssen noch gelenk sein, wenn die Schule durchgemacht werden soll. Im Heraldischen, und darüber hinaus in phantastischer Ornamentik, hat er übrigens, schon während seiner Berliner Tage, ganz Ausgezeichnetes geleistet, das sich der lebhaften Anerkennung auch derer erfreute, die sonst von seinem Malertum nicht viel wissen wollten.

Er starb, ich glaube, Mitte der siebziger Jahre. Doch nicht von seinem eigenen Tode will ich am Schlusse dieser Skizze sprechen, sondern von einem überaus schmerzlichen Hinscheiden, das er, kurz bevor er nach Weimar übersiedelte, noch in seinem alten Berlin erleben mußte. Zärtlicher Vater, der er war, ging er auch gern mit seinen Kindern spazieren, am liebsten nach einem am Fuße des Kreuzberges gelegenen Kaffeegarten, wo gute Spielplätze waren. An einem schönen Tage war er da mit seinen

zwei ältesten Kindern, seiner Tochter Eva und seinem Sohn Hans, einem reizenden, damals neunjährigen Jungen. Es wurde geturnt, gesprungen, und bei den Springübungen, die gemacht wurden, sprang der Junge über 228
einen Tisch fort und fiel, weil er das Ziel nicht recht genommen, in einen Stachelbeerstrauch. Ein kleiner Dorn drang ihm unter dem Auge ein, genau die Stelle treffend, von der es im Volksmunde heißt: »Da sitzt das Leben«. Der Vater zog den Dorn heraus, eine Verletzung war kaum zu sehen, und der Knabe spielte munter und ausgelassen weiter. Erst gegen Abend ging man heim. In der Nacht stellten sich Schmerzen ein, auch Fieber, aber nicht erheblich, und nur, um nichts zu versäumen, ging Blomberg in aller Frühe mit dem Kinde zum Arzt. Dieser streichelte den Jungen, freundliche Worte zu ihm sprechend, nahm dann aber den Vater ins Nebenzimmer und sagte: »Lieber Blomberg, Ihr Junge muß sterben. Morgen um diese Zeit ist er tot.« Und so kam es. Alle Freunde waren bei dem Begräbnis, der alte Pastor Stahn, ein vorzüglicher Herr, sprach rührende Worte, und nicht oft im Leben bin ich so bewegt gewesen wie bei dieser Gelegenheit. Ich weiß nicht, woran es lag, aber der reizende Junge, der schöne Sommertag und ein anscheinendes Nichts, das doch den Tod brachte, – es erschütterte mich.

Schulrat Methfessel

Methfessel, trotzdem er Schulrat war und sich anscheinend für alles interessierte – während ihm doch ein wahres Interesse durchaus fehlte –, spielte keine besondere Rolle im Tunnel. Er gehörte zu denjenigen, denen man nicht recht traute. Seine mannigfachen Tugenden und Verdienste wurden durch ebenso viele Schwächen wieder in Frage gestellt.

Um aus der Reihe dieser Schwächen nur eine allerkleinste, freilich eine sehr charakteristische, herauszugreifen – er war ein »Uhrenzieher«, und zwar einer der eifrigsten und bedrücklichsten, die mir in meinem Leben vorgekommen sind. Nun wird dieser oder jener sagen: »Uhrenzieher! Warum nicht? Uhrenzieher, das sind einfach pünktliche Leute.« Gewiß. Aber Pünktlichkeit ist durchaus nicht das, was den eigentlichen Uhrenzieher ausmacht. Pünktlichkeit ist unbestritten eine Tugend, und wer pünktlich ist und nur pünktlich, ohne jeden weiteren Beigeschmack, den will ich loben, wiewohl offen gestanden mir persönlich die ganze 229
Sache nicht viel bedeutet. Ich denke, dem Glücklichen schlägt keine Stunde, und er soll die glückliche Stunde nicht abkürzen, auch nicht auf

die Gefahr hin, dabei einmal unpünktlich zu sein. Aber wenn er es zu *müssen* glaubt, gut. Ich habe nichts dagegen. Er wird sich dann aber aus der Schar der Glücklichen wegstehlen, ohne nach der Uhr gesehen zu haben, oder doch nur ganz still, ganz leise, ganz heimlich und diskret. Anders der eigentliche Uhrenzieher, der Uhrenzieher von Fach. Er zieht seine Uhr mit Ostentation, er zieht sie auch da noch, wo ein an der Wand befindlicher Chronometer die Stunde ganz genau zeigt, er zieht sie, weil er sie ziehen *will,* weil er eine mehr oder weniger unliebenswürdige Person ist, die einer ganzen Versammlung zu zeigen beabsichtigt: »Euer Gebaren hier ist gar nichts; ich habe Wichtigeres zu tun, und ich verschwinde.«

So war Methfessel.

Er trat in den Tunnel, als dieser in dem Zeichen von »Ligny« und »Waterloo« stand, was damals alle solche heranlockte, die, nach den Vorgängen des »stürmischen Jahres«, das Preußisch-Patriotische durchaus betont zu sehen wünschten. Zu diesen gehörte natürlich auch Methfessel, und zwar ebensosehr seiner Gesinnung wie seiner Lebensstellung nach. Er war geschulter preußischer Beamter mit einem Stich ins Höfische, Matthäikirchgänger, Büchsel-Mann, aber – soviel muß ich Methfessel lassen – wie sein Generalsuperintendent mit einem Beisatz, der mit der Bekenntnisstrenge wieder versöhnen konnte. Bei Büchsel selbst war es ein wundervoller, gelegentlich bis zu schlauer Eulenspiegelei sich steigernder Humor, bei Methfessel ein Stück Altliberalismus oder, wenn dies zu weit gegriffen ist, eine seinem Lehrer Diesterweg durchs Leben hin bewahrte Verehrung und Liebe. Diese nie verleugnete Liebe zu seinem alten Lehrer war sein schönster Zug, und ich muß ihm denselben um so höher anrechnen, als es, wie schon angedeutet, durchaus in seiner Natur und seinem Lebensgange lag, von den Anschauungen höchster Vorgesetzten abhängig zu sein. Geschulter preußischer Beamter, sagte ich. Ja, das war er, und in Haltung, Miene, Sprache kam dies gleichmäßig zum Ausdruck. Er hatte sich's, um nur ein Beispiel zu geben, angewöhnt,
230 Personen, die sich einer Titelauszeichnung erfreuten, diesen Titel immer mit einer gewissen Feierlichkeit anzuheften. Er sprach also nicht einfach von Bethmann-Hollweg, Mühler, Böckh, Schönlein, sondern gab, auch im leichtesten Gespräche, jedem sein gerütteltes und geschütteltes Titulaturmaß, und noch in diesem Augenblicke stimmt es mich zur Heiterkeit, wenn ich mir vergegenwärtige, wie etwa die Worte »Geheimer Oberregierungsrat Pehlemann« über seine Lippen rollten. Es war an

Zungenvolubilität etwas ebenso Vollkommenes wie Eigenartiges und glich den jetzt modischen Harmonikazügen, bei denen man nicht recht weiß, ob man mehr die bis zur Einheit gesteigerte Koppelung oder aber die schußartige Fluggeschwindigkeit des Ganzen bewundern soll.

In seinem Amte galt Methfessel für sehr tüchtig, und ich glaube, daß er sein Ansehen verdiente. In manchen Stücken aber irrte er. So wenigstens will es mir erscheinen. Er war beispielsweise dafür, fremde Sprachen durch *Deutsche* lehren zu lassen, weil diese »grammatikalisch« geschulter seien. Ich halte dies, nach an mir selbst gemachten Erfahrungen, für grundfalsch und bin der Meinung, daß mir jeder beliebige Durchschnittsengländer ein verwendbareres Englisch beibringt als ein grammatisch geschulter Deutscher. Und damals, wo noch alle die Hülfen fehlten, die jetzt da sind, galt das noch viel mehr als heute.

Methfessels eigentliche Stärke lag denn auch weniger nach der wissenschaftlichen als nach der pädagogischen Seite hin. Er hatte die »Methode« weg, wußte, wie man's machen müsse. Was davon Diesterwegisch war, war auch gewiß vortrefflich, was aber Methfesselisch war, war wohl oft fraglich. Eine Geschichte, auf die es mir hier recht eigentlich ankommt, soll denn auch, zur Erhärtung dieser Fraglichkeit, den Schluß bilden.

Zu Methfessels amtlichen Obliegenheiten gehörten auch Inspektionen, darunter als Feinstes Inspektionen höherer Töchterschulen. Eine dieser Töchterschulen, zugleich mit einem vornehmen Pensionate verbunden, war ihm schon längst ein Dorn im Auge. Vielleicht, daß er das eine oder andere gehört hatte, was der Schul- und Pensionsvorsteherin, einer hübschen, stattlichen Dame, nachteilig war. Doch möchte ich dies andererseits bezweifeln, wenigstens die Berechtigung dazu; denn ich habe die 231
Dame selbst noch sehr gut gekannt. Ich wohnte mit ihr in demselben Hause. Nun also, Methfessel kam, um nach dem Rechten zu sehen. Er erschien in einer der oberen Klassen, und während der Unterricht seinen Verlauf nahm, ging er von Platz zu Platz und revidierte die Hefte. Gleich auf der zweiten Reihe saß eine fünfzehnjährige Blondine, reizendes Geschöpf; Methfessel durchblätterte das Diarium, kam bis auf die letzte Seite, warf einen flüchtigen Blick auf das wie mit Blut übergossene junge Ding und steckte das Heft in die Brusttasche. Den anderen Vormittag ließ er sich bei der Mutter melden, einer vornehmen, reichen Dame, selbst noch jung. Er erzählte, was nötig war, und überreichte dann das Heft. Die junge Frau – ihre verhältnismäßige Jugend mag es entschuldigen – ließ sich zu der Unwahrheit hinreißen, »daß sie *das,* was da stehe,

nicht verstünde«, worauf Methfessel einen geordneten Rückzug antrat. Aber nicht, um die Sache dabei bewenden zu lassen. Es kam zwar zu keinem Eklat, trotzdem war ganz im stillen die Folge, daß die Schulvorsteherin, »weil sie nicht aufgepaßt«, an der erwähnten letzten Diariumsseite zugrunde ging. Sie starb in sehr beschränkten Verhältnissen. Die junge Blondine – und das ist das einzig Erfreuliche an der Sache – kam unangefochten darüber hin und ist längst glückliche Großmutter.

So die Geschichte. War das Verfahren richtig? Ich, wenn ich Schulrat gewesen wäre, hätte nach der Schulstunde zu dem armen, in seiner Scham und Todesangst genugsam abgestraften jungen Dinge gesagt: »Mein liebes Fräulein, wir wollen das zerreißen; das gehört nicht in Ihre Phantasie, noch weniger in Ihr Diarium.« Und damit, meine ich, wäre es genug gewesen. Ich unterbreite die Geschichte nach Ablauf von mehr als vierzig Jahren dem Urteil der Pädagogen und denke, sie werden mir zustimmen, wenn ich sage: Methfessel, soweit diese Geschichte mitspricht, war ein Doktrinär und kein Menschenkenner. Oder aber – er *wollte* keiner sein.

232 Ich fürchte beinahe das letztere.

Sechstes Kapitel

Louis Schneider Hofschauspieler, Geheimer Hofrat, Vorleser Friedrich Wilhelms IV.

Louis Schneider war der, den es sich wohl eigentlich geziemt hätte, diesen Porträtskizzen voranzustellen, denn wenn er nicht wie Saphir und Lemm zu den unmittelbaren Tunnel-Gründern gehörte, so war er doch jedenfalls unter den ersten Mitgliedern des Vereins und hing an ihm, durch ein halbes Jahrhundert, in immer gleicher Treue. Bis zum 18. März – von wo ab sich dann die Dinge freilich änderten – war es *sein* Verein, in dem *seine* Geschmacksrichtung und *seine* Gedankenwelt herrschte, trotzdem es nicht an Gegnern fehlte, die diese »Gedankenwelt« belächelten, ja, sie überhaupt nicht als eine Gedankenwelt gelten ließen. Im ganzen aber durfte bis zu genannter Zeit – 18. März – gesagt werden: »Schneider ist der Tunnel, und der Tunnel ist Schneider.« Beide, Schneider und der Tunnel, waren im wesentlichen liberal mit *Anlehnung an Rußland.* Also eigentlich ein Unding. Aber so gingen die Dinge damals, und wenn man gerecht sein will, begegnet man ähnlich Widersprechendem auch heute noch. Es geht viel unter einen Hut.

Schneider hieß im Tunnel »Campe der Caraïbe«, und so bedeutungslos im allgemeinen alle diese Tunnel-Beinamen waren, so war doch hier ein Ausnahmefall gegeben. Das ganze Schneidersche Wesen hätte nicht besser charakterisiert werden können. In seiner mit Trivialitäten ausgestatteten, breitprosaischen Väterlichkeit war er ganz der Robinson Crusoe-Campe, wenn er aber in ein mehr oder weniger erkünsteltes Feuer geriet und dabei die gewagtesten seiner Sätze durch immer neue Ungeheuerlichkeiten übertrumpfte, so war er ganz »Caraïbe«. Fähnrich Pistol soll eine seiner Glanzrollen gewesen sein, und Fähnrich Pistol und Caraïbe ist so ziemlich dasselbe, nämlich der bis ins Komische gesteigerte »wilde Mann«.

Noch einmal: bis 48 war Schneider die *Seele* des Vereins. Von 48 ab aber war er nur noch die *Säule* desselben. Er trug den Tunnel noch, aber mehr äußerlich, es war nicht mehr dessen innerstes Leben. Es lag dies 233
weniger an den sich ändernden politischen Verhältnissen als daran, daß mit einem Male ganz neue Personen auftraten, die zu Schneider, gleichviel nun, ob er seinen väterlichen Campe- oder seinen wilden Caraïben-Tag hatte, den Kopf schüttelten. Unter diesen Neuhinzugekommenen waren Kugler, Eggers, Heyse, Geibel, Storm; dazu – als Kritiker – so superiore Leute wie Dr. A. Widmann und H. von Orelli. Man braucht ihre Namen nur zu nennen, um sofort erkennen zu lassen, daß es mit diesen nicht ging. Er war ihnen einfach nicht gewachsen und fühlte seinen Stern erbleichen, griff aber, um diesen Prozeß zunächst wenigstens hinauszuschieben, zu dem bekannten Mittel des »Sich-Rarmachens«. Er konnte dies um so unauffälliger, als zwei Dinge: sein so ziemlich in dieselbe Zeit fallender Rücktritt vom Theater und sein neues, unmittelbar danach beginnendes Vorleseramt beim König, ohnehin zu seiner Übersiedlung von Berlin nach Potsdam geführt hatten. Dies seltenere Sichzeigen im Tunnel war aber nicht gleichbedeutend mit Interesselosigkeit, er blieb allen Gegnerschaften zum Trotz durchaus unverändert in seiner Anhänglichkeit, sah aber freilich die *Motive zu* diesem seinem Aushalten in einem fort verdächtigt, und zwar so sehr und noch dazu mit so geringer Begründung, daß ich zu dem Ausspruch gezwungen bin: nicht Schneider war in dieser nachachtundvierziger Zeit untreu gegen den Tunnel, sondern der Tunnel war untreu gegen Schneider. Vor allem auch undankbar. Denn Schneiders Interesse bezeugte sich, *nach* wie vor

dem 18. März, in Taten. Er half. Diese Hülfe bestand in allerlei: in Einführungen, Empfehlungen, Aufforderung zur Mitarbeiterschaft an seinen Blättern und ähnlichem. Aber wenn diese Hülfen, die mitunter einer direkten Unterstützung gleichkamen, auch nicht gewesen wären, so verblieb für sein Kredit doch immer noch das eine, daß er den Tunnel sozusagen hoffähig machte. Was sich von den Dichtungen unserer Tunnel-Leute nur irgendwie zum Vorlesen an den Teeabenden in Sanssouci, Charlottenhof und Charlottenburg eignete, kam auch wirklich zum Vortrag. Unter denen, die dieser Ehre teilhaftig wurden, war auch ich, und zwar mit einem Romanzenzyklus, der den Gesamttitel »Von der schönen Rosamunde« führte. Weil sich's nun traf, daß diese meine
234 Dichtung um genau dieselbe Zeit auch von dem an andrem Orte, in meinem Scherenberg-Buche, geschilderten Rhetor Schramm in Entreprise genommen wurde, so gingen mir in ein und derselben Woche zwei Zuschriften zu, darin ich von beiden gefeierten Vorlesern aufgefordert wurde, sie zu besuchen, da sie *das,* was sie zu geben gedächten, zunächst meinem Urteil unterbreiten wollten. Ich erschien denn auch. Bei Schramm fand die Probevorlesung in seiner Wohnung statt, bei Schneider in Meinhardts Hotel, Unter den Linden, wo er, wenn er nach Berlin herüberkam, abzusteigen pflegte. Beide lasen gleich schlecht, weil nach demselben falschen Prinzip, das in dem altehrwürdigen Gegensatz von Gebrüll und Gewisper wurzelte. Dabei kam es vor, daß Schneider eine ganz zweifellose Wisperstelle geradezu donnerte. Junge Dichter begehen nun gewöhnlich den Fehler, dergleichen korrigieren zu wollen, was bloß verschnupft. Darauf hab' ich mich aber nie eingelassen, fand vielmehr jederzeit alles wunderschön, weil ich, neben dem in erster Reihe stehenden Wunsche, kein Ärgernis zu geben, auch schon damals eine ziemlich richtige Vorstellung von dem hatte, was »Publikum« bedeutet. Die Geschichte von Garrick, der durch Vortrag des englischen Alphabets die Zuhörerschaft von Drury Lane hinriß und zu Tränen rührte, wiederholt sich cum grano salis tagtäglich.

Es waren, aus dem Gros d'Armée des Tunnels, vorzugsweise Lepel, Eggers, Hesekiel und ich, denen Schneiders Wohlwollen zugute kam. Aber was bedeuteten diese Guttaten neben all dem Auszeichnenden, Schmeichelhaften und Fördernden, was durch die bei Hofe stattfindenden Schneider-Vorlesungen unsrem großen Armeekommandierenden, unsrem *Scherenberg* zuteil wurde. Daß dieser von dem Tag an, wo sein »Ligny« zur Kenntnis des Königs kam, durch ein Menschenalter hin, Sorgen

entrückt, seiner Dichtung und seiner Philosophie leben konnte, war zunächst ausschließlich Schneiders Verdienst. Allerdings kamen die später unserem Tunnel-Dichter zuteil werdenden direkten Hülfen von anderer Seite her, aber *der,* der den Boden für all dies kommende Gute vorbereitet hatte, das war und blieb doch Schneider. Er hatte ganz allmählich bei Hofe den Glauben entstehen lassen: »Hier haben wir endlich ein großes Talent, einen richtigen patriotischen Dichter«, und erst nachdem dieser
Glaube geschaffen war, war auch von anderer Seite her Unterstützung 235
und Hülfe möglich. In den dem achtzehnten März unmittelbar voraufgehenden und unmittelbar folgenden Zeiten war auch niemand unter uns, der dies nicht willig anerkannt und mit herzlichem Dank für Schneider erwidert hätte. Später aber, um die Mitte der fünfziger Jahre herum, änderte sich's, und wenn schon vorher die kleineren Schneiderschen Tunnel-Wohltaten einer Kritik unterzogen worden waren, so geschah jetzt ein Gleiches auch im Hinblick auf das, was er für Scherenberg getan. »Was ist es denn?« so hieß es. »Gar nichts. Er hat sich einen Dienst geleistet, hat *sich* beim Könige lieb Kind gemacht, *sich* vor den Potsdamer Offizieren als Kunstmäzen ausgespielt. Lächerlich genug. Wir wiederholen dir, allen persönlichen Vorteil hat er gehabt und dabei seiner Eitelkeit Zucker gegeben. Und dann hat er dich seinem Buchhändler Hayn, diesem Intelligenzblatt-Verleger, zugeführt und ›Freund Hayn‹, bei dem man Intelligenz und Intelligenzblatt unterscheiden muß, hat ein Bombengeschäft mit dir gemacht und ziert sich nun in der Welt als Literaturvater herum, während er doch bloß ein Weißbierphilister ist mit einer Pontacnase. Quäle dich doch nicht mit Dankbarkeit. Er muß *dir* dankbar sein. Wenn du zusammenrechnest, was dieser Louis Schneider, dieser sogenannte Edelmutsmensch, aus allen Königs- und Prinzenkassen für dich herausgeschüttelt hat, so kommt noch keine Jahresmiete heraus, trotzdem du, Gott weiß es, billig genug wohnst.« In diesem Tone klang das Lied, das Franz Duncker, Widmann, Orelli nicht müde wurden zu singen, und ein Stückchen Wahrheit war ja drin. Aber die, die so redeten, waren auch nicht anders, und was sie samt und sonders mit so viel Spott und Bitterkeit gegen Schneider auftreten ließ, das war alles nur *politische* Gegnerschaft, Parteihaß. Man haßte den »an Rußland verkauften« Schneider und wollte, was in einem gewissen Zusammenhange damit stand, im Publikum den Gedanken nicht aufkommen lassen, daß Scherenberg ein *patriotischer* Dichter sei; Scherenberg sollte vielmehr, nach dem Willen vorgenannter Herren, durchaus ein

Volksdichter sein, ein 1813-Verherrlicher, wo das Volk und die *Landwehr* alles gemacht hätten. »Das stünde auch klar auf jeder Seite seiner Dich-
236 tungen, wenn man sie nur richtig läse; die Reaktion treibe bloß Mißbrauch mit ihm, und man müsse ihn retten vor dieser Vergewaltigung.« In der Tat, es war ein beständiges Hin- und Herzerren mit unserem Tunnel-Dichter; heute hatten ihn die Patrioten, morgen hatten ihn die Fortschrittler. Der arme Scherenberg! Er war in derselben Verlegenheit wie der Pfalz- und Rheingraf in Bürgers »Wildem Jäger« und wußte nicht, ob er sich nach links oder nach rechts hin halten sollte. Mit der ganzen Geschicklichkeit eines Pommern und Balten hat er sich aber schließlich immer geschickt durchgewunden und ist als Freund »von links und rechts« gestorben, ohne je der Zweideutigkeit bezichtigt worden zu sein. Der Glückliche!

Schneider, während im Tunnel, in »*seinem Tunnel*«, dieser Aufruhr tobte, saß all die Zeit über ruhig in seinem Potsdamer Heim und lächelte, wenn er von dem Sturm im Glase Wasser hörte. Was aber das Beste war, er ließ diesen Abfall von ihm niemand im Tunnel entgelten und zeigte sich, was immer aufs neue gesagt werden muß, auch darin wieder uns allen überlegen, vor allem auch überlegen in Gesinnung. Wirklich, er gehörte zu den bestverketzerten Personen, die mir in meinem Leben vorgekommen sind. Ich habe ihn ziemlich gut gekannt, fünfzehn Jahre lang in unserem Verein und dann zehn Jahre lang auf der Kreuzzeitung, wo ich ihn allwöchentlich wenigstens einmal sah; aber ich kann nicht sagen, daß ich ihn je auf einem faulen Pferde ertappt hätte. Im Gegenteil, er war ehrlicher und konsequenter als seine soi-disant »Freunde«, die sich ziemlich unberechtigt über ihn erhoben. Überhaupt konnte man im Tunnel, wie überall in der Welt, die Mißlichkeit des landläufigen Urteils studieren. Wie mit Blindheit geschlagen waren oft die Klügsten; höchst fragwürdige Charaktere wurden gefeiert, während viel Tüchtigere sich mit Soupçon behandelt sahn. Es ist unglaublich, wie leicht selbst Scharfsichtige von Fach, zum Beispiel Kriminalisten und Weltweise, durch Manieren und gefälliges Komödienspiel bestochen werden können. Im ganzen genommen existiert bei den Menschen eine so hochgradige Unfähigkeit, den Seelen anderer auf den Grund zu sehen, daß sich dies Hochgradige nur aus einer gewissen Unlust, »sich auf irgendwie ernste
237 Untersuchungen einzulassen«, erklären läßt. Die meisten nehmen, solange sich's einigermaßen mit ihrem Vorteil verträgt, alles so, wie's bequem zugänglich obenauf liegt. Genauso war es mit dem Tunnel-Urteil über

Schneider. Ich glaube nicht, daß jemand da war, der sich ernstlich mit seiner Wertfrage beschäftigt hätte. Man redete darauf los, von Voreingenommenheiten ausgehend. Es soll nicht geleugnet werden, Schneider war ein ungeheurer Faiseur, immer mußte was »gemacht«, versammelt, zusammengetrommelt werden. Wer ihn gekannt, weiß das. Es gab damals ein Lustspiel »Er mengt sich in alles«, dessen komische Hauptfigur den Namen Mengler führte. Solch Mengler war er. Aber wenn dies auch gelegentlich störend wirkte, soviel bleibt: er war ein wohlmeinender Mann, und alle Verketzerung, der er immer wieder und wieder begegnete, lief darauf hinaus, »daß er das Heil Preußens ausschließlich in einem innigen Bündnis mit Rußland erkenne«. Sein Leben, wenn wir Frankreich statt Rußland setzen, erinnert an das Lombards. Lombard war klüger, Schneider ehrlicher und überzeugter.

In einer Schrift, die den Titel führt »*Berlin und Petersburg*«, finde ich das Folgende:

»... Louis Schneider – dessen viel patronisierter ›Soldatenfreund‹ wesentlich dazu beigetragen hatte, daß ein Teil des preußischen Offizierkorps seine Ehre darin sah, sich als russische Avantgarde zu fühlen und in den Tagen schärfster Diskrepanz zwischen deutschen und russischen Interessen die moralische Unentbehrlichkeit der russischen Allianz zu predigen – Louis Schneider ließ sich im Jahre 1848, unter dem Titel eines Mitarbeiters, für die in Rußland selbst nur mit Ekel und Verachtung genannte ›Nordische Biene‹ zum Leibkorrespondenten des Kaisers Nikolaus anwerben ... Gewohnt, die russische Obergewalt als naturgemäßes Verhältnis zu behandeln, sah Schneider in dem russischen Monarchen lediglich den ›europäischen Rennebohm‹ der bekannten Berliner Eckensteher-Anekdote, jenen alles regulierenden Hausherrn also, der sowohl Schulzen wie Lehmann aus seiner Bierstube weist, weil sie sich gegenseitig Ohrfeigen stechen wollen ... Den Tag, an welchem die Kunde von dem Tode des Kaisers am preußischen Hofe eintraf, zählte Schneider zu den traurigsten seines Lebens, und die von ihm in den Spalten des ›Soldatenfreundes‹ angestimmte Totenklage um den kaiserli- 238
chen Gönner war – neben dem bekannten, aus der Feder des ostpreußischen Generalsuperintendenten Sartorius stammenden Kreuzzeitungs-Artikel ›Ein Mann ist gestorben‹ – die pathetischste, die überhaupt vernehmbar wurde. Aus der Hand des Prinzen Karl empfing Schneider einige Wochen später eine von einunddreißig russischen Generaladjutanten, Suiteoffizieren und Flügeladjutanten unterzeichnete Adresse, in welcher

diese Herren ihm ihren allerinnigsten und aufrichtigsten Dank für das Bild abstatteten, das er in seinem Blatte von ihrem unvergeßlichen Kaiser entworfen habe … Wie Schneider dachte die sämtliche Partei der Leute, denen die Partei über das Vaterland, das scheinbare Interesse der Krone über das wahre und dauernde Interesse des Staates ging. In dem Berlin der letzten vierziger und ersten fünfziger Jahre ist es ein öffentliches Geheimnis gewesen, daß die Fraktion, welche sich die ›konservative‹ nannte, ihre Parole an den Vorabenden wichtiger Entscheidungen fast regelmäßig aus dem russischen Botschaftshotel holte und daß der Herr dieses Hauses, Baron Meyendorf, auf Beamtentum und Gesellschaft der preußischen Hauptstadt seinerzeit Einflüsse geübt hat, wie russische Minister sie, seit den letzten Tagen der Königlichen Republik Polen, in fremden Ländern nicht mehr besessen hatten.«

So die Schrift »Berlin und St. Petersburg«, deren Verfasser sicherlich von dem stolzen Gefühl erfüllt gewesen ist, einen »Unwürdigen« gewürdigt zu haben. Er hat auch wirklich, was in einer Parteischrift etwas sagen will, in nichts übertrieben. Ja, so war Schneider; ich kann es bestätigen. Aber ist dies so etwas Furchtbares? Eher das Gegenteil. Eine Schilderung wie die hier von Schneider gegebene paßte bis 1840 – und dann neubelebt auch wieder von 48 ab – auf Hunderttausende, darunter Prinzen des Königlichen Hauses, die, was immer ihre Fehler sein mochten, wenigstens den *einen* Fehler nicht hatten, unpatriotisch zu sein. Ihr Patriotismus forderte, wie das auch das obige Broschürenzitat ausspricht, ein Zusammengehn mit Rußland. Ja, warum nicht? Es ist, wenn man dieser Frage nähertreten will, durchaus nötig, sich in die Zeiten der Heiligen Allianz und der dieser Allianz unmittelbar vorausgehenden Kriegsjahre zurück-
239 zuversetzen. Rußland hatte uns gerettet, bei Existenz erhalten. Nicht bloß von Anno 6 bis 12, auch noch 13 und 14. Unerträglich ist es, immer noch in so vielen Büchern und Artikeln der naiven Vorstellung zu begegnen, als habe die Provinz Ostpreußen oder das Yorksche Korps oder die pommersche Landwehr den Kaiser Napoleon besiegt. Durch dies unnatürliche Heraufpuffen hat man – von dem Häßlichen der Unwahrheit ganz abgesehn – nur Ärgerlichkeiten und Torheiten geschaffen, die sich später gerächt haben. Es war nicht so, wie's in den Klippschulen vorgetragen wird. Die Macht der beiden Kaiserstaaten, Rußland und Österreich, so wenig enthusiastisch sie vorgingen, hatte doch schließlich den Ausschlag gegeben, *nicht* der Todesmut Preußens, der diesem, in allem übrigen, ein unbestrittener Ruhmestitel bleibt. Und nun kam der

Friede, Nikolaus wurde »Schwiegersohn«, und durch ein Menschenalter
hin hatten wir eine Verbrüderung mit Rußland. Wer jene Zeit noch
miterlebt hat, weiß, daß das ganze offizielle Preußen und noch viel, viel
mehr das ganze preußische Volk der alten Provinzen, der »*Berliner*«
obenan, an dieser fraternité teilnahm; es war ein Jubel, wenn Kaiser Nikolaus kam, er gehörte mit zur »Familie«, und Geschichten und Anekdoten, die von seiner Anhänglichkeit und Liebe sprachen, drängten und
mehrten sich beständig, wobei Betrachtungen darüber, »ob das alles *politisch* vielleicht ein Fehler sei«, von sehr wenigen angestellt wurden.
Gewiß gab es eine Minorität, die mit ihrem Fühlen und Denken entgegengesetzte Wege ging, aber all das durfte meiner Meinung nach diese
Minorität doch nicht abhalten, hunderttausend anderen ein Recht auf
Rußlandschwärmerei zuzugestehen, eine Schwärmerei, zu der, wenn man
von der Frage der Freiheitlichkeit absieht, zahlloseste Gründe vorhanden
waren: Anhänglichkeit an das eigene Herrscherhaus, Liebe zu einem
patriarchalischen König, wie er in reinerer Gestalt nie dagewesen ist,
Dankbarkeit, politischer Vorteil – weil (zunächst wenigstens) politische
Sicherheit – und nicht zuletzt ein bestimmtes und berechtigtes Prinzip.
Dies muß ich ganz besonders betonen. Denn so gewiß ich, meinen
Empfindungen und meiner Erkenntnis nach, alles Heil in der Freiheit
sehe, so ist auch *diese* Frage, wie jede andere, nicht derartig abgetan,
daß die entgegengesetzte Anschauung bloß Unsinn und Verbrechen
wäre. Gott sei Dank, daß wir das Russische los sind, nicht mehr im 240
Schlepptau fahren; aber ich kann mich über *die* nicht entrüsten, die
vordem an Kaiser Nikolaus gehangen haben. Mit der sehr gefährlichen
Anschauung muß, mein' ich, gebrochen werden, daß jeder Freiheits-
schwärmer ein Ideal und jeder Kaiser-Nikolaus-Schwärmer ein Schufterle
sei. Frankreich ist jetzt Republik und drängt sich huldigend an die russische Seite. Was über den Menschen entscheidet, ist seine Gesinnung,
Ehrlichkeit der Überzeugungen. Und *die* hatte Louis Schneider, auch
wenn er hundert Tabatièren empfangen haben sollte. Daß »ehrliche
Manieren« – in denen Schneider, beiläufig, exzellierte – täuschen können,
weiß ich; die Welt wimmelt von faux bonhommes. Was aber *nicht* täuschen kann, ist ein langes Leben, das sich dem Beobachter als aus einem
Gusse darstellt. Er war zu jeder Zeit derselbe, fast zu sehr. Ich habe vieles
an ihm gesehen, was mir mißfallen hat, nichts aber, das ich als mißacht-
lich oder auch nur als zweideutig zu bezeichnen hätte. Seinen Geschmack
geb' ich preis; ästhetisch war er sehr anfechtbar, moralisch bestand er.

Wie sich denken läßt, zirkulierten im Tunnel allerhand Anekdoten über ihn, die sämtlich den Zweck verfolgten, entweder ihn politisch zu diskreditieren oder aber ihn als »komische Figur« zu ridikülisieren. Als im Sommer 49 Nikolaus nach Berlin kam, ließ er Schneider ins Palais rufen und äußerte sich über den traurigen Zustand, in den Preußen geraten sei. »Sehn Sie, Schneider, *richtige* Preußen gibt es überhaupt nur noch zwei: ich und Sie.« Ziemlich um dieselbe Zeit erschien eine den Kaiser Nikolaus als beschränkt, brutal und deutschfeindlich schildernde Broschüre. »Die müssen Sie lesen«, hieß es im Tunnel. Schneider aber antwortete: »Davor werd' ich mich hüten; dergleichen verwirrt bloß.« – Wie beim Kaiser, so war er auch bei der Kaiserin gut angeschrieben. Kam diese von Petersburg nach Potsdam auf längeren Besuch, so wurde Schneider zum Tee befohlen; die »ehemalige Prinzeß Charlotte« ließ sich so gern alte Berliner Geschichten erzählen. Einige Tunnelianer spöttelten darüber. Schneider zuckte die Achseln und sagte: »Ja, Kinder, in gewissem Sinne bin ich der richtige Byzantiner. Ich leugne nämlich
241 nicht, daß, wenn es sich um Teeabende handelt und ich dabei die Wahl zwischen Frau Salzinspektor Krüger und der Kaiserin von Rußland habe, so bin ich immer für die Kaiserin von Rußland.« An Bonsens war Schneider all seinen Gegnern jederzeit sehr überlegen.

Es konnte nicht ausbleiben, daß es bei den Teeabenden – auch bei den »königlichen«, die fast einen dienstlichen Charakter hatten – nicht immer ganz glatt ablief. Eines Tages erschien Schneider wieder mal in seiner Vorlesereigenschaft oben auf Sanssouci und sah sich im Vorzimmer ohne viel Entschuldigung benachrichtigt, »daß es heute nichts sei«, weil eine der Königin empfohlene vornehme Dame verschiedene Gesangspiecen vortragen werde. Schneider verbeugte sich, nahm seine Vorlesermappe ruhig wieder unter den Arm und verschwand. Aus dieser Geschichte wurde seitens der Tunnel-Liberalen eine große Sache gemacht; »da sähe man's – ein Mann von Ehre dürfe sich so nicht behandeln lassen.« Etwas Dümmeres ist kaum denkbar. Daß einem gesagt wird: »Hören Sie, heute können wir Sie nicht brauchen, heute geht es nicht«, – das passiert einem im Leben in einem fort, das muß sich der Beste gefallen lassen. Und nun gar in dienstlicher Stellung und bei Hofe! Sonderbar, die Menschen verlangen immer moralische Heldentaten, solange sie persönlich nicht »dran sind«. Alle die, die verächtlich von ihm sprachen, hätten sich bei Hofe viel, viel mehr gefallen lassen. Aber das wurde natürlich bestritten, und so kam es denn, daß man ihm Servilismus vorwarf, während doch seine ganze Haltung lediglich darauf hinauslief, daß er seinem König und nächst diesem – oder vielleicht auch über diesen hinaus – dem russischen Kaiserpaare eine Sonderstellung einräumte. Sonst war ihm »devotestes Ersterben« vor Hoch- und Höchststehenden etwas ganz Fremdes, *so* fremd, daß er sich umgekehrt – zum Beispiel im Gespräch über Prinzen – zu wahren Ungeheuerlichkeiten hinreißen ließ. Er ging darin so weit, daß er dem Potsdamer »Kasino«, darin er eine hervorragende Rolle spielte, durch seine niemand schonenden Zynismen gelegentlich recht unbequem wurde.

Sein hervorstechender Zug war, in vollstem Gegensatz zu Kriechen
und Bücklingmachen, ein großer persönlicher und moralischer Mut. Als
sich 48 alles verkroch, er war da, nicht um in Halbheiten sich durchzu- 242
winden, sondern immer voran und immer freiweg. So war es, als man ihm im Theater – er nahm nach jenem Abend einfach seinen Abschied – eine Niederlage bereiten wollte, so war es, als man ihm die Landwehrleute auf den Hals hetzte. Da hatte man sich aber in ihm und schließlich auch in den Landwehrleuten geirrt. Statt sich klein zu machen oder zu drücken, stieg er auf dem alten Posthof in der Spandauer Straße, wo man ihn umringt haben mochte, auf eine dort zufällig haltende Postkutsche, machte das Deck derselben zu seiner Kanzel und donnerte von da dermaßen herunter, daß alle die, die gekommen waren, ihn zu verhöhnen oder zu insultieren, ihn im Triumph durch die Straße trugen. Er hatte ganz wundervoll den Ton weg, richtige Berliner Landwehrherzen zu treffen.

Ich komme, bevor ich von meinen persönlichen Beziehungen zu ihm spreche, hier noch einmal auf seine Stellung in unserem Verein zurück. Eine lange Zeit hindurch, wie schon eingangs erzählt, war er im Tunnel nicht mehr und nicht weniger als alles. Er herrschte, weil er passioniert war und nicht bloß ein Herz für die Sache, sondern auch noch allerlei andre hochschätzbare Vereins- und Gesellschaftsgaben mitbrachte. Nur freilich an der hochschätzbarsten Gabe gebrach es ihm völlig. Er stand einer Poetengesellschaft vor, ohne selbst auch nur das geringste von einem Poeten an sich zu haben. Charakteristisch für einen Dichter wird es meist sein, wie er sich zu Mitdichtern, auch zu ganz kleinen und unbedeutenden, zu stellen weiß. Lenau, als ihm eine Kellnerin im Café Daum einige von ihr verfaßte Gedichte schüchtern überreichte, trat von dem Augenblick an in ein ganz neues Verhältnis zu ihr und behandelte

sie, weil er seiner Natur nach nicht anders konnte, mit zartester Rücksicht. Er sah in ihr immer eine Kollegin; von Gleichgültigkeit oder gar Überhebung keine Spur. Louis Schneider dagegen verfuhr sehr anders – er war eben kein Lenau. Damals kam es noch vor, daß blutarme junge Dichter ihre Dichtungen in einer kleinen Stadt auf eigene Kosten drucken ließen und nun, dies ihr Heftchen anbietend, bei ihren Mitdichtern um eine Wegzehrung baten. Auch zu Schneider kamen solche wenig Beneidens-
243 werte. Schneider gab ihnen dann das Heftchen zurück, in der ihm eignen Berliner Sprechweise hinzufügend: »Ich pflege mir meinen kleinen Bedarf selbst zu machen.« Aber das war ihm noch nicht genug; er begleitete diese gemütlich sein sollenden Worte regelmäßig mit einer minimalen Geldgabe, hinsichtlich deren er dann strahlenden Gesichts die Versicherung abgab, »sie sei noch nie zurückgewiesen worden«. Ein häßlicher Zug. Und doch war er ein gütiger Mann, der vielen Hülfsbedürftigen tatsächlich ein echter und rechter Helfer gewesen ist. Er war nur nicht gewinnend in seinen Formen, die, trotzdem er einer Dichtergesellschaft präsidierte, der wahre Musterausdruck äußerster märkischer Prosa waren. Er litt an dieser Prosa wie an einer Krankheit und vielleicht am meisten da, wo sich seine Stellung zu dem, was man Poesie nennt, bekunden sollte. Jederzeit, innerhalb wie außerhalb des Tunnels, ist es ihm zum Verdienst angerechnet worden, Scherenberg entdeckt und den armen Poeten auf sein Glück und seine Höhe gehoben zu haben. Das ist auch wahr. Aber daß er diese spezielle Dichterschwärmerei sich leisten konnte, hing nicht mit seinen literarischen Tugenden, sondern umgekehrt mit seinen schweren literarischen Mankos zusammen. Schneider, weil er eines feineren Kunstgefühls total entbehrte, war in der Lage, sich an gewagtesten Bildern und alt-blücherschen Schlagwörtern beständig berauschen zu können. Was er denn auch redlich tat. Er erging sich, plätschernd und prustend, in den die Scherenbergsche Dichtung reichlich begleitenden Fragwürdigkeiten. Was *wirklich* bedeutend an Scherenberg war, davon ist ihm schwerlich viel zum Bewußtsein gekommen.

Ich persönlich habe sehr viel von Schneider gehabt, obschon er mir mehr oder weniger unsympathisch, seine Politik – trotzdem ich sie vorstehend verteidigt – im wesentlichen contre coeur und seine Kunst geradezu schrecklich war.

Daß ich mich ihm demohnerachtet so sehr zu Dank verpflichtet fühle, liegt in zwei Dingen: erstens darin, daß wir dasselbe Feld, Mark Branden-

burg, kultivierten, und zweitens darin, daß er ein Sentenzen- und Sprichwortsmann war, ein Mann nicht der zitierten, wohl aber der selbstgeschaffenen »geflügelten Worte«. Diese Worte, wie sein ganzes 244
Wesen, waren immer prosaisch und gemeinplätzig, aber vielleicht wirkten sie gerade dadurch so stark auf mich. Feine Sachen amüsieren mehr; ein Hieb aber, der so recht sitzen soll, muß etwas grob sein. Er war das verkörperte elfte Gebot: »Laß dich nicht verblüffen«, und seine Berliner Weltweisheit, seine burleske, mitunter stark ins Zynische gehende Unverfrorenheit hat mich oft erquickt, auch gefördert.

In der Zeit, wo ich meine »Wanderungen durch die Mark Brandenburg« zu schreiben anfing, sah ich ihn oft, um Ratschläge von ihm entgegenzunehmen. Namentlich bei dem Bande, der das »Havelland« behandelt, ist er mir sehr von Nutzen gewesen.

Er wohnte damals, wenn mir recht ist, am »Kanal«, in einem echten alten Potsdamer Hause, das noch ganz den Stempel Friedrich Wilhelms I. trug. Er hatte sich alles sehr wohnlich zurechtgemacht, und sein Arbeitszimmer, das bei großer Tiefe nach hintenzu jede Lichtabstufung zeigte, konnte als ein Ideal in seiner Art gelten. In allem etwas prinzipienreitrig, war er denn auch unentwegt der Mann des Stehpults geblieben, also einer Stellage von gut berechneter Höhe, darauf er alles zur Hand hatte, was er brauchte, besonders auch ein Glas mit kaltem russischem Tee. So fand ich ihn regelmäßig vor, in Nähe des Pults ein langer Tisch, darauf zahllose Zeitungen teils aufgetürmt, teils ausgebreitet lagen. Er empfing mich immer gleich liebenswürdig, spielte nie den Gestörten oder wohl gar den »in seinen Gedanken Unterbrochenen« und gab mir Aufschluß über das Mannigfaltigste, besonders über Reiserouten, wobei er's nur in dem einem versah, daß er mich immer dahin dirigieren wollte, wo vorher noch niemand gewesen war. Dies Auf-Entdeckungen-Ausziehn hätte ja nun sehr gut und für mich sehr verführerisch sein können; aber er hatte dabei nur den Sinn für eine herzustellende möglichste Vollständigkeit des Materials – *wie* das Material schließlich ausfiel, war ihm gleichgültig, *mir* aber keineswegs. Er ging durchaus nicht dem Interessanten oder Poetischen nach, und deshalb konnte ich von seinen Direktiven nur sehr selten Gebrauch machen. Er war noch aus jener merkwürdigen märkisch-historischen Schule, der die Feststellung einer 245
»Kietzer Fischereigerechtigkeit« die Hauptsache bleibt.

Wenn wir dann so eine kleine halbe Stunde geplaudert hatten – eine Aufforderung zum Bleiben erging nie –, erschien Frau Geheime Hofrätin

Schneider aus ihrer an der andern Flurseite gelegenen Kemnate, um durch ihren Eintritt sowohl dem Gaste wie auch ihrem Ehemann anzudeuten, »es sei nun genug«. Sie war immer sehr sorglich gekleidet, von einer ausreichenden, aber doch sehr reservierten Artigkeit, und trug Allüren zur Schau, wie man sie jetzt kaum noch findet und die, vielleicht um ebendieses Hingeschwundenen willen, den Reiz eines kulturbildlichen Interesses für mich gewahrt haben. Nach Abstammung und Naturanlage war Frau Geheime Hofrätin Schneider lediglich dazu bestimmt, der Typus einer stattlichen Bourgeoise zu werden; ihr Lebensgang am Theater aber hatte Sorge dafür getragen, ihr noch einen Extranimbus zu geben und dadurch jene feine Nebenspezies herzustellen, deren sich manche jetzt alten Berliner aus ihren jungen Tagen her wohl noch erinnern werden. Alle Berliner Schauspielerinnen und Sängerinnen, namentlich aber Tänzerinnen, deren Lebensweg also mehr oder weniger einer perpetuellen Revue vor den Augen Seiner Majestät geglichen hatte, hatten unter diesem königlichen Augeneinfluß ein Selbstbewußtsein ausgebildet, das sich in den leichteren Fällen bis zu einer einen gesellschaftlichen Unterschied stark markierenden Würde, in den schwereren Fällen bis zu eiskalter Unnahbarkeit steigerte. Die natürliche Grundlage blieb aber doch »die Berliner Madam«, ein Etwas, das die Welt nicht zum zweiten Male gesehn. Frau Schneider übrigens, wie hier huldigend bemerkt sein mag, war von der milderen Observanz; sie war noch nicht absolut vergletschert, sie hatte noch ein Lächeln.

Aber trotz dieses Lächelns, ihr Erscheinen, wie schon angedeutet, bedeutete doch jedesmal Rückzugsnotwendigkeit, der ich denn auch rasch gehorchte. Tags darauf erhielt ich meist ein Buch oder eine Zeitschrift, die den vielleicht ungünstigen Eindruck einer durch äußere Einflüsse etwas rasch abgebrochenen Verhandlung wieder begleichen sollte.

Mehr noch als von Schneiders literarischen Beihülfen hab' ich aber von seinen Geschichten und Anekdoten gehabt, denen ich immer ein
246 sehr offenes Ohr entgegenbrachte. Wer ein bißchen das Leben kennt, wird wissen, daß man nach dieser Seite hin von den poetisch Geistreichen oder gar den »literarischen Leuten« als solchen meistens nicht viel hat, sehr viel aber von den spezifisch Prosaischen. Schneider glich einem Abreißkalender, auf dem von Tag zu Tag immer was Gutes steht, was Gutes, das dann den Nagel auf den Kopf trifft. »Ja, mit dem schlechten Theater«, so hieß es in einem dieser Gespräche, »wie oft hab' ich diese Klage hören müssen! Da hab' ich denn, weil mir's zuletzt zuviel wurde,

die Berliner Zeitungen seit Anno 1787 vorgenommen und kann es nun belegen, daß in jedem Jahr regelmäßig gesagt worden ist: ›*So* schlecht sei das Theater noch nie gewesen‹.«

Und was er hier vom Theater sagt, paßt, glaub' ich, auf alles.

Wofür ich ihm aber am meisten verpflichtet bin, das ist das Folgende. »Sie müssen sich nicht ärgern und nicht ängstigen. Sehen Sie, wir hatten da, als ich noch auf der Bühne herummimte, einen Trostsatz, der lautete: ›Um neun ist alles aus.‹ Und mit diesem Satze haben wir manchen über schwere Stunden weggeholfen. Ich kann Ihnen diesen Satz nicht genug empfehlen.«

Und das hat mir der gute Schneider nicht umsonst gesagt. Ich bin ihm bis diese Stunde dafür dankbar: »Um neun ist alles aus«.

Siebentes Kapitel

George Hesekiel

George Hesekiel, 1819 geboren, war der Sohn des Predigers und, wenn ich nicht irre, späteren Konsistorialrats Friedrich Hesekiel zu Halle. Schon dieser war eine volle Persönlichkeit und, wie nach ihm sein Sohn, der Freund eines guten Mahls und eines noch besseren Trunkes. In seinem Keller lag ein alter ausgezeichneter »Naumburger«, den ihm eine Bürgerdeputation mit der in gutem Sächsisch vorgetragenen Bemerkung überreicht hatte: »Das ist unser teurer Bürgerschweiß.« Und immer, wenn ein Festtag war – und der alte Konsistorialrat hatte gern Festtage 247
–, so mußte George in den Keller, um eine Flasche »teuren Bürgerschweiß« heraufzuholen.

Die Hesekiels, durch zwei Jahrhunderte hin immer Geistliche, stammten aus Böhmen und gehörten, wenn ich recht berichtet bin, einer Adelsfamilie von altböhmischem Namen an. Der Ahnherr verließ nach der unglücklichen Schlacht am Weißen Berge um Glaubens willen seine Heimat und ging nach Sachsen, wahrscheinlich gleich nach Halle. Dort in eine Kirchenstellung eingetreten, begann er damit, wie bis dahin sein böhmisches Vaterland, so nun auch seinen Namen abzutun. Er schlug zu diesem Behufe die Bibel auf und hatte beim Aufschlagen den Propheten Hesekiel vor sich. *Den* Namen nahm er an. Unser George war mit Recht stolz auf ebendiesen Namen und wurde durch nichts so geärgert, wie wenn man ihn »Hese-Kiel« nannte. »Wenn ich bitten darf, Hesekiel«, unterbrach er dann jedesmal.

Er verbrachte seine Jugend in Halle, war als Student viel in dem Fouquéschen Hause – Fouqué in seiner *zweiten* Periode und mit *zweiter* Frau – und ging bald nach absolviertem Studium nach Frankreich, das er in jahrelangem Aufenthalt mannigfach durchstreifte. Das gab ihm eine gute Sprach- und Landeskenntnis. Nach Deutschland zurückgekehrt, nahm er seinen Wohnsitz in Altenburg, verheiratete sich hier mit der Tochter eines sächsischen Militärs und gab ein Blatt heraus, das den Titel führte: »Die Rosen«. Er war aber damit nicht auf Rosen gebettet; all die Sorgen eines jungen und nun gar damaligen Schriftstellerlebens wurden von ihm durchgekostet. Das Vertrauen der Seinigen, Frau und Schwägerin, war aber so groß, daß die Hoffnung auf bessere Zeiten nie hinstarb. Und dies Vertrauen behielt schließlich recht. Bald nach Gründung der »Kreuzzeitung« ward er bei ebendieser angestellt und redigierte von Herbst 1848 oder 1849 an bis zu seinem Tode den französischen Artikel. Ich glaube hinzusetzen zu dürfen, mit seltener Geschicklichkeit, was in zweierlei seinen Grund hatte: zunächst in gründlicher Kenntnis französischer Zustände, besonders des französischen Adels, und zum zweiten in seiner hervorragenden novellistischen Begabung, die, solange
248 er seiner Redaktion vorstand, in einer wenigstens zeitweilig halb humoristisch gefärbten Lebendigkeit in den Dienst der Politik trat. Ich muß dies hier ein wenig motivieren. Die Zeitung hatte von Anfang an in Paris einen sehr guten Drei-Stern-Korrespondenten, einen feinen, vorzüglich gebildeten Herrn, den ich selber später kennengelernt habe. Neben diesem Drei-Stern-Korrespondenten aber machte sich von einem bestimmten Zeitpunkte ab auch noch ein Lilien-Korrespondent geltend, der sehr bald durch seine pikantere Schreibweise den älteren Kollegen in den Schatten stellte. Was ihm aber mehr noch als seine glänzende Darstellung ein Übergewicht verschaffte, war die sehr bald innerhalb der Partei von Mund zu Mund gehende Versicherung, daß dieser Neuengagierte, wie früher an kleinen deutschen Residenzen, so jetzt am französischen Hofe die allervornehmsten Beziehungen unterhalte, was übrigens nicht wundernehmen dürfe, da dieser neue Lilien-Korrespondent ein legitimistischer Marquis sei. Der Zufall ließ es geschehen, daß ich ebendamals – mehrere Jahre vor meinem persönlichen, erst 1860 erfolgenden Eintritt in die Kreuzzeitungs-Redaktion – viel in Bethanien verkehrte, wo sich bei dem zu jener Zeit in großem Ansehen stehenden Pastor Schultz, einem

Freunde meiner Eltern, die führenden Kreuzzeitungs-Leute, darunter
namentlich auch von Blankenburg, zu versammeln pflegten. Eines
Abends, als ich eintrat, las man in diesem bethanischen Zirkel einen
eben unter dem bekannten Lilienzeichen erschienenen, eine Truppen-
schau in den Champs Elysées oder auf dem Marsfelde beschreibenden
Artikel vor, in dem wohl vier- oder fünfmal die Wendung vorkam: »*Er*
– Louis Napoleon – hat den Degen gezogen«. Und so war auch der
Kopftitel, den die Redaktion dem Ganzen gegeben hatte. Die Meinungen
über die Wichtigkeit dieser Korrespondenz gingen auseinander. »Es ist
an und für sich nichts«, hieß es, »aber es hat eine symbolische Bedeutung
und ist jedenfalls ein Avis.« Eine Minderheit bestritt auch dies, bis man
ihr zu Gemüte führte, »daß es ja der *Marquis* sei, der diesen Brief geschrieben, ein ernster Politiker also, der den ›gezogenen Degen‹ nicht
vier- oder fünfmal betont haben würde, wenn er dieser Sache nicht eine
gewisse Wichtigkeit beilegen wollte.« Das schlug durch, und man nahm
an, daß eine Kriegserklärung in Sicht stehe. Der an jenem Abend aber 249
die gesamte Kreuzzeitungs-Gruppe so nachhaltig beschäftigende »Marquis« war niemand anders als mein Freund George Hesekiel, Willhelm-
oder Bernburger Straße oder wo sonst er damals gerade wohnen mochte.
Wie sich denken läßt, hing der Schöpfer an diesem seinem Geschöpf,
der Marquis »wuchs mit seinen größeren Zwecken«, und es wird sich
ganz ernsthaft sagen lassen, daß Hesekiel an keiner seiner Romanfiguren
auch nur annähernd so viel Freude gehabt hat wie speziell an diesem
Kinde seiner Laune. Doch alle Freude welkt dahin. Ein Jahrzehnt lang
hatte sich die so glücklich erfundene Figur bei Leben und Ansehen erhalten, bis es mit einem Male hieß: »Der legitimistische Marquis der
›Kreuzzeitung‹ existiere gar nicht.« Es war nämlich aufgefallen, daß der
Marquis nie schrieb, wenn Hesekiel im Monat Juli in Karlsbad war. Indessen möcht' ich trotz alledem annehmen, daß der durch diesen Umstand erregte Verdacht wieder hingeschwunden wäre, wenn nicht Hesekiel selbst, als er von dem Stutzen des Publikums erfuhr, zu einem
falschen Wiederherstellungsmittel des erschütterten Glaubens an seine
Figur gegriffen hätte. Dies falsche Mittel bestand darin, daß er den
Marquis *auch* nach Karlsbad reisen und ihn von dort aus an die
»Kreuzzeitung« schreiben ließ. In diesen Briefen sprach er neben anderem
auch seine Freude darüber aus, den Dr. George Hesekiel am Sprudel
kennengelernt und ihn in seinen legitimistischen Anschauungen als echt
und recht erfunden zu haben. All dies war sehr sinnreich ausgedacht,

aber doch etwas zu sinnreich, zu kompliziert. Die Komödie, die dadurch verschleiert werden sollte, wurde nur immer durchsichtiger, so daß Hesekiel nach allen möglichen Hin- und Her-Erwägungen endlich den großartigen Entschluß faßte, den Marquis während ihres beiderseitigen nächsten Aufenthaltes in Karlsbad sterben zu lassen. Er führte dies auch mit vieler Kunst, will sagen mit allen für die Wahrscheinlichkeit der Sache nötigen Abstufungen aus, doch weiß ich nicht mehr recht, ob er ihn rasch und unmittelbar in böhmischer Erde begraben oder aber umgekehrt ihn zunächst noch nach Frankreich zurückbegleitet und ihn dort erst in der Nähe von St. Denis bestattet hat. Ich finde, bei allem Respekt
250 vor dem berühmten Bernauer Kriegskorrespondenten, daß dieser legitimistische Marquis seinem Kollegen Wippchen mindestens ebenbürtig ist.

Es mag mir gestattet sein, an das Vorstehende noch eine Bemerkung über »echte« und »unechte Korrespondenzen« zu knüpfen. Der Unterschied zwischen beiden, wenn man Sprache, Land und Leute kennt, ist nicht groß. Es ist damit wie mit den friderizianischen Anekdoten: die unechten sind geradeso gut wie die echten und mitunter noch ein bißchen besser. Ich bin selbst jahrelang echter und dann wieder jahrelang unechter Korrespondent gewesen und kann aus Erfahrung mitsprechen. Man nimmt seine Weisheit aus der »Times« oder dem »Standard« etc., und es bedeutet dabei wenig, ob man den Reproduktionsprozeß in Hampstead-Highgate oder in Steglitz-Friedenau vornimmt. Fünfzehn Kilometer oder hundertfünfzig Meilen machen gar keinen Unterschied. Natürlich kann es einmal vorkommen, daß persönlicher Augenschein besser ist als Wiedergabe dessen, was ein anderer gesehen hat. Aber auch hier ist notwendige Voraussetzung, daß der, der durchaus selber sehen will, sehr gute Augen hat und gut zu schreiben versteht. Sonst wird die aus wohlinformierten Blättern übersetzte Arbeit immer besser sein als die originale. Das Schreibetalent gibt eben den Ausschlag, nicht der Augenschein, schon deshalb nicht, weil in schriftstellerischem Sinne von zehn Menschen immer nur einer sehen kann. Die meisten sehen an der Hauptsache vorbei.

Hesekiel trat, sehr bald nach seinem Erscheinen in Berlin, in den Tunnel ein, wahrscheinlich durch Schneider eingeführt und empfohlen. Aber trotz dieser Empfehlung kam er zu keiner rechten literarischen Geltung, noch weniger zu Ansehen und Liebe. Der Grund lag zum Teil in seiner

Zugehörigkeit zur »Kreuzzeitung«. Überflog man den zu einem Drittel aus Offizieren und zu einem zweiten Drittel aus adligen Assessoren zusammengesetzten Tunnel, so mußte man – noch dazu nach eben erst erfolgter Niederwerfung einer revolutionären Bewegung – eigentlich mit Sicherheit annehmen, in einem derartig kombinierten Zirkel einem Hort des strengsten Konservatismus zu begegnen. Das war aber nicht der Fall. In dem ganzen Tunnel befand sich, außer Hesekiel, kein einziger richtiger
Kreuzzeitungsmann; nicht einmal Louis Schneider, trotz eifriger Mitar- 251
beiterschaft an der »Kreuzzeitung«, konnte als solcher gelten. Ihm fehlte das Kirchliche, das durch das Russische doch nur sehr unvollkommen ersetzt wurde. Die Tunnel-Leute waren, wie die meisten gebildeten Preußen, von einer im wesentlichen auf das nationalliberale Programm hinauslaufenden Gesinnung, und bis diesen Tag ist es mir unerklärlich geblieben, daß, mit Ausnahme kurzer Zeitläufte, diese große politische Gruppe keine größere Rolle gespielt und sich nicht siegreicher als staatsbestimmende Macht etabliert hat. Es hat dies nach meinen Beobachtungen und Erfahrungen weniger – wenn überhaupt – an den Prinzipien unseres deutschen Whiggismus gelegen als an dem *Ton*, in dem diese Prinzipien vorgetragen wurden. Der Fortschritt ist auch rechthaberisch doktrinär, aber er vertritt mehr den Doktrinarismus eines rabiaten Konventiklers als den eines geistig und moralisch mehr oder weniger in Hochmut verstrickten Besserwissers, und das Hochmütige verletzt nun mal mehr als das Rabiate. Politiker mögen diese Sätze belächeln, es wird ihrer aber auch geben, die etwas Richtiges darin erkennen.

Ich kehre nach diesem Exkurse zu Hesekiel zurück. Sein gelegentlich provozierendes Auftreten war nicht angetan, mit seiner etwas extremen Richtung – sie gab sich extremer, als sie war – zu versöhnen, und so beschränkte sich, soweit der Tunnel in Betracht kam, sein gesellschaftlicher Verkehr auf das H. Smidtsche Haus, das ich schon in einem früheren Kapitel geschildert habe. Dort machte ich auch seine nähere Bekanntschaft und fühlte mich, ich will nicht sagen zu ihm hingezogen, aber doch in hohem Maße durch ihn interessiert. Er war gescheit von Natur, hatte, nicht schulmäßig, aber im Leben und durch Lektüre viel gelernt, kannte tausend Geschichten und Anekdoten von Ludwig XI. an bis auf Ludwig XVIII. und gehörte zu denen, die, wie das Sprichwort sagt, keine Mördergrube aus ihrem Herzen machen. Mit unglaublicher Ungeniertheit gab er die tollsten Skandale zum besten, und was in Vehses »Geschichte der deutschen Höfe« steht, war ein Pappenstiel gegen das, was er in

ganzen Katarakten über uns hindonnerte. Mich nahm er dadurch ganz
gefangen, denn historischen Anekdoten habe ich nie widerstehen können,
252 bin auch jetzt noch der Meinung, daß sie das Beste aller Historie sind.
Was tu' ich mit den Betrachtungen? Die kommen von selbst, wenn die
kleinen und großen Geschichten, die heldischen und die mesquinen, zu
mir gesprochen haben. Also, Hesekiel war der Mann der historischen
Anekdote, ganz besonders der rücksichtslos-gewagten. Er schrak dabei
vor keinem Stand und Berufe zurück, auch nicht vor Adel und Geistlichkeit. Einmal war wieder ein entsetzliches Priesterverbrechen ans Licht
gekommen. Er trug es mit breitem Pinsel vor und sagte dann, wie zur
Entschuldigung, als er auf manchem Gesichte wohl so etwas wie Mißbilligung lesen mochte: »Verkennen Sie mich nicht. Ich bin aus einer alten
Pastorenfamilie, die Glaubens willen aus dem Lande gegangen, und hab'
ein Herz für alles, was zum geistlichen Stande gehört. Aber wenn irgendwas Schreckliches geschieht, wo's in Frankreich heißt: ›Où est la femme?‹,
da frag' ich hierlandes unwillkürlich: ›Où est le prêtre?‹« – Ganz besonders reizend war er, wenn er seine Schriftstellerei bewitzelte. Einmal
stritt man sich und holte das Konversationslexikon heran, um ihn mit
Hülfe desselben zu bekämpfen. Da kam er in eine helle Heiterkeit. »Wer
selber so viele hundert Artikel dafür geschrieben hat wie ich, den müssen
Sie mit dem Konversationslexikon nicht widerlegen wollen.«

In diesem Stile sprach er beständig, und weil mir das alles ganz ausnehmend gefiel, wurd' ich mehr und mehr sein Anhänger und habe sehr viel von ihm gehabt. »Ich marchandiere nicht«, war eine seiner Lieblingswendungen, und zu dieser Wendung war er voll berechtigt. Walter Scott war sein Vorbild, literarisch gewiß, aber auch in Repräsentation und Lebensführung. Diese letztere – in natürlicher Folge beschränkterer Verhältnisse – konnte selbstverständlich nicht so vornehm sein wie die seines großen Vorbildes, aber an Splendidität und Geldverachtung, halb aus Güte und halb aus Laune, war er ihm womöglich noch überlegen.

Sein »Ich marchandiere nicht« hab' ich an manchem Abend erlebt,
mitunter halb schaudernd. Wenn um acht die Tunnel-Sitzung schloß,
so hieß es seinerseits, wenn er nicht gerade was anderes vorhatte: »Ja,
was machen wir nun mit dem angebrochenen Abend?« Und ehe noch
wer antworten konnte, waren auch schon etliche von den Jüngeren ein-
253 geladen, im »Großfürst Alexander« – Neue Friedrichsstraße – seine Gäste
zu sein. Die Vornehmeren unter uns lehnten natürlich ab, aber wer seine
Bedenken einigermaßen bezwingen konnte, nahm gern an, weil er sicher

war, einem zwar anfechtbaren, aber immer interessanten Bacchanal entgegenzugehen. In Kolonne rückten wir nun in das vorgenannte Hotel ein, wo Hesekiel, ich weiß nicht worauf hin, unbeschränkten Kredit hatte. Mit Rotwein oder Mosel zu beginnen, wäre lächerlich gewesen; es gehörte zum guten Ton, mit schwerem Rheinwein, am liebsten mit Sherry, Port oder herbem Ungar einzusetzen, und eh eine Stunde um war, hatten wir ein Wettschwimmen in Zynismen. In Zynismen, aber nicht in Unanständigkeiten. Alles wurde gesagt, aber doch in der Form wohlerzogener Menschen, ja, Hesekiel war stolz darauf, in jedem Zustande sich immer noch in der Gewalt zu haben. »Sieh«, sagte er mal zu mir, »manche denken, der und ich, wir wären so einerlei; aber *der* ist so, und *ich* bin so« und nun führte er den Unterschied in einem drastischen Vergleiche aus. Was an solchem Abende vertilgt wurde, war unglaublich, und noch unglaublicher war die Zeche, wenn man bedenkt, daß ein Mann von damals sehr bescheidenem Gehalt das alles auf seine Kappe nahm. Es kam denn auch dahin, daß, nachdem dies etwas protzige »doing the honours for all Scotland« ein Jahrzehnt lang gedauert hatte, seine zu sehr wesentlichem Teil durch ebendiese Repräsentationskomödie herbeigeführte Schuldenlast wohl über 10000 Taler betrug, wovon die größere Hälfte auf Zinsen, Wechselprolongationen und dergleichen entfiel. Er näherte sich inzwischen den Fünfzigen, und da nicht bloß seine Schulden, sondern auch seine Gichtschmerzen immer größer wurden, so kam er eines schönen Tages auf den gesunden Gedanken, mit seinem »Schottland die Ehre tun« endgültig Schicht zu machen und lieber seine Schulden abzuzahlen. Und dem unterzog er sich dann auch von Stund an – auch darin seinem Vorbilde Walter Scott gleichkommend – mit eisernem Fleiß und in geradezu großartiger Weise. Tieck hat einmal gesagt: »Einen dreibändigen Roman schreiben, ist immer was, auch wenn er nichts taugt«, und jeder, der von Fach ist, wird in diesen Ausspruch einstimmen. Aber was will ein dreibändiger Roman sagen neben zwanzig, dreißig Bänden. Ich besitze selber noch weit über fünfzig seiner Bände, 254
während mir doch vieles von ihm verlorengegangen ist. Nur ein Mann von äußerster Energie konnte das leisten, und mitunter ist es ihm auch sauer genug geworden. Es wird von Ney erzählt, daß er, bevor er in die Schlacht ging, immer erst Kurbetten gemacht und Kreise beschrieben habe; genauso verfuhr auch Hesekiel. An Tagen, wo's ihm ganz besonders widerstand, ging er zunächst viele Male, wie mit sich kämpfend, um seinen Schreibtisch herum, und erst wenn er alles Widerstrebende nie-

dergezwungen, sich für seine Aufgabe montiert hatte, nahm er seinen Platz und begann zu schreiben. Er schrieb auf Quartblätter, die aufgestapelt vor ihm lagen, und ließ das geschriebene Blatt mit einem kleinen Fingerknips auf die Erde fliegen; da sammelte dann seine Tochter Ludovika, damals noch ein Kind, die zahllosen Blätter und ordnete sie. Von Wiederdurchsehen war keine Rede, kein Wort war durchstrichen, alles ging fertig in die Druckerei. Keiner dieser Romane hat sich bei Leben erhalten, und ihr literarischer Wert mag nicht sehr hoch sein, aber sie enthalten eine Stoffülle und sind für den, der Preußisch-Historisches liebt, eine unterhaltliche und lehrreiche Lektüre. Jedenfalls sah sich sein Fleiß belohnt, und so gering auch die Honorare waren, auch wohl sein mußten, es gelang ihm doch, mit ihrem Ertrage die vorgenannte, für einen deutschen Schriftsteller jener Epoche sehr hohe Schuldensumme zu tilgen. Er hinterließ sein Haus in bescheidenen, aber geordneten Verhältnissen.

Daß er unter der »Ungeordnetheit dieser Verhältnisse« zuzeiten sehr gelitten, mehr, als er zu zeigen liebte, davon war ich an einem mir unvergeßlichen Tage Zeuge. Mitternacht war längst vorüber, und wir schlenderten, nach einem der vorgeschilderten Symposiums, von der Neuen Friedrichsstraße her auf unsere Wohnungen zu, die nahe beieinander lagen. Es war eine wunderschöne Winternacht, nicht kalt, prächtiger Sternenhimmel; so kamen wir bis vor meine Behausung in der Puttkamerstraße und schritten noch ein paarmal auf und ab, weil wir bei einem sehr wichtigen Gespräch waren, nämlich bei dem Thema, wie man sich in Geldverlegenheiten einigermaßen helfen könne. »Ja«, sagte ich, »'s ist sonderbar; es geht mir ja mehr als bescheiden, aber ich würde
255 nicht sonderlich darunter leiden, wenn ich nur dann und wann einen Pump zustandebringen könnte. Das kann ich aber nicht. Ich habe durchaus kein Talent zu dergleichen; ich bin zu *ungeschickt*.«

Als ich dies große Wort gelassen ausgesprochen hatte, trat er einen Schritt zurück, und ich sah, wie der letzte Rest von Rausch förmlich von ihm abfiel. Dann kam er wieder auf mich los, sah mich ernst und beinahe gerührt an und sagte, während er seine Hand auf meine Schulter legte: »Gott erhalte dir diese Ungeschicklichkeit. «

Und diese Segnung, denn fast war es so was, hat sich auch an mir erfüllt, und ich habe das Schuldenmachen nie gelernt. Daß es mir in meinem Leben so gut gegangen ist, das verdanke ich nicht zum kleinsten

Teile der Andauer jener »Ungeschicktheit«, die mir damals mein guter Hesekiel anwünschte.

Meine Beziehungen zu Hesekiel waren bis 1855, wo ich Berlin auf eine Reihe von Jahren verließ, nur oberflächlich; erst von 1859 an wurden sie freundschaftlich. Er leistete mir damals einen großen Dienst, indem er mich aus einer mehr oder weniger bedrücklichen Lage befreite.

Das hing so zusammen.

Ich war in dem zuletzt genannten Jahre von England nach Berlin zurückgekehrt, trotzdem die Zeit, die mir der Minister Manteuffel für den Verbleib in meiner Londoner journalistischen Stellung zugesichert hatte, kaum halb abgelaufen war. »Bleiben Sie doch ruhig hier«, hatte mir mein Londoner Chef, der immer gütige Graf Bernstorff, in einem über diese Dinge geführten Gespräche zugerufen. »Das in Berlin da, das dauert nicht lange.« Die Richtigkeit davon leuchtete mir auch ein. Aber meine Sehnsucht nach den alten Verhältnissen – in London, so sehr ich es liebte, blieb ich doch schließlich ein Fremder – war groß und trieb mich fort, trotzdem ich wohl einsah, daß es bei meiner Rückkehr mit meinem Verbleiben in der Regierungspresse schlecht aussehen würde. Wer unter Manteuffel, wenn auch nur in kleinster und gleichgültigster Stelle, gedient hatte, war mehr oder weniger verdächtig. Ich also auch. Mir wurde das, kaum in Berlin wieder eingetroffen, auch gleich fühlbar, berührte mich aber so kolossal komisch, daß ich zu keinem Ärger darüber kommen 256
konnte. »Mußt du eine wichtige Person sein«, sagte ich mir, während ich doch am besten wußte, daß ich so gut wie gar nichts geleistet hatte. Chef der ministeriellen Presse war unter dem neuen Regime, der sogenannten »Neuen Ära«, Geheimrat Max Duncker geworden, ein sehr liebenswürdiger Herr, der von der oben beklagten Eigenart der Gothaner gar nichts oder doch nur sehr wenig aufwies. Ich kam aber trotzdem nicht recht an ihn heran. Alles, während es sich doch – wenigstens uns kleinen Skribenten und Korrespondenten gegenüber – immer nur um Quisquilien handelte, wurde so furchtbar wichtig genommen, und so schied ich denn aus, um anderweitig mein Heil zu versuchen. Aber das war nicht leicht. Wer in ähnlicher Lage gewesen ist, wird mir das bestätigen, auch jetzt noch, trotzdem sich die Dinge seitdem sehr verbessert haben. Ich hatte zehn Jahre lang zur Regierungspresse gehört. In dieser verbleiben zu können, wäre mir schon aus Bequemlichkeit sehr erwünscht gewesen. Aber diese Presse der »Neuen Ära«, zu der auch indirekt die

nationalliberalen Zeitungen gehörten, mißfiel mir oder ich ihr, und so blieben nur Vossin und Kreuzzeitung übrig. Ich war also in einer argen Verlegenheit und sprach mich zu Hesekiel darüber aus. Der sagte: »Ja, melden kannst du dich nicht bei uns. Aber wenn ein Angebot kommt, dann liegt es doch um ein gut Teil günstiger für dich.« Und schon am anderen Tage kam ein solches Angebot. Der Chefredakteur der Kreuzzeitung fragte bei mir an, »ob ich die Redaktion des englischen Artikels übernehmen wolle«. Noch ein wenig unter den Gruselvorstellungen stehend, die sich, von 1848 her, an den Namen »Kreuzzeitung« knüpften, war ich unsicher, was zu tun sei, beschloß aber, wenigstens mich vorzustellen. Ein bloßer erster Besuch konnte ja den Kopf nicht gleich kosten. Immerhin hatte die Sache was von der Höhle des Löwen. Vier Uhr war Sprechstunde. Pünktlich erschien ich in der Bernburger Straße, wo der Chefredakteur der Kreuzzeitung schräg gegenüber der Lukaskirche wohnte. Matthäi wäre wohl besser gewesen, aber Lukas war auch gut. Endlich in der zweiten Etage glücklich angelangt, zog ich die Klingel und sah mich gleich darauf dem Gefürchteten gegenüber. Er war aus
257 seinem Nachmittagsschlafe kaum heraus und rang ersichtlich nach einer der Situation entsprechenden Haltung. Ich hatte jedoch verhältnismäßig wenig Auge dafür, weil ich zunächst nicht ihn, sondern nur sein unmittelbares Milieu sah, das links neben ihm aus einem mittelgroßen Sofakissen, rechts über ihm aus einem schwarz eingerahmten Bilde bestand. In das Sofakissen war das Eiserne Kreuz eingestickt, während aus dem schwarzen Bilderrahmen ein mit der Dornenkrone geschmückter Christus auf mich niederblickte. Mir wurde ganz himmelangst, und auch das mühsam geführte Gespräch, das anfänglich wie zwischen dem Eisernen Kreuz und dem Christus mit der Dornenkrone hin und her pendelte, belebte sich erst, als die Geldfrage zur Verhandlung kam. London hatte mich nach dieser Seite hin etwas verwöhnt, und ich sah mit Schmerz die Abstriche, die gemacht wurden. Als so zehn Minuten um waren, stand ich vor der Frage: »Ja« oder »Nein«. Und ich sagte: »Ja«. Nicht leichten Herzens. Aber vielleicht gerade weil es ein so schwerer Entschluß war, war es auch ein guter Entschluß, aus dem mir nur Vorteile für mein weiteres Leben erwachsen sind. Ich blieb bis kurz vor dem Siebziger Krieg in meiner Kreuzzeitungs-Stellung und muß diese zehn Jahre zu meinen allerglücklichsten rechnen. Daß es so verlief, lag an verschiedenen Dingen. Es kamen die Kriegsjahre 1864 und 1866, die mir Gelegenheit gaben, mich mehr als einmal nützlich zu machen; ich bereiste die

Kriegsschauplätze, war in Schleswig, Jütland, Seeland, in Böhmen und den Gegenden des Mainfeldzuges, was mich alles ungemein erfrischte. Zugleich gab es mir ein Relief. Es war auch dasselbe Jahrzehnt, in dem ich meine »Wanderungen durch die Mark Brandenburg« und meinen ersten vaterländischen Roman – »Vor dem Sturm« – begann. Zudem, von Vierzig bis Fünfzig ist beste Lebenszeit. Aber der Hauptgrund, daß ich mich all die Zeit über so wohl fühlte, war doch der, daß, verschwindend kleine Störungen abgerechnet, das Leben auf der Redaktion und mehr noch das nebenherlaufende gesellschaftliche Leben ein sehr angenehmes war. Von dem sprichwörtlichen »Der schwarze Mann kommt«, wovor ich ganz aufrichtig gebangt hatte, war keine Rede; nichts von Byzantinismus, nichts von Muckertum. Alles verlief eher umgekehrt. Stärkste Wendungen, auch gegen Parteiangehörige, fielen beständig und
von jener erquicklichen Meinungsfreiheit – der ich übrigens, um von 258
unserem vielverketzerten Metier auch mal was Gutes zu sagen, auf *allen* Redaktionen begegnet bin – wurde der weiteste Gebrauch gemacht. Ich möchte hier überhaupt einschalten dürfen, daß es – was auch ein wahres Glück ist – nach meinen Erfahrungen eine gewisse Zeitungssolidarität gibt, die durch die Parteifarbe wenig beeinträchtigt wird, und so gedenk' ich denn auch gern eines Wortes, das Professor Stahl einmal in einer Kreuzzeitungs-Versammlung aussprach: »Meine Herren, vergessen wir nicht, auch das konservativste Blatt ist immer noch mehr Blatt als konservativ.«

Auf der Redaktion saßen Hesekiel und ich dicht zusammen, nur durch einen schmalen Gang getrennt, und mitunter schrieben wir uns Briefe, die wir uns von einem Tisch zum andern herüberreichten. Es wurden darin immer nächstliegende Personalien verhandelt, anzüglich, aber nie bösartig, vielmehr vorwiegend in so grotesk ausschweifender Weise, daß dadurch der kleinen Malice die Spitze abgebrochen wurde. Meist ging es gegen den Chefredakteur, dessen pedantische Ruhe der Hesekielschen Natur durchaus widersprach. Am ungeniertesten wurde mit dem aus dem Waldeck-Prozeß schlecht beleumdeten Goedsche verfahren, der übrigens keineswegs ein Schreckensmensch, vielmehr, bei hundert kleinen Schwächen und vielleicht Schlimmerem, ein Mann von großer Herzensgüte war; er schrieb damals an seinen, vom buchhändlerischen Standpunkte aus berühmt gewordenen Sir John Retcliffe-Romanen, die, wie er selbst, eine Quelle beständiger Erheiterung für uns waren. Einer dieser Romane hieß »Nena Sahib«. Wenn nun eine ganz ungeheuerliche Stelle

kam, wo die Schrecknisse sich riesenhaft türmten, so kriegte er es doch mit der Angst, und fühlend, daß er dem Publikum vielleicht allzuviel zumutete, machte er, mit Hilfe eines Sternchens, eine Fußnote, darin es in lakonischer Kürze hieß: »Siehe Parlamentsakten«. Er hütete sich aber, Band und Seitenzahl anzugeben. Wenn wieder ein mehrbändiges Werk fertig war, ließ er es jedesmal elegant einbinden, um es dann, in der Privatwohnung des Chefredakteurs, der sehr feinen und sehr akkuraten Dame des Hauses als Huldigungsexemplar überreichen zu können. In besonders schweren Fällen soll er aber hinzugesetzt haben: »Ich muß
259 die gnädige Frau dringend bitten, es nicht lesen zu wollen.« Von Hesekiel ließ er sich alles gefallen; manche Wendungen waren stereotyp. Es kam vor, daß Goedsche mit einem gewissen Feldherrnschritt auf der Redaktion erschien und hier, ohne daß das geringste vorgefallen war, ein ungeheures Ergriffensein über einen rätselhaften und vielleicht gar nicht mal existierenden Hergang zur Schau stellte. Hesekiel sagte dann, um diesen falschen Rausch zu markieren, ruhig vor sich hin: »Goedsche hat heute wieder seine Zahntinktur ausgetrunken.« Ich persönlich habe Goedsche nur von zwei Seiten kennengelernt: als Vogelzüchter und Bellachini-Freund. Er hatte eine Hecke der schönsten australischen und südamerikanischen Vögel, und Bellachini war auf seine Art ein reizender Mann, was nicht wundernehmen darf. Alles, was sich an der Peripherie der Kunst herumtummelt: Akrobaten, Clowns, Monsieur Herkules, Zauberer und Taschenspieler – alle sind meist sehr angenehme Leute, weil sie das Bedürfnis haben, die Welt mit sich zu versöhnen. Goedsche zog sich in den siebziger Jahren nach Warmbrunn zurück, woselbst er in seinen guten Tagen – er hatte an den Retcliffe-Romanen ein enormes Geld verdient – ein Krankenhaus gestiftet hatte; dort starb er auch. Das letzte Mal, da ich ihn sah, noch in Berlin, war er sehr elend, infolge einer merkwürdigen, echt Goedscheschen Weihnachtsfeier. Seine Frau war ihm gestorben, und ganz in Sentimentalität steckend, wie so oft Naturen der Art, begab er sich am Christabend nach dem katholischen Kirchhofe hinaus und veranstaltete hier, indem er zahllose Lichter aufs Grab pflanzte, eine Liebes- und Gedächtnisfeier. Er setzte sich auf ein Nachbargrab und sang einen Vers und weinte. Die Folge davon war ein Pyramidalkatarrh, der sein Leben schon damals in Gefahr brachte.

Wie schon erzählt, Hesekiels und mein Arbeitstisch standen nahe beieinander. Aber was jeder von uns an seinem Tische leistete, das war sehr verschiedenwertig. Er war eine Hauptperson der Zeitung, zeitweilig

die Hauptperson, und an der Betätigung seiner Gaben war der Zeitung und jedem Adligen und Geistlichen auf dem Lande sehr gelegen. Alle wollten hören, wie der damals noch nicht entpuppte »legitimistische Marquis« über Louis Napoleon denke. Mit dem englischen Artikel, der 260
meine Domäne bildete, lag es umgekehrt, und ich glaube, daß dies auch der Grund war, warum mein Vorgänger Dr. Abel – er wurde später Times-Korrespondent und zeichnete sich als solcher aus – seine Kreuzzeitungs-Stellung aufgab. Es waren, auf England hin angesehen, stille Zeiten, alles Interesse lag bei Frankreich oder bei uns selbst, und so kam es, daß zeitweilig jeden Morgen der Chefredakteur an meinen Platz trat und mir mit seiner leisen Stimme zuflüsterte: »Wenn irgend möglich, heute nur ein paar Zeilen; je weniger, desto besser.« Ich war immer ganz einverstanden damit und hatte bequeme Tage. Zuletzt freilich wurde mir das bloße Stundenabsitzen langweilig, und ich trat – ein kleiner Streit kam hinzu – meinen Rückzug von der Zeitung an.

Ich könnte hier noch Welten erzählen, sei's über Hesekiels persönliches Gebaren, sei's über Leben und Treiben auf der Redaktion selbst. Ich ziehe es aber vor, hier abzubrechen und in Nachstehendem über das *gesellschaftliche* Leben auf der Kreuzzeitung, auf das ich schon kurz hinwies, zu berichten. Dies war das denkbar angenehmste, weil alles, was zum Bau gehörte, nicht bloß politisch oder redaktionell, sondern auch gesellschaftlich mitzählte. Mit Vergnügen denk' ich an den trotz vieler Reibereien und persönlicher Gegensätze doch immer kameradschaftlichen Ton zurück, und ein Ausspruch, den, wenn ich nicht irre, General von Gerlach oder aber sein Bruder, der Magdeburger Oberappellationsgerichtspräsident, tat, zeigt am besten, wie vornehm und frei gerade diese leitenden Herren über solche Dinge dachten: »Ich würde es für klug und wünschenswert halten, daß wir ehrenhafte Leute von der Presse ganz in ähnlicher Weise wie die Geistlichen an uns bänden, ich meine durch Heirat.« Ich erzähle das, um an einem Musterbeispiel zu zeigen, wie wenig sich das landläufige Bild von einem Junker mit der Wirklichkeit deckt oder doch mindestens, wie glänzende Ausnahmen sich gerade bei den Klügsten und Besten unter ihnen vorfinden.

Gute Gesellschaftlichkeit, wie hier eingeschaltet werden mag, habe ich übrigens bei den Zeitungen aller Parteien gefunden. Und sehr erklärlich, daß es so ist. Die Redaktionen oder Besitzer haben meistens ein Einsehen 261
von der Wichtigkeit solcher persönlichen Beziehungen, die lehrreich

sind und *Freudigkeit* geben, welch letzteres Moment, bei dem vielen Ärgerlichen und mehr noch bei dem Übelbeleumdetsein unseres Berufs, oft recht wünschenswert ist. Also Gastlichkeit und ein bestimmtes, wenn auch oft nur bescheidenes Maß humanen Entgegenkommens findet sich nahezu überall. Aber ich habe doch gleichzeitig, bei viel Übereinstimmendem in dieser Beziehung, auch große Verschiedenheiten wahrgenommen. In der ministeriellen Presse stand es am ungünstigsten, weil man da selten wußte, wer eigentlich als »hospes« anzusehen sei; kam es aber trotzdem ausnahmsweise zu Repräsentation und Hospitalität, so hatte beides den eigentümlichen Reiz des Offiziösen. Wir wurden dann, in plötzlicher Erkenntnis, daß Gott seine Sonne über Gerechte und Ungerechte scheinen lasse, brüderlich oder doch wenigstens halbbrüderlich unter die Ministerialräte des Innern oder des Kultus eingereiht und fühlten uns nicht bloß geehrt, sondern auch sehr amüsiert. Denn diese Räte waren nichts weniger als steifleinene Herren, vielmehr umgekehrt meist glänzende Causeurs. Ich nenne nur einen, den Geheimrat Stiehl. Er war so witzig, daß man fast sagen konnte, selbst seine Regulative wirkten so. Jedenfalls stand er selber ziemlich kritisch zu seiner Schöpfung, und ich erinnere mich einer bei Gelegenheit seines Sturzes von ihm abgegebenen halb humoristischen, halb zynischen Erklärung, in der er lächelnd zugestand, daß er wohl wisse, wie man das alles auch ganz anders machen könne. Derbheit und Till Eulenspiegelei waren seine Natur. Er selber sagte von sich: »Ich habe da mal ein Tagebuch von meinem in Halle studierenden Großvater gefunden, daraus hervorgeht, daß er ein Renommist und Strenggläubiger war, und ich darf sagen, ich fühle mich als seinen Enkel.« Als ich Ende der fünfziger Jahre in England lebte, gehörte ein Mr. Collins, der die Berliner Wasserwerke angelegt hatte, zu meinen Bekannten. Er reiste, trotzdem er nur ein Bein hatte, beständig zwischen London und Berlin hin und her. Einmal war ich bei ihm zu Tisch, in seinem reizenden, am Hereford-Square gelegenen Hause: »Sagen Sie, kennen Sie einen Geheimrat Stiehl?« – »Gewiß kenne
262 ich den; Original, sehr gescheit, sehr amüsant.« – »Das will ich meinen. Als ich letzten Dienstag von Berlin abfuhr, stieg mit einemmal ein sonderbar aussehender Herr ein, schimpfte gleich kolossal, aber doch sichtlich bloß zu seinem Vergnügen und zog mich dann sofort ins Gespräch. Als wir in Köln ankamen, war er noch mitten im Satz; so was von einem Erzähler ist mir noch nicht vorgekommen. Von Ermüdung meinerseits nicht die Spur; ich war bloß traurig, daß wir schon in Köln

waren.« Stiehl heiratete später eine Frau v. *M.; er* Witwer, *sie* Witwe. Die Partie wurde viel beredet, denn sie, die Dame, war der Typus der Vornehmheit, was man von ihm nicht sagen konnte. Trotzdem hatte sie richtig gewählt und war glücklich, an die Stelle der »Complaisance«, die bis dahin ihr Lebensteil gewesen war, ein Kraftgenie treten zu sehen.

Die kleinen Festlichkeiten der ministeriellen Presse hatten, wie ich nur wiederholen kann, etwas von dem Charme der Offiziosität, die der fortschrittlichen Presse dagegen zeichneten sich durch Stil und Opulenz, durch Heranziehung von Kunst und Literatur aus, die der Kreuzzeitung aber waren die lehrreichsten und, wenn der Damm erst durchbrochen war, auch die gemütlichsten. Sie gaben sich nicht bloß als Extras, als Außergewöhnlichkeiten, sondern bildeten eine Art Institution, gehörten mit zum Programm. Ich muß deshalb etwas länger bei dieser Gastlichkeit verweilen.

Die gesellschaftliche Repräsentation der Kreuzzeitung trat in drei Gestalten auf: als »Cercle intime«, als Königsgeburtstagsfeier und als politische Ressource. Diese drei waren, wie von den Gesellschaften der anderen Zeitungen, so auch untereinander ziemlich verschieden. Der »Cercle intime« war gleichbedeutend mit einem Sichversammeln im Familienkreise; nicht die Zeitung als solche lud ein, sondern der Chefredakteur in Person und in seinem Hause. Keine Parteirepräsentation; alles mehr Privatsache. Das zeigte sich schon darin, daß auch Damen daran teilnahmen. Exzellenzen erschienen nur vereinzelt, aber viele Stabsoffiziere, Geistliche, befreundete Professoren, überhaupt Freunde. Manche sind mir sehr lebhaft im Gedächtnis geblieben: Minister Bodelschwingh, Geheimrat von Senfft-Pilsach, Major Ribbentrop von der Gardeartillerie – der sich mit seiner Batterie vor Düppel ausgezeichnet hatte –, Oberstleutnant 263
Graf Roedern von den Gardedragonern, Hofprediger Kögel, Professor W. Hensel, der junge Senfft von Pilsach, Neffe des vorgenannten Geheimrats. –

Über die drei Letztgenannten möchte ich hier ein paar Worte sagen.

Hofprediger *Kögel* war damals eben nach Berlin gekommen; er mochte vierzig sein. Schlank, grad aufrecht, von einer nervös angespannten und zugleich degagierten Haltung, machte er mehr den Eindruck eines mit glänzenden Aussichten ins Ministerium berufenen Regierungsrats als den eines Theologen. Lebhaft, espritvoll, verbindlich, aber inmitten aller Verbindlichkeit von – übrigens vollberechtigten – Überlegenheitsallüren, konnte er als ein Typus jener aus kleinen in große Verhält-

nisse hineingeratenen Persönlichkeiten gelten, die, plötzlich auf einer gewissen Höhe angelangt, rasch daselbst die Wahrnehmung ihrer Superiorität machen und in diesem Gefühl zu Tonangebenden und Regierenden werden, selbstverständlich unter kluger Wahrung aller durch Geburt und Verhältnisse vorgeschriebenen Distanzen. Irr' ich nun aber nicht, so hatte Kögel eine Neigung, diese so viel bedeutenden Distanzen in legererer Weise zu markieren als herkömmlich. Er »markierte« sie wirklich nur, statt ihnen einen starken Akzent zu geben, und bei dem feinen Wahrnehmungsvermögen, das hohe und höchste Herrschaften für solche Dinge haben, mußte sich in bestimmten Kreisen eine gewisse Gegnerschaft gegen ihn ausbilden. Er ist der glänzendste Kasualredner, den ich, sei's im Leben, sei's literarisch, kennengelernt habe; seine Gelegenheitsreden sind Musterwerke von Knappheit, Klarheit, Geschmack, und die vordem so beliebte Manier, in Anspielungen zu sprechen und dadurch, weil alles gelobt und alles getadelt wurde, sich nach allen Seiten hin zu salvieren, war ihm fremd. Vor Kennern bestand er glänzend. Aber es gab ihrer einzelne, die sich trotzdem – oder vielleicht gerade deshalb – nicht befriedigt fanden, weil sie nebenher beständig heraushörten: »Ihr seid ihr, und ich bin ich.« Es ist dreißig Jahre her, daß ich ihn zuerst sah; er machte schon damals den vorgeschilderten Eindruck, hatte schon damals alles *das,* was ihn auf seine Höhe hob, aber diese Hochstellung
264 auch bedrohte. Seine Krankheit, die seinen Rücktritt veranlaßte, war vielleicht ein Segen für ihn.

Von sehr anderem Gepräge war Professor *Wilhelm Hensel.* Er zählte zu den häufigsten Gästen, nahm auch an den offiziellen Festdiners, Königsgeburtstag etc. regelmäßig teil und war allgemein gern gesehen. In Trebbin geboren, märkischer Predigerssohn, war er der Typus eines Märkers, gesund, breitschultrig, festen Willens und mit kleinen, listigen Augen. Trat er ein, so glaubte man einen in die Großstadt verschlagenen Amtmann zu sehen, und daß ihm, vierzig Jahre früher, die schöne Fanny Mendelssohn zuteil geworden war, konnte wundernehmen. Erfuhr man dann aber, was es mit dem »Amtmann« auf sich habe, so war einem klar, daß die schöne Fanny sehr richtig gewählt habe. Das Preußentum von 1813 ließ sich ganz wundervoll an ihm studieren. Er hatte den Krieg mit Auszeichnung mitgemacht, erfreute sich, wohl zum Teil um dieser Haltung willen, einer großen Beliebtheit am Hofe Friedrich Wilhelms III., nicht minder bei sämtlichen Prinzen, und dies »Mit zum Hofe Gehören«, auch mit dazu gehören *Wollen,* gab ihm ein Etwas, das von der

jungen Generation belächelt wurde. Aber ganz mit Unrecht. In dem reizenden Buche »Bismarck und seine Leute« kommt eine Stelle vor, wo Bismarck in Versailles auf offener Straße dem Geheimrat Abeken eine Depesche diktiert. Dieser ist ganz Dienst. Aber mit einem Male wahrnehmend, daß Prinz Karl die Straße herunter kommt, kommt Abeken ins Schwanken; er hat einerseits ein Gefühl von der Wichtigkeit der dienstlich politischen Situation, aber andererseits auch ein Gefühl von der Wichtigkeit einer Prinzenannäherung, und sich hin und her wendend, um, inmitten der Erfüllung seiner Amtspflichten gegen den Kanzler, doch auch die Honneurs gegen den Prinzen nicht zu versäumen, kommt er erst durch eine scharfe Bismarcksche Reprimande wieder zur Haltung und Ruhe. Genauso war Hensel. Eine Prinzenannäherung war doch immer die Hauptsache. Jetzt lachen die Leute darüber, weil sie die frühere Zeit nicht kennen und sich als große Freiheitler träumen; in Wahrheit aber liegt es so, daß die preußische Welt seit König Friedrich Wilhelm I. beständig wachsende Fortschritte, nicht im »Männerstolz vor Königsthronen«, sondern umgekehrt im Byzantinismus gemacht hat und daß 265
die eigentlichen Charaktere und die eigentlich mutigen Männer in Tagen lebten, wo's keine patentierte Freiheit gab und der Krückstock noch wacker umging. Zahllose herzerquickende Worte – auch Taten – sind damals vorgekommen, die heute ganz undenkbar sind. Auf *diesem* Gebiete sind in unserem modernen Leben auch die mutigsten Leute Drückeberger geworden. – Hensels intimster Freund war der Graf Blanckensee; sie hatten von 1813 bis 1815 in derselben Truppe gedient. Es hieß einmal, daß es nicht leicht sei, mit dem Grafen auszukommen. »Ich bin fünfzig Jahre lang gut mit ihm ausgekommen«, sagte Hensel, »und schiebe das auf ein Prinzip, nach dem ich, von Jugend auf, meinen Umgang mit vornehmen Leuten eingerichtet habe. Gegen ihre höhere gesellschaftliche Stellung habe ich nie protestiert, auch im freundschaftlichsten Verkehr immer eine Grenzscheide gezogen, Kordialitäten nie versucht, ihnen immer ihren Stand und ihre Ehre gegeben; aber wenn das geringste geschah, das meine Ehre verletzte, habe ich das ruhig und fest zurückgewiesen. Das ist immer respektiert worden, und ich bin, wie mit Blanckensee, so mit allen anderen märkischen Adeligen immer sehr gut ausgekommen.« In seinen Anschauungen hatte Hensel viel Gemeinsames mit Louis Schneider, bezeigte sich aber sehr viel feiner in ihrer Geltendmachung. In Gesellschaften war er ungemein beliebt, und mit Recht. Er hielt sich zunächst zurück und sondierte, nahm er aber wahr,

daß gute Zuhörer da waren, so öffneten sich die Schleusen seiner Beredtsamkeit, und daß er, der als Jüngling die Befreiungskriege mitgemacht, dann die Lalla-Rookh-Aufführung geleitet, dann 1848 die Künstler- und Studentenschaft kommandiert und 1860 als Totenwache neben seinem aufgebahrten König Friedrich Wilhelm IV. gestanden hatte –, daß *der* erzählen konnte, braucht nicht versichert zu werden. Als Maler war er nicht bedeutend, selbst der Wert seiner Porträtmappen wird angezweifelt, weil er noch dem Prinzip huldigte, »die Menschen so zu porträtieren, wie die Natur – ehe Störungen eintraten – die Betreffenden intendiert hatte.« Bis zuletzt blieb er bei Kraft, Frische und guter Laune und hatte
266 das Glück, eines schönen Todes oder richtiger das Glück, in einer schönen Sache zu sterben. Eine Frau war überfahren worden; er sprang hinzu, um ihr zu helfen, und erlitt dabei selbst eine schwere Verletzung. Der erlag er. Er war immer hülfebereit gewesen und in einem Samariterdienst schied er aus dem Leben.

Der dritte, von dem ich sprechen möchte, war der junge Baron *Senfft-Pilsach,* Neffe des vorgenannten Geheimrats, Sohn des pommerschen Oberpräsidenten. Er war – trotz ganz unjunkerlicher Anschauungen – in Erscheinung und Sprechweise der Typus eines pommersch-märkischen Junkers, groß und stark, humoristisch und derb bis zum Zynismus. Er war als Gymnasialschüler bei dem Chefredakteur der Kreuzzeitung in Pension gewesen und hatte sich bei der Gelegenheit, wie das so oft geschieht, von *dem* abgewandt, dem man ihn zuwenden wollte. Als ich ihn kennenlernte, war er, glaub' ich, Referendar und einige zwanzig Jahre alt. Wir plauderten miteinander, und er merkte, daß ich Fühlhörner ausstreckte, um über das konservative Hochmaß seiner Gesinnung ins klare zu kommen. Er lachte. »Meinetwegen brauchen Sie sich nicht zu genieren. Ich denke über alles anders.« Sein Leben bewies das. Er verheiratete sich mit einer polnisch-jüdischen Dame von großer musikalischer Bedeutung, ich glaube Pianistin von Beruf, und trat in Lebenskreise, die dem seiner Familie weitab lagen. Irgendeiner Aktien- oder Kommanditgesellschaft als Agent oder Berater beigegeben, ging er in den ihm verbleibenden Mußestunden in Musik auf. Er war weit über allen Dilettantismus hinaus ein vorzüglicher Sänger und im Vortrag Löwescher Balladen damals unerreicht. Er wußte, daß ich voller Interesse für diese Balladen war, und so schrieb er mir eines Tages eine Karte, worin er sich für den folgenden Vormittag anmeldete. »Keine Umstände, ich werde Ihnen den ›Archibald Douglas‹ vorsingen.« Er kam auch, und obwohl

der niedrige Raum, dazu Gardinen und Teppiche, den Vollklang seiner mächtigen Stimme sehr behinderten, so machte sein Vortrag doch einen großen Eindruck auf mich und die Menschen, die zugegen waren. Ich sprach ihm meinen herzlichen Dank aus und bot ihm ein Glas Wein an, so gut ich's hatte, hinzusetzend, ich hätte tags zuvor von einem in
Wernigerode lebenden Freunde einige Flaschen »Wernigeröder« erhalten, 267
einen abgelagerten Kornus, von dem es heiße, daß er womöglich noch besser als Nordhäuser sei; ob ich ihm vielleicht *den* vorsetzen dürfe? Sein Gesicht nahm sofort einen komisch feierlichen Ausdruck an, und den Rotwein beinah despektierlich zurückschiebend, sagte er: »Dann bitt' ich freilich um Wernigeröder.« Er behandelte ihn wie Frühstückswein und sprach sich, als er mehrere mittelgroße Gläser geleert hatte, voll Anerkennung über den Mann aus, der dies »edle Naß« so rechtzeitig geschickt habe. Diese Begegnung mit ihm fand in Tagen statt, die seine letzten guten Tage waren. Er wurde bald danach krank und verfiel sichtlich. Er ritt viel, von Kur wegen, und wenn ich ihn im Tiergarten traf, ging ich eine Strecke neben ihm her und ließ mir von ihm erzählen. Es war immer noch die alte forsche Sprechweise, aber mit einem Dämpfer drauf, und verhältnismäßig schnell ging es zu Ende. Er war eine Figur und hat sich wohl jedem fest eingeprägt, der ihn kennenlernte.

Alle die hier Genannten gehörten dem Familienkreise, dem »Cercle intime« an. Von sehr anderer Zusammensetzung war der Kreis, der an der *offiziellen Repräsentation* teilnahm, also wenn Mitarbeiter – meist auswärtige Korrespondenten – eintrafen, die gefeiert werden sollten, oder bei Gelegenheit von Königsgeburtstag. Auch da fanden sich interessante Leute zusammen, aus deren Gesamtheit ich, um mich nicht zu sehr in Einzelnheiten zu verlieren, nur einen herausgreife: den alten *Büchsel.* Ich hatte das Glück, ihm immer gegenüberzusitzen und ihn dabei studieren zu können, was ich denn auch redlich tat. Sein Kopf war wie der eines märkischen Schäferhundes oder noch richtiger einer Mischung von Neufundländer und Fuchs. Der Fuchs wog aber sehr vor, wodurch, ich kann nicht sagen die Verehrung, aber doch das Interesse für ihn gewann. Er war die personifizierte norddeutsche Lebensklugheit, mit einem starken Stich ins Schlaue. Zu Büchsels wärmsten Verehrerinnen gehörte auch eine Generalin von Gansauge. »Frau Generalin«, so begrüßte er eines Tages die alte Dame, »ich habe nicht geglaubt, daß Sie noch so vergnügungssüchtig seien.« – »Ich? Vergnügungssüchtig? Aber wie das, Herr Generalsuperintendent?« – »Ja, Frau Generalin. Ich sehe

268 Sie jetzt auch *öfter* in meinen Nachmittagsgottesdiensten.« – Man hat die »Wrangeliana« gesammelt; Büchsels Aussprüche zu sammeln, würde sich noch mehr verlohnen. Von meiner großen Zuneigung zu ihm hatte er keine Ahnung; sie galt dem Menschen, aber noch mehr dem Schriftsteller. Sein Buch »Erinnerungen aus dem Leben eines Landgeistlichen« ist ein Prachtstück unserer märkischen Spezialliteratur.

Ich sprach eingangs noch von einer dritten gesellschaftlichen Vereinigung auf der Kreuzzeitung und nannte sie »politische Ressource«. Diese dritte Vereinigung war, ich will nicht sagen die vorzüglichste, aber doch die wichtigste von den dreien und bildete recht eigentlich ein unterscheidendes Merkmal. »Cercle intime« und offizielle Festessen gab es in allerhand Schattierungen auch bei anderen Redaktionen, aber diese politische Ressource war ein Ding, das nur die Kreuzzeitung hatte. Die Gründung war wohl auf Hermann Wagener, den »Kreuzzeitungs-Wagener«, zurückzuführen und verfolgte, wenn ich es richtig errate, den Zweck, in jedem Redaktionsmitgliede das Gefühl einer besonderen Zugehörigkeit zu wecken oder, wo es schon da war, es zu steigern. Keiner sollte sich als Lohnschreiber empfinden. Also Umwandlung des Hörigen in einen Freien. Wie bei den Versammlungen im Offizierskasino der jüngste Fähnrich in gesellschaftliche Gleichheit mit seinem Obersten kommt, so sollten in dieser politischen Ressource die Redakteure mit der gesamten Obersphäre Fühlung gewinnen. Es wurde nicht viel daraus, aber die bloße Tatsache, daß Personen da waren, die so was Hübsches im Auge hatten, ist einer dankbaren Erinnerung wert. Außer Wagener nahmen an diesen Réunions auch noch Graf Eberhard Stolberg, Geheimrat von Klützow, Geheimrat Dr. Ludwig Hahn und einige Geistliche teil, und ich gedenke dieser Zusammenkünfte mit einem ganz besonderen Vergnügen. Es war die Zeit, wo die Lassalleschen Ideen im Auswärtigen Amt (Bismarck) Terrain gewannen und wo Hermann Wagener dem Minister einträufelte, »die verhaßte Bourgeoisie durch die Sozialdemokratie zu bekämpfen«. In einer mir unvergeßlichen Sitzung geriet er (Wagener) über diese Frage mit Geheimrat Ludwig Hahn in einen sehr hitzigen Disput, in dem er den kürzeren zog, weil er mit der Sprache
269 nicht recht herausrücken und das Spiel nicht aufdecken konnte. Hahn war außerdem in dialektischer Spitzfindigkeit ihm mindestens ebenbürtig, wenn auch Wagener die weitaus genialere und politisch weiterblickende Natur war, eine Art Nebensonne zu Bismarck. Dispute der Art – auch mal über »englische und preußische Polizei«, bei welcher Gelegenheit

ich, zum Sprechen aufgefordert, als Enfant terrible debütierte (Klützow machte ein langes Gesicht, während Graf Eberhard und namentlich Wagener unbändig lachten) – Dispute der Art, sag' ich, waren häufig, und es war ein Jammer, daß sich die ganze Herrlichkeit kaum einen Winter lang hielt. Es ging doch wohl nicht recht. Aber wie dem auch sein möge, der ganze Hergang ist mir immer ein Hauptargument, wenn es sich darum handelt, das konservativ-orthodoxe Element gegen unverdiente Beschuldigungen in Schutz zu nehmen[8].

Nach dieser weiten Abschweifung, in der ich mich ausschließlich mit dem Ton, der vor dreißig Jahren auf der Kreuzzeitung herrschte, beschäftigt habe, kehre ich zu meinem eigentlichen Thema zurück, zu George Hesekiel, der all die vorgeschilderten Dinge mit mir gemeinschaftlich durchlebte.

Daß er damals das »große Talent« der Zeitung war, sagte ich, glaub' 270
ich, schon – nicht das große *politische,* wohl aber das große journalisti-

8 An verschiedenen Stellen in diesem Kapitel klingt es, als ob ich nach dem guten, alten »On revient toujours à ses premiers amours« operieren wollte. Das trifft indessen nicht zu. Meine politischen Anschauungen – allerdings zu allen Zeiten etwas wackliger Natur – haben sich meist mit dem Nationalliberalismus gedeckt, trotzdem ich zu demselben, wie schon an anderer Stelle ausgeführt, niemals in rechte Beziehungen getreten bin. Also eigentlich nationalliberal. In meinen alten Tagen indes bin ich immer demokratischer geworden, ganz nach dem Vorbilde meines Lieblings »Isegrimm« in Willibald Alexis' gleichnamigem herrlichen Roman, wohl das Beste, was er geschrieben. Aber wohin ich auch noch geschoben werden mag, ich werde immer zwischen politischen Anschauungen und menschlichen Sympathien zu unterscheiden wissen, und diese menschlichen Sympathien habe ich ganz ausgesprochen für den märkischen Junker. Die glänzenden Nummern unter ihnen – und ihrer sind nicht wenige – sind eben glänzend, und diese nicht lieben zu wollen, wäre Dummheit; aber auch die nicht glänzenden – und ihrer sind freilich noch mehrere – haben trotz Egoismus und Quitzowtum, oder auch vielleicht um beider willen, einen ganz eigentümlichen Charme, den herauszufühlen ich mich glücklich schätze. Die Rückschrittsprinzipien als solche sind sehr gegen meinen Geschmack, aber die zufälligen Träger dieser Prinzipien haben es mir doch nach wie vor angetan. Vielleicht weil ich – ich glaube manche gut zu kennen – an den Ernst dieser Rückschrittsprinzipien nicht recht glaube. Sie können eines Tages total umschlagen.

sche Talent. Politiker war er gar nicht; er kultivierte statt dessen das Interessante, das Sensationelle, die Spannung, und wer was vom Zeitungsdienst versteht, weiß, daß das allerdings die Hauptsache bleibt. Die Partei wie die Redaktion wußten denn auch jederzeit, was sie an ihm hatten, aber sie wußten es nicht genug oder nicht jeden Augenblick oder wollten es nicht wissen, und das führte dann mitten in seinem Triumphzuge zu beständig sich einschiebenden Kränkungen und Niederlagen. Allerdings lag die Schuld, wenn von einer solchen überhaupt gesprochen werden kann, nicht bloß bei seinen gelegentlichen Angreifern oder Unterschätzern, sondern auch bei ihm selbst, weil er, wie so oft große Talente, mit *dem,* was von der anderen Seite her beim besten Willen geleistet werden konnte, nicht richtig rechnete.

Natürlich, wie jeder Eingeweihte weiß, ist unter dieser »anderen Seite« niemand anders als der Chefredakteur zu verstehen, mit dem das ihm unterstellte Personal regelmäßig unzufrieden ist, und Hesekiel war es redlich. Er sah überall Übelwollen, wo nur Zwang der Verhältnisse vorlag. Hätte der Chefredakteur die Romane seines »Romanciers« in fortlaufenden Beilagen zum Druck gebracht, so hätte sich Hesekiels äußere Lage mit einem Schlage glänzend verändert; aber das zu tun – wie's von ihm gewünscht wurde – war eben ganz unmöglich: es hätte das das Konto der Zeitung nicht bloß zu hoch belastet, sondern auch die Leser aufsässig gemacht, die bald sehr wenig Lust gehabt haben würden, sich Nummer um Nummer immer neue märkische Geschichten auftischen zu lassen. In dies Sich-Abgelehnt-Sehen hatte sich, soweit seine Romane mitsprachen, Hesekiel schließlich denn auch gefunden. Aber da waren auch noch seine kleineren Dichtungen, seine Lieder, und um dieser willen kam der Unmut zum offenen Ausbruch. Gedichte, meist nur zwanzig Zeilen, und von Honorar keine Rede! Das war doch bloß eine Sache der Gefälligkeit, und auch hier eine Ablehnung erleben zu müssen, das war zuviel. So wenigstens dachte Hesekiel. Und mancher Draußenstehende, der das nachträglich liest, wird ebenso denken. Aber wer jene Tage von
271 1864 und 1866 – siebzig war es ebenso, aber da war ich schon fort – auf der Kreuzzeitung miterlebt hat, der weiß, in welch furchtbarer Lage sich der arme Chefredakteur andauernd befand. Zehn Gedichte in einer Stunde war für Hesekiel eine Kleinigkeit. Wozu Storm fünf Monate brauchte, dazu brauchte Hesekiel fünf Minuten. Ritt Prinz Friedrich Karl von Münchengrätz bis Gitschin, so hieß es »Der rote Prinz bei Gitschin«; ritt er von Gitschin nach Münchengrätz zurück, so hieß es »Der rote

Prinz bei Münchengrätz«. Jede kleine Notiz wurde sofort zum Gedicht, und all das am anderen Morgen als lyrischen Erguß zu bringen, was am Abend vorher Telegramm gewesen war, war unmöglich. Jeder sah dies ein, nur Hesekiel selbst nicht. Er überschätzte diesen Zweig seines Schaffens. Ich bin damals der aufrichtige Lobredner dieser »Neuen Lieder, gedruckt in diesem Jahr« gewesen und bin es noch; ich habe sogar in der bitteren Fehde »Hesekiel contra Scherenberg«, aller Scherenberg-Verehrung unerachtet, konstant auf Hesekiels Seite gestanden, weil ich das echt Volksmäßige seiner Lieder wohl erkannte; aber wie das immer bei dem Volksliedmäßigen ist, neben einem Granat oder einem Karneol liegen hundert rote Glassplitter. So war es auch bei Hesekiel. Er verlangte zuviel und war durchaus im Unrecht, die Ablehnung dessen, was nun mal nicht ging, als Kränkung zu empfinden.

Dies alles spielte sich auf der Redaktion selber ab. Aber auch außerhalb derselben war er Kränkungen von Parteigenossen ausgesetzt. Über zwei dieser Vorkommnisse, die ganz besonders schwer an ihm zehrten, will ich berichten. Es war die Zeit, wo das Wagenersche Konversationslexikon geschrieben wurde, das bekanntlich den Zweck verfolgte, den liberalen Nachschlagebüchern gegenüber auch mal der konservativen Sache zu dienen. In Brockhaus und Meyer fehlte damals Hesekiel, weil er Kreuzzeitungs-Mann war, und dem Wagenerschen Lexikon lag es mithin selbstverständlich ob, dies zu begleichen und der preußisch-konservativen Welt von ihrem Lieblingsschriftsteller George Hesekiel nach Möglichkeit zu erzählen. Aber dieser Artikel blieb aus. Bruno Bauer, der über Wageners Kopf weg alles schrieb und nicht bloß Bauer hieß, sondern auch Bauer war – noch dazu Rixdorfer Bauer –, war nicht der Ehren, auch nur sieben Zeilen über den, all seiner Mängel unerachtet, unbestritten 272
ersten und talentvollsten Romancier der Partei zum Druck zu geben. Hesekiel war ganz außer sich darüber. Was Bruno Bauer zu solcher Haltung bestimmte, weiß ich nicht. Könnte ich annehmen, er habe politisch oder moralisch oder literarisch eine, wenn auch irrige, so doch ehrliche Meinung dadurch ausdrücken wollen, so würde ich das respektieren. Daran ist aber gar nicht zu denken. Man muß diesen Mann gesehen haben, um zu wissen, daß dies ausgeschlossen ist. In hohen Schmierstiefeln und altem grauen Mantel, einen Wollschal um den Hals und eine niedergedrückte Schirmmütze auf dem Kopf, kam er, den Knotenstock in der Hand, jeden Sonnabend von Rixdorf hereingestapelt, um auf der Kreuzzeitungs-Druckerei Bestimmungen über seine Artikel

zu treffen. Seine kleinen dunklen Augen, klug aber unfreundlich, beinah unheimlich, bohrten alles an, was ihm in den Weg kam. Eine grenzenlose Verachtung der durch uns repräsentierten kleinen Redaktionskrapüle sprach aus seinem ganzen Auftreten, und der korpulente Hesekiel mit blauem Frack und blanken Knöpfen war ihm wohl ganz besonders unbequem. Die Bauers waren sehr klug, aber wenig angenehm und hatten einen wirklichen und ehrlichen Respekt nur vorm »Arnheim« und dann und wann vor Rußland. Es ist ein Segen und großer Kulturfortschritt, daß diese ganze Menschenklasse weg ist.

Eine gleich große Kränkung, wie die vorstehend erzählte, wurde Hesekiel durch einen Mann zugefügt, der eigentlich an ihm hing und den Hesekiel seinerseits geradezu liebte. Das war ein alter Provinzialedelmann. Der sagte mal: »Ja, lieber Hesekiel, ich weiß, daß Sie's ehrlich meinen. Aber Sie verfehlen's. Sie wollen uns glorifizieren, und Sie ridikülisieren uns bloß.« Unter allem, was ihm je gesagt worden ist, haben diese Worte wohl den größten Eindruck auf ihn gemacht; denn er war klug und unbefangen genug, das Wahre, das darin steckte, herauszufühlen.

Alles in allem wiederholte sich, trotz seiner vorwiegend großen Wohlgelittenheit in der Partei, auch bei ihm die alte Erscheinung wieder, daß man bei Draußenstehenden, ja bei direkten Antagonisten besser abschneidet als bei den Angehörigen. So kam es denn auch, daß er sich
273 bei der gegnerischen Presse ganz besonderer Beliebtheit erfreute, weil er eine ausgesprochene Persönlichkeit, ein unterhaltlicher Lebemann und vor allem ein guter Kamerad war. Er hatte als Schriftsteller und Zeitungsschreiber ein starkes Standesbewußtsein, also gerade das, was uns in Deutschland noch so sehr fehlt und unsern Beruf so schwer schädigt. Auf diesen Punkt hin angesehen, war er, während er für einen »Feudalen« galt, moderner als mancher der Modernsten.

Achtes Kapitel

Bernhard von Lepel

Bernhard von Lepel stand in einem starken Widerstreit zu Hesekiel; sie konnten sich gegenseitig nicht leiden, und da ich im Vertrauen beider war, so hörte ich von Lepel oft die Worte: »Hesekiel ist der reine Falstaff« und von Hesekiel ebenso oft: »Lepel ist der reine Don Quixote.« Man hat auf solche Worte nicht viel zu geben: jeder ist leicht untergebracht, und die Rubriken sind selten schmeichelhaft.

Mir – sehr im Gegensatz zu dem von Antipathien gegen ihn erfüllten Hesekiel – war Lepel in hohem Maße sympathisch, und ich darf sagen, er erwiderte diese Gefühle. Durch länger als vierzig Jahre habe ich nur Wohlwollen von ihm erfahren; kleine störende Dinge, die sich aberziehen lassen, hat er mir aberzogen, wofür ich ihm bis auf diese Stunde dankbar bin, und wieder andre Dinge, kleine und große, weil er sah, »die sitzen zu tief«, hat er sein lebelang mit Nachsicht an mir beurteilt. Es war, glaub' ich, mancherlei, was ihn mir gewogen machte; mein Hauptverdienst aber lief wohl darauf hinaus, daß ich von Anfang an sein Wesen begriff, vor allem aber seinen Humor. Er war ein wirklicher Humorist, von jener feinsten Art, die meist gar nicht verstanden oder wohl gar mißverstanden wird. Abgesehen davon, daß ihm dieser nicht verstandene Humor oft direktes Ärgernis schuf, empfand er nebenher noch eine ernsthafte und doch auch wieder das Komische streifende Künstlertrauer darüber, gerade seine glänzendste gesellschaftliche Seite nur immer sehr 274
ausnahmsweise gewürdigt zu sehen, und daß ich der war, der diese feinen Dinge jederzeit mit dankbarster Zunge kostete: das gewann mir recht eigentlich sein Herz. Er sammelte Geschichten für mich, erst um mir und dann gleich hinterher auch um sich selber eine Freude zu machen, eine Freude über meine Freude. »Ich seh' dich so gerne lachen«, hab' ich ihn wohl hundertmal sagen hören. Gleich in den ersten Jahren unserer Bekanntschaft hatten wir uns in dem Satz gefunden: »Alle Geschehnisse hätten nur insoweit Wert und Bedeutung für uns, als sie uns einen Stoff abwürfen.« Noch in den Tagen, die dem achtzehnten März und dem bald darauf erfolgenden Abmarsch der Garden nach Schleswig-Holstein vorausgingen, waren wir aufs neue darüber einig geworden und hatten unsern Dichterbund auf dieses Dogma hin abermals besiegelt. Wenige Wochen später wurde das Danewirk durch unsere Garden erstürmt, und Lepel war mit dabei. Noch am selben Abend schrieb er mir von Schleswig aus einen kurzen Brief, wohl eigentlich nur, um in Erinnerung an unser Dogma mit den Worten zu schließen: »Übrigens hab' ich dir zu bekennen, daß ich, als wir bis auf dreihundert Schritt heran

waren, ganz drüber nachzudenken vergaß, ob es einen Stoff abwürfe oder nicht.«[9]

Es war ihm, wie schon angedeutet, immer eine große Freude, sich vorweg vorzustellen, wie wohl eine von ihm durchlebte Sache auf mich wirken würde, und noch wenige Jahre vor seinem Tode, als er mal wieder etwas ganz Lepelsches inszeniert hatte, sprach er mir, als sich der Erzählungsmoment für ihn einstellte, dies mit einem besonders liebenswürdigen Behagen aus. Er war auf – sagen wir – Donnerstag, den neunzehnten Juni, zu einer Hochzeit geladen worden, und zwar nach Warmbrunn hin, wo sich ein Verwandter von ihm mit einer jungen Amerikanerin verheiraten wollte. Nie groß in festem Sich-Einprägen von Zahlen und überhaupt etwas unpünktlich, traf er – weil er nur »Donnerstag« behalten hatte – statt am neunzehnten Juni schon am zwölften mit dem Frühzuge in Warmbrunn ein, stieg im Preußischen Hof ab, warf sich in Frack und erschien in dem gemutmaßten Hochzeitshause. Hier erfuhr er dann freilich, daß er um eine Woche zu früh gekommen sei, weshalb er, unter Entschuldigungen, am selben Tage wieder abreiste, fest entschlossen, das nächste Mal besser aufzupassen. Das geschah denn auch, und rechtzeitig traf er am folgenden Donnerstag früh wieder im Preußischen Hof zu Warmbrunn ein. Er hatte noch zwei Stunden bis zur Trauung, und weil ihm der Wirt gefiel, den er schon das vorige Mal als einen angenehmen und plauderhaften Mann kennengelernt hatte, so blieb er unten im Gastzimmer und hatte da, was er sehr liebte, einen eingängigen

9 Noch im Sommer desselben Jahres nahm Lepel seinen Abschied und bezog ein in der Nähe von Köpenick gelegenes Schlößchen. Wir korrespondierten. Als nun jene Novembertage heranrückten, wo die Garden – Lepel nicht mehr dabei – von Schleswig her wieder herangezogen wurden, um die konstituierende Versammlung aufzulösen oder ihr wenigstens einen Ortswechsel aufzuzwingen, schrieb ich in größter Aufregung an ihn und bat ihn – indem ich halb spöttisch einfügte, daß er in seinem »Schloß« doch wohl eine Rüstkammer haben würde –, mir ein Muskedonner zu schicken. Nun würde mir, glaub' ich, auf solch Ansinnen hin jeder andere Königstreue die Freundschaft gekündigt haben, es entsprach aber ganz Lepels Wesen, daß ihm meine provozierende Tollheit nur spaßhaft vorkam – und wenn er vielleicht doch noch geschwankt hätte, so würde mich das von mir gebrauchte Wort »Muskedonner« unter allen Umständen gerettet haben. Solchem grotesken Ausdruck konnte er nicht widerstehen. Er antwortete mir also in vollkommen guter Laune und begnügte sich damit, mich zu ridikülisieren.

Diskurs über deutsche Hotels in der Schweiz und in Italien. Der Besitzer des Hotels war vordem jahrelang Küchenchef in Venedig gewesen, was natürlich hundert Anknüpfungspunkte gab. Und dabei kam man auch auf Asti-Wein zu sprechen, und als Lepel hörte, daß der Wirt etwas davon in seinem Keller habe, bat er darum, und unter Plaudern behaglich sein zweites Frühstück nehmend, verging die Zeit. Zuletzt aber wurde der Wirt doch unruhig und sagte: »Ja, Herr Major, so schwer es mir wird … aber ich glaube beinahe, es ist die höchste Zeit. Sie haben nur noch eine Viertelstunde.« Lepel sprang nun auf und ging auf sein Zimmer, um da im Fluge Toilette zu machen. Aber das Versäumte war doch durch keine Flinkheit wieder einzubringen, und als er aufs neue bei dem Wirt unten erschien, erfuhr er, daß der Zug schon geraume Zeit nach der Kirche sei … »Gut, gut, dann werd' ich direkt in die Kirche gehen.« Und das geschah denn auch. Als er eintrat, schien ihm in der Tat noch nichts versäumt oder doch nur sehr wenig; sie sangen noch, und die Orgel spielte leise. »Gott sei Dank«, sagte Lepel vor sich hin, »sie singen erst.« Und unter dieser Trostbetrachtung war er bis an den Altar gekom- 276
men, wo er links, in unmittelbarer Nähe des Brautpaares, einen leeren Stuhl entdeckte, mit einem Singzettel darauf. Er wußte, daß das sein Platz sein mußte, und ließ sich unter leiser Verbeugung neben dem Bräutigam nieder. Dieser, der seinen Anverwandten schon kannte, lächelte nur still vor sich hin und wies dann auf die Stelle, bis zu der die Singenden eben gekommen waren. Es war die vorletzte Zeile des Schlußverses. Einen Augenblick danach war die Zeremonie vorüber, und alles erhob sich. Lepel, das erstemal um eine Woche zu früh, war das zweitemal um eine Stunde zu spät gekommen. Als er wieder in Berlin war, kam er zu mir und sagte: »Ja, Fontane, ich habe mich eigentlich blamiert, aber ich kann es kaum bedauern, denn ich habe mich auf dem ganzen Rückwege daran aufgerichtet, wie das wohl auf dich wirken und dich erheitern würde.«

Lepel trat sehr früh in den Tunnel, noch in der Mühler-Zeit vor Strachwitz und Scherenberg. Was er damals bot, war nicht bedeutend und ließ das Maß der Anerkennung auf einem mittlern Niveau; als er aber, in den ersten vierziger Jahren, von einem halbjährigen oder noch längeren Aufenthalt in Italien zurückkehrte, las er im Tunnel seine stark antipapistischen und namentlich antijesuitischen Gedichte vor, die bald darauf unter dem Titel »Lieder aus Rom« erschienen. Sie wurden sehr bewundert, und auch ich nahm ganz ehrlich an dieser Bewunderung

teil. Zur Stunde denke ich nicht mehr so hoch davon. Alle diese Gedichte haben dieselben Tugenden, aber freilich auch dieselben Mängel, die die meisten Gedichte jener Tunnel-Epoche haben: sie sind alle männlichen Geistes, von einer, wenn man will, sehr tüchtigen Gesinnung eingegeben und stehen einerseits der Liebes- und andererseits der Freiheitsphrase, die damals die Lyrik beherrschte, sehr vorteilhaft gegenüber, aber sie haben, mit alleiniger Ausnahme der Strachwitz'schen Gedichte, nichts – oder doch zu wenig – von jenem dem Ohr sich Einschmeichelnden, ohne das es für mein Gefühl keine Lyrik gibt. Bei Scherenberg trat das ganz eminent hervor, er gab es auch selber zu; bei Lepel versteckte sich's, war aber doch da. Er galt für einen Formkünstler und war es auch; er überwand große Schwierigkeiten, und man mußte voller Respekt vor
277 dem Aufbau seiner Terzinen sein. Aber was ich das Sich-Einschmeichelnde nannte, das fehlte. Will ich mich an Gedanken und Gesinnungen aufrichten, so kann ich das in Prosa tun; bringt mir einer Verse, so müssen sie gefällig sein, sich meinen Sinnen anschmiegen. Können sie das nicht, so haben sie ihre Aufgabe mehr oder weniger verfehlt. Alles, was Lepel damals schuf, ist zu schwer, und nur ein einziges unter diesen vorerwähnten römischen Gedichten ist voll geglückt, indem es zu der Korrektheit und Kraft des Ausdrucks auch noch Wohlklang gesellt. Dies Gedicht, in Terzinen, heißt »Ganganelli«. Zunächst schon ein herrlicher Stoff. An jedem Gründonnerstage, so war es Herkommen durch Jahrhunderte hin, erschien der Papst in der Peterskirche, um seinen Fluch auf die Ketzer zu schleudern. Als aber Ganganelli, unter dem Namen Clemens XIV., Papst geworden war und die herzugeströmte Menge wieder den altehrwürdigen Fluch erwartete, klang es vom Altare her: »Ich segne alle Völker dieser Erde.« Vielleicht wär' es das schönste gewesen, Lepel hätte dieses Gedicht mit dieser Situationsschilderung und dem Segenswort des Papstes geschlossen; aber es war damals eine polemische Zeit, irgendwas Anzügliches zu Nutz und Frommen des Liberalismus mußte geleistet werden, und so schloß denn auch das Gedicht mit folgender antijesuitischer Gesinnungstüchtigkeit:

Und Klio zeichnet Ganganellis Namen
Ins große Buch der Welt mit goldnen Schriften,
Euch aber frommt es nicht ihn nachzuahmen,
Euch hat's allein gefrommt – ihn zu vergiften.

Ich bin durchaus gegen solche, noch dazu, was das Tatsächliche betrifft,
mehr oder weniger in der Luft schwebende Polemik. Indessen auch mit
ihr ist es immer noch ein schönes Gedicht, zu dem sich unter allem, was
er später geschrieben, nur noch ein Seitenstück findet. Dies heißt
»Thomas Cranmers Tod«. Auch ein brillanter Stoff. Cranmer, anglika-
nischer Bischof, soll, als Maria Tudor die katholische Kirche zu neuer
Herrschaft führen will, seinen englisch-protestantischen Glauben abschwö-
ren, und in der Schwäche des Fleisches gibt er auch nach. Nachdem er 278
aber abgeschworen hat, erfaßt ihn Scham und Reue, und als die Klerisei
bei einer dazu festgesetzten Zeremonie darauf wartet, daß er den bis
dahin nur im engsten Kreise geleisteten Widerruf nun auch öffentlich
in der Westminsterabtei und in Gegenwart aller katholischen Kirchen-
fürsten des Landes bestätigen werde, widerruft er seinen Widerruf und
bricht, seine Schwurfinger erhebend, in die Worte aus: »Ins Feuer die
verruchte Hand« – ein Wort, das er dann wenige Wochen später mit
seinem Märtyrertod auf dem Scheiterhaufen besiegelte. Der Stoff, wie
schon hervorgehoben, ist ergreifend, einzelnes auch im Ausdruck ungemein packend; aber es ist als Ganzes zu lang, und in dieser Länge geht
die Balladenwirkung verloren. Lepel, wie die meisten Tunnelianer, hatte
kein rechtes Kompositionstalent; er hatte den dichterischen Ehrgeiz und
auch die Kraft, ganz vorzügliche Strophen im einzelnen zu bilden, aber
der Aufbau des Ganzen ließ in den meisten Fällen allerlei zu wünschen
übrig. Am auffälligsten zeigte sich dies in seiner großen Ballade »Die
Dänenbrüder«, worin die bekannte Geschichte von König Erich und
Herzog Abel – welcher letztre den auf der Schlei fliehenden König durch
Gudmunsen verfolgen und bei Missunde ermorden läßt – behandelt
wird. Es finden sich in dieser Ballade Strophen von erstem Range.

Mein Fährmann, sei nicht träge,
Dein König lohnt es dir,
Ich höre Ruderschläge
In der Ferne hinter mir …

Doch wie sie die Gewässer
Auch schlugen gut und viel,
Gudmunsen ruderte besser,
Und schneller war sein Kiel.

Das ist in bezug auf Balladenton nicht leicht zu übertreffen, aber das Ganze geht trotzdem aus wie das Hornberger Schießen. Es verläuft nicht nur mehr oder weniger prosaisch, sondern bricht auch ohne rechten Schluß ab. Sehr schade. Bei der Energie des Ausdrucks, die Lepel seinen
279 Strophen zu geben wußte, hätte er, bei mehr Kompositionstalent, gerade in der Ballade Bedeutendes leisten müssen.

Am dichterisch höchsten, wenigstens in allem, was die Form angeht, steht er in Schöpfungen, die verhältnismäßig zu geringer Geltung gekommen sind: in seinen Oden und Hymnen, also in Dichtungen, in denen er recht eigentlich als Schüler Platens auftritt, dem er in sprachlicher Vollendung sehr nahekommt und den er an Empfindungswärme gelegentlich übertrifft. Ein Meisterstück ist seine 1847 geschriebene Ode »An Alexander von Humboldt«.

Ins Zeichen der Waage trat die Sonne
Bei deiner Geburt.
Gleichmaß und Gesetz
Zu finden erschienst du, sei's im Weltraum.
Wo kreisender Stoff
An Stoffe gebannt,
Sei's, wo in des Meergrunds tiefster Verborgenheit
Durch zelliges Moos der Trieb der Atome kreist.

Der Dichter entrollt dann im weiteren den Menschheits- und Kulturgang und zeigt uns, wie das Licht der Erkenntnis das Dunkel des Aberglaubens zu besiegen beginnt.

Schon lichtete sich's, und aus der Krippe
Sah liebend empor
Der lächelnde Gott.
Doch wieder verbarg der Rauch des Altars
Mit düstrer Gewalt
Die göttliche Stirn,
Und dunkle Nacht umgraute den Forscherblick ...
Da rüttelten Geister wieder am Eisenstab,

Und kecken Rufs ausbrach die Wahrheit
Hinter dem Schwure des Galilei.

Und immer heller wird's … Und sieh,
Mit freierm Schwung jetzt flog im Weltraum
Der sinnende Geist;
Planeten ergriff 280
Und wog die gewaltige Hand des Newton:
Aufdeckt er der Welt
Festhaltende Kraft …

So ein paar Glanzstellen aus dem Humboldt-Hymnus. Von gleicher Schönheit ist eine an »König Friedrich Wilhelm IV.« gerichtete Ode. Sie ist im Sommer 1848 geschrieben und fordert den König auf, den »Kelch des Dulders« aus der Hand zu stellen und dem »Geweb' arglist'ger Lüge« gegenüber zum Schwert zu greifen. Ein Ruf also nach Reaktion, so scheint es. Aber die Gesinnung, aus der heraus er seine Forderung, »zum Schwert zu greifen«, stellt, ist nicht etwa eine höfisch-servile, sondern umgekehrt eine derartig edelmännisch-freie, daß man über die Sprache staunt, die hier ein Gardeleutnant vor seinem König führt.

Ergreif' das Schwert, da Deine Schuld Du gesühnt
Durch tiefe Demut vor der erzürnten Welt,
Nie stand so tief gebeugt ein König,
Aber es wendete sich das Schuldblatt …

Wohl ist die Langmut Tugend der Könige,
Doch, wo das Maß voll, hebe der Fürst den Arm,
Und sinkt sein Glücksstern, bleibt der Ruhm ihm
Eines erhabenen Unterganges.

Du aber, Herr, mögst unter den Glücklichen,
Mögst Deines Volks heilbringender Führer sein;
Doch – bei der Größe Deiner Ahnen –
Fasse den flatternden Zaum, sei *König!*

Es sind das, in der Humboldts- wie in der Königsode, Strophen, die sich wohl neben den besten seines Meisters und Vorbildes behaupten können.

Ganz besonders beanlagt war er für das höhere Gelegenheitsgedicht, also für jene feineren und weit jenseits von »Polterabend« und »Hochzeit« liegenden Extrafälle, wo's einen Mann von politischer oder künstlerischer

Bedeutung zu feiern galt. Er war sich – übrigens immer humorvoll und 281 nie bedrücklich für etwaige Konkurrenten – über dies sein virtuoses Können auch vollkommen klar und vor allem darüber, daß, wenn *ich* solcher Feier beiwohnte, wenigstens *einer* da war, der ihn herzlich und ehrlich bewunderte. Wie viele Male, daß er, wenn wir beim Tafelumgang anstießen, mir leise zuflüsterte: »'s hat's keiner so recht verstanden; aber du hast.« Unter »verstehen« verstand er »würdigen, eingehen auf jede kleine Form- oder Gedankenfinesse«. Zu dem vielen, was ich ihm verdanke – ich habe z.B. auch Briefschreiben von ihm gelernt –, gehört sicherlich das leidlich gute Sichabfinden mit dem Gelegenheitsgedicht. Es ist das eine ganz eigene Kunst. Die meisten denken: »Wenn gelacht wird, dann ist es gut«, aber diesen Erfolg erreichen, heißt doch nur im Vorhof des Tempels stehn.

Eins dieser Lepelschen Gelegenheitsgedichte geb' ich hier. Es stammt aus dem Herbst 1854, als Menzels berühmtes »Hochkirch-Bild«, natürlich sehr verspätet, auf der Kunstausstellung erschien[10]. Es machte sofort Sensation, und die Künstlerschaft oder vielleicht auch unser »Rütli«, eine intime Abzweigung des Tunnel, veranstaltete eine Feier. Lepel übernahm den Toast und las das Folgende:

Menzels Überfall bei Hochkirch

Das nennt man einen Überfall
Von neuester Bekanntschaft!

10 Es heißt immer, Menzel sei erst verhältnismäßig spät berühmt geworden, und das ist auch bis auf einen gewissen Grad richtig. Es gab aber doch auch immer Leute, die recht gut wußten, »was los war«. Und zu diesen Leuten gehörte, sein Andenken sei gesegnet, auch unseres Menzels damaliger Hauswirt. Als »Hochkirch« endlich fertig war, ergab sich eine Unmöglichkeit, das Riesenbild die Treppe hinunterzuschaffen, am sperrendsten und gefährlichsten aber erwiesen sich die Treppenknäufe, Kugeln mit einer Spitze darauf, die der Hauswirt für das eben fertig gewordene Haus – Ritterstraße – hatte herstellen lassen. Da geschah das Unerhörte. Menzels Hauswirt, nachdem er den Wirt in sich besiegt, erschien mit einer Handsäge, sägte persönlich die Treppenknäufe ab und machte dadurch das Defilé frei. Wenn über Berliner Hauswirte gesprochen wird – was man so sprechen nennt –, so ermangele ich nie hinzuzusetzen: »Alles richtig. Aber da war mal einer ...«

Aufschrecken Porträt und Pferdestall,
Das Genre und die Landschaft! 282

»Wir glaubten«, rufen sie bestürzt,
»Wir herrschten hier ganz alleine,
Die Ehre blieb uns unverkürzt,
Und ein anderer kriegte keine!

Wir glaubten, das Historische sei
Diesmal nur schwach vertreten,
Verfallen sei es dem Geschrei
Der kritischen Trompeten;

Wir hingen an unsern Nägeln in Ruh',
Vom Vorsaal bis zum Ende –
Da kommt auf einmal noch was dazu,
Es wackeln die alten Wände!

Da kommt voll Glut, tief, schaurig, wild,
Von mächtigem Geist getragen,
Ein wirkliches historisches Bild –
Was soll man dazu sagen!«

Sie rufen's und erblassen dabei:
Die Genrebilder weinen,
Die Pferdebilder werden scheu,
Die nicht militärfromm scheinen.

Die Marine hält dem Sturm nicht Stand,
Das Meer kocht auf wie Brühe,
Und die schönen Kühe im farbigen Brand,
Sie kalben alle zu frühe!

Da hebt vor diesem lärmenden Chor
Sich auf dem historischen Bilde
Der König hoch im Sattel empor.
Laut ruft er ernst und milde:

»Daß ich hier keinen Hasen seh'!
Ihr bleibt, nach unserm Satze,
Dem alten Suum cuique,
283 Ein jeder auf seinem Platze!

An Malern fehlt's nicht, wie ich seh',
Ihr habt hier jedes den seinen:
Landschaft und Genre und Porträt –
Und ich – ich habe den meinen!«

Das soll mal einer ihm nachmachen! Da können die »Jüngsten« nicht gegen an.

Die Jahre, wo Lepel seine »Lieder aus Rom« schrieb, bildeten seine glücklichste Zeit. Es war von 1844 bis 46. Winter 46 auf 47 nahm er wieder Urlaub – man gab ihn ihm gern, denn man war in seinem Regimente »Franz« stolz auf ihn – und ging, einer Einladung folgend, zum dritten Male nach Rom. Er hing ganz ungemein an Italien und würde, seiner Natur nach, seine Begeisterung für Land und Volk unter allen Umständen betätigt haben; es muß aber doch auch gesagt werden, daß die Dinge, von Jugend auf, dadurch ganz besonders glücklich für ihn lagen, daß er durch die Verhältnisse zum Rom-Enthusiasten geradezu herangezogen wurde. Das kam so. Lepels Onkel, älterer Bruder seines Vaters, war der General von Lepel, der den Prinzen Heinrich von Preußen bei seiner schon in den zwanziger Jahren oder noch früher erfolgten Übersiedlung nach Italien von Berlin aus begleitet hatte. Dieser Prinz Heinrich von Preußen[11], den niemand so recht kennt, war ein Bruder König Friedrich Wilhelms III., mit dem er, wenn ich recht berichtet bin, schlecht stand, was ihn veranlaßte, sich selber zu verbannen. Nach anderen wurde solche Verbannung ihm auferlegt. Als ich jung war, gingen darüber allerlei sonderbare Geschichten um, auf deren Mitteilung ich aber hier verzichte. Denn sie waren zum Teil ziemlich anzüglicher Natur. Irgendwas Besonderes muß aber wohl vorgelegen haben, wenigstens ist

11 Es gibt vier Prinzen Heinrich von Preußen: Prinz H., Bruder Friedrichs des Großen, gest. 3. August 1802 zu Rheinsberg. – Prinz H., Bruder Friedrich Wilhelms II., gest. 1767 (an den Blattern) zu Protzen in Nähe von Ruppin. – Prinz H., Bruder Friedrich Wilhelms III., gest. zu Rom. (Also der, von dem ich im Text erzähle.) – Prinz H., Bruder Kaiser Wilhelms II.

seitens des Prinzen niemals der Versuch gemacht worden, nach Preußen zurückzukehren. Er lebte dreißig Jahre lang unausgesetzt in Rom. 284

Über den Prinzen selbst habe ich Lepel nie sprechen hören, wohl aber über den »Onkel General«, an dem er sehr hing und der denn auch seinerseits dem Neffen eine große Zuneigung bezeigte. Diese Zuneigung übertrug sich nach dem Tode des Generals von ebendiesem auf die verwitwete Generalin und führte zu der vorerwähnten Einladung, der Lepel im Winter 46 auf 47 folgte. Die Reise ging zunächst bis Rom und von da bis nach Palermo, in dessen unmittelbarer Umgebung, mit dem Blick auf den Golf und den »Pellegrino«, die Tante eine Villa gemietet hatte. Mit ihr waren noch zwei junge Engländerinnen: eine Nichte der Generalin, Miß Brown, und eine Freundin dieser letztren, eine Miß Atkins. Lepel verbrachte hier einen herrlichen Frühling, und was von Schmerzlichem sich in sein Glück mit einmischte, daran war er selber schuld. Er hatte schon in Rom wahrgenommen, daß er sich, nach dem Wunsche der Tante, mit Miß Brown verloben solle. Das verdroß ihn, und ganz im Stile Lepels, der, bei der größten Nachgiebigkeit und Milde, doch auch zugleich wieder an einer gewissen Querköpfigkeit litt, hielt er es für männlich oder Ehrensache, diesem Plan mit einem »Nein« zu begegnen. Er wählte zu diesem Zweck ein geradezu heroisches Mittel, und als er, nach dem Eintreffen in Palermo, mit Miß Brown in einem ersten verschwiegenen Visavis war, trat er an sie heran und sagte: »Miß Brown, ich weiß, daß ich Sie heiraten soll; ich werde Sie aber nicht heiraten.« Der arme Lepel! Vierzehn Tage später war er sterblich in die schöne und sehr liebenswürdige Engländerin verliebt und mußte nun zu seinem eignen Elend die Scheidewand respektieren, die seine Querköpfigkeit zwischen sich und ihr errichtet hatte. Das gab bittere Stunden. Aber er behielt Sizilien trotzdem in dankbarer Erinnerung, und in einem sehr reizenden Gedicht, darin er erzählt, wie er mit den beiden jungen Damen am Springbrunn mit Goldorangen Ball spielt, hat er das Leben in der palermitanischen Villa geschildert. Ich habe seine Briefe – sie bilden ein ganzes Buch – aus jener Zeit her, und vor mir hängt eine von ihm gezeichnete Farbenskizze: der Garten, der Springbrunn, das tiefblaue Meer und im Hintergrunde der Monte Pellegrino, der den Golf abzuschließen scheint. 285

Im Spätsommer war er wieder zurück, ging auf die Lepelschen Güter nach Pommern und verlobte sich daselbst mit einer jugendlichen Cousine. Noch im Herbst desselben Jahres war die Hochzeit. Ich sollte dabei

zugegen sein – Lepel hatte seine bürgerlichen Freunde, der zweite war Werner Hahn, der Familie gegenüber krampfhaft durchgesetzt –, es schien mir aber doch mißlich, es darauf ankommen zu lassen, und ich preise bis heute den in Entschuldigungen gekleideten Absagebrief, der mich und vielleicht mehr noch die anderen vor Verlegenheiten bewahrte. Noch jetzt, in meinem hohen Alter, wo ich die für unsereins höchste Rangstufe, nämlich die des Im-Konversationslexikon-Stehens mühsamlich erreicht habe, noch heute bin ich ängstlich beflissen, bei Hochzeiten, Taufen und Begräbnissen auf dem Lande – Begräbnisse sind am schlimmsten – nicht zugegen zu sein, auch nicht im Kreise mir Befreundeter. Denn die »Befreundeten« haben an solchem Tage das Spiel nicht in der Hand, und an die Stelle, wenn ich mich so ausdrücken darf, einer wohlwollenden Hausluft, die der adlige Freund mir alltags gern und wie selbstverständlich gewährt, tritt plötzlich eine durch die geladene Gesamtheit heraufbeschworene eisige Standesatmosphäre. Die beiden Freunde, der Adlige und der Bürgerliche, schwitzen gegenseitig Blut und Wasser, während die meist in Provinziallandschafts-Uniform auftretenden oder doch mit einem Johanniterkreuz ausgerüsteten Träger höherer Gesellschaftlichkeit nicht recht wissen, was sie mit einem machen sollen. Rettung wäre vielleicht Anlegung eines Adler- oder Kronenordens, wenn man dergleichen hat, aber auch das bleibt ein gewagtes Mittel, weil es als Anspruch auf Ebenbürtigkeit gedeutet werden, also mehr kosten als einbringen kann. So steht man denn in seiner weißen Binde, die, wenn man Unglück hat, auch noch schief sitzt, ziemlich verlassen da und liest auf der Mehrzahl der Gesichter: »Nun ja, er wird wohl darüber schreiben wollen«, was zwar alle dringend wünschen, aber trotzdem von jedem einzelnen als etwas Niedriges und beinahe Gemeines angesehen wird. So liegt es noch. Auch hohe Semester schützen nicht vor solchen Unterstellungen. Und wie hätt' ich im Herbst 1847, als eben fertig gebackener Apothekenprovisor, meine von meinem alten Lepel geforderte Freundes-
286 rolle vor dem neuvorpommerschen, beziehentlich insel-usedomschen Uradel spielen wollen!

Ich war also nicht auf der Hochzeit und sah das junge Paar erst, als es im Spätherbst 1847 eine hübsche Wohnung in der Holzmarktstraße – wegen Nähe der Franz-Kaserne – bezogen hatte. Lepel war glücklich und litt, wie so viele Militärs, nur darunter, daß sich der neubegründete Hausstand auf schwiegerelterlichen Mitteln aufbaute. Daß er, Lepel, außerdem noch Verse machte, verschärfte, besonders nach seinem im

Sommer 48 genommenen Abschied aus der Armee, die von Jahr zu Jahr sich mehrenden Schwierigkeiten. In dieser Situation entwarf mein Freund einen infernal klugen Plan, um wenigstens – seine Schwiegereltern waren fromm – vor jeglichen auf seine Versemacherei gerichteten Angriffen ein für allemal gesichert zu sein. Er beschloß nämlich, sich an biblische Stoffe zu machen, also durch den Stoff die Familie zu versöhnen, und durfte das auch ohne große Untreue gegen sich selbst und – mich. Denn soviel uns zeitlebens die Stoff-Frage beschäftigt und gegolten hatte, so waren wir als echte Platenianer doch auch andererseits wieder von der Gleichgültigkeit des Stofflichen durchdrungen. Form war alles; die Form machte den Dichter, und so durfte sich Lepel denn nicht nur unter der Zustimmung seiner Familie, sondern auch im eignen künstlerischen Gewissen durchaus beruhigt, an biblische Stoffe heranmachen. Er verfuhr dabei zugleich sehr praktisch. Langsamer Arbeiter von Natur, wurd' er es jetzt auch aus Prinzip und lebte sich, als kluger Feldherr, in den Gedanken ein, die Produktion von »mehr als einem Akt pro Jahr« als Überproduktion oder, was dasselbe sagen will, als ein Etwas anzusehen, das er vor dem Ernst der Kunst nicht verantworten könne. Dank dieser seiner halb echten, halb erkünstelten literarischen Gewissenhaftigkeit kam er in die für seine Finanzen überaus glückliche Lage, der Ungeduld seiner Schwiegereltern gegenüber auf das langsame Heranwachsen der fünf Akte seines Zukunftsdramas als auf etwas durchaus »Höheres« hinweisen zu können Aber freilich, zuletzt mußte doch mal was kommen. Und es kam auch. Nur leider zu keines Menschen Freude, nicht einmal
zu der des Dichters. Das Stück – ein »König Herodes« – war verfehlt, 287
mußte verfehlt sein; denn sein Verfasser, wie die meisten Stückeschreiber, die sich, allem anderen vorauf, an Verse-Heraustiftelung machen, hatte wenig dramatisches Talent. An einem Stück ist die Sprache zunächst ganz gleichgültig. Erst wenn es von der Bühne her gefallen hat, wird man sich damit beschäftigen, ob es auch dichterisch und sprachlich von Wert ist. Hülsen, ein Freund Lepels, nahm das Stück an, aber alle Bemühungen konnten es nicht halten; es kam über drei Aufführungen nicht hinaus. Ich lebte damals in London und schrieb ihm, ich hätte von den drei üblichen »Schleifungen über die Bühne« gelesen und erwartete von seinem guten Humor, daß er sich rasch über die Sache trösten werde. Damit war es aber nichts; er war tief verstimmt, und so beispiellos gütig und nachsichtig er sonst gegen mich war, das Wort von den »drei Schleifungen« hat er mir nie verziehen.

Als ich bald darauf nach Deutschland zurückkehrte, sprachen wir über all das, und ich sagte: »Nun, Lepel, ein Gutes hast du doch von deinem ›Herodes‹ gehabt: in den Augen deiner Familie dienst du darin der ›rechten Sache‹, und schon um deshalb werden sie mit dir zufrieden sein.« Er lächelte wehmütig. »Ach, Fontan, ich habe mich in allem verrechnet. Sie sind gar nicht so sehr gegen die Schreiberei als solche, wie ich immer angenommen habe; sie verlangen bloß – daß es endlich was einbringt. Und daß dieser ›Herodes‹ so gar nichts eingebracht hat, das ist schlimmer als alles andere.«

Durch mehr als vierzig Jahre hin bin ich an meines alten Lepels Seite gegangen. Blick' ich auf diesen langen Abschnitt zurück, so drängt sich's mir auf, daß sein Leben ein zwar interessantes und zeitweilig auch glückliches, im ganzen aber doch ein verfehltes war. Es war ihm nicht beschieden, an die rechte Stelle gestellt und an dieser verwendet zu werden. Daß er als Offizier in der Garde begann, war gut, und daß er Italien erst in Land und Leuten und dann, durch immer wiederholten Aufenthalt, auch in Kunst und Sprache genau kennenlernte, das war noch besser. Aber daß er mit dreißig Jahren den Abschied nahm, um sich von einem so frühen Zeitpunkt ab nicht gerade beschäftigungs-,
288 aber doch ziel- und steuerlos umhertreiben zu lassen, mal als Landwirt und mal als Dramatiker, mal auch als Erfinder und Tiftler – er suchte das Perpetuum mobile und »hatte es auch beinahe« –, das alles war beklagenswert und um so beklagenswerter, als in ihm ganz klar vorgezeichnet lag, was er hätte werden müssen. Er war der geborene Hofmarschall eines kleinen kunst- und wissenschaftbeflissenen Hofes und würde da viel Gutes gewirkt haben. Er besaß für eine solche Stellung nicht weniger als alles: ein verbindliches und doch zugleich dezidiertes Auftreten, Stattlichkeit der Erscheinung, natürliche Klugheit, Wohlwollen, Erzähler- und Rednergabe, Sprachkenntnis und vor allem die Gabe, Festlichkeiten mit Kunst und Geschmack zu inszenieren. Er wußte recht gut, daß diese Dinge nicht die Welt bedeuten; aber er nahm sie doch auch nicht als bloße Spielerei, wodurch alles, was er auf diesem Gebiete tat, eine gewisse höhere Weihe empfing. Annehmen möcht' ich, daß er sich persönlich schon als junger Offizier mit solchen Plänen getragen hat. In seiner Familie lag, wie erblich, ein auf all dergleichen gerichteter Zug, und der »alte Onkel in Rom« mochte ihm wie ein Vorbild erscheinen. Jedenfalls war er mit einer nach dieser Seite hin liegenden wissenschaftlichen

Ausbildung seiner selbst von jungen Jahren an beschäftigt. Bücher wie Malortie, Knigge, Rumohr wurden gewissenhaft von ihm durchstudiert, noch mehr aber französische und italienische Memoiren und Hofgeschichten, aus denen er sich Regeln ableitete.

Natürlich war er mir infolge davon Autorität und, soweit es reichte, auch Vorbild in allem Gesellschaftlichen, dabei lächelnd meine gelegentlichen Fragen beantwortend. »Ach, diese Gesellschaften!« hob ich dann wohl an. »Wenn nur nicht der Eintrittsmoment wäre! Sieh, wenn ich in einen großen Saal trete, weiß ich nie, wohin mit mir. Es erinnert mich immer an die Zeit meiner Schulaufsätze: wenn ich nur erst den Anfang hätte!« Lepel wußte natürlich Rat. Er hörte sich meinen Stoßseufzer ruhig an und sagte: »Nichts einfacher als das. Wenn du eintrittst, reckst du dich auf und hältst Umschau, bis du die Wirtin entdeckt hast. Nehmen wir den ungünstigsten Fall, daß sie ganz hinten steht, am äußersten Ende des Saals, so steuerst du, jeden Gruß oder gar Händedruck Unberufener ablehnend, auf die Wirtin zu, verneigst dich und küßt ihr die 289
Hand. Ist dies geschehen, so bist du installiert: Alles andere findet sich von selbst.« Eine so kleine Sache dies ist, ich habe doch großen Nutzen daraus gezogen.

In seiner Güte gegen mich war er im ganzen mit meinem gesellschaftlichen Verhalten zufrieden oder ließ es gehen, wie's gehen wollte. Nur wenn Extrafälle kamen, nahm er mich vorher ins Gebet, um mir gewisse Verhaltungsmaßregeln einzuschärfen. So handelte es sich mal um eine Prinzessin Carolath. Da wollten denn – es lag ihm daran, daß ich einen möglichst guten Eindruck machte – die Weisungen und Ratschläge kein Ende nehmen. Alles aber erschien mir verkehrt, und es war gewiß das beste, daß ich mich schließlich nicht danach richtete. Wenn man einer vornehmen Dame vorgestellt werden soll, und zwar nicht auf Attachéschaft, sondern auf Dichterschaft hin, so ist es am besten, alles vollzieht sich nach dem Satze: »Schicksal, nimm deinen Lauf.« Irgendwas Dummes wird man gewiß sagen; aber es ist doch besser, diese Dummheit kommt frisch vom Faß, als daß sie sich als Produkt eines voraufgegangenen Drills kennzeichnet. Im ersteren Fall wird sie immer noch was haben, was vornehme Damen amüsiert, im anderen Fall ist alles bloß tot und langweilig.

Solche Lehrstunden, geglückt und nicht geglückt, gab er mir öfter, und manche davon sind mir heiter in der Erinnerung geblieben. Die netteste trug sich auf einer schottischen Reise zu. Wir saßen gemeinschaft-

lich in einem reizenden Hotel in Stirling und wollten anderen Tags nach Inverneß. Ich war in einer etwas gedrückten Stimmung und gestand ihm endlich, als er mich nach der Ursache davon fragte, daß ich kurz vor unserer Abreise von London einen Streit mit meiner Frau gehabt hätte. »Ja«, sagte er, »das hab' ich bemerkt … Ich will dir sagen, du verstehst so was nicht.« »Was nicht?« »Einen Streit mit einer Frau. Sieh, du machst viel zu viel Worte dabei. Worte wirken auf Frauen gar nicht. Immer nur Taten. Und dabei muß man sich's was kosten lassen. Ein halbwahnsinniger Ausbruch, natürlich erkünstelt, in dem man etwas möglichst Wertvolles zerschlägt. Das tut Wunder …« »Aber ich bitte dich …«
290 »Wunder, sag' ich. Und gerade bei Personen in unserer Lage. Bei Bankiers ist es schwieriger und versagt gelegentlich. Wenn ein Bankier etwas zerschlägt, so freut sich seine Frau, weil sie nun das Wertvolle durch etwas noch Wertvolleres ersetzen kann; außerdem hat sie noch das Vergnügen des Einkaufs, des Shopping. Aber wenn ich deine Verhältnisse richtig beurteile, so kannst du schon durch ein ganz mittelmäßiges Kaffeeservice viel erreichen. Ein großer Spiegel ist freilich immer das beste.« So Lepel. Ich hab' den praktischen Wert solcher Kriegsführung – es kam nie recht dazu – nicht ausgeprobt, doch kann ich nicht leugnen, daß ich mich an der jenem Stirling-Abend entnommenen Vorstellung: »Es gibt eine ultima ratio« mehr als einmal aufgerichtet habe.

Trotz dieser Anerkennung muß ich aber hier wiederholentlich sagen, daß mein alter Lepel mit seinen Direktiven nicht immer am richtigen Platze war. Desto glücklicher dagegen war er in seiner Kritik, in seinem Urteil über mein Tun. Er vermied dabei, ganz feiner Mann, der er war, alle großen Worte, traf aber immer den Nagel auf den Kopf und wirkte dadurch in hohem Maße erzieherisch. Als ich als Franz-Grenadier unter ihm diente, traf es sich, daß er mal als ein patrouilleführender »Feind« an mich herantrat und auf meinen Anruf die Losung oder das Feldgeschrei nicht recht wußte. Zwischen uns lag ein kleiner Graben, und die Fichten der Jungfernheide säuselten über mir. Ohne mich lange zu besinnen, knallte ich los, und ein Wunder, daß das Patronenpapier ihm nicht ins Gesicht fuhr. Es war eine Eselei, der ich mich noch in diesem Augenblick schäme. Damals aber erheiterte mich meine Heldentat, und ich kam erst wieder zu mir, als er mich, nach Rückkehr von der Felddienstübung, in seine Stube rufen ließ. Er war anscheinend ganz ruhig und fragte mich nur: »Ob ich vielleicht geglaubt hätte, mir das ihm gegenüber herausnehmen zu dürfen.« Ich spielte bei diesem Verhör eine ziemlich traurige Figur und war froh, als ich aus der Zwickmühle heraus war. Jeder andere hätte mich von dem Tag an fallen lassen; aber dazu war er viel zu gütig, und nach einer Woche war alles vergessen.

Eine andere Reprimande, die, weil viele Jahre später, keinen dienstlichen Charakter mehr hatte, machte trotzdem einen ähnlich tiefen Eindruck auf mich. Ich war mit meinem dicken Hesekiel nach Sonnenburg 291
hinübergefahren, um dort einer Feierlichkeit des Johanniterordens beizuwohnen. Der alte Prinz Karl, damals Herrenmeister, erteilte den Ritterschlag. Ich schrieb einen Bericht darüber in die Kreuzzeitung, in dem ich hervorhob, daß der Prinz diesen Ritterschlag mit »Geschicklichkeit und Würde« – oder so ähnlich – vollzogen habe. Den nächsten Tag kam Lepel zu mir, breitete das Blatt vor mir aus und sagte: »Fontan, du hast dich da vergaloppiert; wenn ein preußischer Prinz einen Ritterschlag vollführt, so ist es immer voll ›Geschicklichkeit‹ und ›Würde‹, selbst dann noch, wenn es ausnahmsweise nicht der Fall sein sollte. So was sagt man einem Prinzen nicht. Lob der Art wirkt im günstigsten Falle komisch.«

Er hatte vollkommen recht, und ich habe denn auch nie wieder dergleichen geschrieben. Eher kann man einen Prinzen tadeln.

Am gütigsten war er, Lepel, gegen mich, wenn ich mich dichterisch ihm gegenüber aufs hohe Pferd setzte. Wenn es geschah, hatte ich zwar wohl immer recht – denn ich stellte ihn als Menschen und Poeten viel zu hoch, als daß ich anders als innerlichst gezwungen mit einer herben Kritik über ihn hätte herausrücken können –, aber ich versah es dabei, vielleicht gerade weil ich vorher einen Kampf in mir durchgemacht hatte, mehr oder weniger im Ton, und daß er mir diesen mitunter sehr mißglückten Ton verzieh, war immer ein Beweis seiner vornehmen Gesinnung und seiner großen Liebe zu mir. Die fatalste Szene derart ist mir noch deutlich in Erinnerung. Es war im Sommer 59, kurze Zeit nach Niederwerfung des indischen Aufstandes, als die Schilderungen von der Erstürmung von Delhi und Khaunpur und vor allem die Berichte von dem »Mädchen von Lucknow« durch alle Zeitungen gingen. Das Mädchen von Lucknow. Ja, das war ein Stoff! Ich war davon benommen wie von keinem zweiten und wälzte die grandios poetische Geschichte seit Monaten in mir herum, hatte das Gedicht auch schon halb fertig und kam, während ich mich damit noch abmühte, keines Überfalls gewärtig, in den Tunnel, wo sich Lepel eben an das kleine Vorlesetischen setzte, um ein Gedicht unter dem Titel »Jessie Brown« zum besten zu geben.

292 Jessie Brown! Ja, warum nicht? Warum nicht Jessie Brown? Vielleicht eine heitere Spinnstubengeschichte; vielleicht auch so was wie Robin Hood und seine Jenny im Sherwoodwald. Mit einemmal aber – mir standen die Haare zu Berge – wurde mir klar, daß diese von Lepel ganz absichtlich als fidele Figur behandelte Jessie Brown niemand anders sein sollte als meine großartige Gestalt: »Das Mädchen von Lucknow«. Mir schwindelte, besonders bei Anhören der letzten Strophe, wo Jessie Brown, als die Gefahr vorüber ist, einen Unteroffizier aus dem Hochländerregiment Campbell beim Arme packt, um mit diesem einen Schottischen zu tanzen. Ich konnte mich nicht mehr halten, und während die Tunnel-Philister in pflichtschuldiges Entzücken ausbrachen, ging ich wie ein Rasender gegen Lepel los und hieb um mich. Das ginge nicht, unterbrach ich das Bewunderungsgefasel, das sei gar nichts; wenn man im Sonnenbrand eine Palme fächeln lasse, so sei das noch nicht Indien, und wenn man den Dudelsack spielen lasse, so sei das noch nicht das Regiment Campbell, und wenn irgendeine Jessie Brown à tout prix ein fideler Knopp sein wolle, so sei das noch nicht das Mädchen von Lucknow. Das Mädchen von Lucknow sei eine Balladenfigur ersten Ranges, fast größer als die Lenore, hellseherisch, mystisch phantastisch, gruselig und erhaben zugleich, alle Himmel täten sich auf, und da käme nun unser »Schenkendorf« (so hieß Lepel im Tunnel), um solche großartige Person am Abschlusse furchtbar durchlebter Belagerungswochen mit einem Unteroffizier einen Schottischen tanzen zu lassen. Es fehle nur noch der steife Grog. Alles war baff nach dieser Philippika. Lepel selbst rappelte sich zuerst wieder raus und sagte: »Das ist dein gutes Recht, daß es dir nicht gefällt; aber du könntest es vielleicht in andere Worte kleiden.« Ich nickte zustimmend dazu, hielt jedoch stramm aus und sagte: »Was meine Worte gefehlt haben mögen, nehme ich gerne zurück; aber den Inhalt meiner Worte halte ich aufrecht. Ich finde, daß du dem großen Stoff ein großes Unrecht angetan hast.«[12]

Die ganze Szene wirkte länger nach, als das sonst wohl der Fall war.
293 Aber es kam doch wieder zum Frieden. Er sah wohl ein, daß ich, bei meinem derzeitigen Engagiertsein, nicht anders hatte sprechen können.

Das war Herbst 1859. Anfang der siebziger Jahre verheiratete sich Lepel zum zweiten Male. Seine erste Frau war eine ganz ausgezeichnete

12 Geibel hat den Mädchen-von-Lucknow-Stoff ebenfalls behandelt, aber auch ganz schwach.

Dame von feinem musikalischen Sinn, dabei von Charakter und Lebensernst gewesen. Aber leider hatte sie von diesem Ernst, ich will nicht sagen mehr als gut ist, aber doch mehr als speziell meinem alten Freunde lieb und genehm war, ja seiner ganzen Natur nach lieb und genehm sein konnte. Lepel hatte, so martialisch er aussah – so martialisch, daß der Kronprinz, der spätere Kaiser Friedrich, ihm einmal zurief: »Alle Wetter, Lepel, Sie werden dem Großen Kurfürsten immer ähnlicher« – Lepel, sag' ich, hatte trotz dieses beinahe bärbeißigen Aussehens einen ganz ausgesprochenen Sinn für die heitere Seite des Lebens, und so hab' ich denn kaum einen Menschen kennengelernt, der das ganze Gebiet der Kunst und allem vorauf die Reize von Esprit, Witz und Komik so durchzukosten verstanden hätte wie gerade er. Dergleichen gemeinschaftlich zu genießen, blieb ihm bei seiner ersten Frau versagt, und er suchte nach dem ihm versagt Gebliebenen in seiner zweiten Ehe. Jeder weiß aus Beobachtung und mancher aus Erfahrung, wie selten das glückt. Lepel aber hatte den großen Treffer, es zu treffen und in seiner zweiten Ehe wirklich das zu finden, wonach er sich in seinem Gemüte gesehnt hatte. Noch geraume Jahre hat er an der Seite seiner zweiten Frau gelebt, zuletzt in Prenzlau, wohin er in seiner militärischen Eigenschaft – Landwehrbezirkskommando – versetzt worden war. Dort ist er auch gestorben.

Eine Seite seines Wesens hab' ich noch hervorzuheben vergessen oder doch nur eingangs, bei Besprechung des Ganganelli-Gedichts, ganz kurz erwähnt. Es war dies seine Stellung zum Katholizismus. Er, der gütigste Mann von der Welt, war in dieser Frage ganz rabiat, und die viel zitierte, gegen Rom und Papsttum sich richtende Herweghsche Zeile: »Noch einen Fluch schlepp' ich herbei«, war ihm ganz aus der Seele gesprochen. Ich brauche kaum hinzuzusetzen, daß er, dieser antipäpstlichen Richtung entsprechend, auch eine »freimaurerische Größe« war. Er lebte zuletzt ganz in den Aufgaben dieses Ordens. Ich habe, durchaus anders geartet 294
wie er, weder seine Liebe noch seinen Haß begriffen. Wenn ich ihm das gelegentlich aussprach, lächelte er halb wehmütig, halb überlegen und sagte dann wohl: »Ja, Fontan, du orakelst da mal wieder los. Das macht, du hast einen merkwürdig naiven Glauben an dich selbst und denkst immer, du weißt so ziemlich alles am besten. Aber ich kann dir sagen, hinterm Berge wohnen auch noch Leute.«

Neuntes Kapitel

Wilhelm von Merckel

»Ich hatt' einen Kameraden, einen bessern find'st du nit« … Dieser mir Unvergeßliche, dem ich durch mein Leben hin als einem freundlich väterlichen Helfer verpflichtet bleibe, war *Wilhelm von Merckel.*

Wilhelm von Merckel war 1803 in Friedland in Schlesien geboren, Sohn aus einem reichen Kaufmannshause – Leinenindustrie – und Neffe des ausgezeichneten schlesischen Oberpräsidenten von Merckel. Die Studienjahre führten Wilhelm von Merckel nach Heidelberg, welchem Ort er eine große Liebe bewahrte. Gern sprach er davon, auch von einem Besuche, den er, ein Menschenalter später, der geliebten alten Stätte noch einmal abgestattet hatte. »Während ich da von der Schloßruine her in den schönen Grund hinabsah, war mir, als stünd' ich am Grab meiner Jugend.« Anfang der dreißiger Jahre kam er nach Berlin und sah sich hier in das Haus des Justizministers Mühler, des Vaters von Heinrich von Mühler, eingeführt. Er wurde der Freund des Hauses und bald auch der Verlobte von Heinrich von Mühlers Schwester Henriette. Die Vermählung fand 1836 statt. Drei Jahre später – er war inzwischen Kammergerichtsrat geworden, in welcher Stellung er bis zu seinem Tode blieb – trat er in den Tunnel. Als ich 1844 Mitglied wurde, stand Wilhelm von Merckel schon in hohem Ansehen. Ich sah mich von Anfang an weniger durch Wort und Tat als durch sein Auge, das freundlich auf mir ruhte,
295 beachtet und beinah ausgezeichnet. Es hing das wohl damit zusammen, daß er, über alles andere hinaus, in erster Reihe von Grund aus *human* war und in seinem tief eingewurzelten Sinne für das Menschliche, sich mit relativen Nebensächlichkeiten wie Standesunterschiede, Wissens- und Bildungsgrade gar nicht beschäftigte. »Was ist das für ein *Mensch*«, nur auf *das* hin gab er sich Antwort, und wenn diese günstig lautete, so hatte der Betreffende gewonnen Spiel. Er war das Gegenteil von dem, wofür unser Berliner Jargon jetzt allerlei groteske Bezeichnungen hat, Bezeichnungen, unter denen »Mumpitz« noch als das Zitierbarste gelten kann. Alles, was ein preußischer Patent- und Schablonenmensch mit mehr oder weniger Berechtigung gegen mich hätte beibringen können, existierte für ihn nicht oder war ihm ein Grund mehr, einem armen Jungen von Anfang an seine Liebe zuzuwenden. Und hinter meinem Rücken lieh er diesem seinen Gefühl auch Worte. Mein guter Lepel, der

die schöne, hierlandes so seltene Tugend hatte, sich zu freuen, wenn einer gelobt wurde, hinterbrachte mir die guten Worte, und alle sind mir im Gedächtnis geblieben. Ich werde mich aber hüten, sie hier niederzuschreiben.

Es ging das so durch Jahre hin. Ich hatte mich seinerseits allerhand kleiner Auszeichnungen zu erfreuen, aber es kam zu keinem persönlichen Verkehr, bis das Jahr 1850 auch darin Wandel schuf. Unmittelbar nach der Schlacht bei Idstedt ging ich von Berlin fort, um, wie so viele, die mit ihrem Leben nichts Rechtes anzufangen wußten – ein Fall, der bei mir, der ich damals im fünften Jahre verlobt war, eminent zutraf –, in die schleswig-holsteinische Armee einzutreten. Was von patriotischem Gefühl so nebenher noch mit unterlief, davon will ich hier nicht reden. Ich nahm von den Berliner Freunden Abschied, natürlich auch vom Tunnel, wo man mir, eh ich noch allen ein Lebewohl gesagt hatte, ganz en passant erzählte, daß unser »Immermann« (W. von Merckel) Chef der ministeriellen Preßabteilung, des sogenannten »Literarischen Bureaus« geworden sei. Bei der Aufregung, in der ich mich befand, war ich ziemlich gleichgültig gegen diese Mitteilung, die ich nur so obenhin mit anhörte, nicht ahnend, welche Bedeutung gerade sie für mich gewinnen sollte. Den 31. Juli brach ich auf. Ich installierte mich in Altona, kam 296
aber über diese Etappe nicht hinaus, denn schon den zweiten Tag danach erreichte mich ein eingeschriebener Brief von halb dienstlichem Charakter, in dem der neue Chef der ministeriellen Preßabteilung, W. von Merckel, mir eine diätarische Stellung in seinem Literarischen Bureau anbot. Auch die Summe, die mir bewilligt werden könne, war genannt. Das alte »Jetzt oder nie« stand mir sofort vor der Seele; der Egoismus war stärker als der Patriotismus, ich nahm an, und ehe der Herbst auf die Neige ging, war ich als »Diätar im Preßbureau« installiert und sogar verheiratet. Aber wie mir kluge Leute vorausgesagt hatten – es dauerte nicht lange: zwei Monate später flog die ganze ministerielle Preßabteilung, wenigstens in ihrer damaligen, aus der Radowitz-Zeit stammenden Zusammensetzung in die Luft, und nur *eine* Tatsache von in gewissem Sinne sehr zweifelhaftem Werte blieb übrig: meine Verheiratung. Es sah schlimm aus. Aber das Schlimme hatte doch auch sein Gutes, und dies eine Gute war, daß Merckel von ebendiesem Augenblick an meine Frau und mich sozusagen als »sein Ehepaar« ansah, das ohne seinen so gutgemeinten Schreibebrief nach Altona hin gar nicht existieren würde, weshalb er denn auch für dasselbe zu sorgen habe. Seine Hülfe wurde nun

zwar durch mich nicht angerufen – was er mir wohl auch zum Guten hin angerechnet haben wird –, aber auch ohne diesen Anruf war die Hülfe jederzeit da, vor allem dadurch, daß ich mich moralisch immer an seiner und seiner Frau Hand über Wasser halten konnte.

Zu dieser Zeit war es auch, daß ich in sein Haus kam, und da die Krisis verhältnismäßig rasch vorüberging, so brachen, als ich den Kopf wieder oben hatte, sehr glückliche Tage für mich an, die Tage Merckelschen Hausverkehrs und Merckelscher Gesellschaftlichkeit.

Ich habe später an reicheren, auch wohl amüsanteren und namentlich an politisch und international mehr bietenden Tafeln gesessen, aber einer in ihrem innersten Wesen höherstehenden Gastlichkeit bin ich nicht wieder begegnet, deshalb nicht, weil es sich bei diesen kleinen Gesellschaften niemals um eine mehr oder weniger pflichtmäßig, durch Gewohnheit oder Sitte vorgeschriebene Repräsentation handelte, sondern
297 um etwas rein Ästhetisches, das in kunst- und zugleich liebevollster Weise bieten zu können die Gastgeber fast noch mehr erfreute als die Gäste. Bis ins kleinste hinein war alles einer Idealvorstellung von Gastlichkeit angepaßt. Wirte, die sich mit einer Einzelsache beschäftigen, vom Sterlett an, der eben frisch von der Wolga kommt, bis hinunter zu Bellachini oder einem spiritistischen Nadelsucher – solche Wirte gibt es viele, Merckel aber richtete seine Aufmerksamkeit nicht auf ein Einzelnes, sondern auf das Ganze. Selbst eine harmonische Natur, mußte denn auch rund um ihn her alles stimmen und klappen; jedes Zuviel wurde vermieden, weil es nur gestört und in den bescheidenen Rahmen nicht hineingepaßt hätte.

Ja, dieser Rahmen war bescheiden, selbst nach damaliger Anschauung. Wir saßen in einem grünen Hinterzimmer, im Sommer bei geöffneten Fenstern, und hörten gedämpft den Lärm, der unten vom Hofe her heraufdrang. An den Wänden hingen Lithographien, so primitiv, als ob sie dem ersten Jahr der Steinzeichenkunst ihre Entstehung verdankten. Es waren Waldpartien aus dem Riesengebirge, Tannen und wieder Tannen. Jeder andre Zimmerschmuck fehlte. Die Zahl der Gäste stieg selten über acht oder zehn, waren es mehr, so wurde der Tisch, um mehr Platz zu schaffen, in die Diagonale gestellt, was Merckel dann seine »schräge Schlachtreihe« nannte. Epaminondas und Friedrich der Große hatten so gesiegt, und Merckel tat es ihnen nach. Die Gäste waren fast immer Tunnel-Freunde: Lepel, Eggers, ich und meine Frau, seltner Kugler und Blomberg, die, so gut sie sonst passen mochten, den leichten

heitren Ton nicht trafen, den beide Merckels, er wie sie, so sehr liebten. Freilich mußte man auch aufpassen, und ich will nicht behaupten, meinerseits immer die rechte Grenzlinie gezogen zu haben. Aber es wurde mir verziehn. Dann und wann waren auch Familienmitglieder zugegen, unter ihnen die jüngste Schwester der Frau von Merckel (Fräulein Auguste von Mühler) und Gustav von Goßler – der spätere Kultusminister –, Neffe des Hauses. Ihnen gesellten sich drei schöne Fräulein Baumeister, Nichten des Generals von Werder, des Siegers vor Belfort, von denen die älteste – in Erscheinung und Wesen eine Dame von seltenem Charme – die intime Freundin der Frau von Merckel war. Das Gespräch drehte 298
sich, nach Altberliner Art, zunächst um Theater, Musik und literarische Fragen, und wiewohl ich offen bekenne, daß mir andere Themata stets lieber waren, so möcht' ich doch, soweit ich mich der Gespräche von damals noch erinnere, hier aussprechen dürfen, daß die Debatten meist sehr anregend und pointiert waren, was wohl daran lag, daß das rein Literarische, das so leicht abschmeckig wirkt, durch *Persönliches* immer aufgefrischt wurde. Dazu gab denn unser alter Scherenberg, den ich auch hier wieder in erster Reihe nennen muß, die schönste Veranlassung. Wie man über seine Dichtungen auch denken mag – die Schwächen derselben erkannten einige von uns auch damals recht gut –, der ganze Mann als solcher war eine nie versagende Quelle der Erheiterung für uns: seine merkwürdigen Wohnungsverhältnisse, seine Geldverlegenheiten, sein Hinundhergezerrtwerden von zwei sich befehdenden Parteien, sein Diplomatisieren mit dem ganz undiplomatischen und zur Scherenberg-Begeisterung heraufgepufften Buchhändler Hayn, seine klugen Naivitäten, sein Gefeiertwerden in Sanssouci, vor allem seine Kriegsministerialstellung, in der er sich durch seinen Freund und Vorgesetzten Heinrich Smidt gelegentlich gerüffelt sah, um dann zwei Stunden später unter Generalitäten der Gast des Kriegsministers zu sein – alle diese Dinge waren ein unerschöpflicher Unterhaltungsstoff für uns, bei dem es nicht nötig war, in öder Kunstbetrachtung immer wieder auf Ligny und Waterloo zurückzugreifen. Und solcher scherenbergisch eigenartigen Gestalten hatten wir im Tunnel sehr viele – Rhetor Schramm, Assessor Streber, Wollheim da Fonseca, Saint Paul, Leo Goldammer –, wenn auch Scherenberg selbst unbedingt der Sanspareil blieb.

Es kam übrigens noch ein andres hinzu, was unser Gespräch gerade bei diesen Merckelschen Réunions immer wieder beleben mußte. Das war der Umstand, daß uns um ebenjene Zeit, Anfang der fünfziger Jahre,

die Herausgabe der »Argo« beschäftigte, von der wir uns alle viel versprachen, niemand aber mehr als unser liebenswürdiger Wirt selbst. Und das konnte kaum anders sein. Ein lebelang war er herzlich bemüht gewesen, sein Talent zu bekunden, hatte sich aber durch seine Scheuheit
299 an jedem Erfolge behindert gesehn; er war eben nicht der Mann des Umherschickens von Manuskripten oder gar des Sichbewerbens um redaktionelle Gunst. Und so kam er denn zu nichts. Aber daß es so war, *das* zehrte doch an seinem Leben. Und nun mit einem Male sollte das alles in ein Gegenteil verkehrt und er, der sich immer bescheiden zurückgehalten, in den Vordergrund gestellt und sogar ein Pilot unserer »Argo« werden. Denn er war ausersehn, unsrem Schiff auf dem Titelblatt den Spruch für seine Fahrt in die weit ausgespannten Segel zu schreiben. Das geschah denn auch buchstäblich. Er war wie trunken davon, und ich sage wohl nicht zuviel, wenn ich jene Zeit die glücklichste seines Lebens nenne. Jeder Plan, jeder Beitrag wurde bei Tische durchgesprochen, und wenn dann das Mahl zu Ende ging und die mit zierlich eingeschliffenen Bildern ausgestatteten, ganz altmodischen Ungarweingläser herumgereicht wurden, die schon vom Großvater her in der Familie waren, und dazu ein Wein, der an Alter hinter den Gläsern kaum zurückstand, so tranken wir auf »gute Fahrt«.

Das waren schöne Tage, schön durch vielerlei, vor allem durch den innren Gehalt dessen, an dessen Tisch wir saßen, und das führt mich dazu, hier von seinem *Charakter zu* sprechen. Er war der lauterste und gesinnungsvornehmste Mann, den ich in meinem ganzen Leben kennengelernt habe, dabei von einem tiefen Bedürfnis nach Freundschaft und Liebe. Daß er dies Bedürfnis so tief empfand und so rührend dankbar war, wenn er dem gleichen Gefühle begegnete, das hing damit zusammen, daß sein scheues, weltabgewandtes Leben ihn daran gehindert hatte, nach Art andrer um Freundschaft und Liebe zu werben. Und daß es so war, das lag wiederum daran, daß er in seinem überfeinen Sinn seiner äußeren Erscheinung von Jugend an mißtraut hatte. Klein, aber doch eigentlich wohlgebildet, zog er diese Wohlgebildetheit beständig in Zweifel und mochte sich den Blicken Fremder – und nun gar erst richtiger »Berliner« – nicht gern aussetzen. Er behandelte sich selbst wie einen »heimlich Verwachsenen« und hat sich, eine fremde Gestalt vorschiebend, in seiner bedeutendsten Erzählung »Der Frack des Herrn von Chergal« in rührender Selbstironie wie folgt geschildert. »... Nun werden sich unter meinen Lesern sehr wahrscheinlich einige jener Stiefsöhne der Natur

befinden, die nicht um ihrer Seele, wohl aber um ihres Leibes willen an 300
einem bösen Gewissen laborieren, und wenn nicht von Reue, so doch
von stiller Verschämtheit bedrückt, ihren leiblichen ›Verdruß‹ durch das
lange Leben zu tragen verurteilt sind. Ich meine natürlich nicht jene
Glücklicheren, welche durch einen notorischen, aller Welt offenkundigen
Höcker der Mühe des Verbergens und Vertuschens überhoben sind, ich
meine jene geheimen Dulder, denen die Natur einen *feineren* Schabernack
antat und ihnen dadurch die Versuchung nahelegte, das störende Zuviel
oder Zuwenig auszugleichen, was dann gleichbedeutend ist mit der
Notwendigkeit eines unausgesetzten Lügenspiels und der ewigen Furcht
vor Entdeckung.« In dieser Schilderung des Herrn von Chergal haben
wir ihn selbst. Er war denn auch ganz der Mann engster Kreise; nur
kein Hinaustreten ins Öffentliche. Wenn in Sommertagen seine Frau
zeitweilig in den Bergen oder an der See war und er durch Wochen hin
das Hauswesen allein zu führen und zu Mittag und Abend in seiner
Potsdamerstraßennachbarschaft herumzutabagieren hatte, so waren das
immer qualvolle Zeiten für ihn; er hatte kein Talent und keine Lust, sich
mit sonderbaren Tischnachbarn und noch sonderbareren Kellnern zu
benehmen. Er war überaus sensitiv. Zugleich die Friedfertigkeit selbst.
Aber daneben freilich, wie das nicht selten sich findet, von einem hohen
moralischen Mut, so daß der, der den Glauben hegte, sich dem kleinen
Manne gegenüber etwas erlauben zu können, einer Niederlage so gut
wie gewiß sein durfte. Sein feiner, vornehmer Sinn ließ ihn jeder sogenannten »Szene« geflissentlich aus dem Wege gehn, zwang man ihm
dergleichen aber auf, so focht er die Sache durch. Ich erinnere mich eines
solchen Vorkommnisses, das kurz vor seinem Hinscheiden spielte.
Merckel war gleich nach Gründung der Schiller-Stiftung um Vorsitzenden
des Berliner Zweigvereins ernannt worden, und wir hatten das Jahr
darauf eine öffentliche Beratung in dem Mergetschen Schulsaal. Alles
nahm seinen guten Verlauf, bis sich, kurz vor Schluß der Sitzung, ein
sechs Fuß hoher, breitschultriger Medizindoktor erhob und mit ungeheurer Unverfrorenheit versicherte, »alles, was da von uns betrieben würde,
sei bloß Vettermichelei; Stümper würden unterstützt, und die richtigen
Leute kriegten nichts. Alles Klüngel und wieder Klüngel«. So sprach der 301
Breitschultrige, keiner Erwiderung gewärtig, und kaum daß er mit dieser
seiner Rede fertig war, so nahm er auch schon den Hut und wollte verschwinden. Aber ehe er noch die Türklinke fassen konnte, sah er sich
von seinem Schicksal in Gestalt unsres Merckels ereilt. »Ich muß den

Herrn Doktor doch bitten, noch einen Augenblick unter uns verweilen und das Beleidigende, was er da eben gesagt, auch begründen zu wollen.« Diese Worte waren mit solchem nervösen Nachdruck gesprochen, daß der Ankläger wirklich kehrtmachte und etwas stammelte, das, soweit es ging, eine Rechtfertigung seiner Anklage sein sollte. Was er aber da vorbrachte, bewies nur zu sehr, daß er einen speziellen Fall nicht namhaft machen konnte. Die Niederlage war ganz offenbar. »Ich denke«, replizierte jetzt Merckel, indem er sich lächelnd an uns um ihn her Sitzende wandte, »wir können mit dieser Erklärung zufrieden sein. Auf allgemeine Sätze haben wir uns hier nicht einzulassen.« Der so Entlassene war ein Bild des Jammers.

Um es zu wiederholen, der kleine Mann war ein seltner Mann. Aber auch er hatte den allgemeinen Tribut an menschliche Schwäche zu zahlen. Ein so fester Charakter er war, ein so schwacher, weil schwankender Politiker war er. Dies scheint sich zu widersprechen, aber es war so. In Zeiten, wie's die vormärzlich patriarchalischen waren, wäre diese Schwachheit Wilhelm von Merckels nie hervorgetreten, denn er wäre gar nicht in die Lage gekommen, sich auf diesem diffizilen Gebiete legitimieren zu müssen. Aber die neuen Zeiten ließen ihm keine Wahl, er mußte Stellung nehmen hüben oder drüben, und dabei war er nicht immer glücklich. Indessen muß doch gleichzeitig hinzugefügt werden, daß die hierbei hervortretenden Fehler nur die natürliche Folge seiner menschlichen Vorzüge waren. Nichts gibt es auf den Blättern der Geschichte, das mich so ergriffe wie die nicht seltne Wahrnehmung, daß bedeutende Menschen oft gerade da, wo sie fehlgreifen, ihren eigentlichen Charakter in das schönste Licht stellen. Unser großer König ist beispielsweise nirgends größer als in dem Irrtum, den er bei Gelegenheit des Müller Arnoldschen Prozesses beging, und wenn er in diesem Irrtume befangen einem in allen Lebenslagen erprobten Ehrenmanne wütend
302 seinen Krückstock nachschleuderte, so war das keine Tat tyrannischer Laune, sondern das Aufbrausen eines empörten Rechtsgefühls. Daß er schließlich unrecht hatte, hebt das schöne Gefühl, aus dem heraus er handelte, nicht auf. Genauso lag es mit meinem Wilhelm von Merckel. Er war immer, wenn auch freilich auf etwas altmodische Weise, für »Freiheit« gewesen, und als sie nach den Märztagen mit etlichen Überschreitungen sich einstellte, rief er nicht bloß nach der Polizei, sondern schrieb auch sein zu einer gewissen Notorität gelangtes Lied »Gegen Demokraten helfen nur Soldaten«. Und auch damit schloß er den

Wechsel seiner Stimmungsansichten noch nicht ab. Denn kaum, daß die »Soldaten geholfen hatten«, so mißfielen ihm auch wieder die konservativ-orthodoxen Tendenzen, die jetzt verdoppelt zur Herrschaft kamen, und er veröffentlichte seinen schon erwähnten »Frack des Herrn von Chergal«, eine politische Geschichte, die auf die Verhöhnung eines reaktionären oder wenigstens völlig unzeitmäßigen Gebarens hinauslief. Wer ein geringstes Abweichen von einem ihm als Ideal erscheinenden Mittelkurs seiner Natur nach nicht vertragen kann, vielmehr bei Wahrnehmung jeder kleinsten Ausschreitung nach links oder rechts hin sofort Veranlassung nimmt, in das entgegengesetzte Lager überzugehen, der ist zum Politiker absolut ungeeignet. Und das traf bei Merckel zu. So kam er denn, solang er in der Unruhe der vor- und nachmärzlichen Tage stand, aus dem Unzufriedensein über die damaligen Zustände nicht heraus, aber diese Schwäche wurzelte doch auch wieder in etwas menschlich Schönem: in seinem starken Rechtsgefühl, in seiner ganz auf das Maß der Dinge gestellten Persönlichkeit.

Daß er mit ganzem Herzen an dem Tunnel hing und in natürlicher Folge davon ein überaus beliebtes Mitglied war, hob ich schon hervor. Unser Verein hatte sehr viel von ihm, menschlich, gesellschaftlich, literarisch. Seine mit Sorgfalt und Liebe geschriebenen Protokolle leiteten unsere Sitzungen ein und waren Kabinettsstücke liebenswürdigsten Humors. Vielleicht sind sie das Beste, was er überhaupt geschrieben. Auch an der eigentlichen Tunnel-Produktion nahm er teil und versuchte sich auf jedem Gebiete, lyrisch, dramatisch, in Erzählung, Idyll und Satire.
Allen gemeinsam ist eine bis ins kleinste gehende Detailmalerei, die, 303
wenn sie Schwerfälligkeit und Unklarheit zu vermeiden weiß, den Mann von Fach vom Dilettanten unterscheidet. Und so war er denn in diesem auf die künstlerische Behandlung gerichteten wichtigen Punkte *kein* Dilettant. Aber in der Hauptsache war er's doch. Er gab eben überall nur Gastrollen, versuchte dies und das, auch mit gelegentlich großem Geschick, aber niemals empfand man: das *mußte* geschrieben werden. Es waren Einfälle, nicht Notwendigkeiten; »Beschäftigung, die nie ermattet.« Sein Bestes lag nach der Seite der Satire hin. In einem, nach seinem Hinscheiden unter dem Titel »Kleine Studien« erschienenen Bande finden sich zwei kurze Geschichten: der »Zensor« und der schon mehrerwähnte »Frack des Herrn von Chergal«, Erzählungen, die diesen satirischen Charakter tragen und als Glanzstücke nicht bloß Merckelscher Schreibweise, sondern überhaupt als Musterstücke gelten können. Die erstge-

nannte Geschichte, das damalige Zensurunwesen persiflierend, ist unter den genannten beiden die künstlerisch bessere. Ein Assessor meldet sich bei Exzellenz, dem Minister des Innern, der in den letzten Tagen wieder mehrere Zensoren wegen Unfähigkeit entlassen mußte. Die Situation ist mithin eine für den Assessor denkbar günstigste und führt dann auch um so rascher zu seiner sofortigen Zensoranstellung, als er durch Schliff und Sicherheit sogar seiner Exzellenz zu imponieren weiß. Und schon am andern Tage gibt er die Beweise seines Könnens. Aber freilich *so,* daß sein Eifer noch furchtbarer empfunden wird als die Laxheit seiner Vorgänger, weshalb ihn Exzellenz mit den Worten andonnert: »Gehn Sie zum Teufel.« »Nichts leichter als das«, antwortet der so ungnädig Entlassene. Denn er ist eben niemand anderes als der gute alte Mephisto in einer seiner vielen herkömmlichen Verkappungen. Auch der Teufel hat es als preußischer Zensor nicht aushalten können, und in der nächsten Morgenzeitung liest die Hauptstadt die Freudens- beziehungsweise Schreckensnachricht, »daß Preßfreiheit ausgebrochen sei«.

Die zweite Geschichte – der »Frack des Herrn von Chergal« bleibt an künstlerischer Abrundung hinter der ersten zurück, steht aber doch höher, trotzdem sie das Schicksal so vieler Satiren teilt, ohne Kommentar
304 gar nicht verstanden zu werden. Wem dieser Kommentar fehlt, der erfährt nur von einem uralten legitimistischen Erbfrack, den sein Inhaber, eben der Herr von Chergal, à tout prix bei Leben erhalten will, was dann schließlich dahin führt, daß besagter Frack infolge beständiger Ausflickungen und Änderungen gar nicht mehr er selber ist, aber trotzdem noch immer als das »unantastbare Heiligtum von ehedem« angesehen und getragen wird. Die Wendungen und Wandlungen, die das arme Ding durchmacht und die doch alle darauf hinauslaufen, in ihm etwas »Unwandelbares« besitzen zu wollen, bilden den Inhalt der Erzählung, in der man es, oberflächlich angesehen, lediglich mit einem exzentrischen oder spleenhaften alten Herrn zu tun hat, der eigensinnig an einer Schrulle festhält. Was *eigentlich* dahinter steckt, davon merkt man nichts oder merkt es zu spät oder merkt es falsch. Dieser Frack des Herrn von Chergal ist nämlich nichts als die *altmodische ständische Verfassung,* die Herr von *Gerlach* – Chergal ist eine bloße Buchstabenumstellung dieses Namens – unter allen Umständen konservieren wollte. Man wird dem Ganzen ein gut Stück allerliebste Originalität nicht absprechen können, aber es ist doch verlorene Liebesmüh geblieben. So war's schon in den fünfziger Jahren, und jetzt liest es niemand mehr. Aber wenn ein Zufall

einem literarischen Feinschmecker das Büchelchen auf seinen Tisch führen sollte, so wird er eine genußreiche Stunde von der Lektüre haben.

W. von Merckel starb in den Weihnachtstagen 1861; achtundzwanzig Jahre später, im November 1889, fand seine Witwe Henriette von Merckel geb. von Mühler neben ihm ihre Ruhestätte. Sie hatte die Liebe, die der so lange vor ihr Heimgegangene für mich und die Meinen gehabt hatte, wie ein Vermächtnis übernommen, und wenn meine Frau und ich, zu Beginn unserer Ehe, *sein* »Ehepaar« gewesen waren, so waren unsere Kinder die Kinder seiner ihn überlebenden Gattin. Sie haben denn auch zeitweilig ihr Leben mehr im Hause »Tante Merckels« als im eignen elterlichen Hause verbracht, und die Rückerinnerung daran erfüllt sie bis
diesen Tag mit dankbarer Freude. 305

Fritz, Fritz, die Brücke kommt

Erstes Kapitel

Verlobung. Der alte Rouanet

Der Tunnel, von dem ich in dem voraufgehenden Abschnitt ausführlich erzählt habe, hat mich, wenn auch viel persönlich Erlebtes mit hineinspielte, von mir selber weit weggeführt, und es wird Zeit sein, in mein richtiges Geleise zurückzukehren.

Ostern 1845, nach Abschluß meines Militärjahres bei den »Franzern«, sah ich mich meinem eigentlichen Berufe wiedergegeben. Aber das Wie und Wo machte mir einigermaßen Sorge, denn der Rahm von der Milch war abgeschöpft, indem ich bis dahin immer nur Stellungen innegehabt hatte, die für die besten in Deutschland galten. Ich konnte mich also mutmaßlich nur verschlechtern und ließ denn auch ein volles Vierteljahr vergehn, eh ich mich wieder band. Erst zu Johanni trat ich in die »Polnische Apotheke«, Friedrichsstraße, ganz in Nähe der Linden, ein, wobei mich mein guter Stern, wie gleich vorweg bemerkt sein mag, auch wieder glücklich führte. Was Wohnung und dergleichen anging, so stand alles dies hinter Leipzig und Dresden, wiewohl wir auch da nicht in diesem Punkte verwöhnt worden waren, um ein gut Teil zurück; es wurde das aber durch die sogenannte »Prinzipalität« wieder ausgeglichen. Medizinalrat Schacht und Frau waren, *er* durch Charakter, *sie* durch Liebenswürdigkeit und französischen Esprit – sie entstammte einer magdeburgischen Refugiéfamilie – ausgezeichnet. Meine Kollegen im Geschäft präsentierten sich wie gewöhnlich sehr durchschnittsmäßig, ohne jeden interessanten oder auch nur komisch aparten Zug, mit Ausnahme des eigentlichen Geschäftsführers, eines schon älteren Herrn, der die für einen
306 Apotheker verhängnisvolle Eigenschaft hatte, von heftigen Brustkrämpfen befallen zu werden, wenn auch nur das leiseste Stäubchen von Ipecacuanha in der Luft war. Und was ist eine Apotheke ohne Ipecacuanha! Die Folge davon war, daß man – übrigens lange vor meinem Eintritt in das Geschäft – in einem lichtlosen, wie eine Grabkammer wirkenden Verschlag eine Nebenapotheke etabliert hatte, drin wir andern, die wir gegen Ipecacuanha gefeit waren, das für unsern Kollegen so verhängnisvolle Mittel dispensieren mußten. Der dadurch herbeigeführte beständige

Exodus aus der eigentlichen Apotheke in die Grabkammer hinein und dann wieder zurück war natürlich eine große Belästigung für uns und führte zu Spöttereien, Auflehnungen und Anschuldigungen. Es sei, so hieß es unter uns, ja alles bloß Komödie; dieser lederne Mensch (der er übrigens wirklich war) habe sich nur herausgeklügelt, daß man ohne einen kleinen Sonderzug eigentlich gar nicht bestehen könne; wenn er aber, was wohl möglich, zu beschränkt sein sollte, solchen Gedanken in sich aufzubringen, so sei doch *das* ganz sicher, daß er die Sache rein als Machtfrage behandle und sein Ansehn und seine Geschäftsunentbehrlichkeit nach der Kondeszendenz bemesse, womit man sich diese seine Schrulle gefallen lasse. Wir hatten indes wohl unrecht mit unsrem Verdacht, denn jedesmal, wenn wir ihn bemogelten und hinter seinem Rücken auch nur eine kleinste Dosis von Ipecacuanha mit Zuckerpulver zusammenrührten, so war der Anfall da. Das bekehrte *mich* denn auch. Andere dagegen blieben unbekehrbar und versicherten nach wie vor: er habe bloß gut aufgepaßt und unsere Mogelei bemerkt und sofort mit einer Gegenkomödie darauf geantwortet.

Unter den Kollegen war also nicht recht was. Desto glücklicher traf ich es, wie gewöhnlich, mit den Lehrlingen, die meist Söhne wohlhabender, oft sehr angesehener Leute waren. Aus allen ist denn auch ausnahmelos etwas Tüchtiges geworden, aus keinem aber mehr als aus dem, den ich als zweiten Lehrling in der Schachtschen Apotheke vorfand. Es war dies *Friedrich Witte* (gest. 1893), bis zu seinem Tode Mitglied des Reichstags für den zweiten meiningenschen Wahlkreis, den vor ihm Lasker vertreten hatte. Zoll- und Steuerfragen waren Wittes Spezialität. Sein Rostocker Geschäft: eine Fabrik moderner chemischer Präparate,
wie Tein, Koffein, Pepton, Pepsin etc., hat er, unter Beistand ausgezeich- 307
neter Kräfte, die er heranzuziehn oder heranzubilden verstand, zu einem Weltgeschäft erhoben. Er verheiratete sich, zehn Jahr nach der hier geschilderten Zeit, mit der, wie die Mutter, durch Witz und Originalität ausgezeichneten ältesten Tochter des Hauses, und diesem Paare bin ich durch ein langes Leben hin in herzlichster Freundschaft verbunden geblieben. In unseren Kindern lebt diese Freundschaft fort.

Zu Johanni war ich in die Schachtsche Apotheke eingetreten.

Nun war achter Dezember, an welchem Tage mein *Onkel August* – der, fast als ob wir zusammengehört hätten, seit etwa Jahresfrist auch wieder von Leipzig nach Berlin hin übersiedelt war – seinen Geburtstag hatte. Während der ersten Nachmittagsstunden erhielt ich, in Dreiecksform, einen in ungemein zierlichen, aber etwas schulmäßigen Buchstaben geschriebenen Brief, der dahin lautete: »Lieber Freund. Ich war eben zur Gratulation bei Ihrem Onkel und erfuhr zu meinem Bedauern, daß Sie durch Ihren Dienst verhindert sind, die heutige Geburtstagsfeier mitzumachen. Ich meinerseits werde da sein, bin aber in einiger Verlegenheit wegen des Nachhausekommens. Ich denke, Ihr Bruder soll mich um 10 bis an Ihre Apotheke begleiten, von wo aus Sie wohl den Rest des Weges übernehmen. Ihre Emilie Kummer.«

Und so kam es. Gleich nach 10 Uhr, von wo ab ich frei war, war das Fräulein da. Der noch zurückzulegende Weg war nicht sehr weit, aber auch nicht sehr nah: die ganze Friedrichsstraße hinunter bis ans Oranienburger Tor und dann rechts in die spitzwinklig einmündende Oranienburger Straße hinein, wo die junge Dame in einem ziemlich hübschen, dem großen Posthof gegenübergelegenen Hause wohnte. Da wir beide plauderhaft und etwas übermütig waren, so war an Verlegenheit nicht zu denken, und diese Verlegenheit kam auch kaum, als sich mir im Laufe des Gespräches mit einem Male die Betrachtung aufdrängte: »Ja, nun ist es wohl eigentlich das beste, dich zu verloben.« Es war wenige Schritte vor der Weidendammer Brücke, daß mir dieser glücklichste Gedanke meines Lebens kam, und als ich die Brücke wieder um ebenso-
308 viele Schritte hinter mir hatte, war ich denn auch verlobt. Mir persönlich stand dies fest. Weil sich aber die dabei gesprochenen Worte von manchen früher gesprochenen nicht sehr wesentlich unterschieden, so nahm ich plötzlich, von einer kleinen Angst erfaßt, zum Abschiede noch einmal die Hand des Fräuleins und sagte ihr mit einer mir sonst fremden Herzlichkeit: »Wir sind aber nun *wirklich* verlobt.«

Ja, wir waren also nun wirklich verlobt und waren es – fünf Jahre. Von dieser unserer Wartezeit indessen mag ich hier nicht erzählen oder doch nur ganz wenig und will statt dessen lieber von der Zeit sprechen, wo wir uns kennenlernten.

Das lag nun schon eine gute Weile zurück.

Sie mochte damals zehn Jahre zählen (ich fünfzehn) und war »Nachbarskind« von mir in einem in der Großen Hamburger Straße gelegenen Doppelhause, dicht neben dem alten Judenkirchhof. In dem einen Hause, Parterre, wohnte damals mein Onkel August, bei dem ich, wie schon in einem früheren Kapitel erzählt, meine Schulzeit über in Pension war, während das zehnjährige Kind, das meine Braut werden sollte, drei Treppen hoch in dem Nachbarhause residierte. Sie war die Adoptivtochter eines noch weiterhin zu charakterisierenden älteren Herrn aus dem Sächsischen, der von den Mitbewohnern, lauter kleinen Leuten, der »Herr Rat Kummer« genannt wurde. Nach ihm hieß sie denn auch Emilie Kummer. Ihr eigentlicher Name aber, den sie erst, früh verwaist, bei Gelegenheit ihrer im vierten oder fünften Jahre stattgehabten Adoption abgelegt hatte, war Rouanet.

Als sie geboren wurde, lebte noch in hohem Alter der Großvater Rouanet, durch den die Familie dieses Namens in unserem Lande seßhaft geworden war. Von diesem alten Herrn möchte ich hier zunächst erzählen. Er stammte nicht aus einer Refugiéfamilie, sondern hatte Südfrankreich sehr viel später, erst in den sechziger Jahren des vorigen Jahrhunderts, verlassen. In Konflikte mit seiner in Toulouse sehr angesehenen Familie geraten, war er um die genannte Zeit als Flüchtling nach der Schweiz (Neufchâtel) gegangen und daselbst preußischen Werbern in
die Hände gefallen. Nach Potsdam gebracht, sah er sich hier – denn er 309
war sechs Fuß groß – in das Bataillon Garde eingereiht und gehörte bald zu den vielen, die nicht Ursache hatten, mit solcher Fügung ihres Schicksals sonderlich unzufrieden zu sein. Die Stattlichkeit seiner Erscheinung, seine feine Bildung – er hatte protestantische Theologie studiert, woraus auch seine Konflikte mit der Familie herrührten – und nicht zum wenigsten das ausgezeichnete Französisch, das er sprach, machten den König ihm zugeneigt, und Anfang der achtziger Jahre, bald nach dem bayerischen Erbfolgekriege, gab ihm der Alte Fritz von Sanssouci aus einen besonderen Beweis seiner Gunst. In der Stadt Beeskow war der Stadtkämmerer gestorben, und es galt, diese Stelle neu zu besetzen. Friedrich der Große behändigte seinem Günstling Etienne Rouanet ein eigenhändiges Schreiben, das dieser dem Beeskower Magistrat vorzulegen hatte. Das Schreiben lautete: »Der Beeskower Magistrat ist hierdurch angewiesen, den pp. Rouanet als Stadtkämmerer anzustellen und ihm ein Gehalt von jährlich 1000 Taler zu zahlen.« Das war für jene Zeit eine große Summe. Sich Weisungen der Art zu widersetzen, entsprach nicht den damaligen Gepflogenheiten, und Rouanet ward also Kämmerer. Das ist er denn auch an die fünfzig Jahr gewesen. Anfänglich war man in einer gewissen versteckten Opposition gegen ihn, als dann aber die »Franzosenzeit« kam, sah er sich in der Lage, dem ganzen Landesteile Beeskow-Storkow so große Dienste leisten zu können, daß er ein Gegen-

stand der Verehrung und Liebe wurde, worauf er, seinem ganzen Charakter nach, ohnehin allen Anspruch hatte. Er war hochherzig, hatte sich die schönen, leider so oft zur Karikatur verzerrten Grundsätze der Aufklärungszeit zu eigen gemacht und handelte danach, oft in sehr schweren Lagen. Als er ungefähr achtzig war, trat er mit vollem Gehalt in den Ruhestand, was der Stadt Beeskow die Pflicht auferlegte, zwei Kämmerergehalte bezahlen zu müssen. Indessen getröstete man sich, daß es bei seinem hohen Alter nicht lange dauern würde. Darin aber ging man einer Enttäuschung entgegen; der alte Rouanet brachte es bis auf zweiundneunzig, was denn doch die Geduld der Beeskower auf eine harte Probe stellte. Sie rächten sich denn auch durch kleine Malicen. Rouanet, so
310 hieß es, sei eigentlich längst tot; die Angehörigen aber besäßen ein gutes Porträt von ihm, Brustbild, das sie, wenn's dunkel würde, jedesmal ins Fenster stellten, um bei den Vorübergehenden den Glauben wach zu halten, der Alte lebe noch. Etwa 1830 starb er dann aber wirklich. Ob seine Enkelin einige Züge von ihm geerbt, vermag ich nicht festzustellen. Indessen, wenn nichts direkt Persönliches, so war doch jedenfalls etwas Südfranzösisches auf sie übergegangen, und als ich 1835 das damals ziemlich verwilderte Kind im Hause meines Onkels August, eines Freundes und Jeu-Genossen des »Rates Kummer«, kennenlernte, schien es nicht bloß ein französisches Kind aus dem Languedoc zu sein, sondern mehr noch ein Ciocciaren-Kind aus den Abruzzen.

Zweites Kapitel

»Rat Kummer«. Des alten Rouanet Enkelin

Dies Abruzzenhafte des Kindes lag nun freilich nicht bloß an seiner südlichen Abstammung, sondern zu gutem Teil an den wunderlichen Verhältnissen, in denen »Rat Kummer« lebte, beziehentlich während der letzten drei, vier Jahre gelebt hatte. Weiter zurück, als er das Kind adoptierte, war er mit einer russischen Dame verheiratet, einer sehr gütigen und doch zugleich charaktervollen Frau, bei der die Kleine vorzügliche Tage hatte; bald aber starb die Frau, und an die Spitze des Haushaltes trat ein Berliner Dienstmädchen. Was solch Dienstmädchenhaushalt sagen will, davon kann man sich in dem gegenwärtigen Berlin kaum noch eine Vorstellung machen. Es wird auch heute noch über Dienstmädchen geklagt, aber darüber ist doch wohl kein Zweifel, daß es jetzt viele Tausende

gibt, bei denen die Kinder nicht schlechter aufgehoben sind als bei den Eltern, oft viel besser. Ein starker, höchst erfreulicher Grundstock von Anstand, Bildung, Ehrlichkeit, ja von feinstem Ehrgefühl ist jetzt reichlich zu finden, während es damals, wenigstens in kleinen Familien, nur die sogenannten »Trampel« gab. Diese Wandlung hängt mit mancherlei zusammen, nicht bloß mit dem allgemeinen großen Bildungsfortschritt, 311
sondern viel viel mehr noch mit dem Umstande, daß sich die gegenwärtig dienende Klasse von weither rekrutiert. Früher war es nur lokal berlinisches oder aber aus dem zehnmeiligen Umkreise genommenes märkisches Landesgewächs, während jetzt der starke Zuzug aus Pommern, Mecklenburg, Sachsen und Schlesien für eine wesentliche Verbesserung gesorgt hat. Nicht die Bildung und Gesittung der aus diesen Provinzen Einwandernden ist größer, aber die *Rasse* ist im ganzen genommen um ein Erhebliches feiner. Am frappantesten zeigt sich dies an der ganzen baltischen Küstenbevölkerung. Was das Rat Kummersche Haus damals beherbergte, stand auf einer allerniedrigsten Stufe. Der Rat selber war von Mittag an ausgeflogen. Erschien dann der soldatische Liebhaber, so wurde das arme, dem Dienstmädchen anvertraute Kind an einen Bettpfosten gebunden, und als sich dies auf die Dauer als untunlich herausstellte, sah sich die Kleine mit in die Kaserne genommen, wo sie nun auf dem großen, quadratisch von Hinter- und Seitenflügeln umstellten Hofe herumstand, bis das Liebespaar wieder erschien und den Rückweg antrat. Es prägten sich die während dieses Umherstehens und Wartens empfangenen Bilder dem Kinde so tief ein, daß es sich, als es viele Jahre später am Nervenfieber darniederlag, in seinen Phantasien immer wieder auf dem furchtbaren Kasernenhofe sah, aus dessen hundert Fenstern ebenso viele Grenadiere herniedergrinsten.

Bei solcher Hauspflege konnte nicht viel Feines herauskommen, und als ich die Kleine zum erstenmal sah, trug sie heruntergeklappte nasse Stiefel, einen kleinen Mantel von rotem Merino mit schwarzen Käfern drin und einen sonderbaren, nach hinten sitzenden Strohhut, der ihr bei den Straßenjungen den Beinamen »das Mächen mit de Eierkiepe« eingetragen hatte. Das alles war aber in meinen Augen viel mehr frappant als störend, und ich möchte beinah sagen, daß ich mich auf der Stelle in das sonderbare Kind verliebte. Das Gesicht, ein blasses Dreieck mit vorspringender Stirn und Stubsnase, war nahezu häßlich, aber die zurückliegenden, etwas unheimlichen Augen glühten wie Kohlen und machten, daß man das Kind bemerken mußte. 312

Es war ein sehr glückliches und ein sehr unglückliches Kind. Der alte »Rat«, ein so sonderbarer Heiliger er war, war in vielen Stücken von außerordentlicher Güte gegen die Tochter, und während er sie zu Hause vernachlässigte, schickte er sie doch in eine ganz feine Schule, wo nur reiche Bourgeoiskinder und adlige Fräuleins vom Lande, die sich bei der Inhaberin der Schule zugleich in Pension befanden, anzutreffen waren. Zwischen diesen saß sie dann wie Aschenputtel. Unter Ungütigkeit hatte sie jedoch nie zu leiden, im Gegenteil, es war eine Art Komment, sich ihrer anzunehmen. Sie fühlte den Unterschied dieser beglückten Existenzen und ihres eigenen Lebens und hatte das brennende Verlangen, auch einmal in einem guten Hause zu sein. Und siehe, dies Ersehnte schien sich ihr auch verwirklichen zu sollen; eine reiche Holzhändlerstochter, deren Gunst oder Teilnahme sie sich zu gewinnen gewußt hatte, lud sie zu ihrem Geburtstage ein, und der Eingeladenen Herz schwoll nun in unendlichem Glück. Aber leider traf es sich so, daß das schon an der ersehnten Glückspforte stehende Kind gerad am Tage vorher auf dem zur Schule führenden Wege wie wahnsinnig umherjagte und bei der Gelegenheit, sei's aus Versehen, sei's aus Übermut, eine sehr sauber gekleidete Mitschülerin in eine Baugrube stieß, eine Szene, die seitens der holzhändlerischen Geburtstagsmutter von ihrem Blumenfenster aus beobachtet worden war. »Ich bitte mir aus, daß du dies furchtbare Balg nicht etwa mit in deine Geburtstagsgesellschaft bringst.« Und die Tochter mußte die Zurücknahme der Einladung am andern Morgen ausrichten. Meine Frau hat mir oft erzählt, dies sei die größte Kränkung ihres Lebens gewesen; so arm, so elend, so ausgestoßen sei sie sich nie wieder vorgekommen. Dies war also der schlimmste Fall. Aber ähnliches, wie das hier Erzählte, kam doch nicht selten vor, und deshalb fühlte sich das arme, früh elternlose Kind oft recht unglücklich. Trotzdem indessen war sie mit Hülfe großer Elastizität und noch größerer Phantasie doch auch wieder glücklich, ja vorwiegend glücklich, und wartete, wenn der Sturm vorüber, heiter und mit einer Art Sicherheit auf ihren Prinzen. Auf Abschlag nahm sie mich.

Ich sagte, daß ich mich, als ich das von allem Herkömmlichen so stark
313 abweichende schwarzäugige Kind sah, eigentlich gleich in sie verliebt hätte. Vielleicht hätte sie dies Gefühl auch erwidert, wenn nicht, und zwar als Mitpensionär in meines Onkels Hause, mein Freund Hermann Scherz (von dem ich in einem früheren Abschnitte – »Bei Kaiser Franz« – bereits erzählt habe) gewesen wäre. Der war mir um ein Jahr voraus,

hatte schon einen kleinen schwarzen Schnurrbartansatz und spielte sich überhaupt auf den Petit-maître aus. Vor allem benahm er sich artiger und verbindlicher als ich. Denn wenn ich mich auch für das Kind ganz entschieden lebhaft interessierte, so blieb es doch immerhin ein Kind, noch dazu ein sehr sonderbares, und ein bißchen Konventionalismus steckte mir, neben einem gleichzeitigen ganz entgegengesetzten Herzenszuge, wohl auch schon damals im Geblüt. Mein Freund Scherz dagegen, um es zu wiederholen, war ganz Kavalier, immer gehorsam und zugleich immer geneigt, auf die Tollheiten und Wünsche des Kindes und einer gelegentlich zu Besuch kommenden Spielgenossin einzugehen. Zu diesen Tollheiten gehörte, daß er mit den beiden Mädchen »Schlitten fahren« mußte, wenn man die ganze, ziemlich groteske Prozedur so nennen konnte. Denn das Schlittenfahren, um das sich's handelte, war etwas sehr Primitives. Zugleich echt berlinisch. Mit Hülfe der damaligen Rinnsteingossen, drin alle Schrecknisse des Haushalts umgestülpt zu werden pflegten, kam es nämlich in Wintertagen vor, daß die ganze Straße das Ansehn einer großen, allerdings wunderlich ornamentierten Schlitterbahn annahm, und diese kühn auszunutzen, alle »Hindernisse zu nehmen«, darauf kam es an. Das hieß dann »Schlittenfahren«, und Freund Scherz war dabei nie säumig. An die Hinterzipfel seines Schlafrockes hingen sich die beiden Mädchen zunächst an, und nachdem sie sich niedergehuckt hatten, setzte sich mein Rival als Schlittenpferd in Gang und jagte mit beiden die ganze Hamburger Straße hinunter und wieder hinauf. Ich wurde dann verhöhnt. »O, der hält sich für zu gut, der spielt den Vornehmen. Was er sich nur einbildet.« So ging es weiter, und ich stand neben meinem Nebenbuhler ganz entschieden zurück. Aber es kamen doch auch wieder Momente, wo mir der Sieg zufiel, und das hing mit des Kindes Hauptleidenschaft zusammen, mit seiner Theaterpassion. 314

Rat Kummer, der überhaupt ein Tausendkünstler war – er ist unter anderen auch der Erfinder der Reliefkarten und -globen und hat sich dadurch ein wirkliches, der Erdkunde zugute kommendes Verdienst erworben – hatte, gestützt auf alte Bekanntschaft mit dem Theaterintendanten Grafen Brühl, auch allerlei Bühnenbeziehungen, und diese machten es, daß das Kind früh ins Theater mitgenommen und unter das eigentümlich Berauschende, das die poetische Scheinwelt hat, gebracht wurde. Sie hatte viele Stücke gesehn, namentlich Schillersche; aber auch Shakespeare. Mal war sie wieder bei meinem Pensionsvater, Onkel August, zu Besuch, und als ich aus meiner Hinterstube nach vorn kam, wo sich zu besserer Unterhaltung des Kindes auch wieder die nebenan wohnende Spielgefährtin eingefunden hatte, geriet ich in eine große Theaterszene hinein. Meine kleine Freundin, ganz Feuer und Flamme, ließ sich durch mein Erscheinen nicht stören, und ich hörte sehr bald heraus, daß es sich um »Romeo und Julia« handelte. Das andere Kind, das keine Ahnung von dem Stück hatte, war bloß Puppe, bloß der beständig hin und her geschobene Gegenstand, dem die jedesmalige Schweigerolle zufiel, während die leidenschaftliche kleine Person, in einem fort die Partie wechselnd, alles sprach, was zu sprechen war und, dabei die Phiole leerend, jetzt als Romeo tot niedersank, um sich im nächsten Augenblicke schon wieder aufzurichten und als Julia mit der Stickschere in der Hand zu sterben. Die Szene hatte sich ihr bei der Aufführung im Theater tief eingeprägt, aber auch nur die Szene; was sie sprach, waren ihre eigenen Worte. Mein Freund Scherz konnte sich in der ganzen Sache nicht recht zurechtfinden, während ich die kleine Tragödin entzückt in die Höhe hob und an diesem Abende wenigstens durch meine, der Künstlerin dargebrachte Huldigung das Übergewicht über den Mitbewerber hatte.

Das Jahr danach kam ich von der Schule fort, sah die Kleine nur noch selten und verlor sie schließlich während meiner in Leipzig und Dresden zugebrachten Tage ganz aus dem Auge. So vergingen neun Jahr, und erst als ich Ostern 44, um mein Jahr abzudienen, nach Berlin zurückkam, knüpfte sich die Bekanntschaft wieder an. Die Kleine, mittlerweile neunzehn Jahr alt geworden, war total verändert. Nicht bloß das
315 Abruzzentum war hin, auch die mildere Form: das Südfranzösische hatte sich beinah ganz verflüchtigt, und die tiefliegenden dunklen Augen, die mir, ohne schwarz zu sein, immer kohlschwarz erschienen waren, sahen jetzt in dem hierlandes üblichen Halbgrau hell und lachend in die Welt hinein. Alles in allem, beweglich und ausgelassen, vergnügungsbedürftig und zugleich arbeitsam, war sie der Typus einer jungen Berlinerin, wie man sie sich damals vorstellte. Sie hatte sich vergleichsweise sehr verhübscht, aber von ihrer Rassenhöhe war sie ziemlich herabgestiegen – wohl zu ihrem und meinem Glück. Wir nahmen den alten herzlichen Ton gleich wieder auf, und die Leute wußten bald, was daraus werden würde. Sie hatten sich auch nicht verrechnet, und anderthalb Jahr später, an jenem 8. Dezember, den ich eingangs geschildert, war ich verlobt

oder, wie ich beim Abschiede mit einem gewissen ängstlichen Empressement gesagt hatte, »*wirklich* verlobt«.

Unsre beiderseitigen Anverwandten waren nicht allzu glücklich darüber; von der einen wie von der andern Seite war, auf unser leidliches Aussehn hin, eine sogenannte »gute Partie« nicht bloß gewünscht, sondern beinah gefordert worden. Und nun nichts davon! Ich kann aber zu meiner Freude berichten, daß, nach Überwindung eines ersten Schrecks, beide Parteien eine gleich musterhafte Haltung beobachteten. Ich stellte mich den nächsten beiden Anverwandten meiner Braut – Cousinen und, wie sie selbst, Enkelinnen des alten Rouanet – vor und begegnete dabei dem liebenswürdigsten Entgegenkommen. Eine der beiden Damen, »Kommandeuse«, war nach Mecklenburg (Ludwigslust) hin an einen wundervollen rotblonden Stabsoffizier verheiratet, allwo ich, pour combler le bonheur, neben allem übrigen Erbaulichen auch noch von einem vieljährigen Freunde des Hauses, einem alten Major *von Quitzow* begrüßt wurde. Dieser alte von Quitzow stammte recte von der berühmten alten Sippe her, die von dem »Nürnberger Tand« nichts hatte wissen wollen, und saß mir nun da mit einer Schlichtheit und guten Laune gegenüber, als ob *er* den ersten besten Alltagsnamen geführt oder *ich* die Montmorencys wenigstens gestreift hätte. Keine Spur von de haut en bas, alles Wohlwollen und Interesse. Dies Vorherrschen des Humanen in der ganzen Oberschicht unserer Gesellschaft ist oder *war* wenigstens 316
– denn es ist seitdem leider anders geworden – die schönste Seite preußischen Lebens, noch ein herrliches Erbteil aus den »armen Zeiten« her, die sonst, soweit bloß die Armut mitspricht, der T … holen mag.

Ich sah mich also gut empfangen, und ein ebenso liebevoller Empfang erwartete meine Braut bei meinen Eltern und Geschwistern. Ich habe schon an andrem Orte – »Meine Kinderjahre« – des ausführlichen erzählt, daß sich in den Augen meiner Mutter alles um Besitz drehte. Bei dieser Anschauung ist sie auch bis an ihr Lebensende geblieben, und ich muß jetzt, wenn auch widerstrebend, hinzusetzen: wohl mit Recht oder wenigstens nicht mit Unrecht. Aber ihre Hochherzigkeit und ihr scharfes Verständnis für alles Praktische des Lebens bewahrte sie vor einem Extrem, und so kam es, daß sie – so sehr sie sich über etwas äußerlich Glanzvolles gefreut haben würde – sofort umgestimmt wurde. »Du hast Glück gehabt«, sagte sie, »sie hat genau *die* Eigenschaften, die für dich passen.«

Mit diesem Worte hatte meine Mutter es wundervoll getroffen. Es kommt nicht darauf an, daß irgend etwas oder wohl gar alles auf einer Musterhöhe wandelt, es kommt auf das »Zueinanderpassen« an, und wenn man sich auf diesen Punkt hin nicht verrechnet, so wird man glücklich. Auch das ist richtig, daß das gegenseitige Sichhelfen eine große Rolle spielt. In dieser Beziehung ist mir immer die Geschichte vom »Swinegel un sine Fru« als Musterstück niederdeutscher Weisheit und Poesie erschienen. Mancher wird die Geschichte kennen, mancher *nicht.* Und so sei sie denn auf gut Glück hin hier erzählt. Ein Swinegel und ein Hase kamen in einen Streit, wer am besten laufen könne. Die Sache sollte auf einem gepflügten Ackerfeld, wo die Furchen nebeneinander laufen, ausgefochten werden, und der Hase hielt sich natürlich seines Sieges sicher. Swinegel aber bestimmte »sine Fru«, sich an der entgegengesetzten Seite der ihm zubestimmten Ackerfurche zu verstecken, und als der Hase drüben ankam, erhob sich Swinegels Fru bereits aus der benachbarten Ackerfurche und sagte ruhig: »Ick bin all hier.« »Noch mal«, sagte der Hase und
317 jagte wieder zurück. Aber als er ankam, erhob sich der an seinem Platz verbliebene männliche Swinegel und sagte nun seinerseits: »Ick bin all hier.« Siebenmal jagte der Hase so wie ein Wahnsinniger die Furche auf und ab; da endlich war es um ihn geschehen, und er fiel tot um. Swinegel un sine Fru aber, von denen keines auch nur einen Schritt gelaufen war, hatten gesiegt und waren guter Dinge.

Darin ist das Musterstück einer guten Ehe vorgezeichnet, allerdings mit einem starken Beisatz von Pfiffigkeit und beinah Niederträchtigkeit. Und um dieses Beisatzes willen muß ich einräumen, daß »Swinegel un sine Fru« beträchtlich über mein Ideal hinausgehn. Aber dabei muß ich bleiben, ein anständiges Sichhelfen, mit guter Rollenverteilung, bedeutet viel in der Ehe, und »mine Fru« hat diese große Sache geleistet. Um nur zwei Dinge zu nennen: sie hat mir alle Bücher und alle Zeitungen vorgelesen und hat mir alle meine von Korrekturen und Einschiebseln starrenden Manuskripte abgeschrieben, also, meine dicken Kriegsbücher mit eingerechnet, gute vierzig Bände. Sie war vor allem auch eine Haushälterin von jener nicht genug zu preisenden Art, die Sparsamkeit mit Ordnungssinn und Helfefreudigkeit verbindet. Eine richtige Sparsamkeit vergißt nie, daß nicht immer gespart werden kann; wer *immer* sparen will, der ist verloren, auch moralisch.

Ich muß aber auf die Gefahr hin, mich in ein komisches Licht zu stellen, noch weiteres an meiner Ehehälfte loben, und zwar ihr Temperament, ihren ausgesprochen ästhetischen Sinn, ihre Naivität und nicht zum wenigsten ihre Unlogik.

Nur von dieser letzteren, weil »unlogisch sein« am Ende nichts Großes besagen will, will ich hier sprechen. Es schuf dies Unlogische, das bei phantasiereichen Frauen allerdings nichts als ein Überspringen von Mittelgliedern ist und in gewissem Sinne nicht eine niedrigere, sondern umgekehrt eine höhere Form der Unterhaltung darstellt, es schuf, sag' ich, dies Unlogische beständig Überraschungen und Erheiterungen, an denen, als wir alt geworden, auch unsere Kinder teilnahmen. Ich möchte diese Sprechweise gern charakterisieren und greife zu diesem Zweck ein kleines Vorkommnis heraus.

Wir hatten oben im schlesischen Gebirge, nahe von Kirche Wang,
eine Sommerwohnung gemietet, und zwar auf der »Brotbaude« bei Herrn 318
Schmidt, einem sehr vorzüglichen Manne mit einer noch vorzüglicheren Frau. Als wir oben ankamen, ich in leichtem Sommerpaletot, bemerkte ich, daß ich unten in Hirschberg einen zweiten, etwas dickeren Überzieher vergessen hatte; wahrscheinlich hing er noch an dem Ständer, an den ich ihn angehängt. »Ich fahre morgen wieder nach Hirschberg«, sagte Herr Schmidt, »und mein alter Friedrich auch« – Friedrich war der Kutscher –, »da kann ihn denn einer von uns mitbringen.« Und Herr Schmidt und Friedrich fuhren am andern Morgen auch wirklich ab, und wir sahen ihrer Rückkehr mit Spannung entgegen. Denn es war noch ein sehr guter Überzieher. Als die Sonne schon hinter den Bergen stand, machten wir uns auf, um den beiden Fuhrwerken, die jeden Augenblick eintreffen konnten, entgegenzugehn. Und keine tausend Schritt mehr, so sahen wir auch schon Friedrich mit dem ersten Wagen. Aber als er heran war, machte der alte Kutscher eine traurige Handbewegung, die ausdrücken sollte: ich hab' ihn nicht. »Er ist also weg«, sagte meine Frau. »Beruhige dich«, unterbrach ich sie. »Das war ja bloß Friedrich. Herr Schmidt kommt noch und wird ihn natürlich mitbringen.« Herr Schmidt kam denn auch, machte jedoch schon von fernher dieselbe Handbewegung wie sein Kutscher, was meine Frau sofort zu dem schmerzlichen Ausrufe veranlaßte: »So sind sie also *alle beide weg.*«

Aus einer langen Erfahrung weiß ich nur zu gut, wie gefährlich es ist, Anekdotisches, das sich im Leben ganz nett ausnahm, hinterher literarisch verwenden zu wollen. Und ist es nun gar Anekdotisches »in eigner Sache«, so wird die Gefahr noch größer. Trotzdem habe ich der Versuchung nicht widerstehen können und rechne auf die Zustimmung derer, die

mit mir davon ausgehen, daß eine Menschenseele durch nichts besser geschildert wird als durch solche kleinen Züge. Schon das Sprichwort sagt: »An einem Strohhalme sieht man am deutlichsten, woher der Wind
319 weht.«

Drittes Kapitel

Bei Professor Sonnenschein. Onkel August wieder in Berlin; seine letzten Jahre, sein Ausgang. Examen. In die Jungsche Apotheke

Dezember 45 hatte ich mich verlobt, und wenn man sich verlobt hat, will man natürlich auch heiraten. Dazu war aber noch zweierlei vonnöten: Geld und Examen. An Herbeischaffung von Geld, trotzdem Freund Lepel damit umging, eine reiche Tante mir zuliebe »reinzulegen«, war gar nicht zu denken; aber Absolvierung meines Examens lag innerhalb der Möglichkeit. Und wenn's damit glückte, so war zwar nicht viel gewonnen, aber doch was.

Also Vorbereitung zum Examen!

Ich hatte mir eine kleine Summe Geldes gespart, und so wenig es war, so fing ich doch an, mich ganz ernsthaft über analytische Chemie herzumachen, und zwar als Schüler vom Professor Sonnenschein – Vater des Geheimen Legationsrats im Auswärtigen Amt –, der gerade damals in einem Seitenflügel von Sparwaldshof ein chemisches Laboratorium errichtet hatte. Sonnenschein war ein ausgezeichneter Lehrer, und so ging alles ganz gut. Nebenan, in einem eigens ihm zur Verfügung gestellten Raume, war ein etwa dreißigjähriger Herr mit hellen blitzenden Augen und von sehr distinguierter Erscheinung ebenfalls mit analytischen Arbeiten beschäftigt. Seine Züge haben sich mir eingeprägt. Ich erfuhr später, daß es *Görgei* gewesen sei. Sichres darüber weiß ich freilich nicht. Aber es ist mir in hohem Maße wahrscheinlich, daß es Görgei war, weil es mir – wenigstens in meinen jungen Jahren – zubestimmt war, unausgesetzt Revolutionären und ähnlichen Leuten in die Arme zu laufen: Robert Blum, Georg Günther – Schwager R. Blums –, Jellinek, Dortu, Techow, Herzen, Bakunin und noch andre, die das, wofür sie kämpften, mit ihrem Leben oder mit ihrer Freiheit bezahlt haben.

Ich hatte mich, als ich meine Studien anfing, in der Dorotheenstraße seßhaft gemacht, und zwar in einem vergleichsweise neuen Hause, das dem in der Turnerwelt gekannten und gefeierten Eiselen gehörte. Meine

Wohnung lag zwei Treppen hoch, und wenn ich von meinem Hinterzim- 320
mer aus in Schräglinie nach einer im ersten Stock gelegenen Küche sah, sah ich da neben dem einen Küchenfenster einen großen Eisenarm vorspringen, an dem regelmäßig allerlei gute Dinge hingen: Bekassinen, Kapaune, Rehziemer, auch Körbe mit Obst und Gemüse, namentlich Artischocken. Es wohnte da der durch seine Juristerei, seine Gourmandise und seine plattdeutschen Gedichte gleich berühmte Präsident Bornemann und weckte durch den vorgeschobenen Eisenarm mit seiner Delikatessenfülle den Wunsch in mir, doch mal sein Gast sein zu dürfen, ein Wunsch, der mir leider nicht in Erfüllung ging. Ich mußte mich mit Geringerem begnügen, habe dem aber gleich hinzuzusetzen, daß dies Geringere mich wohl zufriedenstellen durfte. Denn die Personen, bei denen ich in der Dorotheenstraße mich einquartiert hatte, waren niemand anders als Onkel August und Tante Pinchen, dieselben also, von denen ich, in voraufgehenden Kapiteln, des Guten und Nichtguten schon so manches erzählt habe. Das Leben führte mich eben immer wieder mit ihnen zusammen, immer wieder in ihr angenehmes Haus, diesmal aber nicht als Gast, sondern als regelrechten Mieter. Beide waren ganz unverändert, *er* nach wie vor der immer gutgelaunte Lebemann, *sie* die feine Dame, die von Kunst zu sprechen und dabei einen literarischen Protektionston, ein ganz klein wenig im Stile von Rahel Levin oder Fanny Lewald, anzuschlagen verstand. Es war also wie vordem ein gefälliges Zusammenleben. Ich sah mich aber trotzdem gezwungen, nach einigen Monaten schon es abzubrechen, und weil sich bald nachher – übrigens bei Fortdauer unsrer guten Beziehungen – unsre Lebenswege trennten, so möcht' ich hier alles zum Abschluß bringen, was ich noch über das Leben dieser meiner zwei Verwandten zu sagen habe.

Dies Leben verlief so abenteuerlich, wie es begonnen hatte.

Meines Onkel Augusts Ausgang

Onkel August war, als ich im Sommer 46 in seine Wohnung in der Dorotheenstraße zog, erster Geschäftsführer in der Lüderitzschen Kunsthandlung Unter den Linden, ein Geschäft, in das er unmittelbar
nach seinem Wiedereintreffen von Leipzig in Berlin eingetreten war. Er 321
hatte da gute Tage, wußte durch Sachkenntnis und Gewandtheit die Chefs des Hauses zufriedenzustellen und stellte namentlich sich selber dadurch zufrieden, daß er wohl mindestens die halbe Zeit in der gerade

gegenüber gelegenen Konditorei von Spargnapani, der sein guter Freund war und ihn schwärmerisch liebte, verbrachte. Doch ihm waren noch bessre Tage vorbehalten, wenigstens größere, die Märztage von 48, wo sein Leben sozusagen in eine Blüte trat. Der den Märztagen folgende Sommer, den man den Bürgerwehrsommer nennen konnte, war wie geschaffen für Onkel August. Er war alsbald ein enragierter Bürgerwehrsmann und soll bei der in einer Feuertiene sich vollziehenden Gefangennahme des Radaubruders »Linden-Müller« eine Rolle gespielt haben. Sehr wahrscheinlich. Immer an der Spitze zu sein und dabei theatralisch zu perorieren, das war sein Liebstes.

Sommer 49 gab er seine Stellung in der Lüderitzschen Kunsthandlung mal wieder auf und beschloß, nach New York zu gehn. Man vertraute ihm bei der Gelegenheit geschäftlicherseits eine riesige Kiste mit Kupferstichen an, deren Vertrieb er drüben übernehmen sollte. So ging er denn guten Muts im Juli genannten Jahres von Hamburg aus ab, nachdem die Tante mit der ihr eignen Theateremphase versichert hatte: »Sie wolle in einem freien Lande begraben sein.« Die Überfahrt ging auch glücklich vonstatten, und die mitgenommenen Kupferstiche sorgten eine ganze Weile für Existenz, da das Abliefern des dafür eingenommenen Geldes nicht zu Onkel Augusts Lebensgewohnheiten gehörte. Als er aber schließlich nicht nur die Kupferstiche veräußert, sondern auch das dafür eingenommene Geld verausgabt hatte, mußte was andres versucht werden, und man schritt gemeinschaftlich, Mann und Frau, zu Etablierung eines Putz- und Weißzeuggeschäfts. Dies dauerte, wie alles, was Onkel August anfaßte, zwei, drei Jahr. Dann brannte das Putzgeschäft ab, Gott weiß wie. Dies »Gott weiß wie« trat mehrfach in seinem Leben auf. Aber bald hatte sich wieder was andres gefunden, und Onkel August wurde Reisender und Agent für ein riesiges Pelzwarengeschäft. Um diese Zeit – es waren gerade meine Londoner Tage, von denen ich im ersten Abschnitt
322 dieses Buches (Kapitel zwei) ausführlich erzählt habe – kam mir Nachricht von ihm, und zwar durch Freund Faucher, der mir eines Tages einen Zeitungsausschnitt aus einem New Yorker Blatte schickte. Da fand ich denn das Folgende. Die große Pelzwarenfirma MacKenzie pflege, behufs Einkauf von Pelzen, Geschäftsreisende bis auf die Aleuten zu senden. Unter diesen Geschäftsreisenden habe sich neuerdings ein Mr. Fontane befunden, der auf der großen aleütischen Mittelinsel einem Moskauer Pelzhändler begegnet sei, mit dem er sich gleich angefreundet, auch schließlich nach seinem Namen gefragt habe. Da habe sich denn

herausgestellt, daß sie beide »Fontane« hießen und beide derselben Gegend in Languedoc, vielleicht sogar derselben Familie entstammten. Aber während 1686 der eine Zweig nach Deutschland gegangen sei, sei der andre nach Rußland gezogen, und Abkömmlinge dieser beiden Zweige hätten sich nun von Westen und Osten her auf der Mittelinsel der Alëuten getroffen und ihre Zusammengehörigkeit durch einen Bruderkuß besiegelt. So der Zeitungsbericht. Faucher hatte daneben geschrieben: »Dieser New Yorker Fontane muß natürlich Ihr Onkel sein, von dem Sie mir mal erzählt haben.« Und ich wette nun meinerseits, daß es wirklich so war. Dergleichen war meinem Onkel stets vorbehalten. Kurze Zeit darauf hieß es: er – Onkel August – sei auf dem Mississippi ertrunken, ein Dampfkessel sei geplatzt. Es bestätigte sich aber nicht. Er starb vielmehr geraume Zeit später ruhig in seiner Behausung, und seine Frau, die von den unbedingten Vorzügen der »freien Erde« zurückgekommen war, wandte sich wieder Deutschland zu. Da lebte sie noch eine ganze Reihe von Jahren, erst im Badischen, dann wieder in Berlin. Und während dieser ihrer Berliner Zeit sah ich sie noch oft. Ihre Figur war klein geworden, dagegen schienen sich ihre Augen wie vergrößert zu haben; etwas Herbes, Herrisches war über sie gekommen, und wenn sie mit ihrem spanischen Rohr mit großer Elfenbeinkrücke durch das Zimmer schritt, wirkte sie wie ein weiblicher Alter Fritz. In hohem Alter starb sie. Sie ruht draußen auf dem Jakobi-Kirchhof.

Ich nehme nun hier von diesem für mein Leben so bedeutsam gewesenen Menschenpaare Abschied. Aber doch nicht, ohne noch vorher ein
Wort über dasselbe gesagt zu haben. Jeder von ihnen war wie für eine 323
psychologische Studie geschaffen, die Tante beinahe mehr noch als der Onkel. Dennoch, um diese Dinge nicht zu weit auszuspinnen, nur über diesen letzteren noch eine Bemerkung.

Es könnte nach manchem scheinen, als wäre er auf dem Felde der Liebenswürdigkeit ein bloßer Komödiant gewesen. Das war er aber nicht. Er war *wirklich* eine liebenswürdige Natur. Abgesehn von seinen Talenten, seinem Witz und Geschmack, seiner ewig guten Laune, war er auch, bestimmten seelischen Eigenschaften nach, wie geschaffen, die Menschen, die mit ihm verkehrten, ganz besonders auch seine Familie, zu beglücken. Er war immer bon camarade, nie Spielverderber, gütig, hülfebereit und auch von durchaus richtigem Judizium, solang es sich um das Tun *andrer* handelte. Man hätte ihm eine Entscheidung in Streitfällen ruhig anvertrauen können; sein Rechtssinn, soweit er im Intellekt wurzelte,

war in bester Ordnung. Er war nicht begehrlich, nicht neidisch, nicht kleinlich, er war auch nicht einmal ein ausgesprochner Egoist und bekannte sich gern zum leben *lassen.* Wenn man ihn an einer Stelle hätte placieren können, in der es gar keine Schwierigkeiten und auch keine rechten Pflichten gegeben, in der ihm vielmehr nur obgelegen hätte, munter zu plaudern, Feste zu feiern, ein Lied zu singen oder am Klavier zu begleiten, wenn es, sag' ich, möglich gewesen wäre, ihn als einen durch glücklichste Placierung vor jeder Lebenssorge Geschützten – und es *gibt* solche Stellungen – unterzubringen, so würde vielleicht das denkbar Rühmlichste von ihm zu sagen sein; er mußte ein Leben führen, das ihm keine Versuchungen nahelegte, das ihn nie in die Lage brachte, auf kleine Wünsche, denn sie waren immer »klein«, zu verzichten oder gar den Kampf der Pflicht zu kämpfen. Auf diesen Kampf war er schlechterdings nicht eingerichtet, und der unausbleibliche moralische Bankrutt, der darin vorgezeichnet lag, ist ihm, wenn ich ihn richtig beurteile, nie so recht zum Bewußtsein gekommen. Wenn er kein Geld hatte, so nahm er's, wo er's fand, und tat rücksichtslos alles, um die durch ihn herbeigeführte, meist sehr dunkle Situation in einer Katastrophe untergehn zu lassen. Es mußte nur nicht rauskommen. Alles andre
324 war gleichgültig. Es sind das die gefährlichsten Menschen, die es gibt; die Gewaltsamen verschwinden daneben und stehen auch sittlich unendlich höher. Bei solchen Kraftnaturen ist eine Bekehrung möglich, bei diesen liebenswürdigen Taugenichtsen nie. Ich kann sagen, mir ist, nachdem ich der Sache erst mal auf den Grund gesehen, das »Affable« durch Erscheinungen wie die meines Onkels geradezu verleidet worden, und wenn ich mich, was öfter geschieht, auf meine »Liebenswürdigkeit« hin angesprochen sehe, so kommt mir jedesmal der Gedanke: »Solltest du vielleicht auch …«, und eine Gänsehaut überläuft mich. Ich habe mir denn auch infolge davon durch manches Jahr hin ganz ehrlich gewünscht, ein Grobian zu sein, bis ich schließlich dahinter gekommen bin, daß auch *das* nichts hilft und daß die Grobiane genau denselben Moraldefekt haben können, nur in andrer Einkleidung. Dieser Moraldefekt ist eben eine Gottesgabe für sich, die sich mit *jedem* Temperament und *jeder* Manier verträgt. Am furchtbarsten ist die Gruppe der im stillen ihr Schäfchen scherenden Biedermeier.

Ich kehre nach dieser abschließenden Onkel-August-Episode zu meinen eignen Angelegenheiten zurück.

Spätsommer 46 gab ich meine Wohnung in der Dorotheenstraße wieder auf und quartierte mich bei meinen auf dem Lande lebenden Eltern ein, um da meine Studien privatim fortzusetzen, so gut oder so schlecht es ging. »So schlecht« ist das richtigere. Denn Naturwissenschaftlichkeiten sind Dinge, die man nicht bloß aus Büchern lernen kann; es bedarf dazu viel äußeren Apparats. So stand es denn wenig gut mit mir, als ich, nach Ablauf von etwa dreiviertel Jahren, wieder aufbrach, um endlich mein Examen zu machen. Ich wußte jämmerlich wenig, was denn auch meinen Vater, als ich mich von ihm verabschiedete, zu der Bemerkung veranlaßte: »Will dir was sagen; du fällst entweder durch oder kriegst eine Nummer eins.« Er war, wie in vielem, so auch darin ganz Vollblutfranzose, daß er, sobald er eine Formel für eine bestimmte Situation gefunden hatte, sich vollkommen beruhigt fühlte.

Das Examen verlief indessen anders, als mein Vater erwartete. Ich fiel *nicht* durch, aber noch weniger erhielt ich eine Nummer eins. Es war
alles Durchschlupf, hair breadth *escape*. Dabei passierte das, was immer 325
passiert, daß ich auf dem Gebiet, auf dem es am schlimmsten mit mir stand, am besten abschloß. Das war in der Botanik. Ich ging, in Frack und weißer Binde, durch die Friedrichsstraße hin auf meine Marterstätte zu. Bei Raehmels Weinhandlung, damals Ecke der Rosmaringasse, angekommen, schwenkte ich ein, um mich durch eine halbe Flasche Rotwein soweit wie möglich zu stärken und dabei noch einen flüchtigen Blick in ein kleines, mich beständig begleitendes botanisches Büchelchen zu tun. Ich schlug blindlings auf, und auf der linken Seite stand »Die Karyophyllazeen«. Die Typen stehen noch deutlich vor mir. Es war hier alles nur in nuce gegeben, aber so wenig es war, es rettete mich doch, denn siehe da, der alte Link, berühmter Botanikprofessor – Vater oder Taufpate der Linkstraße –, begann mit seiner Krähstimme gerade nach den Karyophyllazeen zu fragen. Er sah wohl, daß ich nur gerad einen Schimmer davon hatte und mit diesem Schimmer alles zu vergolden trachtete. Das amüsierte ihn, und so gab er mir denn ein ganz leidliches, will also sagen unverdientes Zeugnis. Ich hatte Glück gehabt. Entgegengesetztenfalls, also bei Nichtbestehen im Examen, hätte mich kaum ein Vorwurf treffen können, indessen man kann nicht jedem klarmachen, daß man eigentlich unschuldig ist an einer sich einstellenden Blamage. Diese mir erspart zu sehn, war ich herzlich froh, wenn mir freilich auch sehr bald wieder die Frage kam: »Ja, was nun?« Ich hatte das Examen hinter mir, aber keine Spur von Lebensaussicht vor mir; bloß eine arme Braut, die wartete.

Da half es denn schließlich nichts, ich mußte wieder irgendwo unter-
326 kriechen und trat im Spätherbst 47 in die Jungsche Apotheke ein.

Der achtzehnte März

Erstes Kapitel

Der achtzehnte März

Die Jungsche Apotheke, Ecke der Neuen Königs- und Georgenkirchstraße, darin ich den »18. März« erleben sollte, war ein glänzend fundiertes Geschäft, aber von vorstädtischem Charakter, so daß das Publikum vorwiegend aus mittlerer Kaufmannschaft und kleineren Handwerkern bestand. Dazu viel Proletariat mit vielen Kindern. Für letztere wurde seitens der Armenärzte meist Lebertran verschrieben – damals, vielleicht auch jetzt noch, ein bevorzugtes Heilmittel –, und ich habe, während meiner ganzen pharmazeutischen Laufbahn, nicht halb soviel Lebertran in Flaschen gefüllt wie dort innerhalb weniger Monate. Dieser Massenkonsum erklärte sich dadurch, daß die durch Freimedizin bevorzugten armen Leute gar nicht daran dachten, diesen Lebertran ihren mehr oder weniger verskrofelten Kindern einzutrichtern, sondern ihn gut wirtschaftlich als Lampenbrennmaterial benutzten. Außer dem Tran wurde noch abdestilliertes Nußblätterwasser, das kurz vorher durch Dr. Rademacher berühmt geworden war, ballonweise dispensiert; ich kann mir aber nicht denken, daß dies Mittel viel geholfen hat. Wenn es trotzdem noch in Ansehen stehen sollte, so will ich nichts gesagt haben.

Der Besitzer der Jungschen Apotheke, der bekannten gleichnamigen Berliner Familie zugehörig, war ein älterer Bruder des um seiner vorzüglichen Backware willen in unserer Stadt in freundlichem Andenken stehenden Bäckers Jung Unter den Linden. Beide Brüder waren ungewöhnlich schöne Leute, schwarz, dunkeläugig, von sofort erkennbarem französischen Typus; sie hießen denn auch eigentlich Le Jeune, und erst der 327
Vater hatte den deutschen Namen angenommen. Es ließ sich ganz gut mit ihnen leben, soweit ein Verirrter, der das Unglück hat, sich für »Percy's Reliques of ancient English Poetry« mehr als für Radix Sarsaparillae zu interessieren, mit Personen von ausgesprochener Bourgeoisgesinnung überhaupt gut leben kann. Aber freilich, mit der Kollegenschaft um mich her stand es desto schlimmer, die Betreffenden wußten nicht recht, was sie mit mir anfangen sollten, und als in einem damals erscheinenden liberalen Blatte, das die »Zeitungshalle« hieß, ein paar mit mei-

nem Namen unterzeichnete Artikel veröffentlicht wurden, wurde die herrschende Verlegenheit nur noch größer. Im ganzen aber verbesserte sich meine Stellung dadurch doch um ein nicht Unbeträchtliches, weil die Menschen mehr oder weniger vor jedem, der zu Zeitungen irgendwelche Beziehungen unterhält, eine gewisse Furcht haben, Furcht, die nun mal für Übelwollende der beste Zügel ist. Wer glaubt, speziell hierlandes, sich ausschließlich mit »Liebe« durchschlagen zu können, der tut mir leid.

Die grotesk komische Furcht vor mir steigerte sich selbstverständlich von dem Tag an, wo die Nachricht von der Pariser Februarrevolution eintraf, und als in der zweiten Märzwoche kaum noch ein Zweifel darüber sein konnte, daß sich auch in Berlin irgendwas vorbereite, begann sogar die Prinzipalität mich mit einer gewissen Auszeichnung zu behandeln. Man ging davon aus, ich könnte ein verkappter Revolutionär oder auch ein verkappter Spion sein, und das eine war gerade so gefürchtet wie das andere.

So kam der achtzehnte März.

Gleich nach den Februartagen hatte es überall zu gären angefangen, auch in Berlin. Man hatte hier die alte Wirtschaft satt. Nicht daß man sonderlich unter ihr gelitten hätte, nein, das war es nicht, aber man schämte sich ihrer. Aufs Politische hin angesehen, war in unserem gesamten Leben alles antiquiert, und dabei wurden Anstrengungen gemacht, noch viel weiter zurückliegende Dinge heranzuholen und all dies Gerümpel mit einer Art Heiligenschein zu umgeben, immer unter der Vorgabe, »wahrer
328 Freiheit und gesundem Fortschritt dienen zu wollen«. Dabei wurde beständig auf das »Land der Erbweisheit und der historischen Kontinuität« verwiesen, wobei man nur über eine Kleinigkeit hinwegsah. In England hatte es immer eine Freiheit gegeben, in Preußen nie; England war in der Magna-Charta-Zeit aufgebaut worden, Preußen in der Zeit des blühendsten Absolutismus, in der Zeit Ludwigs XIV., Karls XII. und Peters des Großen. Vor dieser Zeit staatlicher Gründung, beziehungsweise Zusammenfassung, hatten in den einzelnen Landesteilen allerdings mittelalterlich ständische Verfassungen existiert, auf die man jetzt, vielleicht unter Einschiebung einiger Magnifizenzen, zurückgreifen wollte. Das war dann, so hieß es, etwas »historisch Begründetes«, viel besser als eine »Konstitution«, von der es nach königlichem Ausspruche feststand, daß sie was Lebloses sei, ein bloßes Stück Papier. Alles berührte, wie wenn

der Hof und die Personen, die den Hof umstanden, mindestens ein halbes Jahrhundert verschlafen hätten. Wiederherstellung und Erweiterung des »Ständischen«, darum drehte sich alles. In den Provinzialhauptstädten, in denen sich, bis in die neueste Zeit hinein, ein Rest schon erwähnten ständischen Lebens tatsächlich – aber freilich nur *schattenhaft* – fortgesetzt hatte, sollten nach wie vor die Vertreter des Adels, der Geistlichkeit, der städtischen und ländlichen Körperschaften tagen, und bei bestimmten Gelegenheiten – das war eine Neuerung – hatten dann Erwählte dieser Provinziallandtage zu einem großen »*Vereinigten Landtag*« in der Landeshauptstadt zusammenzutreten. Eine solche Vereinigung sämtlicher Provinzialstände konnte, nach Meinung der maßgebenden, d.h. durch den Wunsch und Willen des Königs bestimmten Kreise, dem Volke bewilligt werden; in ihr sah man einerseits die Tradition gewahrt, andererseits – und das war die Hauptsache – dem Königtum seine Macht und sein Ansehen erhalten.

König Friedrich Wilhelm IV. lebte ganz in diesen Vorstellungen. Man kann zugeben, daß in der Sache Methode war, ja mehr, auch ein gut Stück Ehrlichkeit und Wohlwollen, und hätte die ganze Szene hundertunddreißig Jahre früher gespielt – wobei man freilich von der unbequemen Gestalt Friedrich Wilhelms I. abzusehen hat, der wohl nicht dafür zu haben gewesen wäre –, so hätte sich gegen ein solches Zusammenzie- 329
hen der »Stände«, die zu jener Zeit, wenn auch angekränkelt und eingeengt, doch immerhin noch bei Leben waren, nicht viel sagen lassen. Es gab noch kein preußisches Volk. Unsere ostelbischen Provinzen, aus denen im wesentlichen das ganze Land bestand, waren Ackerbauprovinzen, und was in ihnen, neben Adel, Heer und Beamtenschaft, noch so umherkroch, etwa 4 Millionen Seelen ohne Seele, das zählte nicht mit. Aber von diesem absolutistisch patriarchalischen Zustand der Dinge zu Beginn des vorigen Jahrhunderts war beim Regierungsantritt Friedrich Wilhelms IV. nichts mehr vorhanden.

Alles hatte sich von Grund aus geändert. Aus den 4 Millionen waren 24 Millionen geworden, und diese 24 Millionen waren keine misera plebs mehr, sondern freie Menschen – wenigstens innerlich –, an denen die die Welt umgestaltenden Ideen der Französischen Revolution nicht spurlos vorübergegangen waren. Der ungeheure Fehler des so klugen und auf seine Art so aufrichtig freisinnigen Königs bestand darin, daß er diesen Wandel der Zeiten nicht begriff und, einer vorgefaßten Meinung zuliebe, nur *sein* Ideal, aber nicht die Ideale seines Volkes verwirklichen

wollte. Friedrich Wilhelm IV. handelte, wie wenn er ein Professor gewesen wäre, dem es obgelegen hätte, zwischen dem *ethischen* Gehalt einer alten landständischen Verfassung und einer modernen Konstitution zu entscheiden und der nun in dem Altständischen einen größeren Gehalt an Ethik gefunden. Aber auf solche Feststellungen kam es gar nicht an. Eine Regierung hat nicht das Bessere bzw. das Beste zum Ausdruck zu bringen, sondern einzig und allein das, was die Besseren und Besten des Volkes zum Ausdruck gebracht zu sehen wünschen. Diesem Wunsche hat sie nachzugeben, auch wenn sich darin ein Irrtum birgt. Ist die Regierung sehr stark – was sie aber in solchem Falle des Widerstandes gegen den Volkswillen fast nie ist –, so kann sie, länger oder kürzer, ihren Weg gehen, sie wird aber, wenn der Widerstand andauert, schließlich immer unterliegen. Die Schwäche der preußischen Regierung vom Schluß der Befreiungskriege bis zum Ausbruch des Schleswig-Holsteinischen Krieges bestand in dem beständigen Sichauflehnen gegen diesen einfachen Satz,
330 dessen unumstößliche Wahrheit man nicht begreifen wollte. Wenn später Bismarck so phänomenale Triumphe feiern konnte, so geschah es, sein Genie in Ehren, vor allem dadurch, daß er seine stupende Kraft in den Dienst der in der deutschen Volksseele lebendigen Idee stellte.

So wurde das Deutsche Reich aufgerichtet und *nur* so.

Es schien mir wünschenswert, dies vorauszuschicken, ehe ich mich meiner eigentlichen Aufgabe, der Schilderung der Märztage, zuwende.

Bis zum dreizehnten war nur eine gewisse Neugier bemerkbar, drin vorwiegend das bekannte witzelnde Wesen der Berliner zum Ausdruck kam; die Leute steckten die Köpfe zusammen und warteten auf das, was der Tag vielleicht bringen würde. Jeder mutete dem anderen zu, die Kastanien aus dem Feuer zu holen. Die Welt besteht nun mal nicht aus lauter Helden, und die bürgerliche Welt ist zu freiwilliger Übernahme dieser Rolle besonders unlustig. Als aber die Nachrichten aus Wien eintrafen, fühlte man doch ein Unbehagen darüber, daß nichts so recht in Fluß kommen wollte. Selbst die Bourgeoisie nahm an diesem Empfinden teil. Die »Immer-langsam-Vorans« waren uns zuvorgekommen, die »Holters« –, nein, das ging doch nicht. Ich wähle, mit gutem Vorbedacht, solche nüchtern prosaisch klingende Wendungen, da mir sehr wesentlich daran liegt, das, was geschah, keinen Augenblick als mehr erscheinen zu lassen, als es war, aber freilich auch nicht weniger. Das mit einemmal in der bürgerlichen Sphäre lebendig werdende Gefühl: »Ach was! Wir wollen *auch* unsere Freiheit haben«, war freilich noch lange nicht dazu angetan, eine Revolution zu machen, aber es unterstützte diese sehr stark, ja entscheidend, als sie schließlich da war. Zwischen denen, die zuguterletzt die Sache durchfochten, und denen, die mehr oder weniger vergnügt bloß zusahen, war, mit Ausnahme des Couragepunktes, kein allzu großer Unterschied.

Vom dreizehnten bis siebzehnten hatten kleine Straßenkrawalle stattgefunden, alles sehr unbedeutend, nur anstrengend für die Truppen, die, weil beständig alarmiert, einen sehr schweren Dienst hatten. Am achtzehnten früh – Sonnabend – war man in großer Aufregung, und soweit 331
die Bürgerschaft in Betracht kam, freudiger als die Tage vorher gestimmt, weil sich die Nachricht: »Alles sei bewilligt« in der Stadt verbreitet hatte. Wirklich, so war es. Der König hatte dem Andrängen der freisinnigen Minister, Bodelschwingh an der Spitze, nachgegeben und war, nachdem er den Wortlaut der den Wünschen des Volks entgegenkommenden Edikte verschiedenen, aus den Provinzen, namentlich aus Rheinland eingetroffenen Deputationen mitgeteilt hatte, auf dem Balkon des Schlosses erschienen und hier mit Vivats empfangen worden. Der Schloßplatz füllte sich immer mehr mit Menschen, was anfangs nicht auffiel, bald aber dem König ein Mißbehagen einflößte, weshalb er zwischen ein und zwei Uhr dem an Stelle des Generals von Pfuel mit dem Kommando der Truppen betrauten General von Prittwitz den Befehl erteilte, die beständig anwachsende Menschenmasse vom Schloßplatz wegzuschaffen. Diesem Befehle Folge gebend, holte General von Prittwitz selbst die Gardedragoner herbei und ritt mit ihnen durch die Schloßfreiheit nach dem Schloßplatz. Hier ließ er einschwenken, Front machen und im Schritt den Platz säubern. Da stürzte sich plötzlich die Masse den Dragonern entgegen, fiel ihnen in die Zügel und versuchte den einen oder anderen vom Pferde zu reißen. In diesem für die Truppen bedrohlichen Augenblick brach aus dem mittleren und gleich darauf auch aus dem kleineren Schloßportal – mehr in Nähe der Langen Brücke – eine Tirailleurlinie vor, und seitens dieser fielen ein paar Schüsse. Fast unmittelbar darauf leerte sich der Platz, und die bis dahin vor dem Schloß angesammelte Volksmasse, drin Harmlose und nicht Harmlose ziemlich gleichmäßig vertreten waren, zerstob in ihre Quartiere.

Unter den Harmlosen, ja, ich darf wohl hinzusetzen, mehr als Harmlosen, die sofort davonstürzten, um ihre Person in Sicherheit zu bringen, befand

sich auch mein Prinzipal. Er war ein guter Schütze, sogar Jagdgrundinhaber in der Nähe von Berlin, aber »selbst angeschossen zu werden« war nicht sein Wunsch. Ich sehe noch sein bis zum Komischen verzweifeltes Gesicht, mit dem er bei uns eintraf und nach Erzählung des Hergangs
332 sich dahin resolvierte: »Ja, meine Herren, so was ist noch nicht dagewesen; das ist ja die reine Verhöhnung, alles versprechen und dann schießen lassen und auf wen? Auf *uns,* auf ganz reputierliche Leute, die Front machen und grüßen, wenn eine Prinzessin vorbeifährt, und die prompt ihre Steuern bezahlen!« Es war auf dem Hausflur, daß diese Rede gehalten wurde. Wir standen drum herum, und auch die vorzüglichsten Mieter des Hauses hatten sich eingefunden. Dies war, neben andern, ein eine Treppe hoch wohnendes Ehepaar, Kapellmeister St. Lubin und Frau vom Königstädtischen Theater, *er* ein kleines unbedeutendes Hutzelmännchen, *sie, wie* die meisten Französinnen von über vierzig, von einer gewissen Stattlichkeit und mit dem Bewußtsein dieser Stattlichkeit über ihr ganzes oberes Embonpoint wegsehend. Beide, wiewohl halbe Fremde, nahmen doch teil an der allgemeinen Aufregung. Der einzige fast nüchterne war ich. In einem gewissen ästhetischen Empfinden fand ich alles, was ich da eben über die Schloßplatzhergänge gehört hatte, so bourgeoishaft ledern, daß ich mich mehr zum Lachen als zur Empörung gestimmt fühlte. Das war aber nur von kurzer Dauer. Als ich gleich danach auf die Straße trat und die Menschen wie verstört an mir vorüberstürzen sah, wurde mir doch anders zu Sinn. Am meisten Eindruck machten *die* auf mich, die nicht eigentlich verstört, aber dafür ernst und entschlossen aussahen, als ging' es nun an die Arbeit. Ich hielt mich von da ab abseits von meinen Kollegen, die ganz stumpfsinnig dastanden oder sich an Berliner Witzen aufrichteten, während ich ganz im stillen meine Winkelried-Gefühle hatte. Daß ich in Taten sehr hinter diesen Gefühlen zurückblieb, sei hier gleich vorweg ausgesprochen.

Draußen hatte sich das Bild rasch verändert. Die Straße wirkte wie gefegt, und nur an den Ecken war man mit Barrikadenbau beschäftigt, zu welchem Zweck alle herankommenden Wagen und Droschken angehalten und umgestülpt wurden. In meinem Gemüt aber wurden plötzlich allerhand Balladen – und Geschichtsreminiszenzen lebendig, darunter dunkle Vorstellungen von der ungeheuren Macht des Sturmläutens; alles Große, soviel stand mir mit einem Male fest, war durch Sturmläuten eingeleitet worden. Ich lief also, ohne mich lange zu besinnen, auf die
333 nur fünfzig Schritt von uns entfernte Georgenkirche zu, um da mit

Sturmläuten zu beginnen. Natürlich war die Kirche zu – protestantische Kirchen sind immer zu –, aber das steigerte nur meinen Eifer und ließ mich Umschau halten nach einem Etwas, womit ich wohl die stark mit Eisen beschlagene, trotzdem aber etwas altersschwach aussehende Tür einrennen könnte. Richtig, da stand ein Holzpfahl, einer von jener Art, wie man sie damals noch auf allen alten und abgelegenen Kirchplätzen fand, um, nachdem man eine Leine von Pfahl zu Pfahl gespannt, Wäsche daran zu trocknen. Ich machte mich also an den Pfahl und nahm auch zu meiner Freude wahr, daß er schief stand und schon stark wackelte; trotzdem – wie manchmal ein Backzahn, den man, weil er wackelt, auch leicht unterschätzt – wollte der Pfahl nicht heraus, und nachdem ich mich ein paar Minuten lang wie wahnsinnig mit ihm abgequält und sozusagen mein bestes Pulver – denn ich kam nachher nicht mehr zu rechter Kraft – an ihm verschossen hatte, mußt' ich es aufgeben. Mit meinem Debüt als Sturmläuter war ich also gescheitert, soviel stand fest. Aber ach, es folgten noch viele weitere Scheiterungen.

Schweißtriefend kam ich von dem stillen Kirchplatz in die Neue Königstraße zurück, auf der eben vom Tor her ein Arbeiterhaufen heranrückte, lauter ordentliche Leute, nur um sie herum etliche verdächtige Gestalten. Es war halb wie eine militärische Kolonne, und ohne zu wissen, was sie vorhatte, rangierte ich mich ein und ließ mich mit fortreißen. Es ging über den Alexanderplatz weg auf das Königstädter Theater zu, das alsbald wie im Sturm genommen wurde. Man brach aber nicht von der Front, sondern von der Seite her ein und besetzte hier, während einige, die Bescheid wußten, bis in die Garderoben und Requisitenkammern vordrangen, einen Vorraum, wahrscheinlich eine Pförtnerstube, drin ein Bett stand. Über dem Bett hing eine altmodische silberne Uhr, eine sogenannte Pfunduhr, mit dicken Berlocken und großen römischen Zahlen. Einer griff darnach. »Nicht anrühren«, donnerte von hinten her eine Stimme rüber, und ich konnte leicht wahrnehmen, daß es ein Führer war, der da, von seinem Platz aus, nach dem Rechten sah und dafür sorgte, daß das mehr und mehr sich mit einmischende Gesindel nicht aufkomme. Mittlerweile hatten die weiter in den Innenraum Eingedrun- 334
genen all das gefunden, wonach sie suchten, und in derselben Weise, wie sich beim Hausbau die Steinträger die Steine zuwerfen, wurde nun, von hinten her, alles zu uns herübergereicht: Degen, Speere, Partisanen und vor allem kleine Gewehre, wohl mehrere Dutzend. Wahrscheinlich – denn es gibt nicht viele Stücke, drin moderne Schußwaffen massenhaft

zur Verwendung kommen – waren es Karabiner, die man fünfzehn Jahre früher in dem beliebten Lustspiele »Sieben Mädchen in Uniform« verwandt hatte, hübsche kleine Gewehre mit Bajonett und Lederriemen, die, nachdem sie den theaterfreundlichen, guten alten König Friedrich Wilhelm III. manch liebes Mal erheitert hatten, jetzt, statt bei Lampenlicht, bei vollem Tageslicht in der Welt erschienen, um nun gegen ein total unmodisch gewordenes und dabei, ganz wie ein »altes Stück«, ausschließlich langweilig wirkendes Regiment ins Feld geführt zu werden. Ich war unter den ersten, denen eins dieser Gewehre zufiel, und hatte momentan denn auch den Glauben, daß einer Heldenlaufbahn meinerseits nichts weiter im Wege stehe. Noch eine kurze Weile blieb ich auch in dieser Anschauung. Wieder draußen angekommen, schloß ich mich abermals einem Menschenhaufen an, der sich diesmal unter dem Feldgeschrei: »Nun aber Pulver« zusammengefunden hatte. Wir marschierten auf einen noch halb am Alexanderplatz gelegenen Eckladen los und erhielten von dem Inhaber auch alles, was wir wünschten. Aber wo das Pulver hintun? Ich holte einen alten zitronengelben Handschuh aus meiner Tasche und füllte ihn stopfevoll, so daß die fünf Finger wie gepolstert aussahen. Und nun wollt' ich bezahlen: »Bitte, bitte«, sagte der Kaufmann, und ich drang auch nicht weiter in ihn. So fehlte denn meiner Ausrüstung nichts weiter als Kugeln; aber ich hatte vor, wenn sich diese nicht finden sollten, entweder Murmeln oder kleine Geldstücke einzuladen. Und so trat ich denn auch wirklich an unsere Barrikade heran, die sich mittlerweile zwar nicht nach der fortifikatorischen, aber desto mehr nach der pittoresken Seite hin entwickelt hatte. Riesige Kulissen waren aus den Theaterbeständen herangeschleppt worden, und zwei große Berg- und Waldlandschaften, wahrscheinlich aus »Adlershorst«, haben
335 denn auch den ganzen Kampf mit durchgemacht und sind mehrfach durchlöchert worden. Jedenfalls mehr als die Verteidiger, die klüglich nicht hinter der Barrikade, sondern im Schutz der Haustüren standen, aus denen sie, wenn sie ihren Schuß abgeben wollten, hervortraten. Aber das hatte noch gute Wege. Vorläufig befand ich mich noch keinem Feinde gegenüber und schritt dazu, wohlgemut, wenn auch in begreiflicher Aufregung, meinen Karabiner zu laden. Ich klemmte zu diesem Behufe das Gewehr zwischen die Knie und befleißigte mich, aus meinem Handschuh sehr ausgiebig Pulver einzuschütten, vielleicht von dem Satze geleitet: »Viel hilft viel.« Als ich so den Lauf halb voll haben mochte, sagte einer, der mir zugesehen hatte: »Na, hören Sie ...«, Worte,

die gut gemeint und ohne Spott gesprochen waren, aber doch mit einemmal meiner Heldenlaufbahn ein Ende machten. Ich war bis dahin in einer fieberhaften Erregung gewesen, die mich aller Wirklichkeit, jeder nüchtern verständigen Erwägung entrückt hatte, plötzlich aber – und um so mehr, als ich als gewesener Franz-Grenadier doch wenigstens einen Schimmer vom Soldatenwesen, von Schießen und Bewaffnung hatte – stand alles, was ich bis dahin getan, im Lichte einer traurigen Kinderei vor mir, und der ganze Winkelried-Unsinn fiel mir schwer auf die Seele. Dieser Karabiner war verrostet; ob das Feuersteinschloß noch funktionierte, war die Frage, und wenn es funktionierte, so platzte vielleicht der Lauf, auch wenn ich eine richtige Patrone gehabt hätte. Statt dessen schüttete ich da Pulver ein, als ob eine Felswand abgesprengt werden sollte. Lächerlich! Und mit solchem Spielzeug ausgerüstet, nur gefährlich für mich selbst und für meine Umgebung, wollte ich gegen ein Gardebataillon anrücken! Ich war unglücklich, daß ich mir das sagen mußte, aber war doch zugleich auch wie erlöst, endlich zu voller Erkenntnis meiner Verkehrtheit gekommen zu sein. Das Hochgefühl, bloß zu fallen, um zu fallen, war mir fremd, und ich gratuliere mir noch nachträglich dazu, daß es mir fremd war. Heldentum ist eine wundervolle Sache, so ziemlich das Schönste, was es gibt, aber es muß echt sein. Und zur Echtheit, auch in diesen Dingen, gehört Sinn und Verstand. Fehlt das, so habe ich dem Heldentum gegenüber sehr gemischte Gefühle.

Kleinlaut zog ich mich von der Straße zurück und ging auf mein 336
Zimmer; Berufspflichten gab es nicht, man konnte in den Tagen tun, was man wollte. Da saß ich denn wohl eine Stunde lang und sah abwechselnd auf den Fußboden und dann wieder auf die Wand des alten, aus Feldstein aufgeführten Georgenkirchturms dicht vor mir. Ich war nur von *einem* Gefühl erfüllt, von dem einer großen Gesamtmiserabilität, meine eigene an der Spitze. Zuletzt aber wurde mir auch mein stupides Hinbrüten langweilig; dies Abgeschlossensein, dies Nichtwissen, was sich draußen zutrage, wurde mir unerträglich, und ich beschloß aufzubrechen und zu sehen, wie's in der Stadt hergehe. Zunächst wollt' ich bis auf den Schloßplatz und von da nach der Pépinière – Friedrichstraße –, wo ein Vetter von mir wohnte; natürlich, wie alles, was zur Pépinière gehört, ein Stabsarzt. Der war immer sehr aufgeregt und würde, das stand fest, gewiß bereit sein, irgendwas vorzunehmen. Ich hatte persönlich die Heldentaten aufgegeben, aber ich wollte wenigstens mit dabei sein.

Und so steuerte ich denn los.

Auf dem Alexanderplatz kein Mensch, kein Ton, was mich unheimlich wie Stille vorm Gewitter berührte. Und nun über die Königsbrücke in die Königstraße hinein. Da sah es sehr anders aus und doch auch wieder ähnlich. Die Ähnlichkeit bestand darin, daß unten alles mehr oder weniger menschenleer war, aber oben – und das war der Unterschied – war in langer Reihe von Haus zu Haus alles wie festlich aufgebaut: die Dächer abgedeckt, die Dachziegel neben dem Sparrenwerk aufgehäuft und auf dem Sparrenwerk selbst allerlei Leute, die vorhatten, von oben her einen Steinhagel herunterzuschicken. Alles zeigte deutlich den Eifer derer, die sich, wenn's nicht die Hausinsassen selbst waren, zu Herren des Hauses gemacht hatten, aber wenn man schärfer zusah, sah man doch auch wieder, daß es nichts Rechtes war, man wollte den Kampf gegen die Garden mit Dachziegeln aufnehmen! So kam ich bis dicht an die Spandauer Straße; von Schloßplatz und Kurfürstenbrücke her blitzten Helme, Geschütze waren aufgefahren und auf die Königstraße gerichtet. Als ich die nächste Barrikade überklettern wollte, lachten die paar Leute, die da waren. »Der hat's eilig.« Einer sagte mir, »es ginge hier nicht weiter; wenn ich in die Stadt hineinwollte, müßt' ich in die Spandauer Straße
337 einbiegen und da mein Heil versuchen.« Das tat ich denn auch und passierte bald danach die Friedrichsbrücke. Drüben hielt ein Zug Dragoner, am rechten Flügel ein Wachtmeister, der das Kommando zu haben schien. Ich sehe ihn noch ganz deutlich vor mir: ein stattlicher Mann voll Bonhomie, mit einem Gesichtsausdruck, der etwa sagte: »Gott, was soll der Unsinn … erbärmliches Geschäft.« Demselben Ausdruck bin ich auch weiterhin vorwiegend begegnet, namentlich bei den Offizieren, wenn sie das Barrikadengerümpel beiseite zu schaffen suchten. Jedem sah man an, daß er sich unter seinem Stand beschäftigt fühlte. Noch in diesem Augenblick hat die Erinnerung daran etwas Rührendes für mich. Unsere Leute sind nicht darauf eingerichtet, sich untereinander zu massakrieren; solche Gegensätze haben sich hierzulande nicht ausbilden können.

Ich nahm nun meinen Weg hinter dem Museum fort, durch das Kastanienwäldchen und bog zuletzt von der Dorotheenstraße her in die Friedrichstraße ein, deren nördlich gelegene Hälfte – mit Ausnahme einer vor der Artilleriekaserne sich abspielenden Szene, wobei (Maschinenbauer und Studenten griffen hier an) ein Premierleutnant von Kraewel den jungen Bojanowski niederhieb – nur wenig in den Straßenkampf hineingezogen wurde. Doch gab es auch hier, so beispielsweise dicht vor der

Pépinière, mehrere Barrikaden, mit deren Wegräumung eben Mannschaften aus der Friedrichsstraßenkaserne beschäftigt waren. Hinter ihnen rückten Ulanen heran, augenscheinlich in der Absicht, die wiederhergestellte Passage freizuhalten. Ich wartete, bis die Ulanen vorüber waren; zwei, drei Minuten später wurde der das Ulanenpikett führende Offizier, ein Leutnant von Zastrow, von einem Fenster aus erschossen. Dies kam aber erst später zu meiner Kenntnis. Ich hatte mich inzwischen, nach Eintritt in die Pépinière, in dem hohen, nach dem Garten hinaus gelegenen Zimmer meines Verwandten einquartiert. Er selber war ausgeflogen, was mich in die Lage brachte, hier in Einsamkeit und wachsender Erregung zwei schwere Stunden zubringen zu müssen. Denn so ziemlich in demselben Augenblicke, wo draußen der Ulanenoffizier aus dem Sattel geschossen wurde, begann auch das Gefecht an allen Stellen: Vom Schloßplatz her, nachdem ein paar Sechspfünderkugeln den Kampf er- 338
öffnet hatten, rückte das erste Garderegiment in die Königstraße ein, von den Linden her ein Halbbataillon Alexander in die Charlottenstraße – wo vor dem Heylschen Hause der als »Einjähriger« eben sein Jahr abdienende Herr von Bülow, später Gesandter am päpstlichen Stuhl, durch einen Schuß in den Oberschenkel schwer verwundet wurde –, während starke Abteilungen erst vom zweiten Königsregiment in Stettin und bald darauf auch vom zweiten Garderegiment die in der Südhälfte der Friedrichstraße gelegenen Barrikaden nahmen. An einzelnen Stellen kam es dabei zu regulärem Kampf. Das meiste davon vollzog sich auf weniger als tausend Schritt Entfernung von mir, und so klangen denn, aus verhältnismäßiger Nähe, die vollen Salven zu mir herüber, die die Truppen bei ihrem Vordringen unausgesetzt abgaben, um die namentlich in den Eckhäusern der Friedrichstraße postierten Verteidiger von den Fenstern zu vertreiben. Daß alle Salven sehr einseitig abgegeben wurden, war mir nach dem, was ich bis dahin von Verteidigung gesehen hatte, nur zu begreiflich.

Erst gegen acht Uhr kam mein Verwandter, der die zurückliegenden Stunden inmitten all des Schießens und Lärmens in einem benachbarten Eckhausrestaurant zugebracht hatte, zurück. Wir blieben noch eine volle Stunde zusammen, erst in seiner Wohnung, dann draußen in den Straßen, und ich werde weiterhin darüber zu berichten haben, unterbreche mich hier aber, um hier zunächst das einzuschieben, was ich, bei viel späterer Gelegenheit, über die Hauptaktion des Tages, den Kampf am Köllnischen Rathause, von einem der wenigen überlebenden Verteidiger ebendieses Rathauses gehört habe. Der mir's erzählte, war der Buchdruckereibesitzer Eduard Krause, später Drucker der Nationalzeitung.

»... Wir hatten uns« – so hieß es in Krauses Bericht – »eine Treppe hoch im Köllnischen Rathause festgesetzt, an verschiedenen Stellen; in dem Zimmer, in dem ich mich befand, waren wir zwölf Mann. Es war eine sehr gute Position und um so besser, als auch das rechtwinklig danebenstehende Haus, die d'Heureusische Konditorei – früher das Derfflinger-Palais – mit Verteidigern besetzt war. In dem d'Heureusischen
339 Hause kommandierte der Blusenmann Siegerist, über dessen Haltung später viel Zweifelvolles verlautete.

Gegen neun Uhr rückte vom Schloßplatz her eine starke Truppenabteilung heran, an ihrer Spitze der Kommandeur des Bataillons. Es war das erste Bataillon Franz, geführt vom Major von Falkenstein. Er war bis zum Moment seiner Verwundung immer an der Spitze. Dicht vor der Scharrnstraße zog sich eine Barrikade quer über die Breite Straße fort. Es war eine schwierige Situation für die Truppen, denn im Augenblick, wo sie bis dicht an die Barrikade heran waren, wurden sie doppelt unter Feuer genommen, von d'Heureuse und von unserem Rathause her. Sie wichen zurück. Ein neuer Ansturm wurde versucht, aber mit gleichem Mißerfolg. Eine Pause trat ein, während welcher man beim Bataillon schlüssig geworden war, es mit einer Umfassung zu versuchen. An solche, so nah es lag, hatten wir in unserer militärischen Unschuld nicht gedacht. Gleich danach ging denn auch das Bataillon zum drittenmal vor, aber mehr zum Schein, und während wir sein Anrücken wieder von unserem Fenster her begrüßten und sicher waren, es abermals eine Rückwärtsbewegung machen zu sehen, hörten wir plötzlich auf der zu uns hinaufführenden Treppe die schweren Grenadiertritte. Von der Brüder- und Scharrnstraße, will also sagen von Rücken und Seite her, war man in das Rathaus eingedrungen. Jeder von uns wußte, daß wir verloren seien. In einem unsinnigen Rettungsdrange verkroch sich alles hinter den großen schwarzen Kachelofen, während mir eine innere Stimme zurief: ›Überall hin, nur nicht *da*.‹ Das rettete mich. Ich trat dem an der Spitze seiner Mannschaften eindringenden Offizier entgegen, empfing einen Säbelhieb über den Kopf und brach halb ohnmächtig zusammen, hörte aber gleich danach noch Schuß auf Schuß, denn alles, was, die Büchse in der Hand, sich hinter den Ofen geborgen hatte, wurde niedergeschossen ...«

Auf die Weise, wie hier erzählt, sind am achtzehnten März die meisten zu Tode gekommen, namentlich auch in den Eckhäusern der Friedrichstraße; die Verteidiger retirierten von Treppe zu Treppe bis auf die Böden, versteckten sich da hinter die Rauchfänge, wurden hervorgeholt und niedergemacht. Es fehlte am achtzehnten März so ziemlich an allem,
aber was am meisten fehlte, war der Gedanke an eine geordnete *Rück-* 340
zugslinie. Das könnte ja nun heldenhaft erscheinen, aber es war nur grenzenlos naiv. »*Ich*«, so war etwa der Gedankenweg, »schieße oder werfe Steine nach Belieben; die *andern* werden dann wohl das Hausrecht respektieren.«

Ich knüpfe an diese vorstehende Bemerkung gleich noch eine zweite und bemerke des weiteren, daß alles, was ich in diesem Kapitel erzählt habe bzw. noch erzählen werde, sich auf persönliche Wahrnehmung oder aber auf die mündlichen Berichte *direkt* Beteiligter stützt. Es weicht, wie mir wohl bewußt ist, hier und da von den damals in Büchern und Broschüren gemachten Angaben ab, woraus man aber – ohne daß ich meinen Berichten eine besondere Berechtigung zuschreiben möchte – nicht etwa schließen wolle, daß das von mir Erzählte notwendig unrichtig sein müsse. Selbst das aus offiziellen und halboffiziellen Quellen Stammende widerspricht sich so sehr untereinander, daß eine Punkt für Punkt sichere Feststellung der Geschehnisse so gut wie ausgeschlossen ist [13].

Ich kehre nun zu meinen eigenen persönlichen Erlebnissen zurück.

Nach kurzem Gespräch kamen mein Vetter und ich überein, uns wieder auf den Weg zu machen, und zwar wollt' er mich bis in meine Wohnung zurückbegleiten. In nächster Linie zu gehen, war unmöglich, weil die Innenstadt zerniert war. Wir gingen also zunächst über die Weidendammer Brücke fort, auf das Oranienburger Tor zu, wo mittlerweile der schon kurz erwähnte Kampf zwischen Maschinenarbeitern und der Besatzung der Artilleriekaserne stattgefunden hatte. Wir nahmen aber nichts mehr von diesem Kampfe wahr und gingen ruhig auf die Linienstraße zu, die hier die Nordhälfte der Stadt in weitem Bogen umspannt und etwa da ausmündet, wo ich hinwollte. Die wohl fast eine

13 Seitdem ich das Vorstehende schrieb, hat die fünfzigjährige Wiederkehr des achtzehnten März eine ganze Literatur gezeitigt; Altes ist neu hervorgesucht, Neues, von damals Beteiligten, niedergeschrieben worden. Aber von einem *Aufhellen* der Ereignisse keine Rede; das Dunkel und die Widersprüche werden auch bleiben. Schon der gegenseitige Parteistandpunkt schließt das Licht aus; man *will* dies Licht nicht einmal.

341 halbe Meile lange Wegstrecke war wie mit Barrikaden übersät, aber zugleich still und menschenleer. Das Ganze glich einer ausgegrabenen Stadt, in der das Mondlicht spazierenging. Wenn vielleicht wirklich Verteidiger dagewesen waren, so hatten sie sich etwas früh zur Ruhe begeben. Mein Elendsgefühl über das, was eine Revolution sein wollte, war in einem beständigen Wachsen.

So kamen wir zuletzt bis an die Kreuzungsstelle von Linien- und Prenzlauer Straße, von welch letzterer aus nur noch eine kurze Strecke bis zum Alexanderplatz war. Als wir hier aber weiter wollten, sagte man uns: »Das ginge nicht.« »Warum nicht?« »Weil der Platz von zwei Seiten her bestrichen wird; sie schießen hier aus der Alexanderkaserne die Münzstraße herunter und von den Kolonnaden an der Königsbrücke her in die Neue Königstraße hinein. Hören Sie nur, wie die Kugeln klappen.« Für mich waren diese Worte sehr überzeugend, mein exzentrischer Vetter jedoch, dem etwas von dulce est pro patria mori vorschweben mochte, wollte durchaus über den Platz fort. Ich weigerte mich aber ganz entschieden und erklärte: »Ich hätte nicht Lust, solchen Unsinn mitzumachen.« Da gab er's denn auch auf und ging, sich von mir trennend, in seine Pépinière zurück, während ich mich durch die mit dem Alexanderplatz parallellaufende Wadzeckstraße bis an meine Apotheke heranschlängelte. Hier fand ich alles verrammelt, so daß ich klingeln und eine ganze Zeit warten mußte, bis man mich einließ. Ich stellte mich derweilen in eine kleine Hausnische, was sehr weise war, denn als ich eine Viertelstunde später, ich weiß nicht mehr in welcher Veranlassung, die nach der Straße führende Haupttür öffnete, war der porzellanene Klingelgriff weggeschossen. Das Haus, weil ein wenig vorspringend, lag überhaupt recht eigentlich in der Schußlinie, was denn auch Grund war, daß gleich die erste Sechspfünderkugel in den Eckpfeiler des Hauses einschlug. Da steckte sie noch den ganzen Sommer über, und der Berliner Witz hatte sich die Frage zurechtgemacht: »Herr Apotheker, wat kost' denn die Pille?« Solche Sechspfünderkugel (wie hier eingeschaltet werden mag) steckte desgleichen in einer Wand am Ende der Breiten Straße, und zwar gerade da, wo man, kurz vor Beginn des Kampfes, eine Prokla-
342 mation Friedrich Wilhelms IV. angeklebt hatte. Die Folge davon war, daß, unmittelbar über der Kugel, die Worte: »*An meine lieben Berliner*« in Fettschrift zu lesen waren!

Die Stimmung in unserem Hause hatte sich mittlerweile sehr verändert. Jeder war abgespannt. Auch ich zog mich auf mein im Schutz des dicken, alten Georgenturms gelegenes Zimmer zurück und warf mich, in meinen Kleidern verbleibend, auf das hart am Fenster stehende Bett nieder, um zu schlafen. Alles war mir halb gleichgültig geworden; ich sehnte mich nach Ruhe. Aber da hatte ich die Rechnung ohne den Wirt gemacht.

Ich lag noch keine zehn Minuten, als mich ein von der Landsberger Straße her herüberschallendes Gejohl und Geschrei mit Flintengeknatter dazwischen und gleich danach ein sonderbares Geräusch aufschreckte, wie wenn große Hagelkörner massenhaft auf ein Schieferdach fallen. Ich sprang auf und machte, daß ich nach unten kam. Da stand denn auch schon alles an der eine gute Deckung gebenden Ecke des Hauses und starrte, nur dann und wann auf einen Augenblick sich vorbeugend, nach links hin in die Königstraße hinein. Der dazwischen gelegene weite Platz, auf dem man einen in seiner Mitte befindlichen großen Holzschuppen angezündet hatte, war taghell erleuchtet, und bei dem Glutschein dieser Fackel zog eine lange Truppenkolonne, die Helme blitzend, über den Platz hin; was noch in der Landsberger Straße steckte, knatterte weiter. Es war das Füsilierbataillon vom Leibregiment, das Befehl erhalten hatte, bis zu Mitternacht auf dem Schloßplatz zu sein – der Führer des Bataillons, Graf Lüttichau, an der Spitze. Das Ganze ein grausig schöner Anblick; unvergeßlich.

Um elf waren die Truppen über den Platz gezogen. Eine Stunde später wurde es still, und ich kletterte wieder in meine Stube hinauf. Das erste, was ich sah, waren Glassplitter, die zerstreut um mein Bett her lagen. Bei dem kolossalen Schießen in der Landsberger Straße war eine Kugel von der Turmecke her so eigenartig rikoschettiert, daß sie die anscheinend in vollstem Schutz liegende Fensterscheibe getroffen hatte. Wenn die Gewehre erst losgehen, weiß man nie, wie die Kugeln fliegen. 343

Zweites Kapitel

Der andere Morgen (neunzehnter März). Die »Proklamation«. »Alles bewilligt«. Betrachtungen über Straßenkämpfe. Leopold von Gerlachs Buch

Ich schlief während der Nacht, die folgte, so fest, daß ich, als ich aufwachte, mich nur mühsam in dem am Tage vorher Erlebten zurechtfinden konnte. Gegen acht Uhr war ich unten in unserem Geschäftslokal, woselbst ich schon viele Wartende, meist Frauen und Kinder, vorfand.

Mein erster Gedanke ging dahin, daß es sich um Verwundete handeln müsse, weshalb ich ihnen die Zettel rasch aus der Hand nahm. Aber wer beschreibt mein Staunen, als ich sofort bemerkte, daß es sich bei diesen ärztlichen Verordnungen um ganz alte Bekannte handelte, von denen ich die Mehrzahl wohl schon ein halbes dutzendmal in Händen gehabt hatte. Nicht für Verwundete war man so früh schon aufgebrochen, nein, die Frauen, die da saßen und warteten, waren dieselben, die – wie schon eingangs des vorigen Kapitels von mir hervorgehoben – jeden dritten oder fünften Tag zum Doktor gingen, um sich da das Lebertranrezept für ihre skrofulösen Kinder erneuern zu lassen, und die diesen Lebertran dann als Lampenöl benutzten. Alle diese guten Hausmütter hatten auch am 19. März frühmorgens keine Ausnahme gemacht und unbekümmert darum, ob »Vater« am Tage zuvor sein Gewehr abgeschossen oder seinen Ziegel geschleudert hatte, war »Mutter« jetzt da, um ihre Lampe wieder gratis mit Öl zu versorgen. Freiheit konnte sein, Lebertran mußte sein. Das ganz Alltägliche bleibt immer siegreich und am meisten das Gemeine. Während der Nacht vom 18. zum 19., um auch das nicht zu verschweigen, haben sich unglaubliche Szenen abgespielt.

Es war mittlerweile belebter in Haus und Straße geworden und überall, wo sich etliche zusammenfanden, wurde von dem Anrücken des Leibregiments vom Frankfurter Tor her bis auf den Alexanderplatz und von dort her weiter bis auf den Schloßplatz gesprochen. Hunderte von Anwohnern der Landsberger Straße waren Augenzeugen dieses mit
344 großer Energie durchgeführten Vormarsches gewesen, und was der eine nicht wußte, das wußte der andre. Tolle Sachen waren vorgekommen, zum Teil auch wohl häßliche, die sich hier nicht erzählen lassen, aber die Verluste hatten trotzdem auf beiden Seiten eine mäßige Höhe nicht überschritten. Unter denen, die auf seiten des Volks die Zeche hatten bezahlen müssen, befand sich auch ein Liebling von mir, dessen Tod mir beinahe zu Herzen ging. Es war dies ein großer, bildschöner Kerl, der täglich in der Apotheke vorsprach und dem ich dann, weil er mir so gefiel, immer etwas Furchtbares – denn das war ihm das liebste – aus den bittersten und namentlich brennendsten Tinkturen zusammenbraute. Dieser gemütliche Süffel von Fach hatte denn auch das Anrücken des Leibregiments ganz von der humoristischen Seite genommen, was in seinem Falle – denn er war ein alter Gardesoldat – eine doppelte Dummheit bedeutete. Just als die Tete bis in die Mitte der Landsberger Straße gekommen war, stellte er sich gemütlich vor eine Barrikade,

drehte dem Grafen Lüttichau den Rücken zu und machte ihm und seinem Bataillon eine unanständige Gebärde. Fast in demselben Augenblicke fiel er, von zwei Kugeln getroffen, tot vornüber. Ich hörte das mit aufrichtiger Teilnahme; die ganze Sachlage war aber, von Politik wegen, zu langer Beschäftigung mit solchem Einzelfalle nicht angetan.

Es handelte sich doch um Wichtigeres, und ich war eifrig bemüht, in Erfahrung zu bringen, wie nach all der Anstrengung vom Tage vorher die Partie denn wohl eigentlich stehe. Viel Gutes, d.h. also von meinem damaligen Standpunkte aus viel Volkssiegreiches, erwartete ich nicht. Aber niemand wußte was Rechtes zu sagen. Nur soviel verlautete, daß sich die bis an die Königsbrücke vorgedrungenen Truppen im Laufe der letzten Stunde mehr und mehr zurückgezogen hätten. Alles drehte sich um diese Frage. Manche zweifelten, andre waren guter Dinge. Da, während wir noch hin und her stritten, sahen wir über den Alexanderplatz einen Haufen lebhaft gestikulierender Menschen herankommen, an deren Spitze, freudigen Ausdrucks, ein stattlicher Herr einherschritt. »Er bringt eine Botschaft«, hieß es alsbald, und wirklich, als er bis dicht an unsre Kulissenbarrikade heran war, auf deren Wald- und Felsenlandschaft ich 345
mich postiert hatte, hielt er an, um mit deutlicher Stimme der sofort rasch anwachsenden Volksmenge die Mitteilung zu machen, »daß alles *bewilligt* sei« – *bewilligt* war damals Lieblingswort – »und daß S. Majestät Befehl gegeben habe, die Truppen zurückzuziehen. Die Truppen würden die Stadt verlassen.« Der distinguierte Herr, der diese Botschaft brachte, war, wenn ich nicht irre, der Geheimrat Holleufer oder vielleicht auch Hollfelder. – Alles jubelte. Man hatte gesiegt, und die spießbürgerlichen Elemente – natürlich gab es auch glänzende Ausnahmen –, die sich am Tage vorher zurückgehalten oder geradezu verkrochen hatten, kamen jetzt wieder zum Vorschein, um Umarmungen untereinander und mit uns auszutauschen, ja sogar Brüderküsse. Das Ganze eine, wie wir da so standen, in den Epilog gelegte Rütliszene, bei der man nachträglich die Freiheit beschwor, für die, wenn sie überhaupt da war, ganz andre gesorgt hatten. Viele bezeigten sich dabei vollkommen ernsthaft; mir persönlich aber war nur überaus elend zumute. Ich hatte, von mir und meinen Hausgenossen gar nicht zu reden, in den Stunden von Mittag bis Mitternacht nur ein paar beherzte Leute gesehen – natürlich alles Männer aus dem Volk –, die die ganze Sache gemacht hatten; speziell an unsrer Ecke war ein älterer Mann in Schlapphut und Spitzbart, den ich nach seinem ganzen Hantieren für einen Büchsenmacher halten mußte, dann und

wann aus der ihm Deckung gebenden Seitenstraße bis an die Barrikade vorgetreten und hatte da seinen mutmaßlich gut gezielten Schuß abgegeben. Sonst aber war alles in bloßem Radau geblieben, viel Geschrei und wenig Wolle. Wenn die Truppen jetzt zurückgingen, so war das kein von seiten des Volks errungener und dadurch gefestigter Sieg, sondern ein bloßes königliches Gnadengeschenk, das jeden Augenblick zurückgenommen werden konnte, wenn's dem, der das Geschenk gemacht hatte, so gefiel, und während ich noch so dastand und kopfschüttelnd dem Jubel meiner Genossen zusah, sah ich schon im Geiste den in natürlicher Konsequenz sich einstellenden Tag vor mir, wo denn auch wirklich, sieben Monate später, dieselben Gardebataillone wieder einrückten und der Bürgerwehr die zehntausend Flinten abnahmen, mit denen sie den
346 Sommer über weder die Freiheit aufzubauen noch die Ordnung herzustellen vermocht hatte. Mich verließ das Gefühl nicht, daß alles, was sich da Sieg nannte, nichts war als ein mit hoher obrigkeitlicher Bewilligung zustande gekommenes Etwas, dem man, ganz ohne Not, diesen volkstriumphlichen Ausgang gegeben, und lebte meinerseits mehr denn je der Überzeugung von der absolutesten Unbesiegbarkeit einer wohldisziplinierten Truppe jedem Volkshaufen, auch dem tapfersten gegenüber. Volkswille war nichts, königliche Macht war alles. Und in dieser Anschauung habe ich vierzig Jahre verbracht.

Vierzig Jahre! Jetzt aber denke ich doch anders darüber. Vieles hat sich vereinigt, mich in dieser Frage zu bekehren.

Den ersten Anstoß dazu gaben mir die 1891 erschienenen »Denkwürdigkeiten des Generals Leopold von Gerlach«. In Band 1, Seite 138, fand ich da das Folgende: »Den achtzehnten März spät abends ging ich – Gerlach – vom Schloß nach Hause. Überall standen Truppen. Unter den Linden hielt Waldersee. General Prittwitz hatte den Generalen befohlen, in ihren Stellungen ruhig zu bleiben; es sei nicht seine Absicht, weiter vorzugehen; dann stattete er dem König Bericht ab. ›*Heut und morgen und auch noch einen Tag*‹ – so lautete dieser Bericht – ›*glaube er die Sache noch sehr gut halten zu können;* sollte sich aber der Aufruhr länger hinziehen, so wäre er der Meinung: mit dem König und den Truppen die Stadt zu verlassen und sich außerhalb derselben blockierend aufzustellen.‹ Diese Ansicht über die Sachlage hat General Prittwitz auch noch am Sonntagmorgen gegen Minutoli ausgesprochen, und auf ebendiese

Rede hat sich dann Bodelschwingh bezogen, als er behauptete, ›Prittwitz habe ja auch erklärt, *die Sache nicht länger halten zu können*‹.«

Diese wenigen Sätze machten einen großen Eindruck auf mich und
haben mich, erst auf den speziellen Fall, dann *aufs Ganze* hin umgestimmt, will sagen in meiner Gesamtanschauung über Kämpfe zwischen
Volk und Truppen. Nicht plötzlich, nicht mit einemmal, kam mir diese
Bekehrung, aber die seitens des Generals von Gerlach zitierten Prittwitz-
schen Worte wurden doch Veranlassung für mich, mich mit diesen
Dingen, die mir im wesentlichen längst abgetan und erledigt erschienen, 347
noch einmal zu beschäftigen, etwa wie ein Jurist, dem ein Zufall ein altes
Aktenstück in die Hände spielt und der nun bei Durchlesung ebendes-
selben urplötzlich und zu seiner eigenen nachträglichen Verwunderung
zu der Überzeugung kommt, daß in der betreffenden Sache doch eigentlich alles sehr sehr anders liege, als bis dahin von ihm angenommen
wurde. Dementsprechend hat auch mich die wiederaufgenommene Beschäftigung mit diesem alten, von mir selbst mit durchlebten Stoff zu
der Ansicht geführt, daß es am achtzehnten März doch anders gelegen
hat, als ich vermutete, und daß ich die Gesamtsituation am Abende jenes
Tages falsch beurteilt habe.

Schon gleich damals – ich kann hier keine bestimmten Angaben machen, weil ich alles, was Anstoß geben könnte, dringend zu vermeiden wünsche –, schon gleich damals kam mir manches zur Kenntnis, was zu meiner ausschließlich der militärischen Macht und Disziplin günstigen Vorstellung nicht recht passen wollte. Die durch solche Mitteilungen empfangenen Eindrücke waren aber zunächst von keinem Gewicht, wenigstens von keiner Nachhaltigkeit: erstens, weil ich den Berichterstattern nicht recht traute, zweitens, weil das, was die nächsten Zeiten brachten, einer Widerlegung gleichkam. So blieb denn, trotz gelegentlicher leiser Schwankungen, durch länger als ein Menschenalter hin alles in meiner Anschauung beim alten, bis das Gerlachsche Buch kam. Da wurd' ich stutzig, nahm, wie schon angedeutet, meine vordem nur ganz flüchtig gehegten und weit zurückliegenden Bedenken wieder auf und sah mich, je länger und umfassender ich mich mit dem Gegenstande beschäftigte, zuletzt vor die Frage gestellt: »Ja, wie verlaufen denn diese Dinge *überhaupt*?« Und meine Antwort auf diese mir selbst gestellte Frage ging dahin: sie müssen – vorausgesetzt, daß ein großes und allgemeines Fühlen in dem Aufstande zum Ausdruck kommt – jedesmal mit dem Siege der Revolution enden, weil ein aufständisches Volk, und wenn es

nichts hat als seine nackten Hände, schließlich doch notwendig stärker
ist als die wehrhafteste geordnete Macht. Im Teutoburger Walde, bei
Sempach, bei Hemmingstedt, überall dasselbe; die Waldestiefen, die
348 Felsen und Schluchten, die durch die Dämme brechenden Fluten sind
eben stärker als alle geordneten Gewalten, und wenn sie nicht ausreichen
und nicht helfen, so hilft zuletzt einfach der Raum, und wenn auch der
nicht hilft, so hilft die Zeit. Diese Zeit kann verschieden bemessen sein,
sie kann sich – wir sehen das in diesem Augenblick in den Kämpfen auf
Kuba – über Jahre hin ausdehnen, aber in den meisten Fällen genügen
schon Tage. Bei Straßenkämpfen gewiß. Wie gestalten sich solche
Kämpfe? Das Volk hat von Moment zu Moment das Spiel in der Hand,
hat Aktionsfreiheit; es kann sich dem Feuer aussetzen, es kann sich ihm
aber auch entziehen; es kann nach Hause gehen, um in Bequemlichkeit
auszuschlafen und kann am andern Morgen wieder mit frischen Kräften
in den Kampf eintreten. Der arme Soldat dagegen muß frieren, hungern,
dursten, und was er vom Schlaf hat – wenn überhaupt – wird ihn wenig
erquicken, da man in den von ihm besetzten Häusern ihm widerwillig
gesonnen ist. Diese Widerwilligkeit durch zwangsweises Vorgehen zu
brechen, ist unmöglich, das läßt sich allenfalls gegen Landesfeinde tun
– auch da sehr schwer –, aber sicherlich nicht gegen den guten Bürger,
dem zuliebe ja, halb wirklich, halb vorgeblich, die ganze Szene durchge-
spielt werden soll. Eine Zeitlang hält eine gute Truppe trotz aller dieser
Schwierigkeiten aus, zuletzt aber sind's Menschen, und von dem beständigen Abhetzen matt und müde geworden, versagt zuletzt die beste Kraft
und der treuste Wille. Dazu kommt noch, daß auch Schlagwörter,
plötzlich heraufbeschworene Vorstellungen, Imponderabilien, über die
hinterher leicht lachen ist, mit einemmal eine halb unerklärliche Macht
gewinnen. So weiß ich oder glaub' ich zu wissen, daß für bestimmte
kleinere Truppenteile mit einemmal der Schreckensruf da war: »Die
Bürger kommen.«

Noch einmal, ich vermeide hier mit Absicht nähere Angaben. Es waren
Kompanien, die sich, wenige Monate später, ganz besonders und allen
andern vorauf in ernsten Kämpfen ausgezeichnet haben. Jetzt erscheint
uns der Schrei: »Die Bürger kommen« als der Inbegriff alles Komischen;
damals, auf knappe vierundzwanzig Stunden, umschloß er eine Macht.
Immer dieselbe Geschichte: wenn der Morgen anbricht, sieht man, daß
349 es ein Handtuch war, aber in der Nacht hat man sich gegrault. Die
Tapfersten haben mir solche Zugeständnisse gemacht. Nur der Feigling

ist immer Held. So lag es sehr wahrscheinlich auch am achtzehnten März, und als General von Prittwitz gegen den König die Worte aussprach: »Heute und morgen und auch noch einen Tag glaube ich die Sache halten zu können«, da waren wohl bereits die ersten Anzeichen eines solchen Versagens da. So wird es immer sein, weil es – wenn man nicht gleich im ersten Augenblick, wie beispielsweise am zweiten Dezember, mit vernichtender und bei patriarchalischem Regiment überhaupt nicht zulässiger Gewalt vorgehen will – nicht anders sein *kann.* Und auch in dem Ausnahmefall hat es nicht Dauer. Auflehnungen, ich muß es wiederholen, die mehr sind als ein Putsch, mehr als ein frech vom Zaun gebrochenes Spiel, tragen die Gewähr des Sieges in sich, wenn nicht heute, so morgen. Alle *gesunden* Gedanken, auch das kommt hinzu, leben sich eben aus, und hier die richtige Diagnose stellen, das Zufällige vom Tiefbegründeten unterscheiden können, *das* heißt Regente sein.

Drittes Kapitel

Der einundzwanzigste März

Am neunzehnten vormittags – wie schon erzählt – erschien die Proklamation, »daß alles *bewilligt* sei«; mir persönlich, weil ich der Sache mißtraute, wenig zu Lust und Freude. Trotzdem sah ich ein, daß es töricht sein würde, mir die Stunde zu verbittern, bloß weil vielleicht bittre Stunden in Sicht standen. Ich war also bemüht, mit dem Strome zu schwimmen und geriet nur, eine Zeitlang, in neues Unbehagen, als ich von der einigermaßen an Hinterlist gemahnenden Gefangennahme des alten General von Möllendorff, Kommandeurs der einen Gardebrigade, hörte. Der vortreffliche alte Herr, der sich schon 1813 ausgezeichnet hatte, war von der Königsstraße her auf den Alexanderplatz vorgeritten, um in durchaus volksfreundlichem Sinne zu parlamentieren, und war
bei dieser Gelegenheit vom Tierarzt Urban, einem schönen Manne, von 350
dem man nur, seinem Aussehen nach, nicht recht wußte, ob man ihn mehr in die böhmischen Wälder oder mehr nach Utah hin verlegen sollte, gefangengenommen worden, wie's hieß unter Assistenz eines vierzehnjährigen Schusterjungen, der dem General von hinten her den Degen aus der Scheide zog. Möllendorff, durch Tierarzt Urban gefangengenommen, das wollte mir schon nicht recht eingehn! Aber was mich direkt empörte, das war, daß man den alten General in das Schützenhaus

geschleppt und ihn dort ganz gemütlich vor die Wahl gestellt hatte: Schießverbot an seine Truppen oder selber erschossen werden. Glücklicherweise nahmen die Dinge draußen solchen Verlauf, daß der Unsinn und mehr als das – solche Forderung *darf* man nicht stellen, auch nicht in *solchen* Momenten – ohne weitere Folge vorüberging.

Am Nachmittage wurd' es ganz still, und ich benutzte diese ruhigen Stunden, um einen langen Brief, wohl vier, fünf Bogen, an meinen Vater zu schreiben. Es wird dies mutmaßlich der erste Bericht über den achtzehnten März gewesen sein, und wenn es nicht der erste Bericht war, der *geschrieben* wurde, so doch wohl der erste, der in die Welt ging. Es gab nämlich an jenem neunzehnten – der noch dazu ein Sonntag war – keine Postverbindung, was mich denn auch veranlaßte, meinen Brief direkt nach dem Stettiner Bahnhof zu bringen und ihn dort in den Postwagen eines Eisenbahnzuges zu tun. So kam dies Skriptum am andern Morgen in dem großen Oderbruchdorfe Letschin, wo mein Vater damals wohnte, glücklich an. Von den Sonnabendvorgängen in Berlin wußte man dort kein Sterbenswörtchen, selbst das »Gerücht«, das sonst so schnell fliegt, hatte versagt, und so war denn die Aufregung, die mein Brief schuf, ungeheuer. In alle Nachbardörfer gingen und ritten die Boten, um die große Sache zu melden, von der ich nicht weiß, ob sie mit Trauer oder Jubel aufgenommen wurde. Mein Vater, selbstverständlich, war an der Spitze der Erregtesten, beschloß sofort zu reisen, »um sich die Geschichte mal anzusehn«, und war am einundzwanzigsten früh in Berlin. Wie gewöhnlich stieg er in einem Vorstadtsgasthofe, »wo's keine
351 Kellner gab«, ab und war um die Mittagsstunde bei mir. Ich freute mich herzlich, ihn zu sehn, denn er war, von allem andern abgesehn, immer jovial und amüsant, und keine halbe Stunde, so brachen wir gemeinschaftlich auf.

»Sage, kannst du denn so ohne weitres aus dem Geschäft fort?«

»Eigentlich nicht. Sonst haben wir grad um Mittag immer viel zu tun. Aber es ist jetzt, als ob die Doktors auf Reisen wären. Und dann, Papa, was die Hauptsache ist, ich bin ja so gut wie ein Revolutionär und habe das Königstädtische Theater mitstürmen helfen …«

»Wurde es denn verteidigt?«

»Nein. Beinahe das Gegenteil. Aber ich war doch mit dabei, und das gibt mir nu so 'nen Heiligenschein« – ich machte mit dem Zeigefinger die entsprechende Bewegung um den Kopf herum – »und mein Prinzipal denkt: ich könnte am Ende so weiter stürmen.«

Er lachte. So was tat ihm immer ungeheuer wohl, und so schritten wir denn, untergefaßt, die Königsstraße hinauf, auf den Schloßplatz zu. Wie wir nun da die Schloßhöfe und ihre Portale passierten und eben vor der großen, in das Lustgartenportal einmündenden Treppe standen, fragte ich ihn, »ob er da vielleicht hinein wolle?«

»Was? Hier in die Schloßzimmer?«

»Ja. Wie du vielleicht weißt, Emiliens – meiner Braut – Vetter ist Stabsarzt in der Pépinière und einer von denen, die hier die Behandlung der Verwundeten haben. Ich war gestern schon eine Viertelstunde mit ihm zusammen und hab' einen großen Eindruck von der Sache gehabt. An den Wänden hängen allerlei Prinzessinnenbilder, und darunter liegen die Verwundeten. Es sind merkwürdige Zustände.«

»Ja, höre, das find' ich auch. Aber ich mag da nicht hinein; ich geh nicht gern in Schlösser. So eigentlich gehört man doch da nicht hin.«

Unter diesen Worten waren wir, an den Rossebändigern vorüber, wieder ins Freie getreten und gingen auf die Linden zu. Hart an der Brücke und dann auch wieder dicht vor der Neuen Wache waren große metallene Teller aufgestellt, in die man für die Verwundeten eine Geldmünze hineintat. 352

»Wir müssen da wohl auch was geben«, sagte mein Vater. »Eine Kleinigkeit; so bloß symbolisch ...«

Und dabei zog er seine Börse, deren Ringe, links und rechts, ziemlich weit nach unten saßen. Ich folgte seinem Beispiel, und wir entledigten uns jeder einer verhältnismäßig anspruchsvollen Münze, die damals den prosaischen Namen »Achtgroschenstück« führte.

Gleich danach waren wir bis an die jenseitige Zeughausecke gekommen, da, wo das Kastanienwäldchen anfängt. Er blieb hier stehen, sah sich mit sichtlichem Behagen den prächtigen sonnenbeschienenen Platz an und sagte dann mit der ihm eigenen Bonhomie: »Sonderbar, es sieht hier noch geradeso aus wie vor fünfzig Jahren ...« Seitdem ist wieder ein Halbjahrhundert vergangen, und wenn die Stelle kommt, wo mein guter Papa in jenen Tagen diese großen Worte gelassen aussprach, so kann ich mich nicht erwehren, sie meinerseits zu wiederholen, und sage dann ganz wie er damals: »Es sieht noch geradeso aus wie vor fünfzig Jahren.« Es ist in der Tat ganz erstaunlich, wie wenig sich – ein paar Ausnahmen zugegeben – Städtebilder verändern. Wenn an die Stelle von engen, schmutzigen Ghettogassen ein Square mit Springbrunnen tritt, so läßt sich freilich von Ähnlichkeit nicht weiter sprechen, präsentieren sich aber die Hauptlinien unverändert, während nur die Fassade wechselte, so bleibt der Eindruck ziemlich derselbe. Die Maße entscheiden, nicht das Ornament. Dies ist, es mag so schön sein wie es will, für die Gesamtwirkung beinah gleichgültig.

Wir hatten vor, die Linden hinunterzugehn und draußen vor dem Brandenburger Tor in Fuhlmanns Garten – den ich kannte – Kaffee zu trinken. Aber zunächst wenigstens kamen wir nicht dazu, denn als wir eben unsern Weitermarsch antreten wollten, erschien, von der Schloßbrücke her, eine ganze von hut- und mützeschwenkendem Volk umringte Kavalkade. Beim Näherkommen sahen wir, daß es der König war, der da heranritt, links neben ihm Minister von Arnim, eine deutsche Fahne führend.

»Du hast Glück, Papa, jetzt erleben wir was.«

Und richtig, hart an der Stelle, wo wir standen, hielt der Zug, und an
353 die rasch sich mehrende Volksmenge richtete jetzt der König seine so berühmt gewordene Ansprache, drin er zusagte, sich, unter Wahrung der Rechte seiner Mitfürsten, an die Spitze Deutschlands stellen zu wollen. Der Jubel war ungeheuer. Dann ging der Ritt weiter.

Als der Zug vorbei war, sagte mein Vater: »Es hat doch ein bißchen was Sonderbares, … so rumreiten … Ich weiß nicht …«

Eigentlich war ich seiner Meinung. Aber es hatte mir doch auch wieder imponiert, und so sagt' ich denn: »Ja, Papa, mit dem Alten ist es nun ein für allemal vorbei. So mit Zugeknöpftheiten, das geht nicht mehr. Immer an die Spitze …«

»Ja, ja.«

Und nun gingen wir auf Fuhlmanns Kaffeegarten zu.

Viertes Kapitel

Auf dem Wollboden. Erstes und letztes Auftreten als Politiker

Ich weiß nicht mehr, um wieviel Wochen später die Wahlen zu einer Art »Konstituante« begannen. Eine Volksvertretung sollte berufen und durch diese dann die »*Verfassung*« festgestellt werden. Bekanntlich kam es aber erheblich anders, und das Endresultat, nach Steuerverweigerung und Auflösung der Versammlung, war *nicht* eine vom Volkswillen diktierte, sondern eine »oktroyierte Verfassung«. Es ist immer mißlich, wenn die Freiheitsdinge mit was Oktroyiertem anfangen.

Also Wahlen zur Konstituante! Der dabei stattfindende Wahlmodus entsprach dem bis diesen Augenblick noch seine sogenannten Segnungen ausübenden Dreiklassensystem und lief darauf hinaus, daß nicht direkt, sondern indirekt gewählt wurde, mit anderen Worten, daß sich eine Zwischenperson einschob. Diese Zwischenperson war der »Wahlmann«. Er ging aus der Hand des Urwählers hervor, um dann aus seiner – des Wahlmanns – Hand wiederum den eigentlichen Volksvertreter hervorgehen zu lassen.

Alle Detailbestimmungen sind meinem Gedächtnisse natürlich längst entfallen, und ich weiß nur noch, daß ich persönlich alt genug war, um 354
als »Urwähler« auftreten zu können. Ich erhielt also mutmaßlich den entsprechenden Zettel und begab mich, mit diesem ausgerüstet, in ein Lokal, in welchem sich die Urwähler der Neuen Königsstraße samt Umgegend über ihren »Wahlmann« schlüssig machen und diesen ihren politischen Vertrauensmann proklamieren sollten. Wenn ich eben sagte »in ein Lokal«, so ist dies nicht ganz richtig. Ein »Lokal« ist nach Berliner Vorstellung eine Örtlichkeit, drin viele Kellner umherstehen und einem unter Umständen ein Seidel bringen, noch ehe man es bestellt hat. Ein solches »Lokal« war nun aber unser Wahllokal keineswegs; es war vielmehr ein großer langer Boden, an dessen Seiten mächtige Wollsäcke hochaufgetürmt lagen, während zwei dieser Säcke sich im rechten Winkel quer vorschoben und einen Abteil, eine Art Geschäftsraum, herstellten. In Front davon war ein Tischchen aufgestellt, an dem ein Wahlkommissar oder etwas dem Ähnliches saß, ein würdiger alter Herr, auch ganz augenscheinlich der klügste, der den Gang der Ereignisse zu leiten hatte. Die Zahl derer, die sich eingefunden, war nicht groß, höchstens einige dreißig, und weil wohl niemand recht wußte, was zu tun sei, stand man in Gruppen umher und wartete, daß irgendwer, der wenigstens einen Schimmer habe, die Sache in die Hand nehmen würde. Naive Menschen sind immer sehr führungsbedürftig. Endlich fragte der Wahlbeamte, ob nicht einer der Erschienenen Vorschläge hinsichtlich eines aufzustellenden Wahlmannes machen wolle. Man drückte Zustimmung aus, blieb aber schweigsam und sah nur immer zu einem langen Herrn von mittleren Jahren hinüber, der in jener Erregung, die das sichre Kennzeichen eines starke Redelust mit Redeunvermögen vereinigenden Menschen ist, in Front der beiden Wollsäcke auf und ab schritt. Er war ebenso sehr ein Bild des Jammers wie der Komik, wozu seine Kleidung redlich beisteuerte. Während wir andern alle, meist kleine Handwerker, Budiker und

Kellerleute, in unsrem Alltagsrock erschienen waren, trug der aufgeregte Mann einen schwarzen Frack und eine weiße Kandidatenbinde. Die Brille nahm er beständig ab und setzte sie wieder auf und war ärgerlich, wenn sich die beiden Häkchen in seinem angekräuselten blonden Haar
355 verfitzten.

»Wer ist der Herr?« fragte ich einen neben mir Stehenden.

»Das ist der Herr Schulvorsteher von hier drüben.«

»Wie heißt er denn?«

»Ich glaube Schaefer; er kann aber auch Scheffer heißen. Ich werde mal Roesike fragen ... Sage mal, Roesike ...«

Und es war ersichtlich, daß er, mir zuliebe, seinen Freund, den Bäcker Roesike, wegen »Schaefer oder Scheffer« interpellieren wollte. Kam aber nicht dazu. Denn in ebendiesem Augenblicke hatte sich der Schulvorsteher neben dem Tisch des den Wahlakt leitenden alten Herrn aufgestellt und sagte – ein paar Schlagwörter sind mir im Gedächtnis geblieben – ungefähr das Folgende:

»Ja, meine Herren, was uns hergeführt hat, ... wir sind hier in diesem weiten Raum versammelt, und es ist wohl jeder von uns davon durchdrungen. Und jeder dankt auch wohl Gott, daß wir ein Fürstengeschlecht haben wie das unsrige. Kein Land, das ein solches Geschlecht hat, und wir stehen zu ihm in Liebe und in Treue ... Aber, meine Herren, nicht Roß, nicht Reisige ... Sie wissen, auch an dieser Stelle ist heldenmütig gekämpft worden, Bürgerblut ist geflossen, und der Sieg ist auf unserer Seite geblieben. Es handelt sich darum, diesen Sieg an unsre Fahne zu ketten. Und dazu bedürfen wir der richtigen Männer, die sich jeden Augenblick bewußt sind, daß das deutsche Gemüt einer Niedrigkeit nicht fähig ist. Und Verrat an unsren heiligsten Gütern ist Niedrigkeit. Unter uns, das weiß ich, ist niemand. Aber nicht alle denken und fühlen so, da sind ihrer noch viele, die der Freiheit nach dem Leben trachten. Mit Geierschnäbeln hacken sie danach. Ich bin deshalb für Anschluß an Frankreich und sehe Gefahr für Preußen in jenem Mann, der Polen eingesargt hat und unsre junge Freiheit nicht will. Also, meine Herren, Männer von verbürgter Königs-, aber zugleich auch von verbürgter Volkstreue: Jahn, Arndt, Boyen, Grolman, vielleicht auch Pfuel. Die werden unsre Fahne hochhalten. Ich wähle Humboldt.«

Diese Rede wurde mit Beifallsgemurmel aufgenommen, und nur der Vorsitzende lächelte. Zu Widerlegungen sah er sich aber nicht gemüßigt, und so fiel mir Ärmsten denn die Aufgabe zu, dem einem allerhöchsten

Ziele wild nachjagenden Schulvorsteher in die Zügel zu fallen. Sehr gegen 356
meine Neigung. Ich war aber über dies öde wichtigtuerische Papelwerk aufrichtig indigniert und bemerkte dementsprechend mit einer gewissen übermütigen Emphase, »daß uns hier nicht zubestimmt sei, für die Hohenzollern oder für die Freiheit direkt Sorge zu tragen, sondern daß wir hier in der Gotteswelt weiter nichts zu tun hätten, als in unsrer Eigenschaft als bescheidene Urwähler einen bescheidenen Wahlmann zu wählen. All das andre käme nachher erst; da sei dann der Augenblick da, Preußen nach rechts oder nach links zu leiten. Hoffentlich nach links. Ich müßte deshalb auch darauf verzichten, Alexander von Humboldt an dieser Stelle meine Stimme zu geben und wäre vielmehr für meinen Nachbar Bäcker Roesike, von dem ich wüßte, daß er ein allgemein geachteter Mann sei und in der ganzen Gegend die besten Semmeln hätte.«

Da zufällig kein andrer Bäcker zugegen war, so war man mit meinem Vorschlag allgemein einverstanden; aber Roesike selbst, allem Ehrgeiz fremd, wollte von seiner Wahl nichts wissen, schlug vielmehr in verbindlicher Revanche *mich* vor, und als wir zehn Minuten später das Wahllokal verließen, war ich in der Tat *Wahlmann*.

Dies war mein Debüt auf dem Wollboden, zugleich erstes und letztes Auftreten als Politiker.

Am Abend ebendieses Tages ging ich nach Bethanien hinaus, um dort dem Pastor Schultz, mit dem ich, trotz weitgehendster politischer und kirchlicher Gegensätze, befreundet war, einen Besuch zu machen. Als ich draußen ankam, sah ich an den im Vorflur an verschiedenen Riegeln und Haken hängenden Hüten und Sommerüberziehern, daß drinnen im Schultzschen Wohnzimmer Besuch sein müsse. Das war mir nicht angenehm. Aber was half es, und so trat ich denn ein. Um einen großen runden Tisch herum saßen sechs oder sieben Herren, lauter Pommersche von Adel, unter ihnen ein Senfft-Pilsach, ein Kleist, ein Dewitz. Aus ein paar Worten, die gerade fielen, als ich eintrat, konnt' ich unschwer heraushören, daß man über die Wahlen sprach und sich darüber mokierte. Schultz, sonst ein sehr ernster Mann – zu ernst –, war der ausgelassenste
von allen, und als er mich von der Tür her meine Verbeugung gegen 357
die Herren machen sah, rief er mir übermütig zu: »Was führt dich her! Du bist am Ende Wahlmann geworden.«

Ich nickte.

»Natürlich. So siehst du auch gerade aus.«

Alles lachte, und ich hielt es für das klügste, mit einzustimmen, trotzdem ich, ein bißchen ingrimmig in meiner Seele, das eitle Gefühl hatte: »Lieber Schultz, mit *dir* nehm ich es auch noch auf.«

Fünftes Kapitel

Nachspiel. Berlin im Mai und Juni 48

Ich habe, voraufgehend, von meiner Wahlmannschaft und einer gleichzeitigen oratorischen Leistung auf dem in der Neuen Königsstraße gelegenen Wollboden als von meinem »ersten und letzten Auftreten als Politiker« gesprochen. Es war das auch im wesentlichen richtig. Ich habe jedoch hinzuzufügen, daß diesem »ersten und letzten Auftreten« noch ein mit zur Sache gehöriges *Nachspiel* folgte. Dies Nachspiel waren die Wahlmännerversammlungen behufs Wahl eines Abgeordneten. Auf dem Wollboden in der Neuen Königsstraße war ich gewählt *worden,* im Konzertsaale des Königlichen Schauspielhauses, wo die Wahlmännerversammlungen stattfanden, *hatte* ich zu wählen oder mich wenigstens an den Beratungen zu beteiligen. Das tat ich denn auch, und ich zähle die Stunden, in denen diese Beratungen stattfanden, zu meinen allerglücklichsten. Es war alles voll Leben und Interesse, wenn auch, aufs eigentlich Politische hin angesehen, jeder moderne Parlamentarier sich schaudernd davon abwenden würde. Gerade von den besten Männern wurden Dinge gesprochen, die kaum in irgendwelcher Beziehung zu dem dort zu Verhandelnden standen, aber so sonderbar und oft das Komische streifend diese spontan abgegebenen und sehr »in die Fichten« gehenden Schüsse wirkten, so war doch in diesen dilettantischen Expektorationen immer
358 »was drin«. So sprach einmal der alte General *Reyher* – Chef des Großen Generalstabes und Vorgänger Moltkes, welcher letztere sich später oft dankbar zu diesem seinen Lehrer bekannt hat – und legte ganz kurz ein politisches, mit Rücksicht auf die Dinge, zu deren Erledigung wir versammelt waren, völlig zweckloses Glaubensbekenntnis ab. Es machte aber doch einen großen Eindruck auf mich, einen alten würdigen General sich freimütig zu seinem König und zur Armee bekennen zu hören. Denn von derlei Dingen hörte man damals wenig. Und dann, ich glaube, es war an demselben Tage, schritt der alte *Jacob Grimm* auf das Podium zu, der wundervolle Charakterkopf – ähnlich wie der Kopf Mommsens sich dem Gedächtnis einprägend – von langem, schneeweißem Haar

umleuchtet, und sprach irgend etwas von Deutschland, etwas ganz Allgemeines, das ihm, in jeder richtigen politischen Versammlung, den Ruf: »Zur Sache« eingetragen haben würde. Dieser Ruf unterblieb aber, denn jeder war betroffen und gerührt von dem Anblick und fühlte, wie weitab das alles auch liegen mochte, daß man ihm folgen müsse, wollend oder nicht.

Das waren so zwei glänzende, mir durch alle Zeit hin in Erinnerung gebliebene Gestalten, während die meisten freilich nur Schwätzer und Nullen waren, ein paar auch sogar Hochstapler. Ich kenne noch ganz gut ihre Namen, aber ich werde mich hüten, sie hier zu nennen.

Wie lange diese Sitzungen dauerten, weiß ich nicht mehr; ich weiß nur, daß alles, was ich erlebte, mich tagtäglich beglückte: der schöne Saal, das herrliche Wetter – wie's ein Hohenzollernwetter gibt, so gibt es auch ein Revolutionswetter –, der Verkehr, das Geplauder. Eine Befangenheit, zu der ich sonst wohl neige, kam nicht auf, weil niemand da war – selbst die Besten mit eingerechnet, denen dann eben wieder das Politische fehlte –, der mir hätte imponieren können. Von meiner Unausreichendheit, meinem Nichtwissen tief durchdrungen, sah ich doch deutlich, daß, kaum zu glauben, das Nichtwissen der andern womöglich noch größer war als das meinige. So war ich bescheiden und unbescheiden zugleich.

Eines Tages, als ich aus einer dieser immer den halben Tag wegnehmenden Sitzungen nach meiner Neuen Königsstraße zurückkehrte, fand
ich daselbst ein Billet vor, dessen Aufschrift ich rasch entnahm, daß es 359
von meinem Freunde, dem schon im vorigen Kapitel genannten Pastor Schultz in Bethanien, herrühren müsse. So war es denn auch. Er fragte ganz kurz bei mir an, ob ich vielleicht bereit sei, die pharmazeutisch-wissenschaftliche Ausbildung zweier bethanischer Schwestern zu übernehmen, da man gewillt sei, den bethanischen Apothekendienst in die Hände von Diakonissinnen zu legen. Im Falle dieser sein Antrag mir passe, wär' es erwünscht, wenn ich baldmöglichst in die betreffende Stellung einträte. Das war eine ungeheure Freude. Auskömmliches Gehalt, freie Wohnung und Verpflegung, alles wurde mir geboten, und ich antwortete, daß ich nicht nur dankbarst akzeptierte, sondern auch der Hoffnung lebte, mich aus meiner gegenwärtigen Stellung sehr bald loslösen zu können. Gleich am andern Morgen trug ich dementsprechend mein Anliegen meiner Prinzipalität vor und begegnete keiner Schwierigkeit. Eigentlich war man wohl froh, und auch mit Recht, mich loszuwer-

den, denn solchen »Politiker« um sich zu haben, der jeden Tag ins Schauspielhaus lief, um dort pro patria zu beraten, und bei dem außerdem noch die Möglichkeit einer plötzlichen Verbrüderung mit dem Blusenmann Siegerist nicht ausgeschlossen schien, hatte was Bedrückliches, ganz abgesehn von den nächstliegenden geschäftlichen Unbequemlichkeiten, die mein beständiges »Sich-auf-Urlaub-Befinden« mit sich brachte.

So kam es denn, daß ich schon im Juni höchst vergnüglich nach Bethanien hin übersiedelte, nur ein ganz klein wenig bedrückt durch die Vorstellung, daß mir vielleicht ein »Singen in einem höheren Ton« dort zugemutet werden könnte. Sonderbarerweise aber hat es sich für mich immer so getroffen, daß ich unter Muckern, Orthodoxen und Pietisten, desgleichen auch unter Adligen von der junkerlichsten Observanz meine angenehmsten Tage verlebt habe. Jedenfalls keine unangenehmen.

In Bethanien

Erstes Kapitel

Bethanien und seine Leute

Ich war nun also in Bethanien eingerückt und hatte in einem der unmittelbar daneben gelegenen kleineren Häuser eine Wohnung bezogen. In ebendiesem Hause, dem Ärztehause, waren drei Doktoren einquartiert: in der Beletage der dirigierende Arzt Geheimrat Dr. Bartels, in den Parterreräumen einerseits Dr. Wald, andrerseits Dr. Wilms. Zwei von des letzteren Wohnung abgetrennte Zimmer mit Blick auf Hof und Garten bildeten meine Behausung. Bartels und Wald waren verheiratet, was einen Verkehr zwar nicht ausschloß, aber doch erschwerte, Wilms und ich dagegen trafen uns tagtäglich beim Mittagessen, das wir gemeinschaftlich mit einem ebenfalls unverheirateten bethanischen Inspektor in dessen im »Großen Hause« gelegenen Zimmer einnahmen. Drei Junggesellen: Wilms sechsundzwanzig, ich achtundzwanzig, der Inspektor einige dreißig. Das hätte nun reizend sein können. Es war aber eigentlich langweilig. Wilms war immer etwas gereizt, teils weil ihn das Pastor Schultzische Papsttum direkt verdroß, teils weil ihn die Haltung der beiden ihm vorgesetzten Ärzte, das mindeste zu sagen, nicht recht befriedigte. Dazu kam auch wohl noch die Vorahnung beziehentlich Gewißheit, daß er *die,* denen er sich jetzt unterstellt sah, sehr bald überflügeln würde. Dem nachzuhängen wäre nun gewiß sein gutes und für mich unter allen Umständen sehr unterhaltliches Recht gewesen, aber weil er bei seinen großen Vorzügen – seine größte Eigenschaft, fast noch über das Ärztliche hinaus, war seine Humanität – doch eigentlich was Philiströses hatte, so verstand er es nicht, seinen Unmut grotesk-amüsant zu inszenieren. Er hatte keine Spur von Witz und Humor und entbehrte alles geistig Drüberstehenden. Er wurde nur groß, wenn er das Seziermesser in die Hand nahm. 361

So Wilms. Er war nicht interessant. Aber das war freilich auch das einzige, was sich gegen ihn sagen ließ, während es mit dem Inspektor auf manch ernsterem Gebiete bedenklich stand. Er hatte das rosige, gut rasierte Glattgesicht der Frommen, dazu auch die verbindlichen Manieren, deren sich diese zwar nicht immer, aber doch meist befleißigen. Insoweit wär' es also mit ihm sehr gut auszuhalten gewesen. Aber er war ein Scheinheiliger comme-il-faut – Gott sei Dank der einzige, den ich in Bethanien kennengelernt habe –, und wenn er mit feinem Ohr hörte, daß spät am Abend noch die Oberin, Gräfin Rantzau, auf seinem Korridor erschien, um vor Nachtzeit noch einmal das Haus abzupatrouillieren, so begann er in seinem Zimmer auf und ab zu rutschen und Gott mit erhobener Stimme anzurufen, ihm seine Sünden zu verzeihen und wieder in Gnaden anzunehmen. Ob die Gräfin in diese Falle ging, weiß ich nicht; ich glaub' es aber kaum, denn sie war klug und kannte die Menschen.

Übrigens medisierten Wilms und ich, ich natürlich voran, bei unsren gemeinsam eingenommenen Mahlzeiten mit nie aussetzender Regelmäßigkeit und erzählten uns die bedenklichsten Geschichten, bei denen sich das Gesicht des Inspektors immer verklärte. Weiter ging er aber nicht. Er selber stimmte nicht ein, begnügte sich vielmehr, das eben Gehörte nach Spitzelart weiter zu melden. Solche Gestalten sind jetzt im Verschwinden; er vertrat noch ganz den alten Komödiantentartüff, den man schon merkt, noch eh er um die Ecke gebogen. Die heutigen sind viel gefährlicher, weil sie gröber auftreten. Und Grobheit gilt nun mal für gleichbedeutend mit Rechtschaffenheit und Wahrheit. Grobheit hat etwas Sakrosanktes. Aber zurück zu unsrem Inspektor! Er ist mir durch manche wunderliche Szene noch lebhaft in Erinnerung, am meisten durch einen »Refus«, zu dem er freilich, einem vorhandenen Reglement entsprechend, nicht bloß berechtigt, sondern sogar gezwungen war, was nicht ausschließt, daß er diesem Reglement auch *gern* gehorchte. Dafür sorgte seine kleinliche Natur. Und so kam es denn, daß er, als ich meine zwei Zimmer einrichten wollte, gegen jede die Wandfläche schädigende Handlung, also ganz besonders gegen jeden *einzuschlagenden Nagel* fei-
362 erlich Protest einlegte, sich dabei auf den »Herrn Baurat« berufend, der dergleichen verboten und jedes neue Nageleinschlagen von seiner vorgängigen Erlaubnis abhängig gemacht habe. Wir alle: Dr. Wald, Wilms und ich, wahrscheinlich auch die andern Bewohner des Hauses, waren über diesen ungeheuren Blödsinn dermaßen empört, daß wir höheren Orts anfragten, »ob sich das wirklich so verhalte«. Worauf man uns achselzuckend mitteilte: »Ja, das sei so.« Ganz neuerdings ist mir ein Akt ähnlich ridiküler Baumeistertyrannei zur Kenntnis gekommen, so daß also derlei Dinge nicht Spleen oder Anmaßung eines einzelnen, sondern, namentlich bei Staats- und öffentlichen Bauten, ein gut preußi-

sches Herkommen zu sein scheinen. Ich schicke dabei voraus, daß ich ein Baumeisterschwärmer bin, etwa wie die meisten Menschen Oberförsterschwärmer zu sein pflegen. Einzelne Berufe sind eben bevorzugt. Aber das mit dem nicht »einzuschlagenden Nagel« oder gar – wie in dem zweiten Falle – das Verbot eines an einer höchst fragwürdigen Kasernenbaufront anzubringenden Fensterladens ist mir denn doch zuviel gewesen. Da spricht man immer von Maleranmaßung, wenn irgendwo ein unglücklicher Pittore glaubt, sich gegen eine von Pater familias gewünschte Farbenungeheuerlichkeit auflehnen zu müssen, oder man eifert auch wohl gegen den Eigensinn und Dünkel eines armen Tragödienschreibers, der zwei Menschen, die, seiner Meinung nach, sterben müssen, nicht in der Matthäikirche trauen lassen will. Aber was wollen diese sogenannten Maler- und Dichtereigensinnigkeiten sagen gegen diesen Architektenhochmut, der mir das Anbringen eines mich leidlich gegen Blendung schützenden Fensterladens verbieten und mich, vielleicht auf ein Menschenalter hin, zum Schmoren in der Nachmittagssonne verurteilen will.

Bethanien war eine Schöpfung Friedrich Wilhelms IV., der diesem Diakonissenhause, von Beginn seiner Regierung an, seine ganz besondere Liebe zugewandt hatte. 1845 wurde der Grundstein gelegt und 1847 die Anstalt eröffnet. An der Spitze stand, wie schon hervorgehoben, die Gräfin Rantzau. Hier ihres Amtes zu walten, war damals eine sehr schwierige Aufgabe, die viel Takt erheischte. Denn die Berliner Bevölkerung wollte von dem ganzen auf protestantischer und, wie mancher 363
fürchtete, vielleicht sogar auf katholischer Kirchlichkeit aufgebauten Krankenhause nicht viel wissen. Der Gräfin lag es also, neben andrem, ob, die ziemlich widerwillige öffentliche Meinung mit Bethanien zu versöhnen. Sie vermied dementsprechend alle Friktionen, und wenn es mir auch gewiß ist, daß spätere Oberinnen ihr nicht nur an kirchlicher Dezidiertheit, sondern namentlich auch an Rührigkeit und Rüstigkeit – sie war von Anfang an sehr krank, starb auch früh – überlegen gewesen sind, so möcht' ich doch behaupten dürfen, daß sie die zu solcher Stellung wünschenswerten Eigenschaften in ganz besonders hohem Maße besessen habe. Der König, als er sie wählte, zeigte auch darin wieder seine feine Fühlung.

Soviel über die Gräfin. Ihr erster Minister war Pastor *Schultz,* einer der Bestgehaßten jener Zeit. Aber auch bei ihm durft' es heißen: »Viel

Feind', viel Ehr'.« Er gehörte ganz in die Reihe der unter Friedrich Wilhelm IV. einflußreichen und oft maßgebenden Persönlichkeiten, und was von den Gerlachs, von Hengstenberg und zum Teil auch wohl von Büchsel – der freilich, im Gegensatz zu den andren, sich durch seinen Humor immer einer gewissen Volkstümlichkeit erfreute – galt, das galt auch von dem bethanischen Pastor Schultz. Er war herb und hart, herrschsüchtig, ehrgeizig und von der Anschauung durchdrungen, daß man die Welt mit Bibelkapiteln – unter allen Regierungsformen die furchtbarste – regieren könne, daneben aber doch auch von Eigenschaften, denen selbst der Feind den Respekt nicht versagen konnte. Das Leben war für ihn nicht zum Spaße da; Leben hieß kämpfen, und in ascetisch strenger Erfüllung seiner Pflichten jeden Kampf mutig aufnehmend, sei's mit den Rammarbeitern draußen am Kanal, sei's mit hohen Vorgesetzten, so hat er seine Tage verbracht und ist unter Schmerz und Qualen – unter denen auch Zweifel waren, die ich ihm besonders hoch anrechne – wie ein tapferer Streiter gestorben. Er war nicht mein Geschmack, aber ein Gegenstand meiner Hochachtung.

Was mir sein Wohlwollen eintrug, weiß ich nicht recht. Er war mit meiner Familie liiert und namentlich meiner Mutter, die große Stücke
364 von ihm hielt, in besonderer Liebe zugetan. Aber solche Erbgefühle halten nie recht vor, und wenn man einem Menschen andauernd Liebe bezeigen soll, so muß noch etwas hinzukommen, was in der *Person* dieses Menschen liegt oder mit ihm zusammenhängt. Ich vermute, daß es, neben manchem Geringfügigeren, eine gewisse Beobachtungslust war, was mir des sonst so strengen Pastors sich immer gleichbleibende freundliche Gesinnungen eintrug. Er hatte sich meine Person ausgesucht, um an mir Studien über den natürlichen Menschen zu machen, etwa wie man gegnerische Bücher liest, nicht um sich zu bekehren, daran denkt niemand, sondern um Kenntnis zu nehmen. Die Naivität, mit der ich über Kirchliches und Politisches mich aussprach, amüsierte ihn zunächst, aber er ließ es, weil er meiner Ehrlichkeit traute, bei diesem Amüsement keineswegs bewenden, sondern sagte sich: »Ja, wenn *der so* spricht, so muß wohl ein Restchen von Richtigem drin sein.« Natürlich änderte das nichts an und in ihm. Aber er war gescheit genug, um jede aufrichtige Meinung, richtig oder falsch, klug oder dumm, der Betrachtung wert zu halten.

Er hatte – alles tanzte nach seiner Pfeife – großen Einfluß nicht bloß als dirigierender Minister im Hause, sondern auch nach außen hin in

der kirchlichen und zugleich vornehmen Welt, so beispielsweise bei den Stolbergs. Aber sonderbarerweise galt er durchaus nicht für einen »Mann von Gaben«, auch bei seinen größten Verehrern nicht, die nur seinen Charakter und seine Bekenntnisstrenge betonten. Dies war aber, wenn ich in solchen Dingen mitsprechen darf, total falsch. Er hatte keinen abgerundeten und kunstvoll aufgeführten Satzbau, keine Bildersprache, keine geistreichen Vergleiche, keine Antithese, keinen Fluß der Rede, kein donnerndes Organ, nicht einmal gefällige Handbewegungen, aber gerade deshalb sind mir seine Predigten – in denen er nur der *einen* Schwäche huldigte, den einzelnen gern anzupredigen (auch ich kam mal an die Reihe) – vielfach als mustergültig erschienen, als Ausdruck einer schlichten Kunst, die wegen ebendieser Schlichtheit ihm nicht bloß die Herzen der Seinen hätte zuführen müssen, sondern auch ihre literarischen Huldigungen. Das blieb aber aus. Auch die Frommen sind von Äußerlichkeiten viel mehr abhängig, als sie zugeben wollen, und ihr mangelndes ästhetisches Urteil läßt sie nicht einmal zwischen ihren eigenen Leuten 365
richtig unterscheiden. Sehr fromm, das ist die erste Bedingung. Aber ist diese Bedingung erfüllt, so steht ihnen ein frommer Sacher-Masoch höher als ein frommer Goethe.

Als Beweis dafür, daß Schultz, trotz aller Orthodoxie, doch ein sehr feines Kunstverständnis hatte, will ich hier nur noch eins erzählen, das noch in meine ganz jungen Jahre fiel, fünf oder sechs Jahre vor meinem Eintritt in Bethanien. Wir waren gemeinschaftlich auf Landbesuch und schritten in dem Garten des Herrenhauses auf und ab, uns über Herwegh unterhaltend, der damals in seiner »Sünden Maienblüte« stand. Schultz sprach sehr heftig gegen ihn, wollte nichts wissen von »Noch einen Fluch schlepp' ich herbei« und natürlich noch weniger von »Reißt die Kreuze aus der Erden«. Er zuckte die Achseln dazu, fand alles redensartlich und beklagte, daß der König einen solchen Phrasenmacher in Audienz empfangen habe. Dann aber brach er mit einem Male ab, sah mich scharf an und sagte: »Du darfst mich aber nicht mißverstehn. Trotz allem, was ich da eben gesagt habe – *so* was kannst du noch lange nicht.«

Zweites Kapitel

Zwei Diakonissinnen

Meine Übersiedlung in meine neue Stellung fand gerade an dem Nachmittage statt, wo Bürgerwehr und Volk auf dem Köpnicker Felde herumbataillierten, so daß ich – ich war mit einem Male mitten in einer Schützenlinie – unter Flintengeknatter meinen Einzug in Bethanien hielt. Ich hatte von dem Ganzen den Eindruck einer Spielerei gehabt, was es aber doch eigentlich nicht war.

Am andern Vormittage kam Pastor Schultz, um sich bei mir umzusehen und mich dann in mein Amt einzuführen. Wir traten von der Gartenseite her in das »Große Haus« ein und gingen durch die langen Korridore hin auf ein hohes Eckzimmer zu, das als Apotheke eingerichtet
366 war und besonders um seiner Höhe willen einen wundervollen, halb mittelalterlichen Eindruck machte. Hier fanden wir zwei Damen, die eine – ältere – in einen schwarzen Wollstoff, die andere, noch sehr jung, in blau- und weißgestreifte Leinwand gekleidet, beide in zierlichen weißen Häubchen. Die ältere, von einem gewissen Selbstbewußtsein getragen, begnügte sich mit einem kurzen Knicks, während die jüngere, verlegen lächelnd, eine kleine Kopfverbeugung machte.

Schultz gab den Damen die Hand, war überhaupt in bester Stimmung und sagte dann, während er sich zu mir wandte: »Das sind nun also die zwei Schwestern, die du zu regelrechten Pharmazeutinnen heranzubilden haben wirst. Denn sie sollen, wie vorgeschrieben, ein richtiges Examen machen. Tue dein Bestes – *sie* werden gewiß ihr Bestes tun. Übrigens muß ich dir noch ihre Namen nennen: Schwester Emmy Danckwerts, Schwester Aurelie von Platen.«

Und damit ging er und überließ uns unserem Schicksal.

Emmy Danckwerts mochte 35 sein. Sie stammte aus einer bekannten hannöverschen Predigerfamilie, deren Mitglieder, besonders im Lüneburgischen, durch Geschlechter hin ihre Pfarren gehabt hatten und auch heute noch haben. Auf einem Dorfe in der »Heide« war sie geboren und erzogen. Wahrscheinlich gehörte sie zu den, ich glaube, zwölf Schwestern, die von Kaiserswerth her, wo Pastor Fliedner schon seit Jahren einem Diakonissinnenhause vorstand, nach Berlin hin übernommen waren. Es war eine ganz ausgezeichnete Dame: klug, treu, zuverlässig, ein Typus jener wundervollen Mischung von Charakterfestigkeit und Herzensgüte.

Durchdrungen von der Pflicht der Unterordnung, war sie zugleich ganz frei. Selbst dem gefürchteten Schultz gegenüber – den wir gewöhnlich »Konrad von Marburg« nannten – bezeigte sie sich voll Mut, immer wissend, wie weit auch ihr ein Recht zur Seite stünde. Dabei ganz Hannoveranerin, in allen Vorzügen, freilich auch in bestimmten kleinen Schwächen. Unter den vielen klugen und charaktervollen Damen, die ich das Glück gehabt habe in meinem Leben kennenzulernen, steht sie mit in erster Reihe. Während ich den Lehrer spielen sollte, habe ich viel im Umgange mit ihr gelernt. Sie war hervorragend. 367

Die jüngere Dame, Fräulein Aurelie von Platen, war das Widerspiel der älteren und nur darin ihr gleich, daß sie einen völlig andern Frauentypus in gleicher Vollkommenheit vertrat. Sie war, wenn nicht sehr hübsch, so doch sehr anmutig, ganz weiblich, und glich in ihrem schlichten rotblonden Haar und den großen Kinderaugen einem aus dem Rahmen herausgetretenen Präraffaelitenbilde. Was Schwester Emmy durch Geist und Energie zwang, erreichte Schwester Aurelie durch stillere Gaben. Auch in diesen stilleren Gaben, wie in aller Liebe, lag etwas Zwingendes, und so ist es denn gekommen, daß beide Damen auf der Diakonissinnenleiter hoch emporgestiegen sind. Beide wurden Oberinnen. Aurelie von Platen lebt noch als Oberin zu Sonnenburg. Sie gehörte übrigens nicht zu den hannöverschen Platens, sondern zu den ostpreußischen.

An dem ersten Begegnungstage kam es noch zu keiner »Wissenschaftlichkeit«, vielmehr wurde nur festgesetzt, daß die Stunden am nächsten Nachmittag beginnen sollten. Und zur festgesetzten Zeit erschien ich denn auch, ein beliebiges Buch in der Hand, drin ich einen kleinen Zettel, mit ein paar Notizen darauf, eingelegt hatte. Diese Notizen enthielten mein Programm, nach dem ich vorhatte, zunächst von Pharmakologie zu sprechen und daran anschließend, und zwar am ausgiebigsten, von Chemie. Botanik sollte bloß gestreift, Mineralogie noch leiser berührt werden. Physik fiel aus guten Gründen aus.

Es ging alles ganz vorzüglich, was an dem guten Willen und der großen Gelehrigkeit meiner zwei Schülerinnen lag. Aber ein bestimmtes Verdienst kann ich mir doch auch selber zuschreiben, und zwar *das* Verdienst, daß ich selber so wenig wußte. Das ist in solchem Falle, wie der meinige war, immer ein großer Segen. Je weniger man weiß, je leichter ist es, das, was man zu sagen hat, in Ordnung und Übersichtlichkeit zu sagen. Und darauf allein kommt es an. Natürlich ist durch eine so simple

Prozedur kein Gelehrter heranzubilden, aber für Anfänger, bei denen es doch nur auf Introduktion und Orientierung ankommen kann, ist das Operieren mit einem ganz kleinen, aber übersichtlich angeordneten Material das beste. Das Ende krönte denn auch das Werk; beide Damen bestanden ein Jahr später nicht nur das Examen vor einer eigens dazu
368 berufenen Kommission, sondern Emmy Danckwerts war auch geradezu das Staunen der Examinatoren. Sie verdankte das zu Neunzehnteln sich selbst, aber ich hatte sie doch auf den rechten Weg gebracht und vor allem alles vermieden, was sie hätte langweilen und abschrecken können.

Meine Vortragsweise, wenn ich meiner Art zu sprechen diesen Namen geben durfte, war die plauderhafte, drin das Wissenschaftliche nur so nebenherlief, während ich beständig Anekdoten und kleine Geschichten erzählte. So beispielsweise beim Sauerstoff, mit dem ich anfing. Ich berichtete von seiner Entdeckung und daß er beinah gleichzeitig von drei Nationen, und wenn man den in Schwedisch-Pommern lebenden Scheele als Vertreter von Schweden *und* Deutschland gelten lassen wolle, sogar von *vier* Nationen entdeckt worden sei. Dann fing ich an hervorzuheben, daß am Sauerstoff immer das Leben hinge. Schon gleich nach seiner Entdeckung habe man das auch gewußt, und als König Friedrich Wilhelm II. in seinem wassersüchtigen Zustande vielfach von Erstickung bedroht gewesen sei, da habe man ihm allabendlich ein paar mit Sauerstoff gefüllte Schwimmblasen ans Bett gelegt, und immer, wenn die Atemnot am größten gewesen, hab' er sich mit Hülfe des Sauerstoffs eine Linderung verschaffen und wieder leichter aufatmen können. Noch jetzt, wenn durch Grubengas vergiftete Arbeiter aus den Pariser Katakomben wie tot heraufgebracht würden, bringe man sie mit Sauerstoff wieder zum Leben, und ebenso würden Scheintote durch in die Lunge gepumpten Sauerstoff wieder in Ordnung gebracht. In dieser Weise ging das auf jedem Gebiet. Beim Wasserstoff, nachdem ich ihn hergestellt und zum Ergötzen meiner Schülerinnen verpufft hatte, kam ich schnell auf die Luftballons und gab ein halbes Dutzend Aeronautengeschichten mit fabelhaften Gefahren und noch fabelhafteren Rettungen zum besten, und wenn ich im weitren Verlauf meiner Vorträge die Kohlenwasserstoffgase glücklich erreicht hatte, ging ich rasch zu den Kohlenbergwerken über und erzählte eine halbe Stunde lang Schreckensgeschichten von den schlagenden Wettern und von der sogenannten »Sicherheitslampe«, die eigentlich eine Unsicherheitslampe sei, weil der bodenlose Leichtsinn
369 der Bergleute mehr Gefahr dadurch heraufbeschwöre als beseitige. Wenn

ich Kleines mit Großem vergleichen darf, so verfuhr ich etwa so, wie zwanzig oder dreißig Jahre später Huxley in seinen öffentlichen Vorlesungen über derlei Dinge verfuhr. Es wiederholt sich immer wieder, daß die höchste und die niedrigste Wissenschaft denselben spielerischen Weg einschlagen, der Meister, weil er *will*, der Stümper, weil er *muß*.

Das Zimmer, worin diese Vorträge stattfanden, war das neben der Apotheke gelegene Wohnzimmer Emmy Danckwerts und bezeigte durch seine ganze Einrichtung, daß seine Bewohnerin eine exzeptionelle Stellung einnahm. In verschiedenen Truhen und Wandschränken war nicht bloß der Inhalt einer Speisekammer, sondern auch eine ganze Wirtschaftseinrichtung untergebracht, und mit Hülfe des einen und des andern übte die Diakonissin hier eine großartige Hospitalität. Ich war ihr Lehrer, aber vor allem auch ihr Gast. Während ich sprach und sie zuhörte, machte sie zugleich die Wirtin, und ich wurde, wie wenn ich ihr Besuch im Pfarrhaus auf der Lüneburger Heide gewesen wäre, mit Kaffee, Butter und Honig bewirtet oder an heißen Tagen auch mit Erdbeeren, Selterwasser und Wein. Sie bestritt das alles aus ihren privaten Mitteln, nur um sich und mir die Freude dieser Gastlichkeit zu gönnen. Und dann unterbrachen wir Lektionsplan und Stundenvorschrift und plauderten eine halbe Stunde lang über Dinge, die mit Chemie herzlich wenig zu schaffen hatten, und ließen dabei unsre Umgebung bez. unsere Vorgesetzten Revue passieren, erst die Ärzte, dann den Inspektor – über dessen Frömmigkeit wir gemeinschaftlich lachten – und verstiegen uns auch wohl zur Oberin, ja bis zu »Konrad von Marburg«. Alles natürlich sehr vorsichtig. Meine Partnerin war außerordentlich fein geschult, und jeder wird an sich selber die Erfahrung gemacht haben, daß der feine Ton andrer auch seiner eignen Sprechweise zugute kommt.

Ohne solche Führung war ich immer ziemlich unvorsichtig. 370

Drittes Kapitel

Wie mir die bethanischen Tage vergingen

Mein Leben mit den zwei Diakonissinnen war ein Idyll, wie's nicht schöner gedacht werden konnte: Friede, Freundlichkeit, Freudigkeit. In ruhigen Tagen, soviel muß ich zugestehen, wär' es mir des Idylls vielleicht zuviel geworden, aber daran war in der Zeit vom Sommer 48 bis Herbst 49 gar nicht zu denken, und was Th. Storm in einem seiner schönsten

Gedichte von seinem Kätner auf der schleswig-holsteinischen Heide singt:

> Kein Ton der aufgeregten Zeit
> Drang noch in seine Einsamkeit

– das war so ziemlich das letzte, was von meinem damaligen Leben gesagt werden konnte. Rings um mich her erklang beinah unausgesetzt der »Ton der aufgeregten Zeit«. Wie schon erzählt, gleich am Tage meines Einzugs in Bethanien, bataillierte die Bürgerwehr auf dem Köpnicker Felde, dann stürmte das Volk das Zeughaus, und dazwischen hieß es abwechselnd: »Die Russen kommen« und dann wieder: »Die Polen kommen«. Ersteres war gleichbedeutend mit Hereinbrechen der Barbarei, letzteres mit Etablierung der Freiheit. Dann erschien allerdings Wrangel, und ein paar stillere Monate folgten; aber mit dem Frühjahr war auch der Lärm wieder da: Dresden hatte seinen Maiaufstand, in Paris tobte die Junischlacht, und in Baden unterlag die Sache der Aufständischen erst nach mühsamlichen Kämpfen. Es gab kaum einen in ruhiger Alltäglichkeit verlaufenden Tag, und dies Widerspiel von Lärm da draußen und tiefster Stille um mich her gab meinem bethanischen Leben einen ganz besondren Reiz. Zugleich unternahm ich es bei bestimmter Gelegenheit, zwischen diesen Gegensätzen zu vermitteln oder richtiger Schritte zu tun, als ob diese Gegensätze gar nicht vorhanden wären. Daß ich mich dabei durch Bonsens und Takt ausgezeichnet hätte, kann ich leider nicht sagen. Ich las eines Morgens in einer Zeitung, daß eine »Tagung der äußersten Linken« geplant würde, für die Berlin als Ver-
371 sammlungsort ausersehen sei. Besonders vom Rheinland her, so hieß es weiter, seien für diese Versammlung bereits Anmeldungen eingetroffen, und zwar in so großer Zahl, daß man, behufs gastlicher Unterbringung derselben, um Adressen bäte. Das gefiel mir außerordentlich, und weil ich über ein freies Zimmer verfügte, so schrieb ich nicht bloß, mich ganz allgemein zur Verfügung stellend, an das Komitee, sondern bat mir auch im speziellen Ferdinand Freiligrath als wünschenswertesten Gast aus. Ich erhielt glücklicherweise keine Antwort. Das Komitee war klüger als ich und begriff den Unsinn, einen blutroten Revolutionär – der Freiligrath damals wenigstens war – ganz gemütlich in Bethanien einquartieren zu wollen. Was ich mir dabei gedacht, ist mir noch nachträglich ganz unerfindlich. Alles in allem ein Musterstück unzulässigster Poetennaivität.

Inmitten dieses Treibens war ich auch literarisch tätig, und zwar mit ganz besondrer Lust und Liebe. Was kaum wundernehmen durfte. Denn zum erstenmal in meinem Leben stand mir so was wie volle Muße zur Verfügung; ich brauchte mir die Stunden nicht abzustehlen und war in ungetrübter Stimmung, was fast noch mehr bedeutet als Muße. Mancherlei, was ich bald danach herausgab, ist in jenen bethanischen Tagen entstanden, auch eine meiner bekannteren und vielfach in Anthologien abgedruckten Balladen, die den Titel »Schloß Eger« führt und das Massacre der Wallensteinschen Feldobersten Illo, Terzky und Kinsky schildert. Es ist das einzige meiner Gedichte, das ich in wenigen Minuten aufs Papier geworfen habe, buchstäblich stante pede. Beim Ankleiden überkam es mich plötzlich, und einen Stiefel am Bein, den andern in der linken Hand, sprang ich auf und schrieb das Gedicht in einem Zuge nieder. Habe auch später nichts daran geändert. Als ich es tags darauf im Tunnel vorlas, sagte Friedrich Eggers: »Ja, das ist ganz gut, aber doch eigentlich nur Kulissenmalerei«, wofür ich mich bei ihm bedankte, hinzusetzend, seine halb tadelnde Bemerkung sei durchaus richtig, aber dergleichen müsse auch ganz einfach mit einem großen Pinsel heruntergestrichen werden. Derselben Meinung bin ich auch heute noch.

Über das Leben, das ich all die Zeit über mit Wilms führte, nicht intim,
aber doch voll aparter Züge, spräche ich gern, versage mir's aber und 372
beschränke mich darauf, eine ganz bestimmte Szene zu schildern, an der Wilms teilnahm und die wie manches andere, was ich in voraufgehenden Kapiteln erzählt habe, als ein Beweis dafür gelten mag, wie überall da, wo strenge Ordnungen herrschen, ein gewisser natürlicher Zug in den Menschen lebt, diese Ordnungen zu durchbrechen, nicht aus großer Veranlassung, sondern umgekehrt aus einem kleinen, ganz untergeordneten Hazardiertrieb und ein wenig auch wohl aus der jugendlichen Lust, sich über den Ernst des Lebens zu mokieren.

Es war in den ersten Januartagen 1849, und ich hatte vor, zur Nachfeier meines am Schluß des Jahres stattgehabten Geburtstages eine kleine Gesellschaft zu geben; zwei Tunnel-Freunde waren geladen, außer ihnen aber sollten auch Wilms und der Inspektor und ein Leutnant von Karger, der als Kranker in Bethanien war, an der Festlichkeit teilnehmen. Leutnant von Karger war ein sehr charmanter junger Herr, der sich in einer kalten Manövernacht einen bei schon vorhandener Nervenschwäche nur allzugut gediehenen Kolossalrheumatismus angeeignet hatte und nun bereits monatelang in Wilms' und der andern Ärzte Behandlung war.

Er humpelte ganz vergnüglich im Hause umher, sagte jedem Verbindliches und wurde beinah mehr als Gast wie als Kranker angesehn. Er war aber wirklich krank. Daß er in den Künsten dilettierte, braucht kaum noch versichert zu werden. Was im übrigen meine Festlichkeit anging, so war, neben dem, was ich aus der bethanischen Küche bezog, außerdem noch durch Ankauf von Datteln, Marzipan und Pfannkuchen ausgiebig gesorgt worden. Auf einem Tisch mit Steinplatte stand des weiteren ein Kohlenbecken mit einem Kessel darin, also etwas Samowarartiges. Es handelte sich aber durchaus nicht um Tee, sondern um einen festen Grog, und als dieser endlich hergestellt war, war auch das Eis gebrochen, das bis dahin den freien Gang der Unterhaltung gehindert hatte. Der Inspektor wurde mehr und mehr Mensch, Wilms, eigentlich steif und zugeknöpft, war gar nicht mehr er selbst, und Karger und ich brauchten nicht erst animiert zu werden. Dasselbe galt von den zwei Tunnel-Freunden. Einen Augenblick kam sogar die Frage zur Erwägung, ob
373 nicht vielleicht gesungen werden dürfe. Wir entschieden uns aber dagegen, besser sei besser. Was wir uns übrigens im Gesang versagten, wurde durch immer gewagter werdende Geschichten ausgeglichen. Und so plauderten wir uns denn glücklich über Mitternacht hinaus. Als Sprechlustigster geberdete sich, in seiner Eigenschaft als Nervenkranker, natürlich unser Leutnant, und weil er im Trinken und Sprechen seiner Krankheit ganz vergaß, war ein schließlicher Rückschlag unvermeidlich. Mit einem Male schwieg er. Der Kopf fiel ihm nach vorn auf die Brust, die Unterkinnlade klappte weg, und der Inspektor und ich kriegten einen Todesschreck, bis uns Wilms beruhigte. »Die Sache habe weiter nichts auf sich; wir müßten ihn freilich sobald wie möglich ins Bett schaffen.« Ja, »ins Bett schaffen«, das war leicht gesagt. Aber wie, wie? Kargers Krankenzimmer lag im »Großen Hause«, ganz hinten im nördlichen Flügel, und der Weg dahin war eine kleine Reise. Dabei zeigte sich's, als wir ihn aufrichteten, daß an Gehen seinerseits gar nicht zu denken war, auch wenn wir ihn von links und rechts her untergefaßt hätten. Eine ganz fatale Geschichte! Nach einiger Beratung stand uns fest, er müsse wohl oder übel *hinübergetragen* werden, aber um Gottes willen nicht den Hochparterrekorridor entlang, weil da die Wohnzimmer der Oberin lagen, sondern durch die darunterhin laufenden Gänge des Souterrains und dann eine Stiege hinauf, die dicht vor Kargers Zimmer einmündete.

Wir packten ihn also, so gut es ging, der Inspektor und Wilms oben an den Schultern, ich an den beiden Beinen, und so setzten wir uns in

Bewegung, erst über ein Stück Hof hin und dann in die Kellerräume hinein. Alles dunkelte hier, bloß am andern Ende flimmerte was. »Nur zu«, rief ich, weil das Schweigen unheimlich war. Aber schon im nächsten Augenblick stoppten wir wieder, und der Inspektor beugte sein Ohr und horchte. Gott sei Dank, es war nichts, eine Sinnestäuschung, und so setzte sich unser Kondukt wieder in Bewegung. Immer gradaus auf das Licht zu. Fünf Minuten später stiegen wir die letzte Stiege hinauf, und gleich danach lag Karger in seinem Bett. Wir aber schlichen uns in großen Abständen einzeln wieder zurück, weil wir instinktmäßig davon ausgingen, daß ein Angetroffenwerden zu dritt immer was Verschwörer-
mäßiges habe. 374

Den andern Tag, als wir uns wie gewöhnlich bei Tische trafen, herrschte zunächst ein ängstlich bedrücktes Schweigen, keiner wollte mit der Sprache heraus. Zuletzt aber nahm ich des Inspektors Hand und sagte: »Sagen Sie, Inspektor, warum horchten Sie denn so auf?«

»Ja, es war mir so …«

»Was denn?«

»... Ja, sie kann nachts oft nicht recht schlafen. Und dann geht sie um, erst die Korridore lang und dann unten im Souterrain. Und ich dachte
…« 375

Im Hafen

Erstes Kapitel

Mein erstes Jahr als Schriftsteller

»*Im Hafen*« hab' ich diesen letzten Abschnitt betitelt. Es war aber nur ein »Nothafen« (und auch das kaum), wie gleich hier vornweg bemerkt sein mag.

Fünfviertel Jahre verblieb ich in Bethanien. Als es damit auf die Neige ging, trat ernsthafter denn je zuvor die Frage an mich heran: »Ja, was nun?« Ich war all die Zeit über in jedem Anbetracht derart verwöhnt worden, daß mir Stellungen »wieder draußen in der Welt« unmöglich behagen konnten, und zwar um so weniger, als ich das notorisch Beste davon, also Stellungen wie in Dresden und Leipzig, schon längst vorweg hatte. Was also tun? In einen elenden Durchschnittskasten mit schlechter Luft und schlechtem Bett wieder hineinzukriechen, bei Tisch ein zähes Stück Fleisch herunterzukauen und den Tag über allerlei Kompaniechirurgenwitze – die's damals noch gab – mit anhören zu müssen, all das hatte was geradezu Schaudervolles für mich, und nach ernstlichstem Erwägen kam ich endlich zu dem Schluß: es sei das beste für mich, den ganzen Kram an den Nagel zu hängen und mich, *auf jede Gefahr* hin, auf die eignen zwei Beine zu stellen. Auf jede Gefahr hin! Daß eine solche da sei, darüber war mir kein Zweifel, ja, diese Gefahr stand mir so klar, so deutlich vor der Seele, daß ich mich davor gehütet haben würde, wenn irgendwie für mich ein Ende dieses immer langweiliger werdenden Umherfechtens abzusehen gewesen wäre. Das war aber nicht der Fall. Ohne jede Schwarzseherei mußt' ich mir vielmehr das Umgekehrte sagen,
376 und so war denn der Entschluß berechtigt: »Gib es auf; schlechter kann es nicht werden.« Nicht Leichtsinn oder Großmannssucht war für mich das Bestimmende, sondern einfach Zwang und Drang der Verhältnisse, nüchternstes Erwägen, und so nahm ich denn meine sieben Sachen und übersiedelte nach einer in der Luisenstraße gemieteten, an einer hervorragend prosaischen Stelle gelegenen Wohnung, dicht neben mir die Charité, gegenüber die Tierarzneischule. Mein Dreitreppenhochzimmer hatte natürlich jenes bekannte Seegrassofa, dessen schwarzgeblümter

und außerdem stachlicher Wollstoff nur deshalb nicht mehr stach, weil schon so viele drauf gelegen hatten. Die Wirtin war ein Mustertyp der damaligen Berliner Philöse: blaß, kränklich, schmuddlig und verhungert. Über mir, auf dem Boden, war noch eine Mansardenstube, drin ganz arme Leute wohnten, die, wenn ich arbeiten wollte, gerade ihr Holz spellten, um aus einem Scheit ein Dutzend zu machen. Es waren aber gute Menschen, denn als ich ihnen sagte, »das Holzspellen führe mir immer so in den Kopf«, ließen sie's, ein Fall, den ich, als einzig dastehend in meinen Berliner Mietserfahrungen, hier doch notieren muß. Der richtige Berliner klopft dann erst recht. »Was *der* sich einbildet ...«

Luisenstraße, gegenüber der Tierarzneischule – da hab' ich ein Jahr zugebracht, das erste Jahr in meiner neuen Schriftstellerlaufbahn. Und wenn ich dann bedenke, wie bang und sorgenvoll ich mich am ersten Tag in die Seegrassofaecke hineindrückte, so muß ich das in dieser elenden Chambre garnie verbrachte Jahr ein vergleichsweise glückliches nennen. Ich war sehr fleißig und schlug mich durch. Wie? weiß ich nicht mehr recht. Denn was ich einnahm, war begreiflicherweise sehr gering, weil ich davon nicht ablassen wollte, mein literarisches Leben auf den »Vers« zu stellen. Ein Entschluß, der übrigens schließlich, und zwar um vieles mehr, als ich damals vermutete, das Richtige traf. Ich sagte mir: »Wenn du jetzt ein Gedicht machst, das dir nichts einbringt, so hast du wenigstens ein Gedicht. Das Gedicht ist dein Besitz, und wenn es nur leidlich gut ist, kann es immerhin für etwas gelten. Wenn du aber einen Aufsatz schreibst, den niemand haben will – und die Chancen des ›Nicht-haben-Wollens‹ sind immer sehr groß –, so hast du rein gar nichts. Prosa darfst du nur schreiben, wenn sie von durchaus zahlungskräftigen 377
Leuten von dir *gefordert* wird.« Dies letztere traf nun freilich selten ein, aber es kam doch vor, und die Verse, von denen ich glücklicherweise manches auf Lager hatte, trugen mir mehr ein, als man von einer Zeit, in der die sogenannten »hohen Honorare« noch nicht erfunden waren, hätte vermuten sollen. Ich war in jenen Tagen in Beziehungen zur Firma Cotta getreten, in deren »Morgenblatt« meine Gedichte vom Alten Derfflinger, dem Alten Zieten usw. und bald darnach auch meine Romanzen »Von der schönen Rosamunde« veröffentlicht worden waren, und als sich um ein geringes später ein paar mutige Männer fanden, die nicht bloß diese vorgenannten Sachen, sondern auch noch andre kleine Dichtungen als Buch herauszugeben gedachten, war ich obenauf, besuchte meine damals in Schlesien im Kreise von Verwandten lebende Braut,

überreichte ihr das ihr gewidmete Buch und versicherte ihr, »die schönen Tage von Aranjuez seien nicht wie gewöhnlich vorüber, sondern brächen jetzt an.« Ein ungläubiges Lächeln störte mich nicht, und ich kehrte guter Dinge nach Berlin zurück. Es ging hier auch alles zu meiner leidlichen Zufriedenheit weiter, bis der unglückliche Ausgang der Schlacht bei Idstedt mich mit einemmal aus meinem stillen und relativ glücklichen Tun und Treiben herausriß. Ich erinnere mich keines anderen Außenereignisses, das mich *so* getroffen hätte; ich war wie aus dem Häuschen. In einem richtigen politischen Instinkt hatte ich die Herzogtümerfrage, solange sie »Frage« war, in ihrer ganz besonderen Wichtigkeit erkannt; all die Katzbalgereien in Deutschland, offen gestanden selbst die Schicksale des Frankfurter Parlaments, hatten mich vergleichsweise kalt gelassen, aber für Schleswig-Holstein war ich vom ersten Augenblick an Feuer und Flamme gewesen und hatte die preußische Politik, die dies alles in einer unglaublichen Verblendung auf den traurigen »Revolutionsleisten« bringen wollte, tief beklagt. Mein ganzes Herz war mit den Freischaren, mit »von der Tann« und Bonin, und als dann später General Willisen an die Spitze der schleswig-holsteinschen Armee trat, übertrug ich mein Vertrauen auch auf diesen; die Deutschen mußten siegen. Und nun Idstedt! Ich war ganz niedergeschmettert, und etliche Tage danach befand
378 ich mich auf dem Wege nach Kiel, um in eins der regelrechten Bataillone einzutreten. Aber es war anders beschlossen, wie ich schon in einem früheren Kapitel erzählt habe. Gleich nach meinem Eintreffen in Altona, wo ich Station gemacht und im Hause eines kleinen holsteinschen Schulmeisters Quartier genommen hatte, traf mich ein mir aus Berlin nachgeschickter Brief mit Amtssiegel. Solche großgesiegelte Schriftstücke haben immer etwas Ängstliches für mich gehabt, und ich überlegte, was ich verbrochen haben könnte. Zuletzt aber half kein Zögern, und ich erbrach das Schreiben. Es enthielt die Mitteilung seitens meines väterlichen Freundes und Gönners W. von Merckel, daß ich im sogenannten »Literarischen Bureau« des Ministeriums des Innern eine diätarische Anstellung gefunden hätte. Das war eine große Sache. Der Mensch bleibt ein Egoist. Idstedt hatte mich aufrichtig erschüttert, und das Schicksal der beiden »ungedeelten« lag mir nicht bloß redensartlich am Herzen; aber in diesem Augenblick siegte doch das Ich über das Allgemeine. Zwei Briefe schrieb ich noch in selber Stunde, von denen der eine an W. von Merckel gerichtete dankbarst akzeptierte, während der andre im

Telegrammstil lautete: »Schleswig-Holstein aufgegeben. Wenn dir's paßt, im Oktober Hochzeit.«

Zweites Kapitel

Hochzeit

Diese lapidare Mitteilung, der selbstverständlich Näheres auf dem Fuße folgte, ging nach Liegnitz. In der Antwort meiner Braut hieß es: »Also Oktober! Alle Verwandten, wie du dir denken kannst, haben lange Gesichter gemacht; aber niemand hat zu widersprechen oder auch nur abzuraten gewagt.« Hinzugefügt war seitens meiner Braut, daß sie demnächst nach Berlin kommen, eine Wohnung mieten und unsren »Trousseau« beschaffen werde.

Das geschah denn auch, und wir fanden alsbald eine Wohnung in der Puttkamerstraße. 379

Der 16. Oktober wurde von uns als Hochzeitstag angesetzt – es sei zwar ein Schlachttag, aber doch mit schließlichem Sieg –, und als wir nah an diesen Tag heran waren, gingen wir zu Konsistorialrat Fournier, meinem alten Gönner aus Konfirmandentagen her, mit der Bitte, uns trauen zu wollen. Wir fürchteten uns ein wenig vor diesem Gange, weil er nicht bloß ein Mann von sehr vornehmen Allüren, sondern auch von sehr praktisch nüchternem Verstande war, der als solcher sehr wahrscheinlich allerlei Bedenken, vielleicht sogar Mißbilligung äußern würde. Meine Braut, die er noch nicht kannte, machte aber ganz sichtlich einen überaus günstigen, beinah heitren und wie zur Schelmerei stimmenden Eindruck auf ihn, so daß er uns sofort in sein Herz schloß und, statt uns herabzudrücken, uns erhob und ermutigte. Diese vom ersten Tag an uns erzeigte Liebe hat er uns bis an seinen Tod bewahrt, so daß wir, zwanzig Jahre später, den zur Notorität gelangten und seinerzeit so viel besprochenen Fournier-Streitfall schmerzlich beklagten, eine Sache, die bestimmt war, diesem trotz mancher Eigenheiten – und zum Teil um derselben willen – sehr ausgezeichneten Mann die letzten Lebensjahre zu vergällen. Er trat aus seinem Amte zurück. Ich gedenke noch seiner Abschiedspredigt, in der er, vor seiner ihn verehrenden Gemeinde, seinen Prozeß und seine Verurteilung leise berührte. Kein Ton von Bitterkeit drang durch. Das Gericht, das ihn verurteilt hatte, konnte nicht anders sprechen als es sprach; aber alles in der Sache war doch heraufgepufft und in den Motiven verzerrt. Er war strenggläubig, aber kein Zelot und stand – oft gerade da, wo er entrüstet schien – durchaus *über* den Dingen, mehr vielleicht, als er seiner Stellung und seinem Bekenntnis nach durfte. Durch und durch »Figur«, war er noch ganz von der alten Garde, deren Reihen sich immer mehr lichten. Dem Rechtsurteil, das ihn traf, unterwarf er sich nicht nur äußerlich, sondern auch in seinem eignen Gemüte. »Es ist meine Strafe; sie trifft mich da, wo ich gefehlt.« Denn er wußte sehr wohl, daß Hochmut der Fehler seines Lebens gewesen war.

Wir hatten natürlich auch einen Polterabend, und die kleinen Räume waren ganz gefüllt, da nicht nur Verwandtschaft, sondern auch viele
380 Tunnel-Mitglieder erschienen waren, einige davon direkt abdeputiert, um uns unter freundlicher Ansprache – Heinrich Smidt als Redner – ein hübsches und beinah wertvolles Geschenk zu überreichen. Alle Vereinsmitglieder hatten sich daran beteiligt, unter Ausschluß eines einzigen, der sich bis dahin immer an mich gedrängt und gegen den ich, als ich von seiner Ablehnung erfuhr, einen wahren Haß faßte, den ich mir auch bis diesen Tag zu meiner ganz besonderen Freude bewahrt habe. Wenn man in einem dicken Buche, noch dazu bei Mitteilungen aus dem eignen Leben, dicht am Abschluß ist, ist es vielleicht gewagt, so noch nebenher rasch eine kleine Haßorgie feiern zu wollen. Aber ich kann darauf, auch wenn es einzelnen Anstoß geben sollte, nicht verzichten, weiß ich doch, daß ich andern und sehr wahrscheinlich sogar einer Mehrheit damit aus der Seele sprechen werde. Denn *der,* um den sich's hier handelt, ist nur einer aus einer weitverzweigten Gruppe. Beinah überall da, wo sich Künstler, Musiker, Dichter zusammentun und einen Verein für ihr Vergnügen und ihre Interessen bilden, stellen sich sofort total unbefugte Personen ein, die bei völliger Unzugehörigkeit Kopf und Kragen daransetzen, in diesen Künstler- oder Dichterverein aufgenommen zu werden. In der Regel sind sie mit äußeren Glücksgütern gesegnet, und gesellen sich zu diesem ihrem Vorzug auch noch Herzensgütigkeit und frohe Laune, so kann man sie sich nicht bloß gefallen lassen, sondern wird in ihnen auch Mitglieder haben, die durch die »Förderungen«, die sie gewähren können und tatsächlich oft gewähren, dem Vereine zu Nutz und Zierde gereichen. Aber dieser gute Wille, mit dem einzigen, was sie haben, hülfreich zur Hand zu sein, ist auch ganz unerläßlich, und wenn dieser gute Wille fehlt, wenn die betreffenden Leute sich nur mit einer ihnen au fond nicht zustehenden Genossenschaftszugehörigkeit vor der

Welt herumzieren, im übrigen aber auch nicht das geringste tun oder beisteuern und in ihrer weißen Halsbinde sich lediglich gerieren wollen, als ob sie schon *durch sich selbst* und ihre mehr oder weniger fragwürdige Gegenwart ein Schmuck und ein Stolz der Gesellschaft wären, so ist das nicht bloß ein elender Geiz, sondern auch Überhebung und in den schlimmen und schlimmsten Fällen ein Etwas, das an der Grenze der Unverschämtheit liegt. 381

Zu dieser letzteren Gruppe gehörte der aus purem Dünkel und Übermut seinen Beitrag verweigernde Stockjobber, der sich, eitel und pfiffig, in unsern Tunnel eingedrängt hatte. Diesen Kranz auf sein Grab!

Doch zurück zu freundlicheren Bildern.

Am 15. Oktober war Polterabend gewesen, am 16. war Hochzeit. Ich habe viele hübsche Hochzeiten mitgemacht, aber keine hübschere als meine eigne. Da wir nur wenig Personen waren, etwa zwanzig, so hatten wir uns auch ein ganz kleines Hochzeitslokal ausgesucht, und zwar ein Lokal in der Bellevuestraße – schräg gegenüber dem jetzigen Wilhelmsgymnasium –, das »Bei Georges« hieß und sich wegen seiner »Spargel und Kalbkoteletts« bei dem vormärzlichen Berliner eines großen Ansehns erfreute. Dem Gastmahl voraus ging natürlich die Trauung, die zu zwei Uhr in der Fournierschen Kirche, Klosterstraße, festgesetzt worden war. Alles hatte sich rechtzeitig in der Sakristei versammelt, nur mein Vater fehlte noch und kam auch wirklich um eine halbe Stunde zu spät. Wir waren, um Fourniers willen, in einer tödlichen Verlegenheit. Er aber, ganz feiner Mann, blieb durchaus ruhig und heiter und sagte nur zu meiner Braut: »Es ist vielleicht von Vorbedeutung – *Sie sollen warten lernen.*«

Und nun waren wir getraut und fuhren in unsrer Kutsche zu »Georges«, wo in einem kleinen Hintersaal, der den Blick auf einen Garten hatte, gedeckt war. Eine Balkontür stand auf, denn es war ein wunderschöner Tag. Draußen flogen noch die Vögel hin und her, aber es waren wohl bloß Sperlinge.

Das Arrangement hatten wir Wilhelm Spreetz überlassen. Wilhelm Spreetz, ein behäbiger Herr von Mitte Dreißig, war Oberkellner im Café national hinter der Katholischen Kirche, *dem* Lokal also, drin wir seit einer ganzen Reihe von Jahren unsre Tunnel-Sitzungen hatten. Bei diesen Sitzungen uns zu bedienen war der Stolz unsres literarisch etwas angekränkelten Wilhelm Spreetz, und als er davon hörte, daß ich Hochzeit machen wollte, bat er darum, dabei sein und, soweit das in einem

fremden Lokale möglich, alles leiten zu dürfen. Eine Bitte, die ich, schon weil ich an die Macht freundlicher Hände glaube, mit tausend Freuden
382 erfüllte.

Bei Tische, zu meinem Leidwesen, fehlte Fournier, was wohl damit zusammenhing, daß er von der mutmaßlichen Anwesenheit meines bethanischen Freundes Pastor Schultz gehört hatte. Beide paßten eigentlich vorzüglich zusammen, waren aber, der eine wie der andere, sehr harte Steine: Fournier ganz Genferischer, Schultz ganz Wittenbergischer Papst. Und so räumte denn Genf, klug und vornehm wie immer, das Feld.

Auf dem Tisch hin standen natürlich auch Blumen; aber was mir noch lieber war, auch schon bloß um des Anblicks willen, das waren die Menschen, die die Tafel entlang saßen. Ich bin sehr für hübsche Gesichter, und fast alle waren hübsch, darunter viele südfranzösische Rasseköpfe. Doch verblieb der schließliche Sieg, wie das zum 16. Oktober auch paßte, dem Deutschtum. Unter den Gästen waren nämlich auch Eggers und Heyse, deren Profile für Ideale galten und dafür auch gelten durften.

Schultz brachte sehr reizend den Toast auf das Brautpaar aus, und was das Reizendste für mich war, war, daß ein Bräutigam nicht zu antworten braucht. Ich beschränkte mich auf Kuß und Händedruck und aß ruhig und ausgiebig weiter, was, wie ich gern glaube, einen ziemlich prosaischen Eindruck gemacht haben soll. Als mir Schultz eine Weile schmunzelnd zugesehen hatte, sagte er zu meiner Frau: »Liebe Emilie, wenn *der* so fortfährt, so wird seine Verpflegung Ihnen allerhand Schwierigkeiten machen.«

Diese Schwierigkeiten waren denn auch bald da: schon nach anderthalb Monaten flog meine ganze wirtschaftliche Grundlage, das »Literarische Bureau«, in die Luft.

Ich hatte, wie schon angedeutet, geglaubt, im Hafen zu sein, und war
383 nun wieder auf stürmischer See.

Biographie

1819 *30. Dezember:* Henri Théodore (Theodor) Fontane wird in Neuruppin als Sohn des Apothekers Louis Henri Fontane und seiner Frau Emilie, geb. Labry, geboren.

1827 *Juni:* Die Familie siedelt nach Swinemünde über.

1832 Eintritt in die Quarta des Gymnasiums in Neuruppin.

1833 *Oktober:* Fontane tritt in die Gewerbeschule K.F. Klödens in Berlin ein.

1835 Bekanntschaft mit Emilie Rouanet-Kummer.

1836 Fontane beginnt eine Apothekerlehre bei Wilhelm Rose in Berlin. Konfirmation Fontanes in der französisch-reformierten Kirche.

1838 *August:* Fontanes Vater erwirbt eine Apotheke in Letschin im Oderbruch.

1839 Fontanes Novelle »Geschwisterliebe« erscheint im »Berliner Figaro«.

1840 Fontane wird Mitglied in mehreren literarischen Zirkeln (»Platen-Klub« und »Lenau-Verein«).
Er veröffentlicht Gedichte im »Berliner Figaro«.
Es entsteht der Roman »Du hast recht getan« und das Epos »Heinrichs IV. erste Liebe«, die beide nicht überliefert sind.
Herbst: Fontane schließt seine Lehre ab und wird Apothekergehilfe in Burg bei Magdeburg.
Dezember: Rückkehr nach Berlin.

1841 Arbeit als Apothekergehilfe in Leipzig (bis 1842).
Fontane wird Mitglied der literarischen Vereinigung »Herweghklub«.

1842 Gedichte und Korrespondenzen von Fontane werden in dem Unterhaltungsblatt »Die Eisenbahn« gedruckt.
Er übersetzt Shakespeares »Hamlet« und verschiedene Schriften sozialpolitischer englischer Dichter (John Prince u.a.).
Arbeit als Apothekergehilfe in Dresden (bis 1843).

1843 Das »Morgenblatt für Gebildete Leser« beginnt, Arbeiten von Fontane zu veröffentlichen.
Juli: Durch Bernhard von Lepel wird Fontane als Gast im Berliner literarischen Sonntagsverein »Der Tunnel über der Spree« eingeführt.

August: Rückkehr nach Letschin, wo er Defektar in der väterlichen Apotheke wird.

1844 *April:* Als Einjährig-Freiwilliger tritt Fontane ins Gardegrenadierregiment »Kaiser Franz« ein.

Mai: Vierwöchige Reise nach England.

September: Unter dem Namen »Lafontaine« wird Fontane ordentliches Mitglied im Berliner literarischen Sonntagsverein »Der Tunnel über der Spree«.

1845 *Dezember:* Verlobung mit Emilie Rouanet-Kummer.

1847 Fontane erhält seine Approbation als Apotheker erster Klasse.

1848 *März:* Teilnahme an den Barrikadenkämpfen in Berlin.

Mai: Fontane wird als »Wahlmann« für die preußischen Landtagswahlen aufgestellt.

September: Er nimmt eine Anstellung im Berliner Krankenhaus Bethanien an, wo er Diakonissinnen in Pharmazie unterrichtet.

November: Die »Berliner Zeitungshalle« veröffentlicht einige Aufsätze Fontanes.

1849 *September:* Fontane gibt seine Stellung als Apotheker im Krankenhaus Bethanien auf, um als freier Schriftsteller zu arbeiten.

Er wird Korrespondent der »Dresdner Zeitung«.

Die beiden ersten Bücher von »Männer und Helden. Acht Preußen-Lieder« (Balladen) erscheinen.

1850 *August:* Fontane nimmt eine Stelle als Lektor im »Literarischen Kabinett« der Regierung an.

Oktober: Heirat mit Emilie Rouanet-Kummer.

»Von der schönen Rosamunde« (Romanzenzyklus).

1851 *August:* Geburt des Sohnes George Emile.

»Gedichte« (erweiterte Auflagen 1875, 1889, 1892 und 1898).

1852 Fontane beginnt mit der Herausgabe der Anthologie »Deutsches Dichter-Album«.

April-September: Er arbeitet als Korrespondent der »Preußischen (Adler-)Zeitung« in London.

1853 Zusammen mit Franz Kugler gibt Fontane das »Belletristische Jahrbuch für 1854« heraus.

1854 »Ein Sommer in London«.

1855 *September:* Fontane siedelt als preußischer Presse-Beauftragter nach London über (bis 1859).

Er übernimmt Aufbau und Leitung der »Deutsch-Eng lischen

Pressekorrespondenz«.

1856 *November:* Geburt des Sohnes Theodor.

1857 Fontanes Frau Emilie zieht mit den Kindern nach London um.

1858 *August:* Schottlandreise mit Bernhard von Lepel.

1859 *Januar:* Rückkehr nach Berlin.
»Aus England. Studien und Briefe über Londoner Theater, Kunst und Presse«.
»Jenseits des Tweed«.
Fontane beginnt mit der Niederschrift seiner berühmten »Wanderungen durch die Mark Brandenburg« (Reiseberichte).
September: Der erste Aufsatz der »Wanderungen durch die Mark Brandenburg« (»In den Spreewald«) erscheint in der »Preußischen Zeitung«.

1860 Fontane wird Redakteur bei der »Neuen Preußischen Zeitung«, der sogenannten »Kreuz-Zeitung« (bis 1870).
März: Geburt der Tochter Martha (Mete).
»Balladen«.

1861 *November:* Die »Wanderungen durch die Mark Brandenburg« beginnen zu erscheinen (4 Bände 1861–81).

1862 *Januar:* Erste Pläne zu dem historischen Roman »Vor dem Sturm«.

1864 *Februar:* Geburt des Sohnes Friedrich.
Reisen nach Schleswig-Holstein und Dänemark.

1865 Reise an den Rhein und in die Schweiz.
Mit dem Verleger Wilhelm Hertz schließt Fontane einen Vertrag über den Druck von »Vor dem Sturm« ab.

1866 Reisen zu den böhmischen und süddeutschen Kriegsschauplätzen.
Die »Reisebriefe vom Kriegsschauplatz« erscheinen im Deckerschen »Fremdenblatt«.

1867 *Oktober:* Tod des Vaters in Schiffmühle bei Freienwalde.

1869 *Dezember:* Tod der Mutter in Neuruppin.

1870 Wegen politischer Differenzen verläßt Fontane die Redaktion der »Kreuz-Zeitung« und wird Theaterkritiker der »Vossischen Zeitung« (bis 1890).
Reise zum französischen Kriegsschauplatz.
Oktober: Fontane wird in Domremy festgenommen und auf der Île d'Oléron interniert.
Dezember: Rückkehr nach Berlin.

»Der deutsche Krieg von 1866« (1870–71).

1871 *Frühjahr:* Reise nach Frankreich und Elsaß-Lothringen.

1873 »Der Krieg gegen Frankreich 1870–1871« (1873–76).

1874 Mit Emilie reist Fontane nach Italien und besucht dort Verona, Venedig, Florenz, Rom, Neapel, Capri, Sorrent, Salerno und Piacenza.

1875 Reise in die Schweiz und nach Oberitalien, bei der Rückreise Station in Wien.

1876 *März-Mai:* Fontane arbeitet als Sekretär der Akademie der Künste in Berlin.
Nach Aufgabe des Sekretärspostens arbeitet Fontane als Theaterkritiker und widmet sich seinem erzählerischen Werk.

1878 Fertigstellung des Romans »Vor dem Sturm« (4 Bände)

1880 »Grete Minde« (Erzählung).
Der Roman »L'Adultera« erscheint in der Zeitschrift »Nord und Süd«.

1881 »Ellernklipp. Nach einem Harzer Kirchenbuch« (Erzählung).

1882 Fontanes Novelle »Schach von Wuthenow« wird in der »Vossischen Zeitung« gedruckt.

1884 Beginn der Korrespondenz mit Georg Friedlaender.
»Graf Petöfy« (Roman).

1885 »Unterm Birnenbaum« (Kriminalnovelle).

1887 Der Gesellschaftsroman »Cécile« wird in der Zeitschrift »Universum« veröffentlicht.
September: Tod des Sohnes George Emile.
Fontane publiziert seinen im Vorjahr beendeten Roman »Irrungen, Wirrungen« in der »Vossischen Zeitung«.

1888 Fontanes Buch »Fünf Schlösser. Altes und Neues aus Mark Brandenburg« erscheint in Berlin, es kann als fünfter Band der »Wanderungen« angesehen werden.
Zusammen mit seinem Sohn gründet Fontane den Verlag Friedrich Fontane, in den er die Rechte aller Bücher, die er noch schreiben wird, einbringt.

1889 Für die »Vossische Zeitung« übernimmt Fontane die Kritiken der Aufführungen des »Vereins Freie Bühne für modernes Leben«.

1890 Der Gesellschaftsroman »Stine« wird in der Zeitschrift »Deutschland« gedruckt und erscheint im gleichen Jahr als Buch.

»Gesammelte Romane und Novellen« (12 Bände, 1890–91).

1891 Fontane beendet die Arbeit an seinem Roman »Mathilde Möhring« (Druck erst 1906 in der »Gartenlaube«).

April: Fontane wird mit dem Schillerpreis ausgezeichnet.

1892 Die »Deutsche Rundschau« druckt Fontanes Roman »Unwiederbringlich«.

April: Schwere Erkrankung Fontanes.

»Frau Jenny Treibel oder Wo sich Herz zu Herzen find't«, ein »Roman aus der Berliner Gesellschaft«, wird in der »Deutschen Rundschau« gedruckt.

1894 *November:* Fontane wird auf Vorschlag Erich Schmidts und Theodor Mommsens zum Ehrendoktor der Philosophischen Fakultät der Universität Berlin ernannt.

Fontanes berühmtester Roman, »Effi Briest«, wird in der »Deutschen Rundschau« gedruckt (bis 1895).

»Meine Kinderjahre« (Autobiographie).

1895 »Die Poggenpuhls« erscheint in der Zeitschrift »Vom Fels zum Meer«.

1897 »Der Stechlin« erscheint in der Zeitschrift »Über Land und Meer« (bis 1898).

1898 *20. September:* Tod Fontanes in Berlin.

Lightning Source UK Ltd.
Milton Keynes UK
UKHW022232300120
357919UK00007B/221

C000076082

Grace Williams Says It Loud

Grace Williams Says It Loud

EMMA HENDERSON

SCEPTRE

First published in Great Britain in 2010 by Sceptre
An imprint of Hodder & Stoughton
An Hachette UK company

1

Copyright © Emma Henderson 2010

The right of Emma Henderson to be identified as the Author of the Work has been asserted by her in accordance with the Copyright, Designs and Patents Act 1988.

All rights reserved. No part of this publication may be reproduced, stored in a retrieval system, or transmitted, in any form or by any means without the prior written permission of the publisher, nor be otherwise circulated in any form of binding or cover other than that in which it is published and without a similar condition being imposed on the subsequent purchaser.

All characters in this publication are fictitious and any resemblance to real persons, living or dead, is purely coincidental

A CIP catalogue record for this title is available from the British Library.

ISBN 978 1444703993
Trade Paperback ISBN 9781444704006

Typeset in Sabon by Ellipsis Books Limited, Glasgow

Printed and bound by Clays Ltd, St Ives plc

Hodder & Stoughton policy is to use papers that are natural, renewable and recyclable products and made from wood grown in sustainable forests. The logging and manufacturing processes are expected to conform to the environmental regulations of the country of origin.

Hodder & Stoughton Ltd
338 Euston Road
London NW1 3BH

www.hodder.co.uk

In memory of Clare Curling Henderson (1946–1997)
and
Philip Casterton Smelt (1956–2006)

1987

When Sarah told me Daniel had died, the cuckoo clock opened and out flew sound, a bird, two figures. The voice of the cuckoo echoed, louder than the aeroplanes overhead, and opposite the clock, evening shadows stirred.

II

1947–57

A shadow made me start as my mother's face loomed towards me where I lay, eight months old, tongue-tied, spastic and flailing on the coarse rug, on the warm lawn, in the summer of 1947 – in an English country garden. My father was playing French cricket with Miranda and John, and I could hear a tennis ball – in his hand, in the air, on the bat. Sometimes I saw the balling arc and even the dancing polka dots on Miranda's dress as she raced after the ball, or John's dusty brown sandals and grey socks when the ball rolled on to the rug and he came to retrieve it.

My mother's breath was toffee-warm. Her skin smelt of lemon soap, and her thick dark hair of the Sarson's malt vinegar she rinsed it with to make it shine. She kissed me on the cheek, put a palm to my forehead, then scooped me up. She hugged me tight, but she couldn't contain my flailing. She cooed and cuddled, I whimpered and writhed. We were both wet with sweat.

The next day – it could have been yesterday – my tongue was clipped. 'A lingual frenectomy'll do the trick,' they said. Lickety-split. Spilt milk. Not Mother's, no. The nurses gave it to me, clean and cold, in a chipped enamel mug with a hard blue lip. My loosened tongue lapped feebly, flopping against the smooth inside. The mug upturned.

When I came home, Miranda tied string around my tongue, my enormous, lolling tongue, with which I was learning fast to bellow, suck and yelp.

'Doctors and nurses,' she said, clucking like Mother.

I was in my cot, rolled rigid against the side. A wonky foot had wedged itself between the bars. My face was squashed to the mattress – mouth open, tongue dry and rubbing roughly on the sheet. Stench of starch, and particles of dust tickling my cheek, prickling the inside of my nose.

'I'll make it better,' said Miranda, and wrapped the string around my tongue in loops and big wet knots. She worked away without a word, breathing heavily, her own pink tip of a tongue flickering in the corner of her mouth.

'There.'

The ends of the piece of string were tied in a neat bow. Miranda stood back and surveyed her work, frowning. She must have been just six at the time, frilled eyes level with mine – two pairs of small set jellies.

'I'll tell you a story,' she said, backing towards the door. She had one hand on the handle and the other on the door frame. I didn't want her to go. I wanted to hear the story. I grunted and knocked the front of my head against the bars of the cot. Miranda swung backwards and forwards, holding both sides of the door frame now. At the end of a forward swing, she suddenly stopped, taking all the weight with her arms. Shoulders jutted, elbows locked, tendons strained.

'Once upon a time, there was a girl called Grace—'

A ski-jumper, a snow-bird in mid-flight.

But somebody shouted, 'Tea's ready. Come on, Miranda.' Then, 'Where's she got to, that child?' And Miranda pulled herself upright, backed out of the room and shut the door quietly behind her.

The string soon slipped off as I tossed and dribbled. It fell into the dark gap between cot and nursing chair and wasn't found until we moved house several years on.

Miranda was the silk-haired love child, so the story goes, pretty as a pixie, naughty as a postcard. Solemn John came along less than a year later. John was the quiet one, the clever one. At the age of three, he added spectacles to his round flat face and began to read books. At mealtimes, he would gaze at me in those long periods while my parents finished eating and Miranda picked fussily at her food. John's eyes behind his specs were tiny, grey and unblinking.

The eyes of strangers blinked or looked away.

After we moved to London in 1951, only when my mother was feeling brave, would she take me with her to the parade of shops at the end of our street, for meat, fruit and veg, a loaf of bread and, on Fridays, fish. 'Two and six, Mrs Williams. Filleted?' The fishmonger slipped the fish from bucket to board, or sloshed them noisily from their trays of ice.

I had learnt to walk, after a fashion. Without the support of another person, I sometimes tumbled and often splayed, but with an arm, or palm, on one side, I tottered quite nifty-shifty along.

We must have been an odd sight, my mother and I. She done up and efficient in her lightweight macintosh, home-sewn skirt and sensible, low-heeled shoes. Me lop-sided and limp, but buttoned nevertheless into my bristly blue coat with its dark, soft collar. A matching beret on my head. Knitted, patterned Norwegian mittens hiding my buckled fingers.

After helping me down the steps to the pavement, Mother would stoop to hook an arm through mine. She'd draw me close, adjust the shopping basket on her other arm, and start to chant and march us.

'*Left. Left. I left my wife with forty-five children and nothing but gingerbread left. Left.* Come on, Gracie. You can do it. Definitely.'

I frequently slipped and broke the rhythm, but Mother gamely improvised, '*And it serves them jolly well right.*' Hop-skip. '*Right.*' Pause.

So began our walks – hop-skip gavottes along the street. Often we paused. I needed a rest, she guessed. People stared, but kept their distance. Mother stared at the houses as we passed, or paused. What lay behind those painted doors, she sometimes wondered aloud? Why paint them at all? There's nothing wrong with wood, Grace.

The reds and blues were pop-eyed, she said, popping her own dark eyes, making us both laugh. She was snooty about white – unimaginative, she said. The only colour she openly envied was a deep olive-green. There were just three of these in our street, but we often seemed to stop by them, and Mother would frequently tell me, on those days, about a journey she once made in Italy. Not all at once, of course, just snippets and fragments, but something warm and wistful would enter her voice as she talked, and gradually I was able to spread my own Mediterranean around me, heady and potent, whenever she began. Like this.

Once upon a time, before the war, there was a very clever girl, whose cleverness was marked, first by her ma, then by the school her ma managed to send her to aged four. Six, eight, ten, twelve, fourteen years passed by. At the age of eighteen, instead of going on to higher education, as school and ma had hoped, the girl became engaged to a handsome Scandinavian named Joe. But the next we know, she's off to Italy, leaving poor Father – Joe – in Maida Vale, sharing flea-ridden digs with two penniless violinists.

Meanwhile, there was this giddy girl, gadding about in an open-top car, she and the Isadora Duncan of a girlfriend she went with, scarves trailing, leaning, waving, whooping at the bemused Italian boys. It was early spring 1939. Adventures with spaghetti, language and wine. Other tastes – other tongues in your mouth, Grace. Tattered Penguin paperbacks. And two hungry English girls, giggling in the gondola on their way back from the Lido in Venice so loudly and lewdly that the gondolier poled back to the landing stage and ordered them to disembark for their own safety. Florence, Rome, right down to Naples and beyond to Pompeii, where one of them lost a shoe somewhere in the volcanic ruins. Further even, a tiny fishing village with a luscious long name – Santa Maria di Castellabate. They spent the night sitting on the quayside there, watching for dawn, chatting with a young man from Durham, of all places – an archaeologist, a field trip. A field day, Grace.

Mother returned to England and married our father, who'd finished his studies by then and worked as a music librarian. Wagner was his thing. But 'My tastes are eclectic' he'd reply if asked and, if pressed, 'I'm partial to Grieg, naturally. Sibelius, Söderman, especially the *lieder*. Holst, Handel, Schumann . . .' Sometimes he'd simply say, 'Anything that sings.'

Hitler invaded Poland. Miranda was conceived and born, then John, then me, all wrong. Not just not perfect, but damaged, deficient, mangled in body and mind. Mashed potato. Let's take her photato. What shall we do with the crumpled baby, early in the morning? Put her in the hospital with a nose drip on her, early in the morning. What shall we do?

Return to our own pale green front door. Shut it quick. Shut us up.

My London room adjoined my parents'. My cot was against a wall, and on the other side of the wall was their double bed, with its swishing, soft-slipping eiderdown and clackety old headboard. When I couldn't sleep at night, I thought about the head of their bed, framing, protecting them both. I often heard my father's voice, grave, entreating, explaining. The response from my mother either yawning and bored – a flick-a-tut page-turning – or bitingly quick, which put an end to the talking, but led to heavings, sighs and the leaping sound of two grown-ups crying.

Bedtime, playtime, poo-time. You-time, me-time, teatime. Bread before cake. You before me. Bread and butter sprinkled with pink, sugary hundreds and thousands. Boiled egg and Marmite fingers. Soldiers, said John. Chicken and egg. There were millions of eggs in Mother's ovaries, he said. Why was Grace the rotten one?

For Christmas 1956, John, fourteen, was given the *Concise Oxford Dictionary*, Miranda, fifteen, a red Baedeker guide to Europe. I, still tiny at ten, received a baby swing.

The swing hung in the doorway between the kitchen and dining room, and I hung there in it, day after day, the soles of my stiff leather shoes tapping and scuffing as I swung and jerked. She loves it, they said. She can see what's going on. It makes her feel a part of things. But my feet were cold and my toes, in the inaccurately measured shoes, bunched and scrotched. I came to loathe that swing. The wooden bar at the back itched and irritated, and although I squirmed, my squirming merely slid me lower in the seat until the bar between my legs thudded and bumped, flinging me sideways or forwards. Eventually Mother would come to the rescue and readjust me. When we had guests, she placed my good hand on the rope, moulding my fingers into curls and making an empty triangle with my elbow. In my hair, which was blonder than Miranda's and wavier than John's – your crowning glory, darling – she sometimes tied a bow of winter velvet or satin summer ribbon.

Summer started early that year and built itself a burning climax towards the end of August. On the Sunday before Bank Holiday, Mother cooked roast beef, despite the heat. And this little piggy had none. Roast beef, roast potatoes, Yorkshire pud, runner beans and gravy. Mother's face was red as she flustered crossly around the kitchen. Our cousins were coming to lunch. Father was in his study on the top floor, with *Rheingold* streaming out through the open door. John was in his bedroom, Miranda in the garden, but the smell of burning brought her running, barefoot, along the hall.

I had fitted.

While the roast beef crisped itself to a cinder, I fitted. Again and again, convulsions battered my unresisting body. When they finally stopped, the charred remains of lunch were rattled from the oven, a note hastily penned and pinned to the front door for our cousins, and I was laid across the back seat of the car while John and Miranda half crouched on the floor, half perched on the seat. My father sat in the passenger seat. My mother drove to the hospital.

It's a mild sort of epilepsy, they said. Very mild in origin, but with the complications of being so spastic, and a mental defective to boot, it seems much worse than it is. Try not to worry, Mrs Williams. Relax. Think about the new baby.

I roared and I roared, but it made no difference. Not even when I roared so much that there was the crashing of glass, or six big, strong hands holding me down and shit and piss in my knickers, on my legs and through the white cotton socks, running all over the seat of the swing, then drip-drip-drippings on the tiles below, where my shoes turned the mess into strange and changing swirls of liquid and semi-solid.

Unbearable. Hopeless. Think of the others.

A place was found for me at one of the better Welfare State mental institutions. The Briar. My home for nearly thirty years. Can you imagine? They must have thought I was contagious. Can you blame them?

Off we went, one September afternoon, two months before my eleventh birthday. Just me this time in the back of the car, propped upright with cushions and an old tartan rug, thin and holey. Father and Mother in the front, him puffy in a greenish overcoat – white chicken-skin neck, sparse, straight, light-grey hair, badly cut, hanging like icicles on the collar of his coat. Her brittle now, and tweedy, pregnant, in a man's navy anorak, with an old headscarf knotted at the jaw. Through the gap between the front seats, I could see her left hand gripping the steering wheel. The ring on her wedding finger bit into the flesh, making a wealy red line. All of us were silent for most of the journey. Occasionally Mother would look over her shoulder and ask was I warm enough? Did I need weeing?

When we'd left London behind and were heading north through faded brown and orange countryside, my father produced a map and read out place names and road numbers from it. A411, A41. Barnet, Borehamwood, Bushey. Mother said there was no need for that, she knew the way, and pressed her lips so firmly together that they became a dark, dangerous slit. She tapped her ring finger on the steering wheel. Left, left.

I forced my eyes away from the rear-view mirror and towards the side window. Grey skies hurting my eyes. Grey smell of warm plastic and bananas. And nothing but gingerbread left, hop-skip.

'Wake up, darling. We're nearly there. Don't cry.'

Scarcely any traffic now. Scraggy, turfy fields on one side of the road, brick after brick of wall on the other, until we came to a pair of enormous black gates set into the wall a few yards back from the road. My mother turned the car and we stopped. A man – a dwarf – fairy-tale-like except for the telltale shabby grey jacket and bleached corduroy trousers, too big. Also, his over-large face held no fairy-tale sparkle. It was puckered and pocked, and whoever had shaved it had left hairy tufts and messy patches of brown bristle. This face appeared at the driver's window.

My mother wound down the glass. My father picked up his briefcase from the floor.

'Williams,' he said, removing a letter from the briefcase. Mother took it from him, snatchy-swiftly, and passed it out of the window. The little man nodded, passed the letter back, then glanced at me, before pottering to the gates, easing them open and, one by one, pushing them wide enough apart to allow our car to pass through. I wanted to turn round, as you used to see children do, kneel on the back seat and wave a smile at the man. I wanted to be one of those children. But it was far too late for that.

We drove in a slow hush for another minute, our breath misting the windows, before my mother stopped the car next to a long, low, still building with a corrugated-iron roof. There were eight windows, paintwork pale and cracked, a few steps, with a handrail, and a door at the end nearest to us.

'Here we are,' said my mother.

Here we are. Here we are.

She didn't turn and try to smile.

My father was clearing his throat as if to say something when the door opened and two figures came out, one tall and male, dressed in a dark, shinny-shiny suit, the other tall, female and large, wearing a nurse's uniform. Car doors opened and closed. My case was taken from the boot and carried by the tall, suited man. My mother and the nurse manoeuvred me out of the back seat. I stood, queasy, uneasy, unsteady. There were soft, chilly cheek-kisses from my father. A quick hug and neck-peck from my pushing-me-away-from-her mother.

It began to rain. My parents hurried back to the car, furry and distant in the damp September dusk. The nurse took my arm and I, unaccustomed to the stranger's gesture, tripped. The nurse stooped to help me up and I caught a glimpse over her shoulder of the car and of my parents, in the car. The sound of the key turning in the ignition. My mother turned her head and began to back the car down the drive. Reversing.

So vivid is my memory of those final moments that it is not hard to imagine myself reversing also, going back, towards – and, with the smallest of imaginative leaps, to – a very different life, belonging to blue-eyed baby Sarah, the bouncing bundle who arrived home in a taxi which had stopped on the way for Mother and Miranda to choose the biggest, proudest pram available, the loudest one.

Sarah was born in a large London teaching hospital. Not taking any chances this time. She was born at three a.m. Several hours later, as a blustery March morning dawned, Mother held Sarah in her arms for feeding. She looked at the healthy infant and disgust swept her body. She wondered, briefly, whether the baby felt the same. The baby's body seemed to shudder and recoil, but Mother soon forgot to wonder, and she thrust the baby from her breast, distressed. Sarah was quickly removed and taken to the nursery, where she screamed for four hours. Then, again, she was brought to Mother for feeding. This time, Mother, half expecting the instinctive, sickening revolt, forced herself to let the child feed. She couldn't bring herself to look. A nurse came by. Sarah did her best to suckle, but Mother's breast was old and loose, its nipple tough and rubbery. Gracie – me, I – had worn it out. Sarah pursed her lips and wrinkled her brow in concentration. Sourpuss, muttered the nurse. Sarah screamed more loudly than ever. She kicked her legs and beat her arms so wildly that the tight hospital swaddling came undone. Mother saw the screwed-up, angry face and the lively limbs, but she didn't respond.

The following evening, Miranda and John went with Father to inspect the new baby. Sarah screamed, which upset John, but pleased Miranda.

'I know. I'll make it better,' she said. 'I'll take her for walks. Let's get a new pram for her, Mother.'

So it was out of Mother's indifference and Miranda's enthusiasm that the plan for a brand new pram was hatched.

The pram features prominently in the few remaining photographs of Sarah's early months. There she is, lying in it, under an apple tree in blossom. There it is again, in the distance this time, on the beach, with towels hanging on the handle. In the park, being used as a backrest by John as he reads – Miranda holds Sarah up to the camera. And here, in the London garden again, Sarah is sitting in the pram. She's wearing a white dress embroidered with rosebuds, a white matinee jacket, reins. Fat hands grab the sides of the pram, almost as if she is rocking it with mirth, for yes, for once, Sarah is beaming, chortling, in fact, with laughter, and her eyes are wide and surprised, a light, pearly shade, the colour that in black and white photographs is actually the most colourless. They called her Baby Blue-Eyes, but her eyes were no bluer than mine, and I saw them sea-green sometimes. They called her Sarahkins, *elskling* and all sorts of other nicknames. Everybody marvelled at her oomph, this speedy little sister of mine. At three months Sarah rolled over, by five she was crawling, and at eight months, she walked.

Sarah says that the story of her walking so young is apocryphal, but I know otherwise. I saw Sarah's first steps. It was 10 November 1958, my twelfth birthday. Mother and Father brought Sarah to visit me.

Miranda couldn't come, they explained. Too busy studying. John ditto. So it was just baby Sarah. Too young to notice, Matron had said, ticking the 'yes' on the Visiting Relatives Request form.

They came by train, my parents said, because of the pram, and because of the forty per cent reduction on third-class tickets for visiting relatives. I was allowed to hold

Sarah, first in the day room, and later, because it had stopped raining, outside. Mother put Sarah in the large black pram. Sarah began to cry.

I was weaker than I used to be – muscle wastage, they said – so they attached me to Father's arm on one side, and Mother clutched my other wrist with her hand, meanwhile pushing the pram with her free hand. Sarah screamed, the wind blew, the grass was muddy. By the time we'd hobbled across it to the old cricket pavilion on the far side, we were all bad-tempered and exhausted. Father sat me down on a damp wooden bench, then went round the corner to light his pipe out of the wind.

'Do you want to take her again?' Mother asked as she lifted the wailing baby from the pram. 'Here.' She put Sarah down on my lap and set about readjusting the hood of the pram for the return journey. Sarah squirmed easily out of my hold. She stopped screaming and stood, looking up at me, one arm balanced on my knee. Her skimpy hair was lifted so high by the wind, you could see the thin, blue-lined skin of her scalp underneath.

Sarah gestured towards the distance with her other arm, thrusting out her thumb and index finger in an L-shape, an invitation. And then she walked. She walked across the rotting wooden floorboards of the cricket pavilion. She tripped at the edge, down on to the muddy grass, but she hoisted herself up and continued to walk. Our mother, of course, saw her, shouted to Father, and they both ran after Sarah to make her stop.

What a performer my sister is.

Daniel was a performer too.

I met him the day after my arrival at the Briar.

III

1957

I met Daniel at school. School was two rooms in the Children's Occupation Unit, which stood between the girls' and the boys' wards. There was a room for the children under ten, a room for the rest of us and a dining room, which we shared. But there wasn't any school as such, because the old teacher had left and the new one hadn't arrived. Nevertheless, the nurses installed us on chairs, behind desks. Some people were strapped in, some slumped, some slept. We were all given blue exercise books and banda-copied sheets of paper with violet ink that smelt of spring to smudge and drool over. The nurses bickered and bartered about who should supervise us.

Daniel was already seated at the front when I entered the room. Head bent, he was reading, so I only noticed, at first, the short, straight hair, tufty on his forehead. Daniel liked to draw himself tall, paint himself dark and say he was handsome – debonair's the word, Grace – but my eye spied that day a sandy boy, looking up from his book with curious, changeable eyes and a silly, girlish grin on his old man's face.

I bit Daniel's leg at playtime when he knelt and tried to steal the car I'd taken from the toy box. I was lying on my side, on the floor – a fish in the bottom of a bucket – curling and uncurling my limbs. I didn't see Daniel coming. His bare shin felt, smelt and tasted rough and homely, like old bread. Daniel bit back, on my bad arm, but it didn't hurt. It was more suck than bite. More kiss. More please.

The boy had bruised, scratched, pebbled knees. He knocked them or they knocked themselves together.

'You're not old enough to drive,' he said, rocking backwards, standing up. Then, 'XK 140. Rack and pinion steering. The best. I'll show you.' He pawed at my layout of battered cars.

'Corgi, Dinky, Matchbox,' he chanted, moving the cars into groups with the tips of his shoes.

I was, and still am, good at layouts – arranging things, sorting, placing, polishing. A darn sight better than some. I kept the car in the fist of my good hand and scrabbled to my feet. I spat at Daniel, who tooted with laughter.

'Blow me sideways. A girl who likes cars.'

He step-leapt closer. I started – funny-bunny legs he had, and close, close up he was taller than me.

'Give us a lift, then. Let's go for a drive.' And Daniel bowed, a low bow – his nose must have touched his knee. The scruffy hair at the back of his head flipped over so I saw the hidden bit of his neck underneath. It looked like a bat's wing, except it was white, and I didn't want to puncture it.

But I couldn't help myself – I guffawed. The boy had no arms. No flipping arms at all. The short sleeves of his Aertex shirt dangled and wobbled like the flaps on Miranda's knapsack.

'Come,' said Daniel. He jerked his head, twisted his feet and started hoppety-clopping across the room towards two nurses who were standing by the door. One of them had a cup and saucer in her hand, with a cigarette between her fingers. The other was absent-mindedly swinging the long key-chain that hung from her waist.

Daniel cleared his throat.

'May I show her around, nurse?'

'I don't see why not. She can start learning the rules.'

Daniel turned and nodded, and I bobbled after him, out

of the classroom, through the lobby, into the dining room, which was empty and still wet on the floor from cleaning.

'So when did you get here? I didn't see you at breakfast.'

Too bad. Daniel didn't see me at breakfast because I wasn't there.

Mother and Father drove away, and what happened next is anybody's guess, but I'm telling you now, it was a bloody mess.

'Temper,' said the nurse, raising her scratched arm and slapping me on the cheek with her hand.

I crouched at the door and saw naked, dim, electric lights, two rows of empty beds, and, in the distance, the tall man, smaller and smaller, carrying away my case. His steel toecaps echoed on the bare deal floor and I could feel them through my cheekbone when I lay on the threshold and thrashed it with my body until my brain was still.

They woke me up at five to seven the next morning. The nurse's watch was upside down on her boosy, but it swung near my face, and I smelt, for the first time, the nursey tang of Woolworths' perfume, Woodbine cigarettes and Briar sweat.

'Five to seven.'

'Nil by mouth for this creature.'

'Get up, slug-a-bed.'

I struggled to sit, still groggy from the pill I'd swallowed the night before along with choking doses of water. Along with suddenly dozens of other girls.

This morning the ward was empty again, except for me and the nurses. The beds were unmade and rumpled, with bundles of sheets, stained yellow and brown, on the floor at the ends of them. I was indignant when the nurse who had woken me up said, 'Shall we toilet or pad her?'

I wasn't a baby.

They took me to the toilet, a stuffy room at the far end of the ward, and I weed with pride and pleasure.

Oh, weren't we proud and pleased, the Williams family, when Gracie – nearly three – achieved an almost acceptable level of bladder control?

'Normal, Joe. Normal, I tell you! There's hope yet.'

Father smiled and told Mother it was down to her. She was a good mother.

'Good enough,' said one of the kinder specialists we trekked to see, up in Great Ormond Street.

But my bladder and bowel control remained only, ever, almost acceptable.

'No,' said the nurse when I tried to reach for the damp pile of torn newspaper on the floor. 'We're short.'

She pulled me to a standing position. The warm drips of wee caught between my thighs, and Mother would have clucked. In public toilets, in the past, before the polio and the iron lung, Mother used to hold me over the bowl.

'Step out of your knickers, Grace.'

We put my arms around her neck. She put her hands under my knees and lifted my legs around her waist. She held me in mid-air while I pooed or pissed, and she never once told me to hurry up. She wiped my bum from front to back and lowered me gradually to the floor for redressing. She called it doing knick-knacks.

No knick-knacks at the Briar. The nurse was about to lead me out of the toilet when two large, pink, muscled women appeared at the doorway, each carrying a pile of clean, folded sheets. The nurse told me to hold on to the wall. She walked over to the laundry women. I saw her hand out cigarettes, and the three of them strolled away to join the other nurse. There was the sound of matches striking, women talking, smoking, coughing.

I waited. The wall was dark-painted enamel, cold and smooth. The enamel of the toilet bowl had been cold and wet. My nightgown touched the ground. I clutched it at the waist with my good hand, so it didn't get wet like my feet. But by the time the nurse returned, the coldness had made another piss come, and this time in all the wrong places – along my legs, in the folds of the gown, right over my toes. The nurse, when she did return, was in too much of a hurry to notice.

We walked the length of the ward, through the open door, down the steps and out into the hospital grounds. I still wore the light-blue gown they'd given me last night. It was tied at the neck, but flap-dappered at the back. As I had no shoes, my feet were pimpled and streaked with purple, like the windy, early sky. The sun was pale and low but shone on the soaked lawn, on the nearly bare, waving trees and on the roof of the main hospital building in the distance. It made me squint, that rising sun, and through my squinty eyes and windy hair, the hunched chimney stacks on top of the hospital roof turned into a line of limping me's.

The nurse hurried me along a path, across wet grass lapping with dead leaves and brown squelch between the flagstones, which my feet didn't reach in time, so there was brown on my feet too, then on my legs, and heaviness on the hem of my nightgown.

A figure appeared ahead of us. He was dressed in clothes like the gatekeeper's, but he was tall and thin, and his trousers and the sleeves of his jacket were too short for his long skinny arms and legs. His bare feet stuck out at an odd angle. He held a spindly hoe in his hands, and was poking with it at an empty flowerbed. As we approached, he stopped poking and leant on the hoe. He was singing, 'I love coffee. I love tea,' and his big open mouth was grinning toothlessly.

The nurse ignored him.

'He's not smiling at you, dimwit.'

The man stopped grinning, stopped singing.

'What the heck,' I heard him say.

To make me go faster, the nurse pulled me by my bad hand. We stopped, she pulled, we started again.

We stopped outside a double door with wire diamonds in pitted glass. The nurse unlocked it, using one of the keys dangling from the chain around her waist. She fumbled and swore. She let the jangling bunch drop and then swung it against the small of my back. I squealed and tried to twist away, but the nurse clamped her hand around my head, and so I entered, for the first time, the main hospital corridor.

I soon got used to it. I soon knew the nooks that took so long to dust, and the crannies that could never be clean enough. That morning, however, I scarcely noticed the doors on one side leading to locked wards and punishment rooms, and the high, barred windows on the other which let in slishes of morning light. We were moving fast, the corridor was long, and I gave up counting the black numbered doors, the patterns on the floor made out of squares of grey-streaked linoleum, and the fat, shiny fire extinguishers with their red hoses marking every wing and corner.

After the corridor, there was the refectory, the laundry, offices and, finally, the grand entrance hall with its big, gold mirror – a gift, I discovered later, from Daniel's dad – two curly coat racks and some upright chairs with spotted leather seats. Nobody entered here except our parents, doctors and official visitors. There were five shut doors, each with a bright brass knob, plus the extra-large dark front door. The floor was polished wood in long straight lines, smooth and warm underfoot.

We went through one of the doors and up a staircase. More corridors, narrower, shorter, until we arrived at a door that said Medical Examination. The nurse knocked and we went in. A balding, freckled man with black-rimmed specs and a tired frown looked up from his desk.

'Nil by mouth?' he asked, leaning back in his chair, folding his arms across his chest.

'Grace Williams. Nil by mouth, doctor.'

'Let's get on with it then.'

The nurse removed my gown. The doctor examined me. Weighed, measured, surveyed. Height, head, wrists, ankles, waist – which made me snort with laughter because he reminded me of Mother, kneeling there on the floor like that with his arms around my waist. Like Mother when she made me skirts and dresses. Her firm hands first stretched and flattened the tape measure. She would reach round my back and bring both ends of the tape measure to my belly-button, tight at first, then two fingers' width apart.

'I'll have to elasticate,' she would mutter, her head bent as she peered at the inches – eighteen, twenty, back down to seventeen last month, when she made three skirts for me, all in one day. She sat at the table in the corner of the sitting room by the window, furiously turning the handle on the taxi-black sewing machine. It had royal-gold writing on its side, rolling cotton reels, spools like jewels, and a secret compartment where Mother kept her needles and the engagement ring that no longer fitted her finger.

As she worked, Mother's jaw was taut, and the machine and the material juddered alarmingly. I lay on the couch, dozy on the Omo-smelling cushions, and watched as she turned the material this way and that, flipped the lever, snipped the two ends of cotton. She was rougher than usual when it came to measuring for the waistband, but I still enjoyed her vinegary closeness, the hot, lemony skin, faintly greasy, and her grumbling voice.

'Damn it, Grace. You're thinner again. They'll think I've been starving you. Blast. Dropped a pin.'

Mother held the pins in her mouth. I could see the whiteness of her scalp through her dark brown hair, which was short and wavy, puffed up by the hairdresser only that morning. In places, even the roots showed – tiny, pricked-out stalks, like her dibbered seedlings in the garden shed.

I looked at the doctor's bent head. There wasn't much hair, but there was glistening and freckles. I'd never seen a freckled head before. I dabbed at it. The doctor stood up quickly and moved away to his desk, where he wrote on a form, frowning so much that even the skin on his bald head, especially at the front, went wrinkled like the sea, or like the material of my skirt by Mother's sewing machine, on the table.

Next I had to walk around the room while doctor and nurse watched. Naked and dizzy, I wobbled and tripped but made several laps before the doctor told the nurse to stop me. He stayed behind his desk, writing away. I stayed where I was, warm now, at least on one side, since I'd stopped near the fire. Leg, bum and back must have been nearly as red as the doctor's head.

'Good,' he yawned. 'Placing form – done. Section Three – complete. Free from infection certificate – I'll do that next. Check her reflexes at the same time.'

The nurse tied a clean gown around my neck. It was grey and shorter than the first. She sat me down on a chair, opposite the doctor. He looked in my throat with a light and, like they always did, gave me a wooden spatula to hold while he poked in my ears, using his cold metal rod with the tiny torch on the end.

'Blocked,' the doctor stated.

He peered in my eyes, up my nose, tapped my head and my shins, put me on the couch – off with the gown again – and listened all over with his swaying stethoscope. I lay as still as possible. When he tickled the soles of my feet and brushed his finger along the hairs of my arm, I held my breath.

The doctor sighed, returned once more to his desk, and wrote and spoke at the same time.

'Unresponsive. The patient has considerable sensory impairment. In the course of today's physical examination, I detected a greatly diminished sense of pain, indeed of any feeling.' He paused, looked up at the nurse. 'Not uncommon in spastics. You know that, don't you, Nurse Hughes? More than thirty per cent, I believe.'

'Yes, doctor. And perhaps it's a blessing for them.'

'Perhaps, perhaps,' the doctor replied, and continued to write, but in silence now. He dotted the final full stop with his Parker pen – a pen like Father's, but bluer, newer – and clicked the top carefully back into place. He seemed to relax after that.

'A fairly clear-cut case.' He glanced at the pile of papers in front of him. 'Physical and mental deficiency. Since birth, it seems. The notes begin at eight months. Club foot. Mangled face. Malformation of the skull and spine.'

The doctor flicked through the wodge of letters, forms, reports – Williams, G., aged three, five, six and a half.

'Ah. Polio, aged six. Spastic paralysis in left arm and upper left leg.'

The doctor looked over to where I was standing with my good arm extended – how Mother had taught me – a railway signal, to help Nurse Hughes retie my gown.

'There's something so ghastly, so animal about them, isn't there, nurse?'

He looked down, then up again, and nearly caught my jelly-fish eye. I bulged both my eyes, blew up my cheeks and let the air in them out through my lips. Saliva splattered down my front.

'Monstrous,' the doctor added. 'There's no other way to put it. You can see the mental deficiency at a glance, can't you? No speech, I assume?'

'Not as such. A few sounds. Some of them might be words, I suppose.'

'I doubt it. Is Bulmer bothering to test?'

'I'm to take her over to him from here.'

The doctor leant back in his chair and folded his arms.

'The outlook is indeed, as our good County Medical Officer concludes –' he nodded at the sheaf of papers – 'bleak.'

Dr Bulmer was in a meeting, so I missed being tested by him. I was glad, because I was hungry and I didn't want to miss lunch as well as breakfast.

I missed ECT – the electrics – too. The generator was down. But that's why Grace slug-a-bed Williams was nil by mouth and hadn't been at breakfast.

Daniel didn't know all of this back then, because I didn't tell him, not in so many words. But I liked the questions he asked, and most of the answers he filled in, so I shook my head and tried my widest smile, which made Daniel laugh again, and when he spoke, it was as if I'd spoken.

'You're right. We should have met earlier in our lives, my dear.'

He turned to face me and did his odd, low, sweeping bow before continuing, 'Perhaps, perhaps. Perhaps you're right. What a life we might have had! What love, what passion! But I'll tell you a secret, my dearest one – it's never too late.'

The words Daniel spoke, the way he said them, coupled with his old man's face and damaged body, were so idiotic I had to laugh again. So laugh we both did, Grace and Daniel, squawking and squeaking in the echoey room. We slid to the floor and wriggled on the wet shiny lino, hugging ourselves, hiccupping, flipping like fish in the morning sun. Our legs tangled, and we rolled ear to ear. Nearly canoodling, hootled Daniel. And nobody could see or hear us, so we went on for as long as we could, and it made us gasp, like Miranda and her friends at the rec when they used to dip their heads in the fountain, full of cold water. They'd hold their breath for as long as they could. When they came up, they were red and spewy with relief.

Eventually, we both stood again, Daniel, funnily, more quickly than me.

'Well, *chérie*,' he chirruped. 'That was jolly good fun, but now I must run.'

Why? I flicked a finger on my two floppy lips, then did the same to Daniel's birdy beak.

Daniel bent and mimed looking at the time on an imaginary watch, the wrong way up on my boosy. He twisted his head upside down. This nearly set us off again, but Daniel said in a more level voice, 'Seriously, I don't think I've enjoyed myself so much in a month of Sundays.'

Lopsidedly I shrugged, lopsidedly I grinned, and my tongue plopped out like a great stupid dog's. I tried to haul it back in.

'Nor me,' I said.

We stood for a moment looking out of the window. It was raining again. There were several men now picking at the flowerbeds with rakes and hoes. One of them, a black giant with a minute, bean-shaped head, was digging with a spade. The wet earth flew up and some of it landed around him in a lumpy mess, but most of it rolled back into the hole. Two nurses straggled along the path towards the main hospital building, their capes whapping, their hair loosening. From the left, in the distance, a small figure hurried across the sodden lawn. You could see that she had stout boots on, but she wore a light, beige macintosh knotted neatly at the waist, and her shins were thin and pale. Around her head was a scarf, tied in a tidy bow under her chin.

'Miss Lily,' said Daniel. 'Her day off.'

I watched Miss Lily scurry towards the trees and disappear.

Daniel and I went back to the classroom, and I played

some more with the cars in the corner while Daniel talked to a tall boy with big, flame-red hair. The two boys wore identical brown shoes, lace-ups, with thick, grey, woollen socks, like my brother John's before he went into long trousers and I didn't see his socks any more. They both wore baggy shorts, grey pullovers and short-sleeved Aertex shirts. Daniel's was faded blue, the other boy's green. Children's clothes, yet the boys looked like men the way they stood, the way they talked. They could have been my father and a colleague chatting on the terrace before dinner. It wouldn't have surprised me if one of them had lit a pipe. It didn't surprise me when the boy with red hair turned towards me and wobbled out the words, 'Welcome to Sputnik, Miss Williams.'

Simultaneously, Daniel looked at me and nodded his head, slowly and deliberately, a bit like my father – his way of acknowledging me in a crowded room – and it made up for the silky-tight ribbons and the stiff dress with the scratching poppers. It made up a bit now for the empty feeling in my belly.

I nodded firmly back, all the while wondering why the boy with big red hair was allowed to grow it so long. The rest of the boys had close-cropped hair. All the girls in the classroom had short hair too, chopped at the ear and near the hairline on their foreheads.

The nurses cut mine, after tea, in their office. They did the job quickly, with the largest pair of scissors I'd ever seen. The ends of cut hair prickled inside the vest, inside the dress they'd put over my head. Afterwards, they gave me a brown paper bag containing my hair and told me to take it to the workshops.

'And bring back some wood while you're at it.'

'She's too feeble. Another boggin' polio-no-hoper,' said Nurse Jameson. Nasty words, but spoken low and not unkind. 'Look at her arm.'

'Too bad,' said Nurse Hughes. Then, to me, 'Go on. Shoo. I'm fed up with you. What are you waiting for?'

Daniel. At the bottom of the steps to my ward. It was already dark, but Daniel shone in the light from the open door. I shut the door and Daniel went grey, except for the white bits in his eyes and a white piece of paper poking out of the top of his pullover.

'For the workshop?' he asked, nodding at the bag clutched between my bad hand and my chest. 'Come.'

We turned left towards the Children's Occupation Unit, and then on past the boys' ward, which mirrored the girls', except that two of its windows were broken. The main hospital building was a long way over to our right. I could see its narrow bands of dim yellow light, jittery through the branches of the trees, which moved with the wind and spat leaves. Few leaves remained on the trees. There were more in the air, and more and more on the ground, which was damp, but no longer wet. At least not the piece that Daniel led me to, deep beneath the branches of a cedar tree.

'That's the Maitlands' house,' said Daniel.

Before we ducked under the branches and everything dimmed, I had time to spy a thick hedge, and behind it, a good twenty yards back, inviting light, squaring warmly through reddish-curtained upstairs windows.

'The Maitlands' house,' Daniel repeated, ducking. 'The Medical Superintendent. Avoid him if you can. Mrs is all right, and they've a girl, Eleanor.' Daniel twisted round and looked up at me. 'Come. I'm Daniel, by the way. Smith or Dumont. You choose.'

Daniel smiled and raised his eyebrows at the same time. Then he turned, continuing to chatter, and disappeared underneath the branches. I couldn't hear a word, so I ducked and followed.

We sat side by side against the tree trunk, which was

wider than the both of us put together. Daniel was still talking about Mr Maitland.

'He wears bedroom slippers. Not always. But if he wants to skulk about without being heard. Slippers and a Jermyn Street suit. Barmy.'

I tugged the blue dress over my knees, and Daniel used his feet, like hands, to do the same over his knees with his pullover, which made the white piece of paper fall out. It was a newspaper, or part of a newspaper, folded long and flat.

'I've just finished work,' said Daniel.

With his feet, he spread the newspaper on the ground and began to unfold it.

'In the workshops. Back there.' He glanced over his shoulder.

All I saw were grey branches and, beyond them, a dark expanse of wall.

'Shoes.' Daniel lifted his feet from the ground and shook them so that his too-big shoes swung like doctors' handbags. The brown lace-ups were old, and I could see recent black stitching where there probably used to be brown.

'Mending shoes. That's what I do.' He tapped the newspaper importantly. 'Will, that's Will Sharpe, the man I work for, lets me have the newspaper. If he's finished with it by the time I leave. You should know what the world and his wife are up to, Will says. Plus . . . ' Daniel paused to make sure I was listening. 'Plus, I'm an autodidact, like him, he says. I like that. Sounds as if I like cars. Which I do.'

Daniel and his cars. How his squashed bauble of a face glittered at talk of bodywork, bonnets, mph and horsepower. He would gabble at full throttle to anybody interested, but especially with his French-speaking dad, both of them racing and listing – Porsches, Daimlers, E-type Jags. Italian Lamborghinis. They frilled the 'r's with the backs of their tongues – *Citroën 2CVs, Renault Juvaquatres, Renault Dauphines.*

Cars were just cars to me then. Taxis, now – I've always liked them. But there in the darkening shelter of the cedar tree, the only response I could think of was to open the brown paper bag still tucked between my chest and my bad hand.

'Beautiful hair,' said Daniel, eye-nodding first at the hair in the bag, then, again, at the hair on my head.

That's what everybody said, and Mother liked to hear it. Perhaps because it was the thing about me that was the most different from her – she of the dark, olive-tree hair – that and my pale Norwegian skin, blue, white and thin as new ice.

My head felt airy, my skull exposed, particularly behind the ears. Last time my hair was cut short like this, I was six. I was sick and in my iron lung, sucking and sighing with poliomyelitis. I scarcely noticed. Usually, Mother trimmed my hair. Nothing special. A snip and a sliver. But she was a good cutter, holding the hair between two fingers of her left hand, pulling and flattening it until the ends showed like broken reeds. Then, with a single snip, neatening the jagged points into a solid line. Mother had a pair of scissors she only ever used for haircutting. She kept them in the box in the hall with the spare front-door keys. They were long and loose, and one of the handles had a pretty curl for her little finger. They made a swish, like feet on snow, when they cut. Sometimes, Mother made the swishing noise over and over again, in the air.

'Just for fun, Grace,' she'd say, her mouth as wavy as her hair, her eyes as shiny as the scissors.

Afterwards, she would hold me up to the mirror.

'There, darling. All done. What do you think?'

And I would nod, clinging with an arm around her neck, prolonging the moment.

There weren't many mirrors at the Briar. But here was Daniel, skewing his body, turning his head from left to right. He kept his gaze on me, and when his head steadied, and our eyes swivelled, met and focused, I saw dozens of reflections in Daniel's eyes, including dozens of different me's. Daniel's inky-black pupils were enormous in the shadow of the cedar tree, but they still shone, and the thin bands of greenish-grey around them made them look like the pictures of planets in my brother John's *Encyclopædia Britannica*.

'Beautiful hair. And with a name to match. I know now you're Grace. I asked Matron. Grace Williams.'

Daniel lifted the newspaper and put it on my lap.

I stared at it.

'Grace,' Daniel urged, putting his nose right up to mine. 'Tell me. Can you read? Can you tell the time?'

Why was it important? I put my thumb on my nose, which was cold, and then on Daniel's.

Thumbelina dance, Thumbelina sing. Thumbelina, what's the difference if you're very small?

I was very small when I sat on my father's lap in the warmth of his study. We listened to music, and I heard Father's heart, my heart and the music tapping into them. We listened so much, but never enough.

'More, more!'

Never enough, but we sang along. And when it was time for me to go, when Mother knocked on the door, or John called us to come down for tea, Father picked me up. He balanced me carefully while he bent over the radiogram to turn it off, and I saw the record, black and shiny, like brylcreemed hair. The records looked the same, but Father showed me how each one had a different name.

'*Thumbelina*, Grace. There we are. And here's *Copenhagen* – you know that's in Denmark, don't you? Scandinavia.'

Wonderful, wonderful Copenhagen. Father's mamma came from Norway. But he felt an affinity, he said, with everything Scandinavian.

'There are so few of us,' he said. 'I sometimes wonder whether we mightn't all fit into Trafalgar Square, say. On New Year's Eve, perhaps.'

He'd proposed to Mother there, he told me, down on one knee in the dirty snow. It was dark. He was worried he might lose the engagement ring. The temperature was dropping, he remembered, and fresh snow was just beginning to settle on the bronze lions, the granite plinths and the black rims of all the fountains.

'There wasn't a Christmas tree in those days,' he told me. 'After the war, though, not long after you were born, Grace, Mamma's people gave the people of London a gift – a magnificent Norwegian spruce, every year, for Trafalgar Square. One of our finest. Fifty years old, at least, and always more than fifty feet tall. The queen of the forest.'

The King's College Carols. 'The Holly and the Ivy'. Father sang along merrily.

And when things went from bad to worse with me, 'Mustn't be down in the dumps,' he'd say, almost cheerfully. Then he'd light his pipe and put on one of his favourite songs – 'Mad Dogs and Englishmen'. Or sometimes one of mine – 'Thumbelina'.

I took my thumb away from Daniel's nose, and Daniel moved back, resettling the newspaper on my lap. I couldn't read what Daniel put in front of me that wet September night. My eyes were teary because of thinking about Father's study, his radiogram and wonderful, wonderful Scandinavia, Oxfordshire, London, him, home. Plus the damp night air in the Briar's chilly garden had smudged the print.

There was a picture of a space machine on the front of the newspaper, I could see that much. One shiny metal barrel inside another, with a ball on top and a silver capsule on top of that. Like a giant Christmas decoration, except there was a dog inside the little barrel, inside the big barrel.

'Laika.' Daniel nodded at the newspaper. 'And Sputnik. It's the new space age, Grace. Space race – that's what Will says. As to cars –' Daniel sighed – 'and the road, it's the end of an era, I fear.' He began to refold the paper. Three speedy flips with his feet. Well done.

'I learnt to read by reading road maps,' he continued. 'For my papa.'

And that was all he said that day. But Daniel and his papa began a journey of stories, the likes of which you'd never believe, and I didn't either, not all of them, for Daniel told the tallest stories, the biggest whoppers. The best.

'Follow, Grace.' Daniel stood up. I ducked and followed again, tucking the newspaper under my bad arm, clutching the paper bag tight in my good hand.

Daniel moved quickly now, along a path that led to a door in another long, low building, this one dark and deserted. The door was ajar. Daniel nudged it open, then jumped back, bent down and swept his head from side to side, as a doorman would with his arms, sweeping royalty inside.

'*Mademoiselle*,' he said. '*Entrez*. Isn't my French exquisite?'

His mother was French, he said. Her name was Marie Dumont.

'She danced.' Daniel cancanned his legs and nearly toppled us both over.

'Maman,' he continued, 'was a famous actress. In Paris. She died.' Daniel looked past me, frowning. I noticed, for the first time, the small scar on Daniel's forehead, round, like a sleeping spider, with lines like legs that only showed up sometimes.

I went inside, past Daniel, who flicked a switch with his shoulder, making a light come on. I was in a lobby. There was another door to the interior of the building. The lobby contained nothing but a wooden box on casters.

'Go on. Put it in.'

I emptied the paper bag into the box. Immediately my hair was lost in the dull spill of other people's hair. The box was nearly full. I looked more closely. There were curls and colours, but you had to look for them. Otherwise the hair was dead and greyish-brown.

I screwed the paper bag up in my fist.

'No. You need to give that back.'

Trouble, and I forgot the wood too, what with the muddle of saying goodbye outside my ward.

'*Au revoir. A demain. Fais des bons rêves*,' Daniel said.

I couldn't make head nor tail of the piping, sandy boy, so I put the side of my head to his, and we rubbed bristles like a couple of doormats. Then I turned away and began to haul myself up the steps, gripping the rail with my good hand. Daniel's voice, behind me, went trilling on as if I were still there.

'Don't forget. Our drive, Grace. *Demain*. Where shall we go?'

'Oy. Smith.'

I twisted my head and saw Daniel hobbling towards the boys' ward, where a male nurse stood in the lit doorway. The nurse had a hand on his hip, waiting, and you could see the stick all the male nurses carried in his other hand, waiting too.

Daniel glanced back at me.

'See you tomorrow, Grace.'

Daniel disappeared into his ward, followed by the nurse with the stick. I opened the door to my own ward and stepped inside.

I was sent off again immediately to fetch the wood, this time alone. It wasn't far. Only round to the back of the building. But I didn't like the trip. Daniel seemed long gone. The trees made creaking sounds. The wood was wet and heavy, with bits of bark that kept sliding off. I carried two pieces, one on top of the other, balanced on my bad arm, but held with my good hand. There was dirt on my hands and down the front of my dress when I deposited the logs in the crate next to the nurses' fireplace.

'Filthy girl.'

I stood in the doorway, looking at the fire. Invite me in, I wanted to say. Make me marshmallows, buttered toast, honeyed crumpets. More, please. Don't tease. It'll be enough.

'Get out. You're disgusting.'

I turned and started walking back down the ward. Something sheered the skin above my ear. A piece of bark. Jeering.

The bits of cut hair inside my vest prickled for the rest of the evening, and all night. My head fizzed on the pillow and I wondered again about the boy with red hair before my thoughts returned to Daniel – his dangle-dancing body, his changeable eyes and his endless questions. I'd replied with my feeble two words. I'll never achieve an acceptable level of speech. Not good enough. Not normal.

I shivered. My two word replies were ever so meagre. Yet Daniel had conjured worlds from them. Journeys, at least. Cars, maps, departures. A revving-up.

1957–58

Red-haired Robert, I soon discovered, had an unshorn head because he was the hospital messenger. It went with the job – a privilege. He rode a bicycle. He rode it along the corridors, around the grounds and, once a day, out of the gates and down the road to the village, then back with the post. Toby, the gatekeeper, had learnt to recognize the crunch of Robert's bicycle tyres on the gravel drive. He would waddle out from his small house, then hurry to pull open the iron gates before Robert crashed into them, which he did on a number of occasions.

Robert and Daniel were best friends. But I got to know Robert because of the oranges.

I didn't go home for Christmas that first year. Visits and visiting for Grace Williams wouldn't begin for some months. Best for all, they thought. They medicated. We waited. She'll settle, they said.

From December on, I spent a lot of time unwrapping oranges from large wooden boxes. I had to flatten the squares of tissue paper and put the squares in a pile. Another patient would skew them on to safety pins and they would be hung in the toilets for bum-wiping. The boxes had pretty coloured labels with writing in a foreign language stuck on their ends.

Robert was sometimes my safety-pinner. He hadn't gone home for Christmas either. His mother, he said, was having a room taken out of her tummy.

'A bloody drag,' he spluttered.

Robert didn't talk, he exclaimed and leapt from topic

to topic. Fom Earl Grey tea in white bone china teacups, something about Miss Lily – and why was it grey, what made it grey? – to the forty-nine constellations of the universe, with Orion spied, he said, with his stark, staring, naked, bonkers eye, night-fishing for salmon in Scotland. Then on to the smell of roasting rabbit, shot by his granny on her Highland estate, and prepared by a servant in her warm, flag-stoned kitchen. It was only his granny and his mother at home, he told me, in bursts, twisting an orange with his hands.

'Odds on I can do it,' he enthused.

The orange split apart in two squished halves, spraying juice across Robert's shorts and on to his freckled thighs. I didn't want to get sticky. But Robert sucked and swallowed the lot, turning the peel inside out to chew the last bits of orange from the pith.

'I'm a great fan,' he declared, trying to toss the two empty halves into the air like a juggler.

Robert simply wasn't very good at the job. He was always dropping the box of safety pins, wriggling forwards to reach my pile of tissue squares. Often, he jabbed hopefully at the tissue with the pin, but missed and tore the paper. Or jabbed his hand. Or the unravelled cuff of his thick, red, hand-knitted sweater. Robert wasn't very good at very much, but what he was good at, he was very good at – riding the messenger's bike, for instance.

'Tell us about it,' Daniel begged. 'The biking.'

But Robert's gob didn't gab like Daniel's. He talked with his limbs and his big hairy head – a scarecrow scaring nobody.

'Give us a ride, then.'

Then Robert would sweep Daniel up, an arm around his waist, and fold him on to the bicycle's crossbar. He'd pedal as fast as he could, up and down the gravelly orange drive, knees splayed, hair wild, Daniel pale and tiny, grey and pink, between Robert's long arms.

Daniel taught himself to ride this bike.

I should have known. But Daniel would always have secrets, even from me.

Robert, like Daniel, was a clever-headed, clumsy-bodied epileptic. Both twelve years old, they were juniors on Eric's engineering team.

Eric was an engineer, but he was also in charge of a ward of adult epileptics, male. This ward was separate from the rest of the adult wards, separate and different. The men had converted it themselves, supervised by Eric, from one of the disintegrating Nissen huts standing leaky in the hospital grounds. The hut was to the side of the main hospital building, by the store rooms, next to the tool-shed. Inside, it was a hot, safe place, full of men-things and smells – Father's study gone soggy. Each man had his own clothes and a tea chest next to his bed for keeping them in. The men tore pictures from magazines and tacked them to the wall. Nudey women, women with clothes on, cars, motorbikes, aeroplanes, soldiers, sailors, sunsets, but mostly nudey women. Eric, who slept in the Nissen hut too, had a shelf above his bed. It was stacked with thick engineering manuals and the blue school note-books he used for making sketches and plans.

Eric wasn't a nurse. He was a mechanic, already quite old by the time I arrived at the Briar.

'Both World Wars. Fleet Air Arm. Decorated twice, court-martialled once,' he liked to boast.

Very, very old by the time I left.

'No goodbyes, Grace, just God bless.'

Nevertheless, the nurses left him to it with his crazy fitters. That's what we called Eric's elite epileptics. Crazy fitters.

And what shall we call Robert and Daniel? Bubble-headed boobies, plucked eggheads, silly billies, mates, noodles. Loony boys zooming.

And memories of them zooming too.

Robert cycling in his underpants and shoes and socks on Easter day 1958, the coldest Easter for half a century.

'I'm pretending it's summer,' he yelled, waving and joggling as he passed the girls' gammy-legged crocodile. 'I say, ladies. Won't you join me for a Highland fling? Hey! Watch me dance the Hooligan's Jig.'

He reeled across the lawn, tipping his bike and bobbing his woolly red head at us.

Daniel, in May the same year, falling off the crossbar of Robert's bike – crikey – right outside the chapel, right in front of the fat soprano from the local operatic society when she came to sing with the hospital choir.

'*Désolé*, *Madame*, or should I say Maria Callas? My apologies. I'm French, not Greek.'

And then another zoom – to Eric.

'Ill or sane – as far as I'm concerned that's just a narrow gap.' He'd strike a Swan Vesta and light his roll-up.

Eric was always saying this, and because he believed it, he taught his team to watch out for each other. He taught basic first aid, how to deal with convulsions and fits, and how to keep busy, to keep out of trouble. He showed the men how to cook on the wood-burning stove he installed in the hut – great, stinking fry-ups – how to work hard, and also how to play. Cards, darts, drinking games.

Yes, there was drinking in the crazy fitters' Nissen hut. Bottles of beer on a Friday night if Eric was pleased with their work. Drinking and gambling. Songs, stories and, occasionally, me, wrapped between Daniel – or Robert – and Eric, snug in the smell of greatcoat, my slidey-wide eyes wet from the smoke, the tales, the male, animal warmth.

Worlds within worlds – a world away now.

Here's Robert again, crashing open the double doors of the refectory with the sturdy front wheel of his bike. We all jumped. But here he comes, rolling neatly between the tables, holding a buff file, tied with brown string, on his lap – look, no hands. Back-pedalling to brake. Gliding to a standstill in front of Miss Blackburn, our tall, strict, big-bummed teacher.

'For you,' he gasped and clasped his heart with one hand, the file waving wildly in the other. Robert never grew out of his crush on Miss Blackburn.

Daniel, standing on his chair to get a better look.

'Look. No hands.'

Daniel staring and staring at Robert.

Me seeing but not. Seeing Daniel, but not what he saw – no hands.

And here are all three of us again, inside the Nissen hut. Smuggled and snuggled. Robert's red head in the firelight, nodding, his freckled fingers wriggling, then still. Daniel, winning at pontoon, which he called *vingt-et-un*, fanning the cards – pretty – with his feet. Fumes. Cheers. Unshaven smiles. We stayed very late, and Eric carried me back to my ward, over his shoulder, a firm, fire-warmed hand on my neck, close but not tight, my bare feet dangling, toes on his thigh. He didn't pass me over at the door to the ward. He went on carrying me all the way to my bed, lifting the sheet, like Mother, tucking me in. The bristle and whisper of a kiss.

'Not goodnight, Grace, just God bless.'

Wards overflowed in those days. Even on the children's wards, you had to clamber over other people's beds to get to your own. I always made a point of stamping on the bed next to mine. It belonged to fat Ida. I had a run-in with Ida early on. She and I didn't see eye to eye over a plate of biscuits. I took. She grabbed. We both bit.

In June, dark-suited men carrying briefcases came to the Briar. They counted our heads, shook their own. Daniel said they were trying to divvy up illness and handicap.

But, he continued, illness and handicap – Jack and Jill – go hand in hand. Physical and mental. Mental and mental. Up the hill or round the bend, we were all the same, he explained. Pale and watery. Crappers, wets, bennies, spastics. Nameless. Just all these people standing around, shaking and dribbling.

Soon after the visit, a few of the adult patients left the Briar. For good. A dribble, a trickle. One day it would be a stream, Daniel said. Eventually a flood. Even I have taken my bow now.

Back then, though, it meant slightly less overflow for a while, that's all. And Eric's ward of crazy fitters continued as before.

As juniors on Eric's team, Robert and Daniel spent three afternoons and two evenings a week working with the adult epileptics. This in addition to school, delivering messages and mending shoes. Most of the jobs for Eric were routine. Many of them involved the hospital's enormous, steaming, groaning boiler. It had to be serviced once a month, cleaned once a week, and given the once-over every day. There was also a list of minor repairs for the entire hospital, typed by Miss Walsingham, updated regularly. Robert delivered it to the Nissen hut. Eric folded it and put it in the deep pocket of his thick overcoat, which he wore in winter done up, in the summer undone.

Eric believed in progress. He was always planning improvements to the Briar. Soon after I arrived, he turned the old airing courts into a rock garden. Mr Peters, who was in charge of the hospital grounds, grumbled and said it was a waste of space – he could do with the land himself – but Eric got his way. Eric usually got his way. He said it would be a good place to sit and think, quietly.

'Peace, Mr Peters. Two world wars. It's the least we can do.'

The rock garden was made, and soon much used. The crazy fitters, who knelt and tweaked at the hard earth, month after month, to keep things growing, didn't give anyone any trouble when they went to sit in it, quietly.

Eric had landscaped the rock garden with dips and hillocks. From the bench on the highest hillock you could see beyond the cricket pitch, beyond Mr Peters' farmland, to open country – fields, hedges, greens and yellows, flat-tish and soft, with trees in hearty dark clumps. One of the crazy fitters told me that on a clear day, you could see the London skyline from that bench.

I sat there sometimes, when winter turned into spring, Sarah was born and the blossomy Briar settled, drifted and began to blur the pictures of home in my head – the rooms with Mother, Father, Miranda, John, and now the new baby, Sarah.

Matron read me a letter from Father. In it, he said that I had a new baby sister, who cried a lot – 'rather a lot' – and I wondered what that meant. As much as me?

One day, Daniel sat with me on the high-up bench, and we canoodled.

It started as usual with our moving legs, which swung and rubbed, smooth on rough, but, 'Imagine I'm Humphrey Bogart,' said Daniel.

I flipped my lips with a finger.

'Don't ask why. Just shut your eyes, Grace. I mean Ingrid. Or Ilsa.'

I didn't know what or who Daniel meant, but I shut my eyes and waited.

'We can be private here, without being punished,' he explained, slucking my ear with his lips and tongue.

We began to meet on the bench frequently. I never canoodled with Robert. He wanted to, but, 'Not you,' I tried. And Robert replied, 'Just not your thing, I suppose.' Each time.

In the summer of 1958, Eric decided the hospital should have a pets' corner. He'd been talking to Will Sharpe, who'd shown him cuttings about other mental institutions and their experiments with pets. A children's home in Surrey had dogs on some of the wards. Two hospitals in the north had thriving pet schemes run by local volunteers.

Never one to be outdone, Eric set his team to work. Cages were built, hutches knocked together, and the old tool-shed, where Robert kept his bike, turned into a mini-menagerie. Rabbits, guinea pigs, a tortoise, some parrots and several budgerigars were bought or acquired, and Robert and Daniel were put in charge. They had to keep the place clean, feed all the animals and make sure they didn't escape.

Daniel claimed to have overheard the budgerigars devising an ingenious escape plan. It involved the birds dressing up as rats. The rabbits would provide the fur.

I knew he was joking. Robert said it wasn't funny.

We three often talked about escape, or running away.

'Where shall we go, then? Ballymackey? Ballymenoch or Barton-le-Willows?'

This was Daniel, to Robert and me, in front of the big map of the British Isles on the wall of Miss Blackburn's classroom. Daniel put his nose to the map and moved his head in an arc from Tipperary to North Yorkshire by way of Scotland.

'The stars,' said Robert. 'I want to go the stars.' He raised both his arms, waggled his wrists.

'You and the stars.' Daniel stood back and laughed. 'You can't bike to the stars, Rob. You'd need a rocket. What about Mars? It's red, like your head, at least. And closer.'

But Robert shook his head, and his shoulders shook too.

'No. The stars.' Craggy, shaking, certain Robert.

'Grace?'

Bushey, Borehamwood, Barnet? No.

'To Rome,' I said, partly because I'd seen it on the bigger map in the visitors' hall, partly because Mother used to mention it and I liked the way she opened her mouth to say the words – Colosseum, amphitheatre, Vatican City, Rome. But mostly I said it because it rhymed with home.

Another time, just Daniel and me. 'Let's jump on a train, Grace – Gretna Green.' Cheering me up. 'The Nevada desert, Katmandu.'

It was a Saturday afternoon. Drizzling rain. Daniel and I were two of the half-dozen children waiting in the day room for visitors who didn't come.

Visitors came to the tool-shed. Every Sunday after chapel, there was a queue of children waiting outside, while inside, Robert and Daniel supervised stroking, poking and sometimes near-strangling of the birds and animals. Squeals of pleasure could be heard coming from the tool-shed if you happened to be nearby. I tended to avoid the area. Animals really aren't my thing. I don't mind birds in the sky or the garden, but they look stupid in cages. Also, it made me cross that Robert and Daniel sometimes chose to go to the tool-shed instead of coming to find me.

Visiting the zoo, as they started to call their tool-shed, became increasingly popular, and not only with the younger patients. Some of the nurses, who hadn't been keen at first, brought groups of adult wheelies, swivelled them into a line on the gravel drive, and plonked guinea pigs on their laps or let parrots perch on their shoulders. Everybody was happy. I was bored.

It all came to a sorry end because the animals escaped one night. Not hard to imagine those ragamuffin boys forgetting to shut the door to the shed, is it? Harder, though, to account for all the doors to the cages and hutches found swinging on their hinges the next morning, isn't it?

The birds flew away and were never seen again, all

except one budgerigar, discovered, dead, later in the day, on the window ledge outside Dr Young's office. Nobody liked Dr Young.

'That bird was definitely the leading strategist in the escape plan,' Daniel said, continuing the joke weeks later, but nobody was laughing by then.

The tortoise was spotted ambling along the drive towards the main hospital gates. A night nurse, on her way home in the early hours, reported this. She'd thought nothing at the time. The tortoise made it out of the gates and on to the open road, but then we heard from Toby that it had been found, crushed by a delivery van, a few hundred yards further along the road.

I don't know what happened to the guinea pigs. But the rabbits have a lot to answer for.

It was August and very hot, so some of the unlocked wards had their doors as well as their windows open. I woke up in a sweat with my bad arm clamped the wrong way round.

'Go back to sleep, Grace. It's half past four.' Nurse Jameson's voice.

Light was already seeping into the summer sky. I could see the quiet, round clock on the nurses' desk, next to the nurse's quiet, round face.

Two rabbits, one grey and large, one smaller and black, were bumping softly along the central aisle of the ward. They didn't look so idiotic out of their cages. Their twitching whiskers which, in the tool-shed, made them seem nervous and dim, were alert and curious now. I cried out in surprise.

My cry woke the rest of the ward. Chaos. We tumbled and bounced from bed to bed, pretending to catch the lolloping things. Who cared where they came from, or why? Pretending to be frightened. Us, not them. We thrilled to the chase, chased each other, fell in heaps and dirty sheets.

Ida caught the grey rabbit and squeezed it like a third

boosy between her own enormous two. The rabbit scratched her. Ida yelled and let go. The hunt was on again. Up and down the ward we ran, burrowing under beds, hurrahing at each other, ignoring Nurse Jameson's feeble calls.

'Stop it. You'll pay. I'm warning you.'

We didn't want to go for breakfast, not even when Matron was sent for, and then a gang of male nurses, who shooed us away with sticks and the threat of fists. Then fists and not pretending – being frightened. Rabbits.

I wasn't frightened, however, when I was summoned to the Medical Superintendent's office a few days later. I thought it was because of the rabbits and making too much noise.

I put the fingers of my good hand on the edge of his desk. I still wasn't frightened. I knew plenty of others had done this plenty of times. I clutched the underside of the desk with my thumb.

'Both hands.'

I turned my head to Nurse Jameson, who sat on a chair by the door, which was locked. The Medical Superintendent stood up, leant across the desk and wrenched my head back.

'Keep still. I said both hands, imbecile.'

'She can't, sir.' Nurse Jameson stood up. 'It's stuck, the other one. Paralysed. Useless.'

From the corner of my eye I saw her take a step, protective, towards me.

'Fetch the redhead.' The Medical Superintendent spoke curtly, as if my manky body was yet another mark of my hanky-panky tendencies. Oh dear. What had I done? Spat? Nattered? Shat? There were holes in my bucket-head – I knew that much.

Nurse Jameson unlocked the door, opened it, motioned Robert to enter. Robert came and stood next to me at the Superintendent's desk.

'I want you to watch, redhead,' said Mr Maitland, putting his face up close to Robert's. 'Carefully. Afterwards I want answers.'

The Superintendent spread my fingers on the desk, using the ruler to flatten them, like Mother with her palette knife when she iced cakes – pressing, patting, tapping. He turned the ruler on its side, lifted it, whopped it through the air and down on to my fingers. 'Smith – where is he? Speak, girl.'

And when I kept my gob shut, to Robert, 'Daniel Smith. Where's he gone?'

And when Robert kept his gob shut, to Nurse Jameson, 'Fetch the pizzle, nurse.'

Which nearly made me laugh, because it sounded like a kiddy word. But that's what Mr Maitland called the short, fat, nastiest of whips hanging on the curly coat rack in the corner, next to his dark grey coat and two longer, leaner leather-handled floggers.

Daniel had escaped. On the bicycle. And I knew nothing. I couldn't speak. There was ow across my knuckles, but something much worse in my head, or my heart, or skittering in between them. Where was Daniel? Why had he gone? Why didn't I know? Why couldn't I speak?

'I just wanted to know what it felt like, Grace,' Daniel told me later. After Nurse Jameson had bandaged my fingers. After Robert had been pizzled and his bum went red. After Miss Walsingham had phoned the Medical Superintendent from her home in the village to tell him Daniel had been found – he was safe and sound with her. After Daniel had been frog-marched the two and half miles back to the Briar, a male nurse on either side of him, one of them wheeling the bicycle. After the week in the pads – the first stage of his punishment.

When Daniel emerged from the pads, his eyes looked bruised and he had trouble walking.

'I wanted to know what it felt like,' he repeated.

We were sitting in Eric's rock garden. I wound my leg round Daniel's. My calf bulged white above its dark blue ankle sock and next to Daniel's blueish shinbone.

'I couldn't resist.'

I tightened the grip of my leg, and we swung for a while. Then Daniel flung back his head.

'It felt bloody fantastic. You should try it.'

He laughed, and how did he laugh? Simply, happily, like a boy in a storybook having an adventure. He leapt to his feet.

'Like this.' He closed his eyes, tilted his head. Silence.

'Like this.' Silence. Then, urgent,

'The wind in your hair. The tarmac, the earth underneath, the whole bloody universe beating in your feet. I cycled to the stars, Grace. Do you believe me?'

I stared at the pale little person in front of me. Only his closed eyelids, like folded wings, flittered. Yes, I believed him.

'The speed. My knees. The wheels and the pedals. Up and down, round and round. In time.' Daniel opened his eyes. 'An AA man, wearing a yellow cap, passed me on a motorcycle with a sidecar. He saluted.' Daniel grinned. 'That was the best bit.'

Daniel sat down and asked me to put my bandaged hand between his thighs.

I've seen how butchers bash at meat. That's what my hand felt like, a limp lump of battered meat. I was glad that Daniel couldn't see it, because it was ugly. But I wanted him to see it too, to see how he hurt me, going away like that, without a word.

The pressure of Daniel's leg muscles increased.

'I'm sorry, Grace. That's how I am.'

I know.

We heard the sound of Robert's bicycle bell and turned

our heads. Robert was pushing his bike up the path with one hand, waving with the other. He was hurrying. His legs seemed longer and thinner than ever, bending out at the knees, even though he was walking, not riding. He arrived, breathless, leant the bike on the bench.

'Eric wants to see you,' he panted, flicking his fingers at Daniel, at me.

'Now? Why?'

'No. Later. All of us. A fry-up.' Robert pumped his arms and twisted his head from side to side, which made his hair seem longer and redder than ever. 'In the hut. After lights out.'

'How's your bum, Rob?'

'Bad.'

Robert pulled down his shorts. Daniel gasped.

In fact, the streaks on Robert's bum were already beginning to fade. Daniel hadn't seen Robert last week, in the infirmary. Robert didn't cry by my side in the Medical Superintendent's office, where he was brought to watch my hand being rulered and then had to bend over and stick his freckled bum in the air. But he howled and squirmed like a puppy later, when the nurse dabbed cold water then yellow iodine on the reddening weals. Nobody believed that we knew nothing about Daniel's escape. We scarcely believed it ourselves.

'But not that bad.' Robert pulled up his shorts, took hold of the handlebars of the bike again and thrust the bike towards Daniel. 'Come on. I want to know how you did it. Spill.'

'Not now.'

'You owe us.'

'Yes.'

Later that night, when the fry-up had been eaten and the fire in the stove was pink and grey embers, Daniel took us on one of those journeys of his. To Paris.

He waited until the noise in the Nissen hut had almost died down before wriggling his bum off the bench and standing as tall as he could. He stood between Robert and a grown-up fitter called Charlie. Robert and Charlie shifted their bums into the gap left by Daniel. I sat opposite, next to Eric on one side and a pillow, folded in half, on the other. Let's give that arm of yours a rest, shall we? Eric had said.

'I was five,' Daniel began. 'Five and a half, to be precise. The trees were in blossom on the Champs-Elysées.'

He moved his head in a swivel – slow and controlled, not a twitch in sight – around the circle of fidgeting listeners. Somebody whistled.

'There was a gentle, southerly breeze,' Daniel continued calmly. 'Parisian petals, pink, white and stripy, swirled on the wide grey boulevard.'

'Boulevard?' boomed Charlie. 'Wassat?'

Shut up, shut up, shut the fuck up, Charlie, and Charlie, for once, shut up.

'I was learning to ride a bike,' Daniel went on. 'Dad gave it to me. Second-hand. Nearly new, Dad said. It had stabilizers, for balance. 'When can we take the stabilizers off, Papa?' I remember asking, over and over. 'Soon, son, I promise,' Dad always replied. But this particular spring morning, I asked and, 'Today, son,' said Dad.

'Dad held the saddle. He ran alongside. "*Vas-y, Dani*," he shouted. "Don't grip so hard. Loosen your arms. Relax your fingers. Let the bike do the work. Imagine you're driving a Lamborghini." Dad and I were both out of breath.'

In the pause that followed, Daniel's shoes moved, just an inch or two. Odds on his toes were curling, like his fingers once curled around the handlebars of his bike on the Champs-Elysées.

Suddenly, '"*Vas-y, Dani*!" Papa let go of the saddle. "*Vas-y*," he yelled. "*Pédales, pédales, pédales. Bravo, petit bonhomme*".'

Bravo, bravo. The Nissen hut filled with cheering.

'It was easy,' said Daniel, stepping back. He shrugged and sat down, squashed but unruffled, between Robert and Charlie. 'I remembered, that's all. I'd done it before. In Paris. I watched. I practised. Something like that. Mostly – look, no hands – I imagined.'

I'd seen him watching, I realized. When Robert rode all the way into the refectory, I'd seen Daniel watching and thought he was jealous.

So when had he practised?

'Oh, now and then.'

And did he really remember, or was he just good at telling stories?

Daniel would always have secrets, even from me.

The second part of Daniel's punishment was banishment from the engineers' team. Eric objected.

'There are maps in that boy's mind no one gives him credit for,' he insisted. 'In fact, someone clever enough to plan and execute such an escape is, in my opinion, clever enough to live outside.'

These words skittered – ow – but Eric, as usual, got his way, and by the end of September Daniel was back on the team. Daniel, however, never rode the bike again, not even on the crossbar, because red-haired Robert went and died in mid-October.

'No goodbyes, boys, just God bless.'

Mr Maitland suggested that Daniel take on Robert's job. Hospital messenger, a brand new bike, a privilege? No.

1958

The afternoon that Robert died, I was dusting the Briar's grand entrance hall. It was my job on Thursday afternoons – dusting. An extra job. It meant favours. It meant that the orderly who should have done the dusting could go and smoke or chat with his friends. It meant that the same orderly might help me slip out to meet Daniel and Robert.

I liked dusting and I was good at it because Mother had taught me how to do it. I was a real professional.

'Here, Gracie. Put this on.' Mother would lift one of her home-made aprons over my head. They were cut from her old summer dresses. She folded the apron once at the waist to shorten it, then wrapped it under my arms, bringing the ties round to the front and making a long bow with them in the middle of my chest.

'Let's roll those cuffs up.'

This was way before the iron lung. So I held both my forearms out, and Mother turned the cuffs of my sweater one, two, three times, nearly up to my elbow. First one arm, then the other. She'd usually give the sweater a tug, or my sides a pat, before placing a faded yellow duster in my right hand.

'Off you go, darling, a real professional.'

I felt funny but important swaddled in Mother's apron, as if it would make me behave like her. I dusted everything – window sills, ornaments, pictures, the skirting board, even the rungs of our dining-room chairs. It gets everywhere, dust.

Mother, who wore an apron too, switched the radio from the Home Service to the Light Programme. She Ewbanked the carpet, shook out the rugs, swept the floor and turned the volume up on the radio when Winnie Atwell and her piano came on.

'All the way from Trinidad to the Royal Academy. That's quite a journey, Grace.'

At the Briar, I always dusted the mantelpiece above the marble fireplace first. There was never anything on there, so it didn't take long. A swipe with the duster, which was identical to Mother's, one way, and a slower rub back the other. But I stood for a mo, envisaging cards and invitations – Grace Williams, At Home, We request the pleasure, You're invited, RSVP, a concert, a lecture, Come to our party.

Next, the narrow table, also bare, and the framed map of Europe beside it. Saggy-sock Italy, knobbly Britain, confusing Scandinavia. No Trinidad, though.

After the map, the mirror opposite, which I dusted quickly, trying not to look at the me reflected in it, but seeing me anyway. Why do mirrors always make things smaller than they really are? I'd like to be nine feet tall.

Daniel's dad's mirror was square, about five foot by five, each side alone longer than me. It had a thick gold frame with leafy curls, like a picture frame. Where did it come from? I knew it was old. Daniel's dad dealt in antiques.

'He imports and exports,' said Daniel importantly.

Daniel had talked about marble from Milan, tiles, leather and woodcarvings from the Alps and furniture from the flea markets in Paris. All packed into the back of a white Commer van.

'And then the road.' Daniel paused, and the spider on his forehead crawled. 'Before the plane.'

That aeroplane.

I gave the yellow duster a shake.

I dusted the brass door handles and the painted wooden beading on the insides of all the doors. I avoided the banister. Robert had discovered you could unscrew the knobs at either end of the brass banister that ran all the way up the first flight of stairs. The banister was hollow. Things could be poked up from the bottom or dropped in at the top. Last week, Robert had filled the whole banister up with conkers. He'd chosen conkers just small enough so they didn't get stuck, then he'd deliberately left the knob at the bottom end loose. You can imagine what happened when the Medical Superintendent put his hand on the loose brass knob at the bottom of the banister and it came off. I could. I can. We laughed. I laugh now.

Last, because it was the dirtiest, I dusted the outside of the black front door.

When I opened the door that afternoon, I saw Eric with a group of crazy fitters, mostly juniors, and including Robert and Daniel. They were on the visitors' lawn, which was already half-covered in fallen leaves. Even though it wasn't windy. Even though a gang of patients had spent all morning raking the leaves into piles, and the afternoon wheeling them, in metal barrows, to Mr Peters' compost heap

The crazy fitter boys were collecting conkers, filling their pockets and brown paper bags with them, making a right old racket, shouting, crunching and kicking at the leaves, blowing up the paper bags and bursting them.

There was a conker-fight league table pinned to the wall in the Nissen hut. Robert and Daniel were at the top of it. Everybody was bonkers about conkers that year.

Daniel called them Indian chestnuts. He soaked his in vinegar stolen from the kitchen, then he gave them to Toby, who carried them into the gatehouse and baked them for Daniel in his oven.

Robert's collection of conkers was small. In fact, many of his conkers were small too, wrinkled and unroly. He spent a long time choosing his conkers, though, refusing to break open their spiny green shells, taking only conkers that were already loose, already on the ground. And Robert kept his conkers all over his body, not just crammed into his pockets, but twisted into the sleeves of his shirt, tucked into his socks, and once, just to see if he could, dropped like toffees into the curls that crackled on his head.

I stopped pretending to dust, and stared. The boys had formed themselves into a semicircle now, around Robert and Daniel. A conker fight was about to begin.

Robert couldn't keep still. He twirled his conker on its string above his head and windmilled his other arm at the same time. Daniel sat on the grass and emptied his collection of ready-stringed conkers from their paper bag. He removed a shoe and sock, inserted his toe into the loop of a piece of string, then leant back and raised his foot. A large, round conker dangled from the end of the string.

Eric put his hands on Robert's shoulders, calming him, bringing his arms down to his sides. Robert nodded enthusiastically and knelt on the grass with his knees together but his shins splayed and his head still nodding.

Eric tossed a coin and Robert took first shot at Daniel's conker.

Daniel's turn. Then Robert again.

I knew that Daniel's glossy conker was a mere fiver, whereas Robert's was already a twenty-fiver. The winning conker, Daniel had explained, would become a thirty-oner. Its owner would be at the top of the league table. But neither conker won.

Robert conked out. Keeled over. Died. Just like that.

I saw Daniel take aim again at Robert's swinging conker. Waiting for the swinging to stop. He flicked. Missed. The string caught the string of Robert's conker. As the two strings twisted and knotted, Robert let go, and at the same time he fell forwards. From where I was standing, it looked as if Robert was praying, his two arms uplifted, his hands reaching for the conker entwined with Daniel's. Robert's arms came down and he seemed to stare at the ground in surprise before toppling sideways, staying like that for a few seconds, then rolling slowly on to his back.

The two conkers bounced away together across the lawn, and I saw one of the crazy fitter boys pick them up and pocket them both. Robert's hair caught the autumn sun, and he didn't look uncomfortable lying there, glowing among the leaves. No waving limbs, no fitting, hiccupping body. But no Robert either. Just his name echoing in the still October air, Daniel calling it again and again.

It was a couple of weeks after this that Mother and Father brought baby Sarah to visit me at the Briar. My twelfth birthday. The day that Sarah walked. Nobody talked about Robert.

But a few days after that, I had another visitor.

'So you're Grace.' Robert's mother, as wiry and red as her son. 'Lena Macintosh. Delighted to meet you.'

We were sitting opposite each other on chairs in the grown-up day room. Robert's mother had moved the chairs away from the wall and turned them to face each other. She took my good hand between her two better ones. Our knees touched. Lena Macintosh wore grey trousers with a ridge up the middle of each leg, and a matching jacket. My arm rested on her leg and I felt firm, unladylike muscles through the soft material of her trousers. I looked down and saw that she had a pair of men's black lace-ups on her feet, which were thin and very long.

'I've heard so much about you.'

Robert's mother peered at me, making me look up again. She wore speckle-edged specs, and her eyes behind them were small and slatey. She had a pale face, and her Robert-hair was curly, but shorter and thinner than Robert's.

'Robert was a great fan,' she continued.

My own blue jelly-eyes slipped when she said this. Salty slicks down both my cheeks.

Buddy Holly? Oh, I'm a great fan. James Dean? Botticelli? Oxford United? Grace Williams? Oh yes, I'm a great fan. Yes indeed. I could imagine posh Robert gesticulating with those long arms of his, spindling the words from his tripping mouth.

She was arranging a memorial service, Robert's mother went on, as if we were sisters arranging a birthday party. Here in the hospital chapel. She wanted suggestions, help. She wanted to involve people.

'You're invited,' she might have said. She definitely said, 'He had a heart attack, Grace. I paid for a private post-mortem. There's no blame.'

She should have tried saying that to Daniel, who didn't speak for a very long time, and when he did, he had no doubt that the blame lay with him.

He told me so, eventually, as we sat on one of the abandoned rabbit hutches in the tool-shed, which is where Daniel went to be silent, this time.

It was dusty and warm inside the tool-shed. Eric had removed the bird cages and fitted shelves and a fold-down work surface along one side. He was thinking of making a darkroom, he said, a photography club.

Robert's bike leant against the timber wall, opposite us.

When Daniel spoke, 'How will I ever know I didn't pull, Grace?' he asked. 'Pull him? Pull the string, I mean?'

Daniel's face was shrivelled and bloodless, his voice raw and dry from hiding it away for so long.

'I know,' I said, putting my good hand on the back of his neck, smoothing it down round the hunch of his shoulder.

Daniel moved away an inch. He didn't like me touching him there. So I stroked his neck again, keeping my fingers still, but rubbing and pressing with my thumb on the warm dip at the back. As if it were the palm of a hand.

I knew none of it was Daniel's fault. I was there, I was watching, I saw. Plus, I knew by now about the heart attack. I told Daniel about that too then, and I remembered Robert's mother's words – 'no blame' – exactly.

The memorial service took place two weeks after this, two weeks before Christmas. There we all were, including Daniel, packed into the chapel, almost silent at first, because Robert's mother wanted it that way. It wasn't silent, but it was quite, quite quiet. Until the singing. 'Lord of All Hopefulness', chosen by Eric, who had helped sway the decision in favour of the service. The doctors were against a memorial service for Robert, saying it would renew all the upset. And people were upset. Miss Blackburn cancelled school for several days. Toby wept and kept opening the gates at the wrong time. And Eric, when he wasn't swaying decisions, stayed, unusually inactive, in the Nissen hut.

The crazy fitters chose 'All Things Bright and Beautiful' for the memorial service, because the line about creatures great and small made them chuckle, remembering the zoo. And we also had 'When a knight won his spurs, in the stories of old'. Miss Blackburn did a high, birdy singalong when it came to the thumping castle of darkness and power of the truth in the last line. I don't think she can have chosen the hymn, though, because she told us she didn't believe in God.

There were flowers, including a twiggy wreath with autumn leaves made by Mr Peters' team, and there was a single candle burning on the altar, which I'd dusted that morning along with the pulpit and the tops of all the pews, aligning the pale red Books of Common Prayer on the shelves underneath. No speeches, no sermons. Eleanor Maitland played quietly on the organ, the chaplain gave a quick blessing, then Robert's mother stood up and said refreshments and a surprise were waiting for us in the refectory. We bustled eagerly out of the chapel, across the grounds, and in through the side door that led, via a dark corridor, to the main hospital refectory.

Last year, all of us had helped decorate the refectory, ready for Christmas. We'd been herded into the grown-up dining room to find the tables covered in hundreds of red and green strips of paper.

We had to sit down, and those of us who could had to make circles out of the strips of paper by licking the sticky end and pressing it flat on the other end. The nurses clustered in a far corner of the room, dithering around the Christmas tree and the men putting it up. We, meanwhile, stuck and pressed, stuck and pressed, and nobody remembered to tell us we were supposed to loop each ring through another.

Paper chains. I would become an expert, but not immediately. Torn and spit-sodden strips of paper soon began to litter the floor as well as the tables. It wasn't until Major Simpson arrived in the refectory that order was restored.

Everybody liked Major Simpson, even the nurses, who usually sneered at volunteers and called them a nuisance, nosey-parkers, or worse. The Major visited several times a week. He coached the Briar's cricket and football teams. He also ran the games room, including a gluey hobbies section and a quiet corner, with trestle tables for chess and stamp-collecting.

In the refectory, the Major bossed and coaxed, setting the nurses even more afluster with his good-humoured huffing and puffing.

'Nonsense, pretty sister.' This to a lowly orderly, not

pretty, not a sister at all. 'There's plenty of time. Let's get these decorations hung.'

He made some of the nurses sit down next to us and help. He sent the men to fetch ladders. He told us to keep up the good work. Circles, he said, were AOK. However, he whisked a few of the children off to a special table, where he taught them how to thread a flat strip of paper through one that had already been made into a circle. Then, how to lick it and link it. Dainty Daniel, the Briar's clever cobbler-boy, was whisked, of course. But Robert went too. This didn't seem right. Robert hadn't a clue when it came to fiddly, fingery things.

I could do the oranges and I could do the paper chains. So I did. Big Ida saw. She couldn't do any of it. Heavy arms like bags of flour and doughy hands that would never unwobble enough to thread paper chains. It was easy for me, because of my bad arm. I hung the circle of paper on the rigid fist of my useless hand, and it hung there so still, it wasn't hard to poke the next flat strip of paper through the hole in the middle. Nor was it hard to bend the paper, lean, dribble, wipe and stick it.

Ida didn't like this. She lunged at the growing pile of red paper chain between us. At the same time, she pushed back her chair and stood up. The paper chain went up in the air and, for a split second, looked very pretty hanging there – a giant version of Robert's hair. Then it fell back down to the table, collapsing in on itself, and Ida hauled it towards her boosies, grabbing and scrunching the paper circles as she hauled.

But Major Simpson had glimpsed the prettiness I'd made.

'Out,' he ordered, and Ida obeyed. She simply turned away from the table, the mess, me. She walked out without a word, and nobody went after her until Major Simpson signalled at Sister, the real sister this time, to follow. Then he came over to where I was sitting and put his fist on my head. It was a heavy fist – a bit too heavy, but I don't think he meant it to be.

'What's your name?' he asked. And when I didn't reply, 'Well, Nelson, I think you'd better come and join the experts.' He led me to the table where Robert and Daniel were busy-boying happily, squadging the paper chains into all sorts of noodly shapes. I sat down. We worked as a team, and Daniel officially baptized my bad arm Nelson. Without Nelson, he said, we wouldn't have made nearly such a good team.

On the day of Robert's memorial, the refectory was bare and cold. No paper chains and no sign of the promised refreshments. The only difference from every other day was that the upright piano, normally pushed back to front in a corner, stood open against the wall, and a table had been placed alongside it. On top of the table was one of the low chairs from the COU.

The nurses were unable to settle us. Major Simpson walked up and down the aisles, wiping his forehead with his square white handkerchief as if it were summer. Robert's mother stood nervously by the piano. The nurses hushed and shoved, and some of them, out of habit, swung their sticks or keys warningly.

Only Daniel didn't need shushing. He sat by himself, composed and quiet, at the far end of one of the tables, not, for once, with the crazy fitters, but with the boys from his ward, and close to Miss Blackburn, who was in charge of the table. She looked grim and sad, not unlike Mother on my birthday last month. At school recently, Miss Blackburn often paused and looked out of the window, frowning – not cross, but as if puzzled by something.

Suddenly the double doors of the refectory crashed open and, for a mo, I half-expected to see Robert himself cycling through them, but no, it was Eric. He was carrying a small boy over his shoulder, like he carried me, just as firmly, just as gently. Silence fell as Eric made his way across the room to the piano.

The boy, who looked about eight years old, wore a smart shorts' suit with empty sleeves tucked into the pockets. He had bare legs and feet. His dark hair was razored short at the back and sides, but slicked shiny and long on top. I saw brown berry-eyes, a small nose, neat white teeth and a smiling mouth over Eric's shoulder as they passed my table.

Eric sat the boy on the chair, and almost before Eric had straightened up again, the boy started playing the piano. Bang, bang, bang on the out-of-tune keys. Bang, bang with his feet went this cheerful little chappy.

Daniel, like before, when Robert delivered Miss Blackburn's parcel, stood on the table and stared and stared. Look, no hands. But today Daniel wasn't the only one to leap on to a table. The boy played jazzy tunes with a ragged beat that got people going – stomping, thumping, singing and clapping.

The double doors opened again, and this time no fewer than six bakers, wearing tall white bakers' hats, walked into the refectory. Each was carrying a pile of boxes. The boxes contained cakes – fairy cakes, cup cakes and slices of Battenberg, doughnuts, iced buns and whirls of Swiss roll. Nobody mentioned sandwiches again. Everybody tucked in except the boy, who went on smiling and playing.

'Eat as much as you like,' called Lena Macintosh above the hubbub. 'Dance. Enjoy yourselves. It's what Robert would have wanted.'

Grown-ups danced with children, and nurses danced with patients. Daniel, still standing on his table, looked across the room at me and did his making-up-for-things nod. Robert's mother went over to Daniel's table and whispered in Miss Blackburn's ear. Miss Blackburn whispered back. Robert's mother stretched her arms out to Daniel, and Daniel, believe it or not, jumped right into them.

1959

i

'Believe it or not, I enjoyed myself that day,' Daniel said later. Several wintry weeks later. We were sitting in the classroom, discussing holidays. Miss Blackburn had popped out to get paper. 'Sh., though. It's a secret,' Daniel added.

Daniel had said the same about the recent Christmas holiday.

'Believe it or not, I enjoyed myself here at Christmas. Shhh, though. That's a secret too. Secrets and stories – yours, Grace, and mine.' Daniel tapped my shoe, once, with his.

He'd devised a system of taps, he said, based on the pipe-tapping done by some of the adult patients in the main hospital building. He described how the pipes spread out from the boiler room, like veins or arteries, along the corridors, through the walls, ceilings and floors to all the wards. If you had friends in the ward next door or above or below you, he said, you could talk to them by tapping.

'As simple as that.' He tapped my shoe again. 'Tap back, Grace.'

I did.

'See? Easy,' he tapped. 'Let's call it G for Grace. Tap back.'

I did.

'And D for me. Good. It means we can share, secretly.'

Daniel hadn't left the Briar at all over Christmas. But he'd secretly been all over the place, he said.

'And I learnt to type as well,' he added. 'Tappety-tap. What do you think of that, Grace Williams?'

'The truth?' I asked. I knew by now that Daniel didn't always tell things straight, or whole. Mostly over-whole and flowery.

He said that the office ladies had started leaving the administration block unlocked at lunchtime. He'd nipped in and had a shot at using one of the typewriters.

'It's not as hard you'd think,' he said. 'I use both my big toes. I'm making progress.'

One day, Miss Walsingham came back earlier than usual. She was accompanied by Mr Shipman, the young assistant bursar. Daniel didn't hear them open the outer door of the office. The inner door was a large, glass-panelled affair. They could have been watching him for ages, Daniel said. When the inner door opened, Daniel stopped typing and froze, with his heels resting on the desktop. He felt the soft, hot pressure of hands on his shoulders.

'Miss.' He jerked his head round and up in fear.

'Don't panic,' said the secretary. 'It's Daniel, isn't it? Don't be frightened.' Her hands moved down his back, then up again, then down both his sides.

'She squeezed and rubbed, stroked and pumped. I expanded like a loaf of bread.'

Miss Walsingham's closeness and warmth, her damp, summery, country smell turned the inside of Daniel's head, he said, into a luscious southern landscape of low hills, distant seas, white villas and wine-drenched meals on shaded terraces, with lemons, big fat melons, black olives and cold, fruity pink wine – the best *rosé*.

'I replaced my clothes,' he said, jiggling the empty sleeves of his too-big, not-too-clean jumper. 'I replaced them with a white linen shirt, fine and cool, with grown-up cuffs and silver cufflinks. A grey silk handkerchief. Pressed, dove-grey trousers and Italian shoes, handmade. I put my feet on the floor, sat bolt upright in the chair and looked Miss Walsingham in the eye. Debonair.'

'You're the boy who tried to escape, aren't you? On the bicycle. I'm Joan, remember? Joan Walsingham.'

Mr Shipman sidled off at this point, and Miss Walsingham set about discovering exactly how well Daniel could type and what he was typing. By the time the rest of the pool returned from lunch, Miss Walsingham was overflowing with excitement. She was very young, Daniel said, twenty, twenty-one at most. Miss Bradshaw, Mrs King and Miss O'Donnell were older, sceptical at first, but Miss Walsingham showed them Daniel's work.

'It was just lists, Grace. You know – cricket scores, makes of car, people's names. That sort of thing. You should have seen their faces, though.'

Daniel raised his eyebrows, made his eyes big and opened his mouth, all at the same time.

'Miss Walsingham leant over me to pull the sheet of paper out of the machine,' he continued, 'and the top of her bare arm touched my cheek. It was so soft. Like a boosy. But damp. Whiffy with soap and lawn, newly cut.'

Miss Walsingham, he said, let him rest his cheek there while she turned the knob at the side of the typewriter until the piece of paper came free. She took it out and put it down next to the typewriter. Then she inserted a fresh piece of paper at the back, and turned the knob until the paper curled underneath, round and up at the front. She told Daniel to type something else.

'I obliged. "Take a look at this," she said when I'd finished, passing the piece of paper to Mrs King, who read it aloud.'

Lists of football teams, types of aeroplane, all sorts of leather.

'"Mocha, morocco, levant," Mrs King recited. She sounded so funny, Grace. Like the chaplain, reading a prayer. "Chamois, cordovan, cabretta, chevrette. Skiver, slink, rawhide. Gracious,"' Daniel imitated, '"Goodness gracious me, I think he's spelt them all correctly too."'

Mrs King thought they ought to report it immediately. Miss Walsingham begged her to wait. Mrs King looked at Daniel's typing again and said they'd have to see, it was the holidays, after all, she supposed it was harmless, but for now, Daniel must return to his ward.

Daniel went back to the office the next day, and the next, and whenever he wanted to after that, because the typing ladies decided to keep quiet about their discovery.

'They've adopted me,' he said. 'They let me sit in their office and type or watch them type and work.'

Often they stopped working, though, Daniel said, and started chatting instead. He joined in and asked questions that made them laugh. Miss Walsingham fed him buttery bits of shortbread and little squares of home-made fruit cake. Every evening, before putting on her cardigan and coat to go home, she dabbed her neck and wrists with perfume.

'"Blue Grass", it's called,' Daniel said. 'On Christmas Eve, she put a drop on my forehead and under my chin.'

Daniel had spent Christmas day with Eric and the left-over fitters in the Nissen hut. Some bottles of wine from Mr Maitland's wine cellar found their way to the Nissen hut, and everybody had a sip. It was purple and stained your lips, Daniel said. Probably Burgundy. Papa would have known. But Papa, Daniel said, was *en panne* in Kent. A tyre on his white Commer van had burst. On the road out of Dover. The hilly A20. He'd been obliged to hole up with a mate down there.

'But he sent me this. From Paris.' Daniel toe-pulled a handkerchief, silky grey, from the sleeve of his dirty grey jumper, like the magician with his top hat who performed on the children's wards just before Christmas.

A clown came too, but I missed him. I, Grace Williams, by written request and with written permission, did go home for Christmas that year.

Sarah was everywhere – into everything, as everybody said. She was nine months old. Her eyes were blue and often fierce. Sometimes they turned into the eyes of a cold wet fish, trapped, not in a net – Sarah could wriggle her way out of anything – but in a strange, blue-green sea-world of their own.

By Christmas, Sarah rarely fell. She made for whatever she had her blue eye on with noisy shouts, one arm, or both, held out in front of her. Ah, she would sigh, when she reached what she wanted. She would sit down on the floor to explore the brick, the doll, the teaspoon, John's book – don't tear it. Father's pipe – don't suck it. Mother's blue Murano vase – too late.

Sarah wanted to explore me that Christmas. She clambered all over me when I lay on the couch, resting. She prodded my gob with her bickiepeg fingers, tried to uncurl Nelson, using both her hands, and touched or tugged my pudding-basin hair. My hair had coarsened. It was darker and straighter than before. There wasn't often shampoo at the Briar, and when there was, it definitely wasn't Vosene.

Sometimes Sarah touched or tugged her own baby-thin hair afterwards, thoughtfully, and then her eyes went fishy. If I was lying on my side on the couch, there was nothing Sarah liked more than to squirm her body next to mine, nose to nose. When she settled, she would suck her thumb, keeping her elbow bent, sharp, and her arm wodged, tight like my Nelson, to her side. Then her other hand would creep over my shoulder to my back, where it just reached my hump. She would stroke my hump, her fingers as light as eyelashes, and we would lie there, entranced, eye to eye.

But when Sarah cried, she didn't sound hungry or tired, just angry or awfully sad, and nobody knew what to do. Father held her with his back to the window.

'Look over my shoulder, *elskling*,' he'd say.

Miranda tried the pram. John read aloud. Mother, at the end of her tether, went to bed.

All in all, I didn't see much of Mother over Christmas. She took a lot of tablets. 'And not just Rennies,' whispered John to Miranda.

Miranda, home from abroad for the holidays, danced and pranced like a creamed cat, making private long-distance phone calls on the phone in the hall when she thought no one could hear.

'*Oui. Moi aussi, je t'aime*, cherry-pot. Oops. Sorry. Got to go. *Maman descend les* stairs.'

But Mother did hear, more than once. She shouted and burst into tears, while Miranda burst into tears and flounced. Out of the house, sometimes.

When this happened, John would set off for his bedroom, a stack of *Scientific American*s in his arms, so big and heavy he often dropped them on the stairs. More tears.

On calm days, John went into the kitchen. He was painting a wooden box in there.

'I'm banning the bomb,' he said, sandpapering carefully.

He painted the box white with a large black sign on the side. The kitchen was cold and smelt of turps and paint, not marmalade and turkey. The paint dripped. It dripped down the side of the box and on to the floor. The sign was spoilt, Mother's lino was a mess and Mother was so cross, she knocked John's box over, breaking the lid. An accident, she said. John, sobbing in hiccups, went to his bedroom without his magazines.

Most days, I lay on the couch in the sitting room, with Sarah mucking around on the floor, and Father in the armchair, reading, or at Mother's sewing table, working –

always forgetting to light the gas fire at four o'clock, which is when Mother told him to.

'No, Sarah,' he'd sigh patiently, moving the squiggly music manuscripts away from the edge of the table, giving Sarah a dangerous silver bobbin to play with instead, or once, daft man, Mother's heavy pair of pinking shears.

Mother took a turn for the worse towards the end of the holiday. I think Father forgetting my bed-wetting pills had something to do with it. And because Father didn't drive, due to his dicky heart, and no one could be found to look after Sarah for the day, I went back to the Briar in a taxi. Not all the way, but for some of it, and by myself. A nurse was sent to meet me and three other patients at King's Cross, but from our house to King's Cross, I travelled alone and peaceful in a black London cab.

The driver didn't talk to me. It was bitterly cold outside, with flurries of snow in the midday grey. There was a radiator in the cab, though, sending out hot air and a summery drone, like Mr Peters' bees. I was tucked between the soft black arm of the seat and Miranda's old knapsack. She'd given it to me to put my things in, instead of the cardboard box I'd come home with from the Briar.

'Keep it, kitten,' she'd said. 'I need a new one, anyway. I'll be off again soon.'

Feeling more like a queen than a kitten, I sat up straight in the back of the taxi and stared straight ahead. But the taxi didn't go straight at first, and I couldn't help woggling my eyes, then my head, at icy London, to my left, to my right. The people were bright against the dull buildings, and many of them were hurrying. We stopped for traffic lights – 'bloody Marylebone Road,' said the driver. A man standing in a queue – 'bloody Madame Tussauds' – smiled and waved at me. He flapped his arms over his chest to keep them warm. He was wearing a knitted black hat pulled down over his ears, and a long yellow scarf wound twice around his neck. I waved at the man, not queenly at all, but woolly and warm, inside and out. I'd have preferred to be travelling in the opposite direction, but I enjoyed that cab ride very much.

Back at the Briar, before Miss Blackburn reappeared in the classroom, Daniel told me that Robert's mother, Eric and Major Simpson between them were planning to raise enough money, through private donations and charitable organizations, to start a holiday fund for the children at the Briar.

'The armless little piano player caused quite a stir, Grace.'

He was, it turned out, the son of a friend of a friend of Eric's. Nobody special. Nothing wrong with him. Just born with no arms, God bless. Nor did he really have any great musical talent.

'But,' said Daniel, 'he has sweetness, innocence and a smile that melts hearts and opens purses.'

Eric's friend of a friend was letting his son be used as a gimmick, a sort of mascot to help with hospital fund-raising.

We never saw him again. I've never heard of him since.

Daniel said it was a wool-pulling scandal, letting people think that the Briar was full of cute, piano-playing kiddiewinks, but he was the first to admit we'd benefited.

'Those cakes, Grace. Remember? Oops.' Daniel twiddled his bum on the seat, put his feet straight and neat on the floor as Miss Blackburn swept through the door. 'Shhh.'

I remembered with relish. Especially the bloody red doughnuts – their sweet gritty skin and curdy insides. Squittering jam on our lips and tongues. Ditto our faces, the tables, our clothes. My clothes in the knapsack, my holiday at home.

And now another holiday to look forward to.

Margate or Hastings – where would it be? Bournemouth, Sidmouth or Southend-on-Sea?

'Good out of bad,' said Daniel. 'That old Indian chestnut.'

And then, as the trees changed colour again and again, the holidays to talk about – Bognor or Barnstable, which was better? Whitsun in Whitstable or September in Weston-super-Mare?

And now the holidays all rolled together. Pevensey, Clacton-on-Sea, and let's not forget Torquay '63. Three cheers for the Macintosh holiday fund.

In the end it was Eastbourne, that first, memorable year, but I always adored those jolly, if not sunny, Briar holidays by the sea.

Sitting beside Daniel on the coach or train, swapping sandwiches – meat paste for Marmite – sticky thighs, itchy heads, scorching hard windows, and the nurses' quick hands as they helped us out. The flighty, sweaty heat of them. They always asked permission to leave their uniforms behind. It was always refused. Nevertheless, there was a mufti lightness in their step, a saucy brightness in their eyes, and even Matron sometimes smiled.

Look. The sea, the sea, there was the sea. Often, because it was low-season June or early October, livid and full of heaving, breaking waves. A spray-shock on my face, eye-sting – cold – and a surprised tongue of salt, making me mashmack my lips and spew with my mouth.

Daniel said he didn't like the sea – it made him claustrophobic. He said the sea was a grave, and a watery one at that. Drowning is meant to be a pleasant, painless way to die, Daniel said, but he believed it must be like being buried alive, only worse. Imagine the pressure of all that water – the airlessness and then, when your body and all your insides are nothing but silence and dark, that terrible sinking feeling.

I knew that feeling, but I didn't agree, and anyway – hip hip hooray – Daniel liked the other sides of the sea. He liked the seaside. Like everybody.

When it was sunny, we sat on the stony beach. Bony buttocks on the tartan rugs donated for this very purpose by the kind Friends of the Briar. We all wore hats – caps, berets and knotted hankies – which frequently blew off, making us splutter and chunter after them. Only Daniel had a proper straw sun hat – a college boater, Grace. How he acquired it he refused to say, even to me.

Our legs burnt easily, unused to so much sun. The nurses were supposed to drape our legs with towels, but they often forgot. Hip hip hooray. The hot sun pinned us in the glassy landscape for what seemed a happy nearly ever after. The towels made us sweat and fiddle. Without them, I could sit and see the sea, see the people paddling in the sea, see the man's rolled-up trousers, how he held them, ridiculously, at the knee, prancing like a horse. The woman was wearing a spotty swimming costume, baggy at the belly. She might have been pregnant. The woman was holding a child's hand. The man took the child's other hand. One, two, three and away. The child was swung high up over the shallow, lapping water. She shrieked with pleasure and fear, her parents smiling at each other above her head.

After finishing our sandwiches and toing and froing to the public conveniences, we usually moved into the shade of a high, sparkling wall which ran all the way along the beach. We were made to lie down on rugs and towels for a rest. Lots of people went to sleep, including the nurses. Nurse Jameson snored so loudly once that Matron pinched her nose, then pushed her jaw up to close her mouth, but it kept falling open again, and Nurse Jameson went on snoring and snoring. It wasn't until Matron bellowed in her ear that she woke up. Usually so round-faced and pretty, Nurse Jameson was squished now, too pink, and there was a dribble of saliva down the side of her chin.

In the afternoon it was particularly hot, and, while I lay

on my back, Daniel turned on his side and whispered in my ear.

'Keep very still, Grace.' His breath was hotter than the air.

Then he blew in my ear and whispered the names of the winds that he knew. Over and over, a flurry of words. Trade winds, east winds, the cold north wind, which the French call the *bise*. Kiss, kiss. And he was off. Foehn, mistral, tramontane. Bora, levanter, harmattan. Chinook, sirocco, willy-willy.

Giggle-giggle. But he continued all the same, on and on, blowing and whispering.

'In the eye of the wind, you can be anywhere, Grace. Honolulu, Madagascar, St-Tropez. Imagine Australia, Japan, the U.S. of A.'

Santa Maria de Castellabate.

I was lulled like a cradle, the song of my limbs, usually off-key and jerky, stilled in the soft wadding of the sand to the half-forgotten lilt of Father's grey-flecked jersey, watery shadows and a creamy white ceiling, the big wooden radiogram playing, over and over, the black crackled records of German *lieder*, light opera, flitty-ditty songs sung in English by men with deep, freeing voices. Wonderful, wonderful Copenhagen, Englishmen in the midday sun and tiny Thumbelina, who grew to nine feet tall.

Nine feet tall, the nasty deckchair man who suddenly stood in front of the long row of more or less seated but squirming, twitching bodies.

'Who's in charge here?' he asked.

Matron stood up. The man touched his cap, respectfully, except it wasn't respectful.

'Deckchairs, ma'am?'

'No thank you.' Matron had her back to us. She smoothed her palms over the tight material of her uniform, which had damp patches on the bum. Then she put her hands on her waist, and I saw, through the strong, firm curves of her arms, the sea, the sea – two halves of a heart.

The words of the man were a wheedling, needling sing-song.

'I'll do you a deal. How many of them mentals d'you have there? Fifteen? Eighteen? I'll do you three for the price of two. What d'you say?'

'We like sitting on the ground,' said Matron firmly.

The man glanced along the line of us, where several nurses were leaning forwards listening. Some of the children were gabbling and starting to flap. Daniel had stood up.

'Suit yourself,' said the deckchair man. 'You'd look less of a sight, though.'

'No. Thank you.'

'Well, don't change your mind, love. You won't catch me back here in a hurry. What a job. I don't envy you, Sister.'

'I am Matron,' said Matron. 'And I'm proud of the job I do. Good day, young man.'

She turned round then and came back towards us. Her small bare feet were red and swollen in the pebbles, and they made puffs of heat and dust with each scooped step she took. Daniel cheered and some of the squirmers tried to join in, but Matron told them sharply to stop. She reprimanded the nurses for eavesdropping – shame on you, girls – and she told Daniel to expect extra breakfast duties next week. Nevertheless, Matron was a heroine. That hot day, at least.

Someone would invariably get burnt, be sick or need the toilet again, so we rarely sat on the beach for more than an hour at a time. We would loiter along the seafront, and when it rained, we trooped into a tearoom, with steam rising from the damp Formica, from people's wet clothes and from our dripping hair.

'Soaked to the bone,' chortled the nurses cheerfully, ordering flowery, rippling cups of tea which spilled in the saucers and dripped on the table-tops, dulling the scattered sugar-grain glitter.

People were always getting lost on holiday, so it wasn't a surprise when Jesse failed to answer to his name one afternoon roll-call. We carried our shoes, with socks rolled or stuffed inside them, up some steep steps, which had only a rope-rail to hold. I closed my eyes and the world went red, with wavy lines scorching through my eyelids. When Daniel turned round, lumpy at the hips where I'd stuffed his shoes into the pockets of his shorts for him, I laughed. Daniel laughed back and said I looked drunk. What shall we do with the drunken sailor?

Return to that esplanade above the beach. It was wide and patterned with flowerbeds, phone booths and stripey pastel kiosks selling candy floss, ice cream and pink rods of rock.

The nurses sat us down on benches on the esplanade. We were told to keep our eyes peeled while some of the staff went to search along the water's edge. I put my good arm across Daniel's back and let my hand rest on his waist, like we did when the grown-up day room turned into a makeshift, night-time cinema, which it did every third Saturday of the month. As soon as the lights were switched off, we copied – aged twelve, fourteen, sixteen – the grown-ups canoodling on the screen and, semi-unseen, on the chairs around us. We watched lots of good films and bad films, and many films again and again – Fred Astaire and Ginger Rogers, *Casablanca*, Rick and Ilsa, *Brief Encounter*, *The Wizard of Oz*. But mostly, that year, westerns, goodies and baddies. That's how Jesse got his name.

It was Daniel, naturally, who christened him.

Jesse was simple and rickety. He was the son of a Welsh sheep farmer. He'd only been at the Briar a few months.

I wondered why he couldn't be simple and rickety at home. He was a twin, and his real name was James. James Jackson. But when you asked him his name, he looked at the floor and said, 'Frank.'

'Frank what?'

'Jackson. Jackson. Jackie Jackson's twins. Daddy Jackie. Daddy's good boy. Daddy's bad boy.'

He refused to answer to the name of James, and at first he was teased. He loved the westerns. He went to the day room straight after tea on those Saturday evenings. He took one of the hard wooden chairs from behind the nurses' desk, carried it close to the screen, then turned it round and sat with his stick-legs and Charlie Chaplin lace-ups in zigzags down each side. His hands, white and knubbly, clutched the top of the back of the chair. And he stayed like that all evening. Afterwards, he would burst with energy, bouncing up and down on the chair, shouting, trying to run around the room. We all had our heads full of moll-toting, gun-slinging goodies and baddies. The nurses hated every third Saturday of the month and did deals to change shift.

One evening, on our way out of the day room, people were talking and jostling as usual, some of the boys were yee-ha-ing, and Jesse was lassoing with his arms and braying. The screen was still illuminated. Jesse ran in front of it and stopped. Big black letters stretched across the screen, announcing the cast. First up was Jesse James.

'Look,' said Daniel. 'Jesse James. Hey! Jesse. What do you think? Cowboys. Heroes. Villains. Frank and Jesse James.'

At the word Frank, Jesse stopped running, turned towards us, nodded solemnly, then walked as quiet and good-boy as John to school, to join the queue. The name stuck.

So Daniel found Jesse a name, but in Eastbourne, Jesse was nowhere to be found, and two of the nurses were sent to fetch help.

The rest of us continued to sit on the wooden benches. Daniel linked his left foot round my right and swung his leg back and forth, rough-scudding our heels on the warm paving stone. Matron was on the other side of me, half turned away, talking to the nurse on the end of the next bench. Matron's back was vast and blue like the sky, but solid, alive and warm on my cheek when I let my head and my neck droop blubbery-sleepy next to it.

The two nurses didn't come back for a long time. When they did, accompanied by a policeman, they looked dull and creased, like at the end of a long night shift. Matron, Sister and the nurses formed a group around the policeman standing in the stripey shade of one of the confectionary kiosks.

It was hot, they were hazy and I was thirsty now. My canvas hat had become too tight and Daniel's leg-swinging irritating. Sister and some more nurses walked away with the policeman, but we continued to sit on the benches. When the younger children began to whimper, one of the remaining nurses went to the kiosk and came back with ice lollies, Orange Maids, for everybody. She had to make several trips, but she didn't seem to mind. She talked to the man behind the counter, who leant over, then pinched the nurse's chin between his thumb and index finger. The nurse threw back her head and laughed.

When she'd finished handing out the lollies, the nurse told us there was a special method for removing the wrapper and she would show us. First, she said, you had to put the bottom of the lolly – like this – the stick and a mouthful of wrapper, into your mouth, and blow.

'Look. Off slides the wrapper. Go on. Try it. Watch me. Here it comes. Now you must lick it. Quick.'

The Orange Maids, damp in their wrappers, demanded to be licked. But the nurse's method was impossible for some – Daniel for one, me for another. So we peeled and pulled and eventually sucked away the sodden shreds of paper. My mouth lost its flabby droop, though, as the cold of the Orange Maid pierced my tongue, my gums, my throat. I became a suck suck sucker of sweetness, holding the little wooden baton and sucking that too until it splintered – thumb and fingers sticky-stick-sticks.

Daniel stood up and sidled behind a man with a camera.

'Grace's lolly holiday,' he jollied the man. 'Do take her picture.'

A nurse told Daniel to sit down and stop being silly.

'Solly,' he said, and bowed to the nurse, to the man, then to his own black-hatted shadow, tilting towards the pier and beyond.

Much later, the nurses helped us put our socks and shoes back on. We trundled to a police station, where we were given lemon barley water to drink in thick, white china mugs which smelt of coffee and had brown stains on them. We sat on chairs attached to the wall, girls on one side, boys on the other. I swung my legs, but even with my shoes on, neither of my feet touched the concrete floor. It was dark when we were herded on to the coach and back to the Briar, without Jesse.

Whispers went round the wards – drowned, murdered, kidnapped. But the mystery was never solved. Jesse had, quite simply, disappeared.

His family came to the Briar, right into the classroom. Mother, father, shy big sister, healthy twin brother Frank and a brand new Bronwyn baby. More policemen. The rustle of newspapers and scandal.

Daniel joked that Jesse must have met Frank and Jesse James. I preferred to believe he'd swum far, far out to sea, way out into the middle of the English Channel, which wasn't grey-green, rough and deadly – I pictured it as colourless except for the tides, which looked like hair, and which measured time by the names of the winds. Jesse swam a slow, elegant crawl, like the fly on Miss Blackburn's map, but pausing now and then to float on his back, flapping his wrists to propel himself westwards, past the Isle of Wight, the Portland Bill, past Start Point, Prawle Point, the Lizard, thrusting right, round Land's End, and then north, in a willowing arc, across the gaping mouth of the Bristol Channel to the Gower Peninsula, Land of our Fathers and strong, sheep-farming Jackson boys.

The Chair of the Governors made a special mention of Jesse in his speech at the summer fete, which took place at the end of July. Daniel said it was meant to impress the press and starve the gossip-hungry. It ended like this.

'His wasn't much of a life,' he said. 'But it was a life, nevertheless, and that life has been respected. We have searched for James. We have prayed for James. Now let us allow James, wherever he may be, to rest in peace.'

The hospital band struck up 'Rule, Britannia!'

The sinking feeling came.

ii

We went back to school, everything went back to normal, and Jesse was rarely mentioned, except by the nurses on outings – 'Don't you dare do a Jesse,' they used to say.

Daniel continued to work for Eric, but spent more and more time with Will Sharpe in the shoe-repair workshop. I was busy scrubbing and dusting. We met at school and at mealtimes. That's all, officially.

Secretly, though, we rendezvoused often. Sometimes we went to the tool-shed. But the shed – a photography club now – smelt like the pharmacy, not of rabbits or Robert. Sometimes we crept under the branches of the cedar tree or made our way to the rock garden. Occasionally, we climbed up to the old library on the top floor of the main hospital building.

The old library was never locked, and, because of its location, it was rarely visited. Most of the books had been moved to the new library on the ground floor. There remained a few strewn remnants of furniture, out-of-date medical text books on the shelves, some cardboard boxes full of paperback novels with ripped covers and torn pages, a stack of old files containing government papers, health authority reports, minutes of meetings from decades ago, and a pile of women's magazines, five or six years old. Daniel and Robert used to peep and squeal at these, especially the advertisements. Bronco toilet paper was one of the funniest, they thought – a drawing of three white bums and the unanswerable question, why is Bronco so popular with the hygienically minded? They also enjoyed looking at the brassieres.

'What do you get with a Beasley's corset?' Daniel would ask, pretending to peer over a pair of half-moon specs, like Miss Blackburn when she looked up at you from the reader. 'What do you get with a "c" and a "c" and a "p", Robert?'

'Comfort, confidence, poise.' Daniel hooted with laughter.

And a picture of a half-naked lady with curves like Miss Walsingham.

'*Poésie*.'

Sniggering, wriggling boys.

Up in the old library, alone now, Daniel and I canoodled. But more than usual. Rubbing bodies. Skin licking. I undid the buttons at the front of my frock, letting two tight boosies pop out, and when Daniel lowered his head and it hovered like a buzzing bee, I popped a boosy into his mouth and let him suck.

It wasn't long before we took all our clothes off. One of us – usually me because I could steady us both with my good arm – lay face down on the ground. I would spread my arm like the wing of an aeroplane, while Daniel lay on top of me, face up. Back to back. Soft hair, warm scalp, hard head on my hump, two skinny bum-knobs squashed on my thigh and two rough calves rubbing on the sandpaper soles of my feet. If it wasn't too cold, we stayed like that for up to half an hour. In the library, we timed ourselves by the chimes of the clock in the tower above us.

Mutual masturbation, Dr Young called it. Perverted.

Disgusting, spat the nurses.

'October 3rd, '59, Sunday. Caught masturbating, 10.00 a.m., with Smith again, on the old library floor.' Nurse Hughes wrote it up in my notes.

I was often in trouble in those early years at the Briar. I used to kick up a right old fuss, busting stuff, blubbering, clouting the other children. If I didn't like the food, I tipped it on the floor. If a nurse slapped me, I slapped back. When they forced semolina or semi-cooked mash between my teeth, I sicked it on to their uniforms.

I didn't like my bed. It was narrow, draughty and difficult to climb into. Between it and the bed next to it, there was scarcely room to stand sideways. I didn't like going to bed. I'd cower in the knicker cupboard, crawl under the nurses' table, run up and down the ward, naked and hollering, until Sister was called and came, but never before I'd thwacked somebody – sneaky, cross-eyed Sheila, who'd goody-two-shoe up to me and try to reason, or Mary Jardine, because she spat when I tried to touch the corners of her too-square head.

I frequently fought in the classroom. Often with big Ida, who was nearly fourteen and weighed more than fourteen stone. Nobody liked Ida, but you left Ida alone. Not me, though, not one bitter winter's afternoon with the wind blowing flurries of dark sycamore against the uncurtained windows. When Ida placed herself in front of me, blocking my crazy lap-loops, I went head first into her.

'Like an aeroplane into a cloud,' said Daniel admiringly afterwards.

With my good hand, I clawed and scratched at Ida's back. She lifted me off my feet, but I clung on and dug my teeth into her belly. Her red cotton nightdress, which she wore as a day dress, was thin with wear but stiff from the laundry and dry in my hot mouth, soapy on my tongue. I pressed and felt warm, soft, rounded flesh through the material on my face. Then I bit. The cotton came out like a mouth with lipstick. Ida screamed louder than me.

If you fought, you usually went into the punishment room. This was a small room at the back of the ward, between the toilet on one side and the nurses' office on the other. The nurses could put us in there at the drop of a hat – in you go, good riddance, slut, nutter, fuckwit, dunce.

Ditto into the isolation rooms, which were in the main hospital building, although a doctor was supposed to okay that. The isolation rooms were high-ceilinged and cold, with nothing to sit down on or look at. There were six of them in a row, echoing, even in the corridor outside, with the yelling of the patients within.

Worst of all was to be sent to the pads – two triple-locked cells built on to the side of the back wards. The Medical Superintendent had to be called to unlock these. I never went into the pads, and they were pulled down in 1962, soon after the old workshops.

I didn't mind the punishment room on the girls' ward at the Briar. It was private and peaceful in there, like the chapel when you were meant to be cleaning it and nobody else was around. The room had no windows, just the one locked door, but it was warm, and there was a bench, which you could sit on if you didn't have to lie on it, strapped down.

I liked lying on the floor because if you lay a certain way

you could see out beneath the door. That's not true. You couldn't see out exactly, but there was a wide gap, because the orderlies needed to be able to push plates back and forth under it. And through the gap came shadows. I saw shadows accompanying the sound of footsteps toing and froing to the toilet and office. Fainter shadows, moving slowly, followed the morning shifts of light. Then, in late afternoon, the flashing on and off of electricity. Darkness at night, except for the glow and flutter of the night nurse's lamp. Sometimes, in the daytime, when the children and nurses were in the COU, the ward was empty but for me, on the floor, in that room. Then, through the gap, I might see the shadow of a branch on the sycamore tree as the wind bent it across the sun. The night of my fight with Ida, there was moonlight, and that same sycamore bent its bough to me.

Daniel bent his head to mine, and his hair brushed my cheek. It was surprisingly soft, for such a cocky boy.

We were at breakfast and weren't meant to sit girl-boy, girl-boy. It was my first full day back on the ward following the library incident. I don't know what Daniel's punishment had been, but I flipped my lip – why? – when I saw the gash on his ear and a blackberry bruise nearby.

'Because Maitland hates me. Still, he missed my eye.' Daniel smiled. 'And I missed you.' He tapped my shoe. 'Bloody hell. Here comes Matron.'

The dining-room doors of the COU swung shut behind Matron's wide, tight bum as I tapped secretly back.

'Grace Williams.' Matron plodded across the lino towards me, making her ankles bulge above her short, fat shoes. 'A postcard.'

She sniffed and dropped a postcard on to the table next to me.

'Look at the stamp.' Daniel nodded in excitement.

'Foreign,' said Matron, and sniffed again.

The postcard lay there, upside down, as Matron turned to the nurses and began issuing instructions. The postcard lay unnoticed.

'Quick,' said Daniel, 'hide it.'

Where? Up my sleeve, down my knickers? I wasn't wearing socks today.

'Give it here.' Daniel curled forwards as if to lick his plate. But he slid his head sideways instead, and lipped up the postcard. Then he uncurled himself and adjusted the card in his mouth. He flattened his chin to his neck, and – *comme ça* – the card disappeared. Almost. I could still see a corner poking out of the neck of his sweater. But nobody else saw anything at all. Not even the leg-hugging Daniel and I managed to do under the table before it was time to hold our dirty spoons up in the air for counting and part for our separate wards.

Later, again, in the lunch queue,

'You must hide it, Grace.'

Yes, but where?

'Haven't you got a special place?' Daniel sounded surprised. 'I'm off to mine, right now. I'll tell you about it later. If you're lucky, I'll show you.'

It was an afternoon with no school, no duties, few must-dos. Daniel went to help Will Sharpe with the shoes in the workshop. Some of the older girls on my ward were invited to tea at Miss Lily's. The rest of us were sent to Major Simpson's games room.

I thought about special hiding places all afternoon. Why didn't I have one? Because, until today, I'd have had nothing to put in it.

I sat in the games room playing tiddlywinks with a new boy called Rick. Being deaf and dumb as well as new, Rick was quiet and seemed happy enough at first. I tried not to hear the plickety-click of the ping-pong balls on the ping-pong bats. I blocked out the chatter and clatter of the kiddies on the floor with their scattered marbles, cars and bits of Meccano. And I ignored the laughter, loud in the hobbies corner, where Major Simpson was helping two mong-girls turn a broken drawer into a doll's house.

I did know about hiding places at the Briar, and not just for people, but for things. Precious, private things. String, scraps of paper, tobacco, stones, bits of material, wool, rubber bands, food. Coats and trousers had pockets. People bulged at the Briar. People hoarded. Women, and men too if they could, carried handbags stuffed with stolen goodies. Broken pencils, torn dusters, gritty slivers of soap, discarded paper clips, safety pins, bottle-tops, buttons.

I'd listened to dozens of conversations about secret places at the Briar. There must have been thousands of personal treasures hidden in the hospital grounds. In hollowed-out tree trunks and dens made from bushes. In mounds of branches and woven twigs. In flowerbeds, between the stalks of the flowers. But mostly just buried, in bundles of cloth, brown paper or cardboard.

Whenever the owners had the chance, they visited their secret place, dug up their secret things and, not secretly at all, counted and fondled them.

Mr Peters, as head gardener, knew what went on – 'I make it my business,' he said – but he let it go on. It was harmless enough, he said, and anyway, the cloth and the cardboard would eventually rot. The problem was, people forgot where they'd buried their things. They often dug somebody else's treasure out of the soil, which led to trouble and fights if the real owner got wind.

Inside the hospital, floorboards were levered up, window casements eased apart, the hems of curtains unpicked and then resewn with all manner of tiny oddments tweaked into them.

Built at regular intervals along many of the indoor walls

of the hospital were air bricks with fine, zinc, fiddly-to-dust gauze coverings. Each air brick had a sloping lip sticking out several inches from the wall. These were cleaned – by me and a team of expert cleaners – but not very often. They made ideal hidey-holes. There was a waiting list for them, though. The list was administered by a fat, vicious boy called Ray who had tuberous sclerosis – nodules on his brain, which, said Daniel, made his brain as useless as a brown paper bag full of worms. The nodules had also turned Ray's skin green in sharky patches and made lumps the size of rice grains under his skin. Daniel said it was best not to have anything to do with Ray or his dodgy deals.

This was way before the days of lockers. I never wore the skirts that Mother had sewn. I never saw the contents of my suitcase, carried away by the man with echoing feet. I doubt I saw half the cards and presents sent by my family during the years I spent at the Briar. Envelopes and parcels tended to go astray on their way to the wards from the main office. Daniel described how Miss Walsingham sorted the post every morning into three wire trays – admin, medical, personal. The personal tray didn't contain much, he said, and it didn't often reach the right patients.

Presents from home were booty for the staff. Likewise gifts from the public. There was a big noisy television in the nurses' lounge, donated to the patients of the Briar by the St Albans Boy Scouts in 1953 so that patients could enjoy the televised coronation celebrations. But Daniel, already a patient, aged seven back then, told me they'd all crowded round the ancient wireless in the day room, listening to the clop-clopping up the Mall of the golden carriage with its seven grey horses, and later, trying to imagine fireworks exploding and moonlight silvering the sky above the river Thames.

Major Simpson, who had organised the donation, was furious when he found out. There'd been a showdown with Matron.

'Damn it, woman, they're not animals,' he'd been heard to say. 'Set an example, or get down on all fours yourself.'

Daniel still imitated him, making us laugh, whenever Matron was unusually mean.

But the coronation television, as it came to be called, stayed in the nurses' lounge, and Daniel's imitations merely earned him hours in the punishment room on the boys' ward.

'Dad gave me a coronation carriage, though,' he boasted. 'Matchbox, the best.'

Spats between us were frequent.

My car. Mine's the best. No, mine. We pretended to mind.

I did mind, in the games room, when Rick tipped the tiddlywinks on to my lap, took a box of matches out of his pocket and tried to set fire to the hem of my skirt. The wool shrivelled and frizzed. Shrieking, I tweaked at it with my good hand, but that just made a stink of smoke and uproar in the games room. Major Simpson waved his white handkerchief for calm, then calmly rolled it into a sausage and spat on it, several times. Everybody watched, gobs shut, while he wrapped his hanky round the hem of my skirt and stopped the smelly smouldering.

Major Simpson confiscated the matches and sent Rick back to his ward.

The tiddlywinks had slipped to the floor, and Major Simpson asked me to tidy them up before tea.

'Atta girl,' he said. 'I know I can rely on you to do a good job.'

To the gawpers he said, 'Mind your own beeswax.'

Nobody minded their own beeswax at the Briar.

Even Robert used to grab willy-nilly at the pile of toy

cars – 'I'm a Corgi boy, see, the ones with the windows.' He'd hopey-poke his fingers into their bodies. Fling himself, laughing, backwards. Always surprised there wasn't a single car, Corgi or otherwise, that had all its doors, let alone windows, intact. As if we didn't know that.

'Oh, blast. Never mind. All the better for hand signals, eh, Dan?' And he would flap an arm, twist a hand, push-tapping Daniel to make him get a move on. 'Be fair, Daniel. My car. Divvy up fair.'

'They're goners. It's the garage again for these old bangers,' Daniel would usually announce. Then he and Robert would go off to an imaginary repair shop, full of oily mechanics in oily overalls, stinking of oil and petrol, open twenty-four hours a day, seven days a week, with a secret Jaguar workshop at the back. Only a few experts knew about that, they said. Ditto the roadside café next door.

'With the best bacon butties in the world,' Daniel would add. 'Chivvy along, Grace – you'll love them. You need to change gear, old girl.'

I made layouts with the cars the boys spurned. I grew fond of a particular Triumph Herald.

'Dinky. Die-cast, Cambridge blue,' Robert informed me.

'When it was new,' Daniel corrected.

The car had lost most of its paint, except for a horizontal white stripe along each side. It didn't run very well, because it only had one tyre. The other three wheels caught, even on lino. I liked holding the car. I stroked its ridged metal underside. I tickered its wheels with my fingers. I envied the speedy spin that Daniel could do with his toes, even on the wheels of the battered old milk van – Bedford, number twenty-nine, Grace – with pretend pints of milk, like the ones Mother used to fetch in from the front doorstep. She'd tilt them to mix up the cream in their necks, then press and pop off their silvery tops – milk before tea, Grace.

After tea, Daniel said he'd show me where he hid his things. He hopped impatiently from foot to foot.

'You must find a special hiding place. Come. I'll show you mine. Come. Quick. We've ward check in twenty minutes.'

Daniel and I short-cut across the grass to the workshops. We slipped through the lobby, where the hair box, I noticed, was full, almost overflowing that day. We hurried through the carpentry rooms, past the upholstery workshop, which had two giant-sized mattresses leaning up against the wall.

'For the pads,' said Daniel. 'Wait here a sec,' and he disappeared round the corner.

'All clear,' he said, returning. 'I thought Will might be working late.'

We entered Will's workshop, or at least Daniel did, jigging ahead like a jerky Fred Astaire. I lingered at the door, overcome by the smell of leather, leather glue and shoe polish.

'Here, Grace,' called Daniel from the far side of the room. 'You're drunk on shoe. Come. Over here.'

I staggered cautiously across the lino, past a workbench stacked at the back with piles of shoes – big black doctors' shoes and smaller nurses' ones, old walking and work boots, kitchen galoshes and laundry slippers, and there, at the very back, what could only be our shoes, the patients' – a wobbly wall of laceless clod-hoppers.

There were more than two thousand inmates at the Briar in those days.

'The size of a small village,' said Daniel, proudly.

He hopped backwards, lifted his toe, and, with a magician's flourish, plucked open one of the drawers underneath the workbench.

'*Voilà*. The tools.'

The drawer was divided into compartments, with the tools arranged in size order. I bent down and thought, for a mo, I was looking into Mother's silver drawer at home.

'Reach for a teaspoon, Grace,' she would say, balancing my bum on her forearm, tucking her other hand under my armpit. 'Hang on a mo.' Adjusting me. 'I know you can do it. Go on, Gracie. Please.'

Along the front of Will Sharpe's drawer glinted a row of tiny swords, or daggers. I poked one of them with the tip of my middle finger.

'No,' said Daniel. 'Don't touch. They're the sharpest. Twin blades – for slitting tiny sections of the vamp from the shank. Funny words, eh?'

Rude words.

'Vamp, tart, lady of the night, streetwalker, *pute*, woman of ill repute – I like that one,' Daniel laughed as he listed, opening more drawers.

Scrubber, slapper, slattern, slut. I didn't like those ones.

There were hooks, hammers and punches, several pliers, awls and two whole rows of different-sized knives.

'Burnishers, bevellers, bone-folders. And look at all the studs and tips. Tom Thumbs, they're called. Blakeys and segs. Which do you like the best, Grace?'

In one drawer, near the packets of needles, a group of strange pointed instruments caught my eye.

'Bodkins,' nodded Daniel, moving away to the far corner of the room.

'This is where I work,' he said, standing tall and formal like an old tin soldier, his back rigid and no arms to wobble the sleeves of his tight, dark-blue knitted jumper with its two folded triangular flaps at the collar, and the edge of my postcard peeping out between them.

I made my way, more eagerly than before, towards Daniel, past a stack of brown wrapping paper and several bundles of newspaper.

'And these are the shoes I'm working on.' Daniel nodded to the pile of shoes at the back of the low bench.

The pile of shoes wasn't as big, nor as neat, as the one

on the main workbench. The shoes were roughly sorted into men's, women's and children's. All of them were worn and tattered. Some still had mud on them. Daniel's job was to clean the shoes and prepare them for Will. That meant scraping and wiping all the dirt off, he explained, then unpicking the stitching around the part to be restitched.

Daniel showed me the unpicking hook he used for the job. He removed his own shoes and socks, not soldierly at all, but lying on the floor, kneading his mouth to loosen the semi-tied laces, his feet to push and kick his shoes off, and his toes to unpeel his socks and drop them into his side-by-side shoes, neat as eels into buckets.

He demonstrated how easy it was to unpick, using one of the shoes from the pile.

'Cobbler, cobbler, mend my shoe,' he chanted, standing and knocking another shoe to the floor. 'And my feet, while you're at it, too.'

He danced over to Will's sewing table, which was by the window. There was a miniature pair of soft grey pumps on the table. Daniel lifted his foot and slid a toe into one of the exquisite things. He pointed his toe.

'Eleanor's,' he said. 'Resoling. They're only her school shoes – indoor shoes – but it's all got to be done by hand. Will says it'll take most of tomorrow afternoon.'

Daniel returned to his corner.

So what was he hiding? And where was his special hiding place?

Daniel tipped his head towards the pile of shoes.

Shoes?

'Inside them. In the heels, in their soles.'

I was disappointed. I must have imagined a shoe box or biscuit tin stuffed with stamps and bus tickets, sweet wrappers, a half-smoked cigarette, conkers, of course, an old box from a Matchbox car, and probably a pencil stub or two – a Jennings and Darbishire, boy's own world that

Daniel had read and told me about but would never inhabit. Not shoes, not smelly old shoes.

Daniel toed a shoe at random from the pile – a small brown shoe, scuffed but clean and repaired, a child's or a young maid's. He propped it against a fixed block of wood on the low workbench and held it in place with his foot. With his other foot, he took a sharp curved knife and, in a few swift movements, split the soft leather from its harder sole.

Dozens of tiny strips of paper fluttered out.

I remained unimpressed. Not a very clever place to hide things. The shoes would fall to bits or be thrown away, sooner or later, and sooner than that they would go back to their owner, taking Daniel's pieces of paper with them.

'That's the whole point. That's the joy of it, Grace,' insisted Daniel. 'Don't you see?' He took a man's sturdy boot and kicked it up in the air, catching it again between his chin and chest.

'Me here. Me there. Me every blimmin' where.' He let the boot drop, then flicked it with his toe, sending it skimming across the floor.

'Ice-skating. See.'

Daniel walked across the room, kicked the boot again, and, this time, it went up and nearly hit the ceiling.

'Look. Flying.'

He put his foot into the boot and pretended to walk it up the wall.

'Now I'm climbing Mont Blanc.'

He took another shoe, a doctor's brogue, then another, matching. They were too big for him and made his bare, skinny ankles look as if they were about to break, but he walked stiffly up and down in them.

'Lawyer, doctor.'

Suddenly Daniel stamped and shook the shoes so they fell off.

'Cannibal chief.'

We both laughed.

'Grace, I even get to play football.' Daniel had never sounded so serious. 'Once every six weeks, we get the Watford Football Club boots to patch up. You know, like our laundry does their shirts.'

As to the bits of paper, Daniel said he collected them, that was all.

Were they stolen? No, they came out of waste-paper baskets, Daniel said, from the school rooms, from the offices. He tore them, or cut them up with one of Will's knives. He couldn't manage scissors.

And wrote on them?

'Lists and things. Nowadays,' debonair, 'they're typed.'

I stared at Daniel. A strange sort of hoarding, this. My brother John, with his blue dictionary and his big red encyclopaedias, might have understood. John used to stammer lists of words – definitions and explanations from his books. When he was upset, he recited them as if they were poems, or prayers.

As I stared at Daniel, I noticed my postcard more than peeping, nearly popping out of his jumper.

Daniel removed the postcard, plucking it out with his mouth, ducking his neck, making the hair on the crown of his head – due for a haircut soon – fur up like a yellow-grey chick's.

Daniel let the postcard drop to the bench. Neither of us said a word while we both looked carefully at the picture of the dark-haired, dark-clothed top half of a woman. She had a flat, smooth face, soft-looking skin and eyes like Mother's when she was thinking about smiling.

'Read it,' I said, sweeping the postcard up with my good hand and holding it in front of Daniel's face.

'"For Grace. From me, in gay Paris,"' rhymed Daniel. '"Love, Miranda."'

That was it, or would have been, but for Daniel filling in, 'Paris. *La ville lumière.* Where I was born. I wonder what she's doing there. Do you think she's swum in the Seine, Grace?' Daniel sat down on the floor and tweaked and wriggled his socks back on. 'Danced in the Jardin du Luxembourg? Skied the Champs-Elysées? I bet she's climbed the Eiffel Tower.' Daniel slipped his feet into his shoes and stood up, leaving the laces undone. 'From the top of it, Papa says, on a clear night, the city looks like the sea. A great, glittering sea-mirror of the starry sky.' He sighed.

After showing me the polishing machines, which he wasn't allowed to use, and the newspaper cuttings, which he tore out, under Will Sharpe's instruction, and pinned to a board made of crumbling cork, Daniel said we'd better get going. He tidied the scattered shoes, gave the drawer with the tools a quick toe-tap to close it, and clopped ahead of me to the door.

We trotted like horses, one behind the other, down the corridor, through the lobby, and out into the hospital grounds.

'Horsepower,' said Daniel, slowing to a walk, panting beside me as we reached the path next to the orchard. 'It doesn't exist, you know. It's a pure figment of the imagination.'

I stopped walking altogether and pulled at Daniel's jumper to make him stop too. I was sure Mr Peters, crossing the orchard, passing the apple-house in the distance, wasn't a figment of my imagination. He had a torch in his hand, and every time he stepped forward, it lit up the ends of his black wellies.

'Oh, blimey. Don't move, Grace.'

I froze. We watched.

'Can't be many apples in there at this time of year,' whispered Daniel, and I wriggled nervously, first with held-in laughter, then with held-in thoughts.

We were lucky. Mr Peters didn't see us.

Daniel left me, safe and sound, at the girls' ward, gave me a wet lippy kiss – *bonsoir, chérie* – and off he galloped.

And off I galloped, early next morning before breakfast, to investigate the apple-house. I bribed Sheila to do my sheets for me. I promised to show her my postcard, which I had, in the end, put down my knickers. It stayed there all night, and was still there the following morning, sticky on the skin below my belly-button.

I was lucky. The only person I saw on my journey to the orchard was bag-head Ray, and he was a long way off, lumbering along the path towards the laundry. He must have been on dirty-duty, because he had a sack on his back that looked heavy from sodden sheets and shitty nightclothes, even at this distance.

I left the door to the apple-house open, and, in the faint light, began to explore.

There weren't many apples, Daniel was right, just a few large cookers on the shelf by the door. I put my fingers, my nose, then the palm of my hand to the big old Bramleys. I sniffed their rich, over-sweet stink. I ran my hand along the rough slatted-wood shelves. I poked my toe into the spidery corners. There was a bucket in one and a pile of splintering strawberry punnets in another. I stood still, in the middle of the apple-house, and, as the damp, dusty air settled around me, I decided the apple-house was as good a hiding place as any.

In my happy-apple state, I clean forgot to take the postcard out of my knickers. I was more than halfway back to the ward, quickety-skipping across the grass, before I remembered. I lifted my nightgown and pulled out the postcard. Just then, Ray, wearing only a pair of tight pyjama bottoms, bombed out of the boys' ward and headed towards me. He was followed by two other boys, naked and shouting. They chased Ray, but Ray, a surprise for his size, was a fast mover, and the boys soon gave up and went back inside.

Ray came to a standstill in front of me. He simply looked with his drooping eyes at Miranda's postcard in my hand, and I simply passed it over. All I wanted was for Ray to go away. No dodgy deals.

Ray held my postcard up, then tore it in two. He put the pieces back together and tore them into four, eight, I don't know how many shreds.

I attacked Ray then, with my good hand, snatching at his huge fists and scratching his wrist as the last bits of postcard fell to the ground. The rice grains under Ray's skin made the blood come in dots, not lines. I tried to join them by drawing my fingernails all the way up Ray's bare arm. But the lumpiness, his smell, our closeness, made me too tight inside.

Ray freed his arm with a single jerk. He grabbed my hair. A hank in each hand. He pulled backwards, cranking my neck and twisting my face to the sky. For a second, I saw the pale blue of my favourite car with a thin film of white nylon cloud, and a bird, like the ghost of an aeroplane, flying high on the other side of the white. But only for a second, because Ray stood over me.

He was so big that he couldn't bend very easily, and his face was still some distance away, but I could see that it had pustules on it, yellow and crusty, with beads of dried blood, as if he'd rubbed his face on a brick.

Ray kept hold of my hair with one hand, gripping it close to my scalp, harder than ever. He bent down, and with his other hand, he clawed at the torn fragments of postcard on the ground. I was tugged by my hair left and right, up and down, as Ray silently pincered the muddy scraps.

When he'd finished, Ray tweaked me straight and forced my head back up again. He stuffed the bits of postcard into my mouth, then shoved his ricey hand over my chin, closing it, like the nurses sometimes did with food or pills. He pushed his palm against my lips.

'Apples,' he hissed. 'You'd better watch it, Grace Williams.'

He kicked my legs, which were clutched, shin to knee, knee to thigh, all the way up, as tight as my toes, my fingers and all my innards. I fell backwards on to the grass, and when I opened my eyes, I saw Ray running off towards the cricket pitch, chased, this time, by two male nurses.

I was choking – from the fall and from the card and mud in my mouth and throat – when the nurses left Ray to it and came over to me. One of them picked me up, turned me upside down and shook me. Sick and postcard fell out in grey splatters, like bird shit. I was led back to my ward and handed in to Matron, who said she'd decide what to do with me later, she didn't have time to hear the details now, it sounded like mismanagement on the boys' ward again, and anyway that boy Ray needed to be found, he was on her ECT list today.

In the course of the morning, news of my fight with Ray spread. I was quite a heroine. But I didn't tell anybody about the postcard, nor what happened to it.

I met up with Daniel, briefly, at lunch.

'So,' he said. 'Have you found a good hiding place for your postcard, Grace?'

I shook my head and pointed to my mouth, sore and full of mash.

'OK. I understand.' said Daniel. 'Keep it a secret, Grace. Even from me.'

I kept my gob shut then.

1960

'Open wide.'

There wasn't a dentist at the Briar, but there was a dentist's chair. Everybody sat in it once a year and my turn usually came in March, when clouds of winter-flowering jasmine, even on the shady north wall, made the walk across the hospital grounds pleasant, soft and yellow, despite the wind.

The first time I went in the chair, I was thirteen, and Nurse Jameson still held my hand, my good hand. She squeezed it tight and said in a voice that wasn't Mother's but sometimes tried to be, 'This won't be nice, Gracie.' She knocked on the door with its two white words, 'Medical Examination'.

I already knew that door. We were medically examined twice a year. I knew its brown flaked paint and its bumpy beading, which furrowed your cheek, when the nurses let you slump against it. A slap on your cheek when they didn't, but you slumped anyway.

No waiting that warm spring day. The door opened, and there was Dr Bulmer, washing his hands in the corner-sink. Catching the light on the desk by the window, two matching pairs of silver pliers, a dark green bottle and two small tumblers – new, unusual, unlike anything I'd seen before. Where was the long, high table with its menace of a stethoscope coiled at one end, which they called a couch, wrongly – a couch had cushions, smelt of Omo, Vosene, home, me? The table, or couch, had gone. The chair had arrived.

Dr Young, who'd opened the door, told Nurse Jameson to go, scat, fetch the next patient.

'We haven't got all day, woman.'

'It's only spastics this afternoon.' Dr Bulmer's voice.

I'd seen a dentist's chair before, once, when Mother took me to Mr O'Brien's, but then I sat on her lap while Mr O'Brien tickled my cheek and made funny faces. He said I had the loveliest hair he'd ever seen. He said I was as good as gold, and if I opened my mouth wide enough, he'd pop a golden sweetie in it later. I knew he meant a barley sugar – I'd seen the jar in the hall – and I loved barley sugar. Hard-boiled Lucozade, John called it. So I leant back on Mother's lap and let her hold me like a chair, the most comfortable chair. Arms, legs and all the rest. Dissolving.

It was summer, so Mother was wearing one of her airy poplin blouses. She was clammy, which made her more melony, less lemony. My hair at the back splatted on her chest, above her boosies, her blouse unbuttoned there because the bus had been late, we'd rushed along the street, and when we got to Mr O'Brien's, Mother said she'd murder for a glass of water, not to drink, but to pour around her neck, and she undid the second and the third buttons of the blouse, flapping the material which had stuck to her skin.

Her boosies, moist and giving, lapped my neck. She put her palm to my forehead, flannelly, and stroked backwards, flattening my fringe, like she did the time I fell out of the swing and the sweat on my head went red from the blood, and although it hurt and I yelped, everything was fine because there was kissing, stroking, washing, dabbing, soothing and bandaging. And everything was fine at Mr O'Brien's, warm like the weather and the drift of Mother's voice, sirocco in my ear – it's all right, darling. I'm here.

Hear, hear.

The dentist's chair at the Briar had new leather straps, stiff, which Dr Young buckled across my arms and over my chest, breathy-sharp. It also had padded flaps, like horse blinkers, which were fastened on either side of my head, covering my ears, pressing them into my skull. The flaps muted sound and stopped my head from moving. I moved my eyes instead.

'Oh, Lord.' Dr Bulmer seemed bored. 'Not a fitter, is she?'

'No, sir. The notes. I checked.'

'And?'

'The occasional fit, but not epileptic. Occasionally violent, but we increased her Largactil in January. Physically and mentally defective. Obviously. A complete imbecile.'

'Obviously.'

I grunted, rolled my eyes, closed them, then opened them again, slowly – a blinking frog. The chair unfolded, my body went flat. There was the sound of running water, a window opening. The movement and murmur of doctors playing dentists.

Their voices and the familiar smell of leather were reassuring. I opened wide when they told me to, giving those men my best, barley-sugar smile.

Dr Bulmer's rinsed fingers were cold on my lips, quick on my gums, soap-scented and deft. Like Mr O'Brien, he felt, tapped and prodded. Metal, enamel, skin. That was reassuring too.

'Take a look.'

Dr Young's face appeared beside Dr Bulmer's. The men were the same height, but Dr Young's face was pink, pale and thin, with dim grey eyes and pin-prick pupils. Dr Bulmer's face was patchy and rutted, with thick black hairs – single short ones on his chin and cheeks, longer clumps coming out of his nostrils. Above the brown, bony nose, two close-set eyes, blue and beautiful as snow.

'But the palate,' said Dr Young. 'What a mess.'

'Yes. Not a success, that experiment.'

'Why bother?'

'Good question. They had her tongue done too. D'you see? I'll clamp her. You'll see.'

I never saw. Not the clamps. Dr Bulmer must have slid them in from underneath, but I pictured clothes pegs, because of their size and the way they sprang open, straining my mouth like a pair of knickers in the wind on the washing line – big, puffed, inside-out knickers.

Kneading my tongue against the mess of my palate, using one of his thicker than lolly-stick spatulas, Dr Bulmer put a finger in my mouth, pointing. His fingernail scratched.

'See the clipped bit, Young? Come up close.'

Up close I could see the flutter of fear in two grey eyes.

'Indeed.'

Dr Bulmer removed the spatula. My tongue flopped and spread across Dr Bulmer's finger. He left his finger in my mouth while he chatted away. Idly, his finger moved from side to side – a suckling expanding – not tickling. My nipples prickled.

That was all, the first time.

I was unclamped, unbuckled, unharmed. Nurse Jameson stood at the door with fat, ratty Janice behind her.

'It's Janice's front teeth, doctor. They're making her bottom lip bleed. You said you'd see about taking them out today.'

'Yes, the rodent. I remember. An interesting case. Rather extreme. Dr Young, will you do the honours?'

'Delighted. Gas?'

'Hardly worth it. They don't feel a thing. Brandy, Young?'

'Thank you, sir.'

Nurse Jameson led me out of the room to the clinkle of glass and a green chink of memory – Father, the terrace, cheers, sipping – slipping away already.

We walked through the hospital grounds in the weak spring sunshine, Nurse Jameson swinging an arm, my good arm, swinging and singing.

'I love coffee. I love tea.'

Cheers. I loved walking, swinging, Nurse Jameson singing in clouds of yellow. There. And back.

I rattled then pushed on the door of the apple-house.

Nurse Jameson had left me outside the Children's Occupation Unit. I was still in time for lunch, she said. But for once I wasn't hungry, and as soon as she'd gone, I walked away from the COU, back across the lawn, past the gatehouse, through the orchard, to the apple-house. It was the first time I'd been there since the day I discovered it. I was frightened of Ray, worried about Mr Peters, and anyway, there'd been no more postcards.

The door gave, and I stepped into the dark. I didn't close the door behind me. I felt my way to the far wall, sat down with my legs outstretched and my head resting on the uneven stone. I shut my eyes, but opened my mouth, letting the air seep through my throat and nose, wash over my tongue and gums and swish through my lungs, as if I were dirty on the inside.

Light, uneven footsteps and a scrabbling noise made me open my eyes and shut my gob. My eyes were two inches from Daniel's.

'Grace,' was all he said at first.

He was kneeling. He touched my nose lightly with his, sat back on his heels. He looked at my mouth, then my eyes, then my mouth again. He shook his head sadly.

'You don't know the half of it yet, my love. Not half.'

And he shuffled closer, bent over and buried his face in my lap.

I stroked his hair, which was short now and prickly as thistle.

Daniel sat up then and smiled.

'You're not very good at keeping secrets, Grace Williams,' he said. 'So this is your special hiding place, is it? Not bad.' He bobbed and nodded, all around. 'I saw you, though. From the dining-room window. Heading towards the orchard. I followed you.'

Still I kept my mouth shut.

'Good place, though. Well done. Now we can share.'

Tap, tap.

'Places, secrets, everything.'

Daniel told me that Mr Peters had built and thatched the apple-house himself. It was only about ten foot by six, and couldn't have been more than six foot tall. Daniel stood up and paced. Its cob walls and thatched roof were extra thick, said Daniel, making it warm in the winter, cool in the summer. From October, every shelf would be lined with apples, arranged one by one so as not to touch and spread rot.

'Now, Grace,' Daniel said. 'Good news. There's a meeting for all of us this afternoon. Robert's mother's here. She's in with Maitland now. It's about this year's summer fete.'

Robert's mother – Lena Macintosh – was in charge of the Friends of the Briar. She oversaw the organization of the Briar summer fete in 1960. She sat on committees, like the Major and Mrs Maitland, but she was also hands-on, as Eric put it. For the fete, she hired a van and drove it herself to collect jumble, tents, tables and folding chairs. She had served with the First Aid Nursing Yeomanry during the war, Eric informed us, driven ambulances – a FANY, God bless – and she wasn't a bad mechanic, either, for a woman.

At the meeting, Lena Macintosh asked for volunteers to help prepare for the fete. I was allocated to Major Simpson's team, along with Daniel and some younger children. For the next three months, every Saturday afternoon, if we didn't have visitors or go home for the weekend, we helped Major Simpson.

A few days before the fete, Major Simpson showed us how to assemble a game he'd prepared called Fish the Fish and left us to it, saying he had important business to attend to.

Sitting on the grass in the blowy morning shade of one of the marquees, next to five grizzly kiddies, sticking magnets on to cut-out cardboard shapes of fish, was tiresome. Daniel lay on his back a few yards away. He was using his toes to thread length after length of thin black waxed string through the small holes the Major had made in the ends of twenty short bamboo sticks.

'This is a doddle,' Daniel declared. 'The eyes of my sewing needles are a fraction the size. Will's are even smaller. His stitches are tiny. Incredibly neat. He says the best shoemaker in Northampton stitches sixty-four stitches to the inch.'

Daniel stopped threading and closed his eyes.

'Must be an elf,' he muttered.

My legs grew stiff. The squirty glue kept sticking my fingers together. I wasn't sorry when Major Simpson reappeared round the corner of the marquee, wiping his head with a large white handkerchief.

'Everything all right? Nearly done? Good work,' he chuffed. 'You can finish off later. I want you all – now – in the front drive. Marching orders.'

We followed the Major along the side of the cricket pavilion, through the orchard, across the lawn and past Toby, who was standing, gnome-like and important, outside the gatehouse, discussing parking arrangements with Mrs Maitland.

The sight that met our eyes, when we turned into the drive, made Daniel piss himself, which was rare, except after a fit.

'Shit. Sorry, Major. Ladies.' Daniel clutched his blue shorts where the wet was seeping along the thin cotton weave like ink.

The cause of the piss was the arrival, in the grand, circular sweep outside the main hospital building at the end of the drive, of a small, but dazzling, fairground ride.

'Blow me sideways. Bumper cars,' said Daniel, regaining his chirrup, but not even trying to be debonair. 'Come, you lot.' And he set off at a running, lolloping hobble that nobody could keep up with.

Eric was standing by the lorry from which the last of the shiny bumper cars was being lowered. Mr Peters, next to him, was complaining that the dodgems would ruin his privets. He pointed to the turdy green blobs – topiary, he called them – hedging the edge of the gravel circle.

'Too bad, old chap.' The Major, who had brought up the rear, rubbed his hands on the white handkerchief and put it in his pocket. Eric added, 'Don't fancy a ride on the dodgems, then, Mr Peters?'

Mr Peters walked off, his shoulders hunched. 'Runners need picking,' he grumbled away.

'Daniel,' said the Major. 'Eric's list fell out in the van. Hop up and find it for me, will you? There's a trooper.'

He and Eric exchanged amused glances. Daniel and I exchanged confused ones. How did the Major know the list had fallen out? Why couldn't Eric nip back up himself?

But Daniel obliged. And he did look like a trooper. Stiff knees. Tappety shoes on the wooden blocks that Eric had piled up as steps. At the top, Daniel stopped. I thought he was going to topple and have another accident, but no.

'No, but I'm surprised I didn't really shit myself, Grace,' he said later.

Inside the lorry, and, a second after, outside, was Daniel's father, tall in his shirtsleeves, wearing sunglasses and a white sun hat with green lining. He was in a cloud of his own cigarette smoke, but you could see that he was smiling, Smith-style.

Daniel's father picked the little trooper up and carried

him down the steps. At the bottom, he put Daniel on the ground but kept him close to his side. The bulge of his bicep was against Daniel's shoulder-bowl, and his thick forearm pressed all the way down Daniel's side. It looked as if they were holding hands.

'Next job, Major?' he said, winking at me and blowing a smoke-ring in my direction.

That was my introduction to Daniel's dad, because, although he visited regularly, he didn't come on regular visiting days. He had a special arrangement – something to do with a delivery to St Albans. He came to the Briar, on his way to St Albans, every third Thursday of the month. The rest of us were usually in the COU then. But if Miss Blackburn sent me on an errand, and if I dilly-dallied on my path, taking the longest detours I could think of, I occasionally glimpsed Mr Smith's white Commer van parked outside the main front door and, once or twice, bumping along the gravel drive with Daniel, pale and minute, on the seat next to his dad. 'Smith & Son. Fancy French Antiques', it said on the side of the van.

We all said hello to Mr Smith, and we all tried to say our names, even the lispiest, littlest kiddy.

'Pleased to meet you, Miss Williams,' said Mr Smith, picking up my good, right hand and holding it in his left. He swung my hand firmly, as if we were about to go skipping together. Whiffs of Gitane in my nose – 'but we call them jits, me and Dad.' And eau de cologne like Mother's at home. The sprinkle – her fingers – on Father's white cotton handkerchiefs before the fizz and press of the iron.

The kiddies went back to the Fish the Fish game. But Daniel and I spent the rest of the day with the crazy fitters, plus Eric, Major Simpson and Daniel's dad, helping set up the dodgems. By the end of the afternoon, we were ready to try out the lights. The lights worked, but because it wasn't even teatime yet, their green and orange bulbs didn't glow very strongly, and some of the pink ones were missing. They should have spelt out 'Roger's Dodgems. Drive 'em if you dare', but the 'dod' had gone from dodgems, and the whole of the word 'if'.

Browbeating, tempers, dirty white handkerchiefs, much cursing in French and English, and several bottles of Eric's brown ale, which I helped carry back and forth, full then empty, to the Nissen hut. But by evening, the bumper cars and all the lights worked.

'Like a dream,' said Mr Smith, taking off his sunglasses and putting them on Daniel, who kept them there for as long as he could by tilting his head back, like the chaplain when he sang 'Allelujah'.

We watched from the sidelines as Mr Smith climbed into one of the cars and Eric into another. The Major, who sat in a wooden booth by the edge of the ring, switched on the machines that set everything going.

'Ducks on a pond,' shouted the Major.

'Skaters on ice,' whispered Daniel with glittering eyes. His limbs flittered and his toes twitched.

No touching, no climbing into, no driving the cars, ordered Mr Smith, by our side again. Not without his permission. The dodgems were precious, dangerous and he'd borrowed them from a mate in Hastings who thought they were on loan to the Hertfordshire flower show, not a bunch of bloody nutters. But you could tell he was proud of his *coup*, as Daniel called it. As proud as Daniel.

A few days before the fete, Robert's mother asked the secretaries to write reminder letters to all the parents of the children at the Briar encouraging them to attend. She sat on a deckchair in the middle of the visitors' lawn and added a handwritten PS to each one – 'I know so-and-so would be particularly pleased, were you able to come. He – or she – will be –' and then, 'playing the triangle in the band', or 'helping with the sandwiches', 'manning the tombola', 'hoping to be well enough to watch the cricket'.

When Robert's mother saw me walking across the lawn with a bundle of bamboo fishing rods, she called me over. She told me to sit down on the grass while she finished her letters. She scratched and dotted, and then used quiet blowing noises to dry the ink, instead of blotting paper, like Father.

'There, Grace. Done.' Robert's mother uncrossed her ankles, bent her knees and folded her feet under the deckchair. 'Would you like to hear what I've written? To your parents, I mean?'

She read aloud the PS she'd written to Mother and Father. '"I know Grace would be – blah, blah. She will be –" you'll like this, Grace – "assisting Major Simpson in operating the dodgems".' Lena Macintosh paused, smiled at me over her specs. 'Oh dear, I do hope it's a good turnout,' she said. 'We could do with a jolly good turnout.'

The Williamses turned out, as did more than two hundred others.

People came in cars, by train, taxis and a special bus from the station. The bus had 'Briar Mental Hospital' written on a piece of cardboard and taped to the windscreen. One couple arrived on motorbikes. Another family, whose car broke down three miles away, walked. The little girl got blisters and the heel of the mother's shoe fell off, but they arrived red and cheerful, the father carrying a pig under his arm. When the father tried to shake hands with Mr Maitland, the pig slipped and ran squealing into the bushes and flowerbeds.

My mother and father came in the old black Ford, bringing not just baby Sarah, but grown-up John and Miranda too.

I didn't see them arrive in their car. I was already busy with my dodgem duties. Daniel was supposed to be helping too, but he was whizzle-head excited, unable to concentrate on a thing. He couldn't keep away from his papa, who wore a crumpled white suit today, and a white hat – all the way from Panama, Grace – with his sunglasses.

Mr Smith sauntered about, chatting, offering cigarettes, listening to Mrs Maitland's jumble arrangements, congratulating the Women's Institute ladies on their home-made cakes and could he buy some cherry buns, discussing the recent Grand Prix in faraway Florida with the small man and his wife who had arrived on motorbikes.

'Ida's mum and dad. Nice couple. Ida a friend of yours?'

Mr Smith passed the Major and me a cherry bun each. The Major and I were squashed together in the wooden booth. There were two upright metal chairs with splintery seats, but I preferred to stand. Otherwise I couldn't reach the switch I was in charge of. When the Major told me to, I flicked the switch one way, releasing a voice with a drumbeat in the background. 'Ladies and gentlemen, girls and boys. Roger's Dodgems. Dodge 'em if you dare. Six pence a ride. Three rides a shilling.' At the end, I turned the switch off, without needing to be told when – after the last drum flourish.

I'd just flicked the switch – off – when my family came into view around the corner from the visitors' car park. Father, carrying Sarah on his shoulders, walked next to Miranda, whose head came up to Father's chin now. Mother, wearing a new summer frock, walked a few steps behind. John lagged even further back, looking uncomfortable in white cricket trousers and a dark blazer, and small because he was carrying a large picnic basket.

I huffed and hurrahed, chuffa-choked up that my whole family would be part of the jolly good turnout Robert's mother was hoping for.

Father waved. I waved back.

Matron must have seen my family too, because she

hurried over and shook hands with Mother and Father, then led them to the booth, where Major Simpson put his fist on my head and told me to scarper, I had leave of absence.

'Atta girl. Go and enjoy yourself,' he said.

I took my family, first of all, to the corner where Major Simpson had organised apple-bobbing, Fish the Fish, and Shove Halfpenny. Miranda fished the fish and won a tin of spam, which she put in the picnic basket that John had given Mother to carry.

'Let me take it,' said Father. 'Sarah can walk.' And he lifted Sarah from his shoulders and put her down on the flat, mown grass. Sarah started to inspect me – face, hair, bad arm, short leg – then she lost interest and set off towards the coconut shy. She'd nearly made it, with Miranda running after her, when the rest of us were waylaid by Robert's mother.

'Grace, Grace,' she called from her temporary post as Mrs Smartie. 'Come and say hello.'

Ida and Janice were supposed to be in charge, Robert's mother explained.

'Guess how many Smarties. You know, Grace – easy.'

I nodded.

Robert's mother shook everybody's hand, including Sarah's, who was with us again now, squiggling in Miranda's arms. The trouble was, said Robert's mother, Ida kept swiping the Smarties, and she indicated the half-empty bowl she'd filled with sweets.

'I was trying to tempt people to stop,' she said, then laughed. 'I've sent Ida and Janice to do the egg-and-spoon race. They can work off some of those Smarties.'

Mother asked if there was anything she could do to help. Robert's mother said no, but she knew the cricket match was about to start – looking at John – so why not wander over and take a look?

'Kind woman,' said Mother as we made our way towards the cricket pitch. 'I wonder who she is.'

We stopped to admire two men from the disturbed ward tossing the welly, paused to buy a binca mat made by one of the ladies in Miss Lily's sewing group, and stopped again for all of us to have a go at Eric's home-made hoopla.

'Five hoops a shilling.' Eric's always rough voice was croaky from shouting. He was red in the face, and the strap of the camera, which hung round his neck and poked out from his open overcoat, had nicked the coarse skin above his collarless shirt.

'One each,' said Miranda eagerly.

'One each,' I repeated, lifting my good arm as high as I could, like I did for Miss Blackburn if I knew the answer to one of her questions.

But Sarah wanted a hoopla too. She started crying. Father tried to reason with her. Mother offered Sarah the hoop, which she, Mother, held sadly in her hand now. She had been about to throw it. A smile still lapped her lips. But Sarah shook her head rudely and opened her hoopla mouth even wider. John and Miranda both stared at the ground and John tapped a foot – an echo of the frightened or excited hopping he used to do as a little boy. Sarah's crying wasn't just noisy, it was quacking, pitiful and agonized, as awful to listen to as anybody's on the ward at night. You'd have thought she was being tortured, accused of a crime she didn't commit. It reminded me of Mother. Mother crying. And ducks, eiderdowns, drowning. A drowning-out.

Sarah stopped crying when Daniel appeared. He was wearing a hoopla around each of his ankles. He waddled and flippered, making the hooplas spin and wobble. Sarah hiccupped, gurgled and laughed louder than any of us.

Crying forgotten and hooplas returned, we all moved on. Daniel tried to skip at the right pace to stay next to John.

'Cricket,' he said. 'Now there's a thing. John, do you play?'

And when John didn't answer, 'Silly me. Of course you do. You must. I like the shoes, don't you? Cricket shoes, I mean. I expect you have a pair. Calfskin, are they? Don't you?'

Daniel twittered on for I don't know how long, and about flip knows what, but John wouldn't be drawn. He withdrew, stiffening, into his shell, coughed, adjusted his specs, almost skipped himself, trying to catch up with the others.

Daniel, downhearted, slowed and walked with me.

Nobody spoke until we all stopped in front of a flashing, buzzing, looped piece of wire. You were supposed to pass a metal ring along it without letting the edges of the ring touch the wire.

'No punters, Ged?' said Daniel.

Ged was the electrician at the Briar. He was so quiet, he was almost invisible. His stall at the fete had nothing to tempt people to stop. He hadn't even given his stall a name. Nobody, so far, had managed to loop the metal ring more than three inches along the wire. The second the ring touched the wire, a buzzer went off, the wire sparked and lights flashed. I wasn't surprised that Ged didn't have any punters.

'D'you want a go, boyo?' Ged's voice was damp and round at the edges, like Jesse's. 'I could put it on the ground.'

But Daniel shook his head.

'No. Thanks, Ged. I know my limitations. I'd never be able to control it. Not for long enough. With my needles, I'm in and out, quick as a fish.'

John, however, said he'd like a try. Ged nodded. With pleasure, he said. And I saw him nodding with a different sort of pleasure at John's firm grip and steady movements.

John nearly reached halfway. Miranda was shouting, 'Come on, John,' and Mother, Father and Daniel were all watching. But John suddenly seemed to lose his confidence. The hope in his flat, moony face shrank to despair, and he let the metal wand drop, setting off the ear-splitting buzzer and the lights.

'Never mind,' he said. 'Butter fingers, me.' And he laughed nervously.

'Well done, all the same,' said Daniel, genuinely impressed.

John turned his unwavering, speccy gaze on Daniel for the first time.

'Thank you,' he said quietly.

Daniel said he'd better get back to his dad. He made a pretence of looking in horror at an imaginary watch on an imaginary wrist, making us all smile, and causing Sarah to laugh and stamp her foot. Daniel let the imaginary watch fall to the ground, then fake-stomped on it with his foot. Baby blue-eyes pretended to pick it up. Ah.

'I look forward to seeing you later,' said Daniel, taking in everybody with his eyes, but letting them rest on mine, Smith-style, before scooting off.

We, the Williamses, sat in deckchairs at the edge of the cricket pitch and ate Mother's picnic.

Afterwards, Mother and Father went to the big marquee to listen to the hospital band. Miranda and John said they'd come with me, back to the dodgems.

'We'll find you there later,' said Mother, waving goodbye.

Sarah walked between Mother and Father. She took hold of both their hands. One, two, three and away.

Back at the dodgems, it was as busy as ever. Daniel, in the queue, called us over.

'Here, Grace. Come.'

When we reached him, Daniel said it wasn't pushing in because his dad was the boss.

'The bumper cars belong to him,' he added.

'Really?' said Miranda. 'Are you sure?'

'As sure as eggs are *oeufs*. That's him, over there,' said Daniel, nodding towards the wooden hut. Mr Smith was leaning on it sideways, listening to the Major, who was trying to tell him something above the racket. Mr Smith nodded, several times, and smiled in our direction.

Daniel's dad had been as good as his word and had let us all have a ride on the dodgems the day before. I hadn't liked any of it. Not the cramped, tinny car. Not the way it jashed my neck and bumped my hump against the metal rung at the back. Not the sparks, which flew like mad, blue birds on the ceiling. And not the noise. I'd begged to be released.

So now, when we reached the front of the queue, I shook my head, even though Miranda said she'd keep her arm around me all the time.

In the end, Miranda went with Daniel. Then she went with John. Then John said he wanted to drive. So Miranda got out, then into another car and drove alone. Daniel, meanwhile, climbed in with driving John.

I stood and watched. Mr Smith caught my eye, and the next time the music stopped he wiggled his way towards me through the jumbled cars. He paused by Miranda's car, bent down and whispered something in her ear. He nodded to John and Daniel and said something to them, which made them nod too.

'I'm letting them stay on, Grace,' he said to me, arriving by my side. 'Boss's prerogative. Can't I persuade you to join them?'

I shook my head.

'I'll be very careful. We'll keep our eyes on the road.' He paused, lit up.

I shook my head again, then hung it. There was a bubble of tears behind my eyeballs, and I didn't want it to pop.

'All right, *ma puce*. It doesn't matter. What shall we do with you, in that case?'

I didn't have any choice. Mr Smith picked me up and carried me all the way round the edge of the circle of dodgems to the wooden booth.

'Here, Major,' he said, shouting up to the plastic window. 'Pass us a pew. The little lady's tired. She needs to sit down.'

Mr Smith took the metal chair that the Major passed out of the door. He placed it firmly on the walkway ringing the dodgems, and bowed.

'Take a seat, *mademoiselle*,' he said, just like Daniel. 'And don't budge. If you need anything, let me know. Wave. I'm busy, but I'll be on the *qui vive*.'

So I sat still as Miranda and John, with passenger Daniel, drove, raced and crashed their cars. Mr Smith lounged, chatted, walked around the circle of cars, winked at me from time to time, smoked. The back of my chair was against the wooden booth. A loudspeaker hung above the hut. The music was very loud.

I looked at Daniel, and, as John grew more confident and quick with the steering wheel, I saw thrills of pleasure flick across the blur of Daniel's face. Lights flashed and sparks rained from the electric cables above the bumper cars.

'Miranda, John.' Mother's voice, sharp and panicky. 'Oh, Grace, there you are. Have you seen Sarah?'

Father, white and worried, was right behind Mother.

Sarah had wandered off during the concert, he said. They couldn't find her. They'd searched everywhere.

A false alarm, not a Jesse. If it hadn't been for the noise and the smoke, the heat, the lights and the bright summer sunshine in my eyes, I might have heard or seen my naughty little sister hauling herself up the steps behind me to the Major's booth. It was only a matter of seconds before the

Major saw the fearful faces of Mother and Father, and he came out of the booth, carrying a smiling Sarah in his arms.

'Thought I'd hang on to her. Knew you'd come for her sooner or later. She was a dab hand with the switches. But –' the Major smiled at me – 'I missed my expert.'

There were exclamations, and lots of thanking – the Major, the Lord – and goodness, what a fright we had. Mother took Sarah from the Major, but Sarah fussed, so Father took her from Mother. Mr Smith, meanwhile, strode over to see what was going on.

The grown-ups chatted. The weather, the fete, the Grand Prix again. I sat on my chair and and listened politely.

'Fuck,' said Mr Smith suddenly, not politely.

He leapt past me into the busy dodgem rink.

When I turned round, it was as if my innards exploded, messy and blue, all the way through the smoky air to the place where John and Daniel's car stood alone and stationary at the far end of the ring. The passenger seat was empty. But in the driver's seat, Daniel lay flung across the steering wheel. His small sandy head was still, his neck was at an even funnier angle than usual, and his back sagged.

My own head dithered and flickered like the overhead lights as Mr Smith fuck-fuck-fucked his way across the floor to his son. He puffed fierily on the jit between his lips.

When he reached the car, he didn't pick Daniel up. He knelt down at the front of the car and leant across its feeble bonnet. He put his face up close to Daniel's drooping head.

The music stopped. Major Simpson must have gone back into the booth, because next, all the machines were switched off too, making it seem quieter than it really was. Too quiet. I heard Mr Smith's breathing and the clicking of the cooling electricity. Then the wispiest of voices,

'*Excuses-moi, Papa*. Sorry, Dad.'

There was a burst of voices and cheering.

Mr Smith carried Daniel over to us. But he didn't stand him down on the ground. He kept him, like a baby, on his hip, steadying Daniel's back with his arm. Daniel clenched his knees around his dad's waist. We all stared, but Sarah, in Father's arms, stared most of all.

'Now, *fiston*,' said Mr Smith. 'Explain.'

Daniel didn't explain then, because he fitted again – a whopper – and had to go to the infirmary. Pale, straight and unmoving on the stretcher Eric fetched, he looked like one of the bodies we occasionally saw sliding out of a side door near the back wards into a long, black, windowless van. I tried to follow the stretcher, but Eric shook his head. I tried to say Daniel's name – scream it, I mean – but the rushy grown-ups shushed me, and only Major Simpson spoke to me.

'Be brave, Grace,' he said. 'There's a trooper. He'll soon be better.'

By the time Daniel was better, the dodgems had gone, and all that remained of the fete was the churned-up grass by the marquees, soggy bunting and a pile of semi-dismantled stalls next to the old tool-shed.

1961

Nearly a year passed before Daniel even mentioned his epilepsy to me. It was the day of the dare, a May day.

We were up in the old library, lounging and smoking. Cigarettes were allowed and encouraged at the Briar, rationed and used as rewards by the nurses. The crazy fitters stockpiled theirs, turning them into gambling chips. Eric made his own roll-ups with tobacco from Virginia. He gave his old tobacco tins to Ged, who used them for storing fuses and fuse wire, and also cigarette butts, which he'd give you if you asked quietly and kept quiet about the price – 'a Welsh snog', a wet snog.

It's all Silk Cut, cutting down, low tar these days. If you've never felt untouchable, you won't know what I mean, but smoking for me is like touching – from the inside.

Inside the library, it was hot and airless. I was hot and restless. Not much had happened during the last year. There'd been Christmas, of course. Major Simpson dressed up as Father Christmas – that was funny. And in March my eye teeth were pulled – that wasn't so funny.

The trip to the dentist had seemed much the same as the previous year at first. Except it wasn't one finger but two, this time.

'Such large gobs, Young. Have you noticed? And such over-productive salivary glands.' Dr Bulmer parted his fingers under my tongue. Heat forked. The scarred, clipped tissue stretched.

Dr Young said he'd noticed we slobbered and spat a lot.

Below the leather straps, my chest ached and I noticed my cunt fizzed and dribbled a lot.

'Take a look at that gum, Young.'

'Eye teeth?' squeaked Dr Young.

'Skew-whiff,' yessed Dr Bulmer. 'They need a tweak.'

There was a pushing on my cheek. The doctor's dick, thick through the thickness of interlock underpants, tweed trousers and a white butcher's apron splattered and stinky with mouth-blood. The softness of the pushing. The softness of the cloth, overwashed, on the skin between my nostril and the leather flap. And the hardness within, much bigger than a finger or two, or three.

'Just a tweak. Thank you, Young.'

And it was. Just a tweak or two, or so. No need for the nitrous oxide. Dr Bulmer was nimble-fingered indeed. No need for the student nurse, who'd stayed to watch, to screech so.

'Good God, woman. Be quiet.'

Then, at Easter, Miss Blackburn started extra classes for some of the children. She was preparing them for a test, to see if they were clever enough to go and live somewhere else – a new residential training school for handicapped adolescents and young adults that had opened near Cambridge, she told us.

'It's ridiculous.' Mr Maitland, in the lobby outside the classroom, with Miss Blackburn, was almost shouting. 'Spastics – sitting exams. Your correspondence simply doesn't convince.'

'They may have spastic bodies, Mr Maitland,' Miss Blackburn replied, 'but some of them have the most plastic, malleable, marvellous minds I've ever come across – in more than twenty years of teaching.'

She swept back into the classroom, leaving the door

wide open and Mr Maitland, flustered and uneasy in its entrance.

Five children were picked for the special class. I wasn't chosen, because I couldn't read well enough yet. Miss Blackburn didn't mince her words.

'You've a step to go, child. But keep trying. You'll get there.'

And Daniel wasn't chosen, by announcing he didn't wish to be.

'May I ask why not?' Miss Blackburn's nostrils flared. She was a fair woman, as strict and firm as her ruler. Her mutton-leg jaw and mushroom-cap of hair made her mannish. So did her jacket and brogues. But her wool or cotton-skirted bum was a wonder. Softly up and roundly down it bounced when she wrote on the blackboard.

Daniel smiled. Always best to be debonair in a tricky situation, he informed me later.

'I suppose,' he said to Miss Blackburn, but looking at me, 'I'm hoping for better.'

'I see,' said Miss Blackburn, and I bet she was thinking the same – silly-billy Smith – as me, but, 'It's up to you,' she said. 'My offer remains open.'

Daniel and I were in a tricky situation up in the old library that bothersome day in May 1961. As well as hot, I was cross and sorry for myself. My chest was tight and wheezy. My gums, where Dr Bulmer had pulled out my eye teeth, still hurt and, worst of all, my name had finally come up on Matron's electrics list. ECT for me – no more reprieves – tomorrow morning.

I didn't like the sound of the electrics at all. Daniel called them the etceteras, but that wasn't much better.

I'd managed to avoid them up until now. First the machines weren't working. Then the fire alarm went off just as we were trundling in our nighties, nil by mouth, to the infirmary. Next there was the muddle about whether or not I'd eaten, and I was sent back, along with several others, to the ward. This was shortly after one of the catatonic ladies who sat, like Mr Peters' topiaried privets, around the radio all day long, choked to death from not being nil by mouth before the treatment.

A more recent inquiry into overcrowding had led to the whole of the girls' ward being off ECT for months.

But this morning, Matron had said if I was well enough to blow raspberries at her, I was well enough to go on her list, and she took out her biro.

Daniel said it wasn't too bad, ECT. But I knew he was lying. His egg-shaped head always appeared longer, and his eyes scrambled like a bust kaleidoscope, after his own occasional shocks. Few of us ever had regular electrics. Increasingly, we were treated with colourful cocktails of pills. The only patients who still received regular ECT were the adult skitters, the lady catatonics and a group of curled, withdrawn, lost-looking men called DPCs. Daniel said they came from abroad, from camps. If they spoke at all, they spoke in a mysterious mix.

'A cocktail, Grace. Russian and Polish. I asked Papa. Serbian too. And some of them understand French.'

Daniel tried to befriend the men. 'They're displaced people, Papa says.'

Parlez-vous français? For a while, the nurses on the overcrowded DPC ward enjoyed parroting Daniel. If any of the men said *oui*, nodded or stirred, the nurses said they could be moved out of the ward and on to one of the equally overcrowded general wards.

'It's a crime against the spirit.' Daniel was back on the subject of ECT. 'That's what Eric says. And Will Sharpe,' he added, 'calls it a controlled type of brain damage.'

Up there in the library, Daniel wouldn't look me in the eye.

'Honestly, Grace. It's not too bad, though,' he repeated

uncomfortably, trying to settle his neck more comfortably on the rolled piece of old carpet we were using as a pillow. 'It's just the headaches. They're quite bad. Splitting, actually. But they don't last long.'

'Not true.' I pinocchioed my nose.

I knew. I'd seen for myself. Sometimes, if there weren't enough staff to keep an eye on us, we girls were distributed, singly or in pairs, among the women's wards. It meant we got off cleaning because there weren't enough staff to oversee that either. But it also meant a numb bum from sitting for hours on a hard chair by the door to the nurses' lounge.

One such afternoon, I was sent to the peepos' ward. Peepos, said Daniel, were post-partum psychos – ladies who'd lost their marbles along with their babies. Some of the peepos were scarcely more than girls themselves.

'Better fetch the peepos.' A nurse yawned, got up from her armchair and put the kettle on, ready for another cup of tea when she came back from the ECT rooms.

The peepos were allowed to lie on their beds in the ward after their ECT. Most of them merely flopped half asleep, moaning and muddling. But one, a strong, horsey-looking thing with thick, dark hair, dark skin and wide, flashing brown eyes, sat bolt upright in bed and glared into the nurses' lounge. The nurses were stirring their tea, smoking their cigarettes, dunking their biscuits. Ignoring me. I scooted over to the woman's bed and offered her the leftover piece of biscuit I'd snitched earlier and kept hidden in the nook between Nelson and my chest.

The woman took it and thanked me.

'Rape,' she croaked. 'It's rape. Of the soul.'

Her voice was deep and her eyes flickered with fury, but she was a gorgeous sight, that horsey lady, I can assure you.

Up in the library, Daniel was still trying to reassure me.

‘Think of it like going to sleep, Grace,’ he said. ‘That’s what I do. Imagine someone’s telling you a story. Or reading to you.’

He toed an old book across the floor – *Physical Order in the Mentally Disordered* – opened it at random, read aloud.

‘“*Cri du chat, café au lait*, maple syrup.” They call us ugly, but at least they give our deformities beautiful names. It’s not all bad, Grace.’

Hydrocephalus, scaphocephaly, phenylketonuria. Subnormal, deficient, retarded, impaired.

Patients still ate their own vomit, drank from the toilet bowl, shivered in shit in cold, chipped bathtubs. I pushed Daniel’s foot irritably away. The book thudded, and I heard its open pages crinkle and crush. Daniel, however, remained uncrushed.

‘Tay-Sachs, Waardenburg, Laurence-Moon-Biedl,’ he continued, as if by citing or reciting he could make things better – or different, at least. The point is, he could. Up to a point. That was Daniel. That was what he did. Point. Paint. Brighter pictures.

‘Rubella, Talipes, Amsterdam dwarfism. Autism, asthma, eczema, epilepsy – the Sacred Disease. Moth madness, Papa calls it,’ said Daniel. ‘The epilepsy. Papa used to say I was his little *papillon de nuit* – because of how I fluttered and got the shakes.’

Butterfly of the night. It suited him. I twisted my head and looked at Daniel’s pale, never-still face in the dusty gloom.

‘That and because we drove so often at night. Me and Dad. In the white Commer van. He let me dip the headlights. Before the accident.’ Daniel’s whole body shuddered, but he raised one leg and paddled his foot in the air.

‘The switch was on the floor, next to the clutch. I had to slide my bum off the seat and hold on to it with both hands, pressing with my right foot – like this – on the switch.'

Daniel prodded me on the cheek with the unlit cigarette in his mouth.

'Give us a light, old girl. You're nearly out.'

I placed the burning tip of my cigarette to the tip of Daniel's. He breathed in until the tip lit up. We were both experts at this.

'Dad used to boast he could drive the route blindfold. "Do you dare me?" he'd say and pretend to put a hand across his eyes. And once, "Don't you dare," when I turned the knob on the dashboard which switched the headlights off altogether. I was always trying to impress him.'

Daniel tried, and failed, to blow a smoke-ring. He went on trying until he was out of puff. I took the butt from his lips, inhaled deeply, spewed as I blew out and Daniel went on.

'I suppose I was trying to impress your brother John last summer. Do you remember? I wanted to swap seats. He wouldn't. He said I couldn't. "You can't drive," he said. "Let me try," I begged. But he wouldn't. In the end he got out. Just walked away. I don't know where he went, but, "I'll show you," I thought, as if he'd dared me.'

Daniel flicked his head suddenly sideways, to face me.

'Grace,' he said, 'do you dare me?'

Do what? I ground out the cigarette on the upside-down saucepan lid we'd found near Mr Peters' compost heap and smuggled up here. The lid clanged on the floor as I stubbed. Ash slid and fell through the hole in the middle where there used to be a knob.

'Go and see Dr Young. Ask him to postpone your ECT. Tell him about your cough.'

I shook my head.

'I would, you know. I bet I could persuade him. You

know it's my forté.' Daniel sat up, rocked to his feet, knees bent, before knocking them straight.

I shook my head again. Nobody liked Dr Young.

I held out my hand, my good, right hand, ever so ladylike. I coughed, not so ladylike. Daniel bent forwards and took my fingers in his lips.

'Let me at least help you up, ailing Grace, my lovely, ladylike darling,' he said, and I could feel the 'l's quiver across his tongue and flitter, scaly-winged, through the nails of my fingers.

I stood up.

'Think about it,' said Daniel as we left the library. 'My offer remains open.'

It was still warm when Daniel and I met later that evening on a bench behind the laundry rooms.

We were barefoot, following a wart inspection. My hump rested on the wooden back of the bench which had soaked up the heat of the day from the wall behind it. We were both wearing shorts, cotton vests and grey cardigans. Daniel said that wearing a cardigan made him feel like a girl. So what? Wearing shorts made me feel like a boy. We sat close together. Our bare legs touched. We stretched them out as far as we could. My longer leg was the same length as Daniel's, but paler, fleshier, rounder, definitely female.

Daniel pulled his bare foot all the way up my leg and tweaked at the hem of my shorts where it lay in a loose fold between the bench and my thigh. His toes curled and gripped the thin material, but he couldn't twist his foot enough to poke it up inside.

He swung on his bum and lay down flat on the bench, keeping his feet on my legs.

'Copy me, Grace,' he said. 'Mirror me.'

I hitched myself round and leant back, letting the armrest of the bench take some of my weight, via my hump. I pushed Nelson against the wooden struts at the back of the bench and moved my legs until my longer one slotted between both of Daniel's.

Slowly, we each slid a foot up and under each other's shorts.

I wore underpants. Daniel didn't.

'Press,' said Daniel, pushing and squeezing the knickered curve of my cunt with his toes and the arch of his foot.

I pressed lightly on Daniel's bare, crinkling sex-skin beneath my foot. As the flesh hardened, I pressed more firmly, remembering the bamboo rods at the fete last year and Daniel running his feet over them. I remembered John rolling an old rubber ball under his bare foot, backwards and forwards on the terrace one evening. Mother, in socks, on the rungs of a ladder. Or was that Miranda? And my own, bare baby feet, safe in Mother's good hands.

'Press, Grace,' she used to say. 'Go on. See if you can push me over.' And she'd pretend that I had, falling backwards with a hurrah. 'Fantastico, Grace. See, there's nothing to be frightened of.'

Daniel suddenly withdrew his foot, pulled back both his legs.

'How frightened are you really, Grace? Of the ECT, I mean.'

So frightened, I felt sick, I felt wheezy, I knew I wouldn't sleep and I would probably wet the bed. So frightened. I flicked myself round and sat up in a panic.

'Let me go and see Dr Young.' Daniel swung round too. 'Please, Grace.'

'You dare?'

'Wait here,' he said, and he'd gone before I could protest.

Daniel went one way. I went another. Sneaky-deaky with curiosity, I crept along the side of the building, past the closed offices, past the shuttered stationery store and the dark front door, further and further along until I came to the big bay window of Dr Young's office.

The curtains were undrawn and I could see the tall, narrow room with its skimpy furnishings and its skinny inhabitant.

There was a plain metal desk on the left facing into the room, with one upright chair behind it and three in a row opposite. You usually sat on the middle one of these when you came to be punished. On the far wall was a door and a line of one, two, three, four, five grey filing cabinets. Scratchy carpet on the floor, staring portraits on the wall chained to a high, chipped picture-rail. And a standard lamp behind the peasy-green easy chair placed at the bay end of the room, half turned to face the window.

Dr Young was sitting in this easy chair. He was reading a book. Each time he flipped a page, shadows rippled briefly in the ring of light on the ceiling thrown by the lamp.

Dr Young closed the book and put it down on the arm of the chair. He put his left hand on top of the book. He drummed his fingers, slowly, as if counting, or thinking, or choosing. 'Eeny meeny miny mo – catch a spastic by his nose' was one of the doctor's favourite chants as he nabbed a child, grabbed a stick and dab-thwackled on our crappy arses.

I drew back from the window because I thought Dr Young was looking at me. He wasn't. With both hands, he loosened his tie, which was blue-black, thin and glistening. Then he took something out of the shiny inside pocket of his blue serge jacket. A letter? A photo? I stepped right up close to the window. There was a dip in the turf there, where the earth was once removed to make the foundations of the building. I could balance very well, like one of Daniel's mythical mountain goats – dahus, he called them – with my longer leg in the shallow moat and my good arm leaning on the wide window frame. It was warm through my cardie, moss-damp and woolly, like me down below, a hand – or toe – in my knickers.

Dr Young sat with his skinny thighs and knees together. His calves and feet splayed, like the light from the lamp. He held the letter – or was it a photograph? – cupped in his hands, on his lap. His shoulders were relaxed against the back of the chair, but his head had dropped forwards, and he was looking closely at the photograph or piece of paper in his hand.

In a minute, Daniel would open the door. But before Daniel arrived, I saw a Dr Young I'd never seen before, and one I would never tell Daniel about.

The doctor continued to look at the paper or card, and there was no scary glint in his eyes any more, no pounce, no flare, no flouncing muscle. He looked sad. The light had silver-dotted the grey bits in his hair, and I could see a small oval of pink scalp at the back. The lines on his face, which were usually straight and grey, were thicker, blurrier now, and all his skin looked softer, whiter, puffier.

His hands, normally big with holding the stick which scutched our skin, were surprisingly small at rest. Chubby, dimpled baby hands. The doctor looked very sad. Like Father, at the end of a visit, when he thanked the nurses for looking after me. Like Miss Lily, when she came back from her day off. Like me, when I saw myself in the mirror in the visitors' entrance hall.

Daniel entered and went to stand – and I could see he was standing as upright as he could – with his back to the desk, his shoulder blades pulled together. We knew Dr Young had been a doctor in the war, so maybe Daniel thought a military pose would impress. I was impressed.

Daniel had scarcely begun to talk when Dr Young got up, crossed the small space between them and slapped Daniel on the cheek. The doctor sat down again on the easy chair, and tugged it forward. Daniel continued to stand, but he was no longer speaking. His long eggy head was beginning to twitch. I saw him tense the muscles in his neck, tight – tighter, Daniel – trying to control it. But the doctor's hands were at Daniel's trouser fly. They undid the buttons. Just three, and the flimsy shorts slipped to the floor. With difficulty, Daniel stepped out of them. His knobbly buttock creased on the edge of the desk as he cringed backwards. Dr Young stretched out his right hand towards Daniel's dick, which was brown and shrivelled in his hairless crotch, but looked wet like the worm-casts on Margate beach. Daniel's legs were brown too, crooked mirrors of each other, stiff, bandy, dirty and thin. Daniel looked ridiculous in his tight vest and overwashed cardigan, fastened with just one button, and in the wrong buttonhole. I wanted to laugh. I wanted to bang on the window and make him laugh. Break the window. Would I dare?

There was no banging or breaking from gawping, gaping me. Dr Young came over to the window and pulled both curtains shut at once. I couldn't see Daniel, but Dr Young's flannelly thighs were level with my eyes. I looked up, and before the curtains closed across the column of light, I saw the straining fly of Dr Young's trousers and his white, unbuttoned shirt-tails open and loose around the bulge. His thin tie, undone now, shone black against the dull, naked skin on his ribs. I saw his pink ostrich neck, long and ragged above the open shirt collar, and then, finally, his scared, mad, grey-eyed face. I know he didn't see me, because the stare in his eyes was blind, and because he shut the curtains so quickly.

1961–62

The following morning, before breakfast, I was sent to stand in the nil-by-mouth queue. Matron handed Nurse Ellis the ECT list.

We trudged to the infirmary. We lined up in the infirmary corridor.

'In.' Nurse Ellis ticked the list on her clipboard as we filed past her, one by one.

I slept. No stories, no dreams, no memories at all. The last thing I saw was Nurse Ellis's face flirting up to handsome Dr Jack, a trace of pink, off-duty lipstick on her open bottom lip.

The first thing I saw looked like a lip, but wasn't. It was a fat, pink fold of flesh. A fat, pink neck. Ida's.

'Blimming heck.' Ida woke up too. 'Not you?'

Yes, they'd put us in a bed together in the recovery ward.

All that spring and through the summer they put me with Ida after the electrics. For more than three months, we were ECT regulars, Ida and I. I got used to waking up next to Ida. Came to like her heavy, sweaty, soft-skinned body. I got used to the electrics too, but I never came to like them. For ages afterwards my head buzzled like a cross, stuck wasp. They didn't seem to do me any harm, though. 'Calmer,' wrote Nurse Ellis in my notes. Ida said they did her good. Daniel said I shouldn't take too much notice of what Ida said. He said I was one of the lucky ones, that's all. I didn't mention the dare, and nor did he, ever. But I saw him slip off to Dr Young's office a number of times after that, so I suppose such business paid off occasionally, dared or not.

In September, Miss Blackburn wrote the word 'Audition' on the blackboard and explained about the end-of-term play. There was talk of grease-paint, green rooms, wardrobes, dresses, rehearsals. I longed to be the mermaid in the Christmas play that year – *The Little Mermaid*, 1961. I'd been in the audience three times in the past – *The Little Match Girl*, *Cinderella*, *Snow White* – envied the costumes and make-up, not to mention the applause, even if some of it was pretend.

'And now,' Miss Blackburn told us, 'you're old enough to take part.'

One whole end of the refectory, where the performances took place, became a blizzard of noise and colour in December, especially when the chorus was brought in to be drilled. We had wood sprites one year, nymphs another. Mice, fairies, elves, goblins. Singing, dancing dumbos and spazzos.

While Miss Blackburn directed, Eric built flats and scenery and got the crazy fitters painting crazy rough seas with sea horses as big as people, and a golden palace with gauzy slits for windows and lights that lit from behind. Ged sorted out the lights, Major Simpson put together a team of stagehands and Miss Lily was in charge of costumes. Her hussif went everywhere with her in December. She would untie it, unfold the fabric panels and spread open the soft material, rippling a finger along the lines of needles and pins, over the tape measure, the poppers, the buttons and the small silver hook which she called a quick-unpick, until she found what she needed.

I needed a part. I auditioned, I hoped. Miss Blackburn gently but firmly explained that they needed somebody dry, and who could be relied upon not to improvise. That's how she described my occasional talking aloud to myself

– stop improvising, please, Grace. However, she gave me a small part as one of the mermaid's attendants, and she said I managed it very well. A girl called Missy – pretty Missy, some people called her – was the main mermaid. At one point we all had to squirm across the floor in our sacks, which Miss Lily had covered with tin-foil scales. Missy's sack kept slipping off. Mine didn't. Nelson was helpful. I could have done Missy's part. I'm sure I could. I knew all her lines off by heart.

Oh, but the following year, I was the Sleeping Beauty in the Christmas play. Half. Daniel was the prince. They had pretty Missy be the princess before and after she goes to sleep, but they chose me to be the sleeping Sleeping Beauty. I was good at sleeping by then, because of my cocktail. Who cares if they only chose me for that reason? I was the one who was kissed. And in front of everybody.

During rehearsals Daniel misbehaved. In fact, for much of the year, between *The Little Mermaid* and *Sleeping Beauty*, Daniel misbehaved.

It all began in January 1962 with the pulling down of the old workshops.

There was no warning. One day, Will and Daniel were sewing away as usual in their cobblers' den. The next day, bulldozers came, and cranes with gigantic balls attached by cable to them.

We were out for the afternoon at Watford Public library when they arrived – an educational trip, organized by one of the new student-volunteers. Miss Blackburn was really in charge, and Eric came too in order to hoik the wheelies up the library steps.

The library was lovely and warm. Lovely and quiet. Shiny and bright. Daniel and I moved from section to section, shelf to shelf, reading the spines aloud. If Daniel liked the sound of one of the titles, he nodded, and I took the book out. If I liked the look of one of the titles, I took the book out, and Daniel nodded. We talked a lot. Probably too much. The student-volunteer shrivelled with worry. People, especially the smaller kiddies, were beginning to twaddle aimlessly around the islands of books. Miss Blackburn had to take over. The last straw was Ida putting her fat hand in the pocket of her smock, which you could tell was meant for a pregnant lady, and pulling out a library book, along with a boiled potato she'd saved from lunch, and a handful of carrot, squashed and brown with gravy. The librarian had words with Miss Blackburn, and we left soon afterwards.

When we returned to the Briar, the workshops had already half-gone. The bulldozers and cranes were still there, but immobile, abandoned among large dark mounds of brick, earth and rubble.

As the coach drove slowly along the gravel drive, everybody fell silent and turned their heads to look out of the window at where the workshops used to be. There was a chill, dull January mist in the late-afternoon air. The mist hung above the demolition area, making it look like a theatre – scenery, flats, wings, waiting in them – not the familiar grounds of the Briar.

The coach came to a standstill and the driver opened the door. Daniel hopped down and legged it – not fast exactly, because his feet weren't steady and his upper body bucked – across the grey lawn. He stopped by the first mound, and I saw Will Sharpe emerge from behind it.

We were supposed to form two queues – girl-girl, boy-boy – ready for going back to our wards. However, Eric and Miss Blackburn had set off across the lawn, their almost identical brown walking shoes indenting the grass, squishing the wetness, revealing darker pale-green underneath. Daniel's uneven footprints beside theirs were scarcely visible.

The volunteer-student didn't know what to do. The wheelies were left sitting on the cold gravel, waiting for their wheelchairs to be unloaded. The mongs began, gradually, to spread out across the hazy lawn – strange, squat, moving creatures. The rest of us simply stood, unqueued. Everybody stared, a few of us shivered.

Will Sharpe was talking to Daniel, still now and with his back to us. Will wasn't a tall man, and he didn't bend down to talk to Daniel. He stood with his arms loose at his sides and his leather satchel slung in a broad diagonal from shoulder to hip. The only way you could tell Will was talking was from his shrugs, which made the satchel swing. Once or twice, he glanced over his shoulder at the earthy hillocks behind him.

Will Sharpe didn't move when Daniel flitted to the right and started hop-running, like a wingless insect, round and round the lawn. Eric and Miss Blackburn tried to block him, but he dodged them, time after time. Miss Blackburn began to look quite unlike herself, holding out her arms, flapping and moving much more quickly than usual. Eric zigzagged grimly, attempted to rugby-tackle, fell sprawling to the ground. His overcoat had damp patches, white, on it from the ice-wet grass when he stood up. But by then, Daniel had gone, stumbling and flailing, worse than I'd ever seen him, towards the demolition site.

Until now, there had been no noise. Even the mongs, milling around on the lawn, were silent, some of them stepping tippy-toed as if playing hide-and-seek, others seeming to search on the ground for something lost, moving like dreamy astronauts drifting in space.

The silence was broken by Will Sharpe shouting 'No' to Miss Blackburn and Eric, who were both heading straight after Daniel. At the same instant, Will held up his two hands calmly, as if surrendering. For a mo, he looked like a cowboy, and I imagined the mist was gun smoke. But although I wished this was a film, or Miss Blackburn's amateur dramatics, I knew it definitely wasn't.

The cold air and the hard ground made Will's voice carry clearly under the mist across the thirty yards of grass to where the rest of us remained agog.

'Let him be,' we heard Will say.

And when Miss Blackburn shuddered as if to say something, and Eric gestured towards the mounds of earth 'No,' again, and 'Leave him.'

All three grown-ups turned, and all of us, plus the volunteer-student and the coach-driver – who'd unloaded the wheelchairs but left them empty on the drive – continued to watch as Daniel went as mental as they come, running round and round the mound.

'Anti-clockwise,' he explained later. 'I thought if I ran fast enough I might be able to turn back time.'

Round and round and round Daniel sped, the saddest ragged rascal you'll ever see.

Eventually, his hobbledehoy legs slowed, then stopped. I saw him – side-view, his small nose tilted – glance at the empty space where the workshops had once stood, and I bet the spider on his forehead crawled. His head started to twitch. Then he dropped to the ground, lay on his back and kicked his legs. I expected a fit. But the pain that usually silenced Daniel as it threw him to the ground, while his legs jerked and spun like broken pistons, for once, the pain came crying out of his mouth in ugly sobs that smashed the still, iron-cold January air.

The sobs didn't stop when Daniel disappeared into the main hospital building, dragged then carried by three male nurses. I heard them, hiccupping echoes, across the hall, down the long corridor, around the corner at the far end. Further and further away. To the pads.

When Daniel came out of the pads, he was woozy and slow for several days. Some of the nurses took advantage and taunted him.

'Think you're better than the shit on my shoe, do you?'

'Cobblers, Smith.'

'I'll show you what putting the boot in means.'

Daniel didn't retaliate.

'Drugged up to the eyeballs,' said Eric. God bless.

A few days later, Daniel's dad came to the Briar. We saw the white Commer van parked outside the main front door. Mr Smith rarely bothered with the visitors' car park. But it wasn't a Thursday, and Daniel hadn't been called to see his dear papa.

'Maitland. I bet he's seeing Maitland,' said Daniel.

We went and stood, then sat on the floor by the door to Mr Maitland's office.

'Disordered. My foot.'

'More than disordered, Mr Smith. Your son's becoming unmanageable.'

'*Merde alors*,' spluttered.

'Uncontrollable.'

Snorts of 'I don't think so's and French 'r's of disbelief as Mr Smith repeated the word 'uncontrollable'.

'It's very difficult. Yes, Mr Smith, he's bright. No one's denying that, but. What did you say? Fifteen?' Mr Maitland paused, then went on lower and slower, not every word clear.

'The brain. New research. Convulsions, seizures, lesions. Damage. Dangerous.'

'Dani's not dangerous.'

'We were wondering. Surgery. Reversal. Improvement. New surgical procedures.'

I heard a chair being pushed back and took hold of Daniel's sweater at the baggy, ribbed bottom-edge of it.

'*Ça? Non, mon Dieu*. You're wasting your time, Maitland.'

I held on tight.

'Let me just explain, Mr Smith.'

'If you must.' Mr Smith's voice was clipped and impatient.

'A study, hereditary. Surgery. Improvement. Lobectomy.'

'What?'

'Anterior temporal lobectomy.'

'No. Absolutely no. Dani will not be operated on again.'

Daniel pulled his knees up and pressed his arm-socket into my shoulder.

'Good for Dad,' he whispered, and we relaxed our bodies against each other.

'Let me just ask you, Mr Smith . . .' Mr Maitland's voice snaked out again. 'Statistics. A study. Genetics.'

His voice quickened with questions, and Mr Smith's answers flipped back as bouncy and fast as tennis balls.

'That's what I mean by debonair.' Daniel nudged me with his hip.

But then, 'Don't you know who the boy's mother is?' we heard the Medical Superintendent ask.

And Mr Smith's lobbed, debonair reply, 'Lord, no. Some French tart. She left the moment Dani was born.'

Daniel started, then slumped like a puppet over his knees. I heard the word 'No' leak from his mouth, and then nothing. I nudged him, crooned and poked.

'You dead?' I said in the end.

'Dead head,' I tried, then 'Grace here,' and 'Wake up.'

Daniel was warm, but as floppy as a nearly dead mouse, and when he lifted his head, which he did when the door to the Medical Superintendent's office opened, his eyes had gone floppy too.

After that, Daniel avoided me and began to spend time with Ray. They stole from the stationery store – six dozen lead pencils, HB. They chucked the pencils at the gerries on their way to the sluice-rooms. They stole from the doctors' private toilet near the boardroom – swathes of soft toilet tissue from the roly-poly holders in there. They wetted the strips of tissue paper and flicked them on to walls and windows, where they stuck and hardened like mouldy bits of cauliflower. They detonated the French bangers Daniel had secretly saved from his dad's Christmas package – in the front drive, in our faces, in chapel, in the middle of a sung 'Amen'.

Floggings were frequent that month.

Eric came across me loping and moping one afternoon on the lawn near the cedar tree. We went to the Nissen hut, where Eric brewed a pot of tea, served us each a big, sweet, saucerless cup of it, and we settled back on the hard chairs by the wood-burning stove.

'I was thinking,' Eric began, 'of making Daniel boss of the new boys on the team. Three of them. A handful. But it might be good for him. Time he had some responsibility. What do you think, Grace?'

'Me too?'

Eric looked at me and shook his head.

'No, Grace. You wouldn't like it. They're wild cats, these boys. Maitland's been swinging the medication again. Didn't get his way over that surgical appointment. All the epileptics, across the board, are having a rough ride at the moment.'

Eric was right. I didn't like it. Daniel became bossy and bullyish. With me. The new boys he wooed, cruelly. But I didn't keep away, either.

First it was snails. Not racing them, not pretending, like Daniel and Robert used to pretend – this one a Porsche, that one an Aston Martin. Daniel got the crazy fitter boys crushing them, tweaking them out of their shells, trying to slice off their wobbly wet horns.

The boys loved it, and Daniel was their hero in no time.

The cockroach farm that came next wouldn't be so bad, I thought, as Daniel showed the boys and me the enclosed runs he'd assembled out of tins and cut-down cardboard boxes. Next he showed us the cockroaches – shiny and clean-looking in a black rubber bucket where they scrabbled on top of each other. Finally, Daniel produced a tobacco tin with tiny silver dressmaking pins hidden in the ash and stubs. The cockroaches were removed from the bucket one by one, by Daniel. The boys gasped at how neatly his toes pincered each insect. Daniel passed the cockroaches to the boys, who – instructed, encouraged, applauded by Daniel – pinned them through their middles, then pinned or propped them in the farm, so their legs could still move, but they couldn't go anywhere.

'Kill, kill!' yelled Billy, the smallest of the new-boy crazy fitters.

Billy was pale and chunky, with a hard nut of a head, spiky sharp hair, a flat face and wide-spaced eyes that you could tell had always swum in the wrong direction.

Thomas was skinny, limby and long. He had murky grey eyes and pointy little eye teeth coming through on either side of his gappy front teeth. He'd be getting them seen to soon, no doubt, by Dr Bulmer, and remembering how, when my eye teeth went west, I'd screeched and spewed blood all over that doctor-cum-dentist, I pitied Thomas. He was feeble and limp, but he exploded easily into kicking and fisticuffs and was the most enthusiastic insect-torturer of them all.

The third fitter, Rick – tiddlywink Rick – had soft, suedy-brown eyes which matched his light brown skin, and dark brown hair, cut short but with the look of a curl because of how the ends went different ways. Rick's epilepsy was the least of his problems. He was violent, as deaf as a post and an incurable pyro. He'd arrived at the Briar with an army sack stuffed with toy guns and real knives, matches, candles and kindling. Nurse Illingworth tittered at Rick's prettiness and called him mulatto. Other staff called him half-caste, tar-brush, scum, mongrel. Rick was a bed-wetter too.

'Not uncommon in pyromaniacs. You know that, don't you, Grace, I mean, Nurse Williams? More than thirty per cent, I believe.' Daniel taking the piss – not a blessing for anyone.

I often came across Rick in the laundry in those days. The nurses had decided that those bed-wetters who could should wash their own sheets. I quite liked plunging the soggy yellow cotton up and down in the enormous sinks, watching as the piss blended with then disappeared into the warm, soapy water. But I could tell that Rick was embarrassed by the way he wouldn't do any eye-to-eye with me, and by the way he did his plunging – quickly, carelessly and quite ineffectually.

One afternoon, Daniel produced a magnifying glass – pinched from the stamp-collectors, he said. He placed it over a small pile of brown leaves. We all watched. Nothing happened.

'The leaves must be damp,' announced Daniel. 'I'm sure the sun's strong enough.'

We were into February now, and it was still very cold, with grey frost on the shaded parts of the grass and in patches on all the trees, hedges and nearly empty flowerbeds. Yet there was sun – pale and small, but giving a white glare to everything and hurting your eyes if you turned towards it.

Daniel sent the boys to find the driest leaves they could. While they were gone, he stayed squatting on the ground, fiddling about with his feet, the leaves and the magnifying glass. I sat on the upside-down bucket and made a noisy show of buttoning my lip – flap-flop – but Daniel ignored me.

Billy and Thomas came back empty-handed. Clever Rick had sprinted all the way to the cricket pavilion. He mimed what he'd done, getting down on his hands and knees, crawling and blowing to show us how the wind had blown last autumn's leaves underneath the deck of the pavilion, keeping them dry and hard.

'Perfect,' said Daniel when Rick showed him the leaves he'd brought.

Daniel took the pale leaves and put them on a flat stone. Slowly, he passed the magnifying glass over them. This time, almost straightaway, the leaves crackled, crisped and began to smoke.

An ant treadled on to the stone and into the white light made by the magnifying glass. Daniel tilted the glass and made a tiny, concentrated bullet of heat. The ant's legs – and you could see that it was a common or garden worker ant – crinkled. Then, half quick, half slow, like your hair on a gas flame, the ant's six legs and two antennae shrivelled. I could almost hear them frizzle and fry. Next time I looked, the whole ant – head, big belly, small belly, all – had gone.

Rick grabbed the magnifying glass and started searching around for more ants to burn. The other two boys jumped up and down, begging Daniel to let them have a go.

'We need to be methodical,' said Daniel, imitating Miss Blackburn. 'The most important thing to know about the *Lasius niger*, the common ant,' he continued, 'is that it does not live alone as most insects do. It is, like us Briar termites, a social insect. To damage one is to damage the whole community.'

Being methodical involved dislodging stones and prodding earth until ants scurried into the open, where they met their undignified, hot, magnified deaths to the accompaniment of increasingly energetic war-dances and whooping from Daniel and his gang. I remained sitting and silent on the upside-down bucket, wondering whether I should tittle-tattle to Eric. Daniel was definitely misbehaving. Plus, Rick had acquired a dangerously fiery glint in his soft, chamois eye.

Over the next few days, the cold but powerful sun continued to shine, and, one lunchtime, the boys' ant-burning activities moved to the south side of the chapel. Daniel had discovered that the yellow gritty stone of the chapel wall made an even better surface for setting fire to the ants.

There was a shout from behind one of the buttresses. Billy appeared, followed by the two other boys.

'Look what I've found,' shouted Billy, waving a floppy black shape in his hand – a dead bat.

'Must've fallen off the roof,' said Daniel.

Rick put his hand on Daniel's shoulder and turned him towards the chapel. Daniel looked, then turned back to Rick, and a spark of understanding passed between them as they both put an innocent one and one together, making a wicked two.

Daniel, Rick, Thomas and Billy headed for the front door of the chapel. I followed, slowly. Once inside the chapel, we all stood for a moment, letting our eyes adapt to the dim light. Daniel and Rick were both staring upwards.

There was no upper level to the chapel that you could see, but to the right of the main entrance there was a small door which Rick opened to reveal a staircase. Rick led the way up it. At the top, a narrow passage with another door at the end opened into a space the size of the apple-house, but with a much higher roof – the roof of the chapel – and it was lighter than the apple-house, having two dusty skylights which you wouldn't have known were there from the ground. The floor was wood and solid enough, but along one wall was a gap, and when we all, except Rick, peered over it, there were the hollow tops of the organ pipes.

Rick nudged Daniel and pointed to the ceiling on the opposite side to the skylights. A row of folded bats hung in the safety of the shadow up there.

Billy was sent to fetch stones, pebbles, pins and knives. An orgy of destruction followed, with stones hurled to make the sleeping bats fall. Many of them didn't fall but started swooping as madly as the boys themselves. Those that did fall had their wings stretched until they split or were punctured by the boys with their stolen knives. Rick pricked holes with Daniel's sharp pins in the wing of one of them, in the shape of a star. When Daniel showed it to me, I knocked it from between his feet and set off down the stairs. As the heavy chapel door swung shut behind me, I heard Daniel's laughter unhinge and join the frenzied laughter of the younger boys.

That night, Rick leapt out of a window in the boys' ward. How quickly he must have climbed the small staircase of the chapel, sat down on the floor up there, emptied his pockets of dried leaves, twigs and empty cigarette packets and struck one match after another, setting his silent world alight and bunging bits of it into the hidey-hole pipes of the organ.

The chapel didn't burn to the ground, and the organ wasn't badly damaged, but the roof of the chapel did catch fire. The Watford fire brigade came. The whole hospital – staff, patients, gerries, disturbed, everybody – was marshalled on to the lawn in the pitch-black, freezing cold. A few of the nurses tried to do a head count, but half-heartedly because it was so dark and people kept moving about. Plus it was hard, even for them, not to keep looking at the chapel. Smoke seeped out of most of the upper windows, grey against the black sky, and there was a spreading red glow on the roof near the door.

When the firemen unwound their hoses and pelted the chapel with water, many of the patients, unable to contain themselves, started cheering, running towards the chapel, ringing it, shouting and waving. Matron managed to keep the girls and most of the boys in order, but I had a clear view of Daniel breaking free from the grip of a male nurse. Daniel went up to one of the firemen and started speaking to him. The fireman shook his head. Daniel hobbled away from him and in through the open door of the chapel. He nearly got swept off his feet, I saw, by the force of the water jetting through it as he disappeared inside. There were yells of alarm, but it was the hiss of the hoses I listened to – the magnified sound of sizzling ants.

A different fireman followed Daniel at a run. Firemen, patients and several staff began scudding all over the place. But I still managed to see through a gap when the fireman who had followed Daniel reappeared with Daniel next to him and what could only be Rick in his arms. Daniel slipped into the crowd and stood by my side. He was dirty and silent, looked worried but definitely alive.

Rick looked dead, but he wasn't. Blankets, torches, flames and shadows, Dr Jack's night-duty face flashing past me, nurses and patients pushing and shoving, then the lights and whine of an ambulance.

As the ambulance drove off, Daniel scuttled towards the Nissen hut. Eric lumbered after him. Gradually, the flames on the roof of the chapel turned to smoke and it became clear that the firemen were beginning to get the fire under control. The nurses managed to sort us back into wards, then lines, and as we were led off, there were just dirty, smouldering puffs coming from the roof of the chapel and melting into the wintry dawn.

1962

i

Alexandra Rose Day. Rose Day, Rose Day. The words were on everybody's lips from March onwards. At first it was rumour. Then it was real.

Ten thousand ladies selling wild roses on the streets of London, way back in 1912, Miss Blackburn told us. Charity.

The chaplain announced it formally at Easter. The Briar had been chosen as a special anniversary beneficiary. Fifty rosy years of charity. We were honoured. We repeated the words – Rose Day, Rose Day. They fluttered around the wards. People intoned and burped them. They were parroted, lisped, stuttered and muttered. It didn't really matter. We didn't really matter. We nattered – we nutters – and nattering away to the tune of Rose Day changed our grey, difficult, painful world into a joyful splosh of colour. That mattered. Preparing for Rose Day mattered.

Always an event, the fete that year was planned and perfected like never before. Roses were everywhere – in the hospital grounds, in the vegetable garden, even out in the fields, beyond the cricket pavilion.

'That's that, then,' Mr Peters lamented. 'No more home produce. And I'll be out of a job.'

Daniel said he was a prophet of doom, but probably right.

Nevertheless, it was this prophet of doom who saved Daniel's bacon shortly after Rick returned to the Briar with burnt legs and long hair. I was right, Rick's hair, long, was curly, and as shiny as mine used to be in the Vosene days. His legs were a mess, though – blistered, scaly, ruckled and ridged. He walked as if his skin was too tight for him.

Daniel apologized to Rick. I don't know what he said. To me, he said he felt responsible, but not guilty. Not like with Robert and the conkers.

'We were mates, that's the point, Rob and me. It was different with Rick. I was just bloody stupid.'

Bloody stupid. Eric had used the same words to Daniel,

'We all have a hard road to hoe, Daniel,' I heard him say. 'Believe you me. But that's no excuse for being bloody stupid. Now. Listen. Here's my plan.'

Mr Peters had been told way back in September the previous year to prepare the hospital grounds for planting roses where there were usually vegetables, fruit and his own choice of flowers. He had been told to keep quiet. Now, Alexandra Rose Day necessitated weekly trips for Mr Peters to Covent Garden. The Briar management committee was bent on producing the most magnificent display of roses any Alexandra Rose Day had ever seen. Mr Peters was provided with a blue Morris Minor, a petrol allowance, a map and a list of roses.

Gruff Mr Peters was really very timid, and I believe he was relieved when Eric announced his plan – that Daniel accompany him on his trips to London. At first Mr Peters spluttered and objected. He stood in the middle of the Nissen hut clutching his cap, looking around at the gathered crazy fitters as if afraid they might all want to come with him. But it didn't take Eric long to persuade Mr Peters that Daniel would be no trouble. He might even be an asset, he added. He could navigate, he'd be company, he could read the tiny labels on the roses. Everybody knew – except, it seemed, Mr Peters himself – that Mr Peters' eyesight was bad. It accounted for the cross look on his face, even when he wasn't cross.

When Mr Peters said yes, all the crazy fitters cheered, and when Charlie and another man lifted Daniel, like a football champion, high above their heads, I joined in.

So Daniel got to go to London every Friday morning. He left very early before anyone except Mr Peters and the night nurses were up, and he was back before lunch. I don't know how Eric wangled it, and I can't say I didn't mind. But I enjoyed the stories Daniel returned with. Most of them concerned the mishaps on his journeys with Mr Peters, who not only had weak eyes and no sense of direction, but whose driving, Daniel said, also left much to be desired.

'He pranged the Morris Minor turning into Floral Street. So now he always pretends to miss it – as if you could with a name like that and the market spilling out everywhere. We go careering off down Garrick Street, all the way to the Strand. Before you know it, there he is, going round and round Aldwych, grumbling away that it's my fault we're lost. When we're not lost at all. I know that part of London. From the van. From Papa.'

We were all impressed by the Smith-style account of the city where Nelson waved and Eros pissed, and I clustered round with the rest, yearning for more.

The best, Daniel always said, was the flower market itself.

'There are more colours than I knew existed. Seriously. Each week I see umpteen new ones. And the air – heavenly. Scented, like . . .' He would roll his eyes around the crowd, then up at the ceiling or sky. '. . . a million damp Miss Walsinghams – that's what it smelt like.' He would sniff and shiver with pleasure.

But the best was when Daniel shivered with a different sort of pleasure, alone with me in the apple-house.

'It's a corsage, Grace,' he said, standing in the doorway, nodding at his pocket where some greenery drooped and the head of a flower dangled. 'For you. Take it.'

Petals fluttered in the space between us as I pulled out a fat, floppy flower as pretty and soft as whipped cream, with yellow watercress stalks in its middle. Its edges were rusty, and the green surrounding it wet and webby.

'A camellia,' muttered Daniel, putting his face on my chest between my boosies. 'That's what Mr Peters says it is. We found it on the ground.'

With his teeth, Daniel undid two buttons of my cardie, then pressed his pointy nose flat on the flattish bone there.

'That's where it goes. Right there.' He kissed the bit he'd pressed, and stood up.

'Would you like to be a rich Parisienne, *ma belle*? The belle of the ball. You'd be wearing a long satin ball gown – what colour, Grace? – with a corsage to match. Not a silly old camellia. The best, most beautiful red roses in the world. And on your feet, high heels. A perfect fit. We'll dance. All night, we'll dance. And we won't stop, not even when dawn comes. Can you imagine?'

I can. And Daniel in the suit he described – *le smoking*, 'With a bow tie – black silk. Mother-of-pearl dress-studs – seven altogether, says Papa. And fine Italian handcrafted shoes – black, naturally.'

The flower market, Daniel told me, was as busy as the refectory at the Briar on a Saturday dance-night.

'People shouting, whistling, hustling. Muck all over the place. Squashed heads of flowers. Seas of leaves, a dozen different greens. Mr Peters always tuts. What a waste, he says.'

Mr Peters tended to tut. He'd been instructed to speed up with his work in the grounds of the Briar. He was offered a bigger team of helpers. He was offered a stronger team. He was even offered the crazy fitters. He tutted, said thank you but no, and, in the end, mustered the oddest team of farm hands. He chose a few of the older mongs. Then he plucked out some of the snail-like creatures from the back wards – soldiers and pilots, still shocked in their shells, or cracked and weeping. Finally, Mr Peters took on the new lock-ups – pale, shy, unfit men, moved to the Briar from Broadmoor last year. A scandal, said Daniel, who'd read about it in Will Sharpe's newspaper.

None of Mr Peters' men cared to talk, or if they did, nobody cared to listen. Mongy Simon gathered imaginary roses and placed them on an imaginary grave, but nobody seemed to notice. Benjamin from Broadmoor sang about roses – in Schubert songs, with Goethe words – but nobody ever responded. I only heard him because the work-gang passed the Children's Occupation Unit every day on their way to work. I recognized the songs, the words, the tunes and the slow churning up of a creamy white room, sunny afternoons, Father and me, the shadows on the ceiling, Thumbelina and the radiogram. But I'd stopped believing the stories behind or between the simple words and the lilting tunes. The naughty boy who picked the rose and got pricked by the rose. The madman in love, seeking a rose in the snow. Even Thumbelina dancing was really very small now.

And the soldiers didn't march. They crept out of their wards and trailed along the path on the other side of the COU. We saw them from the classroom window, and although Miss Blackburn explained about war and peace, roses, poppies, kings, countries and freedom, none of us knew what to make of it. None of us knew anything about Rose Day, really. Just rumours of royalty and Rose Day, Rose Day, ringing and ringing.

Things changed in March with the official announcement. A frenzy of preparation began, and increased week by week.

Between March and June, Mr Peters' team patrolled the roses in the visitors' garden with buckets of soft-soap, carried between them or poured into waterproof canvas sacks which they lugged on their backs. They pumped the soapy liquid through rubber tubes and brassy nozzles, squirting it over the roses and over each other. Gloomy Mr Peters predicted black fly, then white fly, and expected mildew, even in May. Soft-soaping the roses, he said, was an essential twice-weekly preventative measure.

Sometimes, if I was on laundry duty, I helped to mix the frothy buckets. First the water – warm, not hot – then the soapflakes. I spooned them in from the tub under the sink using a metal ladle hooked over my bad arm, and swung with the other.

We played with the ladle and the big wooden spoons meant for stirring. We pretended they were cricket bats, golf clubs, lolly sticks, roses, dicks, dollies, Sarah's Barbie, Dr Young, all of the nurses, mummies and daddies. Often they fought, making a slippery mess on the laundry floor. More often we drowned them, clanging their heads on the sides and the bottom of the bucket. But drowning them, dropping them in, was also an excuse for getting them out again. Because that meant a hand, or hands, in the bucket. I wasn't supposed to stir, but unless Ida was in charge, I usually managed to get my hand in, just for a mo.

So did anyone who had the chance. Daniel was snooty, but even he dipped a toe in occasionally. The soapy water bubbled on top, but underneath it was as smooth as Mother's stocking drawer, and afterwards my hand was silky clean, all the dirt from the edges gone, all the cracks and lines wiped out. Everything wiped. I wish it was, that Alexandra Rose Day.

By June, all pretence of routine was abandoned. Daniel and most of the junior crazy fitters were transferred to Major Simpson's team. Every afternoon, they raced around the grounds making a lot of boy-noise, putting up tents and taking them down again, fetching tables, lining up chairs, lining up in front of Major Simpson.

I helped Miss Lily with costumes for the pixie's pageant. The youngest children were to mime the adventures of the White Rose Queen, the loss of her crown and the finding of it by a small pixie. Miss Lily had been helping me and Missy with our frocks for the Rose Queen parade. The Rose Queen would be crowned at three o'clock. Later on there would be dancing at the Rose Queen ball. There would be Daniel, who Miss Lily called my *beau*.

The Rose Queen parade and, later on, the dancing. That was how it was supposed to go. These would take place in the visitors' garden. I wouldn't forget.

'I'll see you there,' Daniel winked. 'The first dance is mine. Don't forget. And the last.'

I won't.

My new built-up shoes were ready and waiting. My new built-up shoes were a surprise for Daniel. Will's suggestion.

The industrial units that had sprung up to replace the old workshops did make space for Will's cobbler's tools and equipment, but they were relegated to a small corner of the grand new leather-works section, where Will Sharpe was to oversee the making of a range of leather belts for a nationwide retailer. From now on, Daniel explained, most of us were going to be fitted with plastic shoes that had rubber soles glued to them.

'Cheaper,' said Daniel. 'Cheapskate, says Will. From a manufacturer in Peterborough. And when they wear out, we'll throw them away and get a new pair, not bother sending them for mending any more.'

Daniel was right, and over the next few months the hospital became much quieter as plastic and rubber replaced leather, and muffled padding or heavy flapping replaced the echoing tap-clip-shuffle of steel and leather on lino, stone, rough deal and smooth, slippery, polished wood.

I was one of the people unsuitable for such shoes. I was measured for them along with everybody else, lining up in the refectory, putting my socked feet, one after the other, on the flat metal plate of the measuring slide, waiting while the small stranger from Peterborough nervously buckled the measuring strap and slid the measuring nut into place. Afterwards, I had to walk to the door of the refectory and back while the Peterborough man watched and wrote things down in a little red notebook.

Not being suitable for the rubber-soled shoes, I was sent to Will Sharpe in the new industrial units. My short leg had got shorter, and I was walking more and more bent. But the stout pair of built-ups – one thicker than the other – that Will managed to make for me put an end to the bends. I wasn't upright, and my hump made me hunch, but once I got the hang of the built-ups, I swanned.

All through May and June, I practised walking in my new shoes, with Will helping me, him clopping, me clopping, across the bare concrete floors of the half-finished industrial units. Will taught me how to turn, how to stop and even how to kick a football. He called my kick the Williams' welly and showed me pictures in his sports' pages of penalties, goals and corners, teams, flags and supporters. Spurs, Wolves, Burnley and Liverpool, Watford, Pompey and the Cobblers. I became a great fan.

I was to wear my shoes for the first time on 26 June 1962 – Alexandra Rose Day. I was ready. Mother and Father couldn't attend the celebrations that year, but I scarcely cared. I was fifteen. My heart was beating.

Alexandra Rose Day dawned, pink and full of promise. The nurses rushed, as keen as us. We were taken for breakfast to the main refectory in our nightgowns and barefoot, so that the whole ward could be stripped and tidied earlier than usual.

There were too many people in the refectory, too many grown-up men and women. There was joshing and pushing. When it was time to carry our plates to the end of the room for washing, the joshing and pushing got worse. A man, wearing boots, stood on my bare toe. I tripped and swore. I knocked into a nurse I'd never seen before. She started shouting, first at me and then at Nurse Halliday, who was new and young. Nurse Halliday looked to Nurse Hughes for help, but Nurse Hughes was busy with Ida, who was trying to steal slices of wet bread from the slop bucket.

Nurse Halliday said I'd have to be punished, and on our way back to the ward we stopped by the COU. Nurse Halliday unlocked it and told me to go in and wait. I was to miss the trip to the laundry to collect clean underwear, and I was to miss the treat, after that, of going back to the refectory for orange squash and biscuits provided by the Friends of the Briar. But they would collect me later, in time to get dressed for the fete, in time to prepare for the Rose Queen parade.

I sat for a while in my usual seat, behind my desk, and stared at the blackboard where yesterday's date was still written clearly in the top left-hand corner. The rest of the board had been cleaned, but not very thoroughly, and there were traces of sums, spellings, a diagram, two plants – roses, no doubt.

I went up to the blackboard and pressed one finger on its chalky surface. I moved my finger slowly to the right, making a thick, dark smudge. Miss Blackburn kept the chalk for the board in her desk drawer, along with her specs and her sandwiches. I took the chalk from the drawer – just one stick, but it broke into two – and carried it back to my seat.

I drew on my desk, wiped the mess with my arm, let the chalks drop to the floor, let my head drop to my arm, my arm asleep on the desk. Pins and needles. Deadhead.

I awoke with a start, needing a wee, and cold. I went over to the reading corner, sat in Miss Blackburn's reading chair, crossed my legs like nearly-pissing Daniel did. I waited, suspected, checked – wet. I shivered.

I sat on the floor, tweaked at the woolly bits on the reading rug, counted the books, counted the pages, dozed some more, woke up again. My belly rumbled. I could hear the hospital band. Alexandra Rose Day had started without me.

I slept. I woke up. It was almost dark. I could hear voices faraway. Laughter. Then, some time later, music from one of Major Simpson's dance records. I'd helped him choose them earlier in the week. Looking for gavottes. Finding foxtrots, tangos and any number of waltzes. We all enjoy a waltz, Grace.

I tore up the books, I shat on the floor. I took all the chalk from Miss Blackburn's desk drawer and stamped on it. I ripped off my nightgown. I knocked on the door and scratched at the window. I pulled out the fingernails of my bad hand and made a pattern with them on the windowsill. I plunged my good hand into the squelchy shit. I pressed my shit into the wool of the reading rug, smeared it across the books, dribbled it through my fingers, scrawled my hand, both sides, along the blackboard, wiped my fingers through my hair – your crowning glory, darling. I bangadanged my head on the wall, making my hair flip like a pizzle.

I slept some more.

'There she is. Oh, my lord.' Nurse Halliday's voice.

'Grace?' Miss Blackburn's voice, but quieter than usual. I opened my eyes. Nurse Halliday's face, next to Miss Blackburn's. Both faces peering and wary.

'Do you know what time it is, Grace?'

I raised my swollen eyes to the clock above the board. At first it was blank – look, no hands. Then it hung upside down on the hard, starched boosy of the wall – nil by mouth for this slug-a-bed. Eventually it settled, and its hands waved in their usual, friendly fashion.

'Grace, it's late,' said Miss Blackburn calmly. 'I'm very tired. We'll sort this out in the morning.'

Miss Blackburn wrapped me in one of the blue satin cloaks from the pixie-pageant. She'd brought a pile of costumes and props back to the classroom, and she finished storing them in the cupboard at the back while I stood by the door. Nurse Halliday was sent to inform Matron that Grace Williams had been found. Miss Blackburn told me to move my legs and arms to keep warm, but I didn't because of the shit all over me and now all over the blue satin cloak.

When she was ready, Miss Blackburn helped me out of the COU and into the hospital grounds. The stink of shit came with us, but it mingled with the smell of a hundred different varieties of rose which the damp night air had deepened and released.

There were still lights on in several of the hospital buildings. There was even music, very soft, popping out from one of the ground-floor nurses' rooms, and as we passed the visitors' lawn I heard stifled laughter and voices. It was too dark to see anything, but I know I heard Daniel's voice and I know I heard Missy's.

Crack, went my heart, even though I clutched Nelson tight – tighter, Grace – with my good hand.

'Come.' Definitely Daniel, and in his dipsy, husky, film-star voice.

Then a giggle. At a pinch, it could have been any young girl's. But, 'Come, Missy.' Daniel again, filmier than ever. He sounded like the doctors when they flirted with the nurses.

'Don't, Daniel dishy Smithy.' Missy, for sure, but why she got it into her head to call him that, I've no idea.

And then the real cracker.

'Give us a kiss, pretty Missy.' Sing-song. Pretend?

Miss Blackburn's pace increased, and she talked about what would happen tomorrow.

'There's going to be the most God-almighty hoo-ha, Grace. You must be aware of that. But,' she went on, 'not tonight. Not if I've anything to do with it. Tonight, at least, I intend to keep an eye on you.'

We didn't pause at the door to the girls' ward, where all the lights were off except for the tiny globe of the night nurse's lamp. We took a path that led across the lawn, past the cedar tree to the main drive and the gatehouse, where Miss Blackburn and Miss Lily shared a flat on the floor above Toby's. The entrance to the flat was up a spiral iron staircase at the back of the gatehouse, and as I took a step up, I tripped on the long cloak. Miss Blackburn unwrapped it from my shoulders and stayed behind me, close. I could feel her breath on my filthy, hump-backed skin as I hauled myself up the steps. At the top, she stepped past me, opened the door, and I followed her inside.

In a few weeks' time, and certainly by the time of the *Sleeping Beauty* Christmas play that year, I would know some parts of that small flat like the back of Nelson. But on the night after Alexandra Rose Day, I didn't notice much.

Miss Blackburn woke Miss Lily, who was lying in a double bed piled high with quilts and a pink crocheted blanket. The women whisked me into the tiny bathroom off the bedroom, stood me in the bath, and soaped and shampooed me, using a jug, until the water ran clear. They wrapped me in a towel and helped me, naked, into the bed, which was still warm from Miss Lily's body. Miss

Blackburn told Miss Lily to sit with me while she went to make sandwiches for all of us.

My costume for the Rose Queen parade hung alone on its hanger above Miss Lily's dressing table. On the floor by the door were my smart new built-ups. No prizes for guessing who'd won the Rose Queen crown.

I fell asleep before Miss Blackburn returned with the sandwiches. When I woke up it was morning. The sandwiches were still there, on a blue and white tree-patterned plate, so I ate them – egg and cress – and they tasted very good.

The official hoo-ha started as soon as I went back to the ward. It wasn't as bad as I'd feared – two days in the punishment room, followed by two weeks on toilet-cleaning duty. But Nurse Halliday masterminded an unofficial hoo-ha, and she turned out to be a very nasty piece of nursey work.

'You're a disgrace, Grace Williams. A filthy fucking pig-face. Stick her head in it.'

I licked the shit from the wet enamel of the nurses' toilet. I deserved it, they all agreed.

But I was a big girl by then – nearly sixteen – and, despite the crack, my heart was still beating. I didn't scream, not even when Nurse Halliday poked the rubber tube into my mouth with all the laundry girls laughing. Nor when it went into my belly, and the soapy bubbles broke like glass inside me. Ten thousand women on the streets of London. Remember that, Grace. Ten thousand wild roses. And Mr Peters, who knew about these things nowadays, said that wild roses grew on the highest slopes of the Himalayan mountains. Apples and pears did well there too, apparently, and wheat and potatoes were grown in great quantities. The air, he said, was scented by the wild roses, which grew in large bushes covered with hundreds of cream-coloured blossoms.

'Itchy feet. That's all it is, was. Don't get in a tizz-wozz, Grace. I've got itchy feet. Forgive me.'

Daniel said Missy might be pretty, but, 'She's prissy and silly. And I prefer Grace. My Grace.'

As to his itchy feet, he added, 'I miss the outside world, Grace. More than I can tell you. Misbehaving, messing around like I did with Missy, being bloody stupid. They're just ways of trying to forget. How much.'

We were standing at the gates to the Briar, watching them open and close for the postman, a delivery van, Major Simpson in his Ford, like Mother's, Mr Maitland in a Bentley saloon. Major Simpson waved at us and saluted Toby, who saluted back.

'One day,' said Daniel, going right up close to the gate, 'I'll escape. Properly.' He pressed his narrow forehead to the bars.

Fear ziggered up my spine as I joined him at the gate.

'Me too?' I said.

'No question.' Daniel knocked his head on the bars, tapped his shoe against mine. 'I'd never leave without you, Grace, and if I did, I'd come back.'

I tapped.

'That's right. Secretly. As soon as I could. I'd always come back for you.'

Just then Miss Lily came into view, hurrying towards the Briar on the road from the village.

'I wonder where she goes. I think she goes for a walk, that's all. But some people say she has a lover in the village, and some people think she's a witch.'

Miss Lily thanked Toby for opening the gate and said hello to Daniel and me. Her mouth, like most of her, was small and exact.

'By the way, Grace. Daniel,' she said, turning to go, but

not by the way at all. 'You're invited to tea. With me. Next Friday.'

There was an outbreak of chickenpox at the Briar that summer, so my first ever Friday afternoon tea with Miss Lily didn't take place until September.

While I was in the infirmary, scratchy and crotchety, Daniel, who said he was immune, visited regularly. He told me that Miss Lily was a lovely lady.

'Although she says her name is White. "My name's Miss White," she told us, "Lily Madeleine White. But call me Black, if you prefer. Call me Blanche. Call me Bianca, or Irish Lil. Call me the Lily White Virgin of Dublin's fair city. It's all the same to me," she said. Miss Blackburn calls her Maddy.'

Call her mad. To most she was Miss Lily, the hospital seamstress, and Miss Lily's Friday afternoon teas were a hospital legend. She had an arrangement with the ward staff which meant a group of us were sent, or taken, to her flat, to do or learn, I don't know what. The names of all her swathes of fabric? Muslin, serge, kersey and merino. Seersucker, shantung, crêpe de Chine. A veritable family, she'd say. Silk, Swiss cotton and the softest viyella. Yet each and every one unique.

Miss Lily taught me manners, that's for sure, but much, much more besides. She taught me how to lay the table and reminded me how to hold a spoon properly. How to sit, not shit, eat, not spew, drink without dribbling. I even learnt to open the tea-caddies and measure out the tea. Miss Lily called it scooping the scoop. Oolong, Souchong or Darjeeling? I think we'll have Earl Grey today, Grace. She called it the cut and thrust of etiquette. She called it our ticket to heaven. The outside world. Above all, though, she taught me what Daniel called alchemy.

'Word alchemy, Grace. Changing things.'

Miss Lily's afternoon teas certainly made a change,

and I looked forward to them more than anything that autumn.

There were three boys and three girls in my Miss Lily group. Wetness in the air and puddles islanding the new gravel path that led from the COU, past the industrial units to the gatehouse. The exterior spiral staircase, which we helter-skeltered up, had rusty patches and a lumpy, bolted handrail that wobbled when you held it.

The six of us arrived on the threshold, out of breath and with damp, dead leaves clinging to our shoes. The door opened and there was a smiling Miss Lily. She helped us in, off with our coats – wipe your feet well, mind – and had us sitting in no time. Three on the settee, deep in its pink and green cushions. Two, including me because of my size, squashed on to a dark blue velveteen armchair which tickled and pricked the skin between my socks and the hem of my dress. The piping tucked neatly into the crease behind my knee. I liked pinching the piping with the thumb and forefinger of my good hand. Daniel sat on a low redwood stool next to the fireplace.

Tea was already laid, but not on the table, on a teak sideboard. We were instructed, one by one, and each one differently, each according to our abilities, on how to take a plate, unfold a napkin, use a saucer. When Miss Lily was satisfied, 'That's the ticket,' she'd say. 'Help yourself.'

And the spread was good. Yesterday's bread but with strawberry jam, home-made, or molasses, which looked like Matron's nasty radio malt but tasted as sweet as Mother's marmalade, and china cups of tea with tea leaves the size of tiny twigs. The twigs formed a brown pattern on the bottom of your white cup, and if you were lucky, Miss Lily read your fortune. It was only pretend – merry old make-believe, she called it.

When winter came on, when it was already dark outside before we arrived, Miss Lily lit a fire and lamps, and tucked us into rugs and shawls, muted purples and mauves with sudden silver streaks or hemmed with thick gold thread. Shooting stars, Arabian nights, Scheherazade's stories. Best believing.

Daniel scoffed. Miss Lily smiled. Daniel was always one of the first to finish his tea and raise his cup hopefully.

'No, Daniel. Manners. You must ask. Politely, please.'

While we ate, pin-thin Miss Lily, who ate not a morsel herself, talked. She rarely sat down, even though there was one other chair in the room – a dining chair, plain enough in shape but softly rounded at the top, like a heart, and crossed by a single bar with a carved rose in the middle. Its legs tapered, and the seat was wide and curved.

'Like the curve of the earth,' said Miss Lily, smoothing her hands over the creamy cambric, which was fastened to the wood with studs covered in the same rough off-white fabric.

'Ecru,' she announced. 'French polish. A rose by any other name.'

She was quite, quite mad. And everything, especially the strawberry jam, was quite, quite delicious.

Miss Lily talked until it was time to put down our teacups on their saucers – neatly, quietly, please, ladies and gentlemen – and start the real business, as she called it, of the afternoon. We took it in turns to sit on the cream-covered chair and play Miss Lily's game.

Miss Lily's game had no name. Not even Daniel managed to invent one. It was simply Miss Lily's game, and it was very simple. While you sat on the chair, you had to be somebody or something else. There were no other rules. If you had trouble choosing, which was rare, the rest of the group helped. Conversation, directed and presided over by Miss Lily, continued as usual, except for the change in identity, which had to be respected at all times, of the person sitting on the chair.

First of all, that first afternoon, we had Matron, I think, then Queen Elizabeth. Daniel, to be different and make us laugh, chose to be a dog – the poor old collie from the village who sometimes wandered lamely into the grounds and buildings of the Briar, pissing in the laundry, stealing from the kitchen.

My turn next. I chose Wilma Rudolph.

Daniel had brought me the newspaper cutting ages ago – the Olympics in Rome. He knew I'd like the picture of the Colosseum with the whole British team posing in front of it. Blazers in the blazing sun. I also liked the story of the tall dark lady from Tennessee sprinting her way to gold in both the one-hundred- and two-hundred-metre races. Quite a journey. That cutting went in my secret collection, such as it was. I bunged it in a corner of the apple-house, under the strawberry punnets, along with a get-well card from Mother and Father, the remains of my camellia corsage and the scraps of red and orange wool that I pulled from people's jumpers whenever I could because, put together, they looked like Robert's hairy head.

Miss Lily nodded encouragingly at my choice, and for the next few minutes her questions ran me out of my crippled body and into Wilma's. She asked me what it felt like to run so fast, what it felt like to win, to stand on the podium, hearing the cheering people? How many hours a day did I train? Would I give up running if I married, had a husband, children, family? What did I intend to do with the rest of my life?

I believed in it all so much that when Miss Lily nodded in the very particular way she had, to indicate that it was time to return to my place, I sprang up from the seat unusually quickly, as if I still had Wilma's powerful limbs. My shrivelled leg gave way and I toppled clumsily to the floor. As I tumbled, I glanced backwards and I saw, right in the middle of the white cambric chair-seat, a spreading, red-brown stain.

Miss Lily came to help me up, and, as she bent over me, I saw her see the stain too. It was dark, jagged and ugly.

'I die?' I shrieked.

'Calm, calm,' said Miss Lily, calmly. 'You're not dying. Sit down and I'll explain. It's moontime.'

Miss Blackburn, who had come into the room, alerted by my shriek, led the other children away.

I sat and bled and worried about the stained fabric, while Miss Lily talked about months and the moon, seeds ripening, bleeding, babies and nature's cycles.

'Walls inside us, Grace. Waxing and waning. Thickening and shedding.'

She mentioned Adam and Eve, eggs, napkins and, several times, the colour red. Then she opened a drawer in her rosewood cabinet and took out a wodge of fabric squares. Their edges were pinked, and they were every shade of red.

'Which is your favourite?' Miss Lily lovingly flicked and patted the pretty squares.

'Henna, oxblood, sorrel, terracotta? Take your pick, Grace. Titian, burgundy, cerise, puce? You choose. You say.'

Her small, exact mouth tremored with pleasure at the words it formed.

There were no anatomical details. They came later, when Miss Blackburn returned. But there was alchemy. There was escape. In great, mad, Miss Lily-ish dollops. I was made to feel a lady. In a story. In a way that would never again let me be merely fuckwit Grace – spastic, menstruating Grace bloody Williams who had to be taken later to Matron for sanitary rags.

Matron and the nurses called the bleeding the curse, but

I went back to the ward that night with my head, like my womb, ripening and shedding. Ripening, reddening, readying. I went to bed a Sleeping Beauty.

A few weeks later, the auditions took place, I was chosen and rehearsals began. And Daniel began to misbehave again. But did I care? This time, no.

As soon as Prince Daniel had kissed me – 'Let me kiss your sweet lips,' the wake-up cue – it was Ged's job to dim the lights. While it was dark, I was supposed to nip off the bed, then hop-skip quickly off the stage in time for Missy to enter, take my place and steal the show with her pretty, fake waking-up.

But Daniel always went on kissing me and kissing me, so that when the lights came back on, he was still kissing me, and Missy was standing there, looking an ass, not knowing what to do. What a to-do.

What would Daniel do when we acted our play in front of our parents and visitors? Daniel's dad wasn't coming – Smith-business, shrugged Daniel, it's brisk, this Christmas, in Paris – but Mother and Father were due, and Matron said they were bringing Sarah too.

On the afternoon of the performance, however, Daniel was helpful in the green room and he was quiet backstage, setting a good example to the younger kiddies, princely and charming to all. When the moment came, on stage, for him to kiss me, he did it efficiently, then, in the darkness, helped me off the bed. No whispering or fumbling. I scarpered. From the wings, I saw him turn to Missy as the lights came back on and smile. But it wasn't Smith-style. Not his usual grinning thing. Just pretending. I could tell.

And at curtain call, when in rehearsals I often fell, I stood proudly on one side of Daniel. Missy was curtseying prettily on his other side. I couldn't curtsey, so Miss Blackburn had told me simply to try and stand still. Daniel bowed – his low, sweeping bow that didn't make his hair flip today, because Miss Lily had greased it flat. When Daniel stood up, he kissed me – in front of everybody – and everybody clapped.

'And they all lived happily ever after.' Sarah shut the Ladybird book of *Sleeping Beauty* and put it down on the table.

'Sarah's learning to read,' said Father, later, in the COU dining room, where Miss Blackburn had organized tea and mince pies for the cast and their relatives. 'She knows her favourite stories off by heart. Don't you, *elskling*?' He ruffled her hair, which was still as wispy as a baby's. Sarah was four and a half. Four and three-quarters, Sarah corrected.

'Don't you?'

Don't we all?

Sarah nodded but didn't look up. She'd crumbled the mince pie with her spoon, and now she was pushing a finger around in the brown slime, making patterns and shapes and a mess.

'Don't do that,' said Mother. 'What on earth's the matter with you?'

'The others are,' muttered Sarah, looking around the room. Two mongs opposite us were squeezing their mince pies in their hands. The raisiny insides of the pies dripped through their fingers in sticky dark blobs. And there was Ida, by the serving hatch, using her fat hands to snatch at the mince pies as they came through. She stuffed them into her gob, but wet mucky lumps dropped on her boosies and dripped to the floor.

'She is,' Sarah added, looking at me. I was eating neatly with my good hand, but there were flakes of pastry on my frock, around the Nelson area, and my sweet lips were smacking and spliced with pieces of pith and gluey sultana.

'Besides,' Sarah went on, jabbing a mincey finger at the picture of the princess on the front of *The Sleeping Beauty*, 'Grace doesn't look a bit like she should.'

'That's enough,' said Mother, and hauled Sarah off the bench, with Sarah wrestling and protesting.

'But it's true,' Sarah was shrieking now. 'Grace is ugly. It's horrible here. I want to go home.'

Mother had to drag Sarah, squirming, screaming, scratching at Mother's arm, out of the room. It reminded me so much of me that I couldn't help chuckling. And I wasn't the only one. The two mongs opposite us went on laughing so long that Miss Blackburn had to come over to shut them up.

'Wasn't Grace good?' said Miss Blackburn to Father.

'Yes,' said Father 'Jolly good.' He didn't ruffle my hair, which was just as well because I was still wearing my crown, made from a plastic hairband with silver cardboard stuck on. My hair had loosened from the plastic spikes, and I was worried the whole thing might fall off. But Father did try to smile and patted Nelson.

'Jolly good,' he repeated.

'Are you going home for Christmas this year, Grace?' Miss Blackburn turned to me.

Mr Maitland had advised against it. Erratic behaviour, he'd written on my report. Frequently sexually inappropriate.

Father cleared his throat.

'That reminds me,' he said hastily. 'Christmas. We've presents in the car for you, Grace. I'll fetch them.'

By the time he came back, Mother and Sarah had returned. Mother said they'd better get going. Snow was forecast, and the roads would be slow.

As soon as they'd gone, a male nurse swiped my presents.

'I'll put them somewhere safe,' he said.

But Daniel spotted them later in the male nurses' sitting room. With Eric's help, he organized a rescue mission, and I was given my presents on Christmas day in the Nissen hut.

'You're an honorary crazy,' said Daniel.

It was snowing, and every time a crazy fitter burst through the door, feathers of snow blurred the air and stayed on the men's hair until the men came near the stove and shook or rubbed their heads. The Nissen hut was smoky, and my belly full of Eric's turkey fritters. Also, my head was fuzzy from a new lot of drugs – libido-lesseners, laughed nasty Nurse Halliday. Nevertheless, I was almost sure the parcels on the floor by my feet weren't mine. They didn't look at all the same as the ones Father had left in the COU dining room. And when I opened them, they turned out to contain two pairs of mens' underpants, two pairs of itchy, thick-knitted socks, two checked hankies and a pouch of tobacco.

While the fitters went on crazy-Christmasing into the dark afternoon, Daniel and I slipped out of the Nissen hut, my good hand clutching, and Nelson piled with, the funny presents. We slid and thumped through the thickening snow to the apple-house.

It wasn't cold at first.

'Snow insulates,' said Daniel. 'Wait long enough, and we'll be in an igloo.'

Plus we were wearing our new duffel coats.

We were ever so chuffed with our thick, tartan-lined, camel-coloured duffel coats. Eric had acquired them from a friend of a friend down in Portsmouth with a brother in the Navy. The brother diverted some of the Navy's stocks of postwar surplus duffel coats our way, along with a box of black woolly hats.

The woolly hats went to Mr Peters' gardening team. Sailors all over the world wore them, Eric told us. They could be bought in ports all over the world. Admirals, deckhands and bosuns wore them. Carpenters, petty officers, able seamen. Everybody.

Everybody, children, adults and even some of the younger male nurses, wanted a duffel coat. But Eric was in charge and he asked Miss Lily to shorten and adapt the smallest of the coats for us. Daniel's even had the arms properly cut off and two circles of matching duffel inserted at the shoulder. The duffel coats were still enormous, but all the better for that. They kept our legs warm, and although you couldn't move very fast in them, you felt protected.

Daniel liked the large outside pockets with covering flaps. He often asked me to stand behind him and put my good right hand into his right-hand pocket and pat his hip through the thick material. He said he always used to keep his hands in his pockets at the Paris markets in winter, to keep them warm.

I was a fan of the toothy toggles. There were four, and one of them was in just the right place to be held and stroked by my good hand, like the Triumph Herald, Miranda's hairslides, Mother's clothes pegs, Father's corkscrew – its smooth handle, his big white hand on top of my whiter, smaller one pretending to pull out the cork, then mine on top of his, feeling him really pull. The sound of pouring and Father's voice pouring over me – cheers, *santé, skål*, Grace.

'Don't be sad, Grace.' Daniel's voice was quiet in the apple-house.

It was difficult to do more than kiss with the duffel coats on, but we kept them on and managed as best we could. Eventually, though, the cold got through. Daniel's face was blue, and my boosies, especially the tips, as hard as light switches.

We decided to leave the apple-house, but when we opened

the door, we found the air foggy and stripier than ever with snow.

'We must dress for the occasion,' said Daniel solemnly. 'We're not going back to our wards, Grace. We're not going back to the Nissen hut. Imagine you're in Alaska. The Alps, Siberia, the Arctic Circle. We're traversing a snow field. Visibility nil. Blizzards expected.'

He toed a pair of underpants towards me.

'Balaclava,' he said. 'Put it on. Time to go.'

I struggled a bit pulling the underpants over my head, but it was easy doing the second pair over Daniel's because they were extra large, and his head definitely wasn't. The pants covered our heads, our necks and our shoulders, leaving just our faces poking out through the dick-slits.

'Excellent,' said Daniel. 'Next. Skins.' He lay down and began to wiggle his shoe-ed foot into one of the socks. 'Sealskin. That's what they use. These will do perfectly.'

When we were ready, 'This way,' he said.

And we set off, socked, balaclava-ed and duffeled, including the hoods.

'Where are you, Grace?' asked Daniel a few minutes later as we slopped blindly through the snow in the orchard. 'Tibet? Tromsø? Kilimanjaro?'

I was trying to recall our Oxfordshire garden, puffy then slushy with snow. Me in the old pram. The pram wheels sticking and sliding. Mother laughing. Miranda and John rolling over and over. The smell of Father's pipe smoke. Memory-blobs, soft and disappearing as the snow itself.

'I'm in Switzerland, Grace,' said Daniel, hopping ahead of me like a snow hare now we'd reached the gravel drive. 'Well, not quite. I'm at the border, still in Germany. I'm a spy, carrying secret information. I'm escaping.'

He stopped by one of Mr Peters' snow-covered topiaried privets.

'Shhh. Here we are. The border.'

Daniel launched himself head first into the bush. I could hear a muffled chortling, and when I was near enough to see nothing but a mound of leafy snow with a pair of itchy, thick-knit socks sticking out, I joined in, full blast.

1963

i

We escaped together in 1963. Not for ever. But to Torquay. For two whole weeks.

The news came in April, on the day of my first-ever trip to the hairdresser. As I set off from my ward with Nurse Ellis, there was still snow on the ground and on the branches of all the trees at the Briar. It was that cold. 1963, the coldest winter since 1740. Will Sharpe's newspaper had pictures of icebergs floating in Lowestoft harbour, and beaches where huge blocks of ice had formed when the waves broke and their spray froze.

I knew about snow long before I saw it at the Briar, and I liked it. But snow was one of Daniel's passions. His stories were full of snow. My favourite, even though he never finished it, was about a beautiful girl who lived in the tiniest village perched in the highest mountains in the furthest corner of south-east France. When she grew up, the girl went to Paris to become a dancer and make her fortune. But she met and fell in love with a handsome Englishman. He promised to help her career, and it wasn't long before the young woman fell pregnant. What should she do? A child would ruin everything. She waited until her belly was too big to hide, then she hurried back to her mountain village, and one dark September night, with the first big winter snows curling down from the peaks, through the trees, and settling on all the houses and fences, barns, hedges and fields, she gave birth to a perfect, dark-haired baby boy. The next evening, when it had stopped snowing, she wrapped the baby warmly in a woollen shawl and carried the bundle all the way to the forest, which spread from the banks of the icy river, up the hillsides to the mountain pastures. The snow in the moonlight glittered shadowy blue and silver-grey. Trees looked straighter, mountains clearer.

The girl reached a glade in the forest where the snow was soft, the air unmoving and quiet. She laid the baby in the earthy dip of a tree and kissed it farewell. Then she retraced her steps to the village, to Paris, to a dazzling career in the capital's theatres and dance halls. But she never saw the handsome Englishman again.

Sometimes Daniel stopped, ending the story there. Sometimes he merely paused.

What she didn't know, this beautiful girl, he'd then continue, was that she was not alone in the forest. A poor woodcutter was out cutting wood by the light of the nearly-full moon. He came across footsteps in the snow, faint, small, human footsteps, and he followed them. They grew even fainter as fresh snow began to fall, but eventually the man came to the clearing. He stood still. No more footprints.

'Shhh. What can you hear?' Daniel would say, and people would chip in, hooting like owls, flapping their clothes. 'No. Listen. What do you hear? A baby's breath? The touch of a feather on a single hair of your skin? The heartbeat of an injured bird? The movement of your mother's milk? Not even as loud as that. The woodcutter hears. He's a patient man. He waits.'

We waited. Not very patiently. But Daniel never finished this story.

Why not rescue the perfect boy from beneath the flipping tree, I wondered, scooting along the icy path with

Nurse Ellis towards the main hospital building and my hairdressing appointment.

There had been a hairdressing salon at the Briar for more than a year. It was on the first floor of the main building in what used to be the doctors' digs. It was for female staff and female adult patients only. The hairdressers were real trained hairdressers, and there were U-shaped basins, oval mirrors and giant-sized space helmets for drying your hair. It was a place I liked a lot and visited a lot, later, when I became an adult patient and had my own spending money. This first visit, when I was still on the children's ward, was a reward for spring-cleaning all the store cupboards on the ward. It was a job the nurses hated because of the old hoarded food in the cupboards – mouldy, smelly, stuck to the wooden slats and difficult to clean off. You had to use your fingernails, and bits always stuck underneath them.

I followed Nurse Ellis, who was having her hair done too, into the building and up the stairs. When we entered the salon, there was Ida, who'd moved to a women's ward after Christmas, installed on one of the wheeled chairs in front of a mirror. Ida seemed bigger than ever. She wore a pair of men's work trousers and work boots, but most of her was covered by a pink overall – pink with splatters of red and orange, flowers and buds. Ida was bigger, but better – she took no notice of me. She was deep in conversation with the hairdresser, who stood there with a permanent smile on her face, winding Ida's hair into rollers and dabbing at it with a wet, flat brush. Next to Ida, a young nurse was having her hair washed, and Sister from the children's ward sat opposite, under one of the hairdrying helmets. Sister nodded hello to me, and Nurse Ellis sat me in a wheeled chair two along from Ida.

I watched us all reflected and multiplied dozens of times

in the dizzying mirrors, until the hairdresser finished rolling Ida's hair and came over to me.

'Shampoo and set?' she asked, running her fingers through my hair, like Miss Lily through her silks.

'Like you,' I said.

The hairdresser's hair – masses of it – puffed and swooshed on top of her head.

'That's a beehive,' she said, and patted her piled-up hair proudly. 'You can't have that. It's shampoo and set or a dry cut for you.'

I chose shampoo and set. Wouldn't you?

When my hairdresser went to rinse Nurse Ellis's hair, leaving me with my rollers taut and crackling, I stretched out my hand and stole Nurse Ellis's powder compact from where it lay on the shelf next to her lipstick and the hairdresser's combs, scissors, lotions and sprays.

After my own rinsing and the removing of the rollers, I scarcely recognized myself curling away in all those mirrors, so it surprised me that Daniel didn't comment when he found me later on the high-up bench in the rock garden. I was busy examining my face and hairdo in the small round mirror inside the powder compact. I was pleased with what I could see of my hair, but I had to move the mirror and my eyes in semicircles and study a section at a time. The stiff, lifted waves of hair definitely made me ladylike. My skin was grey in the dull light and, close-up, holey. I liked the shine on my nose and chin, but I dabbed a bit of powder here and there – just for fun, Grace. Then I tried to look at my eyes in the mirror but the mirror was too small, and when I put my face up close, my eyelashes brushed uncomfortably against the silver glass.

Daniel flapped an envelope against my face.

'Marry me, Grace Williams,' he said as he approached. 'I've booked the honeymoon.' He dropped the envelope from his mouth to the bench.

I closed the powder compact and put it in the flapped pocket of my duffel coat. He still hadn't noticed my hair.

'I will,' I said, knowing Daniel was joking, but not poking fun.

'We're going to Torquay, Grace,' Daniel continued. 'In the summer. High summer. With the kiddies. They want me to look after the youngest fitters. Well, help, at least. It's my last chance, Eric says, for getting on the team.'

'And me?'

'You?' Daniel turned and smiled.

'Beautiful hair, Gracie. You, my darling, fair-faced, hair-dressed Grace, Grace, darling, Mademoiselle Villiams, are going to be a farmhand, a land girl, a dairymaid, a cowgirl. Look. It's all written here.'

I picked up the letter and studied it. 'Torquay 1963' it said at the top, and then a long paragraph explaining about the Variety Club of Great Britain and a caravan site with special facilities at Luscombe Farm. Coaches to London, and trains from Paddington to Torquay, with a single change at Exeter. It was a letter to all the parents and guardians of the youngest kiddies about their summer holiday, which would take place at the end of August. Two weeks. Peak season. And the joy of it was, I was going too. Forget Cinderella and the ball. Fuck the Rose Queen. Piss on Missy. Grace Williams was going to Torquay.

The last paragraph concerned staffing arrangements, and there was mention of 'a few hand-picked adolescent girls or boys' to help with the children and any extra work on the farm.

'That's us, Grace,' said Daniel, tapping the piece of paper with the tip of his shoe. 'Hand-picked. Don't you love it?'

Summer '63 – two weeks in Torquay. *Fifty-Five Days at Peking*. We saw four films, three shows, the Paignton zoo and Bertram Mills' circus too. The Variety Club of Great Britain had connections. They did us proud. We saw Bruce

Forsyth, Miss Thora Hird and the Merseyside wonders at the Princess Theatre. Major Simpson bought everybody programmes.

'Keepsakes,' he said. 'Records. Important.'

We saw *The Great Escape* and *Mutiny on the Bounty* at the Colony cinema, *Doctor in Distress* and *Fifty-Five Days* at the Royal Odeon. Miss Lily bought boxes of Black Magic, which she passed darkly along the rows. We gobbled the chocolates, bobbling like royalty in our red velvet seats, tipping them, flipping them, sitting on their tops.

'Top layer first,' Miss Lily instructed. Manners, etiquette. Important.

Tickety-boo went the tap-dancers' shoes at the special show a group of retired dancers laid on for us at Torquay Rotary Club.

Plickety-plick went the teaspoons in the blue cups in the Sea Breeze café which overlooked the beach. The cups matched the Toby jugs for sale on a shelf behind the counter. The niece of one of the Variety Club members had a summer job as a waitress in the Sea Breeze café, and when the café wasn't busy, we were welcome there. Samantha wore a very short skirt, and you could see her knickers – a different colour every day – when she bent to sweep the floor. Her bobbed hair swung and gleamed like a polished car as she hummed her way around the tables. *Sweets for My Sweet.* We all adored Samantha, and she seemed to like us, sneaking us extra teacakes and Nice biscuits, which Daniel called 'niece'.

Flick went the wheels on the old-fashioned tricycle with the red and white box on its back which trundled along the promenade behind the beach. 'Stop me and Buy One' read the banner on the side of the box. The man who rode the tricycle and sold the ice cream wore a white cap and a white vest which showed his brown glistening shoulders, bulging biceps and forearms like Popeye's. With one hand he gripped a straight, iron handlebar. With the other he rang a bell, which made the dippier kiddies think it was dinner-time. Some of the nurses went sad and soft, saying they remembered the tricycles from their youth. They often stopped and bought dark, sweating choc ices from the man, or yellow rectangles of vanilla ice cream slapped between two wafers. There were flaps around the top of the red and white box, and when the man opened them, fumes fled up from the slot in the middle.

'Close your purses, nurses,' the man would sometimes say. 'Ices on me, and have a good day.' And he would hand out frozen triangles of flavoured ice – penny Sno Fruits – to all of us before letting the lids flap shut.

Click. The Major's wife, Mrs Simpson, using the camera Eric had lent for the holiday. There she is, framing her husband with sea, sky and two tall palm trees. The Major salutes and puts his heels together. He looks very short in his khaki shorts. Daniel imitates him, and Mrs Simpson clicks the camera again. There's Miss Blackburn, frying sausages on an open fire outside one of the caravans. She's squatting. She too is wearing shorts. The muscles of her calves squidge beneath her thighs, and you can tell that she's smiling, even though it's a side-view shot.

Here she is again, Miss Blackburn, in a large black bathing costume now, on the beach. She's carrying somebody in her arms. Miss Lily. Even at a distance you can see Miss Lily's pale skin and how pink and sore it is. She's limp in Miss Blackburn's arms until they reach the sea. Then Miss Lily starts thrashing her pinny legs. Miss Blackburn wades through the shallow waves until the water laps her bouncing bum. She drops Miss Lily into the sea, splat on her back. Miss Lily sinks, comes up laughing. They splash each other, batting and scooping the water with both hands.

Clap your hands. We were happy and we knew it.

Love-fucking with Daniel.

The love-fucking started in Major Simpson's car, a new, shiny, black and grey Rover. He'd driven down with Mrs Simpson in the front, Miss Lily and Miss Blackburn in the back. They were staying in the farmhouse, bed and breakfast, but Major Simpson didn't want to risk the pink rutted lane that led to the farm, so he parked his car in the car park by the beach.

After we'd helped put the kiddies to bed in the caravans, Daniel and I walked back down to the car park, deserted now except for the Major's Rover. We were to fetch Miss Lily's hussif, which she'd left by mistake in the glove compartment.

'Here, Gracie, you drive,' Daniel joked.

We were sitting in the front of the Major's car, facing the sea, me in the driving seat. Daniel had the car keys in his mouth. I tried to take them, but Daniel clenched his teeth around them. I leant across the gap between our seats. The handbrake jabbed my hip and I toppled against Daniel's empty arm socket.

'Keep still, Grace,' said Daniel. 'I'm going to give them to you.'

I wriggled round until my bum was on the driver's seat and my feet rested on the closed window on the driver's side. Nelson was where he always is, and my good arm was by my side. My head lay on Daniel's lap.

Daniel bent his head, folded at the waist and leant his body until all I could see were the keys coming towards me. I opened my mouth and told my tongue to stay inside. There were two keys, on a ring, and then a flap of leather, which Daniel kept between his teeth. He was so close now that I could see the letters RAC printed in gold on the leather, and a black stain from Daniel's saliva.

Both keys went in my mouth at once, slowly, tasting of money.

'Suck,' said Daniel.

I sucked. Spittle came into my mouth. Daniel pulled back slightly on the flap of leather. I liked the way the ridges of the keys pressed against my tongue. But the keys went too far back and I had to cough them out. They fell. Then it wasn't keys any more, but Daniel's teeth in my mouth, his tongue, salt, and enough spittle to sink a battleship. And the lap wasn't a lap like mother's. No napping here. It was more like Father's, in his study, with the radiogram and the big windows that let in the rivery smell of mud and beer and made the leafy shadows on the ceiling move. A watery kaleidoscope. And Thumbelina spinning. And singing.

Daniel kept his lips on mine. His dick beneath the thin summer shorts was puffy and pulsing at the back of my head. He opened his legs, so my head tucked between them, and my cheek lay against the buttonless fly of his shorts. We stopped the kissing then, and Daniel sat back. His eyes had gone swimmy, and he said that mine had too. He said he loved my eyes. Loved my hair, my mouth and, most of all, my voice.

'I love you, Grace,' he said.

And she loves you. She loves you, yeah, yeah, yeah.

In the end, we love-fucked like doing knick-knacks with Mother, facing each other, Daniel sitting, me clinging around him.

I took Daniel's shorts off. I pulled his pants off. Slowly. With difficulty. I had to squirm over, round and then to the floor, on my knees. The hump of my back rubbed hotly against the glove compartment. Twice Daniel slid down the seat, tangling with me on the mat. But I was the queen bee, bossy boots, honeymooning me. I had to be.

I heaved and pushed Daniel back into a sitting position. His hips twitched towards me, involuntarily, and his dick lurched, drunk and needy. Still kneeling, I took it in my good hand, rubbing like Aladdin.

'Not like that, Grace. Ow. The other way.'

Now it was a giant finger, a funny Thumbelina. I circled it with my own fingers and sucked – a sour Orange Maid. Yeah, yeah, yeah.

I scrabbled up off the floor and we put Daniel's dick in my cunt, or rather my cunt around his dick, me slicking down on to him. A foxglove over a finger. I rested my good hand on Daniel's shoulder, letting Nelson press against his bony tummy. We bucked, licking and noseying each other's faces, and I let my hand trickle down to the forbidden bit by his shoulder. Daniel had never let me touch him there before.

Under the loose short sleeves of his shirt, the empty half-orbs where there should have been arms were oddly smooth. I'd expected bumps and jagged scars, but the hollowed skin felt almost polished, like the insides of the ashtrays at the Sea Breeze café made out of scallops. Curved like them too. Oh, the sea, the fucking sea. Yeah, yeah, yeah. I wet my finger with spittle and circled the skin of each socket. A spiralling motion. Like Daniel spiralling a boosy with his tongue.

Just before our bodies juddered still, there was a scream, or squawk, and you couldn't tell whether it was coming from Daniel or me, or the hundreds of seagulls flying across the bay on the evening wind.

Afterwards, we sat side by side, in the Major's black and grey Rover, smoking, looking at the sea but not really seeing it, because Daniel was talking about the other side of it. Normandy. He was telling me about the accident. His father's old Commer van. Fog on the Normandy roads. Driving home, through the night, from Paris.

'We were late. The plane left for Lydd at six.'

'How late?' I asked, winding down the window, letting out the smoke and the sexed smell of our bodies. This sounded like the beginning of another of Daniel's stories, except his voice was unusually level and toneless.

Daniel and his father drove to Paris every two months to buy fancy French goods – antiques – for his father's shop in London. The van went on the plane from Lydd to Calais, then, after Paris, back across Normandy and over the cuff of sea from Calais to Lydd.

'We drove the van on to the plane through its nose, or mouth, Gracie. Can you imagine?' Colour and warmth crept back into Daniel's voice. 'Like being swallowed. Dad called the plane a flying whale. And Jonno, the pilot, Jonah.'

In Paris, they slept in his Dad's old flat on the place Pereire, rising at dawn to drive to the market.

'Dad would say, "Let's take the scenic route, son," and we'd loop south through the empty streets to the Seine, past the Louvre, around Notre-Dame, before heading back north, up to the ninth.'

Daniel lifted his feet on to the Major's dashboard and wiggled his toes, slipping them in and out of the bow-loop on Miss Lily's hussif, which I'd taken from the glove compartment and put there, so as not to forget it.

'I knew those avenues and boulevards like the whorls on my thumb,' Daniel said. 'It used to get soggy, my thumb. I sucked it so much. Papa stopped me sucking one day. "You're my co-pilot, Dani" he said and gave me a map showing the cobwebby streets of Paris, and another with all the roads in France on it.'

I glanced at the spidery scar on Daniel's puckered forehead.

'I became Papa's eyes, more navigator than co-pilot. He needed me when he'd been drinking.'

It had been a good trip, Daniel said. The van was packed with lamps, clocks, marble urns and carved fireplaces for the warehouse in Battersea, the shop in Fulham.

They ate in a restaurant near Montmartre, where the waiters wrote your order on the paper tablecloths. Daniel said he remembered being given boeuf bourguignon to eat and watered-down red wine to drink, even though he was only five.

His father swigged two bottles of wine, then another with a lady-friend at the next table. A couple of nightcaps and one for the road.

'Papa held my hand when we walked back to the van. He used to press on my knuckle-joints and waggle them so they knocked into each other.'

Daniel said he and his dad often skipped like girls along the midnight streets. Sometimes Mr Smith danced – sometimes the rumba, more often the tango or cancan.

'He tried to teach me the steps. At the end we'd bow to each other. He's very tall, isn't he, my dad?'

Daniel turned in the car seat to look at me. I nodded.

'But you know what? Papa can bend right over and sweep the ground with the curls of his hair. A doddle, he says. He taught me how to do it, how to place my forearm across my waist. "You've got to envisage a cummerbund, son" he'd say. "Black tie, white shirt and a splash of red, for courage, across your belly where you bend." I used to practise, when he went off by himself on private business, in the huts behind the market stalls.'

So it had been a good trip, but, 'We were late,' Daniel repeated. 'Not very. Papa wasn't worried. We'd make up the time, he said. I sat up front, same as usual. Next to Dad. Co-pilot.'

Reading the map, sucking bonbons, sipping Orangina. Jit-smoke, tired eyes, peering at the fog, feeling blanketed, not blinded by it.

'I was never frightened with Dad.'

Reading the map. Reading out place names. Making them up. Listening for the growling noise in the engine which meant they had to stop, cool down and top up with water from the bottle his dad kept in the back of the van.

'We weren't far from Abbeville. We were planning to stop for a piss and fill up near there.'

A wind had sprung up from the east, Daniel said, turning the fog to rain. The wind blew the rain in smacking gusts across the windscreen. One of the windscreen wipers was bust and hung down like a black eyelash. The other had lost its rubber and squeaked each time it swiped the wet black glass. Daniel said he remembered having trouble hearing the engine properly above the wind and the rain and the dodgy windscreen wiper. They were forced to slow down, and his dad became irritable.

Lighting cigarettes for his dad, passing them to him. Passing him one.

'Just then, I saw headlights coming towards us. On the wrong side of the road.'

Swervings, an oncoming car, the speeding van, the rain.

'Dad always drove fast. But he was a good driver. The best.'

Just then, in Torquay, the sun went down for the night. It had been doing its happy-holiday sunset show, making the row of pink, cream, light blue and green houses by the harbour look like icing on a birthday cake, the shop-bought sort. Now the houses looked dull, and the harbour dark, empty and cold.

'After another swerve, the van tilted and stopped.' Daniel hesitated. 'It's hard to remember the rest.' The steering wheel spinning. His father's arms in the air. The lit cigarette arcing through the broken windscreen into blackness.

And much, much later, cool-handed nuns at the hospital in Abbeville. Their prayers. The word 'amputation' spoken quietly.

'I was born with a funny-shaped head and dangly legs, Grace,' he finished. 'And I was born a crazy fitter. Papa's *papillon de nuit*. We were making the best of a bad job, me and Dad. Smith and son. But this –' he nodded with distaste at each shoulder in turn – 'this was too much. And my fits got worse after the operation. Doctors began to think it was brain damage. Dad began to believe them.' Daniel paused. 'So that's how I ended up at the Briar. Do you see?'

I saw the spider on his forehead crawl.

'A shard of glass from the windscreen. That's all.'

Very small.

We forgot Miss Lily's hussif after this. I remembered it as we walked quietly back along the road to the farm, but it didn't seem important. I put my good arm across Daniel's shoulder and slipped the palm of my hand into his empty shoulder socket.

As we turned off the lane and started up the red, mud-hardened track, Daniel said, 'Let's try your ma's old march. Come, Grace. Left. Left. I left my wife with forty-five children, and nothing but gingerbread left. Left.'

We couldn't link arms, so we linked legs instead, which made a nonsense of the nonsense-words. My left leg became Daniel's right, and vice versa. But it enabled us to establish a decent tempo, and we stomped along at a fair old marching pace.

When we reached the gate to the field with the caravans, we unwound our legs and said goodnight.

'And it serves them jolly well right.'

Tap tap.

ii

Sarah cartwheeled across the visitors' lawn.

'You,' she said, stopping in front of me for a moment, 'can't do that.'

No, I shook my head. No. I can't do that.

'Watch me.'

Off she went. She raised one knee, high and proud like

a horse, and both her arms, one in front, one behind. She balanced. She looked over her shoulder at me to make sure I was watching, me, her audience of one – Mother had gone to fetch the car, Father was saying goodbye to Matron – then she whirled, or tried. It turned into a dive, and all I saw for a while was an overexcited starfish of arms, legs and elongated hairy head.

Sister Sarah, five years old. Starting school next week. Blue-eyed, twirly Sarahkins, changing all the time.

It had been all change back at the Briar after Torquay.

Daniel, as expected, was given a place on the crazy fitters' team and went to live in the Nissen hut.

'On one condition,' said Eric. Daniel was to attend Miss Blackburn's special classes.

I, not at all as expected, was transferred to a women's ward. Several girls were transferred – some to the ground-floor Beech Tree ward with me, some to Fir Tree, and a few to Ward Eleven on the first floor. No more school for any of us, but, said our new Sister, we were to start work, paid work, in the industrial units, very soon. As soon as we'd had our patient reviews.

Beech Tree ward were called for reviews a couple of weeks after Torquay. Weeks that we spent being tested, medically examined and under observation in the industrial units, where we had a go at everything – assembling toys, television aerials and tinsel Christmas trees, label-stringing, radio-making and bundling pens using a holey template to count to twelve. Some people even manoeuvred the levers in the leatherworks section and operated the big polishing machines in there.

'Still very small, isn't she?' commented Dr Jack at one of my medical examinations.

My boosies were bigger, and so was the hump on my back. Only a smidgeon – don't worry, Grace, said Daniel.

I weighed five stone but was less than five feet tall, even

at a stretch. They measured me flat, on a board marked with feet and inches and fitted with pulleys to straighten you out. The board left lines on my bum and hump. My left leg, they said, had shrunk again.

But my right leg had grown so long, I could touch the floor in Mr Maitland's office as I sat there between Mother and Father opposite the desk. Sarah was in the admin office, where Miss Walsingham had promised to keep an eye on her.

'Patient Review. Grace Williams', said the pale brown file on Mr Maitland's desk. Mr Maitland opened the file and turned the pages.

'We're here to discuss long-term provision,' he began. 'Grace's persistent bed-wetting. New drug therapies.'

Mother was worried about the bed-wetting.

'We think it's often deliberate,' said Mr Maitland. 'When she doesn't get her way. Obstinate, the nurses say.'

Father wanted to know about the new drug therapies.

Mr Maitland read out the names of the pills I took and what each one was for. At the end, he talked about sexual maturity, danger, protection, and better to be safe than sorry.

'That's why we've put her on the Pill,' he said.

'We're putting you on the Pill,' a nurse had sniggered only a few days ago. 'A preggie Gracie wouldn't be funny.' She pushed a beaker through the hatch in the wall of the pharmacy. The beaker was made of metal, and the tablets rattled in it like dice.

Everybody was worried about long-term provision.

'It's a new initiative,' said Mr Maitland, 'setting them to work at sixteen. If they're capable. It's a job for life.' He hurried on, 'Grace will have a home for life, here at the Briar.'

'But . . .' said Father.

'What about . . .?' Mother.

'There's no point your daughter staying in the COU any longer, Mr and Mrs Williams. I know Miss Blackburn claims there's been some progress with her reading, but our recent tests suggest, at best, a sort of mild echolalia. Usually Grace just pretends, makes things up. Two words, if you can call them that – two animal sounds – at a time.'

Mr Maitland glanced in the file again.

'She remains ineducable,' he said.

Mother flinched.

'On the other hand,' Mr Maitland continued quickly, 'she's not Ward Eleven. Not OT only. Occupational Therapy. Her manual dexterity's surprisingly good. Sharpe wants to try her on radios in the industrial units. With your agreement.'

Questions from Father interrupting the Medical Superintendent's long answers. Mother's silence, broken only by her 'I don't know's.

'Oh, Grace. What's to become of you? I just don't know.'

Eventually sighs, signatures. Closing the file.

We went to collect Sarah. As we approached the administration block, we heard her crying.

'The button of her shoe came off,' explained Miss Walsingham. 'She's terribly upset. I'm awfully sorry.'

Sarah lay on her back on the floor, kicking her legs, one shoe on, one shoe off.

'I've sent Daniel to Will with it. To get it sewn back on. He won't be long. I'm awfully sorry,' Miss Walsingham repeated.

Don't worry. Absolutely nothing you could have done. She gets like this Mother and Father fussed and reassured.

We waited, but there was no sign of Daniel. Sarah went on crying, despite Mother picking her up off the floor and Miss Walsingham offering her some fruit cake.

'It's a lovely sunny day,' said Father. 'Let's get some fresh air. It'll do us all good. I'll carry you, Sarah. Then you can take your socks off and run around barefoot.'

When we reached the visitors' lawn, Mother removed Sarah's other shoe and her socks.

'The grass tickles,' Sarah complained. But she stopped crying.

We walked all the way to the orchard, where Miss Blackburn and Miss Lily were picking Victoria plums. Nobody held anybody's hand or arm. Sarah darted about, snatching at flowers – not the roses, Sarah. At the branches. She'll hurt herself, Joe. At the air – they're dandelion clocks, *elskling*. Mother and Father walked far apart from each other, both of them slowing and stopping, but not at the same time, for me to catch up.

I was tired when we reached the visitors' lawn again. I sat down on one of the benches at the edge of it. Sarah was told to sit next to me.

'Stay there while I fetch the car,' said Mother. 'You can be putting your socks back on, Sarah, and this shoe.' She turned to Father. 'Joe, go and let them know we're off. And fetch the other shoe.'

'Are you sure they'll be all right?' Father looked from Sarah to me.

'We'll only be five minutes. You'll be fine, won't you, Grace?' Mother hesitated. 'You're a grown-up now.'

I nodded.

'Sarah?'

'One, two, buckle my shoe.' Already busy with her socks, Sarah nodded too.

As soon as Mother and Father had disappeared from sight, Sarah, wearing just her socks, stood up from the bench and started cartwheeling.

The bottoms of Sarah's white socks were stained green from the grass. They were short cotton socks, thinly ribbed, the sort that folded over at the top. But Sarah must have unfolded them, and, as she cartwheeled, they sagged up and down her spinning shins, giving her legs a boyish, bony look. She wore a sailor-suit skirt, blue, pleated and neat when she arrived with Mother and Father, but now – as she cartwheeled freely across the lawn, showing her knickers, which were so white they must have been new – the skirt flipped over like an umbrella with broken spokes, and the navy-blue top with the square white collar slipped this way and that as Sarah turned, making a pale, rotating circle out of the taut, bare band of her tummy-skin, hiding the back of her head with its flapping white collar.

Sarah's face spun featureless, except for the mouth, gashed, not its usual budding pout which opened and closed at will so winningly.

When Sarah reached the far end of the lawn, by the rose beds, where the grass was greener because of the shadow from the wall, she turned, waved and posed again, ready to cartwheel back.

Her shoe lay on its side, on the grass by the bench. A pretty shoe, a party shoe, with a strap and a button, not a buckle. Creased and worn, but definitely best. I used to wear the same. And socks like that, and clean white knickers, soft from the wash, warm from the airing cupboard. My knickers, mine, and my mother's arms steadying me as I stepped into them.

'Come on, Gracie. You can do it.'

One foot. Then the other.

'Lift your knee, darling. Come on. High and proud, like a horse.'

Done.

'Well done.'

A quick cotton tug up my legs, Mother's hands on my hips adjusting the twisted elastic, a pat on the bum. A pat-a-cake, pat-a-cake ache in my heart.

'Well done, my love.'

And ribbons in my hair. And singing in the kitchen. Before the mess on the swirling floor. Way back. Before the bye-bye sighing of the iron lung which let me breathe but left me with Nelson and my dahu leg. Such shoes wouldn't do any more. Such pretty shoes.

'Such pretty shoes.' Mother used to say it nearly every night. She told me that when she was a little girl, her own mother had to scrimp and save to keep the family in decent shoes.

'"Decent shoes – very important," my ma used to say. But you know what I say, Grace? Pretty shoes – very important.' And she would laugh at the streak of vanity, the glint of Italian chic that ran through her despite herself.

Once, when Mother was warning a departing Miranda about the dangers of hitch-hiking, she told us about a lorry driver she met on her trip to Italy before the war. The lorry driver gave them a lift, she said, she and her friend Isabella, dizzy Izzy, you'd adore her, bella Bella.

'You were hitch-hiking,' Miranda accused.

'No, we weren't,' lied a smiling Mother. 'And anyway, it wasn't the same in those days. Guess,' she said. 'Guess what he had in the back of his lorry, that lorry driver?' she invited us eagerly, distracted us easily. 'Shoes, darlings. Fine Italian handcrafted shoes.'

'So what?' said Miranda, but she paused in her hurry to go.

'Well,' continued Mother, 'the point is, they were all left-footed shoes.'

'Don't be ridiculous.' But Miranda couldn't hide her interest.

'The Mafia,' said Mother, lowering her voice and rolling her eyes. The Mafia, she said, were highwaymen, baddies, villains. The lorry drivers lived in fear of having their lorries flagged down and their loads unloaded and stolen by them.

'Or worse. Bang bang.' Mother pointed two fingers, a gun, to her head.

Dividing the shoes into left and right and transporting them in different lorries was the only way to outwit the Mafia.

'Ingenious, eh?' she laughed. 'But very funny too. Because the lorry driver was a twin. At least, that's what he told us. And his twin brother drove the other lorry.'

'Oh, come on,' said Miranda. 'You'll be telling us next that one of them was left-handed and the other right-handed.'

Mother laughed again.

'No. That'd be too good to be true. But there is something else.' Mother put on her serious storytelling face. 'The lorry driver had different-coloured eyes. One eye was green. One was blue. I forget which was which. But he said his twin brother had the same, only the other way round.'

'I'm not sure I believe you,' said Miranda.

I do, I do.

'Best believing.'

Mother in a good mood – 'shoes off first, Grace' – at bath and bedtime. She'd lie me on my bed – my bed, not hers, not the double bed with the slippery eiderdown. That came after my bath. She'd lift my feet and clap my shoes together.

'Such pretty shoes,' she'd sigh happily and press my feet to her soft belly. Then she'd unbuckle the shoes – ambidextrously, Grace, that's the way.

She lifted the shoes off and dropped them, any which way, to the floor. She held my feet and stroked their soles through my socks with her thumbs. Then she tweaked the toes of the socks and pulled them slowly off – so slowly that my legs were pulled into the air too, which made us both laugh.

'Okay. Let's sit you up, darling.'

Off with my sweater or cardie, blouse and vest.

Finally, flat on my back and legs in the air again.

'Come on, Gracie. One fell swoop,' Mother would say, and her hands would disappear under my bum and sweep away my knickers or tights and skirt, all at the same time.

Into the bath, soap and flannel, rub-a-dub-dub. A Sunday shampoo – 'Here, hold the sponge over your eyes, Grace, while I rinse' – and occasionally lemon juice, not soapy but sharp. 'Vinaigrette for brunettes,' Mother would say. 'But *limone* for my only blonde *bambina*.'

Miranda refused to have Sarson's poured on her hair. Her hair was neither blonde nor dark. If John called it mousey, she flew into a rage and said her hair was dirty blonde, very fashionable. Later, she experimented with egg yolk, honey and camomile tea, hair dye from a friend and henna from abroad.

After my bath, Mother would wrap me in a towel, hard and scratchy from years of washing and boiling, but warm from having been hung over a chair in front of the gas fire in Mother's and Father's bedroom. She'd carry me across the landing, past the stairs and into their bedroom for drying and dressing me, ready for bed.

'Ready, Grace?' Sarah's voice was shrill on the other side of the visitors' lawn.

Not yet. I'm still sprawled on Mother and Father's double divan. The eiderdown slithers and slides underneath my nightgown, but Mother fetches another warmed towel and puts it there. She draws the curtains across the dark London night. She sits on the edge of the bed, her feet on the floor, her body twisted to face me. I can hear the gas fire, and smell it. I can also hear Father in his study above – the squeak of his desk chair, the sound of him opening a drawer, clearing his throat. No music tonight.

'Oh, Grace.' Mother's whole face caves in on itself. 'What's to become of you?'

She puts her hands on the sides of my waist, picks at my nightgown, strokes the worn Viyella, embroidered with stars at the wrists and yoke, made by her, washed by her a hundred times or more. It used to be John's, and Miranda's, before. Smoothing it, soothing us, counting our fingers and toes a hundred times or more. Forty-five children. Her babies.

'I just don't know.'

And here are her strong, firm hands on my sides again. Spanning and holding. She heaves me higher up the bed until my head lolls flatly on the folded-over flap of the white sheet. She lies down next to me.

Mother takes the pillow from above my head and puts it on her chest, then over her face.

Then over my face.

The pillow smells of her and Father – her hair, its sweet, rich oiliness, and Father's dry, talcy arms – washing and neck sweat. Her neck – I love to splay my fingers at the collar of her blouse, stroke the skin there, suck my salty fingers afterwards.

The pillow rests lightly. I can hardly feel it, except with my eyelashes and in the heat of the air going in and out of my nostrils. Noisy air. That's all I can hear.

Then it stops. There's pressure on the pillow, pillow in my nostrils. No smell, just tightness across my eyes and hardness in their sockets. I open my mouth and something like sea rushes in. A heaviness fills my body. I know that it's dark and I can't move my eyes, but light splits behind them, pooling into colour, while sound is reduced to a single, strained wail in my ears. As I sink, I feel Mother's hands through the pillow, pushing, gushing. Her despair in my mouth.

Mother eventually removed the pillow and stuffed it

into her own mouth. Then she put me to bed without a word.

'Grace!' Sarah shouted. 'You're not watching.'

Oh yes I am.

I nudged Sarah's shoe with my own, levering it back the right way up. My built-ups looked enormous next to Sarah's pretty party pumps. The design of my shoes hasn't changed much over the years – plain leather lace-ups for spasticky ladies, not rose queens or pretty *bambini*. I didn't need a wee, but I crossed my short leg over the other one and swung my built-up back and forth. The Williams' welly – not even Sarah can do that.

Sarah stood in the shade of the old hospital wall, wreathed in roses – Mermaid, Albertine, Snow Goose roses – ready to cartwheel back.

Daniel came into the garden. He walked along the edge of the rosebed at the far end of the visitors' lawn until he reached Sarah.

'Hello, Princess,' I heard him say. 'One, two.'

'Where's my shoe?' Sarah laughed and cartwheeled away.

1963–64

Daniel passed the test for the residential training school for adolescents and young adults near Cambridge.

'In a matter of months,' said matter-of-fact Miss Blackburn.

'With flying colours.' Proud Fleet Air Arm Eric.

Congratulations.

'For he's a jolly good fellow,' sang all the crazy fitters.

He went away in February 1964.

'A weekly boarder,' he reassured. 'That's all, Grace. I'll be back in a flash. Before you know it.'

He was, every *Friday, it's five o'clock . . . it's Crackerjack* – not very long after that.

What's more, Daniel and I had more time together than before. Now we were grown-ups, we had grown-up evenings and weekends, with pretend free-time. Men and women were allowed to mix. Bingo and singalongs on Friday nights. Socials on Saturdays, including dances. Sunday evenings, if you weren't on the list for a bath, meant extra telly or the Major's music seshes. Because I went to those so often, the Major called me his assistant and let me help him choose the records.

During the week, I was busy. Sister on Beech Tree ward had us all up and dressed by seven. Breakfast in the refectory took an hour, ward chores another. Then we queued with the men in the hospital grounds and made our way to work.

Five to Ten, Amen.

Flickety slot. Side-drop. Lock, sock.

I liked my time in the industrial units, where the radio played all day.

Ten thirty-one, Music While You Work.

I liked Will Sharpe, who was in charge of us all. By the time we arrived, Will would already be cobbling away in his shoe-mending corner, or bustling around, opening windows and drawers, switching on lights, machines, the radio on the wall.

Eleven o'clock, Morning Story.

I liked watching my good hand twist to pick up the pale blue transistor panel from the pile in front of me, how my hand slid the panel into the metal frame that my neighbour passed along. I'd push the panel with the flat of my hand, just hard enough to check the fit, then a bit harder to knock it into the waiting sock-shaped sack attached to my workbench.

Plasticky plop. Click, knock. Non-stop.

Voices, music, murmuring air. The whirr of work. Small electrical components. Small repeated movements. Tea breaks, wee breaks, fag breaks.

There was a clock on the wall above Will's lathe, but we didn't need it.

Four thirty-one, The Racing Results.

'You can go now,' Will said every day at four-thirty. But nobody went immediately, and if there was overtime, we all put our hands up, except on Fridays.

One Friday in April, everybody left in the usual rush, but I was slower than usual because Nelson had stitches, four, and hurt from a fall in the sluices – a small tussle about a plastic comb that led to a big muss on the floor, the comb-lady astride me like a jockey, me with my nose rubbing the tiles, and the comb wet and jaggy in Nelson.

I hung my work smock on the hook in the lobby, opened

the heavy industrial-unit door and stepped out into the hospital grounds.

It had snowed on Sunday, Easter Sunday, just last week. We'd come out of chapel to find the greening lawns, the budding trees and Mr Peters' pretty spring flowers sprinkled with white. More snow had fallen during lunch – enough for Eric to organize his crazy fitters into a team of snow-sweepers for the afternoon. Five days later, most of the snow had melted. There were just a few patches in the shade of the trees and the tall brick wall, and several small pyramids on the lawn where snowmen and snowballs had melted.

I trundled along – my Hillman limp, as Daniel used to call it, whizzling past me, with Robert – got a puncture, Grace? – in their imaginary Porsches, Jaguars, Daimlers, Morgans. I was making for the day room and the start of *Friday*, Daniel and bagging the best seat for bingo later.

I crossed the drive, near the gatehouse – no sign of Toby today, but I could see the jug Daniel had stolen from the Sea Breeze café and given to Toby on the windowsill of his kitchen window.

I was just passing the cedar tree when a wet lump of snow hit me on the neck. I turned round. There was no one in sight. But there was the sound of laughter coming from the cedar tree, and suddenly there were hands upon me. Two, four, six hands. Small, rough, quick hands. They pulled me to the ground and tugged me face down across the wet grass and underneath the branches of the cedar tree. They rolled me over and I found myself looking up at three black balaclavaed heads. No faces, just ovals of black, with holes for the eyes.

'Now what?' said the smallest of the three figures, nuthead Billy.

'Yeah. Now what?' echoed another, tall and wobbly. Thomas.

'I know. Now we fuck her,' replied Billy.

The third boy was standing silently at my side. He carried a knife, in a sheath, on his belt. I could see two light brown eyes through the holes he'd made in the balaclava. The eyes were clear, clever and ever so familiar. Rick.

'Not you,' I said.

A gasp from Billy, a half-laugh from Thomas, the silvery flick of a knife and, 'Now what?' wailed Billy as Rick thrust the knife so close to my eye it tickled the lashes.

'Not now,' I mouthed, staring straight into Rick's pupils – through my quivering eyelashes, past the long, grey glint of the knife, into the blackness of the woolly balaclava and the pinprick light at the back of his eyes that was gold and far too bright.

Rick withdrew, but he kept the knife in his hand.

Scallywag boys. They didn't know what to do. So they fought, but like puppies, not dogs. They argued, scrabbling, shouting, 'The knife, the knife, mine, no mine.'

'Mine.' Billy brandished the knife, tripped and fell on top of me.

Thomas straddled him and we rolled. Rick tried to yank Thomas off, but we were turning over and over – the knife, the boys, my face in the cold, damp earth. All of us rolling. The knife slipped. The boys lunged, and Rick got there first, but the others were on top of him, on top of me, and the knife went sideways between my legs, at the very top, right through my frock. Would it slice through my skin, my cunt like a peach? Sudden wetness? Blood like juice?

I saw black waxed suture cotton, and it was closing not my cunt, not Nelson, but my mouth for ever. I saw red.

I reached with my good hand for Rick's head.

'Not you,' I tried again.

Behind the back-to-front balaclava, my hand grabbed at Rick's hair – softness and dry, tight curls. I slipped the curls like rings through my fingers. I didn't pull, he didn't push, but my hand, his hair, head and him moved backwards, and I saw, not defeat in Rick's yellow-brown eyes, but a dimmer, less dangerous light. I removed my hand and plucked the knife, safe and silver, from between my thighs.

Rick, Thomas and Billy unknotted themselves clumsily, quickly. I couldn't help kneeing Thomas, the kicker, in the stomach, before he stood up.

Bed-wetting, fire-raising, no longer knife-wielding, deaf and dumb Rick looked rumpled and young when he removed his balaclava and dropped it on the ground. Thomas and Billy took their balaclavas off too, but put them back on again, the right way round.

'What now?' Billy looked from Rick to jumpy Thomas, who was clutching his leg with one hand and pulling on his long top lip with the other.

The three boys turned, stooped and stumbled away, swiping at the branches of the cedar tree.

I lay where I was and waited for my breathing to steady. No rush. I'd missed the start of *Crackerjack*. Plus I needed a wee and anyone could see that Nelson needed attention.

Eventually, I hoiked myself to standing and leant against the cedar tree. My head was throbbing, in time with my heart. Congratulations, Grace Williams, I said to myself. I wasn't an elite epileptic, I would probably never set foot in a special residential training school near Cambridge, I was less than five feet tall, smaller than nut-head Billy, but I'd dealt with those bully-boys and I felt as tall as the tree behind me. When I looked up at it, I couldn't even see the top, just fronds laced with shreds of surprising snow, and branches as dark and steady as Mother's strong arms.

Rick's balaclava lay on the ground like a dead bird. I picked it up and wrapped the knife in it. I tried to dig a hole in the ground. With my good hand, I scraped, raked, scratched and swept, but the earth was too solid to make more than a mucky saucer of a hole. Nevertheless, I placed the wrapped knife in the dip, sprinkled earth and twigs on top of it, and patted it neatly, nearly flat.

I pulled a few twigs from my hair, shook the loose earth and grit from my slushed frock, then, without a backward glance, I headed out from the cedar tree.

I strode across the lawn towards the main hospital building, but not in a straight line. I zigzagged from pyramid to snowy pyramid and I gave each small pile of dirty snow the biggest, most powerful Williams' welly ever.

I'm going to like being a grown-up, I thought, definitely.

1964

'Old Empires, son,' said Daniel's father as we approached Lydd airport. He hunched forward over the van's steering wheel and looked skywards. Daniel imitated him, pressing his chest against his bent legs, itchy feet nearly at rest, for once, on the sliver of flat, black dashboard, on top of the empty packets of pretty, gypsy-blue jits, and on top of the bonbon wrappers that crickled – so pretty – when Daniel jiggled his feet. Daniel's shoes were new.

'For the occasion, Grace.'

The occasion was my eighteenth birthday – a journey to the sea that might as well have been to the sky or to the flipping stars. We ate the best bacon butties in the world, on Tuesday, 10 November 1964, and Daniel's dad had baked beans too.

We all squinted skywards. The dawn light was white and low with ham-pink ridges of cloud. I could see the planes but not hear them. They were too far away, in a V-shape, like disappearing train tracks, but coming closer and closer, the lines breaking up into shivering specks – ants, fish, birds, planes.

'Blimey, hydravions, son.'

A buzzing, rumbling, roaring – louder and louder in zooms and squeals.

'Flying boats, Grace,' Daniel explained. 'From Hythe.'

Great, juddering aeroplanes, each with three, six – or was it nine? – tiny windows.

'How fast, Papa?' asked Daniel.

'Two-fifty, two-sixty. At least. Count them for me, Dani. Quick.'

There were eighteen. Eighteen hydravions.

If a day can be debonair, then Lydd must be that day.

Daniel's father collected us from the Briar at three a.m. Three a.m. Can you imagine? I don't have to.

'Planned and perfected,' said Daniel, 'with military precision. Daniel Smith, strategist *par excellence*.'

He'd been to see the new deputy Medical Superintendent, a Dr Green.

'He okey-dokeyed it on the spot,' said Daniel. 'He's a new-fangled type. Keen to be seen as open. I didn't give him all the details, though.'

Open was the word and the way, these days, according to Daniel. Open-door policies, opening minds. Closing wounds, rising hopes.

'Empty promises,' said Mr Peters, dour as ever.

'No, Mr Peters. It's empty purses. That's all,' replied Eric.

Three a.m. and as dark as the larder, but smelling of leaves, softening wood and a stinky excitement cutting through them, which Daniel said was fox. We were standing outside the black iron gates waiting for Daniel's father to pick us up in his van.

'We've been planning it for ages.' Grinning. 'Smith and son. But it was my idea, of course. All of it. For you, Grace Coming-of-Age Williams.'

He moved closer, so the thick, blue corduroy of his trousers rubbed against mine. I was wearing trousers for the first time in my life.

'I'm calling it my leg-over in Lydd,' he said, pausing for effect. 'With Grace.' Then, moving to face me, making mirrors with our eyes.

'And love.'

Toby hovered anxiously on the other side of the gates.

His wide dwarf-face was creased with sleep and straggled with beard, but he smiled and wished us well as Daniel clambered first into the van.

'Hop up, little lady.' Daniel's father stood behind me. He put two big hands on my waist and spread his giant fingers. Then he lifted me, a feathery fairy, on to the long, suedey-grey seat next to Daniel, who'd already settled in and was toeing the tin of bonbons on the dashboard.

As soon as we set off, everything – the noise of the engine, the shapes and shadows of the slipping-past world, and the air full of smoke and eau de cologne – was so warm and soft that we both fell asleep within minutes, the side of my head safe in the shell of Daniel's shoulder.

We awoke in Camden Town, next to a long dark line of railway arches.

'Picking up some bits,' Mr Smith muttered. 'From a mate.'

He climbed down from the van, shut the door, went round to the back and opened the doors there. Soon there was the sound of rattling crockery.

'Willow-pattern china,' whispered Daniel. 'The French love it. Posh dosh, Dad calls it.'

Why was he whispering? I blew air through my lips until Daniel laughed.

'I don't know,' he said. 'I suppose I'm trying to slow things down. I want us to remember this day for ever.'

There was a slamming of the van's back doors – cheers, mate, cheerio, *bon voyage*. A patting on the side window, and we were off again, thumping through London, which was empty, wet and inky, with traffic lights as bright as the lights on Roger's Dodgems. I sucked on the bonbon in my mouth and peered at the deserted streets.

'Kingsway, Aldwych, the Strand,' Daniel recited.

A few glistening figures scurried or loitered on the pavements. Right at Embankment, past the Houses of Parliament

– sandcastle-yellow, with rows of lit windows like the Briar, even at this hour.

'Time, Dani?'

Daniel twisted across me and looked backwards at the stoney, honey-coloured tower of Big Ben.

'Half past four.'

We picked up speed – sixty along Millbank. Then Grosvenor Road, with Battersea Power Station rising like an upside-down bed into the dark night.

Over the bridge we went, over the river, blacker than the sky, down long, empty side streets, then shorter ones, and finally a dead-end with a row of sheds and garages along one side and nothing on the other – just the four soaring towers of the power station in the distance, and their smoke.

Daniel's father went into one of the sheds.

'Fetching his passport and documents for France,' said Daniel as we both slithered down from the van and pissed on the ground behind it, giggling like kiddies at the different tinklings of widdle in the quiet night. My wee spread out on the cracked and grass-clumped concrete like a map of Europe. Daniel's was a torrent, as strong and dark as the river Thames.

'We're not going to France, Grace,' Daniel said when we were back in the van. 'Even I couldn't arrange that. I'm not a magician.'

I patted his corduroy thigh, then mine.

'First of all, we're going to wave Papa off. From Lydd airport. You've always wanted to, ever since I told you about it, ever since the first time we saw *Casablanca*, do you remember? Now you don't just have to imagine it.'

I ran my fingers along the velvet lines of my trousers.

'You'll see. Afterwards, old girl, we're going to hole up for the day in a hotel, an inn. A pub, actually. But it's all booked. Very correct, Papa says. A room with a sea view.'

The corduroy changed colour, like the sea with the wind on it, as I stroked the nap back and forth.

'Later, one of Dad's mates'll come and find us. He'll take us back to the Briar. O'Reilly's his name. He's driving up north with a van-load of pictures. He said he didn't mind dropping us off on the way.'

I stopped rubbing my trousers.

'It'll be very, very late, my dear. I hope I don't fatigue you.' Daniel nudged me with his hip.

I half-slept again after that, but I could hear Daniel and his father talking, being private, being family, smoking and joking quietly, in French and English.

'Don't worry, son. We're going to do the little lady proud,' I heard – '*Merci, Papa*' – and, as I drifted off, 'The Rising Sun. *Le soleil levant. Mon Dieu*, I can't wait.' My magician's voice.

Streatham, Norbury, Croydon. The open road until East Grinstead, and another stop just beyond it, this time for bacon butties, in a café called 'The Best in the World'. Someone had painted the words in wide, dripping red on to a metal panel outside the café. The dirty white sign was edged with rust. It swung and creaked each time a lorry went by.

Inside, smoke and steam mingled with the smell of frying fat and the voices of the two young women shouting orders, bored and brisk, through a hatch behind the counter. Tired men sat with their food at square tables which had dark wood-grain beneath the crockery, cutlery, ashtrays and smeared bottles of red and brown sauce. Some of the men read newspapers, damp and folded small. One man had the Holy Bible open like a screen around his plate. We sat at the next table along from him.

'No Sally today?' asked Daniel's father when the waitress came to take our order.

'Off sick,' said the young waitress. 'You got a message?'

'Just passing through. Give her my regards.'

'Smith and son,' said Daniel. Ever so gently, he brushed the waitress's stockinged calf with the dangling lace of his new shoe, and smiled.

'Of course.' She twinkled in an instant. 'Smith and son. I won't forget.' Then, turning to me, 'And who might you be?'

'May I introduce Grace?' said Daniel's dad.

'And where's your ma?' She said this to me, looked at Daniel, and then at Daniel's dad, who rescued us by announcing, 'Mum's the word, my lovely girl.'

The waitress wasn't lovely to look at, but she did prove to be a lovely girl.

Daniel's father lit a jit and blew a large, wobbling smoke-ring that hovered in the air between us.

'We're graced with the presence of this little lady today. It's her birthday, see? See no, hear no, say no more, my lovely.'

Another pretty, impressive smoke-ring, then, 'Now, more to the point, where's our breakfast?'

The bacon butties came, speedy and generous, on thick white plates the same as at the Briar.

'We could fetch the willow-pattern,' said Daniel, only half joking.

They were indeed the best bacon butties in the world. Would be for ever. They dribbled and oozed down our chins, and Daniel's father had to ask for extra serviettes because he used up so many feeding Daniel, who didn't want to remove his new shoes, and more trying to wipe us both. It wasn't his forté, he said. The waitress came back with a cloth that smelt of tea and drains but did the job. And she did the job, wiping me nervously, meaning well, leaning close to dab at my lips. Her face was greasy and thin, with pimples on her forehead and chin, skewed from the gum she chew-chewed crazily. Her hair, held back with a rubber band and kirby grips, but with loose bits spewing out, was greasy too. She poked her finger into the cloth and tickle-tappled along my floppy top lip, then the firmer, bottom one.

'It's like putting lipstick on my sister,' she said, sounding startled and happy.

'Yes, please,' I said. And before I knew it, what with Daniel and his dad being debonair, Sally not being there and this new, young waitress so kind and suddenly unbusy, I found myself swished up with those big, Smith hands on to the sticky wooden table-top, and before you could say Jack Robinson – or Grace Coming-of-Age Williams – there I was, having happy-birthday lipstick applied, ever so lady-like, to my sloppety, slickety lips. The waitress whipped a tube from the pocket of her pinny, unscrewed it, and set to, more confidently now, smoothing the tip of the stick along my skin. I grinned. It felt like Daniel's toe on my tit – sexy, waxy, let's have a look-see.

'Kiss me,' said Daniel.

We kissed, I laughed – Daniel's mouth had become a purple-red thumb-print.

I laughed even more when I saw myself in the rear-view mirror of the van. My mouth was maroon and so mammoth and glossy it looked like a balloon exploding.

'No, Grace. Don't say that,' said Daniel. 'It's more like a . . .'

'Cherry,' said Daniel's dad.

'No.' Daniel shook his head.

'A cowrie shell, *alors*?'

'No, Dad. Much darker than that.'

'Another sort of sea creature then.' Daniel's father blew smoke, quickly, in a fan, so it hit the windscreen and bounced back. 'A crimson sea anemone, *peut-être*.'

'Red rose,' I said decisively.

'Yes,' said Daniel and his dad simultaneously.

A22, A271. Battle, Baldslow and down to the A259, which is where we saw the hydravions. On through Brookland, Brenzett, Old Romney, New Romney and then right, towards Lydd and the coast, past a lone signpost that said 'Ferryfield'. It was almost light now, and all around the land was flat, grey-green and wet.

'To the west, Dungeness.' Daniel's father gestured with his cigarette towards a line of faint squat shapes on the horizon. Daniel and I were smoking too, not jits, but Eric's roll-ups – eighteen in a Benson & Hedges packet with a white ribbon tied around it – another birthday gift, God bless.

'Dungeness. Means 'dangerous nose'. They're building a nuclear power station. I told you about it, Dani.'

Daniel didn't reply because, '*Voilà*. We've arrived,' he cried.

Lydd airport.

A low, white, angular building. Next to it a few huddled sheds, hangars in the distance, and an expanse of clumpy land with a runway cutting through it towards the sea, which was rutted today, a dark, foamy, faraway grey. The sun hadn't cut through the clouds, and because of the drizzle, everything was hazy and dim.

Two small aeroplanes lay wing to wing to one side of the runway. A larger plane stood on the runway and was alive with movement. Its nose, or mouth – Dad calls it the maw – didn't look dangerous, but it was very big. People were carrying boxes and the oddest of objects up a short ramp into it. There was a grand piano without any legs, a stack of wicker chairs, two bicycles tied together and an old-fashioned black and red rocking horse.

While Daniel's father strode around knocking on sheds, disappearing into them, coming out again, pacing up and down, lighting jit after jit, Daniel and I stayed in the van, watching it all like a programme on telly through the windscreen. We shared a roll-up, and, for once, Daniel let me put it to his lips for him. He smiled, then frowned.

'I can still remember, you know – having arms, having hands and fingers. Only just, or only sometimes, but I can, Grace, when you hold the roly to my lips like that.'

Daniel sucked in a lungful of smoke and let it out, in puffs, while he spoke.

'Dad let me smoke as soon as I was old enough to unwrap his jits for him. That's how it seemed, anyway. He'd give me the box, or his fag-ends to play with. All those hours on the road. I used to shred the ends and separate the unsmoked tobacco from the burnt. Tear and uncurl the papers, then flatten them. Sometimes I tried to fold the silly scraps into planes or cars.'

I let Daniel lip the roll-up again.

'One day, we stopped to fill up with petrol, and while Dad was out of the van, I took his Zippo and lit one of the fag-ends with it. Dad was impressed, and after that, he let me smoke as much as I liked. That's all I remember. Except for the burns in my cuffs, and the smell – the smell of smoke on my hands – and sucking my thumb for hours, trying to taste the smell. Oh, and poking my fingers into my ears to stop a fit coming on. I can't do that any more.'

But Daniel refused to let the story be sad. He added, 'And using my fingers to pick my nose, of course. Flicking bogeys at the windscreen. Dad and I had bogey contests.'

After that, Daniel and I simply sat, following the comings and goings, until Daniel's father walked back to the van accompanied by a figure half his height and twice as wide, with a blanket around her shoulders. The drizzle had turned to heavy spit. Mr Smith opened the side door to the van and said it was time to say cheerio.

'Mrs Perkins, hello,' shouted Daniel, nearly knocking me out of the van and tumbling down himself in his haste to get out. 'Mrs Perkins, Grace. Grace, Mrs Perkins.'

'Hello, Daniel.' Mrs Perkins was a large, oval, middle-aged woman whose broad, red face beamed open easily. 'How do you do – Grace Williams, isn't it?'

I slipped down from the van without any help, while Mr Smith murmured something in French to Daniel. I saw him slide a few bank notes into Daniel's trouser-pocket.

'Mrs P'll look after you. I must shove off, son.'

Daniel's father put his arms around Daniel and clutched him. Mrs Perkins stood next to me, close but not touching.

'Goodbye, little lady,' said Daniel's father then.

We shook hands.

'Thank you,' I said, remembering Miss Lily and her etiquette.

'The pleasure is all mine,' Mr Smith replied.

I put my hand to my mouth, and it smelt of jit.

Daniel's father climbed back into the van and drove towards the runway and the bulbous Bristol 170 Freighter waiting there.

'A high-wing monoplane, with fixed undercarriage and Hercules radial engines. Like the old Bombay bombers.' Daniel moved a few feet away from me and Mrs Perkins and stared after his dad. I sucked my fingers.

The short ramp at the open front of the plane had been removed, and there was a long ramp now, like a tongue, coming out of the front. A car drove up it and disappeared inside. Then another. Then it was the van's turn. Mr Smith hooted the horn, twice, as he drove up the ramp.

'See. Just like I said,' Daniel hopped from foot to foot. 'You must wave, Grace. He can see us, even though we can't see him.'

I waved, and went on waving while the maw of the plane closed and two men in overalls pulled the ramp away. A man – the pilot, said Daniel – was hoisted up and through a door in the side of the cockpit. The clam-shell door was slammed shut, engines started, and the plane began to move, turning slowly towards the sea, then setting off down the runway diagonally away from us, picking up speed, making the air around it whirr and blur. I went on waving, even though my good, waving hand tingled badly. Daniel tilted his head from side to side, goodbying too, and Mrs Perkins lifted her blanket and flapped it like a swooping wing. When the wheels of the plane lifted off the ground, my belly, chest, heart and blood all loosened and quickened. The plane rose higher and smaller into the diagonal French distance, leaving a trail of puffy dark grey, like the smoke coming out of the chimneys of Battersea power station. I wished, for a mo, I wasn't wearing trousers but a lady's big-buttoned suit, pale silk stockings, two matching, high-heeled shoes, and a tilted grey felt hat.

'Right, you two. Ready to go?' said Mrs Perkins.

Where to? I jerked in panic, suddenly so far away from everything I knew. Everything new.

'It's okay, Grace,' said Daniel. 'Mrs Perkins is the landlady of the Rising Sun, the Ritz of the south coast. She's going to whisk us there in a jiffy, aren't you, Mrs P?'

'Not unless my hubby gets a move on,' said Mrs Perkins, puckering her rubbery lips and glancing around her.

While we waited, Daniel told us that in the olden days, when he used to go on the plane with his dad, the pilot was a mate.

'Jonno, his name was. He used to let me visit the cockpit. Blimey it was cold in there. Windy. And everything shook. Jonno said the plane was nothing but forty thousand rivets flying in close formation.'

The spit turned to rain, and Mrs Perkins tried to keep us dry by wrapping her blanket around the three of us. It wasn't quite big enough, so she held it tight and we breathed into each other and squeezed our middles together. Mrs Perkins was fatter than Ida, and you couldn't tell where her boosies ended and her belly began.

A green Mini appeared from behind one of the sheds, drove over to us and stopped.

'About time, George. Where have you been? We're drowning out here,' said Mrs Perkins as a man even larger than herself wound down the window of the car.

'Sorry, love,' said George. 'Beer delivery.'

Mrs Perkins opened the passenger door. George tilted the seat forwards and told us to climb into the back. Mrs P fitted herself into the front seat. Her bum and George's were both so big that they met in the gap above the handbrake. Luckily, George didn't need the handbrake, because the land between the airport and the Rising Sun was as flat as the sky.

We were hurried out of the car, through the pouring rain and into the pub. Through an empty bar, past the kitchen, along a corridor with barrels stacked on one side, then up some back stairs. There was a landing at the top of the stairs with four doors leading off it. Mrs Perkins opened one of them.

'Toilet,' she said. 'Dodgy. Watch out for the flush. Nearly a goner.'

She opened another door.

'Here you are.'

We were shown into a room with two salt-streaked windows, a dark wardrobe, a table with a mirror behind it, a rusty ashtray on it and an upright chair next to it. There was also a double bed.

'I'll send some food up later. But now – bed. Mr Smith's orders.' She turned to go but looked back over her shoulder before shutting the door. She smiled. The blanket clung wet and heavy on her fat, round shoulders and was beginning to steam.

'The heating's on the blink again,' she said. 'Keep warm.'

There was a key on the inside of the door. When Mrs

Perkins had gone, I turned it, pulled it out and placed it on the table.

We took all our clothes off and piled most of them on the table too. Daniel put his new, black, shiny shoes on the floor by the door where we'd be able to see them and admire them from the bed. I folded and hung my blue corduroy trousers over the back of the chair. They were an early birthday gift from Miss Blackburn and Miss Lily, who had shortened them for me and put two pleats in the waist so they fitted just right.

We slid into the bed, me on the side by the window, which we hadn't even looked out of yet. The sheets were pink, slippery and cold, the blankets were heavy, and there was a dampness in them that made us shiver. Daniel wriggled over to me. I put my good arm across his back and pulled him close.

We'd never made love in a bed before, and I never did again – I don't know about Daniel – but we christened that chilly bed the love-bed because we loved in it so silly much.

When we were warm and heart-slow next to each other, we lay and looked out of the window at the grey sky and the rain, which was belting down now. There was maroon lipstick and sticky spunk on Mrs Perkins' sheet, but what the heck.

I retrieved the Benson & Hedges packet, which I'd stuffed into the deep side-pocket of my trousers. I gave the soft corduroy a stroke, flattening the nap perfectly. The trousers made me think of Lena Macintosh and her long, FANY legs, strong through the soft material of her trousers, even stronger bare and brown, crossed at the ankle, stretching out from the spindly deckchair. My own thighs were hard with bone, not as scrawny as Daniel's, but only one of mine had proper muscles. I could see my head in the mirror above the table. Head, neck, shoulders, arms, boosies, belly and the curly hairs at the top of my dark, wet cunt. This mirror was old and had the sort of dirty marks that all the polishing in the world wouldn't remove. It made me small, but perhaps not so badly formed, after all. I pulled out the chair and stood on it to get a look at my legs.

'What on earth are you doing, Grace?'

'Leg-up,' I said, and, for good measure, I added, 'in Lydd.'

Daniel rolled over in the bed, kicking his legs with laughter.

'Leg-over, leg-over, you twerp,' he sniggled. 'What the flip are you doing?'

My legs were like splinters of wood in the reflected grey sea-light. My cunt, in the mirror, looked shabby and dull. I sighed and clambered down off the chair. The rain was so heavy now that even though it can't have been later than ten, the room was as dusky as the apple-house. I walked across to the door and switched the overhead light on and off a few times. I left it on and walked back to my side of the bed.

I lay down and rearranged the bedclothes over us.

'Shall I tell you a bedtime story, my darling?' asked Daniel, squirming over so that we lay side by side like sunbathers. There was no shade on the overhead light, and you could see the word 'Osram' and '25W' in dark veins on the dim grey bulb.

'Yes please,' I said for the second time that day, and pressed the back of my good hand against Daniel's hip.

'It's your birthday, so I'll tell you a birthday story, shall I, Grace?' Daniel kissed me on the cheek and lay back on the bed. If he had arms, he said, he would have folded them behind his head, he felt that comfortable.

'Okay. Let me think. I imagine a pretty sound sort of start for you, Grace Williams. A rattling good birthday.

But first, you know, I see a staccato dawning. A line drawn on the map from Stettin in the Baltic to Trieste in the Adriatic. Your parents making love, making you, one early morning in early spring. One egg, one sperm and, one thousand, nine hundred and forty-six years after Jesus Christ, you, Grace – the footnote, not the headline, but all the more important for that.'

'More, more.'

'In May, I believe, an airport opened in Heath Row, Hounslow.'

We're neighbours now, Heathrow and I. But Daniel will never know that now.

'Summer saw bikinis, and your father probably snickered at the pictures. "You're snickering," says your mother. "Am I?" he snickers. "I'd love to see you in one of those." In September it was Vespas, Grace.'

Yes. Mother cut a photograph of boys on bikes in Rome from the newspaper and stuck it to the larder door. It was there for years, nearly as brown as the tape which still held it in place, but had curled and frayed.

'Pay attention, Grace.'

'I am.'

'You're not. You're improvising.'

Remember, remember.

'Next month,' I said.

'I know, sweetheart. October, November, bonfires and birthdays – yours, sooner than expected, November the tenth. You were destined to be premature. Grace Williams, the prima donna of the nursery. Small but apparently healthy. Eight fingers, ten toes, two unsucked thumbs.'

I put a thumb into Daniel's mouth and he nibbled it.

'Your birth, Miss Williams, was normal,' he continued. 'It went something like this – "Miranda. Run down to the station to meet Father. He's on the early train today. Tell him Mother's gone to have the baby. Take John with you."'

Daniel kissed my thumb. I removed it, put my hand on my belly and pressed my thumb into the empty pool of my belly-hole.

'Miranda ran.'

Across the grass, across the field, along the path, pixie-legs pedalling.

'You lived in muddy Oxfordshire, remember?'

John would have panted and tripped to keep up with his sister. They reached the lane. She took his hand. The lane was splodgy with wet leaves, grey puddles, fallen, sodden twigs. Half past three and already the air was chilly and darkening. They arrived at the tiny railway station, silent and deserted, and crossed the track to sit on the long wooden bench, which scratched their thighs with its flaky brown paint.

'What's the time, John?' Miranda pointed to the clock suspended from a bolted girder outside the station master's office, so large that if you looked long enough, you could see the big hand move.

'Twenty to four.' John scuffed his new winter lace-ups back and forth on the ground.

'Not yet.' Miranda remembered Mother teaching her to tell the time with this clock, last summer, when John was still in the pushchair.

'Listen.' Miranda put her hand on John's cold knee to stop him swinging. 'Can you hear?'

Both children cocked their heads, like robins, waiting to hear the railway track vibrate and hum. But all they heard was the rattle of keys, a door opening, footsteps and the station master walking towards them.

John nudged Miranda.

'Is it going to be late, d'you think?' he whispered.

'No.' Miranda smiled at the station master. He nodded as he passed them. He rarely spoke, even when Mother was there. Miranda glanced at the clock.

'Now,' she said to John. 'Look.'

'Twenty to, twenty to,' he crowed.

They stood up. The track was buzzing. The station master stood at the end of the platform, flags in hand. Round the corner came the train, louder and louder until it reached the station and, hissing and squealing, stopped. A door opened, right in front of Miranda and John, and Father stepped down, holding his briefcase, coat folded neatly over one arm.

'Father!' cried Miranda, rushing forward. 'Mother's gone to have the baby.'

'Gone to have the baby,' echoed John, hopping from one foot to the other.

Father smiled, put down his briefcase, pulled on his coat.

'Well, jolly good. Good news. Did she send you to tell me?'

'Yes. She said to run down to the station to meet you. So we did.'

'We did, Father, we did.'

Daniel and I lay very still. All I could hear was our window rattling, and the rain and the wind outside battering against it.

'I like to think of that scene. Don't you, Grace?' Daniel moved his foot so it lay, like a hand, against mine.

'And then your first few weeks at home.'

Mother holding me backwards over the stone basin in the kitchen, John passing the soap, Miranda christening me with bubbles, Father holding a camera. Cousins, congratulations, grown-ups sipping sherry. Cocoa-ey smiles, a glowing log fire. Mother's unbuttoned blouse. The chilly shadows and icy sharp echoes of children chasing each other – all through the snowy English winter that followed, cold and sunny, before the inkling inside my mother turned a ting-a-ling ringing and she took me to the doctor, who sent me to another, and all the trouble began. I see that winter as clear as crystal, cut with laughter and filled with fresh snow, toast, honey and endless rounds of Happy Families.

Here's Miranda, sparkling like the Christmas tree as she rolls a snowball bigger than her head. John digs an igloo. Mother winds me to her side in an old crocheted shawl and helps him. Miranda sculpts a hump of polar bear, and Mother brings prunes for the eyes. John and Miranda invite Eskimo mother and baby Grace to tea in the igloo. I lie wrapped in wool on Mother's lap while she tells fiery stories with Trojan horses and long voyages – odysseys, she called them. Stories with lovers named Menelaus and Helen, the most beautiful woman in the world. Apart from us, of course. Mother would smile and wink at Miranda, hug me closer.

Mother seemed to make the stories up, but she said they were old stories. While she spoke them, the cold, still air inside our igloo was alive with the flashing of oars and hooves, swords and sunlight that made John and Miranda's eyes glitter and crinkle like sweeties in their pale round faces made even rounder by balaclavas and, for Miranda, on top of her balaclava, one of Mother's Italian silk scarves tied over her head and under her chin. When Mother had finished, we went indoors and she made John and Miranda take off their boots and run up and down the stairs while she fetched wood, lit the stove, filled the kettle.

Snow lay on the ground for days. When the roads and railway lines were blocked, Father would stay at home and smoke his pipe, which made it seem like Sunday. After lunch, he would go out into the garden where Mother might be clearing snow from the path or chopping logs for the fire. I, propped in the old pram, would see him approach, hear him clear his throat so as not to give her a fright, then ask, shyly, if he could help. Mother usually shooed him away, not unkindly, telling him to get back to his books or his music. One afternoon, however, she smiled, shrugged and held out the heavy chopping axe to him. He took it from her, put it down on the ground, then put his arms on her shoulders, and they both bent their necks so their heads touched. They looked like two circus horses with sparkly heads. They remained for a long time like that, only their feet moving, making slushy craters in the dirty snow around their shoes.

Sometimes Father had to stay in London at our cousins' because the trains were so unreliable, and Mother became busier than ever, then, in a dashing, happy sort of way. She scarcely sat down from morning to night, except to feed me.

The first thing she had to do, every morning, was climb the ladder to the loft. She had to free the frozen ballcock in the water tank up there. The entrance to the loft was a hinged square of wood in the ceiling of the bedroom I shared with John and Miranda. It was a large, light room with two dormer windows and white-painted beams. My cot was by the door. John and Miranda had beds in the far corners. Mother would come in.

'Coo-ee. Anyone awake?'

She put two cups of milky tea on the low wooden table next to the nursing chair, lifted me out of my cot, settled herself comfortably and let me suckle while Miranda and John woke up.

There was condensation on the inside of the window and dampness in the air. Miranda said her nose was so cold she couldn't feel it.

'Come and drink your tea and get dressed.'

Miranda and John shivered over, drank their tea quickly, then pulled off their pyjamas and struggled into layers of vests and sweaters. They were allowed to wriggle back into bed for a few more minutes while Mother changed me and tucked me into John's bed. Miranda said it wasn't fair.

'Life's not fair,' Mother invariably replied.

Sometimes Miranda stuck her tongue out at Mother, behind her back, when she said this.

Soon it was time for the climb up the ladder. Up Mother went, dirndl skirt swaying, the muscles on her shins rippling like a swimmer's above the thick men's hiking socks she wore instead of slippers. She hauled herself through the hole and we heard her move carefully across the rafters, and then a tapping and scratching in the corner. Sometimes she cursed. Bugger, damn, damnation. Sometimes she put her head back through the hole and told Miranda to fetch the hammer. And to bring some flapjack from the kitchen while she was at it.

Miranda scuttled off, and Mother hung her head upside down, rolling her eyes, making silly pink faces at John and me. Later, they ate the flapjacks, Mother cuddling in with Miranda for a few minutes.

'Put your hands under my armpits, darling. It'll warm them up.'

Little bits of golden oatcake fell from John's mouth and crumbled next to me on the white sheet.

Tick tock ballcock.

Adding its echo to the following hot, hot summer of 1947, with its 'Greensleeves' through the open French windows, Mother and me on the prickly rug, and Father with the other two, asking for lemonade and ginger beer because they'd been playing pat-ball on the lawn, or something like that.

'Something like that,' Daniel finished off. 'Although we don't know the end of the story yet, do we, my darling?'

And we lay in silence for a long time, both of us looking at nothing in particular, alone but together in the best of birthday ways.

When there was a knock on the door, I unlocked it, and Mrs Perkins wobbled in with lunch on a tray. Bowls of soup, cheese crackers, two packets of crisps and a jug of water.

'Up to you what you do. But you're welcome in the bar later.'

We left the tray on the table and took the packets of crisps back to bed with us. There were little twists of salt inside, wrapped in blue paper. We tore open the twists and screwed them into balls, then flicked them like bogeys towards the brown wardrobe opposite the bed. Even with his feet, Daniel was more expert than me, but a toenail caught in the sheet, laddering it like a stocking.

In the afternoon we went for a walk. Rain still pelted down from the sky, thick enough to seem to pelt up from the sea.

'Look at all the lighthouses, Grace. How many there are.'

I held my good hand to my face, bending my thumb and finger into a circle and putting them around my eye.

'Good idea. Binoculars. Pass them here. My turn.'

I curled my finger around Daniel's eye. He gazed, then made out he was focusing on something in the distance. I followed his gaze out to sea.

'France,' he said. 'Take a look, Grace. If you look hard enough, you'll see.'

I brought my hand back to my own eye.

See what?

'The coast? The long, Normandy road? Papa in the van blowing smoke-rings?'

I shook my head.

'The Eiffel Tower, the Sacré-Coeur, *la Joconde*? Can you see them? Or let's go south – Troyes, Dijon, Geneva? The mountains, Maman, snow? What can you see, Grace?'

Turin, Milan, Florence, Rome? Yes, no. Trieste? I shook my head again.

'Never mind,' said Daniel. 'We don't need to pretend today'

We walked in the rain for a long time on the vast, empty beach, not talking, not touching, sometimes not even really walking. Neither of us went very near the sea, which was frothy and loud, rushing and sucking. The downpour hadn't ceased, and as the light began to fade, the air thickened with an autumn mist. A strange, yellow-grey glow was spreading across the sea from the horizon towards us, making the rain seem to fall in green scales. I was wet through, Daniel was shivering. We walked back along the untarmacked road between the shore and the straggling row of dilapidated houses, keeping ourselves warm by singing about dragons, knights and ladies, diamond rings, noble kings and all things bright and beautiful.

Into the pub, upstairs, and another lie-down on the love-bed, by which time it was quite dark and the wind was raging. But when I looked out of the window, the lighthouses winked and flashed, friendly and steady through the angry night.

Mrs Perkins knocked on the door and told us we needed to wash and dress.

'I put your clothes to dry next to the boiler,' she said, and she handed them, damp, to me round the door. 'Thank your pa for the money, Daniel. He's a fine man.'

We pissed in the dodgy toilet and washed in the grimy hand-basin in there. We put our not-quite-dry clothes back on and went downstairs to the bar.

Mrs Perkins stood behind the bar with George next to her. There was a jukebox in the corner rolling out dance music, and fairy-lights strung across the windows. The door kept opening and closing, bringing in more and more people, along with gusts of sea air. Mrs Perkins came round from behind the bar and led Daniel and me to a small table in the corner, by the Gents.

'Sit quietly and be good. O'Reilly won't be here for a couple of hours yet.'

'I know,' said Daniel. 'It's part of the plan, Mrs P. You know I want Grace to see what a really good night out can be – a night at Mrs Perkins' Rising Sun.'

'Well, you've seen enough of them here, in your time,' Mrs Perkins smiled. 'I remember your pa bringing you here when you could scarcely walk. He used to sit you on the bar – you can't have been more than two – and you'd yatter away like Lord Montagu of Beaulieu himself. An entertainment, you were. And now look at you.' She looked from one to the other of us, and it wasn't a look of my how you've grown, but, 'My how grown-up you are.' Admiring.

Daniel and I scriggled with pleasure, and accepted, with pleasure, the two half-pints of beer Mrs Perkins slopped down on the table along with two more packets of crisps.

The jukebox music became loud, and people started clapping. Jigging and tapping.

'Go, go, go,' people chanted above the music.

A lady was hoisted on to one of the tables at the far end of the bar. She wore a beautiful ballerina skirt with sequins, and high gold shoes that glittered and clopped. She had ladylike feathers on her head and attached to her bum, and a proud-lady look in her big, sad, painted eyes that grew bigger as she danced, and less sad.

Fast and alone, the lady danced. Then fast and together, whirling and clopping, we all seemed to dance. Like never before. We shuffled our feet, clapped the beat. Faster than on the radio. Elvis Presley, Dusty Springfield, Cilla Black, the Beatles. The music made me feel like an aeroplane taking off because of the twirling propeller-lady and all the people swaying, leaking heat, sweating, and humming, half-singing, windy sounds.

'Happy birthday, Grace,' whispered Daniel, kissing my ear and sucking on the wisps of hair around it.

O'Reilly arrived at ten. The bar was emptying by then.

The lady had climbed off the table and, with her back turned, was helping herself to a drink. The feather on her bum floated up and down, reminding me of Miss Blackburn when she wrote on the board.

Mrs Perkins introduced us to Mr O'Reilly and handed him two small blankets. O'Reilly led us out of the bar and across the road to his van. He opened the back doors. Mrs Perkins hung the blankets like scarves around our necks and told us to climb up.

'Shutting you in, now.'

The back of the van had dozens of pictures propped and tied against the walls, but there was a gap in the middle, just wide enough for Daniel and me to squeeze into. Daniel lay down first and I covered him with a blanket. I lay down next to him and tried to pull the other blanket over the both of us, but it tangled with our feet and there was nothing I could do about it. The van started moving, and we both started muddling and fussing our blanketed feet. But we soon settled down as the van steadied into a soothing mutter around us, and we didn't actually need the blankets, because it was as warm as the boiler room in there. We spooned through our clothes and the prickly covers, my face resting on the back of Daniel's neck – the fragile white batty bit – feeling my own hot breath bounce back at me from his skin, like smoke from a windscreen. I fell asleep with the taste of dried salt in my mouth and to the sound of Daniel's voice. He was wondering aloud about the pictures in the van.

'We could unwrap one, Grace.'

Noodle. It was dark. We wouldn't see a thing.

Wondering if they were valuable, beautiful, useful. Did they tell stories? He started telling me one, about a ballerina, or a bluebird, but I fell asleep before he'd really got going.

There was no stopping on the journey home, and back at the Briar, it was nip, hush, piss, no wash and slip into bed. Three a.m.

Twenty-four hours on the road. Can you imagine?

1965–67

A machine attached to the floor with bolts as big as the roots of a tree, and the machine itself a sort of tree – hinges and arms tilting and swaying, and a tray on one arm with tools in rows, like silver twigs. A moon of a mirror swung down from an overhead branch. The mirror was round with a white light around and as if behind it. When Dr Bulmer pushed it away, you knew he was nearly through with you, and a little sink would click out from the machine. The sink gurgled when you spat into it, and afterwards you rinsed all the red in your mouth and the sink with pink slippy water from a fizzing glass.

Over the years, Dr Bulmer had acquired a certificate, a budget and a drill, which allowed him to work by himself. So for some time now, it had only been drilling and filling for big-mouthed, sweet-toothed me. No pulling at all. Pushing, yes, and shushing too, because the drill made me shrill, and longer-lingering fingers. No more than that. The winter jasmine continued to flower.

But I no longer needed accompanying everywhere at the Briar, and it was my hand alone, now, on the brown-painted door of the room marked 'Medical Examination'. No more arm-swinging, witnessing Nurse Jameson. Not a whisper of mothering.

'Hmm. Eighteen, I see.'

Dr Bulmer removed his apron when he'd filled my tooth. He pumped on the chair, raising me, strapped and padded, to a sitting position. He threw his apron on the pile by the door. Then he went over to the sink in the corner, unbuttoned his trouser-fly, flipped open his underpants and pissed. Afterwards, he turned round, holding his dick in one hand, cradling it underneath with the other.

Rub-a-dub-dub. It didn't take more than a couple of minutes, but as he rubbed, willing his dick to harden and thicken, he was looking at me, my mouth, so longingly that I almost felt sorry for Dr Bulmer then. I know about longing.

He finished off at the sink – an anguished spurt, a judder, squeeze and the last few drips. Rebuttoned, he washed his hands, poured himself a brandy and released me from the chair.

'See you next year, Miss Williams.'

Next year, it was the same, and although the door was repainted green, and Dr Bulmer's hair went grey, it was the same every year, until the pulling.

Back. Back to the last few good bits before all that.

The hairdressing salon upstairs at the Briar. Preparing for Daniel, a dance, the choir. Chaperoned outings to Woolies in Watford for handcream, your own. Soap, shampoo, a brand new comb. And picking and mixing – Embassy records, Liquorice Allsorts, dozens of different red Coty lipsticks.

Payslips and visits to the hospital post office.

'Cash or savings?' asked the handsome young clerk behind the counter.

He looked like George Best, but his name was David Osborne, and he was engaged to be married to Miss Joan Walsingham.

'Cash, please,' I said every Saturday, until Dave explained that I could save my money as well as spend it.

I still preferred 'Cash, please', preferred the clinkle of coins wrapped in bank notes that dampened the palm of my hand. But I did manage to save, sometimes, for optional holidays, day trips and visits to palaces, factories and places of interest. Blenheim, Buckingham, Hampton Court, four and six. Five shillings for an evening at the Birmingham Hippodrome. Ditto for a swizz of a trip to the tulip fields of Lincolnshire. We went in winter and the fields were nothing but a windswept mass of pale brown soil.

In 1966, I saved for a ticket to watch the World Cup Final. A flickery, trickery, 'trust me' new orderly said he had several. He took my money every week and promised me a front-row seat.

'In the day room,' he said on the morning of the great day itself, 'Not Wembley Stadium, you stupid girl.'

There were televisions on most of the wards by then, and two in the day room that were never switched off. Eric kept a small television on an empty oil drum in the Nissen hut. His television had the best pictures and scarcely ever went wrong. But Eric, along with all the crazy fitters, including Daniel, was off with Major Simpson and his Scouts watching the World Cup Final at the St Albans City Football Club.

I didn't want to watch the match in the day room. Without Daniel, I'd hate the noise and the nurses making as much as us, everyone leaping up and down, preventing me seeing the cheering crowd, the nippy men with their beetling legs, and the heavy ball like a polka dot – on a foot, in the air, in the goal.

Miss Blackburn and Miss Lily had a large television which they kept in a wooden cabinet in the corner of their sitting room. It was on that grand television that I watched the World Cup Final.

'You're invited,' said Miss Lily at lunch. 'So's Toby.'

And Miss Blackburn added, 'Do come, Grace.'

I sat by myself on the velveteen armchair. Toby and Miss Blackburn sat on the settee, and Miss Lily flitted from one seat to another. At half-time we had cold mutton sandwiches, coffee for Toby, tea for the ladies, and when it was all over and Miss Blackburn brought out victory-sherry on a tray with four small tumblers, I was glad I wasn't one of the squashed, waving spectators at Wembley Stadium. Ninety-eight thousand, Daniel told me later. And four hundred million people had watched the match on TV. Four was enough for me.

Five and threepence for a trip that Christmas to see the London lights. The extra threepence was spending money. After gazing at Harrods, Hamleys, the packed London streets, we all piled out of the coach and into a shop near Oxford Circus. The shelves were stacked with Union Jacks, ashtrays, tea towels, badges and ornaments – miniature Big Bens, red double-deckers, the Houses of Parliament. Six pence each.

I spied a tiny bottle of perfume, shaped like the Post Office Tower. Threepence halfpenny, said the label.

'Threepence halfpenny,' said the man at the till, 'but I'll overlook the halfpenny. I've a mate with a kid like you. Poor blighter.' He shook his head as he took my money.

The bottle of perfume lasted for months. I kept it in the apple-house, moving it from shelf to shelf as if it were an apple. By midsummer, there were only a few drops left in the bottom of the bottle and they were cidery, sticky and brown. I rinsed the bottle as clean as I could and gave it to Miss Walsingham when she married David Osborne later on that summer.

1967

'She smells.'

Sarah was right. I smelt.

'I don't want to sit next to her. Can't I sit in the front?'

'No. Be quiet.'

We were in Mother's nearly-new, olive-green Austin, Sarah and I together in the back. Across both our laps lay a half-sized cello in a dun canvas case. We were going to Leighton Buzzard to part-exchange this cello, which belonged to Sarah, for a three-quarter sized one. Sarah, nine last March, was growing fast.

Leighton Buzzard lay only an hour away by car from the Briar, so Mother, Father and Sarah had picked me up, before lunch, en route. They'd come right into the workshop, which was unusual, but I was expecting them because Sister had hurried me into clean clothes that morning, issued from the going-out box.

Spastics don't wear bras, but I wore ladies' knickers with elastic, not pins, a green serge skirt with a short-sleeved, slippery, flowery blouse and a big beige cardigan which still had all its buttons. I also wore two nearly-white socks which nearly matched except for the cable pattern up the side of one of them. I was twenty years old, but I still wore children's socks with grown-up skirts and dresses. All the ladies did. It drew attention to my not nearly matching legs and the clumpy, built-up shoes, but socks were more practical than stockings or tights, better for weeing us, cheaper, easier to wash. They were cold, though, especially in October.

Sarah, next to me in the car, wore scuffed, pony-brown

sandals with blue ribbed tights, a corduroy pinafore dress, pillar-box red, and a padded, hooded anorak, also red. My coat was thin grey wool with a silvery lining. I'd taken it myself from the going-out box.

'Harrods,' said Sister, reading the label. 'Very smart.' She eyed it. 'Probably Eleanor Maitland's. It's far too small for you.'

I wriggled and sucked my breath in to make the thing fit, and in the end, Sister let me keep it, but warned, 'You won't be warm enough. There's a cold east wind getting up. Still,' she added, 'you're a lucky lady, Grace Williams. Nearly a whole day out.'

I'd just finished slotting together two plastic panels into the side of a green transistor when the door to the workshop opened, and in walked Mother, Father and Sarah, in that order. I dropped the radio. Everybody stopped work and stared. Sarah hid behind Father's back. The male nurse in charge that day strode across the room and shook hands with Mother, then Father. He pointed to me, unnecessarily, and Father chucked his head, a pale imitation of those long-ago days on the terrace – music, chit-chat, curls and ribbons of smoke.

Mother walked over and picked up the radio.

'There, darling. It doesn't matter.' A bright, make-believe-me-not. 'All set?'

'My coat,' I said, remembering. My coat was in the lobby. We fetched it on our way out.

'Goodbye, Gracie. Cheerio, Grace. Be good. Have a lovely time,' people were shouting.

'Why were they shouting?' asked Sarah as we walked in a windy foursome along the drive to the visitors' car park. It was a sunny day, but cold, with white clouds puffing fussily across the sky. Mother ignored her.

'Day out,' I said.

'What?' Sarah peeped at me from behind Mother's back.

I peeped back. She was still holding Father's hand. Mother held my arm.

'What did you say?' Sarah mouthed.

Nearly a whole day out, I wanted to say, but, 'One, two, three and away.' Sarah turned away, swung Father's arm and grabbed Mother's free hand. 'Come on. Please, Mum.'

'You're far too old for that.'

'But.'

'No. Not today.'

The four of us sat in silence in the car. Then I farted. A quiet but unmistakable bum burp. Which is why I smelt. Splotted my bottybook. Blop – another one.

'Poo! Grace stinks.'

After being told to shut up, Sarah pinched her nose between her thumb and forefinger, then twisted away from me and stared out of the window. With the fingers of her other hand, she drummed on the worn canvas, paused, then, with her middle finger, began to trace shapes which I could tell were letters. And the letters, I knew, made words. Daniel and I had our own version – fingers and toes on bare backs and bums.

Grace stinks, Sarah spelt out. *Poo*, then *ha ha. I hate Grace*. She stopped and kept her hand still, splayed on the belly of the cello. I could see how her thumb was shrivelled from sucking, and also how her nails were bitten and the skin all around them rough and raw, worse than some of the laundry girls. My little baby sister. She kept her hand still like that and her head turned away – so I couldn't help looking – until Mother pulled into a lay-by and said it was time for lunch.

Mother poured sweet tea from a big tartan thermos. The lid of the thermos turned into a cup, and Sarah drank her tea from that. Mother poured my tea into a plastic beaker which had a spout moulded into its lid.

'That used to be mine,' said Sarah.

I offered her the drink, very grown-up.

'I'm not a baby.' Sarah was cross. She was always cross when she thought people treated her like a baby. I only did because that's what she was to me, that's what Father called her in his letter. Your little baby sister, Grace, Sarah. That's what she would always be.

What was I to her?

I'd been home several times, overnight, that summer. Sarah had a friend called Katy who often popped round for tea. One afternoon they were outside playing 'Emil and the Detectives'. Sarah was Emil. Katy had to be Gustav and all twenty-four detectives. Their voices drifted in through the open window to the room where I was supposed to be dozing.

'How many brothers and sisters have you got?' asked Katy, who had an older sister and a new baby brother.

'Well, I've got a brother,' Sarah began. 'And two sisters. But one of them doesn't count.'

'What do you mean?'

'She's mental. Defecting.'

'What does that mean?'

'I don't know. Something to do with poo. She's ill. She lives in hospital. She never . . . I never . . . I don't ever see her.'

'Never?'

'Hardly.'

'Oh.' Katy sounded puzzled, but no more was said.

'More tea?'

Mother unwrapped sandwiches. Ham or jam? Jam, Mum. And butter, please. I chewed, mulched and gulped the soft red bread until,

'She's making a mess.'

Jam in my mouth, but jam on my hand too, and, worse still, jam on the dull canvas neck of the cello. Mother had to get out of the car, pull and flip her seat forwards, then lean into the back of the car to wipe everything clean with her hanky.

'See, she's the baby, not me.'

'Stop whining, Sarah,' said Mother. 'This is meant to be a treat. For both of you.'

'I hate the cello.' Sarah kicked both her feet against the seat in front. The cello wobbled. Father coughed. Mother made a noise that was part hiss, part sigh.

'For goodness' sake. Look. Custard creams. Lots of treats today. Joe, pass the biscuits.'

Father passed the packet of custard creams to Sarah, who was allowed to open them. She ate three, one after the other, while Mother wiped, climbed back into the driver's seat and started the engine.

'Share, Sarah,' she said.

'Yes,' said Sarah, but she didn't. She glanced sideways at me, unzipped her anorak and popped the opened packet inside. Mother and Father were bickering about which road to take – A1, A5 or 41? – so neither of them noticed.

We arrived at Leighton Buzzard via the A505, but the house we were looking for was on the other side of the town. There was more spattling, and Sarah said she was going to be sick if we didn't get there soon. Eventually we pulled up outside a crumpled, red-brick house. It had half its roof missing, and the blackened rafters underneath were bent and broken. The small, charred house was detached and set back from the road in a large, overgrown garden with a brambly path leading to the front door.

Sarah, pleased to be out of the car, led the way, skipping up the path, then standing on tiptoes, jumping to reach the knocker. Mother and I followed more slowly. Father brought up the rear, carrying the cello. Mother knocked. There were noises within, muffled voices, then the door opened and an old man appeared.

'Mr and Mrs Williams?'

'Yes. How do you do,' said Father.

'Come in,' said the old man, opening the door properly. 'You must be Sarah,' he said to me.

'No,' said Father apologetically. 'That's Sarah.'

Sarah had darted in ahead of the rest of us.

'Oh.' The old man smiled at me. 'So what's your name?'

'This is Grace,' said Mother.

'Well, come in, Grace. Mr and Mrs Williams. Please.' The man led us along a narrow corridor to a room at the back of the house. Sarah was already there.

'Look. Look. Chickens,' she said, giggling and pointing.

'Shhh,' said Mother. 'Behave.' And she put a finger to her lips. But I could see what Sarah meant. Violins in various states of completion or repair hung upside down from the ceiling like chickens, nine in a line. Their strings were broken or loose, so they splayed earthwards in quivering fronds.

A double bass and four cellos leant against the wall in a dark corner by the door. Two more cellos lay on their sides on a long workbench next to the window. There were armchairs and upright chairs, an old sagging sofa, a low table, a stool, bookcases piled with music, and two music stands, three-legged and spindly, like Sarah's – look, Grace, it folds – not the sturdy, tubular sort used by the hospital band.

What a clutter, Mother was bound to say later. Maroon carpet and striped wallpaper, brown and cream, made the room gloomy. It was chilly too, damp, even – we all kept our coats on – and through the window you could see a wintry lawn blobbed with wet black leaves. There were empty flowerbeds along each side, and holey hedges straggling into the distance beyond two squat, gnarled trees.

I sat between Father and Mother, all of us in a row on the sofa. Sarah was directed to one of the upright chairs. The old man sat next to her. He placed Sarah's half-sized cello on his lap and carefully unzipped it from its canvas case, taking care to remove the bow first. He passed Sarah the bow, let the case slide to the floor and spent a few moments just looking at the instrument on his lap. Then he picked it up and held it at eye-level. He tilted it this way and that, peering in through the curly holes on the top. Finally he unscrewed and pulled out the long metal pin that was supposed to jab the floor, and placed the cello between his legs. The pin didn't reach the carpet, but it didn't matter, the man just gripped harder with his knees. He took the bow back from Sarah, tightened the silver nut, pressed the horsehair several times with the flat of his thumb, then played a few notes. He was a big man, and the small cello could have looked silly between his legs, but he played so slowly and surely, increasingly surely – closing his eyes like people in the chapel choir – and he seemed so comfortable with the curved, lady-shaped wood, which he hugged, stroked and fingered, that he didn't look silly at all.

'There,' he said. 'Finished tuning. Your turn.'

Sarah took the cello and the bow.

'What shall I play?' She frowned and pouted.

'Scales. Anything. He just wants to hear what it sounds like,' said Mother.

'No,' said the man. 'I want to hear Sarah.' He spoke softly but firmly. 'Play your favourite tune,' he said.

Sarah complied. She played a tune we both knew well. Some French gavotte from her grade three book. A simple lilt, but her nibbled fingers moved nimbly, the sound was clean, and she had a natural sense of rhythm. Her left foot, crêpe-soled on the maroon carpet, tapped in time to the tune, and the pout of her mouth softened and swelled. You could see her tongue like an eye between her lips, because she was resting it there, focusing, like Miranda used to.

'Not bad,' said the man when Sarah had finished, and

you could tell that, as an expert, he was sparing with praise and not bad meant quite good.

'What now?' asked Sarah.

'Now you try out the cello I think would suit,' said the man. 'It's tuned and ready.'

He stood up, took Sarah's cello from her and laid it flat on his workbench. Then he brought over one of the cellos that had been lined up in the corner.

'And what about Grace?' he asked, addressing Father and Mother but looking at me, assessing my reaction. 'Does she play?'

'Well, she's . . .' Mother hesitated.

'She's damaged.' The man said the word neutrally, still looking at me.

'Yes,' said Mother. 'Defective. Physically handicapped, mentally defective.'

Mother had developed a way of saying these words that made them roll off her tongue, smooth and slippery, like the 'Wrigley's double-mint chewing gum', chanted and chewed – when she thought no one knew – by Sarah.

Wriggly gommy. Physically handicapped, mentally defective. Subnormal, abnormal, ineducable. Unbearable.

Sarah started playing the same tune as before but on the new cello. It sounded terrible. She stopped.

'I can't,' she said.

'You'll get used to it, grow into it. Start again. Just play the first few bars. Let your fingers adapt.'

Sarah did as she was told, but fiercely now, over and over, the same few notes, trying to get them right, trying to obliterate the pain that had unfurled into the room with the man's question and Mother's response to it.

'Do you like music?' the man asked me directly.

'She loves it, doesn't she, Joe? Your records. Remember.'

'That was a long time ago.' Father spoke for the first time. 'Do you still like music, Gracie?' He turned to me.

I looked at my father, swung my head from side to side, surprised. I'd be twenty-one next month. He was old. His lips, which had always been thin, drooped now, his mouth a pale loop of split grey skin. The lines around his eyes were from age, not laughter, these days, and the blue eyes themselves, smaller than they used to be, were squashed and dry. His face was creased and closed.

Father would have raised his eyebrows, surprised too, had he known how eclectic my tastes had become. Skiffle, jazz, the Beatles, rock – what did they mean to him? The hospital's concerts and music nights were the highlight of my week. Ditto the radio, TV, Major Simpson's LPs.

I enjoyed chapel at the Briar, too. Not because of God, or Jesus, or even the excuse it provided to say hello to the people who disappeared overnight into other wards or work teams, but because I liked singing the hymns in the grown-up chapel choir, hearing the rhythms in the King James Bible and listening to Eleanor at the organ.

There were snatches of music everywhere at the Briar. In the films we watched, at the dances we attended, in the chopsticky chinklings from open windows and doors, in the whistling, singing teams of workers, even in Daniel's jigging, itchy feet and Miss Lily's low, sewing, Irish humming. Not enough, though. Never enough.

More, more.

I wanted to shout, shake Father, spit in his eyes to moisten them. He couldn't have forgotten our warm afternoons and the radiogram, could he? The records. Our singing. Anything that sings.

But looking at Father's face in Leighton Buzzard, I saw a great sadness, the sadness of no bridge across time for him, no me trotting along it, nothing, not a thing hinging, clinking now and then together. No music. I had become someone else entirely to him, someone who might not like music.

‘I do,’ I answered, too quietly, looking down at the floor, hoping to stop the plopping tears.

‘She does, I know. I’ve seen,’ said Sarah, surprising us all.

‘What do you mean?’ said Mother.

‘Nothing. Not a thing.’ Sarah played the tune again, scraping the bow clumsily, too hard, across the strings.

‘That’s enough,’ said Mother. ‘Isn’t it?’ Looking at the man.

‘Yes, I think so.’ He took the cello from Sarah, wiped the fingerboard with a pink rag, laid the cello on its side on the carpet.

There was a quiet knock at the door.

‘Come in, pet. Don’t be shy. You don’t need to knock.’

The door opened and a girl, or woman, appeared.

The clouds had thickened and darkened since the morning, but at that moment they parted and sunshine slid into the room, making it hard to see properly. I could, however, make out a tall, female figure, poised in the strange sudden light, with dust particles spinning around her in wide silver cones. The figure wore black slacks and a tight black polo-necked top which showed her pointed boosies.

‘My daughter,’ said the man. ‘Helen. Meet the Williamses. Mr and Mrs Williams, Grace and young Sarah here, who’s come for the three-quarter.’

I saw Sarah grimace.

‘I hate the cello,’ she muttered, putting her feet on the rung of the chair and leaning her elbows on her knees.

Helen stepped further into the room, out of the blinding light. We all looked at once. Her face was scarred, nearly as badly scarred as the faces of some of the old soldiers at the Briar slowly dying off in the back wards. Although Helen had long hair, it grew in messy tufts, like Toby’s. There were bald patches on her scalp, and some of the hair was brown, some grey, some white. You could see that it had been carefully cut to the same length, but no amount of arranging or dressing could hide the damage to Helen's face.

'There was a fire.' The man gestured vaguely around the room. 'All that wood. The instruments.' His voice tailed away.

Sarah slid off her chair, scrambled on to Mother's lap and buried her head in Mother's shoulder.

'I'm sorry,' murmured Mother.

'I'm so sorry,' Father's embarrassment echoed.

What were they sorry about? Who were they apologizing to?

'Will you play, Helen?' The old man gestured to the three-quarter-sized cello lying on the carpet. 'This is – was – Helen's cello,' he explained. 'It's a good cello. Not the best, but we were all very fond of it. The fire . . . It killed my wife. Helen hasn't spoken since.'

'Oh, I'm sorry.' Father again.

'No. Nothing to be sorry about.' The old man waved any sympathy aside. 'We're travelling to Paris next week, Helen and I, to try out a better one, full-size, a gift. Tortelier heard her play.'

'Goodness,' said Father.

'Yes. This summer. In London. He wanted to help.' The old man hesitated. 'Helen's won a place at the Royal Academy.' He sounded more worried than pleased. 'It'll cost, though. And I don't mean just money.' His voice petered out again. He was looking at me.

'It's not any easier living outside, you know.' He paused. 'Better, perhaps, but not easier. That's what people don't understand.' Then, 'You do like music, don't you, Grace?' suddenly doubtful.

I didn't want this man to doubt. Helen must go to the Royal Academy. I was going back to the Briar, for now. But I wanted to banish the doubt in the man's voice, restore the light, or at least the smile, to Father's face. So I boomed in a big-belly voice, much louder than necessary, 'I do,' which made everybody laugh, even Helen. Which made me wonder about her muteness. There were dozens of dumbos at the Briar, but were some of them just pretending too? Noodles.

'You do? Good. Come, then, Helen. Play.'

The old man sat on the chair vacated by Sarah, while Helen moved around, first setting up a music stand and placing two loose sheets of music on it, then fetching rosin from the workbench.

'Why's hers wrapped up in blue?' asked Sarah.

'Shhh' Mother put her lips to Sarah's ear.

'I'm hungry,' Sarah grumbled, pulling on the zipper of her anorak.

Sarah used to lick and bite her own rosin as if it were a giant boiled sweet.

When I stayed overnight at home, I slept in the sitting room, on a couch that doubled as a bed. It was here, in the sitting room, that Sarah practised the cello. While she practised, I pretended to snooze in the corner, on my couch pretending to be a bed.

'I know you're pretending, Grace,' she would say. 'You're not really asleep.'

And when I continued to close my eyes,

'You're not really asleep. Wake up, spazzo. Don't think I don't know.'

No response, which infuriated my little baby sister. She came up close.

'Spastic, fantastic. Nincompoop. Poop, poop!' Then, 'Ugh. You smell. Rotten apple,' she would say, pushing, doing wide-eyes, rubbing noses with me. Eskimo sisters. Dig us an igloo. Fill it with John and Miranda too, and the flashing oars of Mother's stories.

Sarah was right. I smelt. So did she, but she smelt of

baby – even though she was nine, by then – delicious little-sister baby. Soap and ironed, aired clothes. Sugar Puffs, toothpaste – or chewing gum – and rosin, which Sarah held in her hand, a russet disc, much darker than barley sugar, but with the same sweet semi-see-throughness, and stuck to a six-inch square of crimson velvet.

Sarah stood back and rubbed the rosin from the heel to the toe of the bow. Swipe, swipe.

'Look. Head over heels, Grace.'

All smiles now, she twirled the bow into the air.

'I'm an American cheerleader. A Yank,' she laughed.

I chuckled.

'Ha! I knew you weren't asleep, creepyhead.'

And then she would play. Scales, chords, gavottes. But often, she stopped. 'Look, Grace, it folds, the music stand. Watch out for your fingers. Ping. *Pizzicato* – funny word, don't you think? There are dozens of them. Funny words. Italian. I'm supposed to learn them off by heart. Write them down in a notebook. Look, there's a special pocket on the cello's cover. Mum made it – she loves the words – for the notebook, my rosin and a pencil. But I put other stuff in. See, you can hide things.

'There. Now put your hand on the strings. Feel. Can you feel them buzz? Put your head on the soundboard. Flat. No, your cheek, not your forehead, ninny. Like this. Like that, yes.'

Sarah said the rosin tasted sharp and nasty – 'I call it sharsty, Grace' – but if you sucked long enough and got enough spittle in your gob, you could put your tongue on the oval of rosin and you'd know what the word smicky meant – smooth and sticky at the same time.

She tried to persuade me to lick the rosin, but I was far too grown-up for such shenanigans. She considered forcing the rosin into my mouth. She brought it so close to my nose and mouth that I could smell its Christmas-tree sweetness.

But when Sarah did that, I opened my gob and let my tongue drool, which made her back away and wrinkle her nose.

Helen removed the wrapped rosin from its box, unfolded the blue velvet and swiped her bow with gusto, like Sarah, but slower, more measured, the movement of someone older. How old was she? Older than Sarah, not older than me, by the looks. When she'd finished swiping, before refolding the rosin and putting it back in its small round box, Helen held it up to the light for a moment. The rosin made a dent in the shaft of grey light, an orange glow like a sunset. The real sun seemed to have gone for good. Only small patches of blue remained in a sky that was filling with darker and darker rain clouds, lowering and pressing on the world, on this strange, shadowed room in Leighton Buzzard with its rows of broken musical instruments.

Helen put the box back on the workbench, sat down with the cello and began to play straightaway. I don't know why she bothered with the music stand and the sheets of music. She didn't appear to be following them or to need them at all. She played Bach's Suite Number One, in G Major, the Prelude.

That's what it was, and I knew what it was because of my job as the Major's assistant. We had a growing collection of LPs in the Major's music club at the Briar, including two by the Swingle Sisters. One of the records had lost its cover and was scratched and jumpy on the turntable, but the other had a bright turquoise cover with a big yellow whirl on it, which I knew was the scroll of a stringed instrument, but could have been somebody's fat thumbprint. Major Simpson was fond of this music, and since he was in charge, we often listened to Jazz Sebastian Bach. At the end of the evening, I helped Mrs Simpson put the records back in their covers. Sleeves, she called them. She too liked the Swingle Sisters.

'Now, which is your favourite, Grace?' she would ask, running her finger down the list on the back of the turquoise sleeve. 'I prefer side two, don't you? Shall we ask the Major for it one more time?'

More, more. So I wasn't alone.

But Bach at the Briar bore little resemblance to what came out of Helen's cello. No cosy double bass and percussion jazz combo this. No, it was something else altogether that leapt from between Helen's arms and legs, but seemed rather to leap from between her toes and her fingertips, pulsing out of her skin, splitting her black, skinny-rib sides, sparking along her scorched hairs and – whoosh – out of their electrified ends.

While she performed, Helen's mouth slanted in concentration, making the scars on her cheeks twist in frayed, ropey ridges. She, like her father, closed her eyes, which made it easy for us to stare at her. I could see Mother staring above Sarah's head, and Sarah, who was sucking her thumb, turned her head sideways and looked too. Helen swayed her own head, but not exactly in time to the music – she swayed it as if in thrall to some private, secret calling. I'd seen such swaying, often, on the disturbed wards. Mostly women. Women hunched on the floor, in corners, hugging their knees, rocking, swaying. But men too, more usually standing, leaning on the wall, clutching their genitals. Daniel called it the swaying of memories.

Helen's over-long body sat thinly against the rounded depths of the cello. It wasn't an especially beautiful cello. The wood was yellowish, veined with grey, brown and black. It reminded me of London brick. But it did have a warmth, even in its colour, the warmth of a house well lived-in. And the sound it made was lived-in too – an old sound, filled with many voices, aching, especially when Helen played more than one note at once, pressing on the strings and indenting them like skin. The noise echoed long after her fingers moved on.

I watched her fingers – how they leapt like the paws of a cat up and down the ebony fingerboard, sometimes shivering in wait, but sometimes pouncing, pinning the gut, clinging to sound. And then lightly off again.

I watched the bow in Helen's other hand, the way she dashed it over the strings, rosin like sea-spray whitening the wood beneath. The tailpiece quivered. The bridge seemed to shake. Back and forth went Helen's bow, making shapes in space that matched, or nearly matched, the patterns of the music. Lots of things clashed, seemed out of control, but the whole made perfect, indescribable sense.

When Helen had finished, and she only played for a couple of minutes, just the Prelude, she leant forwards, offering the cello to Sarah. But Sarah, more babyish than ever, turned her head away, burrowing into Mother's shoulder again. Helen shifted, held the instrument out to me.

'Thank you,' said Father, taking it from her. 'That was—'

'No need to thank,' interrupted the old man. 'It's a pleasure. At least, I hope so.' He looked anxiously at Helen. She sat with her head bowed, like mine when I didn't want the teardrops to plop.

'I've brought a cheque,' said Father, passing the cello back to Helen. 'I hope that's all right.'

'A cheque's fine. There's some paperwork, though. Come through to the front room. You can leave the girls here. Helen will keep an eye on them.'

But Sarah didn't want to be left. She wouldn't even get off Mother's lap. In the end, after a lot of kerfuffle and to avoid a scene, Mother asked if Sarah could go into the back garden to let off steam.

'Of course,' said the old man, closing the door behind them. 'We won't be long.'

Alone with Helen, I didn't know where to look.

Through the window I saw Sarah wander on to the lawn. She scuffed at the dead leaves and tuggled the hood of her anorak around her face. She came up to the window and made ape faces by pressing her nose against the glass.

Helen stood and took a step towards me. She twiddled the cello on its pin, then she leant it against me, its neck on my shoulder. The cello lay at a flat, precarious angle. Gently, Helen eased my knees apart. The green serge skirt rode up my thighs, which were unnaturally white in the dullness of the room, and my shrivelled leg looked more like an arm.

The body of the cello was between my legs.

Helen walked round to the back of the sofa. She stretched across and placed the bow in my good hand. Nelson was tucked behind the cello's back. Helen bent lower. I could feel her breath in my hair, by my ear. She put her fingers on the black fingerboard. We both held the bow, Helen's hand covering mine, taking the strain. Then she played, or we did. The Prelude to Bach's Suite Number One in G Major. Again. And again. It wasn't the virtuoso show of a few minutes ago. Sometimes there were only fourteen or fifteen notes in the sixteen-note runs because Helen couldn't reach high enough up the fingerboard, what with the back of the sofa and our heads getting in the way. And the music was slower, much slower, because of both our hands on the bow, and my arm, thick and feeble in its layers of clothes, dragging, acting as a brake. The tipped curve of the cello's waist dug into my knees, Nelson was squashed, hot and hurting with the pressure of Helen's fingers, and the neck of the cello knocked against mine. But as we played, the music went in and out of my belly, through my whole body, not just my heart, in vibrating waves, like the waves on the sea, each one different, each one part of something else. Towards the end of the Prelude, the music rises higher and higher like a tide, sucking at the open G, then D strings. Helen pressed hard. Rosin spurted. There was harmony, a climax and me. A funny cunt-wee. All over.

Helen moved away, took the cello away. Sarah was still at the window but she had stopped making ape faces. I heard Mother call her name and she disappeared. A few moments later, Mother, Father, Sarah and the old man came back into the room, and we prepared to leave.

We hurried down the garden path because it was raining now and the new, three-quarter-sized cello didn't have a cover. Mother said they would buy one in London, or she would make one. Would she remember to add the special pocket?

Back in the car, the cello lay naked across our laps. This time, I had the heavy end, Sarah had the neck.

I plucked the D string, then the low G. Sarah put a finger on the D string, turning it into a different note. Then another, and another. More, more. We passed the journey like this, while Mother and Father chatted.

'What a clutter,' Mother began.

The windscreen wipers wiped, the air in the car was fuggy, but Sarah didn't say that I smelt, even though I knew I must.

'Let's put a tiger in our tank,' sang Sarah as an Esso garage came into view beyond the Hemel Hempstead bypass. Mother said we had plenty of petrol, and Sarah knew perfectly well that Mother preferred Shell, but she drew in to the garage.

'Oh, all right. It'll give us a chance to de-mist a bit.'

By the time we turned into the road that led to the Briar – 'Will you stop that racket, you two.' Mother again – it had stopped raining. The clouds were still grey, but there was blue visible behind them and an evening sun making their edges white. Mother even had to pull down the hinged flap above the windscreen in order to stop the sun going in her eyes.

'That's autumn for you. That's England,' she grumbled, but not too unhappily.

'That's what I like about autumn,' said Sarah. 'The weather, the way things change so fast. Things are never what you think.' She lowered her voice. 'Like Grace,' she whispered, then nudged me to make sure I'd heard. I nudged her back.

'By the way, I like your coat,' she said.

We nudged and shared the last of the custard creams, which were warm and crumbly from being inside my little baby sister's red anorak all afternoon.

'Good day away? What d'you do? Have fun, Grace? How was it, your day out?' people were shouting.

'A treat,' I shouted back. Loud.

1968–70

Sarah was right. Things aren't how they seem. I should have known. Secrets, leavings, without so much as goodbye.

Daniel finished being a weekly boarder at the RTS in 1968 and returned full time to the Briar. He'd passed some more tests, public examinations, and there was talk of college and further education, but nothing came of it. Daniel's dad needed to be consulted and he'd disappeared. I hadn't seen him since Lydd. He'd visited Daniel at the training school, but not regularly on Thursdays, like before, and not at all, said Daniel, for more than a year.

Packages for Daniel came less and less often, then stopped. There'd been the World Cup Willie mascot, which Daniel sold to a nurse for seven and six, and a Beatles record the same year, for Daniel's twenty-first. After that, just envelopes, *par avion*, with bonbons and jits and a couple of books – a pocket world atlas with a fold-out eyeglass, and, in 1969, a book that looked like an encyclopaedia to me, but Daniel said it was more like a dictionary.

'Papa's old *Petit Larousse Illustré*.' Daniel toed the patterns on the spine.

It was a mild, early autumn evening, and we were hot by the stove in the Nissen hut. Just us. So we'd taken some of our clothes off and stretched out comfy on a piece of felt salvaged from the hospital roof, which was being repaired.

That summer we'd had men on the roof of the Briar – patients.

'Protesters,' said Daniel. 'I wish I'd been up there.' He'd been down with the flu.

Men on the moon.

'Heroes,' said the nurses, waking us suddenly in the middle of the night to watch TV. 'History.'

And men on one of the women's wards.

'Male nurses with special training,' said Dr Green. 'A simple experiment.'

A simple experiment to queue early, eat quickly and nip, unseen, from the refectory to the Nissen hut – a woman on one of the men's wards, said Daniel, toeing the *Larousse* towards me. Daniel reckoned we had a good ten minutes before Eric and the crazy fitters returned.

I looked more closely at the book. Its hard cover was made of worn orange fabric. The wide, fraying spine had letters and a leafy border stamped in brown on it, and a dandelion, in brown and white, shedding seeds.

'Dad kept it in the flat in Paris,' Daniel continued. 'On the windowsill. I remember kneeling on it to look out across the place Pereire, waiting for him to come back at night. The place was like a fairground, Grace. Cars, mopeds, all sorts of odd-shaped little vans, some of them going round and round the roundabout, just for fun, the drivers tooting their horns, signalling and shouting at each other.'

Daniel smiled at me.

Whirly eyes, excitement inside.

'The bars, my darling. You'd have loved them. Their crimson-red awnings, glowing lamps and people going in and out of the revolving doors, or sitting outside, ever so late, at tiny circular tables with spindly red and gold chairs. People everywhere.'

The door to the Nissen hut opened, letting in Charlie and three of his mates, but Daniel was in full swing.

'The Metro opposite, arched and green, its sign bright red with lit-up letters, white all night. The tabac next door with a red sign too, Monsieur Esposito-Levi's shoe shop, and the chemist on the corner, woody, curved, crimson-red and gold, pretending to be old. Lights in all the buildings, four, six storeys tall, the shutters rarely closed. And the roads. Those were the best, Grace. Stretching out in every direction, like a gigantic firework or ferris wheel. A galaxy.'

Daniel seemed to settle back into the Briar, the Nissen hut, the crazy fitter team, Dr Green's experimental regimes. He became Eric's right-hand man.

'He says I'm indispensable, now his hip makes it hard for him to get around.'

Will Sharpe had started a line in bespoke footwear.

'For a gentleman's outfitters. Jermyn Street. Very fine repair-work. He says he doesn't know what he'd do without me.'

The Briar without Daniel was unimaginable.

But I should have known. Secrets, stories, ours, cut.

Daniel left the Briar in 1970.

1970

Saturday, 11 April.

I saw the white Commer van as I crossed the visitors' lawn on my way to lunch. It bounced at speed along the drive, turned and braked, making the gravel squirt, then pulled up outside the main front door. Daniel's dad sprang out and rang on the visitors' doorbell. He paced up and down, waiting. He was as tall as ever, but less solid than in Lydd. Crinkling black hair, still very thick, and a yellow cravat at his neck, but his suit was loose, and he wore old workmen's boots on his feet, not French polished shoes.

Mr Smith coughed. He glanced at his watch, stopped walking and looked up at the clock tower on top of the hospital. He pulled a lighter and cigarettes from his pocket. There was a clicker-flip of silver, big, cupped hands, then the cigarette held with his thumb, sheltered under his fingers, even though it wasn't raining. He coughed again.

The front door opened. Mr Smith bowed, but his hair didn't touch the ground, nowhere near, and when he stood up, he looked dishevelled, not debonair.

Daniel was summoned during lunch. He slipped from his place at the end of the crazy fitters' bench. As soon as he'd gone, Charlie, next along, swiped Daniel's plate and spooned up the remains of his stew.

After lunch, we went back to our wards, and I saw that the white Commer van had disappeared.

No Daniel that night at the Beetle Drive.

No Daniel, the van or his dad on Sunday.

And Will Sharpe looked surprised on Monday morning

when there was no Daniel at the head of the queue outside the industrial units.

At three o'clock, the phone in the industrial units rang. The phone hung on the wall by the door and was mostly used for outgoing calls – reporting disturbances, requesting assistance. The only other time it had rung recently had been to tell Nurse Ogilvy she'd won twenty pounds in the staff sweepstake on the Grand National. Nurse Ogilvy had brought in packets of peppermint creams the next day and handed them out to everyone.

We all downed tools, hopefully.

Will lifted the receiver. He didn't say much, but he nodded and frowned and wound a stumpy index finger in and out of the glossy black curl of the telephone cord.

'I see. Yes, Mr Maitland, I see.' He pushed the cord against the wall and rolled it up and down. 'Yes. Of course. I will.'

He replaced the receiver and told us to take a tea break. After the tea break, Will moved one of the regular leather-workers from his seat at the electric hole-punch to Daniel's high stool next to his, by the lathe and the Jermyn Street shoes.

When I went to the Nissen hut later that evening, Major Simpson was there, with Eric, both of them busy by Daniel's bed. The crazy fitters were all at the far end, crowded round the oil drum, the TV, Apollo 13.

The bed was piled with Daniel's clothes and possessions. Eric was sifting through a stack of books. The Major was emptying the pockets of Daniel's old duffel coat.

'Nothing,' said the Major.

'Not a clue,' said Eric.

So I knew. Daniel had gone.

IV

1970–71

May,

'Tantrums,' said Sister.

June,

'Sulking.' Dr Young.

July,

'She'll get over it.' Mr Maitland wasn't interested.

Dr Green was, briefly.

'Regression,' he said.

'Shoddy work. Sorry, Grace, but it won't do.' Will Sharpe looked sad, but there was nothing he could do. I kept slotting the panels back to front into his radios.

At the end of July, I was transferred to Ward Eleven, OT only – Occupational Therapy.

August, September. Case conference, Grace Williams.

'Significant deterioration. There's not a lot we can do, Mr and Mrs Williams.'

October, November. Remember, remember.

I went home in December for Christmas. The house was empty. Just Sarah and me rollocking around in it, and Mother not bothering to get cross because Father was in hospital.

'Angina,' said Sarah on the phone in the hall to a pal. 'Funny word, I know. Yes, sounds like—' She stifled a laugh. 'No. I don't know. Something to do with a broken heart.'

Father came out of hospital for Christmas. Parched and blue, he lay on the couch, eating half a grapefruit for breakfast instead of toast and marmalade, and turkey broth instead of the roast.

On 1 January, he went back in to hospital, and the next day the house began to fill up with people, because Father died.

The funeral was a cremation, which I didn't attend, followed by a do in our house, which I did, although Mother put me to bed before I was through with the doodle-do food. Crustless white triangle sandwiches without much inside – one at a time, Grace. Tiny cheese tarts, spinach swirls, and bacon rolled up on cocktail sticks – she'll hurt herself, Mum.

There were colleagues – musicians – and cousins Norwegian. Neighbours, friends and the three of us. Plus John.

'From America, Berkeley, UCLA.' Mother introduced my brother as if he were a stranger, but John was the same as ever, except he had new glasses, big Californian ones, which made him less shy.

Miranda couldn't come, Mother explained – too busy doing God knows what in the back of beyond.

'Too busy doing good,' Sarah interrupted. She cocked her head and smiled a pretend-Miranda smile. '"I know,"' she imitated. '"I'll make it better. In Nigeria."'

People laughed at Sarah's performance, but Mother said Shhh and changed the subject.

John stayed for a week, then returned home.

'Home?' Sarah snorted like Mother. 'You're not a Yank.'

'It's where I live,' said John, picking up his briefcase, which used to be Father's, and pecking us each on the cheek goodbye.

On the way back to the Briar, we dropped Sarah off, Mother and I, at Paddington station. The platform was teeming with trunks, bags, satchels, hockey sticks and different-sized girls in yellow and blue. Sarah moved stiffly in her new, cardboardy uniform, with her flyaway hair flattened and tied. She was quieter than usual and climbed on to the train without a fuss.

'Will you be all right, Mum?' I heard her say.

A quick hug and a neck-peck, but no answer from our pushing-her-away-from-her mother.

I saw Sarah make her way down the carriage and duck neatly under a teacher's arm to nab a seat by the window. As the train departed, Sarah pressed her nose to the pane, but she didn't make ape faces.

And Mother didn't talk for most of the rest of the journey, not even to ask, was I warm enough, did I need weeing?

At Watford, instead of taking the B route that led to the Briar, Mother went off in the direction of St Albans. She only realized her mistake at the roundabout with the Shell garage.

'Blast. I'll have to go right round. Damn. Missed again. What on earth's the matter with me?'

By the time we turned off for the Briar, the traffic had increased and it was dark. There were strings of red lights on the road ahead of us. The cars slowed, almost halted. Mother dropped her hand from the steering wheel and put it on my lap.

'Grace,' she said, and her voice was as hollow as the crescent-shaped gap between her wedding finger and its ring. 'I'm not myself. I'm sorry. I—'

She took her hand off my lap as the brake lights of the car in front of us winked. We crept forwards and, all the way back to the Briar, Mother tapped her ring-finger on the steering wheel. Left, left.

'I may not be able to visit, Grace,' she said as we pulled up at the gates. 'Not for some time.'

Not even gingerbread left, then.

1972–74

I flailed like the spastic baby I'd always secretly be, waiting for Mother to scoop me, bitter-sweet, up from the warm rug in our hot, Oxfordshire garden, where Father, Miranda and John played with a ball that seemed to arc and roll for ever, like the old English songs on Father's radiogram.

'Sumer is icumen in.'

Miranda whooped her way across the grass to fetch refreshments – home-made elderberry or Rose's lime cordial, something like that.

With ice, everyone? My pixie-sister's voice.

'Lhude sin cuccu.'

Cuccu, cuccu.

'Gone cuckoo, have we, Grace Williams?' Nurse Halliday's sharsty laugh.

Not half.

I snarled when anyone came near me, gnashed my teeth if they touched.

In 1972, lockers arrived at the hospital. I hid in mine and used it as a toilet.

In 1973, we received radios, one each, above our beds. I tore mine off the wall, but the others on the ward, tuned in wrongly and to different wavelengths, drove me bats. I gnashed my teeth.

My teeth were pulled in 1974.

On the desk in the sun, the two matching pairs of silver pliers, which, it was said, Dr Bulmer wielded ambidextrously.

My gob was stopped with long strips of wax.

'Making an impression,' the doctor informed me.

Long strips of reddy-brown wax, making me retch.

'You're a lucky lady,' Dr Bulmer added. 'A brand new set of teeth. Free.'

Gas. The reddy-brown mask making me gurgle and sleep.

Feet on snow. Not Mother's, no. Hobnailed boots. Deep packed snow. Pliers in. Teeth – crunch – out.

'Wake up.' The doctor congratulating himself. 'Thirty-five seconds, twenty-five teeth. Not bad.'

The sound of running water, a chink of liquid gold, brandy on my lips and the colour of Lucozade replacing the bubbles of blood in my mouth.

There was no kissing, stroking, washing, dabbing, soothing, bandaging, cooing, no, but oh, the hospital grounds were lovely that year. It had been a mild winter. The almond blossom was already out, and Mr Peters had been busy. Jasmine. Scilla. Daphne. Camellia. They were waving at me, weren't they, my party-frocked friends? Come, Grace. You're invited. *Réspondez, s'il vous plait.*

True, my head was still yellow and silly with gas, but true too that under the old cedar tree sang crocuses, all colours, and little blue scillas, brighter than bluebells. The grounds of the Briar were a choir of colour. Even Mr Peters' evergreen shrubs had pretty pink flowers peeping out of them. And – why hadn't I noticed before? – on the shady north wall, Christmas roses. They must have been there for years, interlaced with the winter-flowering jasmine.

Clutching a wad of Izal to my shredded gums, I made my way slowly back to the ward.

There was pissing, shitting, fitting, screaming, hitting, weeping, wailing on the ward that night. We all went under the reddy-brown mask. Twenty-four lucky ladies.

Forty-one seconds, thirty-one teeth. Thirty-five seconds, twenty-five teeth. Thirty seconds, thirty-two teeth – that was his record, nimble-fingered, ambidextrous Dr Bulmer.

Two weeks later, I was back in the chair for checking and collecting my first set of dentures.

Dr Bulmer wasn't wearing his apron. He didn't strap me in or fasten the pads. He didn't flatten the chair. That addled man climbed right into it, on to it, straddling me.

Leisurely, he undid his trousers, pulled down his pants, and stuck his dick in my mouth. At first, just the tip. It slipper-dipped in, fleshy and fat, like a chicken leg. The doctor used his hand to guide himself. My tongue swept, my lips blew. I couldn't spew him out.

Dr Bulmer gripped the top of the chair above my head with his other hand, wedging me fast, even my good arm locked by a tweedy knee.

I tried to keep my eyes open, but it was dark in the doctor's crotch – brown skin, damp black hair, shirt-tails tickling my eyes – and Dr Bulmer began to force more of himself into me, covering my eyes, my cheeks, my nose with the cotton twill of his freshly laundered shirt.

I'd have sprinkled salt on Dr Bulmer's dick if I'd had any, like Mr Peters sprinkled salt on the slugs that damaged his plants.

I'd have bitten it off, that dick, if I'd still had my teeth, and if it weren't for my lips drooping like broken knicker-elastic.

Dr Bulmer started knocking the middle of his body against my face. He thudder-shuddered into me, squashing me, hurting me, making my chest squeak and sigh. I'd heard my breath like that before, in the iron lung and under Mother's pillow. Dr Bulmer breathed noisily, pumping out mad, meaningless words,

'Yes, yes. Now, now. Oh no. Oh God. Nearly.'

He was taut and shivering. He removed both his hands – yes – put them on my forehead – yes – stroked backwards – now – ow, not like Mother, no – oh no – flattening my fringe – oh God.

I left the room marked 'Medical Examination' with a set of vulcanite dentures.

Some nurses found me in the hospital grounds, wandering by the shady north wall, sniffing the flowers, kissing them, sniffing. I don't remember. One of them took my arm, my good arm, but I shook her off, they said.

'My name? My name?'

That's what she whimpered, said the nurses. Again and again. But I don't remember, oh no. No words. Just sound.

1974–84

i

Father told me that when Gustav Holst's *Planets* was first played at the Queen's Hall in London in 1918, there were some cleaners at work in the corridors outside the auditorium. And when jolly old *Jupiter* started, Father said, the women all put down their scrubbing brushes and began to dance.

Father liked that music. He often picked up the needle at the end of side two and replayed the very last bit – watery *Neptune*, with his secret, hidden women. An off-stage chorus, Father explained. You can hear their voices – listen Grace, wait – right at the very end. No words, just sound. Yet music, a sort of singing, all the same.

I listened. I waited. But for a very long time, there was no music at the Briar. No singing at all.

I sank.

ii

It was *The Planets* playing the day I went down with poliomyelitis, Father in his study, working, Mother and John at the library – back in time for tea. Miranda, eleven, was in charge of me.

'We'll go to the rec,' she said.

I was six, but still too small for the old pushchair, which stood rusting in the shed at the end of the garden. I'd heard John ask Mother whether he could have it. He wanted to use the chassis to make a go-kart. When Mother said no, I heard him whisper to Miranda, 'She'll never be big enough to go in it. The boys at school say she's mental. She'll never grow. Mentals are all midgets.'

'Shhh,' said Miranda, putting her finger to her lips as if she were Mother.

She bundled me into the pram, which, like the pushchair, had been hers before John's. Although I was too big to lie down in the pram, I sat comfortably enough at first, cushioned by a blanket and folded towels. But on the way to the rec, I began to sweat. It was a warm summer's day and the London air lay heavy and thick on my skin.

'It'll be quicker this way,' said Miranda, bumping the pram off the pavement, steering it round a corner and through a gate.

We were on the path next to the railway track. There was a wire fence on the railway side of the path and a brambly hedge on the other. I could see tiny pale strawberries nestling near the ground among the nettles and the big, dusty dock leaves. Higher up, foxgloves clustered in shocks, twenty or so to a stalk. Miranda stopped the pram, reached out and pulled off one of the puffy blooms.

'Fairies live in foxgloves,' she said, putting the flower on my lap. 'Go on. Have a look.'

I scrabbled and picked the foxglove up. It weighed next to nothing, and its purple skin was marked by small circles of white with tiny dark dots in the middle.

'Well? Is there a fairy in it?' Miranda took the limp flower back and shook and poked it open. 'No,' she stated, matter-of-fact. She picked another foxglove off its stem and peered inside. She tutted. Another, and another. 'Hmm,' she pondered. She plucked a few more and put them carefully at the end of the pram. 'You look very hot, Grace,' she said as we set off again. 'You're all pink, and your neck's red.'

We met a man with a scythe, swiping at the hedge. He stopped swiping as we approached. He smiled and said hello. He wore heavy canvas trousers and was naked from the waist up. Sweat ran from his dark armpits, along the smooth, brown skin under his arms one way, and down the sides of his chest the other.

'What's your name, pretty?' he said, looking at me and putting a big dirty hand on the handle of the pram. The tops of his fingernails were black, there were cuts on his knuckles and scratches on his wrist.

'What's wrong with her?' he asked Miranda when I didn't reply.

'She's hot,' said Miranda.

The man edged his body next to Miranda's. He put down his scythe, and now he had two hands on the handle of the pram and was standing directly opposite me. The sun behind him made the wet spikes of his hair seem to spark and fizz. His eyes were sliced blue smiles.

'She looks retarded,' he said, glancing at Miranda for confirmation. 'We had a little girl like that. Annie.'

The man leant towards me, so close that the handlebar of the pram tucked into the crease of his belly, so close that I could see the pain hiding in his smiles. He brushed my cheek with the back of his hand, then pressed with his fingers around my neck.

'You are hot, aren't you?' he said. 'Aren't you going to tell me your name, pretty?'

'She can't talk,' said Miranda. 'Not really. Not properly.'

'Do you believe that?' asked the man, still looking at me. 'What about these?'

He gathered the scattered foxgloves and held them out to me.

'When you next go to sleep, put one on your finger. Like this.'

He slipped a foxglove over his little finger and stroked my nose with it.

'Make a wish. If the foxglove's still there when you wake up, your wish will come true.'

He straightened, stood back and twisted to face Miranda.

'She's too hot. She's not well, your sister. Do you live near here?'

Miranda was frightened.

'Help me turn the pram, please,' she said, breathily swivelling and jiggling the pram. I toppled sideways against the sharp, closed hinge of its hood. The man righted me and put the hood up – 'It'll give her some shade. God help her if it's the summer plague' – before manoeuvring the pram round.

Miranda pushed the pram quickly, looking thoughtful and worried. She, too, was hot and sweaty by the time we reached home. She fetched Father from his study. He came down, looking nothing but worried. He must have left the door to his study open, because *Mars* throbbed through the house so loudly, it almost covered up the pounding in my head.

Father carried me into the sitting room and laid me on the couch. Miranda brought water, but I couldn't drink it. She dabbed it on my lips and it ran, unwiped, down my chin to my chest.

'Best let her sleep,' said Father. 'Keep an eye on her, though. I'm going to phone the doc. Then the library. Call me if you need to. Mother won't be long.'

Miranda sat in the low armchair opposite the couch. The sound of *The Planets* continued, but more quietly. *Venus, Mercury*, jolly old *Jupiter*. Miranda counted the foxgloves. She put one on my finger and the others in a row on the arm of the chair. She took off her shoes, leant back in the chair. She pulled a length of string from her pocket and twiddled it round her fingers.

'A sailor's trick, Grace, look. I can do cat's cradle, too. And angel hair, see. Snake in the grass. Or is it the jungle? Who cares? How long is a piece of string?' She yawned. 'How long will Mother be? Will she be longer than this piece of music?'

Saturn, Uranus.

I let myself drift. Miranda's short white socks had frothy bits of lace around their tops. The toe of one of them hung off the end of her foot, and each time she flicked the string, the sock twitched and swung, like a pendulum.

Neptune.

I watched Miranda but I couldn't hear her any more, just a ticking sock, a stopping clock, silence and sound.

When I woke up, I was sweatier than ever and there was sick down my front.

'The doctor will be here soon.'

Mother picked me up.

The softness of her touch. A scorching hardness in my head.

'She'll have to go to hospital.'

An ambulance. The word poliomyelitis, spoken gravely. Mother's face. Mother, Father, Miranda, John. All gone. 'Nobody's fault.' 'Saved her life.' 'Darling.' A closing-in.

At the hospital, it was all I could do to breathe. They wheeled me in my hospital bed down corridors, through a hall, into a room with rows and rows of big steel drums on their sides. A girl's head stuck out of each cylinder's end, and mine did too when I was pushed and pummelled into one of them. Switches flicked, fingers adjusted, faces and voices floated above me. 'Air pressure, air flow, respiratory failure. Close the chamber.'

And then I breathed more easily, with something like bellows sucking on my chest. In, out. In and out. The noise was soothing. Like waves on a beach. Three dozen pumping iron lungs. In – whoosh. Out – whoosh. Shush, Grace, shush now.

'We'll have to cut her hair.'

'Shame. It's the one nice thing.'

'What's that in her hand? On her finger?'

'Open your hand.'

'She can't.'

'Looks like a flower. A foxglove.'

And when the nurses had gone,

'You. Can you hear me?'

It was the girl next along.

'I'm Shirley,' said Shirley, already shorn.

'Alison.'

'Amanda.'

'June Brown.'

And so on. Little girls without any curls, except in our slow, frozen muscles.

We wept a lot.

'It hurts.'

'I hurt.'

'Nurse.'

'Mummy.'

'Mother.'

There was no touching. Almost no movement at all. Our necks were wrapped tightly with stretchy black rubber. I could see if I looked down and nearly shut my eyes. If I looked up, I saw the world of the ward in the enormous mirrors, hung for our benefit above the cylinders. Bright and bitty by day, busy with nurses, doctors and silver trolleys. Eerie at night, the light from the night nurse's lamp weakly reflected over and over in the row of mirrors, like distant stars or dying eyes.

Alison died and Shirley too. Then June Brown. Their iron lungs stopped bellowing. Not mine.

More's the pity, said nurse to nurse.

I left my lung and was laid on a bed in the recovery ward. I ignored the flotsam and jetsam around me and continued my long roar to be heard.

She's a nuisance, said the nurses. A noisy cretin. As ugly as sin.

By October, I was as better as I'd ever be, they said, and I was sent home with my shrivelled leg, hairpin arm and a scribbled prescription for iodine.

'It could scarcely be worse,' said the discharge doctor, taking a photograph of me sprawled on the floor like a giant insect. 'My advice, Mrs Williams? Institutionalize. Try for another child. This one's ineducable. A write-off.'

'Grace Williams,' went his report, 'shows no interest in books, apparatus or pictures. She allows other children to do as they will with her. She does not take part in any activity. Apart from her physical handicap, which makes it extremely difficult for her to attempt anything educationally, there is complete lack of mental alertness.'

Complete lack of mental alertness. It was around this time that Mother and I lay on the slippery eiderdown with the pillow on her face, on mine, on hers. Drowning.

iii

I was eight before I was big enough, just, to go in the pushchair. Mother fetched it from the garden shed, cleaned the seat, oiled the springs, tested the brake. She cut the worn rubber from the handle of the pushchair using a sharp kitchen knife, then she whipped new string around it, like she did around the handle of the kettle and our chipped enamel saucepans.

'It's a sailors' trick, Grace. Watch.'

I watched – her fingers firm, her face set, she hadn't written me off, yet.

On our riverside walks, which Father called constitutionals, Miranda grew out of begging 'Let me push', and John stopped asking to ride on the footrest, where he used to stand facing me, his chin lifted so high that, beneath his glasses, I could see the stumpy lashes round his small grey eyes. He remained a puny boy, and Miranda called him a feeblosity. But John had his strengths, definitely.

The same Christmas that I, still tiny at ten, received a baby swing, and Miranda and John their red and blue books, we all had new balaclavas, knitted by one of our Norwegian aunts. Mine and John's had the same snowflake pattern in black and white. Miranda's was green, with reindeer, in a row, around the neck.

'I'm fifteen, for God's sake.'

Miranda slouched out of the room, leaving her balaclava lying on top of the small pile of presents.

That was Christmas 1956.

A few days later, Mother was resting upstairs. The rest of us were in the sitting room, reading. Even I had one of Mother's home-made learn-to-read books propped next to me on a cushion. It was about an adventurous pencil. The pencil got lost and then found. All Mother's books were about objects that came to life. There was the clever light bulb, the naughty toothbrush, and – my favourite – the dancing book. The stories were simple, with plenty of pictures, made by Mother, drawn, painted and stuck using different sorts of paper torn-up and rearranged. The book in the dancing-book story was made to look like a skirt. Mother had created the skirt out of tiny strips of paper – words and unfinished phrases – taken from magazines and newspapers. When the skirt-book danced, which it only did if the little girl who found it and fitted it sang the right tune, it swirled so widely, so grandly, that just for that page, if you looked very closely, some of the words on the skirt made sense.

Miranda didn't wear skirts any more. She sat darkly on Mother's chair at the sewing table by the window. She wore navy-blue slacks with elastic flaps that went under the heels of her navy-blue socks. She had kicked off her shoes and was wriggling her toes and rubbing the arch of one foot on the rung of the chair. Her new red guidebook lay open on the table before her, and on her lap was a small white paper bag of lemon sherbets. From time to time, she rustled the bag and crunched the sherbets. Once or twice she did goggle-eyes at John.

I was settled on the cushiony old couch, sitting with my back against one end and my legs stretched out, crooked but comfy. John sat at the other end. His feet, in brown polished lace-ups, were flat on the floor. He wore long trousers, but you could still see his thin knobbly knees inside them, squeezed together. He read with his book held like a prayer book, high in front of him, elbows tucked in, nose wrinkled to stop his specs sliding down. He couldn't see Miranda's bad imitations of him.

A hiccupping cough made me start. Three squeaky sniffs. Not Father crying? Father was sitting in the low armchair opposite the couch. He had been reading the newspaper, but now he held it folded on his lap. His head was bent and jerking, and the flimsy hair on it shook and flipped. I couldn't see his eyes, but there were drips on to the newspaper, and the crying noise became a moan. Father's breath kept catching in his throat.

'Fetch Mother,' said Miranda, pushing her chair back from the table and splattering the lemon sherbets on the floor. But John kept his eyes on his book. In fact, he held the book higher, blocking his view of Father, Miranda, the whole scene.

Miranda left the room. I heard her climb the stairs, two at a time.

'Mother.' Socks on carpet. Running. 'Mother.'

Father crying.

The bedroom door opening. Mother's voice:

'Go away.'

Shouting, screaming.

'I said leave me alone.'

Father crying.

Me crying. A noisy cretin. Screaming and shouting.

John closed his book and laid it flat on the arm of the couch. He stood up, took my good hand in both of his and pulled me to an upright position. He led me tottery-jittery out of the sitting room into the hall, where my pushchair stood, blocking the front door. John sat me in the pushchair and I didn't resist. He tried to put me in my coat, but it flapped, I squirmed and nothing would fit, so he wrapped the coat around me, tucking the sleeves under my arms. He took his dark-blue gabardine mac from its hook, slipped quickly into it and buckled it firmly at the waist. Then he tugged our new balaclavas over our heads. He was careful to pull mine down at the front so that it didn't cover and prickle my mouth, or get wet from my slobber. He opened the front door.

'Come on, Grace. Time for a constitutional.'

John pushed the pushchair slowly. We crossed the road at the zebra crossing and took one of the side streets that led to the river. John walked even more slowly once we were on the towpath. I quietened. The air was cold and the wind whippy. The wheels of the pushchair clicked against the stones, and twigs flicked in the wheels and sometimes up near my face or on to my lap. We passed men with fishing rods, and fish in buckets next to tubs of maggots. Seagulls squawked overhead and swooped towards the river, where ducks paddled and swam between the pleasure steamers and the long, thin rowing boats. John didn't say a word, and when I peeped at him, all I could see were the glassy bits of his specs, like shields.

Suddenly the pushchair jarred and jolted. The twigs fell out. I nearly fell out. The pushchair had skewered right round. It was at the very edge of the towpath, facing the river. The tide was high and still coming up.

'Let me at least put the brake on.' John's polite voice.

I twisted my head to look over my shoulder, and I saw John standing between two boys much bigger than him. They held his arms, one on each side, and they kept pulling at his arms as if he was trying to get away. He wasn't. He was trying to get to me.

'Whatever you do, keep still, Grace. Just keep still.' Urgently. 'Don't look. Not at me.'

I turned my head back to the river and did as John said.

'Give us the dosh, poshie.'

'I haven't got any dosh,' said John.

'Get some, then,' one of the boys hissed.

'I'm not leaving her.'

'The spazzo.' Spit hit my cheek.

'My sister.'

Two sculls skimmed swiftly upriver, pulled by the tide, pushed by the cold east wind. A Port of London Authority tug chugged downstream towards the landing stage by the railway bridge.

'Is it catching?'

No reply.

'He said, "Is it catching?"'

John remained silent, so they beat him up.

All I heard was scrabbling on the stones, like the wheels of the pushchair, and boys punching and making crowing, groaning noises. I think John put up quite a good fight for a feeblosity, but in the end it was two against one.

'You're beaten, weed.'

'Give me back my specs.'

The boys muttered together, then,

'No,' said one of them.

'You go or she does. Over the edge.'

'No.' John's voice quivered.

'Okey-dokey. Bye-bye, spazzo.'

The pushchair shook, tilted and tipped. My coat slipped out from under my arms. It fell in the river and disappeared in a muddy swirl of dead leaves.

'No.'

The pushchair shaking. A pulling back.

'No. Leave her alone. Damn and blast you. I'll go.'

The three boys lined up next to each other on the bank of the river. John took off his mac and laid it over my legs, which were chilly and pimply because my coat had gone and my skirt was skew-whiff.

'Do you want your specs?'

John shook his head,

'Give them to Grace.'

The boy – the spitter, I think – folded the spectacles and placed them on my lap. He glanced up at my face as he did so, and I spied shame in his eye, just a speck, too small to stop him seeing this through, but a speck, nevertheless.

John removed his shoes, then quickly jumped. It was all very quick. The other two boys jumped back in surprise.

'Blimey. I didn't think he'd do it.'

'Blimey. D'you think he'll drown?'

'Dunno. Let's scram.'

They ran.

John didn't drown. He appeared at my side a few minutes later. He was dripping wet and looked like a seal because he still wore his dark knitted balaclava. He put on his shoes, put on his specs, left the gabardine mac on my lap, and began to wheel the pushchair back the way we'd come, slowly and squelching. Before turning off from the towpath, he paused by a bench, facing the river. He positioned the pushchair at the end of the bench, pressed on the brake and sat down. He was higher than me, but he'd angled the pushchair so that I could see his face and he could see mine.

'I don't want to go home, Grace,' he said, and shivered.

It was cold, ever so cold.

Terns and heron gulls whirled in the wintry air, screeching and hollering a private language. Terns and heron gulls, mallards, divers and crested grebes, sycamores, willows, poplars and lime trees, sculls, pairs, fours and eights. Plus the cox, Grace. Don't forget him.

We saw these rivery things, and John named them for me.

Cirrus, cumulus, nimbostratus – imminent rain.

We stayed where we were until the rain became snow, and flakes lay like polka dots on the gabardine mac on my lap. All I could hear was the knocking of John's knees and his teeth chattering.

iv

Clackety-clack.

'Don't do that, Grace.'

I was jawing my false teeth, which always drove the nurses mad. I did it some more. My gums were sore.

We took our false teeth out at night, and they all went together, plippety-plop, for cleaning, into a pail of water. It used to be Diana's job to take them from the water and match the numbers printed on their undersides to the numbered compartments of a special plastic tray, but Diana moved to the disturbed ward in 1981 – she said she was marrying Prince Charles – and the nurses forgot after that. So for the last three years, when we queued for our dentures in the morning, we'd been making do with whichever set came out of the bucket first. Receiving your own set, the set that didn't make your gums sore, was like winning at bingo, hitting the jackpot, fitting the slipper. Otherwise, the false false teeth turned us into clackety old crackpots.

'Stop it.' The nurse raised her voice and her hand. 'Shut up, Grace.'

Smackety-smack.

Shut up, shut up, shut up, shut up.

Silence? Definitely not my thing.

Clackety-clack.

'If you don't shut up, Grace Williams,' the nurse yelled above the racket, 'I'll tell your visitor to go away, shall I?'

Clack.

Sarah.

'It's me.'

We went for a walk, or rather a wheel, for I was a wheelie, temporarily, having slipped in some piss on the toilet floor.

'Twisted, not broken,' said the locum doctor. 'Strap it.'

Swollen, throbbing and bandaged, my ankle made walking a palaver.

For half an hour, Sarah practised pushing me in the wheelchair up and down the main hospital corridor. 'Bloody hell,' she said, several times, under her breath, and, every time we got stuck in a fire door or banged against a wall, 'Shit'. When she'd got the hang of it, she pushed me through the hall, where I used to polish the door knobs, and out through the big front door. We made it all the way along the gravel drive to the gatehouse. The top of the gatehouse was offices now, and Toby's bottom bit had become a sort of shop, run by the Friends of the Briar. You could buy newspapers there. Magazines, cigarettes, birthday cards, flowers and a small selection of sweets.

'That reminds me,' said Sarah.

She turned the wheelchair and we lurched across the visitors' lawn in the direction of the visitors' car park.

'Here we are,' said Sarah, wheeling me towards a small

blue car, alone at the far end of the car park. 'The Ford Fiesta. Over there.'

When we reached the car, Sarah took out a key and opened the passenger door.

'I forgot.' She pulled from the glove compartment a large packet of barley sugar. 'Mum said to give you these. She said you liked them.'

The see-through packet crackled in Sarah's hand.

'Do you want one?' she asked, holding the packet up in front of me. 'I don't like them.'

Nor me. Not any more. My barley-sugar days were long gone.

I replied by clacking my false teeth and making sucking noises through them. As ugly as sin.

Sarah backed away.

'Sorry,' she said. 'I didn't realize.'

She put the packet back in the glove compartment.

Mother, said Sarah, as we set off back to my ward, this time via a path through the orchard, had been very ill – stressed, depressed, advised to rest. Something like that.

'A sort of breakdown. Sounds like a car, I know. She's better now. Home, at least. Though she won't drive. She rents a small ground-floor flat in Richmond with a shared garden. She sends her love. But she still needs to rest. That's why I'm here.'

Sarah stopped pushing and walked round to the front of the wheelchair, facing me. She'd grown so tall and wore such high-heeled shoes that even if I hadn't been a wheelie, I'd have had to tilt my head up and she bend her neck down in order to see each other properly. As it was, she had to bend her knees, her waist and her shoulders too.

Even so, we couldn't do any eye to eye because Sarah wore sunglasses. Even though it wasn't sunny. I stared at the reflections in them while she started talking again.

'So yes. That's why I'm here, not her. This came.'

Sarah produced an envelope. I looked at her fingers as she drew out the letter and unfolded it. Her fingernails were longer than they used to be and varnished a startling red – did she still play the cello? – but the skin around them was as gnawed and raggedy as ever. My little baby sister. Pretending to be grown-up.

Before reading the letter, Sarah pushed back her sunglasses, raking her thin, pale hair, cut short like a boy's, into wisps above her forehead, and there, at last, were her big fishy eyes – sky-blue, sea-green, changing all the time.

We stared at each other, diagonally, surprised by a sudden sun flashing aslant through the orchard trees, making us scrunch up our faces – not apes, not Eskimos, definitely sisters.

'Briar Mental Hospital,' said Sarah, pointing to the words at the top of the page. She moved her finger down and, with her red fingertip, underlined the single word below.

'Closure.'

1985–86

i

Hounslow or Hillingdon? Where would we go? Haringey, Acton or home sweet home? Would it be London or local? Round the corner, or over the hills and far away? North, south, east, west? Which was best? Words flew like birds before a storm. Closure. Resettlement. Care in the community. Who next? Where to? Who cares? Cuckoo.

People departed in fits and starts.

Some patients left, only to return. 'Failed to adapt' was the official term. Others went and got into trouble. A few even had their picture in the paper. Rick, who stabbed a man in Hammersmith and then tried to set fire to him, did. It was Eric who provided it. Eric still lived in the Nissen hut, though alone these days. His hip made it hard for him to get around and sway decisions like he used to, but he still made plans and had projects. When he heard that the Hospital Management Committee had appointed an official archivist to write the Briar's official history, Eric set about writing his own. His, he announced, would be illustrated, and he busied himself in the Nissen hut sorting out the photos from his old photography-club days.

We OT-onlies had 'Low Priority' stamped on our files. After an assessment, question marks were added and labels stuck on. Rehabilitation. Refer. Regional Health Authority. The wards around us emptied – first the people, then their beds – but we remained LP.

During this time, Sarah visited. Not frequently. Not regularly. Not really as if she wanted to – 'I hate this place' – but she put a good face on it. We would sit in the day room, drink tea and pretend to watch TV. Twice she brought Mother. Once for a Public Meeting, held in the refectory. Mother and I both fell asleep. The second time, July '85, we went to the Briar's centenary exhibition, also in the refectory, where some of Eric's photos were on display. Mother felt faint. She sat on the chair that Eric provided, and she stayed on it, near the door, while Sarah and I, accompanied by Eric, looked at the pictures. I was searching for me in a black and white group by a grey and white sea – not Torquay – when, suddenly,

'There's me,' said Sarah. 'Isn't it?' She stooped and peered more closely at one of the photographs.

The Briar summer fete, 1960.

'Those awful fetes. But I remember that day. I wandered off and got lost. I was terrified.' Sarah looked at the picture again. 'I'm sure it's me.' She pointed, without touching, to a small figure in the background of the photo, also pointing. 'And there.' She stretched her thumb to the middle of the picture, making an L-shape with her hand. 'The boy. The one with no arms. What was his name?'

'Daniel Smith,' said Eric, nodding at the photo of Daniel and his dad, cheesing for the camera in front of Roger's Dodgems. Behind them you could see the bumper cars, and, in the distance, the visitors' lawn, with stalls, bunting, groups of grown-ups and the tiny, pointing blob that Sarah said was her.

'That's right. Daniel. I remember now. What happened to him?'

ii

'Didn't he write?'

The traffic lights changed from red to amber, and Sarah released the handbrake.

I tried to shake my head, but a loop of seatbelt rubbed against my neck and I could only manage a droop.

'Surely he wrote?' She glanced at me. 'No? Are you certain? Eric said he could write. Sort of. With his feet.'

I looked at Sarah's feet on the pedals. Soft, black-leather shoes – flatties, she called them. Car shoes. One was still on the clutch. The other hovered above the accelerator. She stored her flatties in a special compartment on the car door. What else did she keep in there?

'Not a single letter?'

Not one, I could have said. Instead, I muttered, grunted, improvised. There were hundreds in my head.

Dear Grace,

We're at Dover, in Calais, just north of Amiens. Back very soon.

Or,

Grace. Arrived. Flat unchanged. Paris beautiful. Business booming. Back soon.

Dearest Grace, On the road south. Dijon, Geneva, the Alps. Back as soon as poss.

Dear, dear Grace.

Letters, like bunting, strung across the globe. Hundreds and thousands.

'Left?' Sarah indicated, accelerated and turned – 'Why not?' – all at the same time.

I turned my head and stared out of the side window. We were passing through a town I didn't recognize.

'Let's go for a drive,' Sarah had said at the beginning of this visit, her next one, after the ones with Mother, and – though we didn't know it then – her last one to the Briar.

'Anywhere rather than here', and, 'At least it's something to do', I'd heard Sarah mutter and followed her gaze around the day room, which was nearly empty – just some old skitters sleepy and twitching in the corner, a group of wheelies watching telly and two nurses, in armchairs, with folders on their laps.

Sarah clunk-clicked me into the front of her Ford Fiesta – very uncomfortable – and off we drove.

We sped along lanes sprinkled with frost and bright in the January sun, then down roads and through towns and villages further away. We even went for a spin on the M25, just for a mile – just for fun, said Sarah.

'Soon it'll stretch all the way round London,' she told me. 'Can you imagine?'

Sarah tried to chit-chat, but she hadn't got the hang of my two-word replies and didn't have the knack of filling in for herself. Plus, she asked me questions I couldn't have answered, even if I'd had the right dentures in that day, and all the words from John's blue dictionary in my big mouth too.

'Eric said you knew each other very well. You and Daniel. Is that true?'

What could I reply? He didn't write. The flipping boy didn't even say goodbye.

I kept my gob shut, my head turned and my wetting eyes on the windowy whirl of houses, people and cars. There were more cars than there used to be – on the roads, at their sides, in people's drives. More makes, more colours. Daniel was wrong about all that.

'Sorry,' said Sarah. Again. Why?

We drove in silence until the roads became streets with shops as well as houses, and, at the junctions, signposts.

'Actually,' said Sarah, 'what Eric said, when I talked to him last summer, was –' and she lowered her voice to a stiff rasp – '"Grace and Daniel? A perfect match, God bless".'

We both laughed.

'There. I knew you weren't asleep.' Sarah sounded pleased. 'Stop pretending, Grace. Now. Which way here?'

The town I didn't recognize turned out to be an outskirt of Watford, not far from the Briar.

'Try right,' I tried, but my tongue bow-wowed out, as usual, and Sarah didn't answer. She switched on the car radio – the afternoon play – and we drove back to the Briar on the Hemel Hempstead road.

Sarah stopped at an Esso garage and filled up the Fiesta.

'Now we've got a tiger in our tank,' she said, settling herself into her seat.

She twiddled the knobs and pressed the buttons on the radio.

'It's a cassette player too,' she said. 'Broken, though. It chews up all my tapes.'

She tuned the radio to cheerful pop and didn't ask any more questions about Daniel, or say anything else, until we'd parked in the visitors' car park and it was time for her to go.

'Here,' she said, at the door to my ward, reaching for something in her bag. 'Custard creams. I thought they might be okay. With your teeth, I mean.'

She thrust the packet towards me. I took it, and she took off down the corridor.

I was restless that night. No shut-eye for me. Six custard creams stirred into my tea, plus a few more in bed, may have had something to do with it. My innards gurgled, my head churned and figures flickered across my eyelids. Their voices trickled between my ears. Send her my love. I'd always come back for you, Grace. Here, custard creams.

There were crumbs on the bed-sheet and I could reach them.

Children on back seats waved goodbye.

When the night nurse came on at ten and shut herself

into the office for changeover, I climbed out of bed, dahu-ed to the door of the ward and slowly slippety-skipped down the stairs and out into the hospital grounds via the side entrance by the refectory.

It was a night with no moon and no stars, clear but dark, and – what with just my nightgown and no shoes – cold. I went to the rock garden. It was still private there. Not as peaceful as before. You could hear traffic behind the trees in the distance. Beyond the trees, if you looked very carefully, you could definitely see the Lucozade glow of London on the horizon. But the bench on the highest hillock had split and was splintery, and the plants had spread across the rocks, slippery and uneven.

I went to the tool-shed. It was so dilapidated you had to climb over broken timber to get in. The roof leaked and the place reeked of mice, dead and alive.

Up to the attic, which was locked. I sat on the staircase outside and waited for the chimes from the overhead clock tower. Eventually, I went downstairs and out into the grounds again. The cedar tree was still there, but I didn't crawl underneath its low-hung branches. The ground was crusty with frost, my feet were numb and the hem of my nightgown dragged. My ankle was as better as it would ever be, but it ached, and when I knelt, pain hot-knifed up my leg.

I wandered back to the patch of land beyond the orchard where Mr Peters' apple-house used to stand. I stood where it stood. Once upon a time. I was in the apple-house. There weren't any apples, but I counted them anyway. Five, eighteen, thirty-nine. Rows and rows of them. It was dark. I couldn't see. I felt along the slatted shelves. Each apple sat differently in the curved palm of my good hand. Each apple had its own smell. The rotten ones smelt the strongest.

I paused in the corner where the strawberry punnets used to be. I was about to pull down my knickers and piss on the punnets. But I remembered Miss Lily and her strawberry teas. Passports, manners and etiquette. And I remembered the apples. The ones I hadn't counted yet. So many. Arranged so neatly on the slatted shelves according to type. Pippin, Russet, Worcester Pearmain – Daniel used to mix them up, just to annoy Mr Peters. Cox, Idared, Gala, Fiesta. It was dark, but I didn't need to see. Beauty of Bath. Discovery. I knew it all by heart.

iii

February was Brentford. March, Shepherd's Bush. April, Hanwell.

Ealing, Isleworth, Hanger Lane, Chiswick.

In the end it was Hounslow for me, that May. But I'm telling you now – and I've been here a year – it's Eastbourne every day in Hounslow High Street.

V

1987

I've been here a year. I go to the high street once a week. Shops with awnings line both sides. They sell everything under the sun. Market stalls stand in the middle. Their goods ripple like rainbows in an off-season sea of people, pushchairs, wheelchairs, bikes, buggies, dogs and trolley-bags. There's a small fairground ride outside Woolies. It turns very slowly and plays nursery-rhyme tunes, very slowly too. Little kiddies lift up their arms, and mothers hoik them on to horses and aeroplanes, into cars, rockets and the two-seated boat.

Beyond Marks, BHS and no less than three shoe shops is the shopping mall, with glaring lights, as bright as a seaside amusement arcade. When it rains, we go to C&A in there, and order coffee from the help-yourself café on the top floor. You can see Heathrow from the seats by the window, and, if you look down, the swell and swim of Hounslow High Street.

Coffee and a smoke – nothing better, says Carole, my carer. Her cousin, Bet, works behind the counter in the café and slips us free Danishes. Carole takes her coffee black with two Hermeseta sweeteners which she shakes from the tube that she keeps in her handbag. We eat our pastries, Carole wipes me with a Kleenex, then, 'Time, I think,' she says, and we both light up.

The high street's only a bus ride away from Acacia Road, where I live at Number Ten. It's a semi-detached house, like the others in the road, and, like them, it has net curtains at all the windows. Ours has a built-on extension, there's a minibus in the drive, and two wheelie bins with 'London Borough of Hounslow' printed on their sides. The front door is wide, the top part semi-see-through with frosted glass. There's a doorbell, which pings the beginning of *Match of the Day*, and above it a typed notice, covered in polythene, which also says 'London Borough of Hounslow'. The rest of the words are blurred and run together from the weather.

Every Tuesday, instead of letting herself into the house and knocking at my room – 'Coo-ee' – Carole rings the bell and waits at the front door until Martin opens it. Martin's in charge of us. He lives in a ground-floor flat attached to the house with his wife Pat, who helps out in the evenings and first thing. My room is also on the ground floor. Next to Cynthia's. Opposite the bathroom.

Harry, Reg and mongy Christopher sleep upstairs, where there's another bathroom.

'Ready?' says Martin every Tuesday as I rush past him at the door.

It's a joke, because I'm still a slug-a-bed most mornings. When Pat comes in with my mug of tea and to open the curtains, 'Hello, sleepy-head?' she says, or, 'Who's a dozy bear today?' Except on Tuesdays, when she eager-beavers me into my clothes, through breakfast and a quick top-and-tail.

'Not stopping for a hug?' Carole laughs and hurries after me.

Carole's a hugger. She's slight and bony, golden-brown all year round from visiting her sister in Fuengirola and the tanning salon in Slough. Her Silk-Cut skin is loose and crinkly at the edges, soft and warm as a hot-water bottle. I stop.

We walk to the Bath Road, and Carole takes my arm, my good arm. There's no hop-skipping, because Carole's busy digging in her handbag for a ciggy. But it's not a bad imitation of Mother.

While we stand in the bus queue – 'not quite so close, sweetheart, people aren't used to it' – I count the cars, wave at the taxis and stare at the sudden scuddering aeroplanes. Whoppers. They fly so low, they look as if they'll land on Acacia Road. From my bedroom window, I can see their great gleaming underbellies, their engines, landing wheels and the unhinging flaps of their wings. From the bus stop on the Bath Road, you can see which airline they belong to and how colourfully they're patterned, how carefully painted with flags, faces, bows, arrows, crowns, wreaths, rings and ribbons. The noise they make takes a bit of getting used to. The house shakes with it, and you can't hear the radio or telly, let alone what anyone's saying. And in Hounslow High Street, every two minutes the babbling stallholders stop in mid-flow while a plane goes over. Martin belongs to the Heathrow Association for the Control of Aircraft Noise. He pins HACAN posters to the noticeboard in the kitchen alongside our schedules, the cooking rota, *Desiderata*, the house dos and don'ts, notes to himself, to Pat, to the key-workers – 'key-worker, codswallop,' says Carole. 'I've always been a carer' – and a shopping list, which anyone can add to, but is mostly in Martin's handwriting. Bog roll, J-cloths, sugar – gran. WD40, Sparkle, Weetabix, pee-pads, things like that. Teabags. Carole adds Nescafé, if it's not already there. Pat thinks Carole lets me drink too much coffee – it doesn't help with the nights, and the peeing, she says.

'Have you spent a penny?' whispers Carole on the bus. 'If not, we'll pop into Marks, shall we?'

I nod and finger the fabric purse hanging round my neck. It was the first thing I bought with the spending allowance I receive in Hounslow. Carole said I should, and helped me pick it out from one of the market stalls. I've also bought a nylon moneybelt since then, three wallets, two leather-look handbags – and a partridge in a pear tree, according to Pat. Carole says my room's a veritable Aladdin's den.

Carole stands at the door every morning, except Tuesday, and surveys it proudly. She and I redecorated it ourselves. The walls are Homebase Magnolia – you can't beat off-white, Grace. The curtains, new, are green with pink swirls and match my duvet, valance, overhead lampshade and the cushion on the vinyl chair by the door. I've a brown chipboard wardrobe full to bursting with clothes, and a matching chest of drawers, ditto. The top of the chest of drawers has my telly on it and some of my high-street buys. Three Japanese bowls, a chunky, cut-glass ashtray, two snowglobes, a pyramid paperweight, three rose-scented candles, a plastic candelabra that looks like silver, a teapot in the shape of a cottage, a money-tin in the shape of a phone booth, a miniature windmill, a wind-up music-box, tiny and tinkly with *Für Elise*, my electric-blue ear-muffs, a wicker basket containing pot-pourri and a jewellery chest covered in fake red velvet and real gold braid.

I fluff up the velvet, making shapes and letters by changing its colour, before opening the chest, which is crammed with scraps of red and orange wool. I don't snitch from people's jumpers any more. Pat saw me take what I wanted from her knitting bag. She didn't let me keep the balls of wool, but she snipped lots of bits off their ends for me. I scrunch, suck and untangle the scraps, mapping and remembering.

More goodies crowd on the shelf above the radiator, between my cuckoo clock and the window. There are my books – Littlewoods, Freemans and Kays catalogues, plus a Bible, four files and an album, wedged between two wooden clowns sitting down. A teddy is propped against the back wall, shoulder to shoulder with a puppet. Carole has arranged the puppet's legs so they dangle off the front of the shelf. The rest of the shelf is taken up with a set of glazed figurines – sheep, a shepherd, two dogs and a milkmaid – a china thimble, a thermometer glued to a miniature lighthouse, and my photos, in frames. I buy the frames in the shop next to Dolcis – Save'n'Save – where Carole buys suncream and moisturizer in multi-packs. I also bought my ashtray there, the cuckoo clock, two batteries for it and, at the counter, two disposable cigarette lighters. I gave one of them to Carole, because she lost her fancy gold refillable in the sand last time she went to Spain. She'd had it for nearly a decade, she said. Jim, her old man, gave it to her for her thirtieth. But Jim's a drinker and a bad lot these days, she says.

When we couldn't fit any more frames on the shelf, Carole hung three clip-frames on the wall above my bed – me on a horse, me and Carole at the Beehive, all of the Acacia Road residents and our carers at a barbecue last summer in the back garden.

In November, for my birthday, Carole gave me a photocube. We spent ages choosing the pictures, then we slipped them in and put the cube by the basin on my vanity unit – uppermost, me in the kitchen at Acacia Road, blowing out the candles on a cake from Greggs.

We placed the thick ceramic picture-frame, knobbly with sea shells, which I bought before Christmas, next to the radio-alarm clock on my bedside table. The frame contains a photo of Mother, also at my birthday party, sitting beside me at the kitchen table. You can see old Reg, grinning, and half of Harry's beardy face too, as well as the back of Carole's brown bobbed hair and the flash of Martin's camera in the window by the sink. We're all wearing pointed paper hats.

Mother visits Acacia Road. Regularly and frequently. It's a train and two buses from Richmond – quite a journey – but she manages. She sits in the kitchen with Carole and me, and we drink coffee from mugs which don't match, but have pictures, cartoons and words on them – the London underground, a heart, an apple, the Royal Botanic Gardens, Kew, I Love New York, Majorca, You. Cynthia has a mug with her name on and won't let anyone else use it.

I help Carole make the coffee. I spoon, she boils. She pours the water, I the semi-skimmed. Then I stir Mother's sugar in for her, because of her shaky hands.

Carole and I smoke. Carole tells Mother what we've been up to.

'Gracie's doing brilliantly,' she says about all my activities.

She shows Mother my schedule.

Self-Care, Healthy Eating, Keep Fit, Craft – 'You're a star there, Grace.'

Communication, Cookery, Relationships. 'Not a problem. We get on famously most of the time, don't we, Gracie?'

Carole and I chuckle. Cooking's neither of our fortés, and Carole gets on famously with nearly everyone.

Church Social, the Acorn Club – Grace loves that. The Beehive Pub – don't we have a laugh? Mencap meetings, the Cranford Mental Health After-Care Group, the Disability Centre at Heston School. And In-house Leisure, which means whatever you fancy. Martin's keen on participation, co-operation and group entertainment. TV and high-jinks in the lounge. Me too. But I'm keen on my room as well.

I show Mother my room. She sits on the bed, and I bring her my things, one by one. She fingers them, half smiles and passes them back to me, even when I want her to keep them as presents. I take the album, a catalogue or file from the shelf. Mother and I sit next to each other on the bed, and we flip through the pages. Mother doesn't say much, and her smile isn't curly – 'Lovely, Grace. Yes, lovely, darling' – but she leans in close to look at the pages, and I stroke her wavy white hair.

I often sit like that with Carole. I don't stroke her hair, because we're too busy choosing clothes from the catalogue, sticking photos in the album or fitting another certificate of achievement into its file.

If, on the bus, I reach out to stroke someone's hair, Carole takes my hand, holds, strokes and squeezes it with both of hers. 'I'll give you a manicure this afternoon, Grace,' she says. And she does. Nelson, especially, looks beautiful these days.

As the bus jolts into the bus station behind the shopping mall, I definitely need a pee, so we go to Marks & Spencer, and that's where our morning in the high street really begins. It ends, when it's not raining, with coffee and cigarettes at Greggs bakery. If it's sunny, we sit outside. We buy two cut loaves for Number Ten in there, whatever the weather.

Sarah also visits Acacia Road, occasionally. Miranda's too busy. Doing good, I expect. In the Third World, according to Mother.

'In Geneva nowadays,' said Sarah. 'A desk job that drives her mad. She'd far rather still be fairy-godmothering about.'

Carole asked Sarah if Miranda would send a photo for our Life Project at the Acorn Club, but all she sent were some torn mucky snapshots of the back of beyond – her, flitty and blurred, in a moving mass of different men, nurses, flies, army trucks and half-naked, big-bellied children with sores on their heads. I didn't stick any of them in.

Since then, though, Miranda's been sending postcards from her jaunts around Europe – breathers, she calls them. Mountains, snow, nuns on skis – 'Can you see me?' Pigeons in Venice – 'even the shit is beautiful'. The leaning tower of Pisa, with a group of tourists leaning against it – 'trick photography' written on the back. A vague cloudy sea, lilies by Monet, a man with a hat and a big apple on his face by René Magritte, 'for Gracie, from René (like the tummy tablets)'.

Mother provided plenty of photos, and John sent a tidy batch from California. At the top right-hand corner of each picture, he'd attached – carefully, so as not to spoil the gloss – a neatly hand-written post-it. I peeled them all off and Carole helped me stick them in the project too. 'Us at the Grand Canyon', 'Us, Thanksgiving', 'B's 45th', 'B and JJ on the beach', 'JJ First day at school', 'Me reading', 'B and me at home (taken by JJ)'.

JJ's a speccy, moon-faced mini-John. Sarah calls him 'the little professor'. John and B are real professors.

'And I'm just a jumped-up Avon lady,' Sarah told Carole.

Sales and marketing, wheeling and dealing – not that exciting, she knows she's lucky, she has flair for languages, she's not at the top of the tree, though, and is it really what she wants to be doing? Something like that.

'But,' she smiled. 'I perform well. I reach my targets. And it has its perks.'

Business-class flying being one of them, several times a year.

When she goes to Heathrow, Sarah parks her Fiesta in Acacia Road, or very nearby, and takes the tube from Hounslow West. On her way home, if she has time – it's a fiddly route to Clapham, she ought to stop off in Richmond, rush-hour's coming up – she drops in to Acacia Road. She too sits in the kitchen and drinks coffee with Carole and me. Carole and I smoke. Sarah tries not to.

'So where's our jet-setter been, this time?' asks Carole.

'Nowhere very glam,' replies Sarah, but we don't believe her.

She brings us chocolates. Duty-free ciggies for Carole, and, for me, the freebies from the aeroplane and her hotel. I store them in the cabinet above my vanity unit. There are more chocolates in the car for Mother, she says, the same as ours. Boxes from Belgium, tied up with bows. Red Suchard bombs, six to a pack. Big black bars of Lindt. Gold and white tubes of dark Dutch pastilles. Hershey's Kisses, all the way from New York. And starry, blue-silver Bacis, Mum's favourite.

I make a mess eating mine, but it doesn't matter, everyone makes a mess with their wrappers and the wrapping on the kitchen table. Carole licks her fingers. Sarah twists and folds the mess, rolling the foil into nuggety balls, tearing the tissue into narrow strips, which she pleats and leaves dangling on the edges of things.

Carole tells Sarah what we've been up to. She says I'm doing brilliantly at all my activities, but she also mentions a few hiccups. I muck about with Harry in Keep Fit. I become impatient with the wheelies and cripples in Craft, who can't wield the tools as well as me, and I'm a tad too social, says Carole, at Church Social.

At Acacia Road, I have the odd run-in with Cynthia, thieving and hoarding are ongoing issues, and Pat doesn't like it if I let Harry in my room after the nine o'clock news. Martin says I'm grumpy and unco-operative when Carole's away, and he's concerned about my inappropriate noises – muttering, grunting, clacking – at inappropriate times.

'Just hiccups, though,' says Carole. 'Nothing to worry about.'

'Nothing to worry about,' she said one day. 'But there's something I'd like to ask you, Sarah. I hope you don't mind.'

'What's that?' Sarah took a sip of coffee from her all but empty mug.

'It's about Grace talking to herself,' said Carole.

'She's always done it, I think,' Sarah answered.

'I know, but the thing is –' Carole lit another cigarette – 'it's not the talking, exactly, or even the doing it in public. We're working on that. Martin says you're just attention-seeking, Gracie – grumbling and moaning when you're bored or fed-up. But I think. I don't know. You do go on, don't you, Grace? When you're alone, too. In your room. Do you remember the other day?'

Carole doesn't normally mind my improvising. She replies as if she understands, even when she couldn't possibly. Codswallop, she told the teacher at my Makaton class, who said my motor skills might be up to signing, but he didn't think I had the cognitive ability to grasp the Makaton system of symbols. Who are you to judge? Carole added. Gracie talks the hind legs off a donkey to me, given half the chance. Give her a chance.

On the day Carole meant, we were in my bedroom, curtains already drawn. Carole was sitting in the armchair between the vanity unit and the door. She was filling in her time sheet before catching the coach to Swindon for a residential training course.

'I'll be back next week. No fretting, and no silly biz while I'm gone.'

I was lying on my bed. We'd switched off the radio, and I was listening for planes through the January rain on the patio. *Countdown* counted down through the wall from Cynthia's room. I didn't want Carole to go.

Martin knocked on the door. He asked Carole to give him a hand with Reg, who was stuck in the bath again. Carole followed Martin out of the room, leaving the door wide open.

When she came back, she said, more sharply than usual, 'No, Grace. Enough. Don't. You're spooking me. I could hear you as I came down the stairs. Jabbering. Blabbering. I thought you had a visitor. I thought something must have happened. You weren't crying, but you sounded so . . . oh, I don't know.'

Then she hugged me and cried a bit herself and said she was sorry for seeming cross.

'You sounded so sad,' she said.

To Sarah, she said, 'I haven't spoken to Martin, but it occurred to me ... it might seem a bit far-fetched ... but perhaps Grace has – or had – an imaginary friend. She says no.'

I shook my head.

'See? Adamant. But I was wondering. At the Briar, did Grace ever ... you know, talk to anyone ... someone who wasn't there?'

'Not that I know of.'

'Not when she was little? Are you sure? Well, you wouldn't remember, would you? But something ... Lots of children do. A doll, or a blanket, even? A make-believe friend.'

'No. Just the boy, the one with no arms. Daniel Smith. And he was real.'

That got them started, and they pooled what they knew about Daniel Smith. It didn't amount to much, but enough for Carole to say, 'Why don't you find out? Someone ought to know. It shouldn't be hard.'

'I suppose not,' said Sarah. 'There must be records.'

Next time she visited, Sarah said she'd written to the Briar but drawn a blank. Official records of the relevant years had been transferred to a central archive in London, she told us. Many had gone astray on the way.

'What about people? Aren't there still staff at the Briar?'

'Only a skeleton. I phoned. The geriatric wards are functioning, apparently, but that's about it now. They're planning to put the whole thing up for sale as soon as poss.'

She'd asked about Eric, she said, but he was in Watford General Hospital following a stroke. She'd rung and spoken to someone on the ward – bedridden and gaga, she'd been informed.

'So we're stumped.' Sarah frowned.

'Shame,' said Carole.

'But I'm curious now.' The faraway, fishy look came into Sarah's eyes.

In March, Sarah had to go to Zurich for work – a bugger, she said, because it overlapped with her birthday.

'Still. I could fly via Geneva. Go and see Miranda. That might be fun.'

When she returned, she phoned from Heathrow. Would it be okay to call in? Carole had picked up the receiver from the payphone in the hall. I could see and hear her through my open bedroom door. She cupped her palm over the handset.

'It's you-know-who,' she mouthed, unnecessarily, to me.

Sarah arrived half an hour later. Nearly teatime at Acacia Road, and the kitchen was busy with Harry and his temporary carer making cottage pie, Cynthia sticking her big nose round the door and asking 'When'll it be ready? I'm fucking starving', and Martin popping in to keep an eye on things.

'I told Miranda,' said Sarah. 'About Daniel. She remembered him too. Much more than me, in fact.'

Tell me, tell me, tell me.

'Tell us,' Carole said.

'About the fete, the photo. And Daniel's dad. She said he owned the bumper cars.'

I shook my head.

'Really?' said Carole. 'Are you sure?'

'"As sure as eggs are *oeufs*." That's what Miranda said. "Try tracing the dad, Mr Smith," she suggested. "With a name like that? You must be joking, sis," I said. We'd had a couple of glasses of wine by then.'

Sarah took one of Carole's cigarettes – may I? – and lit it with my disposable.

'We were about to go out, buy some more cheap fizz

and a Chinese for dinner, when the phone in Miranda's flat rang. It was for me – John, getting JJ to sing "Happy Birthday, Aunt Sarah," down the line.'

Harry began to lay the table for tea. Carole and Sarah shifted our clutter to make room for his layouts of cutlery. He made the right shapes with the knives, forks and spoons, but in the wrong order and much too large.

'So then what?'

'Then I got the giggles. Miranda, at the grand old age of forty-six, was doing goggle-eyes, you see, dancing about the living room with her fingers round her eyes and her elbows clutched in. Like this.' Sarah did Miranda's bad imitation of John – well – and the three of us burst out laughing.

'Sorry to interrupt the fun,' said Harry's carer, who wore an agency uniform and his key-worker badge, 'but would you mind not smoking? Lounge only. That's the rule.' He nodded to the board's 'dos and don'ts'.

'You're right,' said Carole. 'Apologies.' She winked at me, and said in an undertone to Sarah, through sideways-twisted, lipsticky lips, 'Sad sod.'

'Sorry.' Sarah stubbed out her cigarette. 'The point is, Miranda and John had quite a chinwag on the phone, in the end. John's certain that Daniel's dad drove a small white van made by Commer. Daniel told him that day at the fete, John said. Plus a lot of guff about the make, horsepower and so on. And John, being John, remembers some of it. Not the number plate, but he did see the van. Daniel showed it to him on the way to the cricket pitch. A battered old thing, John said, with writing on the side, too far away to read, but the van stood out in the visitors' car park, even at a distance. Otherwise he probably wouldn't have remembered. What with the fracas later.'

She paused and looked at me.

'I've no memory of what happened at the dodgems. I

know I was there. Like I said, Eric told me about it, and now Miranda's described it pretty vividly. By the way, she also said you only started muttering, grumbling – whatever – to yourself when you went to the Briar.' She put her stubby fingers on Nelson and pressed. 'I didn't know that. Sorry, Gracie.'

'You were very young,' said Carole.

'Yes.' Sarah took her fingers away and nibbled the skin by her thumbnail. 'Apart from getting lost, I only remember after the dodgems, eyeballing this funny-looking boy – Daniel – held in the arms of a very tall man. And the car journey home. Me, sleepy, between John and Miranda in the back, John reading, arguing coming from the front. Miranda suddenly bent down, lifted my feet out of the way and tied John's shoelaces together in a great big knot. "Silly ass," she said and took his book away from in front of his face. "It's all your fault." I started blubbing, and Mum started yelling. Oh, and someone's watch, smashed, lying on the grass. Anyway . . .'

Sarah crossed her arms and tucked her hands under her armpits.

Harry brought a stack of six tumblers to the table and began placing them in a flower-pattern around the water jug plonked down by his key-worker.

'Anyway. Smith, plus some details about the van, plus approximate date – year, at least . . . I bet they keep records for ages at the vehicle registration place.'

'Yes,' said Carole. 'Let's get on to them as soon as possible.'

March passed. Harry had an operation on his varicose veins and we all went in the minibus to Ashford Hospital to cheer him up. I took him some daffodils from the garden and a pouch for his specs. The pouch did up with Velcro – a godsend, says Carole. Reg and Christopher have it on their shoes. It doesn't work with built-ups, but when I buy a skirt or pair of trousers – I still can't manage dresses – Carole removes the buttons, poppers, hooks and zips and replaces them with Velcro. She's not an expert. Her stitches are wonky and big. It's worth it, though, for the splittering sound the Velcro makes when you pull it apart, like Eric striking a Swan Vesta.

At the end of the month, Cynthia won two goldfish at the Acorn Club Spring Fayre. On the walk home, she and I collided as we were crossing the road. The goldfish fell out of their plastic bag and flipped through the grid of a drain in the gutter. We all crowded round, blocking the traffic. Christopher knelt on the ground and peered down the drain. I thought it was funny – goldfish doing a Jesse, wriggling through pipes, swimming invisibly beneath roads, houses, parks, schools. So did a group of boys and girls on the opposite pavement. They were pointing and laughing. Cynthia didn't think it was funny. She blamed me and she's still blathering on about the flipping fish, in fact.

On 2 April, a Thursday morning, Sarah called in unexpectedly. We'd just got back from Heston, and I was in my room unpacking my photocopied pieces of paper – not purple, smelly, smudged and drooled over, but not that different from the ones in the COU, either – plus the thick felt-tip pen I'd removed from the classroom. The teacher leaves them on the metal ledge at the bottom of the slide-along whiteboard – a doddle to lift and place in one of Nelson's nooks. While Carole was answering the door, I put the felt-tip with my others, in a pop sock under my bed. Every so often, Pat has a clear-out under there and calls me a squirrel. 'Squalid,' she says to Carole with her hand over her mouth. 'They all do it.'

'I can't stay long,' said Sarah. 'No. Not even a quick coffee. Thanks. I need to check in by midday. But I've got some news. Nothing earth-shattering, I'm afraid. But since I was going to the airport, I thought I'd let you know.'

The rest of the Acacia Road residents were still out and about, doing activities. Martin was having a meeting in the lounge with some people from the council, so we sat in the kitchen – quiet, except for the fridge, and the birds on the feeder outside the window, and the planes. Sarah took some papers from her briefcase and put them on the table.

'The van,' she began, 'was registered. In the name of Leslie Smith. To an address that exists, in St Albans, but has never – as far as anyone knows – had any connection to a Smith. The registrations go all the way up to 1968. There's no record of registration for 1969. Or 1970, the year Daniel disappeared.'

'Is that it?'

'No. The DVLC didn't really get up and running until the seventies. They were trying to gather together – up in Swansea – the masses of admin, including police paperwork, previously scattered between the Ministry of Transport and all the different, local authorities. At the same time, they were starting to computerize. It was a nightmare.'

'Still is, by all accounts,' said Carole, whose old man drives minicabs when he's not on the booze or off sick with his back. 'Jim's always getting bad news from Swansea,' she added.

'Yes. Anyway. Because they've never received a Certificate of Destruction or Sale for the van, the file on the Commer is still, technically, open. So they've been able to send me copies of the old local authority registrations that made their way to Swansea, and some documents relating to various brushes Mr Smith and his van had with the law. Here.' Sarah patted the small pile of papers on the table. 'They arrived in the post this morning.'

'Do they tell us anything?' Carole took some of the papers and began to glance through them.

'Only that Mr Smith was prone to speeding, drink-driving, and not paying his parking tickets.'

'And not just in this country, by the looks of things,' said Carole.

'That's right. France, mostly. The bloke I chatted to on the phone said there's actually quite a sizeable police file on Mr Smith, here and in Europe. Obviously they can't divulge any of that. France, though . . . God knows what he was up to. And see – an address in Paris. The place Pereire. There.' Sarah pointed to one of the forms, signed many times, ornately decorated and rubber-stamped. 'At the bottom. An ancient, overdue fine from the French road police, I think.'

We all stared at the pretty photocopy.

'Do you think it's worth a try?' said Carole finally. 'Paris, I mean.'

'I could write a letter. But, to be honest, no. It was so long ago. And I think the address, even if it exists, is fake. Like the St Albans one, I'm afraid.'

She turned to me.

'Sorry, Grace. I haven't been a very good Emil, have I? But I've given it my best shot.'

Easter came and went, with beautiful weather and three stay-up-late videos on Good Friday night instead of the usual Friday-night two – *Casablanca*, *ET*, and – Cynthia's choice – *Rocky IV*. Mother visited on Saturday afternoon.

On the Sunday, between church and lunch, Martin organized an egg hunt in the back garden, and we all sat on the patio afterwards for coffee and a smoke. The sun shone, bright but gentle in our eyes, the aeroplanes were quiet, and the back-to-back gardens of Acacia Road, dotted with a few old fruit trees still in blossom, were clotted with yellow forsythia. Fluff-balls of forsythia drifted around our feet and the patio furniture.

The children from next door peeped over the fence. All you could see were six dark eyes and three black top-knots. Martin invited the boys to climb the wooden fence and find the Easter eggs we'd failed to spot.

'We don't believe in Easter,' said the tallest boy.

But they came nevertheless, plus a little girl wearing slippers. She was too small to see over, let alone climb the fence. One of the brothers helped her, and she snagged her silky clothes sliding down our side of it. I saw she'd scraped her arm too, but she didn't blub and was the best egg-finder and eater of the lot. She and mongy Chris had a game of marbles on the patio with the mini-eggs, while the boys sat divvying up in a row at the edge of the patio, with their feet in the fronds of the enormous pampas grass that explodes across the path and that I can see from my bedroom window. Eventually, Martin – You can play here any time – gave the children a hand climbing back over the fence.

'Love thy neighbour,' he said to us, sitting down again. 'Second Commandment – very important.'

Martin believes in Easter, Christmas and the Power of the Lord every day of the year. On Sundays, as well as driving us to church, he uses the minibus to pick up other believers and bring them to sing with us in the squashed, hot worship hall in Perivale. There's a sermon and praying too, but it's mostly singing, and not just hymns – soaring, stomping, put-your-hands-and-hearts-together songs led by a huge swaying choir and no organ. 'Lord of the Dance' makes some people, including Christopher, dance, and even Harry, who says he's not a believer, enjoys singing low, 'Sweet Chariot'.

Our neighbours on the other side at Acacia Road look like Martin and Pat, but the only thing they believe in, says Martin, is getting us evicted. No chance. They've written to the council and our local MP. Now they're organizing a petition.

On Easter Sunday, they put down their gardening tools, came over to the privet hedge and complained again about Reg, whose bedroom upstairs abuts theirs.

Reg is a gentle old thing. Nobody knows much about him. He doesn't have any visitors. Everybody says he's no trouble – quiet, content, cheerful even – during the day. At night, though, Reg rages, weeps and talks in his sleep. I wish he wouldn't. He goes back like we all do from time to time, in our different ways, to where we came from. I'm the only ex-Briar patient here. But Reg replays scenes I've seen – and I think the others have too – and it could have been yesterday.

'No, Charge. Don't do it. Please, Charge. Don't.'

And then, in a different voice, 'What are you?'

'I don't know, Charge.' Reg's own voice again. 'What am I? Don't hit me, sir. Please.'

'What are you?'

'Tell me, Charge. Tell me. Ow.'

'You're nothing. Say it.'

'I'm nothing, Charge, nothing. Ow.'

'Nothing. Not a thing. Less than nothing. Say it.'

'Ow. Ow.'

'Die, you bastard. Die.'

'It takes time, Charge.'

Martin explained to the neighbours, yet again, that swapping the rooms around upstairs wasn't as easy as pie, but yes, he sighed, he'd see what he could do. Not a lot. Harry snores – like a fucking hyena, according to Cynthia, whose room is underneath his. And Christopher, who needs to pee three or four times a night, whistles while he pees and slams the toilet seat up and down – just for fun, I suppose. The upstairs toilet also abuts our neighbours' bedroom.

When we go to the Beehive, Martin rips down the posters the neighbours have taped to the lamp posts along our road, and the next one too.

'Bloody troublemakers', he says.

'Love thy neighbour, my arse,' shouted Cynthia once, through more than one letterbox, on Fern Avenue. Martin told her she'd be sent home unless she stopped, but we were almost at the pub by then.

We go to the Beehive every last Monday of the month, so we were due there the Monday after the Easter bank holiday. I didn't go, because that's when Sarah told me Daniel had died.

Carole had left early for a doctor's appointment. It was Pat who put her head round my door and said, 'Your sister's on her way. She's just rung. From Arrivals. How about that for a lovely surprise? Come on, cheer up, cross-patch.'

I was lying on my bed. It had been gusting with rain most of the day, our picnic in Osterley Park had been cancelled, and we'd been cooped up and cranky all afternoon in the stuffy lounge. My room was cool and pleasant, and by half past five the clouds had lifted and thinned and the sun was coming out between splatters of blown rain. Sunlight flickered in my room and sparked off all the silver things at the same time as it hit the wings and windows of the descending aeroplanes.

The doorbell tin-tinned *Match of the Day*, Pat hummed down the hall, and a few seconds later Sarah knocked on my door. She came in carrying a large squashed brown-paper package – no writing, no stamps, no string.

She sat on the bed, where I was still lying, and placed the package between us. The music for the start of the six o'clock news filtered through from Cynthia's room.

We didn't open the package until the cuckoo from my

cuckoo clock, flying nowhere on its battery-operated spring, cooing two notes, again, again, again – a tame, recorded calling – shut up. All but the echoing, echoing in my head.

And not until the two fat little figures – a man in blue breeches and a wide-skirted red and white woman – stopped jiggering and flicked back inside. You can't tell which is which while everything's whirring. The mechanism slows, the shutters close on the quivering bird, and the weather man and woman stand still for a bit. The woman always sticks out further than the man, except at night, when they stand side by side, because Martin's turned the central heating down. Finally, with a few plasticky clicks, they judder backwards, jolt into the house, the front door closes – flickety-flick – and all you can hear is a two-beat, hop-skip ticking from the quartz within. The ornamental weights and pendulum – pine cones and a leaf – only move when a jet flies particularly low, or when I'm dusting.

We didn't open the package until at least twenty aeroplanes, including Concorde, had landed at Heathrow, and everyone had set off for the Beehive, apart from Pat, who put her head round the door, raised her eyebrows at me, then Sarah, then went away again.

We didn't open the package until the wind had dropped, the rain had ceased, and the sun had stopped slivering between the aeroplanes and the parting, joining, reshaping clouds and begun to cut a dash through the sky, changing the light in my room and making the windowpane shimmy with diagonal, drying raindrops. The wind had blown waterlogged lumps of old brown forsythia into one corner, and the glass was splattered with clusters of dead blossom, like giant, sprawled insects. As the sun, dropping lower, burnt away the clouds, it shone through the feathery pampas grass by the patio and threw spotty shadows of its plumes on to the wall above my armchair, opposite the window

– moving, watery, fading shadows, because it was evening by then.

Not until after Sarah told me Daniel had died.

'Ages ago. I'm sorry, Grace. 1976.'

Sarah left the package on the bed and went over to the armchair. She sat down, and the grassy shadows on the wall above the chair seemed to grow out of her head.

'I changed my mind,' she said. 'About having shot my bolt. I almost wish I hadn't now. But I was in Paris. I hadn't got round to writing a letter and I felt bad. I was free for a couple of hours between meetings, so I looked up the place Pereire. It wasn't far from my hotel. I walked there. Paris was beautiful. Lovely weather, windy but clear. Girls in pretty summer dresses already. The trees were in blossom on the Champs-Elysées. The place Pereire itself was busy, but not as seedy as I'd imagined. The address was an apartment, in a building with a concierge.'

Concierge? Wassat? I raised my head.

'I don't have to tell you any of this, Grace, if you don't want me to. Perhaps we should wait for Carole to be here. It's not a long story, but it's a sad one. Do you want to hear it?'

I grunted and banged my head on the pillow, making the bed, me and the package joggle and Sarah jump. Of course I did. I settled my head back and crossed my good arm over Nelson. All I could see was the ceiling with its swirly light-shade, and, out of the corners of my eyes, bits of the room, including Sarah.

'Okay. He was a student, I think, the concierge – very young and not very interested. Try the landlord, he said.

'Monsieur Esposito-Levi lived in a ground-floor flat at the back of the building.

'I knocked, and a small, smiling man opened the door. He was old, with several gold teeth and funny eyes. "You want my brother," he interrupted when I began to explain.

'The landlord came and stood behind his brother. He was small and old too, but not smiling. He wore round, silver-rimmed, brown-tinted glasses and groped the wall with his hand when he took a step forward. As if to get a better look at me. He let me in, though, and actually seemed quite eager to talk. Naturally, he began – in heavily accented French – he knew Smith and son. Certainly he remembered them.

'Monsieur Esposito-Levi had bought the building for two *sous* during the war, he told me, when he and his brother settled in Paris. Shop, workshop, offices, apartments, the lot. Mr Smith was one of his first tenants. He'd rented the flat to Mr Smith since 1944.'

Since Daniel was born.

'Until 1970, which is when he last saw Smith and son, he said.'

Smith. And son. So they made it to Paris, Daniel and his dad. Three cheers for the white Commer van.

The landlord remembered hearing Mr Smith and Daniel arrive at the flat late one night in the spring of 1970 – Mr Smith merry and unsteady, *le handicapé* tappety-tapping on the floorboards, unsteady too. He remembered collecting the previous quarter's overdue rent the next day. Then seeing Daniel's face at the window, on and off, all through the summer of 1970. Mr Smith's path and his didn't often cross. Mr Smith kept very odd hours. But, "I don't ask questions," Monsieur Levi said.

At the end of September, due more rent, the landlord knocked on the door of Mr Smith's flat. He knocked again. Finally, hearing noises that alarmed him, he fetched a key and let himself in. 'I have the right,' he added. He found Daniel, a shivering, gibbering, emaciated wreck in a corner of the bedroom, and Mr Smith dead in the bed.

'A doornail,' according to the landlord.

'Could have been dead for weeks,' according to the

retired man of medicine – another tenant in the building – to whom the landlord turned for help. The English *Monsieur* was riddled with disease – lungs, liver, *le tout*.

Monsieur Levi, with the help of his tenant, organized the removal – and disposal – of the corpse. Not cheap, he emphasized. And not easy. Daniel blocked the door and, in what Monsieur Levi described as a state more execrable than a starving street-dog, Daniel threw himself on the rotting, stinking, *dégoulas* dead body. They'd a job pulling him off and could do nothing to calm him.

That same afternoon, the landlord handed Daniel over to the authorities – 'what else could I have done?' – who sent him to a refuge for *handicapés*, run by catholic nuns, somewhere in the country.

That's all the landlord knew.

But when Daniel died in 1976, Monsieur Esposito-Levi received notification from the authorities. Daniel died during the summer heatwave, following a massive fit. And a few weeks later, a parcel arrived, via the authorities, for Monsieur Levi, from the nuns. It contained Daniel's possessions.

The brown paper package. I nudged it with my thigh.

'Yes,' said Sarah. 'But there was more originally. All rubbish, Monsieur Levi said. They threw everything away – clothes, old and useless, a wooden crucifix, a sort of armband, legband, I suppose, a garter, with Daniel's name and a number sewn into it, some sewing needles, a rusty old Opinel knife, a few other bits and pieces. He didn't really remember. Everything went in the bin. Except this.'

Sarah pointed to the package on my bed and stood up. She came and sat, like before, on the bed, but this time she lifted the package and held it on her lap.

'Monsieur Levi wouldn't tell me what was in it. "You'll think me odd," he said. "Or sentimental. But we all have our stories." Monsieur Levi did smile then, sort of.'

Sarah patted the package.

'Shall we open it?'

We pulled off the outer layers of paper. They weren't Sellotaped or done up with string, just wrapped. Inside were sheets of French newspaper, old and yellow, folded and tucked. More brown paper inside them. Then a brown paper bag. Sarah opened the top of it and looked inside.

'Shoes,' she said. 'Oh dear. Just smelly old shoes.'

She shook a pair of black men's lace-ups on to the bed. Fine Italian handcrafted shoes. Worn but polished, they'd been re-heeled, I could tell, and there were small brown stitches – sixty-four? – around the welt of one of them.

'How disappointing,' said Sarah. 'Sorry. I don't know why, but I must have imagined at least a biscuit tin or shoebox stuffed with I don't know what. Documents, photos, passport, a birth certificate?'

Conkers, camellias, a pencil stub or two, mother-of-pearl dress studs, seven, and cufflinks, pure silver.

'No. That would have been silly.'

A Daniel, make-believe-me world.

'Mementoes. I don't know. Private, secret things.'

Of course – what else?

'Not . . .' she paused. 'Smelly old shoes.'

I couldn't help myself. I guffawed. Couldn't she guess? Didn't she know what might be inside?

'Why are you laughing, Grace? Really. I don't know.'

'I do,' I said, as loud and clear as any old echoing cuckoo, and a darn sight louder than the aeroplane coming in to land, at that mo, overhead.

When Sarah had gone, Pat suggested I have a bath. She ran the water, squirted body-wash in, helped me off with my clothes and fixed the suction frame over the bath.

'I'll leave you to it,' she said. 'Have a cry, pet. Have a good soak. You'll feel better. Buzz when you're ready.'

There was a sliding lock on the door, on the inside. I slid it back and forth a few times, but left it unlocked. Only Cynthia has reached Level Three at Self-Care, which means she's allowed to lock the bathroom door.

I swooshed the pink plastic shower curtain out of the way, climbed into the bathtub and sat down quickly because my ankle hurt. I sat with my head at the tap-end of the bath, facing the door in case it opened – people don't always see the sign we hang on it when one of us is in there. With my good hand, I paddled the water and made a few bubbles, but they didn't last long.

I slid further into the bath until the water lapped my neck. Lying on my back in the bath is difficult because of my hump. I rolled on to my left side, shifting until Nelson anchored me firmly. I brought my good arm over and pressed my palm flat on the bottom of the bath, feeling the thin metal chain of the plug with my fingers. I slid further down, bending at the knees and waist. Slowly, I lowered my turned head. Ear, hair – my crowning glory – and one half of my face. The bath water lapped and tickled my nostril, so I held my breath and let my whole face sink. I opened my eyes, then shut them again – the water was murky and stung. I counted. The air in my lungs began to harden and hurt. I counted some more, came up for air.

I don't think swimming's my thing. All the residents of Acacia Road, except me, go twice a month to the Fountain Leisure Centre in Brentford for swimming lessons. I went once, and although Carole came with me, and we'd both bought blue stretch-nylon swimsuits from BHS, once was enough. I hated the cold chair that winched us up, then down into the water. I hated the rising of the water up my legs, over my belly, chest, neck. I hated the looseness of my skin and bones underwater. Swimming, or floating, is good for us and is supposed to be fun, said Carole. But my body flabbed heavily, and the water pushed too hard against me, making me feel locked in, like Daniel said it would, in the sea.

It was different in a bath. I've always liked baths. Only a baby could drown. And the bath at Acacia Road is worlds away from the sluices at the Briar, where you shared the big tub with two others, and the water with ten. So down I went again, and this time I didn't stay underwater for long, but I opened my mouth and blew, gently agg-agging like you do for the doctor, sending the sound humming from my throat to the surface of the water in bubbles that were still there, some of them, when I heaved myself up and took several panting breaths of air.

I'd never have beaten Miranda and her friends around the fountain at the rec. But I spat the gummy water out and went down one more time.

Did Daniel make friends in the refuge run by nuns? Did he lead them into other worlds, all the while plotting, himself, really to escape? And if – if only in his eggy old head – he escaped, did Daniel come back for me?

I prefer to think he made his way back to the city of light. Found work in the ninth arrondissement. Saved and set up a market stall. He's waiting for business to boom, that's all. He'll be sending for me soon.

Or perhaps he hitched a lift, first, in a lorry going south. Dijon, Geneva, the Alps. He ran to the mountains, seeking shelter, magic, the *famille Dumont*. And when he found them, 'You must meet Grace,' he said.

I can't wait.

No. I think the woodcutter rescued him and he became an elf.

Don't be silly, Grace. Don't be a fool. Fairies don't live in foxgloves, do they?

The woodcutter must have taken Daniel back to his hut in the forest. And there he was fed on home-made bread

– warm, soft, soaked in fresh goat's milk – and given clear, alpine water to drink from a pure mountain stream.

The woodcutter raised the boy kindly and wisely, showed him the abundance of the forest, taught him the beauties and dangers of the mountain, and educated him gently in the ways of the valley. When he grew up – into a fine, handsome young man – Daniel was apprenticed to the village cobbler, and there Daniel stayed, cobbling away, until one day, the most beautiful woman in the world walked into the cobbler's shop.

'*Maman?*'

'"*Oui. C'est moi. Oui, Dani*".'

But it could have been Mother, Miranda, Helen, Sarah, Carole. Or me. Why not? Me in a cream satin ball gown, with ribbons to match in my hair. There's a red rose between my boosies, and I'm wearing a bra.

I tried to imagine high heels like Sarah's, but built-ups were better for dancing all night. Everyone watching our wedding gavotte. I don't want to step on the bridegroom's shoes – such fine Italian handcrafted shoes – do I?

Still underwater, I tugged at the bath-plug. I dangled it on the suction frame when I'd got myself to a sitting position again, and pulled the buzzer-chord for Pat. While I waited for her, I felt the water suck away down the plug, behind my back, but there was plenty of it and I didn't get cold, because Pat arrived in two shakes of a lamb's tail, and the towel she wrapped round me, once I was out of the bath, was fleecy and warm from the tumble dryer and my radiator.

Back in my room, someone had cleared away the wrapping from the brown paper package and put the shoes on the carpet, next to the radiator.

Before getting into bed that night, I moved the shoes to by the door, so that I could see and admire them from the bed.

I'll find a way of unpicking the stitching, and when the words tumble out from their soles, flying and fluttering like snow, I'll catch them on my tongue. And if they don't melt, I'll piece them all together. Carole can help.

'Get a good night's sleep,' said Pat, switching off the overhead light. 'Tuesday tomorrow. You'll be an early bird. I know you.'

We're into May now. Whitsun next week, and camping in the New Forest with the Perivale people. When Martin told us, way back, Carole said nothing would induce her to sleep in a tent. But Martin explained it's huts, not tents, and a canteen, not campfires. And I think Carole's quite keen now. There's a preacher coming from Camberwell. And the Perivale people, says Martin, are planning an all-night sing-a-long vigil. It's up to us whether we join them. Harry claims he won't. Claptrap, fruitcakes, over my dead body, he says repeatedly. I think I'll wait and see. Harry might change his mind.

Before then, Carole and I have shopping to do. We're buying cagoules in Millets, a throwaway camera, plus travel toiletries in Superdrug, and, from one of the market stalls, torches and a tiny sewing kit – a hussif, like Miss Lily's, with needles, thread and pins, and a little quick-unpicking hook.

We're also buying a present for Martin and Pat. It's their wedding anniversary the day we leave. Carole says a new gift shop has opened on the high street where Parminder's Shoe Repair used to be – Parminder cut keys too and engraved a bangle for Carole once. We might try there.

Sarah visited again last week. She wasn't in quite such a hurry as usual. We went for a drive. I sat in the back, next to Carole, unbelted. The front seat was a jumble of chewing-gum papers, cigarette packets and cassettes, in and out of their cases.

'Sorry,' said Sarah. 'I've quite a collection.'

She doesn't play the cello any more, she said, but she listens.

'I've got some of those classics I used to play in easy arrangements. Do you remember, Grace?'

She's having the car MOT-ed and the tape-player mended in June.

'So when I next come . . .'

And over the summer, she's planning to put Father's records, which she says Mother has kept in boxes under her bed all these years, on tape.

'Even the old 78s.'

We drove to Heston Services and had coffee in cardboard beakers and chips in cardboard cartons. We sat in a special smokers' section, but there were no ashtrays, not even cardboard, so we used our chip cartons and made sizzling noises in them with our stubs.

On the drive home, Sarah said John was due over for a conference in August, and if they could persuade Miranda to make the journey, Mother was thinking of having a small do in the flat.

'Of course you're invited, Grace.'

Bowling tonight, and our postponed – twice since Easter – picnic in Osterley Park tomorrow. Plus another trip to Homebase soon. I need a lamp for my bedside table, and Carole's redoing her conservatory. You can't beat off-white, Grace.

When I lie on my bed, these days, looking around my room or out of my window at the cream-coloured blossoms, I wonder whether she's right – it's definitely whiffy with an off-white sort of happiness around here.

On the other hand, what's wrong with wood, eh, Nelson?

And when shadows stir, or a bird echoes, I cry out for the Briar. Not all of it. Just a few of its buildings, the grounds, our secret places. I've plenty of hidey-holes now.

Cupboards, drawers and boxes galore. I've even a case for my new, perfectly fitting dentures. And I haven't begun to fill up my jewellery chest yet, except with Robert. Yes, I improvise. The Briar. Eric and the rest of them. Mr Peters' gardens. The tall, dark cedar tree and the thick-walled apple-house. Its stink. Our excitement. And the stink of leather. Daniel and all those shoes – the journeys he gave them. Just a butterfly-boy with pale tufty hair. His unstoppable whoppers. So debonair. 'So many people. More than two thousand, Grace – the size of a small village.'

They'll never be counted, but I can hear them.

Acknowledgements

I would like to thank the following people: Véronique Baxter, Julia Bell, Lucy Brett, Martin Brett, Tania Brett, Jo Broadhurst, Franck Chapeley, Candida Clark, Jo Forbes Turko, Pat Gillilan, Jocasta Hamilton, Rik Haslam, Mary Henderson, Cordelia Henderson Moggach, Mimi Khalvati, Elissa Marder, Charlotte Mendelson, Tony Moggach, Corinne Morland, Jean-Michel Morland, Blake Morrison, David Osborne, Michael Read, Jon Riley, Lenya Samanis, Susan Wicks.